»Es ist schwieriger, eine vorgefasste Meinung
zu zertrümmern, als ein Atom.«

Albert Einstein,
Physiknobelpreisträger

»He, isst dieses Eichhörnchen noch jemand?«

Xavox,
Halbzauberer

FANTASY

Des Königs
Verräter
Die Entführung

Marco Reuther

ISBN: 978-3-946966-06-7

GEWIDMET

meine Schwester	meinen Bruder
Jasmin Moritz	Alexander Reuther

Kapitelübersicht

DAS REICH DER ELF STÄMME
Skizze für das Buchhaus in Dorianstadt

CHROM-INSELN

0 km   1 000 km

R A U E R   O Z E A N

Grenzwall

Lange Hand

Alte Grenze

Haidaramad

Stolzei

Trübe Werft

WALDSTAMM

Fish

KALUKTAN

Orakel von Nekis

Nek

REGEN-STAMM

Nekis Stadt

Nek-berg

Rú-tan

STAMM DER SCHILDTRÄGER

Frontburg

Aufdemmond

Kalavant

STURM-SEE-STAMM

Ewen

MOND-HÖHLEN

ADLER BARBAREN

Garstbra

Wingeduckt

Sturmsee

MOND-STAMM

STAMM DES WIZENWASSERS

STAMM DER KOHLESCHÜRFER

Dorianstadt

KÖNIG-REICH PIROL

Deimant

STAMM DER EISENMARSCHEN

DAIGAT

RIGBERTS STAMM

Beta

Schattan

Stedig

STAMM DER ATTENTÄTER

Harthand

Uilas

Brianna

NAMLOSTAMM

Hohes Gebirge

Süß-meer

Bann-Insel

Breiter Fluss

OST-DAIGAT

Tote Sümpfe

S T E P P E N -

N   W   S   O

V Ö L K E R

Karte in Farbe unter: www.marco-reuther.de

- 6 -

Prolog
Außergewöhnlich gewöhnlich

»TZZZZZSSt«, der Pfeil schnellte von der Armbrust und raste, die noch reine Stahlspitze in der Sonne blitzend, von hinten auf den fliehenden Jungen zu.

Dann floss Blut.

Nein, nein, nein. Dieser Anfang ist zu gewalttätig. Sie, mein Leser, sollen sich nicht vor Grauen abwenden. Nein, das Grauen darf Sie erst erreichen, wenn Sie gefangen sind. Wenn Sie das Buch, selbst wenn Sie es möchten, nicht mehr weglegen *können.*

Beginnen wir also behutsamer. Viel behutsamer. Beginnen wir mit...

Peter.

»Peter war ein ungewöhnlicher, ja geradezu außergewöhnlicher Junge...« – *Das* wäre doch ein verheißungsvoller Anfang, oder? Tja, wäre es... Aber wir wollen doch lieber bei der Wahrheit bleiben. Denn, nein, etwas Besonderes war Peter nicht. Schon sein Name war, in Erinnerung an seinen Urgroßvater mütterlicherseits gewählt, alles andere als ungewöhnlich und – seien wir ehrlich – doch eher etwas altbacken. Peter umgab nicht mal ein Hauch irgendeines Geheimnisses. Er war kein Waisenjunge unbekannter Herkunft. Seine ihm sehr wohl bekannten Eltern – Vater: Finanzbeamter, Mutter: Hausfrau – erfreuten sich vielmehr bester Gesundheit. Und Peter war weder ein Kampfsport-Ass noch ein Computer-Genie. Oh, bitte! Nicht, dass Sie mich jetzt falsch verstehen! Dumm war er nicht. Tatsächlich war er sogar recht intelligent für sein Alter, aber eben nicht brillant. Und nirgendwo schlummerte in irgendeinem geheimen Winkel der Erde eine Prophezeiung, die er zur Rettung der Welt erfüllen musste. Es gab nicht einmal eine zur Errettung von Liechtenstein.

Peter war also – was inzwischen wohl unmissverständlich klar geworden sein dürfte – alles andere als ungewöhnlich. Er spielte gerne Fußball, hing mit seinen Freunden rum, begann, nach Mädchen zu schauen, konnte Physik nicht leiden und hatte noch voriges Jahr seine hübsche Kunstlehrerin angehimmelt, was immerhin dafür gesorgt hatte, dass er seither jeden Morgen sein braunes Haar kämmte.

Falls es überhaupt irgendetwas Ungewöhnliches an Peter gab, dann allenfalls, dass er für einen Jungen seines Alters ziemliches Interesse an Geschichte zeigte.

Jetzt fragen Sie sich natürlich: Wenn dieser Peter so verdammt normal ist und es nichts Spannenderes als seine Vorliebe für die Historie zu berichten gibt, warum, in drei Teufels Namen, dann diese Geschichte? Noch dazu eine, die so groß ist, dass sie bis zum Ende dieses Buches führt?

Nun. Spätestens wenn Sie ein paar Seiten weiter gelesen haben, werden Sie mir zustimmen: Mit Abenteuern ist das so eine Sache.

Man muss sie nicht unbedingt suchen.

Um sie zu finden.

Und so geschah es.

Das Unglaubliche.

Freunde des Dramatischen mögen jetzt hoffen, dass wenigstens dieser Tag mit schicksalsschwanger dräuenden Wolken begann. Doch es war ein angenehmer Frühlingstag. Und nichts, wirklich rein gar nichts kündigte Peter auch nur im Allergeringsten an, was ihn in den nächsten Sekunden erbarmungslos aus seinem bisherigen Leben reißen, ihn in schier ausweglose und – ja, bedauerlicherweise müssen wir dies feststellen – auch leidvolle Abenteuer schicken würde. Es geschah nämlich, dass ...

Aber halt.

Wenn Sie Peter schon auf seiner gefahrvollen Reise begleiten, dann schulde ich es Ihnen – und nicht zuletzt auch ihm –, ihn etwas genauer vorzustellen. Also springen wir nicht gleich mitten rein, sondern fangen nochmals an (das letzte Mal, versprochen), steigen etwas früher in die Geschichte ein, sagen wir... ja, das sollte genügen... zwei Wochen früher, an seinem 13. Geburtstag...

1. Ein Geburtstag zum Aussterben

Peter brachte es nicht übers Herz.

Er konnte seinen Eltern einfach nicht sagen, dass es nicht unbedingt seine Vorstellung von einer Geburtstagsfeier war, mit ihnen, seiner Schwester, Opa, den beiden Omas und zwei Großtanten bei Kaffee und Kuchen zu sitzen. Jetzt bitte keine Missverständnisse: Peter mochte seine Großeltern, und selbst zu seinen Großtanten hatte er ein gutes Verhältnis, auch wenn die inzwischen mitunter erstaunlich hohe Werte auf der nach oben offenen Peinlichkeitsskala erreichten.

Aber das war genau sein Problem: Weil er seine Familie mochte und wusste, dass sie ihn mochte, brachte er es einfach nicht fertig, rundheraus zu erklären, dass er durchaus auf den Kaffeenachmittag verzichten konnte und viel lieber schon heute statt kommendes Wochenende mit seinen Freunden feiern würde.

Während er sich, gute Miene zum bösen Spiel machend, ein weiteres Stück Käsekuchen in den Mund schaufelte – immerhin, Mamas Käsekuchen waren einfach unübertroffen –, kam ihm der Gedanke, dass er doch jetzt eigentlich so langsam mal mit dem Rebellieren beginnen sollte. Von wegen Pubertät, und so... Ob er vielleicht mit Rauchen anfangen sollte...? Aber wenn er daran dachte, wie die Klamotten seines Vaters stanken, wenn der von seiner wöchentlichen Skat-Partie zurückkam... nein danke. Vielleicht brauchte man ja auch, um rebellisch zu werden, einfach mehr Pickel? Davon blieb er, bisher zumindest, einigermaßen verschont. Auch hatten ihn weder hilflose Schlaksigkeit noch whoppergenährte Breite ereilt.

»He, wo bist du denn mit deinen Gedanken? Du solltest die Kuchengabel wieder aus deinem Mund holen, bevor du sie noch verschluckst.«

Ertappt schaute Peter zu seiner fünf Jahre älteren Schwester hinüber. Wie schaffte es Paula bloß, selbst unter dieser verschärften Langeweile einfach nur cool und gelassen auszusehen? Es gab eigentlich nur eines, das sie ausflippen ließ: wenn man sie bei ihrem Spitznamen rief. Das verstand Peter. Wer wollte schon »Sissi« gerufen werden? Irgendjemand hatte mal gesagt, sie sehe aus wie die junge Romy Schneider, was ziemlicher Quatsch war, denn Paula hatte – wie ihr Vater – schwarze Haare, nicht so dicke Backen, eine viel hübschere Nase, eindeutig nicht so viel Babyspeck und bestechend meergrüne Augen. Die hatte sie, genau wie ihr Bruder, vom Vater geerbt (aber ihre Augen, fand Peter, waren eindeutig die schönsten).

Kein Zweifel, Peter liebte seine große Schwester sehr. Auch wenn es ihm natürlich nie eingefallen wäre – Himmel, was ein Kitsch! –, das laut zu sagen.

Neben Peter ging die Unterhaltung weiter: Sein Vater Paul und dessen Vater Paul sen. diskutierten ihren jüngsten Kampfeinsatz gegen die neuesten Maulwurfshügel. Paul Eifel (junior), 47 Jahre alt, war seit 23 Jahren Sachbearbeiter im Finanzamt von Großnordfurth, dafür aber von erstaunlich sportlicher Gestalt. Paul Eifel (senior) war, nach einer Laufbahn im mittleren Polizeidienst, vor drei Jahren pensioniert worden

Mariana Eifel, 43 Jahre, Hausfrau, Gelegenheits-Mitarbeiterin der Lokalredaktion des Großnordfurther Tageblatts, noch gelegentlicher Tupper-Party-Gastgeberin und an den meisten Tagen nach wie vor ziemlich verliebt in Paul Eifel jun., konnte sich an der derzeit beliebten Maulwurf-Diskussion nicht beteiligen. Sich leicht genervt einen Strähne ihrer langen, kastanienbraunen Haare aus dem Gesicht pustend, war Peters Mutter gerade vollauf damit beschäftigt, sich tapfer verbal zwischen Tante Lina und Tante Helene zu drängen, die sich seit etwa fünf Minuten mit kleinen, wohl dosierten Sticheleien beharkten – ein Zeitvertreib, den man ihnen einfach nicht mehr abgewöhnen konnte.

Na ja. Selbst wenn für Peter die gefühlte Zeit ausreichte, um Saurier aussterben und neue Arten entstehen zu lassen, so würde doch auch dieser Geburtstag vorübergehen. Immerhin war der Nachmittag ja nun schon etwas vorangeschritten.

Und während Peter, verstohlen gähnend, die aufsteigenden Bläschen in seiner Limonade verfolgte, geschah es im gleichen Moment, jedoch keineswegs in der gleichen Welt, dass ein Junge sterben sollte.

2. Zielscheibe für eine Armbrust

»Autsch!«

Das hatte wehgetan.

Dabei war der kleine Schnatz oben an der rechten Ohrmuschel, obwohl die Wunde ziemlich heftig blutete, eigentlich gar nicht so schlimm. Jedenfalls nicht im Vergleich zur Ursache dieser frischen Kerbe im Ohr. Die Ursache war ein Armbrustbolzen, der um Haaresbreite an Prinz Réteps Kopf vorbeigezischt war – oder eben doch nicht so ganz vorbei. Für den Flug des Bolzens verantwortlich war ein hünenhafter Kerl, ganz in schwarzes Leder gekleidet und mit einer Klappe über seinem linken Auge, der auf den Prinzen geschossen hatte. Das wiederum hatte der Mann in der eindeutigen Absicht getan, den Jungen umzubringen. Und auch der Grund, warum ihn die Auftraggeber des Ledermannes zu den Ahnen schicken wollten, schien dem jungen Prinzen ziemlich klar... immerhin so klar, dass er keinen Zweifel hegte, wie seine Zukunft aussehen würde. Denn selbst falls noch ein bisschen Zukunft für ihn übrig sein und er heute noch einmal entkommen sollte: Seine Gegner würden es wieder versuchen. Und wieder. Und wieder. Und... so lange, bis sie Erfolg hatten, mit der Ahnenschickerei.

Es war also wohl doch angebracht, Xavox´ Plan näher ins Auge zu fassen. Auch wenn dieser Plan, gelinde gesagt, ein wenig verrückt erschien. So verrückt eben wie der alte Halbzauberer selbst. Doch im Augenblick sollte sich Rétep vielleicht lieber mit seinen aktuellen Problemen befassen.

Um besser auf den Jungen mit den kurzen, dunkelbraunen Haaren zielen zu können, hatte der Ledermann sein Pferd gezügelt gehabt, aber gleich nach dem Fehlschuss war er wieder losgeprescht, dem jungen Prinzen hinterher. Immerhin hatten diese wenigen Sekunden des Innehaltens Rétep vielleicht die nötige Zeit für ein bisschen Zukunft verschafft, die Zeit nämlich, um den hoffentlich rettenden Wald zu erreichen. Und die Armbrust konnte der Ledermann im Reiten auch nicht erneut spannen. Ebenso wenig wie seine drei Spießgesellen, die in nur wenigen Metern Abstand ihrem Anführer hinterherjagten.

Die drei anderen hatten ihre Bolzen schon auf den Flüchtenden abgefeuert, ohne dass es ihn Blutzoll gekostet hatte. Jedenfalls nicht ihn selbst, doch der vorletzte Schuss hatte den rechten Hinterlauf seines Schecken glatt durchschlagen. Und das Pferd hatte sich im vollen Galopp überschlagen. Hätte Rétep die Zeit dazu gehabt, so würde er sich noch immer wundern, warum er nicht mit gebrochenem Genick auf dem Boden lag. Lediglich um ein paar blaue Flecke reicher, war er aus dem Sturz und einem Purzelbaum-ähnlichen Doppelüberschlag heraus gleich wieder aufgesprungen und weitergerannt. Er hing halt an seinem Leben. Mutter Erde durfte ruhig noch etwas warten, bis er ihr sein Blut anvertraute. Das Tier hatte weniger Glück gehabt. Aber mit dem braun gescheckten Pferd hatte er nur einen leichten Anflug von Mitleid verspürt. Er kannte den Zossen ja kaum, schließlich hatte er sich das Tier erst ein paar Tage zuvor ausgeborgt. Der junge Krieger, dem es gehört hatte, hätte vermutlich eher von »gestohlen« gesprochen, doch so kleinlich wollte Rétep da nicht sein.

Für Mitleid war auch wenig Zeit. Denn jetzt, in diesem Moment, raste der Junge mit brennender Lunge auf den Waldrand zu, hörte den schweren Hufschlag immer näher kommen, hörte aber auch etwas, das ihm Auftrieb gab und ihn, trotz schmerzender Beine und unerträglichem Seitenstechen, noch etwas schneller auf die nun so nahen Bäume zu jagen ließ: Er hörte den Anführer der Verfolger laut fluchen. Der hatte wohl gemerkt, dass er die Zeit besser nicht mit einem Schuss vergeudet hätte, statt den nun zu Fuß flüchtenden Jungen einfach über den Haufen zu reiten. – Tja, die Lederkrieger waren zwar für Stärke, Mut und bedingungslose Hingabe an den Kampf, jedoch nicht unbedingt für Klugheit bekannt. Wären seine Verfolger vom Stamm der Attentäter gewesen, Rétep hätte sicher nicht so viel Glück gehabt – wenn man in seiner Situation überhaupt von Glück spreche konnte.

Aber jetzt tauchte Rétep tatsächlich unter die ersten Zweige des Waldes, und, den Göttern sei Dank, der Wald war schon von Beginn an dicht, das Unterholz eng und hoch wuchernd. Seine Lungen schienen zwar kurz vor dem Bersten zu stehen, doch dank des mörderischen Ansporns genügten Prinz Réteps Kraftreserven noch, um sich wieselflink durch das Unterholz zu schlängeln.

Seine vier Verfolger, die nur wenige Sekunden nach ihm den Waldrand erreicht hatten, wollten es ihm gleichtun. Noch bevor sein Rappe richtig stand, war der Anführer abgesprungen, zückte mit der Rechten sein Kurzschwert und schob sich mit der Linken seinen fast bis zur Hüfte reichenden, aus drei Haarsträngen dünn geflochtenen Zopf zwischen die Zähne, damit er nicht im Unterholz hängen bleiben sollte. Aber während er wie eine wütende Wanz-Echse ins Unterholz walzte, wurde sein kantiges Gesicht noch düsterer, als es ohnehin schon war: Bei einer Verfolgungsjagd in diesem Gelände waren die großen, überaus kräftigen Männer doch tatsächlich im Nachteil gegenüber dem dreizehnjährigen Jungen, der noch dazu eher klein für sein Alter war. Bald hatte der Prinz den Abstand zu seinen Verfolgern wieder vergrößert. Zwei Mal wechselte er bei seiner Flucht die Richtung, und als er schließlich an einen kleinen, sich zwischen den Bäumen hindurch windenden Bach kam, dem die Natur zu Réteps Glück ein steiniges Bett bereitet hatte, flitzte er noch gut 500 Meter, ohne Spuren zu hinterlassen, das Bachbett entlang, um sich schließlich auf einen überhängenden Ast zu ziehen. Geschickt kletterte er dann durch ein paar Baumkronen hindurch tiefer ins Innere des Waldes, um schließlich den Stamm einer alten Buche nach oben zu robben und sich in etwa 17 Metern Höhe in deren Krone zu verbergen. Normalerweise war sein Teint, zumal er sich oft im Freien aufhielt, eher dunkel, doch nun war der Junge blass und erschöpft, die braunen Augen müde. Aber hier oben war er wohl fürs Erste in Sicherheit. So beschloss Prinz Rétep, etwa sechs Stunden auszuharren – dann würden die Lederkrieger sicher wieder abgezogen sein.

Sechs Stunden auf einem Baum, das war lang, und Rétep war nicht gerade für seine Geduld bekannt. Vermutlich hätten es auch drei Stunden getan, schließlich hatten die Lederkrieger glücklicherweise keinen Finder der Bruderschaft dabei gehabt, und auch die schwarzen Männer waren nicht so dumm, dass sie ihre Grenzen nicht kannten. Aber er würde diese sechs Stunden abwarten. Denn, das musste sich wiederum der Prinz eingestehen, er hatte... Angst. Richtige Angst. Was ihm vor wenigen Wochen noch völlig unbekannt gewesen war, das kannte er inzwischen nur zu gut: Todesangst.

Seit vor etwa sieben Wochen die Jagd auf ihn begonnen hatte, waren sie ihm noch nie so nahe gekommen. Sicher, als Schuhputzer- und Lederflicker-Junge, der sich auch manchmal, na ja, einen kleinen Nebenverdienst im Transportgewerbe gönnte (er transportierte Münzen aus fremden Taschen in seine eigene), war der Prinz sehr geschickt darin geworden, rechtzeitig in Deckung zu gehen. Und auch seine ungewöhnlich kräftig ausgeprägte Mondlichtseele hatte ihn schon aus so mancher Schwierigkeit befreit. Aber was bei Marktfrauen, Kaufleuten und einfachen Soldaten half, das würde ihn nicht mehr allzu lange vor gedungenen Killern und Schlimmerem schützen. Wobei ihm vor allem die »Schlimmeren« Sorgen machten, denn ihre unheimlichen Helfer in ihren stinkenden Kutten würden immer wieder aufs Neue die Spur des Jungen aufnehmen. Der Prinz seufzte in seinem Versteck und dachte daran zurück, wie er in den ersten Tagen des Frühlings auch die ersten Schritte getan hatte, um sich munter in diese ausweglose Situation zu manövrieren. Für unbesiegbar hatte er sich gehalten – und sich eindeutig übernommen. Auf fette Einnahmen hatte er gehofft, sich aber ganz ohne Zweifel mit den Falschen angelegt.

Und während der junge Prinz einsam, müde, durstig und mit bangen Gedanken an die Zukunft darauf wartete, wieder auf den Boden klettern zu können, ist vielleicht ein Wort der Erklärung angebracht: Wie kann ein Junge ein Prinz sein – denn das war Rétep tatsächlich – und gleichzeitig ein Schuhputzer und Lederflicker? Um das zu verstehen, muss man keine geheimnisvolle Geschichte, sondern nur *die* Geschichte kennen: Man muss bloß ein ordentliches Stück weit in die Vergangenheit wandern. In jene Zeit, als das Elf-Stämme-Land noch nicht das Elf-Stämme-Land war.

23 Fürstentümer verschiedener Größen hatte es, soweit den Historikern bekannt, im Gebiet der heutigen Elfen-Nation gegeben. Über die Zahl der kleinen und großen Kriege unter diesen Stämmen hatte kaum noch jemand den Überblick. Allianzen wurden geschmiedet und zerfielen wieder. Manche Häuptlinge waren mächtig geworden, doch keiner mächtig genug, um die Stämme mit Feuer und Schwert zusammenzuschweißen. Rigbert der Krieger soll im Jahr 328 immerhin neun Stämme gewaltsam geeint haben, doch unter Rigbert dem Merkwürdigen, seinem Enkel, war das Kleine Reich, wie es die Gelehrten heute nannten, in blutigen Aufständen wieder zerfallen. Zweihundertfünfzig Jahre später war Halla die Schreckliche, nach zunächst kleineren Eroberungen im Westen, bei ihren südlichen Nachbarn eingefallen und hatte in nur sieben Wochen sowohl den Stamm der Fischesser als auch den Stamm der Kampfsänger nahezu komplett ausgelöscht, um deren Gebiete zu annektieren. Ihre Erbarmungslosigkeit erschreckte sogar das eigene Gefolge – und es waren keine zimperlichen Zeiten. Als aber herauskam, dass sich Halla für ihren Sieg auch der schwarzen Magie und der Hilfe dunkler Wesen bedient hatte, da war es genug: Sie wurde von ihren eigenen Leuten in ein Fass mit Nägeln und Glasscherben gesteckt und einen Berg – einen langen Berg – hinunter gerollt. Danach, so notierte es jedenfalls der zeitgenössische Hofschreiber Hanno Pelavis, war das einzig Schreckliche an der nun ziemlich toten Herzogin ihr Anblick gewesen. Seit jener Zeit galt auch der Beruf des Zauberers als, na ja, recht suspekt und nicht mehr sehr ehrenwert, und diese Profession war auf den absteigenden Ast geraten.

Da bereits Anfang des 3. Jahrhunderts der kleine, heute fast vergessene Gebirgsstamm der Yetirti vier aufeinanderfolgende harte Winter nicht überlebt hatte, waren nach der Zeit Hallas noch 20 Stämme übrig gewesen. Von diesen gingen vier in Kriegen unter, zwei wurden durch die Heirat von Freiwinde der Prächtigen mit Eromund dem Müden geeint, einer von der Pest entvölkert. Die große Hungersnot, die 1090 begann und vier Jahre anhielt, brachte mehrere Stämme an den Rand der Vernichtung, allerdings verschwand nur einer – und das wörtlich: Eine Handelskarawane der Kohleschürfer fand das Land der Katzenkrieger im Sommer 1093 vollkommen entvölkert vor; kein einziger Geschichtsschreiber gab Auskunft, was aus ihm geworden war, sodass mancher schon zweifelte, ob es diesen Stamm jemals gegeben hatte. Einer der restlichen Stämme, der Stamm der Meeresspringer, wurde in alle Winde zerstreut und ein weiterer von Fürst Ludgar dem Glücklosen beim Glücksspiel an zwei benachbarte Fürstenhäuser verloren (es heißt, Ludgars Söhne wären danach mit ihrem Vater ähnlich verfahren wie Hallas Leute mit ihrer Fürstin, aber das ist historisch nicht ganz gesichert).

Nach etlichen weiteren Kriegen mit wechselndem Kriegsglück – ein sonderbares Wort: als ob es im Krieg jemals Glück geben könnte – lagen die Stämme oder Herzogtümer, wie man sie jetzt auch nannte, danieder und waren kaum noch in der Lage, sich gegen äußere Feinde zu behaupten, als eine glückliche Fügung und ein Geistesblitz von Prinz Dorian dem Libidinösen die Wende brachte. Vor gut siebenhundert Jahren war es gewesen, als es das Schicksal so wollte, dass in zehn der damals verbliebenen elf Fürstentümer die Erstgeborenen der herrschenden Fürstenpaare Mädchen waren. Allein dem Stamm der Eisenmarschen war ein Junge als künftiger Herrscher geboren worden – Prinz Dorian. Um das Weitere zu verstehen, muss man zwei Dinge wissen:

a) Für die Erbfolge spielte das Geschlecht keine Rolle, die Herrschaft ging immer an das älteste Kind über (wenn es nicht zuvor im Krieg gestorben, von der Pest dahingerafft oder von einem Nachrücker in der Erbfolge vergiftet worden war).

b) In jenen Zeiten durfte sich eine Fürstin noch mehrere Gatten, ein Fürst mehrere Frauen zur Gemahlin nehmen (während heutzutage die als schicklich geltende Obergrenze von drei Ehepartnern beim Adel nur selten überschritten wird). – Der stattliche Dorian erinnerte sich nun daran, dass schon einmal zwei Stämme durch eine Heirat friedlich geeint worden waren, und warum sollte das nicht auch im großen Stil gelingen? Also hielt er bei zehn Fürsten und Fürstinnen um die Hand der jeweiligen Tochter an. Tatsächlich kostete es ihn nur ein gerüttelt Maß an Überredungskunst, einige an den richtigen Stellen platzierten

Goldstücke und in zwei Fällen ziemliche Überwindung und Selbstdisziplin (dass von jenen beiden Prinzessinnen kein einziges Bild überliefert wurde, spricht wohl für sich), um nach zehn Hochzeiten in nur knapp drei Jahren aus den elf Stämmen das Land der elf Stämme zu machen.

Der ungewohnte Frieden unter den Stämmen, die Last, die den Menschen von den Schultern fiel, brachte dem neuen Reich Wohlstand und eine nie erwartete Blütezeit. Der als Friedensbringer verehrte Prinz und spätere König Dorian wusste die Zeit auch persönlich überaus friedlich zu nutzen: Mit seinen zehn Frauen zeugte er, abzüglich der tot geborenen oder früh verstorbenen, insgesamt 49 Kinder. Und weil er so schön in Übung war, heiratete er noch vier weitere Frauen, die ihm 17 Kinder schenkten. Fast unglaublich, dass er daneben noch die Zeit zum Regieren hatte – und die Zeit, 57 weitere, illegitime Nachfahren in die Welt zu setzen, die ebenfalls allesamt – schließlich war ihr Erzeuger der Stammvater des neuen Reiches – den Status eines Prinzen oder einer Prinzessin erhielten.

Somit hatte Dorian bis zum Ende seines langen Lebens 123 Prinzen und Prinzessinnen das Leben geschenkt. Vielleicht waren nicht wirklich alle von ihm, aber wer wollte behaupten, in all dem königlichen Kinder-Gewimmel den Überblick zu bewahren? Zuletzt hatte Dorian einen Kammerdiener eingestellt, dessen einzige Aufgabe darin bestand, den König an die Geburtstage seiner Kinder und Enkel und an deren Namen zu erinnern (und es war ein offenes Geheimnis, dass jener Diener dem König schließlich auch die Namen seiner Kurtisanen zuflüstern musste, was dem König, da er seit seinem 85. Lebensjahr an Schwerhörigkeit litt, etliche böse Blicke seiner Gespielinnen einbrachte –, aber da er auch nicht mehr so gut sah, war das nicht weiter schlimm).

Viele seiner Kinder schienen Dorians Hang zur Fruchtbarkeit geerbt zu haben und gaben ihn an die eigenen Nachkommen weiter. So kam es, dass Prinz Rétep, Schuhputzer und Lederflicker, einer von etwa zwölf Millionen offiziellen Prinzen und Prinzessinnen in einem riesigen Reich mit knapp 40 Millionen Einwohnern war. Hätte sich Rétep einmal die Mühe gemacht nachzurechnen, an welchem Platz in der Erbfolge er stand, hätte er erstaunt festgestellt, dass er ziemlich weit oben rangierte, nämlich auf Rang 57862. Von irgendeinem praktischen Nutzen war dies natürlich nicht, denn die 57861 potenziellen Thronfolger vor ihm würden Prinz Rétep wohl kaum den Gefallen tun und tot umfallen oder auf das Amt verzichten. Und eine stattliche Apanage gab es nur für die ersten zehn möglichen Thronfolger, für weitere zwanzig – man konnte ja nie wissen – ein kleines Zubrot.

Noch zu Zeiten von Dorian dem Libidinösen selbst war es, trotz allen Aufschwungs, kaum möglich gewesen, allen Prinzen und Prinzessinnen ein angenehmes Leben zu finanzieren. Schon eine Generation später setzte es der Rat der Stämme – verständlicherweise gegen den Widerstand der meisten Prinzen und Prinzessinnen – durch, dass man künftig nicht mehr alle Nachfahren Dorians auf Staatskosten durchfüttern würde. So kam es, dass es – abgesehen von den wenigen Hochprinzen – bald kaum noch Unterschiede zwischen den einfachen Bürgern und der Schar der Prinzen und Prinzessinnen gab. Genau genommen gab es sogar nur zwei offizielle Unterschiede: Die Prinzen und Prinzessinnen hatten erstens das Recht, ihren Titel vor den Namen zu stellen, und sie hatten zweitens das Recht, falls sie aus irgendeinem Grund zu einer Kerker-, Arbeits- oder Fronstrafe verurteilt werden sollten, statt des Kerkers den Galgen zu wählen.

Während das erstgenannte Recht sehr häufig genutzt wurde, war die Inanspruchnahme des zweiten doch eher gering. Genau genommen waren nur drei solche Fälle verzeichnet: Vor gut hundert Jahren hatte Prinz Aram Harup, verurteilt wegen schwarzmagischer Umtriebe, den Tod der lebenslangen Einkerkerung vorgezogen. Nur wenige Jahre später hatte es ihm ein gewisser Prinz Randolfini gleichgetan, der gemeinsam mit seiner Frau des schweren Betrugs überführt worden war. Allerdings war Randolfini damals schon 80 Jahre alt gewesen, und er hatte sich erst für den Galgen entschieden, nachdem er erfahren hatte, dass er die Zelle mit seiner Frau teilen sollte. Zu guter Letzt hatte vor etwa 50 Jahren ein zu fünf Monaten Haft verurteilter Hühnerdieb den Galgen vorgezogen – wobei sich in diesem Fall hartnäckig das Gerücht hielt, dass lediglich das Lispeln des Angeklagten und die Schwerhörigkeit des Richters für dieses Urteil gesorgt hatten –, na ja, Schnee von gestern.

Des Weiteren gab es noch zwei inoffizielle Unterschiede zwischen den Nachfahren Dorians und der einfachen Bevölkerung: Der Anteil der Reichen war im Adel noch immer deutlich größer als bei den Normalsterblichen – leider gehörte Prinz Rétep nicht zu dieser Gruppe. Und ebenso war auch der Anteil derjenigen, die sich für etwas Besseres hielten als der Rest der Welt, im Adel stärker verbreitet. Aber zum Glück: Hier gehörte Rétep ebenfalls nicht dazu – wenn er auch ansonsten durchaus einen gewissen Abstand dazu hatte, fehlerfrei zu sein.

3. Der hölzerne Junge

Der Geburtstag war vorüber. Auch das Fest eine Woche später, mit seinen Freunden und Freundinnen, war gekommen und gegangen. Jetzt, wiederum eine Woche später, hatte ihn der Alltag längst wieder. Aber der sah am heutigen Samstag eigentlich gar nicht so übel aus: Man konnte Peter an jenem sonnigen Frühlingstag auf dem Weg zum Sportplatz sehen. Wie immer nahm er die Abkürzung durch den lichten Wald. Die Landschaft schien aus allen Poren den Frühling zu verströmen: Der Himmel war blau, das Gras am Rande des breiten Waldweges war von kräftigem, frischen Grün, an unzähligen Stellen von kleinen Wildblumen durchbrochen. Überall summte und brummte und krabbelte es, und Peter freute sich schon auf einen Schluck frischen Quellwassers: Etwa auf der Hälfte der Strecke kreuzte der Waldweg eine Lichtung, in deren Mitte eine einsame, uralte Eiche einer hölzernen Sitzbank und einem kleinen Brunnen Schatten spendete. Der Brunnen wurde von einer kühlen Quelle gespeist, und Peter versäumte es nie, hier einen ordentlichen Schluck zu nehmen.

Der Frühling schien auch in Peter selbst zu stecken. Er war ausgesprochen guter Laune, freute sich auf seine Kumpel und die Bewegung beim Fußballspielen. Er erreichte die Lichtung, begleitet nur von einer angenehmen Brise, die durch die Bäume strich, und von einer dicken Hummel, die ihm brummend ein kleines Stück des Weges gefolgt war. In der Eiche lieferten sich drei Rotkehlchen einen Sängerwettstreit, und in der Ferne hämmerte ein Specht. Peter trat schließlich in den Schatten der Eiche, erreichte den einer alten Viehtränke ähnelnden hölzernen Trog, in den, gefasst in ein stählernes Rohr, munter die kleine Quelle plätscherte. Aaaah! Das frische Wasser! Peter legte die Hände zu einer Mulde zusammen, schob sie unter den Strahl – oder wollte es zumindest...

Doch da war nichts mehr, unter das er seine Hände hätte halten können. Von einer zur anderen Sekunde war das Wasser versiegt. Nicht ein einziger Tropfen baumelte mehr am Ende des Wasserspeiers. Verdutzt schreckte Peter hoch, die Augen weiterhin auf den nun wasserlosen Wasserspeier gerichtet, das Echo des Plätscherns noch im Kopf. Doch tatsächlich hörte er... er brauchte einen Augenblick, um zu begreifen, was es war... Nichts!

Absolut.

Nichts.

Nicht nur das Plätschern war verschwunden, auch das Brummen und Summen der Insekten, ebenso das Hämmer des Spechtes und das Zwitschern der Vögel. Ja selbst das Rascheln des leichten Windes in Blättern und Ästen war erloschen, nicht das leiseste Lüftchen regte sich.

Nie im Leben hatte Peter eine solche Stille gespürt, und er war viel zu verblüfft, um über das ungewöhnliche Ereignis besorgt oder gar beunruhigt zu sein. Aber er stand erst ganz am Anfang der Verblüffungen. Beunruhigung und Angst sollten bald folgen.

Vor Peters Augen verschwand nun auch das Wasser, das gerade noch den Brunnentrog gefüllt hatte. Nicht etwa, dass es irgendwo ausgelaufen wäre, nein, es… *verschwand!* Schien in Windeseile und absoluter Stille, ohne auch nur einen Tropfen zurückzulassen, in den Boden des Troges hineinzugleiten. Und jetzt konnte Peter innerhalb weniger Sekunden beobachten, wie das Holz des Troges spröde und rissig wurde, als hätte es zehn Jahre lang in der Wüstensonne gelegen. Dann machte Peter einen erschrockenen Luftsprung, denn unvermittelt spürte er ein Zittern unter seinen Füßen, als würde die Erde zerkrümeln. Denn auch der Boden unter ihm, ja auf der ganzen Lichtung trocknete aus, bekam Risse, die alle auf ein Ziel zuliefen: die alte Eiche, die, noch unberührt, nur zwei Meter von Peter entfernt stand. Mit offenem Mund beobachtete der Junge, wie die Risse den Baum erreichten, der jetzt wohl auch austrocknen musste… Doch mit dem Baum geschah etwas anderes: Als würde ein Aufzug in ihm aufsteigen, füllte sich der Stamm des Baumes bis in eine Höhe von etwa zwei Metern mit Wasser.

Nein, das war falsch, musste sich Peter entsetzt korrigieren. Der Eichenstamm füllte sich nicht mit Wasser, er *wurde* zu Wasser, war einen Moment durchsichtig, bis darin, erst verschwommen, doch dann deutlicher werdend, eine Kontur auftauchte. Eine Kontur, die… *menschlich…?* Und als diese Kontur in etwa Peters Größe erreicht hatte… trat ein hölzerner Junge aus der Wassersäule heraus, direkt in Peters Richtung.

*

Die Stille war beendet, als der Holz-Junge fürchterlich zu husten begann, Peter eine ordentliche Ladung Wasser vor die Füße spuckte und, mit absolut menschlicher Stimme, »Tag, Peter« sagte. Was Peters Entsetzen allerdings nicht steigern konnte, da er die Obergrenze des möglichen Schreckens – für den Augenblick – bereits erreicht hatte.

Seine Sporttasche war ihm schon lange von der Schulter gerutscht, seine weit aufgerissenen Augen starrten fassungslos auf den Jungen, dessen hölzerne Kleidung seltsam altertümlich wirkte, und dem offenbar ein kleines Stück des rechten Ohres fehlte.

Der Junge sprach nun mit schnellen Worten und eindringlich auf Peter ein: »Ich weiß, das wird jetzt etwas überraschend für dich kommen...« hatte der Kerl gerade »etwas« gesagt??? »...aber ich habe nicht viel Zeit, es dir zu erklären, also hör genau zu: Das Elf-Stämme-Land ist in Gefahr. Eine Seherin von Nekis hätte es fast mit ihrem Augenlicht bezahlt, dass sie uns schließlich den einzigen Ausweg in einer Prophezeiung offenbarte: ›Ein dreizehnjähriger Junge aus der anderen Welt kann die Rettung bringen‹ – ja, hört sich ziemlich wild an, oder? Und von den wenigen, die es gehört haben, glauben wohl einige noch heute nicht daran. Doch unseren Zauberern...« Hatte der Kerl gerade »Zauberer« gesagt?!?! »...ist es endlich, unter vielen Mühen und Gefahren gelungen, einen Weg zu finden, um einen Boten – nämlich mich – zur richtigen Zeit und an den richtigen Ort in die andere Welt zu schicken. Um dich zu holen...«

»Mich? Zu holen??«, wandte Peter lahm ein.

»Ja, du heißt doch Peter?«

»Äh, jaaa...«

»Na also. Wo war ich? Ach ja: Wenn du ins Elf-Stämme-Land kommst, traue niemandem. Es ist, äh, nicht ganz ungefährlich dort für dich – na ja, eigentlich für niemanden. Die einzigen, auf die du dich uneingeschränkt verlassen kannst, sind mein Freund Tulpe und der Halbzauberer Xavox. Beide wissen, dass du kommst. Tulpe wirst du entweder bei meinem Onkel, Prinz N'Ky finden – aber hüte dich vor meiner Cousine Prinzessin Ky, sie ist die echte Pest! –, oder frag irgendeinen Straßenjunge in Rú-tan nach ihm. Xavox findest du in Rú-tan im Tanzenden Einhorn. Ah, wunder dich nicht über ihn, er scheint manchmal etwas... sonderbar, vielleicht könntest du auch denken, dass er... nicht ganz nüchtern ist, aber in diesem Krieg brauchen wir alle unsere Tarnung. Xavox und Tulpe werden dir auch deine Aufgabe genauer erklären, denn ich fürchte, wir haben leider nicht mehr viel Zeit – was ich sehr bedauere –, unser interessantes Gespräch noch länger fortzusetzen. Du wirst nämlich in den nächsten Sekunden abreisen müssen, während ich zum Ausgleich hier bleibe. Der Holz-Zauber lässt jeden Moment nach, und beide können wir nicht in dieser Welt existieren.«

Jetzt stammelte Peter fassungslos: »Wie? Was? *Abreisen?* Aber ich will doch gar nicht... Eine *Prophezeiung?* Welches Land soll ich retten??? Will mich hier jemand verarschen? Und wer bist du überhaupt?«

»Nun, das sind ziemlich viele Fragen auf einmal, was? Na gut, also ich bin Prinz... oh, zu spät. Es geht los. Erschrick nicht.«

Damit packte der Junge Peter mit kräftigen und sich überraschend menschlich anfühlenden Händen an den Armen, in denen er augenblicklich ein seltsames Ziehen und Reißen spürte, das nichts mit den fest zudrückenden Fingern zu tun hatte. Entsetzt merkte Peter, dass er auf seinen Wangen plötzlich das Sonnenlicht tief in sich eindringen fühlte, und irrerweise hatte er mit einem Mal das unbändige Verlangen, seine Schuhe abzustreifen, um seine Zehen tief in den Boden zu graben. Doch noch bevor diese verrückten Gedanken weitergedacht werden konnten, hatte der fremde Junge, dessen hölzerne Haut nun irgendwie in Bewegung geraten war und ihre Farbe zu ändern schien, Peter erbarmungslos herumgewirbelt und drückte ihn in die Wassersäule, die kurz zuvor noch der Stamm einer Eiche gewesen war und auf der immer noch, entgegen jedem physikalischen Gesetz, die Krone einer Eiche wuchs.

In der Wassersäule war Peter augenblicklich bis auf die Borke... bis auf die Haut durchnässt, und, viel schlimmer, er bekam keine Luft mehr. Panisch wollte er sich wieder aus dem Wasser-Baum herausdrücken, doch der Junge, den Peter nun nur noch verschwommen erkennen konnte, hatte seine Hände mit in die Wassersäule geschoben und hielt Peter eisern fest. Vielleicht hätte der es trotzdem, vereint mit den Kräften seiner Angst, geschafft, sich loszureißen, doch nun schien das Wasser erbarmungslos von unten an ihm zu saugen, riss an ihm, wollte ihn hinabziehen – und dann plötzlich auch das Gefühl, von *etwas* im Wasser beobachtet zu werden, während seltsam gedämpfte Schreie wie die Echos weit entfernter Hilferufe in sein Hirn schnitten.

Der Sog wurde nun immer stärker, Peter klammerte sich verzweifelt an den Händen fest, die er gerade noch abschütteln wollte, doch draußen warf sich der Junge mit einem Ruck zurück, und Peter war allein, haltlos, wurde vom Wasser aufgesogen, wurde Wasser, wurde in Holz gedrückt, wurde zerquetscht, wurde durch Adern gepresst, in die Erde gesaugt, erstickte, zerwirbelte, wurde Nichts, wurde...

...ausgespuckt.

Erschöpft, hustend und spuckend und ohne mit Sicherheit sagen zu können, ob er gerade ohnmächtig gewesen war oder nicht, lag er auf

einer großen Weide direkt neben einem einsamen, gut drei Meter hohen Menhir. Es roch hier so anders...

***

Prinz Rétep war zufrieden. Vor seiner Ankunft hatte er befürchtet,
dass dieser Tölpel vielleicht Widerstand leisten könnte. Doch nein, es
war alles glatt verlaufen. Nun würde er sich in Ruhe und frei von
irgendwelchen Verfolgern an seine neue Heimat gewöhnen können.
Tulpe und Xavox würde er vielleicht vermissen. Und Ky...? Die hatte
er hinter sich. Hoffte er.

Hmmm... Es roch hier irgendwie anders als im Elf-Stämme-Land,
und die Luft hatte einen sonderbaren Geschmack. Seltsamerweise schi-
en sich sogar seine Wahrnehmung irgendwie geändert zu haben, jedenfalls kam sich Rétep ein wenig größer vor als noch jenseits der Wasse-
reiche... Merkwürdig. Er kratzte sich am Ohr. Und seine Augen wurden groß. Das Ohr war wieder komplett! Schlagartig dämmerte dem
jungen Prinzen, dass womöglich doch nicht alles so glatt gelaufen, ja
dass vielleicht sogar etwas ganz fürchterlich schiefgegangen war. Der
Brunnen-Trog war inzwischen von der jetzt wieder munter plätschern-
den Quelle gefüllt, und so blickte Rétep in das Wasser, um sich darin
zu spiegeln – und stieß einen Entsetzensschrei aus. Augenblicklich
wirbelte er herum, machte den größten Satz seines Lebens... und brach
sich das Nasenbein, als er mit dem Gesicht gegen den Baum knallte –
es war ganz eindeutig zu spät, um wieder in die Wassersäule des Ei-
chenstammes zu springen: Da stand ein ganz normaler Baum, so als
hätte es nie etwas anderes gegeben. Rétep fluchte aus vollem Herzen,
während das Blut aus seiner Nase schoss, eine ordentliche Beule auf
seiner Stirn erblühte und er innerlich alle Götter anflehte, dass der andere nun doch mit heiler Haut davonkommen möge – was bei der Aufgabe, die er bewältigen sollte, aber ziemlich unwahrscheinlich war.

***

Peter blieb gut zehn Minuten liegen, ohne sich zu rühren. Dafür bewegten sich seine Gedanken umso heftiger – sie waren das reinste
Chaos. In diesem Augenblick war er nicht mal entsetzt, denn dazu hatte er keine Kraft mehr. Sein Körper war bis an die Grenzen des Möglichen erschöpft, sein Geist so weit entfernt davon, auch nur ansatzweise

zu begreifen, was gerade passiert war, dass in der ganzen Verwirrung für Entsetzen kein Eckchen mehr frei blieb.

Schließlich rappelte er sich ächzend in sitzende Position hoch, wälzte sich auf die Knie und musste sich, heftig hustend, übergeben. Nach gut weiteren fünf Minuten umrundete er auf den Knien rutschend das Erbrochene, bis er sich an dem Menhir abstützen und langsam hochrappeln konnte. Der Stein war sonnenwarm unter seinen tastenden Händen. Konnte man so etwas in einem Traum spüren? Konnte man in einem Traum Gras riechen? Konnte man in Träumen kotzen wie ein Reiher? Aber abgesehen davon, dass alle seine Muskeln schmerzten, schien er nicht verletzt zu sein. Nun ja, sein Nasenrücken schmerzte, da musste er bei seiner sonderbaren Reise wohl irgendwo dagegen gerummst sein. Außerdem spürte er am rechten Ohr ein heftiges Ziehen und ertastete vorsichtig an dessen Oberkante eine ordentliche Kerbe. Gemerkt hatte er es jedenfalls nicht, wie er sich da verletzt hatte, und seltsamerweise blutete die Wunde auch nicht, schien sogar schon verkrustet – er musste also wohl doch ohnmächtig gewesen sein.

Nun lehnte sich Peter mit dem Rücken an den großen Steinblock – die Wärme tat gut – und betrachtete sich die Gegend eingehender. Ja, er war hier tatsächlich auf einer großen, saftigen, grünen Weide gelandet – wie das geschehen war?, nein, darüber lieber später nachdenken, damit die Übelkeit nicht zurückkam. Von rechts glotzten ihn jedenfalls aus fünf Metern Entfernung zwei Kühe blöde an. Verteilt über das riesige Areal waren noch etliche ihrer Kolleginnen mit Grasen oder Wiederkäuen beschäftigt. Etwa 20 Meter vor ihm war ein grober Holzzaun, der die Weide von einem staubigen, mit tiefen Fahrrinnen versehenen Weg trennte. Jenseits des Weges reckten sich auf einem Feld junge Pflanzen in den Himmel – vielleicht Weizen? Obwohl Weizen doch ein bisschen anders aussah. Ein gutes Stück weiter weg schien, mitten im Weizen-oder-was-auch-immer-Feld, ein kleines Gehöft zu stehen, das aber einen ziemlich heruntergekommenen Eindruck machte. Zur Linken erreichte der Weg nach etwa einem Kilometer einen gigantischen Wald, der sich über den ganzen Horizont erstreckte, zur Rechten gingen die Felder und Wiesen über sanfte Hügel immer weiter, doch in der Ferne, auf einer etwas größeren Anhöhe – Peter konnte schlecht schätzen, wie weit sie entfernt war – zeichneten sich die Konturen einer kleinen, von Mauern umgebenen Stadt ab.

Soviel also zur Landschaft. Und was jetzt??? Vielleicht müsste er ja auch einfach überhaupt nichts tun, weil er in Wirklichkeit gar nicht auf dieser Wiese, sondern in einer netten Gummizelle saß?

Aber selbst wenn er irre geworden war, dann bräuchte er innerhalb seines Irrsinns irgendeine Erklärung. Vielleicht sollte er also wirklich nach diesem »Halbzauberer« – unglaublich, dieses Wort auch nur zu denken – Ausschau halten. Nicht etwa, weil er diesem hölzernen Jungen getraut hätte – schließlich: Eine Person, die einen beinahe in einem *Baum* ertränkt und ohne Vorwarnung in eine andere Welt schickt, ist ja wohl kaum sehr vertrauenswürdig –, doch er wusste sich einfach keinen anderen Rat. Also: Da vorne war der Weg. Nach links, in den Wald, wollte er nicht, der einsame, geduckte Hof war ihm nicht geheuer. Somit blieb die Stadt. Wie war das noch mal? In Rú-tan im Tanzenden Einhorn sollte dieser Xavox zu finden sein? Nun denn. Schnell noch einen Blick auf die Uhr... Die Uhr war weg. Und sein lockeres Sweatshirt war auch verschwunden. Stattdessen trug er eine kurzärmelige Lederweste und eine nicht sonderlich saubere Hose aus grobem, braunem Stoff, die Füße steckten in speckig glänzenden Wildlederstiefeln, die bis über die Waden reichten. Offenbar hatte er mit jenem Holz-Jungen nicht nur die Welt, sondern auch – iiiiiih – die *gebrauchten* Kleider getauscht. Na, hoffentlich hatte der keine Läuse... Nein, lieber an was anderes denken, den Blick auf die Stadt richten, und los geht's.

Nachdem er etwa fünf Minuten marschiert war, bemerkte er, dass ihm da offenbar irgendein Gefährt entgegenkam, das zuvor noch hinter dem nächsten Hügel verborgen gewesen war. Es näherte sich langsam, konnte also wohl kein Auto...

Das war ja ein Ochsenkarren! Nach ein paar weiteren Minuten war der Wagen gemächlich herangezottelt, Peter trat an den Straßenrand und starrte. Von vier kräftigen, geradezu riesigen Ochsen gezogen, rollte da ein sicher fünf Meter langes Gefährt auf hölzernen Scheiben-Rädern heran. Auf dem Kutschbock saßen ein Mann, der die gemächlich stampfenden und sanft schnaubenden Tiere mit einer langen, dünnen Stange antrieb, und eine Frau, die etwas zu stricken schien. Beide waren groß und schlank und etwa um die 40 Jahre alt, mit wettergegerbten, langen Gesichtern, schon leicht ergrautem Blondhaar und in grobe Wollhosen und Leinenhemden gehüllt. Der Wagen war hoch mit Säcken und Körben beladen, wobei die Säcke in der vorderen Hälfte so aufgeschichtet waren, dass sich obendrauf bequem drei Kinder im Alter zwischen fünf und zehn Jahren lümmeln konnten, mit fast weißblonden, schulterlangen Haaren und ähnlich wie ihre Eltern gekleidet. Die Kinder sahen nun ihrerseits neugierig zu Peter herunter. Auch der Mann richtete jetzt seine Blicke auf ihn, runzelte schließlich die Stirn und rief ihm zu: »Was glotzt du so blöd? Ihr Stadt-Bengel seid eine echte Landplage...«

Von hinten rief das älteste Kind, der Stimme nach zu urteilen ein Mädchen: »Ja, mach den Mund zu, sonst fliegt dir noch ein Trillerlops hinein!«

Was immer das auch bedeuten mochte, die beiden kleineren kugelten sich jedenfalls vor Lachen, und Peter klappte automatisch seine fast schon schmerzenden Kiefer wieder zu, starrte aber doch weiter dem Wagen hinterher. Erst jetzt konnte er hinter die Ladung sehen. Dort, ganz am Ende des Karrens, saß noch ein Mädchen, im Gegensatz zu den anderen mit tiefschwarzen Haaren und einem etwas volleren Gesicht, mit einer einfachen, dunkelgrauen Leinenjacke und wadenlangen Hosen aus dem gleichen Stoff gekleidet. Das Mädchen war etwa in Peters Alter, schien dafür aber recht kräftig zu sein. Lässig lehnte sie an einer Kiste und ließ die nackten Füße vom Wagen baumeln. Beiläufig strich sie mit der rechten Hand eine widerspenstige Haarsträhne zurück, schob dabei gleichzeitig ihr gut schulterlanges, glattes Haar hinter das rechte Ohr – und Peter starrte schon wieder.

Das *Ohr*!

Das Ohr des Mädchens lief oben eindeutig spitz zu. Nicht gerade lang auslaufend und nadelfein, aber eben doch... spitz. Und als Peter nun sah, was sie über ihrem Schoß liegen hatte, wurden seine Augen noch größer. Da lagen ein großer Bogen und ein Köcher mit langen, gefiederten Pfeilen. Und einen Pfeil hatte sie in der linken Hand. Seine mit Widerhaken versehene Spitze schimmerte wohl nicht nur so wie Stahl... Peter konnte sich kaum einreden, dass es sich bei der Waffe bloß um einen Sportbogen oder gar ein Spielzeug handelte. Und er fragte sich, während ihm eine Gänsehaut das Rückgrat hochkroch, was das Mädchen mit ihrem Bogen gemacht hätte, wenn Peter von dieser seltsamen Wagenbesatzung als Bedrohung eingestuft worden wäre... Was glücklicherweise nicht der Fall war. Stattdessen grinste ihn das Mädchen nur frech an, griff dann mit der Rechten in einen Korb und warf dem Jungen mit einem wortlosen Augenzwinkern etwas Rotes, Rundes und Doppelfaustgroßes zu.

Automatisch fing Peter das Ding auf – und hielt den größten Apfel, den er je gesehen hatte, in den Händen. Reflexartig hob er zum Dank die Hand, riss sich dann kopfschüttelnd vom Anblick des sich langsam entfernenden Wagens los und marschierte weiter in Richtung Stadt.

Immerhin hatte er schon fünf Dinge aus seiner ersten Begegnung mit den Einheimischen des – wie war das? Elf-Stämme-Landes? – gelernt.

Erstens: Er verstand ihre Sprache. Zweitens: Die Gegend hier war offenbar nicht ungefährlich und die Einwohner wachsam – denn anders war es ja wohl kaum zu erklären, dass ein junges Bauernmädchen ihrer Familie mit einem Bogen Geleitschutz gab. Drittens: Wollte er nicht anecken, bis er – hoffentlich sehr, sehr bald – wieder zu Hause war, sollte er überaus vorsichtig sein und besser nicht fremde Leute anstarren. Viertens: Hm, ja, die Mädchen hier konnten offenbar gefährlich sein, aber auch – Peter errötete innerlich und fragte sich, wie er ausgerechnet jetzt darauf kam – sehr hübsch und nett. Und fünftens: Die Äpfel hier schmeckten wirklich ganz fantastisch! Peter tropfte der Saft vom Kinn, als er immer wieder gierig große Stücke aus der Frucht biss – er hatte gar nicht gemerkt, wie hungrig und durstig er gewesen war.

Eine Weile später kamen ihm, im gemessenem Trab, zwei Reiter auf braunen Pferden entgegen, ähnlich wie der Bauer gekleidet, aber zusätzlich ausgestattet mit dicken Lederwesten und Lederkappen, unter denen ihr langes Blondhaar hervorquoll. Dass sie, in ledernen Scheiden, auch Kurzschwerter von den Hüften hängen hatten und aus Futteralen an den Flanken der Pferde je ein langer Bogen – im Gegensatz zu dem einfachen und glatten Holzbogen des Mädchens allerdings reich mit Schnitzereien verziert – herausragte, wunderte Peter kaum noch. Der Junge nahm seinen Mut zusammen und wagte, mit möglichst wenig Starren, ein höfliches »Guten Tag«, und zu seiner Erleichterung erntete er von beiden ein freundliches Kopfnicken, von einem sogar die Worte »Gute Straße, junger Wanderer« – das schien hier wohl eine Art Grußformel zu sein. Auf jeden Fall war es beruhigend, dass es hier offenbar auch freundliche, umgängliche Menschen gab.

Vom nächsten flachen Hügel aus sah er ganz in der Nähe eine Kreuzung, und von da an wurde es offenbar etwas belebter: Der Weg, auf dem er sich der Stadt näherte, war der schmalste und wohl am wenigsten genutzte. Nach den drei anderen Seiten zu waren die Straßen etwa fünf Meter breit. Und die Straße, die – dem Stand der Sonne entsprechend – nach Süden führte, sowie die Straße in Richtung Stadt waren sogar mit schweren Steinplatten gepflastert. Wirklich stark war der Verkehr nicht, aber ein paar Reiter, Pferde- und Ochsenkarren waren hier unterwegs und sogar eine sechsköpfige Gruppe in Baumwollkutten gehüllter Fußgänger, die in geschlossener Formation eilig voranstrebte.

Was Peter dagegen nicht sah, waren Autos oder irgendeine andere Art von motorisiertem Fortbewegungsmittel, nicht mal ein Fahrrad. Und er hätte sein letztes Hemd verwettet – oder vielleicht eher das letzte Hemd jenes anderen Jungen? –, dass er auch an allen anderen Orten dieser seltsamen Welt mit spitzohrigen Mädchen keine Motoren oder ähnliches finden würde. Mit einem Seufzer marschierte er weiter auf die Stadt zu und hoffte, bald anzukommen. Er war ja eigentlich ganz gut zu Fuß, doch langsam erschöpfte ihn der Marsch – zumal nach seiner kräftezehrenden Reise durch Wasserbaumstämme nach... wohin auch immer. Vor allem aber wollte er endlich ein paar Antworten bekommen, und wenn darunter auch die Antwort wäre, wie er denn um Himmels Willen bloß wieder nach Hause kommen würde, dann könnten ihm das ganze Elf-Stämme-Land, sämtliche seltsamen Prophezeiungen dieser komischen Welt und, ja, sogar alle hübschen Mädchen, die es hier geben mochte, gestohlen bleiben.

Die Stadt, das wurde immer deutlicher, war wohl eher ein sehr groß geratenes Dorf oder allenfalls eine Kleinstadt auf einem lang gestreckten Hügel. Umgeben allerdings von einer durchaus wehrhaft wirkenden, etwa vier Meter hohen Stadtmauer. Und nach allem, was Peter bisher gesehen hatte, dachte er erst gar nicht daran, dass es sich bei der Mauer lediglich um ein Relikt aus vergangenen Tagen handelte, das man nur aus Denkmalschutzgründen und für Touristen stehen ließ. Dazu hätte auch nicht gepasst, dass am offenen Stadttor zwei Wachen mit Brustpanzern, eisernen Kappen und gefährlich aussehenden Lanzen mit 30 Zentimeter langen, leicht dolchartig gekrümmten Spitzen postiert waren. Und auf einem kleinen Türmchen auf dem steinernen Torbogen stand ein weiterer Wachmann, der locker eine gespannte Armbrust in der rechten Armbeuge hielt. Aber die beiden am Tor, der eine wohl gut über 50, der andere allenfalls 25 Jahre alt, unterhielten sich gelassen miteinander und nickten einem Reiter, der vor Peter durch das Stadttor ritt, nur kurz zu. Also marschierte auch Peter einfach auf das Tor zu und blieb, ermutigt von der freundlichen Begegnung mit den beiden Reitern, bei den Wachen stehen, um sich vorsichtig zu räuspern und zu fragen: »Entschuldigen Sie, diese Stadt hier, ist das, äh, Rú-tan?«

Die Wachen wandten sich ihm zu und sprachen etwa zehn Sekunden kein Wort, während sie Peter verwundert anstarrten, sodass es ihm schon ganz heiß und kalt den Rücken runterlief. Doch schließlich wandte sich der Ältere grinsend an den Jüngeren und sagte: »Lass dich nicht ins Boxhorn jagen. Prinz Schuhputzer sucht sicher bloß wieder ein Opfer für seinen Unsinn.« Dann tat er erschrocken und rief: »He! Vielleicht hat er uns ja nur abgelenkt, um unsere Stadt zu klauen!...« Kurz schaute er über die Schulter zurück »... nein, sie ist noch da.«

Der Jünger musste nun kichern und meinte, mit einem Blick auf Peter, zu seinem Gefährten: »Vielleicht können wir ja auch hoffen, dass ihm endlich mal jemand derart ordentlich auf den Kopf gehauen hat, dass er seine eigene Stadt nicht mehr erkennt – und verschwindet?« Und zu Peter gewandt: »Mach, dass du weiterkommst, oder ich könnte diesen Job mit dem Kopfnuss-Verteilen selbst übernehmen!« Dabei stieß er den Lanzenschaft einmal heftig auf den Boden, doch seine Stimme klang eher belustigt und freundlich. So war Peter zwar überzeugt, dass es wohl keine echte Drohung gewesen war, doch er wollte lieber nichts riskieren, zog den Kopf ein und ging eilig weiter. Und natürlich war er überaus verwirrt. Offenbar war er in der richtigen Stadt. Aber... wieso *seine* Stadt? Und vor allem: Wie konnte es sein, dass die beiden ihn zu kennen schienen????

Doch er wurde schnell abgelenkt durch das Treiben in dem Städtchen, das er gerade betreten hatte. Selbst das Suchen nach Antworten schien in diesem Augenblick nicht mehr so wichtig. Unglaublich! Irgendwie erinnerte es ihn an ein mittelalterliches Stadtbild – und *so* doch wieder nicht. Zum einen wirkte hier alles echt, nicht wie in einem alten, aber sanierten Stadtkern, in dem es eben doch moderne Schaufenster und elektrisches Licht gibt. Zum anderen sah man hier auch so etwas wie einen eigenen Baustil: Die zwei- bis dreigeschossigen Häuser waren aus groben, vermörtelten Steinquadern zusammengesetzt, wobei sich in der Horizontalen immer eine dünne mit einer dicken Mörtelschicht abwechselte. Und offenbar war dem Mörtel irgendein Farbstoff beigemengt worden. Jeder Hausherr schien eigene Farbtöne zu bevorzugen – und es war wirklich alles vertreten: vom klassisch grauen Mörtel bis hin zu ritzerot, grasgrün oder hellblau vermauerten Häusern.

Auffällig war auch, dass es ziemlich viele freistehende Häuser gab. Bei ihm zu Hause hätte man das im Mittelalter vermutlich als grobe Platz- und Energieverschwendung angesehen. Zudem wusste Peter, dass in den mittelalterlichen Städten Europas die Straßen auch als Kloaken herhalten mussten: Man war damals regelrecht durch Dreck gewatet, und der Gestank wäre wohl von einem modernen Menschen nicht zu ertragen gewesen. Doch hier war es, na ja, nicht gerade das, was seine Mutter als penibel reinlich bezeichnet hätte, aber im Großen und Ganzen sauber, und vor allem: Die Luft war frisch. Vielleicht daher die vielen Lücken zwischen den Bauten? Um den Wind ungestört zwischen den Häusern hindurch pfeifen zu lassen. Die Dächer waren Flachdächer, was einem aus der Ferne, bei flüchtigem Hinsehen, durchaus entgehen konnte, denn auf den meisten Dächern gab es noch zeltartige Konstruktionen aus buntem Stoff.

Die Straßen waren mit Steinplatten gepflastert und hatten eine kaum merklicher Neigung nach innen, denn in der Mitte jeder Straße verlief ein kleiner Graben, der nur in Kreuzungsbereichen und in der Höhe einmündender Straßen unter Steinplatten verlief. Bürgersteige gab es nicht.

In den Erdgeschossen vieler Häuser waren Ladenlokale untergebracht. Die von steinernen Rahmen eingefassten Türen und Fenster – manche unter einem geraden Sturz, manche unter Bögen – waren breit und einladend. Eine Ordnung nach Handwerkern schien es hier nicht zu geben, die verschiedensten Gewerke und sonstige Geschäfte waren quer durcheinander gewürfelt. Sonderbar geschwungene Schriftzeichen auf manchmal schlichten, manchmal reich bemalten Holztafeln, die ein gutes Stück über Kopfhöhe in die Straßen hineinragten, verkündeten offenbar, was es in dem jeweiligen Laden gab. Peter konnte die Schrift allerdings nicht lesen. Da stand zum Beispiel »Trillerlops und Hühner«, dort »Berols Töpferwaren« und auf dem nächsten Schild.... *Heeeeh!* Peter blieb wie angewurzelt stehen und musste, entgegen aller guten Vorsätze, doch wieder starren. Wenigstens nicht auf Menschen, sondern auf diese Schilder. Wie war das möglich? Sein Verstand teilte ihm ganz zweifelsfrei mit: Du kennst diese Schriftzeichen nicht, sie haben nicht die kleinste Ähnlichkeit mit unserem Alphabet. Und trotzdem hatte er nicht die geringste Mühe, den Sinn hinter der Schrift zu erkennen. Wenn die ganze Geschichte bisher schon absolut verrückt war, so wurde es nun wirklich unheimlich. Vielleicht sollte er, statt ziellos und staunend durch die Straßen zu streifen, doch möglichst schnell versuchen, diesen Xavox zu finden? Genug Leute, die er fragen konnte, liefen jedenfalls herum.

Fast alle Erwachsenen waren recht hoch gewachsen. Die meisten von ihnen trugen Kleidung aus Wolle oder Leinen, manche teilweise aus Leder. Auch die Frauen und Mädchen trugen Hosen. Röcke schienen hier unbekannt.

Unter den meist dunkelhaarigen Bewohnern dieser Stadt waren immer wieder einzelne Menschen mit langen, hellblonden Haaren, die ganz besonders groß zu sein schienen. Im Andenken daran, wie ihn der Bauer, der zum gleichen Volksstamm zu gehören schien, von seinem Ochsenkarren aus angefaucht hatte, trat Peter lieber auf einen für hiesige Verhältnisse wohl eher kleineren, braunhaarigen Mann mit roten Pausbacken zu. Er war gerade damit beschäftigt, eine kleine Auslage vor seinem Laden mit solchen überaus leckeren Äpfeln zu bestückten. »Entschuldigung«, Peter konnte ein leichtes Schielen zu den Äpfeln nicht vermeiden, »können Sie mir vielleicht sagen, wie ich zum Tanzenden Einhorn komme?«

»Hmmm, warte mal, junger Freund...«, sagte der Mann, der nun freundlich zu ihm rüberblickte, »mein Weg hat mich erst vor ein paar Wochen nach Rú-tan geführt, aber ich meine, die Kneipe ist im Blutviertel zu finden.... ist aber kein, äh, sehr gutes Viertel. Wenn du einen preiswerten Gasthof suchst, so was gibt's auch hier in der Nähe.«

»Danke für den Hinweis, äh, werter Herr, aber ich muss leider zum Tanzenden Einhorn, um jemanden zu treffen.«

»Nun, du musst es wissen. Also: Geh einfach noch zwei Straßen weiter, dann wendest du dich nach rechts und hältst die Richtung immer ein. Nach etwa zehn Minuten erreichst du einen größeren Platz mit etlichen Söldner-Schenken. Dann bist du schon im Blutviertel. Auf dem Platz fragst du am besten noch mal nach dem Einhorn, das muss ganz in der Nähe sein.«

»Vielen Dank für die Auskunft und viel Glück mit Eurem Geschäft«, sagte Peter, um die Freundlichkeit des Mannes zu erwidern.

Beim Stichwort »Geschäft« schien dem Mann etwas einzufallen, und er fragte hastig: »Willst du nicht noch ein paar Äpfel kaufen?«

»Ich würde wirklich gerne«, antwortete Peter mit einem langen Seufzer und einem sehnsüchtigen Blick auf die prallen Früchte, »aber ich fürchte, ich habe keinen einzigen Cent in der Tasche.«

Der Händler zog kurz die Augenbrauen hoch und entgegnete leicht verwirrt: »Was sind, äh, ›Cent‹? – Bist wohl auch nicht von hier, was? Na, wie auch immer, hier«, – damit warf er Peter einen Apfel zu – »und wenn du mal Geld in der Tasche hast, denk an mich und kauf was in meinem Laden.«

»Gerne«, sagte Peter aufrichtig, von der Freundlichkeit des Mannes überrascht, und fühlte sich schon etwas besser, weil Großzügigkeit im Elf-Stämme-Land offenbar nicht die Ausnahme war. Und während er in Richtung Blutviertel marschierte, aß er den Apfel samt Krutzen und Kernen. Und vor lauter Genuss merkte er nicht, dass die Häuser nach und nach einfacher, schließlich schäbiger wurden und inzwischen auch einiges an Dreck und Müll in den Straßen lag.

Als er den beschriebenen Platz erreichte, war es später Nachmittag geworden. Schon lange, bevor er aus der Straße herausgetreten war, hatte er ein lautes Gewirr rauer Stimmen gehört, immer wieder unterbrochen von noch lauterem Lachen, Fluchen und Streiten. Etwa in der

Mitte des nur annähernd runden, knapp siebzig Meter durchmessenden Platzes sprudelte eine Quelle in ein flaches Steinbecken und lief durch einen in Granitplatten gefassten Graben in die andere Richtung ab. Ja, der Ort war recht belebt, denn vor mehreren Gasthäusern, nicht wenigen Spelunken und einer Handvoll Ställe standen und saßen etliche Kerle und ein paar Frauen an grob zusammengezimmerten Holztischen, mit Krügen in den Händen oder vor sich. Sie trugen verschiedene... ja, was? Das schienen so was wie Uniformen zu sein. Manche hatten Brustharnische oder Kettenhemden an, alle hatten sie Schwerter an den Hüften, auf den Tischen und Bänken lagen Helme, an den Wänden lehnten Schilde und Speere, Bögen und Armbrüste. Nun denn.

Peter trat auf den Platz hinaus. Und da er eigentlich überhaupt keinen dieser Bewaffneten ansprechen wollte, schien es ihm auch egal zu sein, wen er nun tatsächlich fragte. Ein paar Meter vor ihm, etwa zwischen Mitte und Rand des Platzes, stand eine Gruppe von vier Männern in schwarzen Lederuniformen – sah ganz schön wild aus –, die offensichtlich in ein Gespräch vertieft waren. Der Größte, geradezu ein Riese, dem ein langer, dünner Zopf vom Kopf hing, hatte Peter den mächtig breiten Rücken zugekehrt, mit der Linken hob er gerade einen Holzkrug an die Lippen, in dem man problemlos eine Katze hätte ersäufen können.

»Entschuldigung, können Sie mir vielleicht sagen, wie ich...«

Das »wie ich...« war nur noch lahm von Peters Lippen getröpfelt. Oh nein, hier stimmte irgendetwas ganz und gar nicht, das war klar.

Den drei etwas kleineren dieser Leder-Typen, die nun in Peters Richtung blickten, waren bei seinem Anblick sämtliche Gesichtszüge entgleist, und ihre Kinnladen hingen weit nach unten. Alarmiert durch die Reaktion seiner Begleiter fuhr der Große blitzschnell herum, während seine Rechte schon den Griff seines Kurzschwertes berührte, und...

er prustete Peter eine Ladung Bier ins Gesicht, während ihm sein rechtes Auge – das linke war hinter einer ledernen Augenklappe verborgen – schier aus der Höhle springen wollte.

Dann folgten dem Bierschwall noch etliche Speicheltropfen, als der Riese ein zornbebendes »Duuuu!!!!« brüllte, nun tatsächlich sein Schwert herausriss und Peter, ohne den Krug abzustellen, ganz offensichtlich einhändig halbieren wollte.

Der konnte sich vor Entsetzen keinen Millimeter rühren und wäre sicher eine Sekunde später in zwei verschiedenen Richtungen zu Boden gesunken. Wäre nicht ein langer, aber etwas weniger breiter Typ aus der Vierergruppe dem Riesen mit aller Macht und beiden Händen in den Schwertarm gefallen, um ihn zurückzuhalten. Hätte der Riese nicht – um den Schwertarm frei zu haben – links den Bierkrug gehalten und den Hieb zweihändig führen können, ohne Zweifel wäre Peter nun trotz des Eingreifens jenes langen Kerls eine gespaltene Persönlichkeit gewesen.

Der Lange rief: »Nein, Rolli...«Dieser Riese hieß Rolli? Unglaublich. »... doch nicht hier, wo es alle sehen.«

Der Große schnaubte, wischte die Hand des anderen beiseite, und entgegnete, noch immer vor Zorn bebend: »Zwei Monate haben wir diesen kleinen Prinzen-Bastard gejagt. Wir sollten ihn längst in die Erde geschickt haben. Und ich habe es satt, dass er uns immer wieder ein Schnippchen schlägt. Wenn er sich schon entblödet, zu uns zu kommen, dann mache ich ihm jetzt auch gründlich den Garaus.« Ein Dritter aus der Gruppe, der die gleichen rostrotbraunen Haare und die gleiche Hakennase wie der Vierte hatte – sie mussten wohl Brüder sein – mischte sich nun, ebenfalls sein Schwert lockernd, auch ein: »Hey, Tior, lass Rolli nur machen. Wir haben keine Lust mehr, hinter dem Hosenscheißer durchs Gebüsch zu kriechen. Und wenn's noch länger dauert, bekommen wir am Ende das Blutgeld gekürzt. Außerdem: Glaubst du wirklich, es schert hier irgendjemanden, wenn wir diese kleine Ratte zu ihren Ahnen-Ärschen schicken? Und selbst wenn: Rolli ist Hauptmann der Lederkrieger, wer wollte ihm widersprechen oder gar vorwerfen, dass er nicht rechtens gehandelt habe?«

Peter stammelte: »Also, ich finde schon, Herr Rolli sollte auf seinen Freund, Herrn Tior, hören, und, äh, *kennen* wir uns...?«

Aber die anderen schienen gar nicht auf Peter zu achten, und, noch schlimmer, Tior machte nur kurz ein nachdenkliches Gesicht, zuckte schließlich mit den Schultern und meinte: »Nun, was soll's? Ist vielleicht wirklich nicht so wichtig, wo dieser Wicht seine Gedärme verteilt.«

Auch Peters entsetztes »Also, ich würde meine Gedärme am liebsten nirgends verteilen, und das wär mir schon wichtig, irgendwie...« blieb ohne Beachtung.

Stattdessen ließ Rolli sein Schwert drei Mal locker ums Handgelenk kreisen, während er mit einem bösen Lächeln vor Peter hintrat und leise vor sich hinmurmelte: »Hmmm, Kopf ab, Bauch aufschlitzen oder doch lieber halbieren...?« Dann nahm er noch einen Zug aus seinem Bierhumpen, den er nach wie vor in der Linken hielt, und holte mit dem Schwert aus...

***

»Ach du herrje! Mensch, Peter, was ist denn mit dir passiert?«

»Wie? Was? – Äh – ich schätze... nein, da war jemand... Hab ich...? Ich glaube, ich habe Prügel bezogen, aber ich kann mich nicht erinnern... Und wer seid ihr?«

Kante und Ali sahen sich kurz mit großen Augen an, dann trat Kante näher zu Peter hin, besah ihn sich genau und meinte schließlich: »Oh Mann! Du hast vielleicht einen Oschi von Beule auf der Stirn! Und dein Nasenbein dürfte hin sein. Setz dich und lehn dich gegen den Baum, ich mache mein Handtuch feucht, dann kannst du's auf die Beule drücken... äh... und du erkennst uns wirklich nicht?«

Rétep hatte schnell geschaltet. Vielleicht konnte er ja wenigstens ein paar Vorteile aus seinem neuen Körper ziehen, musste hier nicht bei Null anfangen... Und wenn er nur im Haus von diesem Peter etwas für seine Reisekasse, nun ja, *finden* würde.

Nach dem Verschwinden von Peter und dem kleinen Unfall mit dem Baum hatte er sich erst erschöpft hingesetzt, war schließlich aufgesprungen und grübelnd auf der Lichtung hin und her gelaufen. Dann waren diese beiden Jungs des Weges gekommen – und offenbar kannten sie ihn, oder besser gesagt, diesen Peter recht gut. Das galt es auszunutzen. Seine Mondfähigkeit würde ja wohl auch in dieser Welt funktionieren. So sagte er: »Nein, mit Verlaub, ich kenne euch nicht. Wer seid ihr?«, dann griff er sich mit zusammengekniffenen Augen an den Kopf und sagte leise: »Und wenn ich's mir recht überlege: Wer bin *ich*? Bei Burischja – ich habe solche Kopfschmerzen!«

»Wer ist Burischja? (– hoppla, er musste vorsichtiger sein –) Und, äh, du heißt Peter«, sagte der ziemlich dünne, große Junge, der witzigerweise zwei kleine Räder aus Glas in einem Drahtgestell vor den Augen hatte, »und wir sind Freunde. Ich bin Kante und das da«, damit deutete er auf den etwas kleineren Jungen mit einer ungewöhnlich dunklen Haut, »ist Ali. Und du, Peter, hast wohl ordentlich eins auf die Birne kassiert. – Jetzt ist mir auch klar, warum du nicht bei unserem Fußballspiel dabei warst. Scheint, dass du so was wie eine Amnesie bekommen hast – hab ich mal was im Fernsehen drüber gesehen.«

Was eine Amnesie war, wusste Rétep ja – genau darauf zielte er schließlich ab –, doch was, bei Burischja oder wie man hier auch immer sagte, war »Fernsehen«? Und was für ein seltsames Spiel mochte »Fußball« sein?

Dieser Kante machte jedenfalls wahr, was er gesagt hatte. Er griff zu einer großen Umhängetasche, öffnete sie... *heee!* Wie hatte er das jetzt gemacht? Da waren doch weder Knöpfe noch Schnallen dran, er hatte einfach irgendwie der Länge nach an etwas gezogen, und die Tasche war aufgegangen... war in dieser seltsamen Welt Voll-Magie vielleicht noch erlaubt? Jedenfalls hatte der Junge ein Tuch aus der Tasche gezogen, es im Brunnenwasser nass gemacht und ihm gereicht, damit er seine Beule vorsichtig kühlen konnte. Auch dieser Ali zauberte ein Handtuch hervor, befeuchtete es ebenfalls und begann, vorsichtig das Blut aus seinem Gesicht zu wischen. Und beide Jungs waren offenbar, auch wenn sie es verbergen wollten, ziemlich beunruhigt. Nun, dieser Peter schien ja beliebt zu sein, wenn man sich hier solche Sorgen um ihn machte. Ob er wohl Familie hatte? Bestimmt!

»Danke«, sagte Rétep schließlich, »aber könntet ihr mich jetzt, äh, nach Hause bringen? Ich meine, ich hab doch ein Zuhause, oder?«

Nun sahen sich die beiden geradezu bestürzt an, dann sagte Ali: »Na klar, Alter, Mutter, Vater, 'ne hübsche Schwester und noch einen ganzen Haufen Verwandte, und ich glaube, denen wirst du gleich den größten Schreck ihres Lebens bereiten. Aber mach dir mal keine Sorgen. Ich habe irgendwo gelesen, dass die meisten Amnesien schnell vorbeigehen. Das wird schon wieder. Wir bringen dich jetzt heim, und deine Eltern können dich dann gleich ins Krankenhaus fahren, die werden das dann schon wieder hinbiegen.«

Dann hängte sich Kante alle drei Taschen um, während Ali Rétep, der sich noch darüber wunderte, was ein »krankes Haus« wohl sein könnte, hoch half und beim Laufen stützte. Ja, die beiden waren wirklich nett – könnte durchaus noch hilfreich werden.

Sie gingen den Waldweg entlang. Aus der Ferne hörte Rétep manchmal seltsames Knattern und Surren, das mit jedem Mal etwas lauter wurde. Rétep wurde etwas mulmig zumute. Das mussten diese beiden Kerle doch auch hören? Hmm... wahrscheinlich hörten sie es ja, und es war halt nur irgendetwas, das in dieser Welt ganz normal war? Also besser nichts anmerken lassen.

Doch das sollte Rétep nicht gelingen.

Schließlich führte der Fußweg aus dem Wald und kreuzte eine breite Straße, die von einem seltsam glatten, grauen Belag bedeckt war. Und warum mochte jemand weiße Linien in der Mitte der Straße aufgemalt haben, die immer den gleichen Abstand voneinander hatten? – Seltsam.

Nicht weit entfernt lag – na so was, völlig ungeschützt! – eine kleine Siedlung aus Häusern, wie sie Rétep noch nie gesehen hatte. Er war so fasziniert von diesem fremden Anblick, dass ihm ganz entgangen war, wie sich ein monströses Knattern von rechts näherte. Bis es heran war.

»Aaargh!!!«

Einen Entsetzensschrei ausstoßen, sich von Ali losreißen und einen Zwei-Meter-Satz zurück machen war eins. Panisch starrte Rétep diesem Monster hinterher. Das war ja elfmal, ach was, zweiundzwanzigmal schneller als jedes Pferd. Aber was war das gewesen? Oder war es eine Sinnestäuschung? Rétep hatte tatsächlich den Eindruck gehabt, da sei ein metallisch glitzerndes Wesen auf zwei Rädern vorbeigerast, von nichts gezogen! Und... war aus der Mitte von diesem... Dings nicht sogar ein menschlicher Oberkörper samt Kopf nach oben herausgewachsen? Oder war es vielleicht möglich, dass da ein Mensch auf diesem rasenden Räder-Ding *drauf gesessen* hatte? Aber nein, so verrückt konnte doch kein Mensch sein?

Rétep zitterte am ganzen Körper, während er dem längst hinter einer Kurve verschwundenen Wesen immer noch hinterher starrte. Doch dann näherte sich aus eben jener Richtung erneut ein lautes Brummen. Am liebsten wäre der Prinz weggelaufen, zurück in den Wald, doch seine Füße gehorchten nicht. Oh ihr Ahnen! Da raste, diesmal auf vier Rädern, wie von Geisterhand gezogen eine kleine, metallische Kutsche vorbei, direkt gefolgt von einer zweiten... da! Von der anderen Seite kamen nun gleich mehrere solcher Gefährte – und jetzt war sich Rétep auch sicher: Da *saßen Menschen drin!* In einer dieser Zauber-Kutschen hatte er sogar ein Kind erkannt! Oh Ahnen und Ahnen-Ahnen – welch mächtige Magie mussten hier herrschen!

Als dann auch noch ein riesiges, mindestens zweiundzwanzig Meter langes und bestimmt elfrädriges Ungetüm mit lautem Getöse an ihm vorbeirumpelte, gaben vor lauter Zittern die Beine unter Rétep nach, und er sank, unverständliche Worte krächzend, zu Boden.

Nachdem sie ihren Freund erst nur verwundert, dann entsetzt angestarrt hatten, murmelte Ali zu Kante: »Es ist wohl noch schlimmer, als wir vermutet hatten. Lass uns ihn bloß schnell nach Hause bringen.«

Dann zogen sie ihren vermeintlichen Freund vorsichtig hoch und wollten ihn über die Straße führen. Doch da kam wieder Leben in Rétep: Er sträubte sich mit Händen und Füßen und brüllte: *»Nein! Da geh ich nicht rüber! Bei allen Ahnen! Wollt ihr mich umbringen! Oh, wenn ich diesen Zausel von Xavox jemals in die Finger bekomme! Lasst mich lo-ho-ho-s!!!«*

Kante und Ali ließen verdattert von ihrem Freund ab, der Anstalten machte davonzutorkeln. Da atmete Kante tief durch und sagte sanft: »Warte. Keine Angst. Wir lassen dich ja in Ruhe. Aber hör mir zu, ich erklär es dir.«

Der ruhige Ton half und vor allem ein Fünkchen Verstand, das noch aus der nackten Panik herausragte und Rétep sagte, dass er wohl ohne die Hilfe der beiden in dieser grausamen Welt verloren wäre. So blieb der Prinz stehen, um zuzuhören, zuckte aber bei jedem weiteren vorbeifahrenden Auto zusammen, während Kante auf ihn einredete: »Also, Peter, was hier vorbeifährt, das sind Autos, und du bist selbst schon oft in so einem Wagen mitgefahren.« (Um Himmels und aller Ahnen Willen! Da würden ihn keine zehn Wanz-Echsen reinzerren!) »Und über die Straße da müssen wir ja irgendwie, oder willst du hier Wurzeln schlagen? Schließlich ist dort drüben Kleinnordfurth – klingelt's bei dir? Nein? – genauer gesagt: Das ist das Kleinnordfurther Wohngebiet Riedbach. Und dort, in der Einstein-Straße, steht euer Haus. Und genau da werden wir jetzt hingehen.«

Aber sie mussten beide noch minutenlang auf Rétep einreden, bis er endlich, auf ein Zeichen von Ali hin, mit einem Affenzahn und geducktem Kopf über die Straße raste. Erst auf der anderen Seite holte er wieder Luft und kam sich plötzlich wie ein Held vor. Bis er sah, wie gelassen Kante und Ali erst nach links, dann nach rechts schauten und völlig locker zu ihm herübergingen. Jetzt kam er sich allenfalls noch wie ein ziemlich blöder Held vor.

***

»*Halt!* Lass den Jungen!«

Aus etwa vier Metern Entfernung hallte eine junge, aber feste Stimme zu der Gruppe um Peter herüber. Mit einem entnervten Verdrehen des Auges und tiefem Grollen nahm der Hauptmann der Lederkrieger sein Schwert wieder herunter – eine Sekunde später, und der Kopf dieses Prinzen-Tagediebs wäre direkt zu seinen Ahnen gekugelt. Doch jetzt wollte Rolli erst mal sehen, wer es wagte, sich hier einzumischen. Da stand ein junger Soldat, das Schwert in der Hand, der zwar zwei Köpfe kleiner als Rolli war, ihn aber dennoch furchtlos angesprochen hatte. Vielleicht hätte der den Hieb dennoch zu Ende geführt. Was ihn davon abhielt, war wohl nicht so sehr der Mut des jungen Kriegers, sondern vielmehr die Tatsache, dass hinter diesem noch sieben weitere

Soldaten standen, von denen noch dazu einer mit seiner Armbrust in Rollis Richtung zielte.

»Hör zu, Bürschlein«, knurrte Rolli ihn an, »ich hab nichts gegen dich. Aber stör uns nicht bei der Arbeit. Sonst wirst du merken, dass es vier Lederkrieger auch mit acht von eurer Sorte aufnehmen.«

»Nun, Rolli Schwarzauge – der Ihr ja wohl unzweifelhaft seid – wenn Ihr uns artig den Jungen überlasst, dann will ich, Prinz Nuri-Rú...«, dabei deutete er eine leichte Verbeugung an, während von Rolli ein verächtliches Schnauben kam, »...euch das ›Bürschlein‹ nochmal verzeihen, andernfalls könntet *Ihr* bald eine Runde Kribock spielen – mit Euren Ahnen.«

Rolli Schwarzauge schien kurz vor der Explosion zu stehen, sein Gesicht glühte rot, während er Nuri-Rú anbrüllte: »Sag deinem Armbrust-Arsch, er soll seine Waffe senken, dann wiederhole deine Worte! Was willst du überhaupt von diesem Scheiß-Bengel?«

Was es auch immer war, der Scheiß-Bengel hätte dem jungen Prinzen in diesem Augenblick die Füße küssen mögen. Es gab also doch jemanden, der sich hier für ihn einsetzte und ihn retten wollte!

»Nun, ich möchte ihn aufknüpfen – eigenhändig.«

Peter hätte diesen Prinzen umarmen können, hätte... *Wie?!?!* Was hatte der Kerl gerade gesagt? Ihn *aufknüpfen*?!?! Und Peter hatte noch vor einer Minute gedacht, dass es eigentlich nicht schlimmer kommen könnte...

»Hm?« Auch Rolli war immerhin so verblüfft, dass sein Zorn ein klein wenig abebbte. »Und warum willst du den Kleinen baumeln lassen?«

»Weil es das ist, was man im Allgemeinen mit Pferdedieben zu tun pflegt.«

»Ach? Und du willst es *persönlich* tun? – *Wohaaahoaahaaaa*,« Rolli ließ ein Dröhnen hören, das dem Schrei eines brunftigen Woribas alle Ehre gemacht hätte, aber genau genommen ein herzhaftes Lachen war, »sag bloß, – *Wohaaahoaahaaaa* –, der Hosenscheißer hat dir dein Pferd geklaut, Prinz Nuri-Rú-Pferdelos?«

Jetzt wurde Nuri-Rú rot im Gesicht, teils aus Zorn, aber auch aus Scham. »Ja, wirklich, ha, ha, sehr komisch. Die kleine Ratte hat meinen Gescheckten gestohlen... hat mich tatsächlich mit einer verrückten Geschichte von einer kranken Schwester, die dringend Medizin braucht, dazu gebracht, ihm das Pferd zu leihen... Ich verstehe noch immer nicht, warum ich das getan habe. Als er nach einer Stunde nicht zurück war, da war klar, dass er mich übertö... hereingelegt und das

Pferd gestohlen hatte. Und deswegen wird er hängen. Aber vorher...« damit richtete er sich direkt an Peter, und es klang sehr drohend, »wird er mir, so oder so, sagen, was aus meinem Pferd geworden ist.«

»Aber, aber... wir kennen uns doch gar nicht«, war alles, was Peter stammeln konnte.

»Ach, er will nicht reden? Nun, es gibt Mittel und Wege, ihn dazu zu bringen.«

»Fast bedauere ich es, das zu sagen«, mischte sich Rolli ein, »aber es war ein Gescheckter, sagt Ihr? Nun, der hat, als jener Wicht hier vor uns floh, an der Grenze zum Großen Speerwald sein Leben gelassen. Und da unsere Vorräte zur Neige gegangen waren, haben wir ihn gegessen – für ein Pferd, muss ich sagen, mundete er nicht schlecht.«

»Waaas?«, der Prinz stieß eine Reihe unverständlicher Flüche aus, »Ihr habt mein Pferd gefressen? Und alles wegen dem da? – Er muss hängen. Und ich werde es sanft machen.«

Was sollte das nun? Etwa eine freundliche Geste?

»So sanft, dass sein Genick nicht sofort bricht.«

Aha.

»Dann werde ich lächelnd zusehen, wie er vergeblich nach Luft schnappt und sein Gesicht langsam blau-schwarz wird, während er nutzlos zappelt und zuckt und die letzte Tat seines wertlosen Lebens das Einnässen seiner Hosen sein wird.«

Peter schluckte.

Rolli meinte: »Na gut, das hört sich ja auch ganz lustig an, und wenn Ihr ihn ohnehin abmurksen wollt, bitte, nehmt ihn. Aber nur unter der Bedingung, dass wir zusehen können. Nur, um sicherzugehen, dass er wirklich bei seinen räudigen Ahnen ist.«

»Nun denn«, wieder verbeugte sich Nuri-Rú leicht, »wenn dem so ist, Rolli Schwarzauge, wäre es mir eine Freude, wenn Ihr mein Gast sein wolltet.«

Peter hatte jetzt schon Mühe, seine Blase zu kontrollieren.

Der Armbrustschütze ließ seine Waffe sinken.

Darauf hatte Schwarzauge gewartet. Mit einer kaum wahrnehmbaren Handbewegung schleuderte er den mächtigen Bierkrug. Und obwohl mit links geworfen, krachte der Krug mit heftigem Scheppern an den Schädel des Schützen, hätte ihm wohl das Leben genommen, wäre nicht eine langgezogene Eisenhaube auf seinem Kopf gesessen. So aber sackte der Mann bewusstlos zu Boden, hatte jedoch noch in einem Reflex die Armbrust verrissen und abgedrückt. Der Bolzen zischte nur um Millimeter an Peters Augen vorbei – er meinte sogar, den Luftzug zu spüren – und raste zur Rückseite des Platzes, von wo einen Sekundenbruchteil später ein Schrei herüberhallte. Doch alle waren zu sehr mit sich selbst beschäftigt, um weiter darauf zu achten.

Rolli imitierte nun die Verbeugung von Nuri-Rú und meinte mit bösem Grinsen: »Nun denn, wenn dem so ist, Prinzen-Arsch, ist es mir eine Freude, Euch zu sagen, dass ich gelogen habe. Mein Bedauern, aber den Jungen müssen wir selbst erledigen, sonst zahlt unser Auftraggeber nicht. Und selbst wenn dem nicht so wäre: Ihr glaubt doch nicht etwa, dass ich mir von einem *Prinzen*« – so wie es Rolli sagte, klang es wie das übelste Schimpfwort – »vorschreiben lasse, was ich zu tun oder zu lassen hätte, oder?«

Doch wie von Zauberhand hielt Nuri-Rú plötzlich ein zweites Kurzschwert, das er aus einer unter seinem Wams auf dem Rücken versteckten Scheide gezogen hatte, in den Händen, und stürzte sich mit einem Schrei auf den großen Krieger. Rolli, mit nur einem Schwert und ohne Schild, hatte alle Mühe, sich die wütend surrenden, dabei geschickt geführten Mordeisen vom Leib zu halten. Auch die Soldaten in Begleitung des Prinzen, darunter zwei Frauen, zogen blank, während sich die drei Lederkrieger Seite an Seite und ohne einen Augenblick zu zögern auf die Übermacht stürzten. Und schon war rund um Peter ein klirrendes Hauen und Stechen im Gang, dass er große Gefahr lief, wenn auch nicht gehenkt, so doch von einem verirrten Hieb getroffen zu werden. Aber er war zu verängstigt und verwirrt, um die Gelegenheit zur Flucht zu nutzen.

Die Verwirrung wurde nicht gerade geringer, als plötzlich ein Hagel aus hölzernen Kneipen-Schemeln und sonstigen schweren Gegenständen auf die Kämpfenden herniederprasselte. Die hatten inzwischen alle schon kleinere Wunden davongetragen und ernteten nun noch etliche blaue Flecken. Und es blieb ihnen gar nichts anderes übrig, als den Kampf abzubrechen und sich der neuen Gefahr zuzuwenden: Da standen knapp 40 zerlumpte Gestalten, mit Hockern, Dreschflegeln, Ketten und einige auch mit Schwertern, langen Messern und Äxten bewaffnet; einer von ihnen, dick und mit einem alten Kettenhemd ausgestattet, brüllte: »Wer von euch Schweinen hat meinen Bruder an die Tür des Wilden Ochsen genagelt?«

Nun, somit war immerhin klar, was aus dem Armbrustbolzen geworden war. Der Dicke jedenfalls wartete erst gar keine Antwort ab, sondern stürzte sich mit seinen zwar nicht im Kriegshandwerk ausgebildeten, aber zahlenmäßig deutlich überlegenen Leuten ins Getümmel. Jetzt hatten sowohl die Lederkrieger als auch die Soldaten, plötzlich

Seite an Seite kämpfend, ihre liebe Mühe, sich der Übermacht zu erwehren, und Peter verlor so langsam den Überblick, wer hier eigentlich gegen wen kämpfte.

Sah aber, dass er vielleicht neben dem Überblick auch noch sein Leben verlieren würde, als aus dem Pulk der Angreifer ein Mann mit schiefen Zähnen, Rotznase und einem langen Messer auf ihn zukam, immer näher kam... bis ein rothaariger Junge, wild mit den Armen fuchtelnd, dazwischen sprang und den Angreifer ankreischte: »Mann, Quast, sauf nicht so viel! Der gehört doch nicht zu *denen*!«

Dann zerrte er Peter am Arm aus dem Kampfgetümmel heraus, in eine Seitenstraße hinein, gerade rechtzeitig, denn nun kam von der Hauptstraße aus auch noch eine Kompanie Soldaten im Eilschritt auf den Platz marschiert, die dem Hauen und Stechen offenbar ein Ende zu bereiten gedachten...

Aber der Rothaarige hatte kein gesteigertes Interesse, abzuwarten, wie die ganze Sache ausging. Stattdessen zerrte er – den Kampflärm nach und nach hinter sich lassend – Peterr, der nicht richtig in die Gänge kommen wollte, weiter die Straße entlang.

Der Junge trug ein ausgebleichtes Hemd, das vermutlich irgendwann mal rot gewesen war, und Hosen aus grobem Leinen in der Farbe von zerbröselndem Herbstlaub. Sein Haar sah aus wie eine Mischung aus Lockenkopf und einer Art natürlicher Rastazöpfe – was sich womöglich mit einem Kamm ändern ließe. Er war eher dünn, hatte jedoch große Hände, die – wie Peter gerade spürte – gut zupacken konnten. Seine Gesichtsfarbe war dunkler, als man es bei einem Rotschopf erwartet hätte. Sein Kinn war etwas eckig und wirkte daher ziemlich markant.

Während er Peter keuchend hinter sich her zog, warf er ihm immer wieder keineswegs erfreute Blicke aus seinen grünen Augen zu und fluchte schließlich: »Mann, Rétep, du Depp! Bist du jetzt völlig durchgedreht? Was hast du dir dabei wieder gedacht? Und was machst du überhaupt noch hier? Du solltest längst weg sein! Da versuchen wir, dich zu schützen, aber nein, der Herr legt sich gleich mit Lederkriegern, Soldaten und was weiß ich noch wem gleichzeitig an! Also wirklich, Rétep, du...«

Abrupt blieb Peter stehen, sodass der Rotschopf, der ihn immer noch am Ärmel hielt, ins Stolpern kam und ebenfalls stehen bleiben musste. Peter sah ihn nur entgeistert an: »Rét... wie? Rétep? Wer ist das? Und wer bist *du*? Ich jedenfalls heiße Peter. Peter Eifel. Guten Tag. Ja, und danke auch, dass du mich da rausgeholt hast. Aber... was, zum Teufel, ist hier eigentlich los?«

»Guten Tag, ich bin... *he!* Was soll der Quatsch? Such dir einen anderen für deine Späße... Oh, oh. Du kennst mich *wirklich* nicht?«

»Nein!«

»Oh, oh, oh. Und du heißt *Peter*?«

»Ja!«

»Sicher?«

»Ja, verdammt, natürlich...«

»Oh, oh, oh, oh. Ob da wohl eine, äh, Kleinigkeit an Xavox´ Plan schief gegangen ist? Ich ahne Schlimmes.«

»Na, noch schlimmer, als es ohnehin schon ist, kann es wohl kaum kommen, oder?«

»Dann, befürchte ich, habe ich gleich eine kleine Überraschung für dich, äh, Peter. Hm, du hast nicht zufällig einen Spiegel dabei, oder?«

»Nein, wieso?«

***

Oh nein, oh nein, oh nein, das war nicht einfach geworden. Bevor Rétep seine Reise angetreten hatte, war ihm schon irgendwie klar gewesen, dass er jenem Peter mit seiner Aktion schaden würde. Aber er hatte nie eine Sekunde daran gedacht, dass er noch etliche andere Menschen treffen würde. Was war das für ein Schmerz in den Augen von Peters Eltern, von seiner Schwester und seinen Großeltern gewesen, als ihnen klar geworden war, dass ihr Sohn, ihr Bruder, ihr Enkelkind, sie nicht wiedererkannte! Überhaupt nicht kannte hätte es zwar noch besser getroffen, aber von diesem kleinen Detail wussten Peters Verwandte natürlich nichts. Eine Sekunde lang hatte Rétep sogar daran gedacht, allen die Wahrheit zu erzählen. Aber nur eine Sekunde.

Und selbst wenn er es getan hätte, hätten es seine Freunde und Verwandten (beziehungsweise die Verwandten seines derzeitigen Körpers) wohl nicht für bare Münze genommen und eher dem »Schlag« auf seinen Kopf die Schuld für diese seltsame Geschichte gegeben.

Oh ja, diese Amnesie! Natürlich waren sie gleich in die – wie war der Name gewesen? – »Neurologische Klinik« des Krankenhauses von Großnordfurth gefahren. Ja, tatsächlich, gefahren! Rétep hatte befürchtet, ohnmächtig zu werden, als er in dieses sogenannte Auto einstieg, wo er dann auch noch mit einem seltsamen Gurt festgebunden wurde. Aber überraschenderweise begann ihm die Fahrt schon nach wenigen

Minuten ungeheuren Spaß zu machen, und die Geschwindigkeit, mit der Peters Vater – was für ein Teufelskerl! – dieses sonderbare Gefährt über die Straße rollen ließ, konnte ihm gar nicht schnell genug sein. Während sie unterwegs waren, dämmerte es ihm auch zum ersten Mal, dass es wohl keine echte Magie war, die in dieser Welt für allerlei seltsame Kunststückchen sorgte, sondern dass man hier offenbar ungeheuer bewandert in den Künsten der Mechanik war.

In jenem Krankenhaus – ein Gebäude, dessen Ausdehnung und Größe ihn schier zu erschlagen drohte (das Palais von Rú-tan hätte hier sicher zweiundzwanzig Mal hineingepasst) – hatte man ihn dann fünf Tage lang gründlich auf den Kopf gestellt. Allein die Ärzte hier waren schon Respekt einflößend – nicht zu vergleichen mit ihren Kräuter auflegenden, Zähne ausreißenden und Warzen ausbrennenden Kollegen aus dem Elf-Stämme-Land. Und dann all diese Maschinen! Man hatte ihn sogar in eine Röhre geschoben (was ziemlich beklemmend gewesen war), in der mit einem für den Prinzen absolut unverständlichen Trick Bilder vom Inneren seines Kopfes gemacht wurden, ja, mit dem man sein Gehirn sogar scheibchenweise zerlegen und zeigen konnte – einfach irre, das würde ihm zu Hause niemand glauben.

Doch all ihr unzweifelhaft vorhandenes Können hatte den Ärzten in seinem Fall nichts genutzt. Sie konnten die Amnesie jedenfalls nicht sofort heilen – was Rétep auch ziemlich gewundert hätte, da er ja schließlich ohne diese Krankheit ins Krankenhaus gekommen war. Auch die Art der Amnesie stellte sie vor ein Rätsel, ja »Peter« schrieb sogar Medizin-Geschichte: »Das habe ich wirklich noch nie erlebt«, gestand geradezu fassungslos Professor Heiner Steigeisen, *die* Kapazität in Sachen Amnesie schlechthin, als er mit dem örtlichen Leiter der Neurologie, Professor Kai-Uwe Ziegler, den Fall diskutierte. Ziegler hatte Steigeisen eigens nach Großnordfurth gebeten, und der hatte sich, wegen der Ungewöhnlichkeit des Falles, nicht zwei Mal bitten lassen – doch das Rätsel lösen konnte auch er nicht.

Dass dieser Junge nur simulieren könnte, glaubten sie keinen Augenblick. Schließlich waren sie beide dabei gewesen, als ihm ein junger Assistenzarzt auf ihre Anweisung hin eine Spritze mit einem entkrampfend wirkenden Medikament geben sollte: »Was ist denn das Ding mit der Nadel vorne dran? *He!* Der Kerl will mich doch nicht etwa stechen? *Autsch!*« Und mit einem Wutschrei war der Junge aufgesprungen, hatte sich auf den verdutzten Assistenzarzt gestürzt und ihm, während sie beide zu Boden gingen, die Spritze entrissen. Noch bevor ihn die beiden Professoren mit Hilfe eines Pflegers von ihrem jungen

Kollegen herunterreißen konnten, hatte er dem Arzt schon drei Mal blindwütig und wutschnaubend die Spritze in den Oberarm gerammt, sodass der nun selbst medizinische Betreuung brauchte. Was für eine Aggressionsexplosion bei einem Jungen, der laut Eltern und Hausarzt doch als sehr friedlich und ausgeglichen galt!

»Es sind ja die unterschiedlichsten Ausprägungen von Amnesien bekannt«, fasste Steigeisen zusammen, »vom Verlust kleiner Zeitabschnitte bis hin zum Verlust der kompletten Lebenserinnerung. Aber noch nie gab es einen Fall, in dem der Patient auch grundlegende Dinge seines allgemeinen Lebensumfeldes völlig vergessen hat, Dinge, die nicht mit seinem individuellen Werdegang zusammenhängen.« So wussten auch Leute, die nicht einmal mehr ihren Namen oder den Weg zum eigenen Haus kannten, durchaus noch, was Autos, Zigaretten oder Gitarren waren – oder Spritzen. Aber diesem jungen Patienten schien all dies und noch viel mehr völlig unbekannt zu sein. Nun ja, vielleicht nicht völlig. Wenn er sich anstrenge, so sagte der Junge wenigstens, dann habe er durchaus das vage Gefühl, all dies doch schon mal gesehen, vielleicht sogar in Händen gehalten zu haben – und es überraschte Rétep sehr, dass das nicht mal eine Lüge war. Vielleicht, so überlegte er für sich, lag das daran, dass er zwar seinen eigenen Verstand mitgebracht hatte, aber dass der nun eben das Gehirn jenes anderen bewohnte. So würde sein Geist vielleicht auch Spuren des Wissens und der Erfahrungen von Peter spüren und verwenden können. Dass dies in manchen Bereichen sogar noch stärker als erwartet der Fall war, merkte Rétep zum ersten Mal, als er entzückt feststellte, dass er diese seltsamen Schriftzeichen, die man hier benutzte, tatsächlich lesen konnte, obwohl er sie noch nie zuvor gesehen hatte.

Geradezu einen kleinen Tumult unter den Ärzten hatte es gegeben, als die Bilder, die jenes Kernspin-Dingsbums vom Inneren seines Kopfes angefertigt hatte, begutachtet wurden. Da stellten diese Medizinmänner nämlich fest, dass sein ganzes Gehirn von einem zarten Schatten umgeben, ja geradezu durchdrungen schien – was Rétep selbst gar nicht allzu sehr beunruhigte, da er sich ohnehin keine Vorstellung davon machen konnte, wie sein Hirn auszusehen hatte, während es noch fest in seinem Kopf saß.

»Vielleicht«, hatten die Ärzte am fünften Tag zu Peters Eltern gesagt, die auch heute wieder viel Zeit mit ihm verbrachten, »vielleicht werden wir operieren müssen.« Rétep hatte sich bisher – abgesehen natürlich von diesem kleinen Intermezzo mit der Spritze – möglichst zurückhaltend gegeben, um nicht nochmals so aufzufallen wie bei jener

Geschichte mit den Autos. Doch jetzt rief er: »In meinem Kopf rumschnippeln?! Niemals!« Glücklicherweise schienen seine Eltern... seine *Zweit*eltern eindeutig auf seiner Seite zu stehen: »Nein«, erklärte Peters Vater entschieden, »Sie sagten ja, dass es offenbar kein Krebs ist. Also lassen wir den Schädel auch schön zu. Ich vertraue darauf, dass mit der Zeit Peters Erinnerung zurückkommt. Aber ich lasse Sie sicher nicht auf gut Glück im Kopf meines Sohnes herumschneiden.«

Da fiel es Rétep wieder ein, wie es war, einen Vater und eine Mutter zu haben. Und er schämte sich, dass er schon so lange nicht mehr an seine eigenen Eltern gedacht hatte – diese stattlichen Krieger, die doch so liebevoll sein konnten. Und, ja, auch wenn diese hier nur gestohlen waren: Es fühlte sich gut an, wieder Eltern zu haben.

Seine Mutter setzte sich neben ihn aufs Krankenhaus-Bett, nahm ihn zärtlich in die Arme und flüsterte: »Es wird alles wieder gut. Selbst wenn du uns jetzt nicht kennst, so wirst du uns doch wieder kennenlernen. Sogar wenn du vergessen hast, wie lieb wir dich haben: Auch das wirst du schnell wieder fühlen. Ja, mein Schatz, schäm dich nicht und weine ruhig, ich halte dich fest.«

Wie? Weinte er etwa?

Ja. Es war wohl so.

***

Der Junge sah sich um, schleppte Peter schließlich noch einige Meter weiter zum Laden eines Kesselmachers, griff sich eine blank polierte Kupferpfanne von der Auslage und hielt Peter mit beiden Händen die glänzende Innenfläche entgegen.

Erschrocken fuhr Peter herum, denn ein fremder Junge schien hinter ihm zu stehen... Da war niemand! Wieder sah Peter in die spiegelnde Pfanne – und da war der Junge wieder. Schnell herumgedreht... Nichts! Wieder in die Pfanne gestarrt... Moment mal... der Junge stand ja gar nicht hinter ihm, sondern....

»Aaaargh!!!«

Peters Schrei ließ den Ladenbesitzer aus seinem Geschäft stürzen. Erst sah er sich erschrocken um, dann riss er erbost dem rothaarigen Jungen die Pfanne aus den Händen, um sie wieder in die Auslage zurückzustellten.

Peter taumelte röchelnd ein paar Schritte rückwärts, die Hände an seine Kehle gepresst, als sei er am Ersticken, sank schließlich in sich zusammen und blieb am Boden kauern. Er brauchte die Pfanne nicht mehr. Er hatte genug gesehen. Darum dieses Gefühl, alles etwas anders zu sehen als noch zu Hause. Er *war* anders. Er hatte mit jenem Jungen, der ihn in den Wasserbaum gezerrt hatte, nicht nur die Kleider getauscht. Er steckte nicht nur in einer fremden Welt fest, sondern auch in einem fremden Körper. – Im Körper eines Kerls, der ein Pferdedieb war und auf den der Galgen wartete. Und hinter dem gefährliche Krieger in seltsamen Lederklamotten her waren, weil sie ihn umbringen wollten. Wozu sie offenbar von einem mysteriösen Auftraggeber den Befehl bekommen hatten. Wegen irgendeiner Sache, von der Peter nicht die geringste Ahnung hatte...

Normalerweise benutzte er selten Kraftausdrücke, aber nun flüsterte er leise: »Ich glaube, ich stecke ernsthaft in der Scheiße.«

»Nun, ich will dir nicht widersprechen... vermutlich sogar dort, wo sie am tiefsten ist«, entgegnete der rothaarige Junge, »aber lass uns trotz allem besser hier verschwinden – bevor noch irgendeiner von den Leuten auftaucht, die dir ans Leder wollen.«

Und er zerrte Peter von der Straße hoch, während der murmelte: »Doch nicht mir... *ihm* wollen sie ans Leder...«

»Da hast du natürlich Recht. Aber da du in seinem Körper steckst, ändert sich dadurch für dich im Augenblick wenig, wenn sie dich schnappen, oder? Also mach jetzt und komm mit. Vielleicht kann Xavox unser kleines Problem irgendwie wieder entwirren.«

»*Kleines* Problem?«, rief Peter entgeistert, trottete aber nun doch hinter Rothaar her, »he, du spricht von Xavox, dem, hm, Halbzauberer? Dann musst du Tulpe sein? Ohne Zweifel werdet ihr mir einiges erklären müssen.«

»Ah, ja, Tulpe, so werde ich genannt. Rétep hat dir von uns erzählt?«

»Wer, zum Teufel, ist dieser Rétep? War das der Kerl, der mich in den Wasserbaum gezerrt hat?«

»Wer, bei Burischja, ist ›Teufel‹? Und ›in den Wasserbaum gezerrt‹? So kommt man also bei euch drüben an? Interessant. Das dürfte auch Xavox verblüffen... Jedenfalls müssen wir wohl einiges besprechen.«

»Worauf du einen lassen kannst.«

»Was soll ich darauf lassen? Nein, darüber reden wir, wenn wir uns von der Straße verkrümelt haben.«

Doch nur Sekunden später blieb Peter schon wieder stehen, als ihm etwas dämmerte: »Moment mal! Wenn ich in dem Körper von diesem Rétep feststecke, heißt das dann, dass er in meinem Körper festsitzt?«

»Nun. Das dürfte wohl zu vermuten sein, oder?«

Peter wurde leichenblass.

»Um Himmels willen! Was werden Mama, Papa und meine Schwester dazu sagen? Das wird der Schock ihres Lebens!«

»Na ja, vielleicht merken sie's ja gar nicht?«

»*Waaas!?* Also hör mal! Natürlich werden sie es merken, wenn ich nicht mehr da bin...wenn ich nicht mehr ich bin... wenn er ich ist... verdammt, wie auch immer: Sie werden es merken!«

»Da bin ich mir gar nicht so sicher. Wegen Réteps Mondfähigkeit. Weißt du, er kann nämlich, hm,... was ist denn deine Mondseele?«

»Meine was? Mondfähigkeit? Mondseele? Was soll das nun wieder sein?«

»Wie, ihr habt so was nicht? Ach du liebes bisschen! In was für eine seltsame Welt hat Xavox Rétep da bloß geschickt?«

Empört entgegnete Peter: »Meine Welt ist nicht seltsam, eure dagegen...«, er unterbrach sich selbst, als er überlegte, dass das ein oder andere bei ihm zu Hause einem Menschen aus dem Elf-Stämme-Land durchaus mehr als seltsam erscheinen mochte. Und es erfüllte ihn mit einer gewissen Genugtuung, dass wohl auch jener Rétep in ein paar Schwierigkeiten schlittern dürfte. Vielleicht tat er ihm ja den Gefallen und lief bei Rot unter ein Auto? Peter konnte sich ein böses Grinsen nicht verkneifen, das jedoch schlagartig verschwand, während er erblasste: Falls diesem Rétep tatsächlich irgendetwas in Peters Welt zustoßen sollte, würde das geschehen, während er in Peters Körper steckte... und damit wäre wohl jede Chance dahin, wieder sein altes Leben aufzunehmen! Erschöpft wandte er sich an Tulpe, der ihn, ob des wechselnden Mienenspiels, nur verdutzt angesehen hatte, und meinte: »Ja, bitte, bring mich irgendwohin, wo ich mich erstmal in Ruhe hinsetzen, noch besser: 24 Stunden schlafen kann. Ich glaube, viel länger halte ich nicht mehr durch. Ich brauche dringend eine Pause.«

Besorgt starrte Tulpe ihn an, entgegnete dann: »Klar, du hast wohl recht. Es ist auch nicht mehr weit. Wir sind gleich im Falschen Fisch.«

»Wie? Ich dachte, wir müssen ins Tanzende Einhorn?«

»Nun. Da wurde es zu gefährlich. Xavox musste umziehen.«

»Warum? Waren ihm diese Lederkrieger auf der Spur?«

»Nicht direkt. Nein. Wohl eher, weil er seine Rechnung zu lange nicht bezahlt hat.«

Das konnte ja heiter werden. Peter lachte lauthals, als ihm klar wurde, dass seine ganze Hilfe in einer fremden Welt, in der ihm gedungene Killer das Leben nehmen wollten, in einem rothaarigen Straßenjungen und einem zechprellenden Halbzauberer bestand. Es war kein fröhliches Lachen.

Ein paar verwinkelte Gassen weiter standen sie schließlich doch noch vor dem »F lschen i ch« – das »a«, das »F« und das »s« waren schon ganz von dem ausgebleichten Schild der Gastwirtschaft verschwunden, auch der Rest war kaum zu entziffern, und das schlecht gezeichnete Bild eines geschuppten Vogels war nur noch schemenhaft zu erahnen. Ohne zu zögern öffnete Tulpe eine knarzende Holztür, und Peter betrat hinter ihm einen düsteren Schankraum. Ein paar grobe Tische, Bänke und Schemel, aus kantigen Dielenbrettern zusammengezimmert, waren ohne erkennbare Ordnung im Raum verteilt. Viel Betrieb herrschte noch nicht – vielleicht war es noch zu früh für die hiesige Kundschaft. An einem Tisch neben der Türe schnarchte ein Mann, die Kapuze seiner braunen Kutte über den Kopf gezogen und den Kopf auf die Arme gelegt. Die einzigen anderen Kunden waren zwei hochgewachsene Frauen, eine mit hell-, die andere mit dunkelroten, hochgesteckten Haaren, die sich an der langen Theke mit dem Wirt unterhielten. Der war ein großer, magerer Glatzkopf mit einer blauen, an Ranken erinnernden Tätowierung, die von der Nasenwurzel über beide Augenbrauen bis zu den Ansätzen der Ohren führte. Die ungewöhnliche Tätowierung lenkte Peter so ab, dass er erst einen Augenblick später das Handicap des Wirtes bemerkte: Sein linker, aus einem speckigen Lederwams hervorschauender Arm endete nicht in einer Hand, sondern, auf halber Höhe des Unterarms, in einem knotigen, vernarbten Stumpf. Seine glasigen blauen Augen und seine aufgedunsene rote Knollnase erzählten davon, dass er selbst den alkoholischen Angeboten seines Hauses nicht unbedingt abgeneigt war.

Als die Frauen das Öffnen der Türe hörten, drehten sie hastig und mit breitem Lächeln ihre Köpfe in Richtung der Neuankömmlinge, doch die kalten Augen lächelten nicht, und auch die nach oben gezogenen Mundwinkel sanken schnell enttäuscht herab, als sie die beiden Jungen sahen. »Bei Burischja«, nuschelte die Dunkelrote mit rauer, harter Stimme und kauenden Mundbewegungen, »ers' einer zu alt, dann einer su betrunken, und jetsst sswei Kinder – noch kein' einzigen Kupfer-Nick verdient«, dann spuckte sie zielsicher den zähen Strahl einer fetten, braunen Brühe in einen fleckigen Kupfernapf, der neben der Theke auf dem Boden stand. Die andere Frau warf den Neuankömmlingen nur einen verärgerten Blick zu, während sie sich ungeniert im ausgesprochen tiefen Dekolleté ihrer fleckigen Leinenbluse kratzte.

Schon wandten sich die beiden wieder der Theke, zwei Bierkrügen und ihrer gemurmelten Unterhaltung zu, während der Tätowierte einfach ausdruckslos zu Peter und Tulpe herüberstarrte. Peter wusste beim besten Willen nicht, was er sagen sollte, doch Tulpe – kannte der sich in diesem Milieu aus? – zeigte keine Spur von Scheu und fragte höflich, aber bestimmt: »Sagt, Wirt, wo finde ich den alten Mann, der gestern bei Euch abgestiegen ist?«

Der Tätowierte zog erst in aller Ruhe geräuschvoll die Nase hoch und entgegnete dann mit tiefer, träger Stimme: »Bursche, sehe ich so aus, als sei ich vom Clan der Antwortgeber?«

»Nein, aber so ein hübscher Kerl wie Ihr würde ein ansehnliches Orakel von Nekis abgeben«, antwortete Tulpe seufzend, während er in die Tasche griff, etwas herausholte und in Richtung Wirt warf. Dessen verbliebene Hand war alles andere als träge und fing blitzschnell etwas Kleines, Rundes, kupfern Glänzendes aus der Luft. Doch die Bemerkung Tulpes ließ ihn, während die beiden Frauen leise lachten, böse blicken. Die Orakel-Jungfrauen, die ihren Job allein ihrer großzügigen Ausstattung mit äußeren Reizen verdankten, wären vermutlich ob dieses Vergleichs ebenfalls leicht pikiert gewesen, und der Tätowierte schien zu überlegen, ob er antworten oder den Nick behalten und die Jungs trotzdem rausschmeißen sollte. Die bekamen jedoch unerwartete Hilfe: »Lass gut sein, Torgar«, meinte die Frau, die zuerst gesprochen hatte, mit einem Schmunzeln, dann sagte sie zu Tulpe: »Geht die Treppe in den ersten Stock hoch, dann den Gang durch. Der alte Zausel hat das letzte Zimmer auf der rechten Seite.«

Tulpe bedankte sich, und während er mit Peter zur Treppe an der linken Seite des Schankraums ging, hörten die beiden noch, wie die Hellrote ihre Kollegin überrascht fragte: »Wieso hast du das getan, er hat dir doch gar nichts gezahlt?« Und als sie schon die Treppe hochstiegen, hörten sie noch die Antwort: »Doch. Er hat mich lachen lassen.«

*

Am Ende der Treppe ging es nach rechts auf eine Galerie, von der aus man in den Schankraum blicken konnte, geradeaus führte der Weg in einen muffigen und, da fensterlos, entsprechend düsteren Gang. Bald standen Peter und Tulpe an dessen Ende und klopften an die letzte Tür rechts. Von drinnen war ein Ächzen, dann ein Tappen und schließlich die seltsame Frage zu hören: »Da klopft doch was ans Türchen?«

Tulpe antwortete: »Ich bin's. Mach auf, Xavox. Da ist etwas schief gegangen...«

Die Tür öffnete sich, und beim Anblick des Mannes, der da in der Türöffnung stand, stieg in Peter augenblicklich der panische Gedanke hoch, dass er seine Eltern und seine ganze Welt wohl nie wiedersehen würde.

Da stand, auf einen knotigen Stock gestützt, ein allenfalls ein Meter fünfzig großes Kerlchen, das nichts weiter am Leib hatte als eine lapprige, einigermaßen weiße, halblange Baumwollhose, und Peter befürchtete nicht zu Unrecht, dass es sich dabei um die hiesige Unterbekleidung handeln könnte – eine sehr ärmliche Version einer Elf-Stämme-Land-Unterhose, die dem Alten um seine Knie schlotterte. Und während sich das Kerlchen, eine leicht alkoholische Ausdünstung verbreitend, ungeniert unter dem linken Arm kratzte, blickte es ihnen mit einem Gesicht entgegen, das mehr Falten als der Mond Krater aufzuweisen hatte.

Seltsamerweise waren die kurzen Haare des alten Mannes noch tiefschwarz, wenn auch schütter und strohig nach allen Seiten abstehend. Und auch die Stimme wollte nicht so recht passen, klang kräftig, fast noch jung, als er seinen Besuch mit einem erfreuten Wiedersehens-Lächeln in die Kammer bat, kurz prüfend in den Gang hinaus sah, die Türe schloss, gelassen in einen abgetragenen, grauen Mantel schlüpfte und freundlich sagte: »Nennt mich hier nicht Xavox. An diesem Ort bin ich als Enur, der Wanderschreiber bekannt. Hatte wohl vergessen dir zu sagen, dass ich auf einen Besuch meines vorherigen Wirtes recht gut verzichten kann.«

Die Worte waren ebenfalls freundlich gesprochen, dennoch lösten sie irgendwie bei Tulpe, der sehr wohl wusste, dass der alte Mann die Ermahnung nicht vergessen hatte, das Gefühl aus, getadelt worden zu sein.

Nun wandte sich Xavox an Peter und begann: »Und du, Rétep...« Xavox stutzte und blickte den Angesprochenen aus klaren, grünen Augen überrascht an. Dann verblüffte er beide Jungs, als er fortfuhr: »Und wer bist *du*? Rétep jedenfalls nicht. Hmmm, das ist also schiefgegangen. Ich bin neugierig, mehr aus deiner Welt zu erfahren. Erzähl mir, wer du bist und was passiert ist.«

»Woher wissen Sie...?«, begann Peter.

»Wie dir vielleicht schon bekannt ist, bin ich ein Halbmagier. Vielleicht ist meine Magie ja mitunter wirklich etwas ›holperig‹, wie meine jungen Freunde manchmal höflich sagen, wenn sie glauben, dass ich es nicht höre...« Tulpe sah verlegen zu Boden, »...obwohl man heutzutage, wenn ich das mal in aller Bescheidenheit sagen darf, leider kaum einen besseren Magier als meine Wenigkeit bekommen kann. Aber egal ob holprig, rissig oder mopsig...«, Tulpe wurde nun richtiggehend rot im Gesicht »... meine Fähigkeiten, mehr als nur die Hülle eines Menschen zu sehen, sind uneingeschränkt. Und dass du – wie überaus seltsam – über keinerlei Mondfähigkeit zu verfügen scheinst, ist absolut unübersehbar und für mich geradezu wie eine Art umgekehrtes Leuchtfeuer. Der echte Rétep hat dagegen eine sehr ausgeprägte Mondfähigkeit. Ganz abgesehen davon strahlst du eine deutlich andere Art von Leben aus als er.«

Die Kammer des Halbmagiers war zwar etwa drei auf fünf Meter groß, aber dennoch recht beengt, da drei Betten, ein großer, klobiger Schrank, ein Tisch mit vier Stühlen und zudem ein Waschtisch mit einer fleckigen Steingutschüssel hineingequetscht worden waren. Auf einem der Betten lag eine zerwühlte Decke, daneben stand eine geöffnete Steingutflasche – und nach dem Geruch im Zimmer zu urteilen, enthielt die Flasche keine Milch.

Xavox bemerkte Peters umherschweifenden Blick und erklärte: »Nein, ein Palast ist es nicht. Aber überraschenderweise recht sauber und wanzenfrei. Die beiden anderen Betten waren gestern noch von zwei Musikern belegt. Da ich jedoch ungern mein Zimmer mit Fremden teile, mussten sich die beiden, sehr zum Leidwesen unseres guten Wirtes hier, eine andere Bleibe suchen.«

Peter konnte sich einen zweifelnden Blick auf den kleinen Mann nicht verkneifen, was diesem ein breites Grinsen entlockte und die Worte: »Du glaubst nicht, dass ich zwei Kerle rauswerfen könnte?«

»Äh, ich wollte nicht unhöflich sein...«

»Du hast Recht, das kann ich auch nicht – zumindest nicht mit körperlicher Gewalt. Aber aus irgendeinem Grund hatten die beiden Wandermusiker plötzlich den Eindruck, dass es hier im Zimmer nur so von Flöhen wimmeln würde, und sind schleunigst ausgezogen.« Dann legte Xavox die Finger seiner rechten Hand in die linke Handfläche, murmelte lächelnd ein paar unverständliche Worte, und Peter machte plötzlich mit einem entsetzten Keuchen einen Satz rückwärts: Vor ihm wimmelte der Boden von kleinen, krabbelnden Punkten, und er hatte das untrügliche Gefühl von vielen winzigen Füßen, die unter seiner Hose am Beine hochkribbelten. Da löste Xavox seine Hände und strich mit der flach ausgestreckten Rechten einmal schnell vor sich durch die Luft – die Punkte waren verschwunden.

Peter starrte mit offenem Mund den alten Mann an, den die Verblüffung des Jungen sehr zu erheitern schien, während er mit gespielter Bescheidenheit erklärte: »Ist nur ein alter Taschenspielertrick, aber manchmal recht hilfreich. Doch wir wollen über wichtigere Dinge reden.«

Ja, dachte Peter, während er sich unsicher umsah und noch immer das Bedürfnis verspürte, sich an den Beinen zu kratzen, wir sollten dringend darüber reden, wie ich nach Hause zurückkomme.

Xavox fragte: »Gibt es in deiner Welt auch Alchemisten?«

»Äh. Früher schon, aber heute nicht mehr. Die braucht man doch nicht etwa, damit ich wieder zurück kann?«

»Was? Wohin? Ach so, nein. Ich wollte bloß wissen: Ist es euren Alchemisten jemals gelungen, Gold in Whisky zu verwandeln?«

»*Bitte?* Nein, sicher nicht, aber...«

»Ganz sicher?«

»*Ja!* Aber...

»Oh. Schade, sehr schade.«

»*Aber...*«

»Schon gut. Ja. Wir sollten auch über Dich und Dein kleines Problem reden. Dann erzähl erst mal ganz genau, was dir passiert ist.«

Whisky aus Gold gewinnen? Kurz überlegte Peter, einfach zu gehen und zu versuchen, mit den hiesigen Behörden Kontakt aufzunehmen, dachte dann daran, dass dieser Rétep ihn ja vor Merkwürdigkeiten des Halbzauberers gewarnt hatte, was ihn aber auch nicht sehr beruhigen konnte. Schließlich setzte er sich auf einen der Stühle und begann zu erzählen.

*

Nur einmal hatten sie die Unterhaltung unterbrochen. Xavox alias Enur hatte Tulpe hinunter geschickt, um etwas zu essen zu besorgen. Der war schnell mit einem Krug voll klarem Wasser und einer großen Holzplatte mit kaltem Braten und dicken Brotscheiben zurückgekehrt – beides von einer überraschenden Qualität, die Peter in dieser Absteige nicht erwartet hätte. Entweder war die Küche des Hauses noch nicht ganz heruntergekommen, oder man begegnete im Elf-Stämme-Land selbst in so »einfachen« Häusern wie diesem dem Grundbedürfnis nach Nahrung mit Respekt.

Xavox hatte Peter genötigt, seine Geschichte und noch ein paar – mit Kopfschütteln quittierte – Dinge aus seiner Welt zu erzählen, war aber den meisten Fragen Peters ausgewichen. Nach einer knappen Stunde und mit vollem Bauch hatte Peter immer heftiger gegähnt und wäre schließlich vor Müdigkeit beinahe vom Stuhl gerutscht.

»Oh je«, entfuhr es Xavox, »Schluss jetzt, du musst ja müde wie eine Schlafgurke sein, wenn man bedenkt, was für eine Reise du hinter dir hast. Leg dich hin, wir reden morgen weiter, dann werde ich dir auch deine Fragen beantworten.«

Peter wollte protestieren, weil er noch immer nicht erfahren hatte, wie (und ob!) Xavox ihn zurückschicken könnte, doch seine Augenlider waren schwer wie Blei, und er konnte kaum noch klare Gedanken fassen. Also akzeptierte er den Vorschlag des Halbzauberers fast dankbar, legte sich seitlich auf das hinterste Bett im Raum und war schon eingeschlafen, kaum dass sein Kopf das Kissen berührt hatte.

Xavox trat zu dem schlafenden Jungen hin und seufzte mit besorgtem Blick auf Peter: »Armer Kerl«, dann legte er wieder die Finger seiner rechten Hand in die linke Handfläche und ließ, ohne den Blick von dem Jungen zu wenden, ein sanftes Summen hören. Schließlich wandte er sich Tulpe zu und erklärte: »So. Unser falscher Prinz hier wird jetzt ordentlich schlafen, ohne zwischendurch aufzuwachen – auch nicht, wenn wir reden. Und das müssen wir. Wir müssen überlegen, was dieser Körpertausch für unseren Plan bedeutet und vor allem: was wir diesem Jungen überhaupt erzählen und was lieber verschweigen.«

»Hmm. Ja«, ergänzte Tulpe, »und in welchen Dingen wir ihn belügen werden.«

Nickend seufzte Xavox nochmals, nahm einen kräftigen Schluck aus der Flasche neben seinem Bett und sagte: »Ja. Wir werden ihm viele Wahrheiten sagen, aber auch ein paar Lügen. Und in anderen Dingen werden wir nur fast lügen, indem wir ihn von dem einen oder anderen kleinen Detail gar nicht in Kenntnis setzen.«

»Um den Anfang zu machen: Ich denke, wir sollten ihm eher nicht sagen, dass er wohl sein Leben verlieren wird, wenn wir ihn benutzen, um Rétep und unserem Land zu helfen.«

»Ja, das könnte seine Motivation für unsere Sache doch etwas beeinträchtigen.«

*

Als Peter spät am nächsten Morgen aufwachte, fühlte er sich erstaunlich gut, litt – was er selbst für recht seltsam hielt – an relativ wenig

Heimweh, hatte gesunden Hunger und war ausgesprochen unterneh-mungslustig. Seine beiden Gefährten, zu denen er so überraschend ge-kommen war, machten dagegen einen etwas übernächtigten Eindruck zu – auch wenn der Halbmagier diesmal immerhin komplett mit brau-ner Hose, grünem, langärmeligen Wams und Halbstiefeln angezogen war.

Xavox und Tulpe hatten bereits im Schankraum gefrühstückt und Pe-ter eine ordentliche Menge Brot, Käse, Kräutermarmelade und einen großen Krug dampfenden L'ak mitgebracht – eine Art dunkler, fruchti-ger Tee. »Brot und Käse sind beinahe köstlich, lediglich die Marmela-de ist wenig inspirierend«, hatte der alte Halbzauberer erklärt und sich mit verklärtem Gesichtsausdruck noch ein Stück Käse von Peters höl-zernem Teller genommen. Zudem hatte Tulpe einen Drei-Liter-Krug mit frischem Wasser auf den Waschtisch gestellt, ein grobes, aber sau-beres Handtuch und ein körniges Stück Seife dazu gelegt, ebenso ein etwa zwölf Zentimeter langes Holzstäbchen. »Was ist das?«, wollte Pe-ter wissen.

»Na, natürlich ein Zahnholzbaumholz«, antwortete Tulpe, »betreibt ihr dort, wo du herkommst, etwa keine Zahnpflege?«

»*Zahnholzbaumholz*? Ich vermute, da muss man drauf rumkauen?«, meinte Peter mit skeptischem Blick auf das leicht wellige Hölzchen, »bei uns benützt man zum Zähneputzen Zahnbürsten.«

»Zahn... was?«

»Na ja, kleine Bürsten am Stiel mit einer Reinigungspaste darauf.«

»Mit einer *Bürste* schrubbt ihr in euren Mündern herum? Seltsame Vorstellung.«

»Funktioniert aber. Doch jetzt möchte ich eigentlich nicht unbedingt über Mundhygiene reden... he! Was ist *das*? Ist das etwa ein Zahn?«

Erst jetzt, während er sich einer schnellen Katzenwäsche unterzog, bemerkte Peter, dass er von diesem Rétep auch eine sonderbare Hals-kette übernommen hatte: An einem Lederband hing, in einer unschein-baren Stahlfassung, ein kleiner Zahn – ganz offensichtlich der eines kleineren Kindes.

»Klar ist das ein Zahn, nämlich einer von mir«, sagte Tulpe, und selt-samerweise schien doch tatsächlich Stolz in seiner Stimme mitzuklin-gen. Peter sah ihn nur fragend an. Tulpe zog eine fast identische Kette unter seinem Hemd hervor und erklärte: »Der hier ist von Rétep – also von deinem jetzigen Körper.«

Unwillkürlich tastete Peter nach einer Zahnlücke.

»Nein, nein«, winkte Tulpe ab, »das ist natürlich ein Milchzahn. Rétep und ich sind Milchzahnbrüder«, und er sah Peter an, als müsse bei dem endlich der Kupfernick fallen. Doch der zuckte nur mit den Achseln, und so erklärte Xavox: »Wenn bei uns Kinder besonders gut befreundet sind, dann tauschen sie ihre Milchzähne, die sie verloren haben. Es ist gewissermaßen eine besondere Ehre und Verpflichtung.«

»Ach, so was wie bei uns die ›Blutsbrüderschaft‹, das ist aber eher was für kleinere Kinder.«

»Na ja, die Sache mit den Zähnen eigentlich auch«, meinte Xavox mit einem Lächeln und einem Seitenblick auf Tulpe, dessen Ohren plötzlich fast so rot wie seine Haare wurden.

In einem ersten Reflex wollte Peter die Kette abnehmen, ließ sie dann aber doch um seinen Hals hängen, weil er Tulpe nicht verletzen wollte. Dennoch sagte er mit einem Anflug von Sarkasmus: »Schön, nun haben wir nett übers Zähneputzen und Kinderspiele geplaudert. Aber nachdem ich gestern erzählte habe, wie ich hergekommen bin, möchte ich jetzt endlich wissen: *Wie* komme ich wieder zurück? Und wenn es wirklich sein muss, dann sagt mir meinetwegen auch, was das mit dieser ominösen Prophezeiung auf sich hat, von der mir euer Prinz andeutungsweise erzählt hat.«

Erwartungsvoll sah Peter den Halbmagier an, während er auf dem Zahnholzbaumholz zu kauen begann und überrascht feststellte, dass der Stock einen angenehmen, an einen Hauch von Zitronenmelisse erinnernden Geschmack in seinem Mund verbreitete.

»Wenn die Spitze zerkaut ist, musst du den Speichel ein paar Mal zwischen den Zähnen durchpressen, und du kannst auch noch mit dem weichen Ende etwas über Zähne und Zunge reiben«, erklärte Tulpe.

»M'ss isch dann gurgeln?«, fragte Peter mit vollem Mund.

»Wieso gurgeln?«

Das beantwortete die Frage.

Schließlich setzte sich Peter an den Tisch, begann mit Appetit zu essen, hörte aber aufmerksam zu, als Xavox nun zu erklären begann: »Damit du verstehst, was hier geschieht, muss ich dich ein bisschen in die Geschichte des Elf-Stämme-Landes einweihen und auch ein paar Dinge über Prinz Rétep erzählen.« So erfuhr Peter unter Staunen von der Dezimierung der ursprünglich 23 auf elf Stämme, und dass die Zeiten in dem kriegerischen Land einst noch kriegerischer und mitunter auch durch schwarzmagische Umtriebe sehr gefährlich waren.

»Aber wenn dieser Dorian der, äh, Libidinöse die verbliebenen elf Stämme befriedet hat, warum wimmelt es hier in Rú-tan dann nur so von Soldaten, Söldnern und was weiß ich noch allem?«

»Ganz einfach: Es ist ja nicht so, dass sich die alten Stämme nur gegenseitig massakriert hätten. Die Stämme waren schon immer durch eine gemeinsame Sprache verbunden. Die Bezeichnungen Elfstämmler oder Elfen für die Einwohner der verbliebenen Stämme wurden erst nach und nach gebräuchlich. Davor nannte sich unser Volk, das noch keines war, Araner. Was heute manche geschichtslosen Elfstämmler gar nicht mehr wissen, zumal der Name auch früher kaum benutzt wurde, denn man empfand sich nicht als Araner, sondern als Mitglied seines jeweiligen Stammes, seien es nun die Waldstämmler, die Kampfsänger, die Attentäter oder wer auch immer. Der alte Name hatte genau genommen ursprünglich auch gar nicht ein Volk gemeint, sondern er hatte sich aus der Bezeichnung für unsere gemeinsame Sprache, das Aran, gebildet, das außer in unseren Stämmen nur noch – in etwas abgewandelter Form – auf den Chrom-Inseln gesprochen wird.

Eine Regierung für ganz Aran hatte es nie gegeben. Doch an unsere Gebiete grenzten andere Länder. Und wenn schon die Menschen gleicher Zunge dazu neigten, sich die Köpfe einzuschlagen, kann man sich vorstellen, dass es zwischen den Aranern und den Fremdländern nicht unbedingt besser war. Das Erstaunliche war aber: Wenn es Kriege gegen andere Länder zu fechten galt – und ich muss sagen: Leider waren es nicht nur Verteidigungskriege –, dann hielten die Stämme zusammen. Noch nie hat auch nur ein einziger Stamm gemeinsame Sache mit Usurpatoren gemacht, ja, die inneren Stämme schickten im Bedarfsfall regelmäßig Krieger zur Unterstützung der Araner in den Grenzregionen. Dennoch kam, trotz dieses militärischen Zusammenhalts in der Außenpolitik, die Gründung der Elf-Stämme-Nation historisch gesehen keinen Moment zu früh. Denn in den früheren Jahren waren die äußeren Feinde vergleichsweise schwach gewesen, ja, die Gebiete der Araner wurden in einigen Perioden sogar gewaltsam ausgedehnt. Doch in dem halben Jahrhundert vor der Vereinigung hatte es so heftige Kämpfe zwischen den Stämmen gegeben, dass durch die dezimierten Heere und die siechende Wirtschaft die Außenverteidigung langsam zu bröckeln begann. Dorian – möge die Erde seine Gebeine warm umkosen – kam gerade rechtzeitig, um mit seinem genialen Coup für Frieden unter den Stämmen zu sorgen, die damit ihre militärischen Kräfte ganz auf die Außenbereiche konzentrieren konnten. Mit Dorian – möge die Erde... ah, sagte ich schon – kamen Jahrhundert des

Friedens und der Prosperität. Selbst mit den meisten Nachbarreichen, die sich jetzt einer fast unbezwingbar scheinenden Großmacht gegenübersahen, gab es nur noch selten Krieg. Doch: Wir sollten nicht die einzigen bleiben, die an Stärke gewonnen hatten. Im Süden entstand eine neue Macht. Sie nennen sich selbst Adler-Volk, wir nennen sie nur Barbaren. Mit Schwert und Feuer und brutaler Kraft erweiterten sie ihr Reich. 63 Jahre ist es her, da hatten sie unseren damaligen südlichen Nachbarn – das Reich Stoi – von der Landkarte getilgt. Was womöglich dazu beigetragen hatte, uns eine Verschnaufpause zu geben, denn das Elf-Stämme-Reich hatte damals viele Zehntausende Flüchtlinge aufgenommen, die unser Land stärkten.

Jedenfalls ließen sich die Adler über eine Generation Zeit, Stoi auszusaugen und mit ihren eigenen Leuten zu besiedeln, bis sie auch zum Schlag gegen die Elfennation ausholten und uns beinahe überrollt hätten. Erst im letzten Moment gelang es, sie wieder zurückzuwerfen, allerdings nicht, sie zu besiegen. Seither befinden wir uns, mal mehr, mal weniger, im Krieg mit ihnen. Was übrigens auch der Grund für all die Soldaten in Rú-tan ist: Hier ist eine Zwischenetappe auf einer Handels-, vor allem aber auf einer Heerstraße.

Die Adler sind, zumindest offiziell, unser größtes, aber keineswegs unser einziges Problem: Ein kleineres Königtum hat es bisher immer wieder geschafft, durch wechselnde Bündnisse, Listen und giftige Zungen, nicht zwischen den Adlern und uns zerrieben zu werden. Die Steppenvölker im Osten sind wild und zahlreich – und zu unserem Glück meist untereinander zerstritten. Auch der Friede mit den Chrom-Inseln ist nicht frei von Spannungen. Und an den Stränden des Ostmeeres landen seit etwa einem Dutzend Jahre immer wieder Schiffe, von denen aus Plünderer kaum bekannter Völker ins Land schwärmen. Ein Problem, das in den letzten Jahren ständig zugenommen hat. Noch kann der Waldstamm mit seinen Bogenschützen ganz gut allein mit den Freibeutern fertig werden, aber die Waldkrieger fehlen an anderen Stellen. Und bei einer Expansion der Elfen in Richtung Ost-Süden sind wir auf ein Gebirge gestoßen, das...nun, unüberwindlich ist.«

»Zu hoch?«

»Zu böse. Verschiedene Expeditionen wurden losgeschickt, keine ist zurückgekehrt. Und manchmal kommen *Dinge* über diese Grenze zu uns... niemand weiß, was es ist, aber sie bringen den Tod. Gerüchte sprechen sogar von einem Drachental im Inneren der Berge. Aber das sind Gerüchte.«

»Schließlich gibt es keine Drachen.«

»Stimmt, im Elf-Stämme-Land wurden schon seit 800 Jahren keine mehr gesehen. Wenn man allerdings hoch in den Norden reitet...«

»*Stopp.* Ich will's nicht wissen. Bleiben wir bei den hiesigen Problemen, die ich kennen muss. War das alles?«

»Nein, denn jetzt kommt das Problem ins Spiel, bei dem auch Prinz Rétep, nun ja, eine tragende Rolle hat. Von vielen unbemerkt hat das Reich wieder ziemliche innere Probleme. In Dorianstadt – unserer Hauptstadt – sitzt seit acht Jahren König Jaun der Zwölfte auf dem Thron...«

»Es gab tatsächlich schon elf Jauns vor ihm?«, unterbrach Peter.

»Nein, wieso? Bloß drei. Jaun der Gut Gelaunte, Jaun der Zweite und Jaun der Beinahe Siegreiche.«

»Hm? Aber warum ist euer König dann ›der Zwölfte‹?«, fragte Peter verwirrt.

»Nun, natürlich weil die Zwölf seine Glückszahl ist.«

Irgendwie schien etwas von Peters Unternehmungslust abzubröckeln.

»Jaun ist ein wirklich netter Kerl, aber als König nicht sehr stark – zumindest ist er alles andere als ein großer Krieger und Militärstratege und auch höchst unbegabt für politische Intrigenspiele. Und seine Art von geistigen Fähigkeiten wird wohl von den meisten Leuten nicht wahrgenommen.«

»Was daran liegen dürfte, dass es nicht viel wahrzunehmen gibt«, kicherte Tulpe, »was wiederum nicht überraschend ist bei einem König, von dem es heißt, dass er sich lieber mit seinen Hofnarren als mit seinen Generälen unterhält und dessen größtes Vergnügen es ist, neue Rezepte für Marmeladen zu erfinden.«

»Aber seine Marmeladen-Rezepte sind wirklich ausgezeichnet. In seinem Buch ›Weitere 100 Marmeladen-Ideen‹ ist da zum Beispiel auf Seite 35 dieses Rhabarber-Tshokolata-Gelee, das solltest du unbedingt mal probieren, bevor du über den König urteilst«, entgegnete Xavox mit entspanntem Lächeln.

Dann wandte er sich wieder an Peter: »Doch ich wollte dir ja ein wenig über unsere hiesigen Verhältnisse erzählen: Außer dem Königshaus haben wir noch den Rat der Stämme. Selbstverständlich erkennt der Rat die Oberhoheit des Königs offiziell an. Genauso selbstverständlich versucht der Rat jedoch, seine Macht zu vergrößern und den König auszubooten – und es gab Zeiten, in denen dies dem Rat de facto schon gelungen war, bis wieder ein stärkerer König die Geschichte betrat. Derzeit gibt es allerdings auch im Rat selbst – jeder

Stamm entsendet zehn Vertreter, nur der Waldstamm hat seit fast 15 Jahren keine Räte mehr geschickt – nicht sonderlich viele starke Persönlichkeiten, und der Rat ist ohnehin schon immer eine recht wackelige Einheit gewesen, denn es gibt nach wie vor Rivalitäten zwischen einzelnen Stämmen. Um alles noch komplizierter zu machen, erfreut sich der Rat in vielen Teilen der Bevölkerung einer herzlichen Unbeliebtheit. Denn nach und nach haben die Prinzessinnen und Prinzen im Land, mit Hilfe ihres Geldes fast alle Plätze im Stämmerat besetzt. Inzwischen gibt es nur noch drei Ratsmitglieder, die keine Nachfahren Dorians sind. Und da es unter dem Adel in der Versammlung etliche eitle Gecken gibt und ihnen der Stämmerat schon als Erbpfründe gilt, empfinden viele Bürgerliche den Rat als, nun ja, unnütz wäre freundlich ausgedrückt, hmmm... Pickel am Arsch der Nation trifft's wohl eher.

Das alles wäre ja noch irgendwie auszuhalten. Wenn nicht in der Bevölkerung inzwischen die Sehnsucht nach etwas klareren Verhältnissen vorherrschen würde. Letzteres glaubt jedenfalls ein Mann, der nichts Geringeres plant, als König und Stämmerat gegeneinander auszuspielen und letztlich zu stürzen, um sich selbst zum Herrscher aufzuschwingen. Ein Plan, der so ungeheuerlich und unvorstellbar ist, dass er gelingen könnte. Nun, natürlich nur für kurze Zeit. Jener Mann, reich und mächtig und von Erfolgen verwöhnt, glaubt, die Macht nicht nur erlangen, sondern auch gegen die äußeren Feinde halten zu können. Allerdings wird er, sehr zum Leidwesen aller, feststellen müssen, dass er sich da irrt. Da sind wir uns sicher.«

(Wer ist »wir«?, fragte sich Peter.)

»Es wird vielmehr so sein – und bald wirst du verstehen, warum –, dass der Angriff des Usurpators auf Dorianstadt unsere Verteidigung an den Grenzen so schwächt, dass die Barbaren des Adlers auf breiter Front einfallen können. Und das wiederum kann – wenn man sich das Schicksal der anderen von den Adlern überrannten Ländern vor Augen hält – nur eines bedeuten: Unser Land wird vernichtet. Komplet. Absolut. Unwiederbringlich.«

Seinen Vorsatz über Bord werfend fragte Peter nun doch: »Aber zum Teufel: So schwach können König und Rat doch gar nicht sein, dass sie diesen Mann nicht selbst aufhalten wollen?«

»Tja. Vermutlich würden sie es ihm nicht durchgehen lassen. Die Sache hat nur einen Haken: Außer seinen eigenen Leuten weiß niemand von der Verschwörung. Natürlich mal abgesehen von einem geflohenen Schuhputzer-Prinzen mit zweifelhaftem Ruf, einem Straßenjungen aus einer Provinzstadt sowie einem verrückten alten Halbmagier, dem es nie gelungen ist, Gold in Whisky zu verwandeln. Und jetzt weiß es auch ein Junge aus der Sagenwelt in einem fremden Körper.«

»Oh.«

»Ja. Ich finde auch, dass das recht interessante Voraussetzungen sind, um unser Land vor dem Untergang zu retten.«

»Hmmm. Nun, ich gebe zu, diese ganze Sache ist bitter für euer Volk, aber dein letzter Satz... war nicht ganz richtig.«

»Nein?«

»Nein. Es ist nun mal nicht *unser* Land, sondern *euer* Land. Und es tut mir ja leid für euch, aber bei euren Problemen kann ich trotzdem nicht helfen, auch wenn ich wollte. Allerdings – ihr werdet mir verzeihen – gibt es da etwas anderes, das ich *wirklich* will, nämlich schnellstmöglich wieder nach Hause kommen, in meine eigene Welt.«

»Hmmm. Ich gebe ja zu, diese ganze Sache ist bitter für dich, aber dein letzter Satz war gleich in zwei Punkten nicht ganz richtig. Und ich verzeihe Dir.«

»Was...?«

»Dass es nicht dein Land ist, trifft lediglich für deinen Geist, aber nicht für deinen momentanen Körper zu. Und es trifft auch nicht zu, dass du uns nicht helfen kannst. Du kannst. Und du wirst...«, die Bestimmtheit in den Worten des kleinen Mannes ließ Peter eine Gänsehaut das Rückgrat hinaufwandern, »...und ich verzeihe dir, dass du schnellstmöglich wieder nach Hause willst. Nur ist das im Augenblick ziemlich unerheblich, ob ich dir verzeihe oder nicht. Genauso unerheblich ist es – tut mir leid, denn das lässt mich wirklich nicht unberührt –, dass du nach Hause *willst*. Denn nach Hause kommen wirst du nicht. Zumindest solange nicht, bis das Elf-Stämme-Land gerettet ist. Dein Schicksal ist mit dem unseres Landes verbunden. Gehen wir unter, dann ist auch dein Schicksal besiegelt. Wir brauchen dich. Deswegen sage ich ganz klar: Selbst wenn ich dich nach Hause schicken könnte: Ich würde es nicht tun.«

Mit jedem Wort dieses seltsamen Mannes, leise und mit freundlicher Stimme gesprochen, doch nicht den Hauch eines Zweifels zurücklassend, dass jeder Jota so gemeint wie ausgesprochen sei, war die Gänsehaut gewachsen, bis sie schließlich Peters ganzen (derzeitigen) Körper einhüllte, und mit ihr ein kaltes Grauen das ihn umschloss, als sei es etwas Lebendiges, das ihm die Luft zum Atmen rauben wollte.

Bisher, und nachdem er schon die Gefahren im Blutviertel überstanden hatte, war Peter in seinem Innersten irgendwie überzeugt gewesen, dass sich alles noch zum Guten wenden und er seine Eltern und seine Schwester schon bald wiedersehen würde. Doch in diesem Augenblick in einem schäbigen Herbergszimmer irgendwo im Nirgendwo traf ihn die Erkenntnis, dass dies nicht geschehen würde. Er würde Eltern und Schwester nicht heute und nicht morgen und auch nicht im nächsten Monat und nicht im nächsten Jahr in die Arme schließen. Und gut möglich, dass er diese Umarmungen niemals wieder spüren würde. Er war in diesem Körper und in dieser Welt gefangen – vielleicht bis zu seinem Tod. Und der konnte hier eher früher als später kommen.

Obwohl ihm klar war, dass ihm die Antwort nicht sonderlich gefallen würde, fragte Peter verzweifelt: »Aber warum reden wir nicht mit dem König selbst? – Es geht doch auch darum, ihn zu beschützen? – Das sollte ihn ja wohl interessieren, oder?«

»Ganz sicher fände er's interessant«, erwiderte Xavox, »jedenfalls so lange, bis er uns in den Kerker werfen lässt. Jauns Berater würden uns niemals glauben, der König selbst auch nicht. Ganz im Gegenteil: Unsere Beschuldigungen gegen eine angesehene und wichtige, ja über alle Zweifel erhabene Persönlichkeit des Reiches müsste dem König wie ein Verrat gegen das Reich selbst und somit auch gegen seine Person erscheinen.«

»Was? Wir wären dann also, selbst wenn wir für ihn kämpfen würden...?«

»Ja, wir wären die Verräter des Königs, obwohl wir ihm doch nur einen echten Verräter verraten würden – irgendwie ulkig, oder?«

Ulkig? Dass ihn dieser dämliche König als Verräter betrachten würde? Dass er, von einer Mörderbande verfolgt, unter einem Haufen Verrückter festsaß? Dass er vermutlich eher sterben als seine Familie wiedersehen würde? Peter hatte das unbestimmte Gefühl, aufspringen und den kleinen Halbzauberer packen, ihn kräftig schütteln zu müssen. Stattdessen sank er erschöpft nach vorne, legte einen Arm auf die Tischplatte, seinen Kopf auf den Arm und begann hemmungslos zu schluchzen.

Kurz legte der alte Mann seine Hand auf die Schulter des Jungen, dann gab er Tulpe einen Wink und zog sich mit ihm diskret in die andere Zimmerecke zurück. Dort fragte Tulpe flüsternd: »Kannst du ihm nicht helfen? Ich meine, schon weil es Réteps Körper ist, kannst du ihm nicht mit einem Zauber wieder Mut machen?«

Xavox lächelte traurig und entgegnete: »Ich habe auch Mitleid mit Peter. Und, ja, ich könnte ihm mit einem Halbzauber etwas Kraft geben. Aber Zauber – nicht nur meine – haben ihre Grenzen. Es würde wohl etwas helfen, wäre aber keine echte, aus ihm gewachsene Kraft. Glaube mir: Längerfristig würde ich diesem Jungen keinen Gefallen tun, wenn ich ihm jetzt sein Leid, seine Verzweiflung, seine Wut und seine Angst stehlen würde. Nein. Vielleicht wird ihn unser Plan töten, aber das ist kein Grund, ihm nicht mit Respekt zu begegnen. Lassen wir ihm seine Angst.«

Gut zehn Minuten warteten sie schweigend, während das Schluchzen von der anderen Seite des Raumes leiser wurde und schließlich verstummte. Nach weiteren fünf Minuten schüttete Xavox einen kräftigen Doppel-Schluck aus seiner Steingut-Flasche in Peters inzwischen leeren L'ak-Becher und stellte ihn dann, sich leise räuspernd, vor dem Jungen auf den Tisch. Peter blickte mit verweinten Augen auf, sah auf den Becher und kippte dessen Inhalt mit einem einzigen großen Schluck hinunter. Dass er das feurige Brennen des Schnapses durch die Speiseröhre bis in den Magen mit keiner Regung nach außen dringen ließ, zeigte die Tiefe seiner Verzweiflung. Dennoch lehnte er sich schließlich im Stuhl zurück, wischte sich mit dem Jackenärmel kurz über die Augen und sagte mit rauer Stimme: »Gut. Dann also weiter. In die einzige Richtung, die möglich ist. Erzähle, was es mit dieser Verschwörung auf sich hat und was ich damit zu tun habe. Erzähle und lass mich mehr über euer Land lernen, damit ich diesen Alptraum beenden kann. Egal wann. Aber beenden.«

»Tapfer«, sagte der Halbzauberer mit freundlichem Nicken, und erzählte, wie Prinz Rétep auf die Verschwörer gestoßen war – jedoch leider auch die Verschwörer auf Prinz Rétep. Dabei war alles doch nur eine Frage der Mode gewesen ...

4. Mode und Tote
– oder: Wie alles begann, erster Streich

»*Nun*«, und schon in diesem einen, kleinen Wort schwang wieder jener niederschmetternde Hauch milden Erstaunens mit, dass so *etwas* wie Prinz Rétep es tatsächlich in Erwägung ziehen konnte, auch nur eine Winzigkeit ihrer Aufmerksamkeit für sich beanspruchen zu wollen, »*nun*, ich denke, lieber Cousin, dass ich dich gebeten hatte, wenn du schon mit mir sprechen zu müssen glaubst, dies doch bitte immer in gewaschenem Zustand zu tun?«

Zum Burischja noch mal! Wie viele Male hatte er sich schon geschworen, Prinzessin Ky einfach links liegen zu lassen? Und dann war er ihr wieder über den Weg gelaufen, und alles war vergessen. Dabei schien es, als sei das Wort »Zicke« eigens für sie erfunden worden. Vermutlich war sie auch das einzige Mädchen im ganzen Elf-Stämme-Reich, das über den Zauber gebot, auch auf eine größere Person von oben herabblicken zu können. Und schon von klein auf hatte sie fast nie den geringsten Zweifel daran gelassen, dass ihr Rétep etwa so wichtig war wie eine Trillerlops-Fleischfaser, die einem zwischen den Zähnen stecken geblieben ist – zum Hassen zu unbedeutend, aber man will sie doch möglichst schnell wieder loswerden. Ja, sagte sich Rétep, Prinzessin Ky war eitel, eingebildet, überheblich, zutiefst oberflächlich und grenzenlos selbstsüchtig. Sie war die Pest. Und sie war das entzückendste Geschöpf, dem Rétep unter der Götter weitem Himmel jemals begegnet war.

Prinzessin Ky, zierlich, schwarzhaarig, braunäugig, stupsnasig, scharfzüngig und, ach, unbegreiflicherweise leider auch völlig immun gegen Réteps Mondlichtseele, war tatsächlich seine Cousine. Auch wenn dieses verwandtschaftliche Verhältnis, nein, nicht unbedingt für verwandtschaftliche Nähe gesorgt hatte.

Kys und Réteps Väter waren Brüder gewesen, doch so verschieden, dass sie sich schon als Kinder gegenseitig misstraut und als Erwachsene fast jeden Kontakt zueinander verloren hatten. Als jedoch Réteps Eltern – einfache Soldaten und bei weitem nicht so geschäftstüchtig und erfolgreich wie sein Onkel – vor vier Jahren von einem Scharmützel gegen die Adler-Barbaren einfach nicht zurückgekehrt waren, da hatte ihn Onkel N'Ky bei sich aufgenommen. Und überraschenderweise musste Rétep im Laufe der Zeit feststellen, dass dies nicht nur aus Pflichtbewusstsein geschehen war, sondern zumindest aus dem ernsthaften Wunsch heraus, ihm helfen zu wollen. Und auch Tante Ri und

Tante Olonikayanawanisa, die beiden Frauen seines Onkels, waren wirklich nett, ja sogar fürsorglich gewesen. Doch Rétep war rastlos wie sein Vater. So begann er irgendwann, immer öfter seine eigenen Wege zu gehen, sich als Schuhputzer, Lederflicker und gelegentlicher Geldbörsentransferierer durchzuschlagen. War aber, wenn er für ein paar Tage eine feste Anlaufstelle brauchte oder sich gar kein Platz zum Schlafen finden wollte, im Hause seines Onkels immer willkommen – jedenfalls soweit es N'Ky, Ri und Olonikayanawanisa betraf; was jedoch Prinzessin Ky anging...Vielleicht war auch sie ein Grund, dass er den stolzen Hof seines Onkels immer öfter verließ. Und vielleicht war sie auch ein Grund, dass er immer wieder dorthin zurückkehrte. Wie jetzt, als er zur Villa und zur Handelsniederlassung seines Onkels gekommen war, um die Ebbe in seiner Börse mangels anderer Gelegenheiten durch ein paar ehrlich erarbeitete Nick zu bekämpfen. Und wo ihm, kaum dass er das Haus betreten hatte, sofort Prinzessin Ky über den Weg gelaufen war. Und wo er sie gleich – bei Burischja, wie konnte er nur??? – zu einem Tee einladen wollte. Und sie ihn im Beisein zweier kichernder Freundinnen so abserviert hatte, dass er sich nun fühlte wie ein Trillerlops nach dem Frittieren. Voll Zorn, doch mit geheucheltem Gleichmut entgegnete er: »Nun gut, Prinzessin Ky von der hohen Nase, sicher ist meine Erscheinung nicht so makellos wie Eure – was sie wohl wäre, wenn ich – wie Ihr – im Leben nichts anderes zu tun hätte, als das Vermögen meines Vaters zu schmälern. Aber wenn mein Wams auch nicht nach der neuesten Mode ist...«

»Nicht mal nach der ältesten«, unterbrach Ky mit leisem Gähnen.

»...so hätte ich dennoch gedacht, dass es dich interessieren würde, was für große Neuigkeiten es in der Stadt gibt.«

»Was wird ein Schuhputzer schon Wichtiges erfahren haben?«, entgegnete Ky, während sie ein nicht vorhandenes Stäubchen vom Ärmel ihrer weißen Seidenbluse schnippte. Doch Rétep war nicht entgangen, dass ein schneller, taxierender Blick von seiner Cousine zu ihm herübergehuscht war. Denn wenn es etwas gab, das ihre Hochnäsigkeit noch übertreffen konnte, dann war es ihre Neugierde.

»Na ja, wenn es dich nicht interessiert, dass es ein großes Fest gibt, weil Rú-tan edle Gäste erwartet... ich wollte eh vor allem deinen Vater aufsuchen.«

Damit wandte sich Rétep zum Gehen, doch er war keine zwei Schritte weit gekommen, als ihm seine Cousine hinterherrief: »Warte! Ein Fest? In Rú-tan? Erzähl mehr.«

»Bei einem Tee?«

»Oh nein! So lass ich mich nicht übertölpeln. Du weißt, mit deiner Mondseele kannst du bei mir nicht...«

»Na, ich dachte halt, du würdest gerne mehr über den Besuch von Kriegskanzler Hanu Standhaft erfahren. Aber wenn du nicht...«

»*Wie!?*« Jetzt traten Ky, ganz untypisch, fast die Augen aus dem Kopf, während ihre Begleiterinnen spitze Entzückensschreie ausstießen. »Der Kriegskanzler will kommen, sagst du? Du scherzt!«

»Keineswegs. Und es könnte einen Ball geben, und die reichsten Handelshäuser könnten dazu eingeladen werden...«

»Aber dann wären wir ja auch eingeladen!« Alle Blasiertheit vergessend, packte Prinzessin Ky ihren Cousin nun mit beiden Händen am rechten Arm, schüttelte ihn heftig und schrie Rétep fast an: »Wann kommt er? Was für ein Ball? Ob ich ein neues Gewand...? Nun erzähl schon!«

»Tee?«

Und so hatte Ky, nachdem die beiden Freundinnen schnell abgewimmelt waren, im Schneidersitz mit einer Tasse Tee unter einer großen Eiche im Garten Platz genommen. Dort hatte sie erfahren, was Rétep von der Freundin des Sohnes des Kammerdieners des Bürgermeisters gehört hatte, mit der er sich manchmal herumtrieb. Dass nämlich Kriegskanzler Hanu Standhaft auf Inspektionsreise an die Front war und ganz überraschend auch ein paar Tage in Rú-tan verweilen würde, wo kurzfristig ein Treffen mit einer Delegation des Waldstammes anberaumt worden war. Tatsächlich konnte Rétep sogar den politischen Hintergrund von Hanus Abstecher erläutern: Die Waldstämmler waren stolz. Auf andere Art stolz als die Prinzen und Prinzessinnen. Es war auch der einzige der elf Stämme, in dem kaum Adelige mit Standesdünkel zu finden waren, denn der Stolz darauf, Waldländer zu sein, das daraus resultierende Zusammengehörigkeitsgefühl zählte für die groß gewachsenen Menschen mit den rot- bis weizenblonden Haaren mehr als die Zugehörigkeit zum Adel. Und während die anderen zehn Stämme in den vergangenen Jahrhunderten, auch durch neu entstehende verwandtschaftliche Bande, doch zumindest ansatzweise enger miteinander verbunden waren, so waren die Waldstämmler lieber unter sich geblieben, was keineswegs nur an der geographischen Randlage und Abgeschiedenheit ihres Kernlandes lag. Das Gebiet des Waldstammes begann mit dem riesigen Wald westlich von Rú-tan.

Ein strammer Tagesritt reichte selbst an den schmalsten Stellen noch nicht aus, um das spärlich mit Jägern, Fischern, Sammlern und Lichtungsbauern besiedelte Meer aus Bäumen zu durchqueren. Wer auf dem Weg hinter Réteps Heimatstadt ritt, der gelangte, sobald er den Wald hinter sich gelassen hatte, auf die sogenannte Platte, eine riesige Ebene zwischen dem Wald und der Stillen Küste des Rauen Ozeans.

Vor vielen Jahrhunderten noch selbst mit Wald bedeckt, gab es heute in dem immer wieder von steinigen Hügeln und kleinen Wäldchen durchbrochenen fruchtbaren Gebiet viele Gehöfte und Äcker. Die Platte lag etwa 50 Meter über dem Meeresspiegel, bis sie schließlich, meist sanft, hie und da auch schroff, zum Wasser hin abfiel. Die gesamte Küste des Waldstamms war etwa 1800 Kilometer lang.

Etliche Traditionen der Elfen, die bei den anderen Stämmen schon lange in Vergessenheit geraten waren, erfreuten sich bei den Waldstämmlern noch bester Gesundheit. So waren sie auch die einzigen, die ohne Ausnahme allen ihren Neugeborenen die Ohrenspitzen in Gothölzer klemmten, jene kleinen, verzierten und mit dünnen Schnüren zusammengehaltene Holzstückchen mit einer speziellen Innenform, die dazu dienten, die oberen Rundungen der Ohren dauerhaft in eine spitze Form zu bringen.

Durch den Stillstand im Osten und die Weiterentwicklung im übrigen Reich hatten sich die zehn anderen Stämme zunehmend von den »Spitzohren« entfremdet – wobei niemand gewagt hätte, in Gegenwart eines Waldstämmlers von »Spitzohren« zu sprechen, zumindest nicht, ohne zehn zu eins in der Überzahl zu sein oder über ein gerüttelt Maß an Lebensüberdruss zu verfügen. Die Waldelfen ihrerseits standen zwar – gebunden durch die Hochzeit ihrer Thronfolgerin Hanna Starkhand mit dem Reichsgründer Dorian vor vielen Jahrhunderten – zum Königshaus, doch die Politik und die Politiker im Stämmerat konnten sie immer weniger ertragen. Vor zwölf Jahren dann, nachdem im Rat schon über zwei Stunden darüber debattiert wurde, ob Farben für Maurermörtel einer gesetzlichen Reglementierung unterliegen sollten, waren die zehn Räte des Waldstammes, die die ganze Zeit wortlos zugehört hatten, ebenso wortlos aufgestanden, hatten den Rat verlassen und waren nie wiedergekehrt. (Ein Gesetz zur Farbgebung des Mörtels hatte es dann übrigens doch nie gegeben; man war sich, wie so oft, nicht einig geworden und hatte die ganze Sache schließlich vergessen.)

Waldstämmler, die sich mehr als ein paar Wegstunden von ihrer Heimat entfernten, fand man, abgesehen von den Kriegern im Reichsheer, inzwischen nur noch selten im übrigen Reich, und Mitglieder der anderen Stämme fanden kaum Gründe, den tiefen Wald zu durchqueren, um diese seltsamen Spitzohren zu treffen. Die Handelsbeziehungen funktionierten allerdings noch gut, und der wichtigste Umschlagplatz, wo sich die Waren aus Ost und West kreuzten, war Rú-tan. Auch Nachrichten aus dem abgelegenen Gebiet fanden auf diese Weise ihren Weg ins Reich. So war durchaus bekannt, dass die Küste des Waldstammes in jüngster Zeit immer häufiger von Piraten heimgesucht wurde. Und das war, so hatte es jedenfalls die Freundin des Sohnes des Kammerdieners des Bürgermeisters erzählt, auch der Grund, warum Kriegskanzler Hanu Standhaft seine ursprüngliche Reiseroute geändert und über Rú-tan geführt hatte: Der Kanzler hatte, im Namen des Königs, durch Boten Älteste der fünf führenden Clans des Waldstammes zu einem Treffen einbestellt. Er wollte aus erster Hand erfahren, ob die Piratenangriffe zu einem ernsten Problem für das Reich, vielleicht zu einer zweiten Front neben dem Krieg gegen die Adler-Barbaren werden könnten.

Der Kanzler, hieß es, sei durchaus gewillt, den Kriegern des Waldes militärische Hilfe zu schicken, genauso war er aber auch daran interessiert zu erfahren, ob der Waldstamm weiterhin sein Kontingent an Bogenschützen an die Front im Süden entsenden konnte. Dort gab es zwar seit einigen Monaten nur kleinere Kampfhandlungen, und die letzte wirklich große Schlacht – die übrigens keiner Seite etwas gebracht hatte –, lag schon Jahre zurück, doch die Kämpfe konnten praktisch zu jeder Sekunde wieder aufflammen. Zudem waren die Bogenschützen aus dem Wald mit ihren scharfen Augen als Kundschafter gefragt – ebenso, wenn es darum ging, Kundschafter der Adler ausfindig und mit einem gezielten Schuss unschädlich zu machen.

»Ja, ja, nun gut. Sie wollen also über diesen blöden Krieg reden«, unterbrach Ky ihren Cousin nach einem ungeduldigen Schluck aus ihrer Teetasse, »aber was ist mit dem *Ball*!?!?«

Drei Sekunden starrte Rétep Ky erst nicht verstehend, dann verständnislos an, dachte, dass es dieser »blöde Krieg« gewesen war, der ihm seine Eltern genommen hatte, seufzte schließlich und fuhr fort: »Der Ball? Ja. Wenn Standhaft schon mal hier ist, wird er noch ein paar Gespräche führen und seinem Reisetross eine längere Rast gönnen. Vermutlich bleiben sie eine gute Woche. Das wiederum hält Ainatomba, die Truchsessin unseres schönen Ost-Bezirks unserer noch schöneren Grafschaft der Schilderträger für eine gute Gelegenheit, sich lieb Kind zu machen und zu Ehren des Kanzlers einen großen Ringelpiez...« – böser Blick von Ky – »... ich meine, einen *wundervollen* Ball zu geben. Und den Bürgermeister von Rú-tan hat sie schnell dazu gebracht, das ebenfalls für eine gute Idee zu halten.«

Mit einem Achselzucken beendete Rétep seinen Satz, Ky sah ihn jedoch weiterhin erwartungsvoll an, bis sie schließlich, nach einigen unangenehmen Sekunden des Schweigens, entnervt hervorstieß: »*Und*?!«

Verwirrt wollte Rétep wissen: »Und? Und was?«

»Wie ›und was‹? Himmel: Wer ist eingeladen? Wann wird gefeiert? Welche Musiker sind engagiert? Was tanzt man in der Hauptstadt? Und vor allem: Welche *Mode* wird man aus Dorianstadt mitbringen? Ach ja, – hat der Kriegskanzler auch seinen Sohn dabei?«

Der letzte Teil der Frage hatte viel zu beiläufig geklungen, um Rétep gefallen zu können. Hanus Sohn Harubal, etwa vier oder fünf Jahre älter als Rétep und Ky, galt als Vorzeigeathlet, exzellenter Reiter, begnadeter Schwertkämpfer und seinem Vater, dem mächtigsten Mann nach dem König, treu ergeben – was ihn wohl unangefochten zur besten Partie des Landes machte (der König selbst hatte keinen Sohn im heiratsfähigen Alter), auch wenn über seine geistigen Fähigkeiten nicht viel bekannt war. Missmutig antwortete Rétep: »Woher soll ich das denn alles wissen? Keine Ahnung, ob Harubal-Holzkopf bei seinem Papi ist oder gerade irgendwelche Adler-Barbaren aufspießt. Und Mode...? Du selbst hast mich vorhin ja schon so galant auf mein Verhältnis zur Mode angesprochen. Beobachte doch einfach den Tross, wenn er ankommt...«

»Rétep, Mann, du verstehst wohl gar nichts«, unterbrach ihn Ky mit verdrehten Augen, »denkst du vielleicht, die reiten mit ihren Festgewändern in Rú-tan ein? Die werden sie erst kurz vor dem Ball auspacken. Und dann ist es für mich zu spät, etwas Passendes nähen zu lassen. Glaubst du etwa, ich möchte dort als Landpomeranze erscheinen? Was wird der Kanzler von mir denken?«

»Nun, nichts, schätze ich, so oder so wird er dich wohl kaum beachten«, erwiderte Rétep, während er gleichzeitig befürchtete, dass Ky zwar »Kanzler« gesagt, aber vor allem dessen Sohn gemeint hatte, und der könnte Ky sehr wohl beachten. Die hatte Rétep allerdings gar nicht zugehört sondern sprach laut zu sich selbst: »Ich muss unbedingt dahinterkommen..., ha! Wenn ich es wüsste, als einziges Mädchen in Rútan, das wäre... hmmm, Rétep, sag, deine kleine Freundin... diese – wie war das – Tochter vom Koch...?

»Hilda, Freundin des Sohnes des Kammerdieners des Bürgermeisters, und sprich nicht so verächtlich von ihr, sie ist...«

»Ja, ja, ohne Zweifel ist sie ganz wunderbar, aber kannst du mit ihrer Hilfe auch ins Stadtpalais gelangen, nachdem der Kanzler eingetroffen ist und bevor der Ball stattfindet?«

»Wieso sollte...? He! Moment mal! Du willst doch nicht, dass ich in das Stadtpalais eindringe, um in den Klamotten des *Kriegskanzlers* zu wühlen???«

»Nein, du Depp, natürlich nicht. Was interessieren mich die Hosen des Kanzlers?«

»Und ich dachte schon...«

»Du sollst in das Stadtpalais eindringen, um in den Klamotten von Hanu Standhafts *Begleiterinnen* zu wühlen.«

»Du hast sie nicht mehr alle! Weißt du was passiert, wenn die mich erwischen? Das wäre mein Tod!«

»Und? Wenn du es nicht tust, ist es mein Tod – zumindest gesellschaftlich gesehen.«

»Und du würdest wirklich in Kauf nehmen, dass die mich massakrieren, nur um zu erfahren...? Ja. Das würdest du.«

Réteps Blick verfinsterte sich, dann sagte er: »Gut. Ich tu's.«

»Ehrlich?« Entgeisterung schwang in Kys Stimme mit.

»Ja. Gegen Bezahlung.«

»Oh«, fast hörte es sich etwas enttäuscht an, »nun gut, ich denke«, ein Goldstück sollte es mir wert sein...«

»Behalt dein Geld«, jetzt klang Réteps Stimme richtiggehend wütend, »was ich als Bezahlung verlange...«

»Ja?«

»... ist...«

»Jaa!?!«

»...ein Kuss.«

».....«

»Nun, was sagst du?«

»*Ich* soll *dich* küssen?«

»Ja.«

»*Niemals!*«

»Nun gut, dann eben nicht.«

Rétep machte Anstalten, sich zu erheben. Hätte Ky gewusst, welchen Plan sich Rétep zurechtgelegt hatte, um völlig gefahrlos an die benötigten Informationen zu kommen, hätte sie ihn wohl ziehen lassen, um es selbst auf ähnliche Weise zu probieren. Doch sie wusste es nicht, und so rief sie hastig: »He, Moment. Muss es wirklich... pass auf, ich biete dir zwei Goldstücke, das ist mehr, als du...«

»Beleidige mich ruhig noch weiter, dann steigt der Preis.«

»Er steigt?«

»Ja, jetzt kostet's dich schon zwei Küsse.«

»*Zwei* Küsse?«

»Und einen davon im Voraus.«

»Ach du großer Ahne!«

»Und der Preis kann weiter steigen.«

»Nein! Äh, ich meine... Also gut.«

»Gut?«

Jetzt war das Staunen an Rétep. Doch dann packte er die Gelegenheit am Schopf und Ky bei den Schultern, zog sie zu sich herüber, umarmte sie wie ein Schraubstock und drückte seine Lippen auf die des Mädchens, das dabei stocksteif blieb, die Augen fest geschlossen. Erst nach einer Minute löste Rétep sich wieder von seiner Cousine. Ky war es leicht schwindelig geworden, doch keineswegs wegen romantischer Gefühle, sondern weil sie vor lauter Starre das Atmen vergessen hatte. Wie ein Fisch an Land schnappte sie nun nach Luft, während sie sich mit dem Handrücken über die Lippen wischte. Auch Rétep atmete schwer, fragte aber schließlich wütend: »Na ja. Und was genau möchtest du wissen?«

So war es also schließlich bloß eine Frage der Mode, die dazu führen sollte, dass Menschen in zwei Welten verzweifelt um ihr Leben und um das Schicksal einer ganzen Nation kämpfen mussten. Und von denen einige den Kampf verlieren würden.

*

Nun, wie gesagt: Rétep hatte einen eigentlich ganz einfachen Plan, wie er völlig gefahrlos an die gewünschten Informationen kommen könnte. Und meist sind die möglichst unkomplizierten Pläne ja die besten. Meistens. Aber der hier funktionierte nicht.

Dabei hatte sich Rétep alles so leicht vorgestellt: Er war davon ausgegangen, das Stadtpalais nicht einmal betreten zu müssen. Denn ein guter Bekannter von ihm war der geachtete Orts-Chronist Robert Baltes, der sowohl sehr gute Beziehungen als auch, wegen des Schriften-Lagers im Keller, fast ungehinderten Zugang zum Palais hatte. Baltes mochte seine Ecken und Kanten haben, aber er war ohne Zweifel ein guter Mann und immer bereit, anderen zu helfen, wenn sie ihn um einen Gefallen baten. Doch zu seinem Schrecken musste Rétep von einem Nachbarn erfahren, dass Bal-tes nur einen Tag zuvor nach kurzer Krankheit mit nur 62 Jahren verstorben war. Der Prinz brauchte eine ganze Weile, um sich zu fassen, und schließlich dämmerte ihm irgendwann auch, dass die ganze Angelegenheit dadurch für ihn nicht nur komplizierter, sondern nun tatsächlich gefährlich werden würde. Denn seine Abmachung mit Ky einfach ignorieren, das konnte er nicht. Und das lag keineswegs an dem doch eher erbärmlichen Kuss und der überraschend wenig prickelnden Aussicht auf eine Wiederholung.

Unschlüssig darüber, was er tun sollte, und übel gelaunt zog er durch die Stadt. Er hätte sich gerne mit Tulpe besprochen, doch sein bester Freund, mit dem er seine Sorgen teilen konnte und den man sonst an allen Ecken und Enden der Stadt zu treffen schien, war ausgerechnet heute nirgends zu finden. Was Réteps Laune nicht gerade verbesserte.

Sein Weg führte ihn schließlich durch das Blutviertel. Er wollte dort noch ein paar Wirtschaften abklappern, für die sein flinker Freund gelegentlich Besorgungen machte. Auf den großen Ei-Platz wollte er eigentlich gar nicht, doch plötzlich hörte er von dort dröhnendes Gelächter, das aus mindestens Dutzenden von Kehlen zu kommen schien und immer wieder aufbrandete.

Neugierig geworden, lenkte er seine Schritte durch die Gasse des Nasenblutens nun doch auf den Platz und sah gleich die Ursache der Heiterkeit: Über den Brunnen waren ein paar Bretter gelegt worden, die als Bühne dienten, und auf diesen Brettern stand ein kleiner, ja fast winziger alter Mann mit strahlenden Augen, der gerade fröhlich und großspurig zugleich einer großen Zahl Schaulustiger verkündete: »Oh ja, meine Freunde! Das Orakel von Nekis hatte es mir schon verkündet, dass ich, Alexandrinus Infantilus Magnus, der größte Magier des Elfer-Reiches und der ganzen bewohnten Welt vom Dracheneis im tiefsten Norden bis hinauf zu den Palmen-Nebeln, hier in Rú-tan ein ganz fantastisches – und natürlich auch großzügiges – Publikum finden würde. So seht und staunt über mein nächstes Kunststück, das ich eigens für euch in mühevollen Studien der geheimen Künste und beim jahrzehntelangen Stöbern in verbotenen Büchern gelernt habe.«

Dann nahm er eine große Kappe zur Hand, die mit etlichen Sternen aus inzwischen verblassendem gelben Stoff bestickt war, ließ die Zuschauer ins Innere blicken, drehte sie dann mit der Öffnung nach oben und – zog ein Kaninchen heraus.

Dass brachte ihm, während er das Kaninchen wieder zurückstopfte, von einem kräftigen Krieger im Publikum den Zwischenruf »Alter Hut!« ein, worauf Alexandrinus Magnus, seine Kappe schüttelnd, freundlich zurückrief: »Ja, großer Mann, Ihr habt recht: Das ist ein alter Hut. Aber wenn Ihr ein paar Nick springen lasst, kann ich mir endlich einen neuen leisten!«

Das Publikum honorierte die Schlagfertigkeit des Alten mit erneutem Gelächter, selbst der gefoppte Soldat lachte mit, an den sich der Gaukler auch gleich wieder wandte: »Aber seid doch so gut, und helft mir etwas, mein Kaninchen hat mir nämlich verraten, dass ihm nach ein wenig Gesellschaft verlangt.«

Von johlenden Freunden wurde der Krieger bis zur Bühne vor geschoben, während der Alte laut verkündete: »Ich denke, bei so einem kräftigen Mann werden wir wohl auch noch ein kleines Kaninchen finden können.« Dann griff er ihm unter das Wams, schien zu stutzen und lachte dann: »Hopsa! Hab ich mich wohl geirrt! Kein Kaninchen...« Damit zog er plötzlich einen kleinen, zappelnden Fuchs hervor, woraufhin der Krieger mit offenem Mund einen Schritt zurücksprang und ein erstauntes Raunen durch die Menge ging. Das wandelte sich aber schnell wieder in Heiterkeit, als der Alte den Fuchs kurzerhand in seine Kappe steckte, aus der augenblicklich ein Fauchen und Fiepen ertönte, und die nun mächtig hin und her zuckte und sogar für mehrere Sekunden, sich drehend und wackelnd, in der Luft schwebte.

Jetzt gab es echten Applaus für den alten Gaukler, der gleich wieder von Brüllern durchmischt war, als der Zauberer nun ein Fuchs-Skelett aus dem Hut zog.

Der Alte musste nun selbst lachen, als er laut »Böser Hase!« rief, seine Hand erneut in den Hut steckte, einen Schrei ausstieß und den Arm zurückzog – allerdings wirklich nur den Arm, die Hand fehlte.

Rétep, der sich inzwischen neugierig bis vor die Bühne gedrängt hatte, hörte seinen Nachbarn einem anderen Mann zuraunen: »Wie macht er das bloß? Ein echter Magier kann's ja wohl nicht sein? Das ist doch seit Jahrhunderten verboten?« Rétep hatte irgendwie den Eindruck, dass auch der Alte, dessen Hand plötzlich wieder aufgetaucht war, diesen Satz aufgeschnappt hatte. Jedenfalls rief der jetzt: »Nun, so gerne ich, Alexandrinus Infantilus Magnus, mein fantastisches Publikum weiter unterhalten würde, so warten doch noch große Aufgaben auf mich: Es gilt, Königreiche vor dem Untergang zu retten und Drachen vor holden Jungfrauen zu beschützen ...«

»Was anderes kann man in deinem Alter wohl mit Jungfrauen nicht mehr machen«, rief eine weibliche Stimme von weiter hinten, was die Männer zum Johlen brachte, während der Alte lachend zurückrief: »Irgendwo sind halt auch dem größten Magier Grenzen gesetzt.«

»Aber«, rief er nun mit nur leicht erhobener Stimme, und seltsamerweise war es plötzlich still auf dem Platz, und alle sahen gebannt zu dem Gaukler, »aber ich möchte Euch, wertes Publikum, nicht gehen lassen, ohne ein letztes Mal den Zauber des Lachens zu wirken! He, Junge, ja, du, komm doch bitte zu mir auf meine wunderbare Bühne!«

Und ehe sich Rétep versah, war er schon von Händen ergriffen und auf die Bühne gehoben worden, wo er nun auf Augenhöhe mit dem kleinen Mann stand – und es waren Augen, so jung und stark, dass sie gar nicht zu diesem Körper passen wollten.

»Keine Angst, mein Junge.«

»Ich habe keine Angst.«

»Oh. Das ist gut. Wie heißt du?«

Aus dem Publikum rief jemand: »Ich kenne ihn. Das ist Prinz Rétep, und, Zauberer, Ihr solltet aufpassen, dass er euch nicht eure Börse weghext«, was ein Kichern im Publikum und ein verlegenes Grinsen des Jungen zur Folge hatte.

Jetzt erst schien der Zauberer seinen unfreiwilligen Assistenten näher ins Auge zu fassen: »Oh, ein kleiner Spitzbube?« Dann, leiser und erstaunt: »Mit einer starken Mondlichtseele und erstaunlich verwirrendem Charakter. Nun, mein Junge, hast du heute schon mal so richtig gelacht?«

»Ehrlich gesagt, gab's nicht allzu viel zum Lachen.«

»Aber das können wir doch ändern.«

Lächelnd sah ihn der Alte an und legte seine Handflächen leicht zusammen.

Und was sollte das jetzt? Aber lustig war's schon. Ja, doch, sehr lustig. *Wirklich* lustig. Lustig? Zum Brüllen komisch... Eine ungeheure Heiterkeit hatte Réteps Bauch von innen gewärmt, hatte seinen Körper geflutet, wollte aus ihm heraus explodieren. Wer lachte da so? Das war ja er selbst! Was mit verhaltenem, unterdrücktem Lachen begonnen hatte, war in kürzester Zeit zu einem brüllenden, nach Luft schnappendem Wiehern geworden.

Die Menge beobachtete, wie sich dieser Junge auf der Bühne, mit tränenden Augen und hochrotem Kopf, schier wegbrüllte vor Lachen. Und da keine Krankheit so ansteckend ist wie das Lachen, fielen immer mehr Zuschauer ein, bis man schließlich auf dem ganzen Platz etwa hundert unterschiedliche Varianten von Gelächter hörte – angefangen von verhaltenem Kichern bis hin zu schnaubendem Walross-Gesang. Auch dem alten Schausteller selbst liefen dicke Lachtränen über die vergnügt leuchtenden Backen.

Nachdem das Gelächter endlich wieder abgeebbt war, rief der Alte noch: »Und nun, meine Freunde, lasst euch nicht lumpen, ich schicke meinen jungen Helfer mit dem Hut herum...« damit drückte er Rétep den Hut in die Hand »...und würde ihn gerne ordentlich klimpern hören, wenn – (Seitenblick auf Rétep) oder falls? – er zurückkommt. Ach ja, ein Letztes: Ich bin im Tanzenden Einhorn abgestiegen. Falls irgendeiner von euch auch nur im Entferntesten mal etwas davon gehört hat, wie man Gold in Whisky verwandelt, bitte lasst es mich wissen.«

Damit war der Alte unerwartet behände von seiner Bühne gesprungen, hatte erst einen kräftigen Schluck aus einer tönernen Schnapsflasche genommen, sich dann seinen am Brunnen bereitliegenden Beutel gegriffen und sich ebenfalls auf Sammeltour durch die Menge begeben.

Es dauerte eine Weile, bis sich das Publikum verlaufen hatte – fast jeder wollte wenigstens eine Kupfermünze loswerden. Doch schließlich traf sich Rétep wieder mit dem Zauberer vor dem Brunnen, um ihm den tatsächlich hübsch klimpernden Hut zu übergeben. Der Zauberer sah kurz in Beutel und Hut und meinte dann leichthin: »Wirklich gut gelaufen. Es hat lange gedauert, bis ich kapiert hatte: Lass sie lachen, dann sitzen die Spendierhosen lockerer. Vielen Dank, Rétep – für deine Mühe«, damit gab er ihm fünf Kupfermünzen aus dem Hut, was sehr großzügig war.

Der junge Prinz blieb jedoch einfach stehen und sah den Alten nachdenklich an.

»Wie? Nicht genug?«, wollte der lächelnd wissen.

»Oh, entschuldigt. Mehr als genug. Hätte ich gar nicht erwartet. Aber...«

»Was?«

»Ich bin erstaunt. Ihr seid kein Gaukler. Ihr seid ein echter Magier. Schon dieses Lachen, das in mir hoch gestiegen ist...«

»Aber mein Junge«, entgegnete der Alte heiter, »wie könnte ich ein echter Magier sein? Die sind doch seit ewigen Zeiten verboten.«

Versonnen entgegnete Rétep: »Lachen lässt die Leute nicht nur tiefer in den Beutel greifen, es lenkt sie auch davon ab, über Gesehenes genauer nachzudenken, wie etwa über schwebende Hüte und verschwundene Hände. Und wenn ich's mir recht überlege, großer Alexandrinus, meine ich mich zu erinnern, dass meine Tante mal erzählt hat, das halbe Magier noch erlaubt sind.«

»Ah, ihr seid schlau, du und deine Tante. Halbmagier nennt man sie, die Geduldeten. Aber obwohl sie im Vergleich zu den Meistern vergangener Tage wie ein Dorn im Verhältnis zu einem Schwert sind, so haben doch viele einfache Leute Angst vor ihnen, und so ist es für einen Halbmagier einfacher, wenn er unerkannt bleibt.«

»Ich verstehe. Na ja, auf ein Geheimnis mehr oder weniger kommt es bei mir nicht an. Ich behalte es für mich, alter Gaukler.«

Der Alte verbeugte sich leicht gegen Rétep und nahm, imaginär mit ihm anstoßend, noch einen großen Schluck aus seiner Flasche.

»Aber eines möchte ich schon noch wissen«, fragte der Prinz neugierig, »weswegen hat es Euch ausgerechnet nach Rú-tan verschlagen, Alexandrinus?«

»Xavox.«

»Äh, wegen eines Herrn Xavox?«

»Nein. Ich heiße Xavox, Alexandrinus benutze ich gelegentlich als Künstlername. Hört sich irgendwie besser an – und Zweitnamen können auch hilfreich sein, wenn man mal untertauchen muss. Hier bin ich aber sozusagen ganz hochoffiziell: Ich war gerade auf, hm, auf einer längeren Tournee in Kalavant, als ich von einem Beauftragten der Truchsessin für einen Ball zu Ehren des Kriegskanzlers in Rú-tan engagiert wurde. Ich bin gewissermaßen eine Unterhaltungseinlage. Und es hat wohl auch so einen angenehm kitzligen Hauch Verruchtes, einen Magier auftreten zu lassen – auch wenn es natürlich kein echter Magier ist.«

»Ach? Ihr kommt also durch Eure Arbeit ins Palais? Hmm..., gut, dass wir uns getroffen haben, Ihr habt mich da auf eine Idee...«

Obwohl er gerne noch weiter mit diesem sonderbaren Mann gesprochen hätte, hatte es Rétep plötzlich sehr eilig: »Also, alles Gute, aber ich muss jetzt los!«

»Nun, junger Freund, dir auch alles Gute...«, was der alte Mann auch gleich als Gelegenheit für einen kräftigen Abschiedsschluck nahm, »...bei deinen Geheimnissen und Ideen.«

Rétep wollte schon loseilen, als der Alte ihn noch einmal anrief: »Halt!«

»Ja?«

Die Wangen des Halbmagiers leuchteten inzwischen ziemlich rot, was wohl weniger auf die Freude am geglückten Auftritt, sondern mehr auf den Inhalt der Tonflasche zurückzuführen war. »Beinahe hätte ich's vergessen: Du denkst dran, mich zu informieren, wenn du bei deinen Abenteuern auf jemanden stößt, der Gold in Whisky verwandeln kann? – Ich muss zugeben, meine Experimente in dieser Richtung waren bisher nicht so erfolgreich.«

»Äh – natürlich, natürlich. Aber ich muss los...«

Und während Rétep dem Alten noch kurz im Umdrehen zuwinkte, um dann endgültig davonzueilen, murmelte Xavox noch: »Mir zwitschert's irgendwie durch den Kopf, dass wir uns bald wiedersehen – aber vielleicht war ich auch einfach nur zu lange in der Sonne.«

Im Palais arbeiten! Jetzt hatte Rétep seinen Ersatzplan. Zwar deutlich gefährlicher als Plan Nr. 1, aber machbar – hoffentlich. Und als schließlich der Kriegskanzler mit seinem Tross unter lautem Jubel der Menge durch das westliche Stadttor von Rú-tan zog, da war Réteps neuer Plan schon ins Rollen gekommen. Ein Plan, der einige Tage später Folgen haben sollte...

5. Die letzte Ruhe in der Truhe
Oder: Wie alles begann, zweiter Streich

Das war das Ende! Während sich Prinzessin Runja erhob und auf die Truhe zuging, rutschte Rétep in seinem engen Versteck sämtliches Blut in die Füße. Er sah bereits vor sich, wie der Deckel der Truhe hochgeklappt würde, sah eine überrascht kreischende Prinzessin auf sich herabstarren, sah hereinstürzende Wachen, die ihn, mit etwas Glück, gleich durchbohren würden, statt ihn zum Vierteilen zu schleppen... Schon hörte er das Öffnen des Truhendeckels... Wie hatte es nur soweit kommen können, seit vor vier Tagen der Kanzler eingetroffen war?...

Vier Tage zuvor:

Ah! Verdammte Hämorrhoiden! Aber der Kriegskanzler wusste um seine imposante Erscheinung hoch zu Pferde. So war er, als Rú-tan kurz nach vier Uhr am Nachmittag am Horizont in Sichtweite gekommen war, aus seiner gut gepolsterten Reisekutsche gestiegen, um auf sein riesiges schwarzes Schlachtross Tefallo aufzusitzen. »Na, alter Bursche?«, der Kanzler tätschelte dem mehr als bloß imposanten Rappen den Hals, »da musst du mal wieder für ein paar Minuten dein bequemes Leben aufgeben? Keine Angst, du wirst schon nicht zusammenbrechen.«
Hanu Standhafts letztes persönliches Eingreifen in eine Schlacht lag zwar schon gut 20 Jahre zurück, und mit einem so schwerfälligen Pferdekoloss wäre er wohl nie in eine Schlacht geritten, aber die Leute wollten einen Helden sehen, also sollten sie einen Helden bekommen. Dafür konnte man, auch als Kanzler, schon mal im wahrsten Sinn des Wortes seine Arschbacken zusammenkneifen. Bei dem Gedanken musste der Kanzler trotz seiner rektalen Unbequemlichkeiten schmunzeln. Ja, es lohnte sich. Denn auch nach all den Jahren liebte er das Bad in der Menge. Und er liebte das Volk. Sein Volk. Ja, er liebte es. Die meisten Leute würden sicher sagen, dass zur Liebe auch Respekt gehört. Und in seinen jungen Jahren hätte Hanu das wohl auch behauptet. Doch inzwischen war er da entschieden anderer Meinung.
   Die ersten, die seinem Tross entgegenkamen, waren die Kinder. Fröhlich johlend und seinen Namen rufend winkten sie ihm zu.
   Ja, die Kinder, und dafür liebte er sie besonders, waren wenigstens ehrlich und direkt und versuchten erst gar nicht, ihre Neugierde und

ihre Erwartungen zu verschleiern. Freundlich winkte der große Mann zurück, während ein paar dienstbare Geister aus seinem Begleitzug großzügig kleine Süßigkeiten verteilten – preiswerter konnte man eigentlich gar nicht in die Treue der künftigen Untertanen investieren.

Seine Ankunft musste sich wie ein Lauffeuer herumgesprochen haben: Die ganze westliche Stadtmauer war besetzt, und vor dem Tor drängte sich eine riesige, bunte Menschenmenge, die ihn, als er näherkam, immer wieder begeistert hochleben ließ und in Sprechchören seinen Namen rief. Sogar etliche Blondschöpfe der Waldstämmler, die in Rú-tan ihren Geschäften nachgingen, konnte er in der Menge entdecken. Die Spitzohren waren zwar deutlich ruhiger als die aufgeregten Bürger Rú-tans, senkten aber bei seinem Vorbeiritt in der alten Geste der Ehrerbietung kurz den Kopf – was konnte man mehr erwarten?

Direkt unter dem Stadttor, wo die Menschenmenge etwas Platz gelassen hatte, warteten eine große, kräftige Frau, in etwas übertriebener bäuerlicher Eleganz gewandet, und ein eigentlich hoch gewachsener, inzwischen aber vom Alter schon leicht gebeugter grauhaariger Mann, der eine rote Schärpe umgelegt hatte und krampfhaft einen großen, goldenen Schlüssel in den Händen hielt. Mit Schwung und die Schmerzen in seiner Kehrseite ignorierend sprang der Kanzler vom Pferd und ging mit offenen Armen auf die beiden zu, die sofort wie die Honigkuchenpferde zu strahlen begannen.

»Ah, Truchsessin, und mein lieber Bürgermeister...« Himmel, erst heute Morgen hatte ihm sein Schreiber die Namen der beiden genannt, und nun hatte er sie schon wieder vergessen, »... es ist viel zu lange her, dass ich eure schöne Stadt besuchen durfte, aber bitte, ihr müsst es mir nachsehen, ihr wisst ja, der Krieg und mein Amt, ihr werdet verstehen...«

Das Strahlen in den beiden Gesichtern wurde noch größer, und diese alte Vettel schien doch tatsächlich leicht zu erröten, dann drückte ihm der Bürgermeister unter salbungsvollen Worten den goldenen Schlüssel der Stadt in die Hand – wie viele hatte der Kanzler schon in Händen gehalten? Dass den Bürgermeistern nicht *ein* Mal etwas anderes einfallen konnte. Doch kein einziger war es wert gewesen, dass er sich seinen Namen gemerkt hatte.

Es folgte eine viel zu lange Rede der Truchsessin, eine viel zu lange Rede des Bürgermeisters, und dann noch zwar kürzere, aber trotzdem immer noch zu lange Begrüßungen durch die Vertreter der örtlichen Bauern, der Handwerker und der Kaufleute. Lediglich der Kommandant der kleinen örtlichen Garnison begnügte sich mit einer knappen Vorstellung, einem kräftigen Händedruck und der Übergabe des Garnisonsbriefes, der den Kanzler bei Bedarf über die genaue militärische Stärke des Ortes aufklären würde – ein guter Mann, dieser Hauptmann, *den* musste er sich merken.

Dann endlich wurde der Kanzler zum Stadtpalais geleitet. Wenigstens war der Weg, auf dem die Truchsessin unentwegt plapperte und sogar – bei Burischja, musste das sein? – etwas von einem Ball zu seinen Ehren erzählte, nun nicht mehr weit. An den Stadtplan Rú-tans und die darin gezeigten Verteidigungsanlagen erinnerte sich Hanu Standhaft sehr wohl: Der älteste Teil Rú-tans lag auf einem großen Hügel im Osten, und näherte man sich von dieser Seite der Stadt, hielt man sie für kleiner, als sie es tatsächlich war. Denn auf einem langgezogenen, flacheren Hügel im Westen war eine zweite, ebenfalls von einer Mauer umschlossene Stadt entstanden. Und diese beiden Städte waren schließlich durch zwei Mauern miteinander verbunden worden, die eine kleine, kaum höher als das Umland liegende Ebene einschlossen. Das Stadtpalais lag, von einer eigenen Mauer umgeben, auf dem höchsten Punkt des westlichen Hügels, während aus der Mitte des östlichen Hügels der alte Zwinger emporragte, in dessen Umfriedung sich auch die nur 333 Mann starke Garnison eingerichtet hatte.

Dass überhaupt, so weit von der Front entfernt, eine kleine Garnison angelegt worden war, lag daran, dass Rú-tan zu einer beliebten Zwischenetappe für Söldner geworden war, und deren Vorstellung von Freizeitgestaltung – zumal vor oder nach einem Fronteinsatz – machte mitunter das Eingreifen regulärer Soldaten erforderlich.

Der Nachmittag war schon in den Abend übergegangen, als Hanu und sein Tross endlich am Stadtpalais ankamen. Hanu wurde von den 30 Kriegern seiner Leibgarde begleitet, zudem von einem kleinen Kontingent Soldaten und Söldner, die aber nur zwei Tage in der Stadt verweilen wollten, um dann, noch vor dem Kanzler, weiter zur Front zu ziehen. Des Weiteren begleiteten ihn eine kleine Schar altgedienter Berater und ein paar Diplomaten des Hofes, zudem noch Schreiber, ein einige Handlanger und die Lenker der zehn Kutschen, die auf den langen Fahrten durchs Reich die Ausrüstung der Reisenden transportierten. Und natürlich waren auch seine beiden Mätressen mit dabei.

Seine Frau, die anmutige Prinzessin Kila von den Sängern, war schon vor elf Jahren verstorben. Bei früheren Reisen hatte ihn zudem immer Prinz Aitoran, der andere Ehemann Kilas, begleitet, mit dem ihm, auch noch in den ersten Jahren nach Kilas Tot, eine gute Freundschaft verbunden hatte. Doch irgendwann mussten die beiden Männer feststellen, dass sich ihre politischen Vorstellungen immer deutlicher auseinanderentwickelten. Bevor ihre gegenseitige Wertschätzung zu sehr darunter litt, trennten sich ihre Wege, und jetzt sahen sie sich nur noch bei den seltenen Gelegenheiten, wenn sie beide in Dorianstadt weilten. Hanus Sohn war nicht mit dem Kanzler in der Stadt angekommen – er war schon seit drei Tagen hier, was allerdings niemand wusste. Als einzelner Reiter war es ihm ein Leichtes gewesen, unter falschem Namen in einer Herberge Quartier zu beziehen.

Inzwischen hatte er sich sicher gründlich umgesehen. Morgen würde er dem Kanzler von der Stimmung in der Stadt berichten, darüber, was die Leute auf der Straße und in den Kneipen dachten. Hanu Standhaft hätte es sicher nicht so weit gebracht, wenn er sich immer nur auf offizielle Verlautbarungen verlassen würde. Selbst in dem unbedeutenden Rú-tan wollte der Kanzler wissen, wie das echte Leben aussah, wie die wirkliche Einstellung der Menschen zum Krieg, zum Königshaus und zu ihm, dem Kanzler, war. Und selbstverständlich würde es auch ein Treffen geben zwischen Harubal und dem ... hmmm... Hanu widerstrebte es, an das Wort »Spion« zu denken; vielleicht könnte man ihn ja »inoffizieller Beobachter« nennen? So inoffiziell, dass die Beobachteten gar nichts davon merkten? Jedenfalls sollte sich sein Sohn mit jenem Mann treffen, der für den Kanzler Beobachter im Gebiet der Waldstämmler war. Schließlich wollte der Kanzler nicht unvorbereitet in das Gespräch mit der Delegation der Spitzohren gehen. Es konnte nichts schaden, Dinge zu wissen, mit denen man den Clan-Ältesten schmeicheln konnte – oder gegebenenfalls auch drohen.

Hundemüde und schon in Vorfreude auf ein heißes Bad, hatte der Kanzler schließlich das Palais betreten. Für die örtlichen Bediensteten, die ihn in einer Reihe vor dem Portal erwartet hatten, hatte er noch schnell sein freundliches Lächeln aufgesetzt, das er in Laufe der Jahre durch häufigen Gebrauch so gut eingeübt hatte, dass es tatsächlich echt wirkte – obwohl er diesen dienstbaren Geistern nicht wirklich Beachtung schenkte. So entging ihm auch, dass ein junger Bursche in der Schürze eines Küchenhelfers krampfhaft jeden Blickkontakt mit dem Kanzler mied, der in dem fast legendären Ruf stand, jede Falschheit mit einem Blick in die Augen seines Gegenübers zu entlarven. Und natürlich wusste er auch nicht, dass dieser Junge erst einen Tag zuvor zum ersten Mal in seinem Leben eine Küchenschürze angezogen hatte.

*

Rétep war es heiß und kalt den Rücken heruntergelaufen, als der Kanzler an ihm vorbeimarschiert war. Er kannte ihn bisher nur von Bildern und hatte angenommen, dass er in Wirklichkeit wohl nicht so imposant wäre, weil doch Helden und Staatsmänner für gewöhnlich größer als die Wirklichkeit dargestellt wurden. Doch Rétep hatte sich geirrt. Groß war er, der Kanzler, und breitschultrig, der Gang in jeder Beziehung aufrecht, sodass sich wohl schon allein wegen seiner körperlichen Präsenz manch Jüngerer gescheut hätte, sich mit dem inzwischen 54-Jährigen anzulegen. Das volle braune, in einem Rundschnitt bis über die Ohren reichende Haar von Hanu Standhaft war inzwischen von etlichen grauen Strähnen durchzogen. Sein Gesicht mit dem dunklen Teint war mit Falten durchsetzt, doch niemand wäre auf den Gedanken gekommen, ihn für alt zu halten.

Schuhe, Hose und Jacke des Kanzlers waren aus schlichtem braunen Wildleder, er trug keinen Schmuck, keine einzige Insignie seines Amtes, doch obwohl der ein oder andere seiner Begleiter wesentlich prunkvollere Kleidung trug, konnte nicht eine Sekunde Zweifel aufkommen, wer hier das Sagen hatte. Ob es an dieser unbändigen Energie lag, die der Kanzler ausstrahlte? Oder an seinen Augen? Dieser Blick... dieser Blick, der Rétep sofort veranlasst hatte, seinen Kopf zur Seite zu drehen und erst wieder aufzublicken, als der Kanzler im Haus verschwunden war.

Fast hatte der Junge das Gefühl, dass hier nicht ein Mensch, sondern das Elf-Stämme-Land, dass hier der Staat selbst an ihm vorbeigeschritten war – und ganz überraschenderweise verspürte Rétep einen ihm ansonsten eher unbekannten Stolz – den Stolz darauf, selbst ein Mitglied dieser Nation zu sein. In diesem Moment wollte er aufgeben, wollte sein unsinniges Abkommen mit Ky über Bord werfen. Was hatte er sich bloß dabei gedacht? Er wollte in die Räume von Hanu Standhaft eindringen! Hanu, die Fleisch gewordene Geschichte des Landes, Hanu, die lebende Legende! Der es vor 20 Jahren, als mit Abstand jüngster General der Geschichte, geschafft hatte, den bis dahin ungebrochenen Vorsturm der Adler-Barbaren zu stoppen.

Die Truppen des Feindes waren im Zentrum der Front schon tief in das Elf-Stämme-Land vorgedrungen, auch im Ostabschnitt der Front mussten sich die Krieger der elf Stämme und die wenigen verbliebenen Söldner immer weiter zurückziehen, die Lage war schier ausweglos. Da gelang es im Süden den 11.000 Mann des jungen Generals, die Übermacht der Adler mit einem geschickten Zangenangriff zurückzuwerfen und, wenn auch mit hohen eigenen Verlusten, einen Großteil der feindlichen Truppen aufzureiben. Doch die hatten immer noch genug Leute, um sich nur ein Stück weit zurückzuziehen und zu verschanzen, um auf Nachschub zu warten. Allerdings legte jetzt auch die Hauptstreitmacht der Barbaren, nach fast dreitägigem Vormarsch, im Zentrum der Front eine Pause ein, damit sich die Truppen im West-Abschnitt neu formieren und weiterhin für Flankenschutz sorgen konnten.

Hanu preschte nun, den eigenen Abschnitt schwächend, mit 1100 Mann zum zentralen Bereich der Front, um einen wahnwitzigen Plan in die Tat umzusetzen. Der damalige Kriegskanzler, der persönlich die Truppen im Zentrum befehligte, erklärte Hanu für verrückt und drohte mit seiner Hinrichtung, falls er nicht augenblicklich an seinen Frontabschnitt zurückkehren würde. Hanu erklärte dem Kanzler a) was er ihn mal könne, b) dass, falls man den Krieg weiter nach herkömmlichen Methoden führen würde, in spätestens drei Monaten keine Nation mehr zum Verteidigen da wäre, und c) er ihn ja hinrichten könne, aber dann auch noch eine Revolte von 1100 Mann am Hals hätte – die Barbaren fänden's sicher lustig.

So startete Hanu, den Kriegskanzler ignorierend, seinen überaus unorthodoxen Gegenangriff. Die Hauptstreitmacht der Adler war wie ein Keil das breite Tal des Ewen entlang immer weiter nach Norden vorgedrungen, auf beiden Seiten des Flusses bewegten sich etwa 40.000 Mann vorwärts. Hanu hatte 122 über zwanzig Meter lange, leicht gepanzerte Flöße mit hohen Brüstungen und beweglichen Schutzdächern bauen lassen und war, wissend, dass eine Rückkehr auf diesem Weg unmöglich sein würde, mit 550 Bogenschützen und 550 Rittern, eigens für diesen Einsatz ebenfalls mit Bögen ausgestattet, im Morgengrauen den Ewen hinuntergetrieben. Der war zwar breit und schnell fließend, doch war das Wasser im Sommer so flach, dass normale Schiffe nicht passieren konnten, sodass die Adler nicht mit einem Angriff von dieser Seite, aus der Mitte ihres eigenen Angriffskeils heraus, rechneten.

Die Bogenschützen auf den Flößen, darunter viele Kämpfer des Waldstammes, fanden reiche Ernte, als ein Pfeilhagel nach dem anderen auf die Barbaren niederging, die, vor allem in den ersten 15 Minuten, den Fehler machten, zum vermeintlichen Kampf heranzustürmen, statt sich in sicherer Distanz zu halten. Dazu konzentrierten sich elf Scharfschützen aus dem Stamm der Attentäter mit Armbrüsten darauf, möglichst viele Hauptleute der Adler auszuschalten, die an ihren hohen Helmen zu erkennen waren (seit jenem Tag waren besonders hervorstechende Führungsinsignien bei den Adlern ziemlich aus der Mode gekommen). Und auch das Glück war den Männern auf den Flößen gewogen: Schon fünf Minuten nachdem der Angriff begonnen hatte, endete Häuptling Baruk, der die Hauptstreitmacht der Barbaren befehligte, mit einem Pfeil durch den Hals, wenig später fielen zwei seiner drei wichtigsten Heerführer.

Die Versuche der Adler, die Flöße mit Brandpfeilen außer Gefecht zu setzen, scheiterten an den innen liegenden Pumpen, die für einen ständigen Wasserfluss über die leicht schräg angeordneten Schutzdächer sorgten. Zudem waren die Schutzdächer mit eisernen Scharnieren an einem das Floß der Länge nach überspannenden Balken so verankert, sodass sie vor jeder neuen Pfeilsalve der Stammes-Krieger außen in die Höhe gedrückt werden konnten, um freies Schussfeld zu geben.

Ihre gefürchteten Katapulte konnten die Barbaren kaum rechtzeitig aufbauen, um den schnell vorbeiziehenden Flößen gefährlich zu werden. Lediglich zwei Flöße wurden getroffen und versenkt – die Krieger, die nicht ertranken oder von den Geschossen erschlagen wurden, kämpften bis zum letzten Atemzug und nahmen noch etliche Barbaren als Ruhekissen mit zu den Ahnen.

120 Flöße waren durchgekommen. In all dem Getümmel, der Führungsspitze beraubt und von dem unerwarteten Gegenschlag völlig überrascht, dachten die Adler zu spät daran, ihre Reiter zum Schutze des Nachschubs zurückzuschicken. Nach etwa zwei Stunden schneller Floßfahrt begegnete Hanus kleine Streitmacht einer riesigen Karawane, die einen Großteil eben jenes Nachschubs mit sich führte. Die Flöße landeten, und die Krieger fielen über die Karawane her, noch ehe sich deren zwar vierhundert Mann starke, aber weiträumig aufgesplitterte Schutztruppe ordnen konnte. Es war ein schreckliches Gemetzel. Als nur zwanzig Minuten nach dem ungleichen Kampf eine etwa 600 gepanzerte Reiter zählende Einheit der Adler angesprengt kam, waren sämtliche Bewacher der Karawane tot, dazu alle Fuhrleute und Hilfskräfte, sowie etwa 350 Männer, Frauen und Kinder, die als Zivilisten aus den unterschiedlichsten Gründen mit der Truppe unterwegs gewesen waren. Alle Wagen mit sämtlichen Nachschubgütern brannten, die Viehherde, die zur Ernährung der Soldaten dienen sollte, war abgeschlachtet. Das große Kontingent der Ersatzpferde dagegen fehlte, ebenso die Flöße der Angreifer. Die Flöße fand man später eine halbe Tagereise weiter flussabwärts – gestrandet und ebenfalls verbrannt.

Schon durch diese eine so sonderbare Schlacht am Ewen hatten die Adler ihre geschwächte Streitmacht ein Stück zurückgezogen und versuchten nun, sich festzusetzen und gleichzeitig neu auszurichten. Dabei wurden sie in den nächsten Tagen durch immer neue Nadelstiche gestört: Hanus Truppe hatte sich, im Rücken des Feindes, in mehrere Einheiten aufgeteilt und startete immer wieder Angriffe auf kleinere Adler-Kontingente oder beschoss auch größere Einheiten, um sich dann blitzschnell wieder zurückzuziehen. Hanu selbst war aber nicht mehr dabei. Mit 111 Kriegern, 111 Ersatzpferden und den Kleidern von 111 getöteten Barbaren war er im Eilritt drei Tage lang tief ins Innere des Adler-Territoriums vorgedrungen. Das Ziel hatten ihm vor ihrem Tod – und keineswegs freiwillig – gefangene Barbaren verraten.

Der Kriegstempel der Adler war von 600 Kämpfern geschützt, doch man hielt die Truppe, die sich am Abend des dritten Tages näherte, für eigene Leute. Als man den Irrtum erkannte, waren schon 200 der Tempelkämpfer tot, die Krieger des Elf-Stämme-Landes hatten das Tor der Palisade längst passiert und schlugen sich eine Schneise durch die kleine Zelt- und Hüttenstadt bis in den hölzernen Tempel hinein. Sicher hätten einige Priester fliehen können, doch sie wollten das Heiligtum beschützen. Aber der Feind war über ihnen, bevor sie einen Zauber wirken konnten. Kein Priester überlebte. Und Hanu machte Beute. Dann ging der Tempel in Flammen auf.

Was folgte, war reine Raserei: Die noch lebenden Barbaren stürzten sich teils mit bloßen Händen auf die Angreifer, die sich, halb wahnsinnig vor Erschöpfung und nicht enden wollendem Gemetzel, in einen Blutrausch gekämpft hatten. Durch die um sich greifenden Flammen und vorbei an den umherliegenden Barbarenleiber schlugen sich Hanus Leute wieder bis zum Tor. Sieben schafften es aus dem Tempeldorf heraus, drei kamen lebend aus der Reichweite der Adler-Pfeile und verschwanden in der Nacht.

Als die Kunde vom Angriff auf ihr Heiligstes bis zu den Legionen der Adler gedrungen war, zogen sich diese innerhalb von zwei Tagen komplett aus dem Elf-Stämme-Gebiet zurück. Ob das nun aus dem Schock heraus geschehen war oder weil sie etwas beschützen wollten, was es nicht mehr zu schützen gab: Die Truppen der Elfen konnten sich neu formieren und Verteidigungslinien an der Grenze errichten, die im Laufe der nachfolgenden Jahre immer weiter ausgebaut wurden.

Sieben Tage nach dem Aufbruch der Flöße kehrten Hanu und seine zwei Begleiter zurück, alle hatten sie Verwundungen davongetragen, dem großen, tätowierten Krieger hatten die beiden anderen sogar einen Unterarm amputieren müssen. Von den anderen knapp 800 Kriegern, die hinter den feindlichen Linien gekämpft hatten, waren nach und nach 73 wiedergekehrt.

Die Namen der 1100, der Toten wie der Lebenden, waren heute auf einer großen Säule vor dem Palast in Dorianstadt verewigt.

Rétep kannte die Geschichte (bis auf ein kleines Detail). Und wer im Land kannte sie (bis auf ein kleines Detail) nicht? Und wer wusste nicht von jenen anderen Schlachten, die der Standhafte noch geschlagen hatte, bis die Verteidigungslinien auf beiden Seiten der Front die Gegner von weiteren Großangriffen mehr oder minder abhielten.

Und in die Räume dieses Helden wollte Rétep eindringen? Um eine *Mode*frage zu klären? Nein.

Er wollte sich auf den Weg zum Portal des Palais-Hofes machen. Da spürte er eine schwere Hand auf seiner Schulter. Erschrocken fuhr Rétep herum. Der kräftige Koch starrte ihn verärgert an und meinte: »Was träumst du hier herum? Wirst du dich jetzt vielleicht mal wieder an die Arbeit begeben, Poldi? In der Küche wartet noch ein Berg Kartoffeln, der geschält sein will. Auch wenn du für deinen kranken Cousin eingesprungen bist, heißt das nicht, dass du hier faulenzen darfst.«

Während des Kartoffel-Schälens grübelte Rétep wieder. Ein Kuss von Ky... war es das wert? Nach den Erfahrungen mit dem ersten Versuch wohl eher nicht. Aber er wollte es ihr zeigen, wollte ihr beweisen, dass er es drauf hatte. Und die ganze Geschichte war so absurd, dass sie vielleicht sogar gelingen konnte. Doch wenn er erwischt würde...? Nun, der Kanzler galt, falls er nicht gerade Barbaren gegenüberstand oder sich im Krieg befand, als großzügig. Vielleicht würde er einfach über diese verrückte Sache lachen? Vielleicht würde er ihn aber auch ohne großes Federlesen hinrichten lassen. Aber jetzt, wo er es schon mal bis ins Palais geschafft hatte, einfach abhauen? Er konnte sich ja wenigstens mal umsehen...

Den Küchenjungen zu bestechen, damit er dem Koch etwas von einer Darmerkrankung erzählte und seinen »Cousin« als Ersatz empfehlen würde, war eigentlich ganz einfach gewesen. Dem Küchenjungen hatte Rétep gesagt, dass er den Kanzler, den großen Helden, unbedingt aus der Nähe sehen wollte. Der Küchenjunge hatte ihm geglaubt. Natürlich hatte er das. Der kleine Geldbetrag, den er ihm zugesteckt hatte..., nun ja, die Summe war eigentlich nicht besonders hoch, vielleicht hatte der unvorsichtige Viehhändler nicht einmal bemerkt, dass die Zahl der Münzen in der Börse in seinem Umhängebeutel etwas geschrumpft war.

Rétep war jedenfalls überrascht, wie leicht er, trotz des hohen Besuchs, in das Palais gelangt war. Aber andererseits: Er war ja nicht an der Spitze von 111 Kriegern herangeritten, sondern hatte sich als harmloser Küchenhelfer schüchtern am Seiteneingang gemeldet – wer sollte da argwöhnisch werden?

*

Rétep nutzte seine freie Zeit vor und nach den umfänglichen Arbeiten in der Küche (tatsächlich Küchenjunge werden? Nein danke!), um sich vorsichtig umzusehen und auszukundschaften, wer im Palais wo untergebracht war und welche Räume welchen Zwecken dienten. Er blieb geduldig, behielt die Nerven und bekam seine Chance drei Tage nach der Ankunft des Kanzlers und vier Tage vor dem großen Ball – dass sollte für Ky reichen, sich Hosen nach der neuesten Mode schneidern zu lassen. Die Prinzessinnen Kalil und Runja, die beiden Mätressen des Kanzlers, waren an der Rückseite des Palais in zwei nebeneinander liegenden Räumen im zweiten Stock untergebracht. Als Rétep am frühen Abend in den Gang einbog, kamen ihm die beiden Prinzessinnen entgegen. Rétep nickte ihnen ehrerbietig zu – die beiden unterhielten sich laut miteinander und beachteten ihn gar nicht – und stellte gleichzeitig fest, dass der Gang ansonsten leer war.

Von der Uhrzeit her war es durchaus möglich, dass sich die beiden gerade auf dem Weg zum Speisesaal befanden – jetzt bogen sie um die Ecke. Ohne großartig weiter darüber nachzudenken, flitzte Rétep auf leisen Sohlen den Gang hinunter, griff nach der Klinke zu Kalils Räumen – prima, nicht abgeschlossen! –, öffnete vorsichtig und spähte hinein – leer! Es waren auch keine »Räume«, sondern es war lediglich ein einziges großes, nur spärlich eingerichtetes Zimmer – eigentlich hatte Rétep damit gerechnet, dass die Mätressen des Kanzlers besser untergebracht sein würden. Aber gut, das erleichterte seine Suche. Es kamen nur die Truhe oder der riesige Schrank als Aufbewahrungsort für Kalils Ball-Gewandung infrage.

Bloß keine Zeit verlieren: Rétep huschte ins Zimmer, schloss die Türe hinter sich, klemmte einen Kupfernik unter die Zimmertüre, eilte zum Schrank und riss dessen beide Türen auf. Treffer! Offenbar reisten auch die Gespielinnen des Kanzlers mit wenig Gepäck. Was eigentlich nur logisch war, da es oft galt, schnell voranzukommen, und vielfach auch in Zelten übernachtet wurde.

Schwere, warme Kleider fehlten völlig – die wären in dieser Jahreszeit nur unnötiger Ballast gewesen. Ein Regencape aus geöltem Leder und ein dünnes Woll-Cape hingen da, dazu eine Lederjacke und zwei lederne Hosen, drei Hemden... aber... wie sollte eigentlich jemand, der absolut keine Ahnung von Mode hatte, erkennen, welche Kleider die Dame aus Dorianstadt zum Ball anziehen würde? Hier gab es auch nichts, das außergewöhnlich hervorstach – »Sicher ist es ein wertvoller Stoff mit vielen Tressen und Rüschen und einem ganz außergewöhnlichen Schnitt«, hatte Ky vermutet. Doch Rétep konnte absolut nichts entdecken, das auch nur im Entferntesten in die Nähe einer solchen Vorstellung kam. Hmmm... da ganz rechts hing Kleidung, die irgendwie zusammenzugehören schien und die eine gewisse sachliche Eleganz hatte: Eine Hose und eine Bluse aus feinem, blütenweißem Leinen, die Nähte an Armen und Beinen mit dezenten Silberbändern durchwirkt, das war dann auch schon der einzige Schmuck.

Mit einem schnellen Blick zur Tür nahm Rétep die Kleidungsstücke heraus und legte sie aufs Bett. Aha, die Ärmel und die Beine waren etwas weiter als üblich, außerdem waren die Ärmel nur dreiviertellang, während die Bluse insgesamt über die Hüften zu reichen schien. Der Kragen war schmal, der Schnitt deutete auf ein eher kleines Dekolleté hin. Schnell hängte der Junge die Kleider wieder an ihren Platz und bemerkte noch, dass darunter schmale Bänder-Sandalen aus weißem Leder standen. Dann schloss er die Schranktüren wieder. Ob Ky wohl mit seiner Entdeckung zufrieden sein würde? Vielleicht sollte er noch schnell in der großen Truhe nachsehen, ob dort Schmuck oder Kopfputz lag. Die Truhe war gut 1,30 Meter breit und so alt, dass schon etliche Ritzen zwischen den einzelnen Brettern klafften. Rétep öffnete den Deckel. Drinnen lagen lediglich ein paar Bettlaken und Tücher, die offenbar nicht den Reisenden gehörten, sondern zur Ausstattung des Palais, in dem ja oft Gäste der Stadt untergebracht wurden.

»Crrrcz«

Rétep zögerte nicht mal den Bruchteil einer Sekunde. Der unter die Tür geklemmte Kupfernick war ein paar Zentimeter nach vorne gedrückt worden und hatte dieses scharrende Geräusch verursacht, als jemand von außen die Türe öffnen wollte. Praktisch im gleichen Augenblick hatte sich der Prinz in die Truhe plumpsen lassen und deren Deckel hinter sich zugezogen, sich verfluchend, worauf er sich da eingelassen hatte und befürchtend, dass die Truhe zu seinem Sarg werden würde.

*

Nach ihrem kurzen Ausflug zu den Toiletten- und Waschräumen waren die Prinzessinnen Kalil und Runja wieder auf dem Rückweg, denn gleich hatten sie eine Verabredung in Kalils Zimmer. Diesmal waren sie schweigend durch den Gang geschritten, beide in Gedanken schon bei ihrem Besuch. Kalil öffnete. Das heißt, sie wollte öffnen, doch da spürte sie einen Widerstand.

»Nanu...?«

Die Prinzessin drückte fester und schob die krächzende Tür so weit auf, dass sie und ihre Nebenbuhlerin eintreten und die Türe untersuchen konnten.

»Da klemmt ein Nick drunter«, bemerkte Runja.

»Seh ich auch.«

Mit einem kräftigen Ruck schloss Kalil die Türe wieder, sodass die Münze freikam, während die Mitte 30-jährige Frau vom Stamm des Wizenwassers murmelte: »Ist mir die aus der Tasche gefallen? Oder dem Zimmermädchen? Na, wer den Nick nicht ehrt...«, damit bückte sie sich, und die Münze verschwand in ihrer Hosentasche.

Dann setzten sie sich an den kleinen Tisch im Zimmer, und Runja, gut zehn Jahre jünger als die andere, fragte ihre Begleiterin: »Da fällt mit grad ein: Mir ist heute Morgen ein Malheur mit dem Waschkrug passiert. Hast du zufällig noch ein Handtuch für mich übrig?«

Mit einem gewissen gelangweilten Missmut antwortete die Ältere: »Hm? Weiß nicht. Ich glaube, diese Hinterwäldler hier bewahren noch etliche Tücher in der Truhe da drüben auf. Kannst ja mal nachsehen.«

Während sich Runja erhob und auf die Truhe zuging, rutschte Rétep in seinem engen Versteck das mächtig pochende Herz in die Hose. Er sah bereits den Deckel der Truhe hochklappen, sah ein überrascht kreischendes Prinzessinnengesicht und hereinstürzende Wachen, die ihn, mit etwas Glück, gleich durchbohrten, statt ihn zum Vierteilen zu schleppen... Schon hörte er das Öffnen des Truhendeckels...

Aber nein! Was sich da geöffnet hatte, war nicht der große hölzerne Deckel, sondern war die Zimmertür gewesen – die junge Mätresse hatte die Truhe noch gar nicht erreicht gehabt!

Mit bis zum Kinn pochendem Herzen spähte Rétep durch eine Ritze im Holz. Ach du liebes bisschen! Kein geringerer als der Kriegskanzler, Hanu Standhaft höchstpersönlich, war ohne anzuklopfen eingetreten. Würde Rétep nun am Ende ein Schäferstündchen des mächtigsten Mannes im Staate miterleben...?

»Verschwindet und sorgt dafür, dass es keine Störung gibt«, sagte der Kanzler nur kurz zu den beiden Frauen, die, sichtlich enttäuscht, eilends den Raum verließen.

Kaum hatten die Frauen die Tür hinter sich geschlossen, schien das Gesicht des Kanzlers ein klein wenig von seiner Ausdruckskraft zu verlieren, ja, Rétep, der Hanu durch seine Beobachtungsritze im Profil sah, hatte fast den Eindruck, etwas wie Schmerz im Antlitz seines Helden zu sehen. Der ließ sich jetzt sehr vorsichtig auf einem Stuhl am Tisch nieder und fluchte leise: »Scheiß Hämorrhoiden!«

Rétep fiel fast die Kinnlade herunter. Hatte er das gerade richtig verstanden? Sein Held litt unter...? Hm. Was hatte er erwartet? Auch Helden sind Menschen, müssen essen, ihre Notdurft verrichten und können wohl genauso wie alle anderen Männer und Frauen unter Krankheiten leiden. Doch das war nicht die größte Überraschung, die der Kriegskanzler unwissentlich dem Schuhputzer-Prinzen bereiten sollte.

Keine Minute später klopfte es, und nach einem kurzen »Kommt rein« des Kriegskanzlers betraten zwei Männer den Raum. Rétep kannte beide, obwohl er ihnen noch nie begegnet war. Der jüngere war erst 18 Jahre alt, dennoch war die Ähnlichkeit der Gesichtszüge mit denen des Kanzlers so herausstechend, dass es sich nur um seinen Sohn Prinz Harubal handeln konnte (Harubal hatte den Titel, den er im Gegensatz zu vielen seiner Standesgenossen nie selbst nannte, von der Linie seiner Mutter geerbt, der Kanzler selbst war kein Adliger). Er wusste, dass er dies eigentlich nicht denken sollte, schließlich kannte er den jungen Mann gar nicht, und er war der Sohn des größten Helden der Geschichte, doch Rétep mochte Harubal nicht. Dann wurde ihm klar, warum: Prinzessin Ky hatte sich so angelegentlich nach ihm erkundigt. Und davon ließ er sich beeinflussen? Nein! In seiner Kiste beschloss Rétep, auf Burischja komm raus, den jungen Mann zu mögen. Noch konnte er nicht ahnen, dass er das nicht lange durchhalten würde.

Der andere Mann, der das Zimmer betreten und dabei einen offenbar gefüllten Krug mitgebracht hatte, war an seinem Gesicht und dem leichten Kettenhemd zu erkennen, das er seltsamerweise auch so weit von der Front entfernt trug: An der linken Schulter war vorne und hinten eine goldene Münze am Kettenhemd angebracht – das Zeichen eines Generals. Das Gesicht des Mannes war mit Narben geradezu übersäht. Eine zog sich besonders auffällig als dunkelroter Wulst von der Stirn leicht schräg über das linke Auge bis neben die Nase, und es war ein Wunder, dass der Mann durch jenen Hieb, der ihm diese Narbe beigebracht hatte, nicht getötet worden war, ja nicht mal sein Augenlicht verloren hatte. Auch die nackten, wettergegerbten Arme waren von etlichen Narben überzogen. Das konnte nur einer sein: General Narbengesicht. Natürlich war das nicht sein richtiger Name. Aber so kannte ihn heute alle Welt. Sein Kriegsname war keineswegs verhöhnend, sondern voller Hochachtung und als Ehrentitel gewählt worden. Er war einer der beiden Krieger gewesen, die vor 22 Jahren neben Hanu den Angriff auf das Kriegsheiligtum der Barbaren überlebt hatten. Was aus dem anderen geworden war, jenem Mann, der damals eine Hand und einen Teil seines Unterarms eingebüßt hatte, war nicht bekannt. Aber Narbengesicht – der damals noch nicht so viele Narben gehabt hatte – war zum treuesten Gefolgsmann Hanus geworden. Und er war es auch, den Hanu, als er nach dem Antritt seiner Kanzlerschaft nicht mehr selbst überall sein konnte, immer dorthin schickte, wo es brannte und der Einsatz am gefährlichsten war.

Seine Pein vergessend, war der Kanzler aufgestanden, um die beiden Ankömmlinge freudig zu begrüßen. Seinen Sohn umarmte er herzlich – also auch hier war Hanu Mensch, wenn er nicht in der Öffentlichkeit stand –, und für seinen alten Kampfgefährten hatte er ebenfalls eine kurze Umarmung. Diese Herzlichkeit hätte Rétep nicht erwartet, nachdem er gesehen hatte, wie knapp und geradezu kalt der Kanzler seine beiden »Geliebten« verabschiedet hatte.

Rétep war fasziniert, dass er den beiden größten Helden des Landes bei einer Unterhaltung zuhören... na ja, sie belauschen konnte. Dennoch hoffte er inständig, dass dieses Gespräch nicht allzu lange dauern würde. Zwar war »seine« Truhe zum Glück nur mit ein paar weichen Decken und Tüchern bestückt – wären Teller und Kannen drin gewesen, er hätte ganz schön alt ausgesehen –, doch musste Rétep zusammengekrümmt liegen und war auch vor lauter Angst, sich durch eine unbedachte Bewegung zu verraten, völlig verkrampft, und die stickige Hitze in dem Kasten ließ ihm schon jetzt die Schweißperlen über die Stirn rinnen.

Nachdem die Begrüßung vorbei war, setzten sich die drei um den Tisch, auf dem der Kanzler persönlich Becher platziert hatte. Die wurden nun vom General aus dem mitgebrachten Krug mit Bier gefüllt.

Na, wenn die Männer hier einen trinken wollten, konnte es vielleicht doch länger dauern. Plötzlich wurde Rétep unruhig (besser gesagt: noch unruhiger, als er es ohnehin schon war). Hier stimmte etwas nicht. Warum sorgten keine Diener für die Getränke? Und... hatte der Kriegskanzler nicht zu den beiden Frauen gesagt, sie sollten Sorge tragen, dass er nicht gestört würde? Und überhaupt: Warum traf sich der

Standhafte mit seinem wichtigsten General und seinem Sohn nicht in den eigenen Räumen, sondern im Zimmer einer Mätresse? War das aus Heimlichkeit geschehen? Bewusst an einem Ort, an dem man es nicht erwarten würde? Und den man deshalb wohl auch kaum belauschen würde? Offenbar gab es unter den dreien Dinge, womöglich wichtige Staatsgeschäfte, zu besprechen, die nicht an die Ohren anderer dringen sollten.

Rétep wünschte sich nun noch sehnlicher, weit weg zu sein und Ky nie etwas vom Besuch des Kriegskanzlers erzählt zu haben.

Harubal fragte jetzt: »Na, Pap, wie lief's mit den Spitzohren?«

Richtig, heute waren ja den ganzen Tag Gespräche mit der Delegation des Waldstammes gelaufen.

Der Kanzler lächelte zufrieden: »Der Ärger, den der Waldstamm durch die Piratenüberfälle hat, wird zunehmend größer. Erst vor zwei Wochen ist ein 400-Seelen-Dorf nicht nur geplündert worden, sondern sogar komplett in Flammen aufgegangen. Aber der Waldstamm wird natürlich unverbrüchlich zu seinem Wort stehen – und dafür hat er meine uneingeschränkte, aufrichtige Bewunderung. Doch leider ist die Einstellung der Waldstämmler, sich bedingungslos an Abmachungen zu halten, auch ein nicht zu unterschätzender Dorn in unseren Plänen – weshalb der Stamm ja die besondere Aufmerksamkeit der Piraten bekommt.«

Wie ein Stromstoß raste es durch Réteps Körper, sodass er fast den Deckel der Truhe zum Klappern gebracht hätte. Das hatte sich doch gerade so angehört, als würde der Kriegskanzler die Piratenangriffe auf den Waldstamm begrüßen? Aber nein, das war unmöglich. Da musste er was falsch verstanden haben.

»Ja«, sagte der Narbengeneral seufzend mit einem leichten Unterton der Bewunderung, »wie wackelig der Thron von Jaun auch wäre, sie würden sich bedingungslos auf seine Seite, auf die Seite von Dorians Geschlecht schlagen – noch immer an die alten Verträge und die Hochzeit ihrer Thronfolgerin Hanna Starkhand mit dem Reichsgründer gebunden, obwohl das alles nun schon über 700 Jahre zurückliegt. Prinz Braunacker, der Älteste der Delegation, hat sogar geschildert, dass sie auch noch das Orakel von Nekis um Hilfe gegen die Piraten bitten wollen – natürlich am elften Tag nach Vollmond. Sie hängen wirklich an den alten Bräuchen.«

Der Kanzler übernahm wieder das Wort: »Wie ihr wisst, hat der Waldstamm selbst keine Kriegsschiffe, um die Piraten bereits auf See bekämpfen zu können….«

»Warum eigentlich nicht? Nachdem sie doch schon immer an der See leben?«, unterbrach ihn sein Sohn.

»Nun«, seufzte der Kanzler, »das hat – wie wohl viel zu vieles in unserem Land – historische Gründe. Du weißt, dass einer der alten, ausgelöschten Stämme unseres Volkes der Stamm der Meeresspringer war? Gut. Soweit es unsere Historiker lehren, hatte es mit denen eine besondere Bewandtnis: Die Meeresspringer besaßen niemals ein echtes Stammesgebiet. Auf dem Festland gehörte ihm lediglich die kleine Küstenstadt Tulpac, aber der wirkliche Lebensraum der Meeresspringer war die See. Sie verfügten über eine riesige Flotte, betrieben Seehandel – und manchmal wohl auch Piraterie – bis in ferne Länder. Zudem waren sie Fischer und verdingten sich schon mal als See-Söldner. Ihr ›Stammesgebiet‹, wenn man so will, war vor allem der Bereich des Rauen Ozeans, der der Stillen Küste vorgelagert ist. Somit waren sie die direkten Nachbarn des Waldstammes. Und man arrangierte sich – was vor den Zeiten Dorians eigentlich ziemlich ungewöhnlich war – recht gut miteinander: Der Waldstamm, der in seinen frühen Jahren vor allem mit Roden und Urbarmachen beschäftigt war, bekam von den Meeresspringern den Rücken freigehalten – kein einziges Korsarenschiff wagte sich damals auch nur in die Nähe dieser Küste. Zudem gewährten die Meeresspringer dem Waldstamm günstige Konditionen für den Überseehandel. Im Gegenzug ließ der zu Lande haushoch überlegene Waldstamm die Stadt Tulpac in Ruhe, die mitten in seinem Küstenstreifen saß. Und wäre irgendein anderer Stamm auf die verrückte Idee gekommen, das durchaus reiche Tulpac anzugreifen, hätte er sich erst einmal quer durch das Waldstamm-Land kämpfen müssen. Außerdem erhielten die Meeresspringer gutes und günstiges Holz für ihre Werften in Tulpac und durften auch vor den Waldstamm-Küstenorten vor Anker gehen.

Nun: Im Laufe der Zeit dehnten die Meeresspringer ihre Handelsrouten immer weiter aus, drangen in immer fernere Länder vor – was die Zahl der Schiffe zu Hause ausdünnte. Offenbar, so heißt es, stießen sie dann bei einer Expedition auf eine riesige unbewohnte Insel. Die ließ einige vom eigenen Land träumen. Die Zahl der Träumer wurde größer. Und irgendwann segelte über die Hälfte der riesigen Flotte los, um ein neues Land zu besiedeln. Das war im Jahr 1200, was man für ein gutes Omen hielt. Im Jahr 1202 suchte der gigantischste Sturm, von dem man je gehört hatte, die Stille Küste heim. Nur zwei, drei Dutzend Schiffe überstanden den Orkan, Tausende Menschen ertranken. Was vom Stamm der Meeresspringer übrig blieb, war die Stadt Tulpac mit einem verwüsteten Hafen, ein klägliches Häuflein Schiffe und Menschen, die in Kummer und Entsetzen erstarrt waren. Dazu kamen noch die Besatzungen von etwa 200 Schiffen, die das Glück gehabt hatten, während des Sturms in anderen Teilen der Ozeane unterwegs gewesen zu sein. Die Überlebenden fassten schließlich den verzweifelten Beschluss, zumindest einen Teil der Brüder und Schwestern zurückzuholen, die zwei Jahre zuvor aufgebrochen waren, um Neuland zu besiedeln. Ein verzweifelter Beschluss deshalb, weil die Handvoll Karten, auf denen die geplante Route der Auswanderer skizziert war, alle im Sturm verschwunden waren. Im Laufe des Jahres 1203 machten sich die meisten der verbliebenen Meeresspringer mit ihren Schiffen in alle Himmelsrichtungen auf den Weg, um ihr Volk zu finden. Weder von ihnen noch von den Auswanderern hat man jemals wieder etwas gehört. Nun, wer die Waldstämmler kennt, wird es wissen: Sie standen dennoch zu ihren Verträgen und ließen Tulpac unangetastet.

Doch die wenigen Meeresspringer, die dort zurückgeblieben waren, konnten ohne Flotte und Handel ihre eigene Kultur nicht aufrechterhalten. Nach neun verzweifelten Jahren des vergeblichen Wartens schloss man sich dem Waldstamm an – das war das Ende des Stammes der Meeresspringer. Der Waldstamm nutzte zwar die Kenntnisse der wenigen ehemaligen Meeresspringer in seiner Mitte, um ein paar ordentliche Patrouillen-, Handels- und Fischerboote zu bauen. Doch man war halt seit Jahrhunderten ein Landvolk. Und so – die Tradition, die Tradition – sollte es auch bleiben. Was die heutigen Waldstämmler in Anbetracht der Piratenüberfälle vermutlich bereuen, aber unseren Plänen entgegenkommt.«

Dann nahm der Kriegskanzler einen ordentlichen Schluck und fuhr fort: »Aber ich bin mit meinem Geschichtsvortrag wohl etwas weit abgeschweift, oder? Also, wo war ich stehen geblieben, bevor mich mein Herr Sohn unterbrochen hat? Ach ja, die Gespräche mit der Spitzohr-Delegation: Wie gesagt, der Waldstamm selbst hat praktisch keine Kriegsschiffe. Die Delegation hat uns nun gebeten, ob wir nicht ein größeres Kontingent unserer Seestreitkräfte abstellen könnten. Was ja prinzipiell kein Problem wäre, da der Krieg mit den Barbaren praktisch ein reiner Landkrieg ist – weswegen die Ausstattung der Reichs-Marine im Vergleich zu derjenigen der Land-Heere auch etwas im Hintertreffen ist. Nichts destotrotz habe ich selbstverständlich Hilfe zugesagt.«

»Aber du wirst natürlich nicht wirklich unsere eigenen Piraten bekämpfen, oder?«, das war Harubal gewesen – und dieser Satz ließ es nun wirklich nicht mehr zu, an ein Missverständnis zu glauben. Rétep, inzwischen schweißüberströmt, biss sich in seinem Versteck auf die Finger, um nicht laut zu keuchen.

»Natürlich nicht«, antwortete der Kriegskanzler seinem Sohn, »die Prinzen im Stämmerat, die ich in der Tasche habe, werden das Entsenden der Schiffe durch Debatten so lange wie nötig verhindern. Und wenn der richtige Zeitpunkt gekommen ist, dann werden die Schiffe abfahren – auf dem Papier mehr als in Wirklichkeit, das wird nicht weiter auffallen, da die Schiffe aus verschiedenen Häfen zusammengezogen werden müssen. Doch noch bevor sie sich zu einer Flotte vereinigen können, werden einige von ihnen von mehreren Piratenbooten angegriffen und vernichtet, um so das ganze Unternehmen im Keim zu ersticken. Tja, Verluste gehören halt leider manchmal dazu – in diesem Fall Verluste, die mit Admiral Noslen, einem persönlichen Freund von König Jaun, heimgehen werden. Und natürlich werden diese Verluste auch zum richtigen Zeitpunkt zeigen, dass Dorians Dynastie schwach geworden und der Rat der Stämme – was ohnehin schon jeder weiß – handlungsunfähig ist.«

Rétep glaubte zu ersticken. Das ging ja nicht nur gegen den Waldstamm, das ging gegen das *Königshaus*! Aber warum?

Der Narbengeneral setzte die Worte des Kanzlers fort: »Und dann, wenn die Unzufriedenheit groß genug ist, werden wir Jaun und diesen elenden Rat stürzen – selbst wenn wir Dorianstadt angreifen müssen. Dann wird es zwar keinen Rat mehr, aber einen echten König geben, einen König, der endlich mit den Barbaren aufräumt. Einen König, der den alten, selbstverliebten Adel entweder in die richtigen Bahnen bringt oder bricht, einen König, dessen Faust stark genug ist, um einige Irrwege im Land wieder geradezubiegen. König Hanu der Erste.«

Mit stolzem Blick auf seinen Sohn ergänzte Hanu leise: »Einen König, der eine neue, starke Dynastie begründen wird, die dem Volk, dem Land endlich die Größe geben kann, die es verdient.«

Doch dann schien ein Ruck durch seinen Oberkörper zu gehen, er straffte sich und fuhr ernst fort: »Aber genug geträumt. Noch gibt es einiges an Arbeit zu tun. Schließlich können wir erst zuschlagen, wenn die Königstreuen so geschwächt sind, dass wir siegen können, ohne die Front zu sehr zu entblößen. Es wäre ja ziemlich sinnlos, König zu werden, nur um die Krone nach ein paar Tagen wieder zu verlieren, weil man feststellen muss, dass die Barbaren die lachenden Dritten sind und uns überrennen.«

Nein, nein, nein, nein, nein! Das konnte, das durfte nicht sein! Rétep hielt jetzt seine Knie umklammert, presste sie so stark an sich wie er konnte, um sein Zittern zu unterdrücken. Der Held aller von Ruhm und Abenteuern träumenden Jungs, der Mann, den die Rú-taner vor wenigen Tagen mit frenetischen Jubelrufen begrüßt hatten, der Retter des Landes vor den Barbaren, der formal mächtigste Mann nach dem König (und inoffiziell vielleicht sogar der mächtigere) plante den Sturz des Monarchen?

Und niemand außer den Verschwörern wusste etwas davon. Bis jetzt jedenfalls. Obwohl sich Rétep gerade in diesem Augenblick wie der größte Niemand aller Zeiten vorkam. Jetzt konnte es wohl nicht mehr schlimmer kommen.

Der Kriegskanzler fuhr fort: »Aber immerhin, ich habe eine gute Nachricht.«

Oh weh.

»Eine Nachricht, die die Verwirklichung unserer Aufgabe einen deutlichen Schritt näher an die Gegenwart heranbringen wird: Bruder Céton ist sehr krank. Das Ende des Sommers wird er wohl kaum noch erleben. Und wir haben gute Chancen, dass Bruder Cé-tan der neue Leiter des Ordens wird. Cé-tan, der so voller Hass ist, dass wir ihn gut nutzen können. Hass darauf, dass unseren Göttern nicht mehr der strenge Respekt entgegengebracht wird, den sie seiner Ansicht nach verdient haben. Hass auf die Barbaren, die noch mit Inbrunst ihren Göttern dienen, weshalb er sie ausgemerzt sehen möchte. Ich hatte, nach Jahren des Herantastens, vor zwei Monaten ein sehr aufschlussreiches Gespräch mit ihm. Und heute kam seine Brieftaube.«

»Was schreibt er?«, wollte sein Sohn begierig wissen.

»Nichts. Dann gibt es auch nichts, was anderen Leuten in die Hände fallen könnte. Aber es war eine weiße Taube. Und das bedeutet, entsprechend unserer Abmachung, ›Ja‹. Wenn er wirklich der gleichste Bruder wird, dann steht Cé-tan auf unserer Seite – und zwar ohne Einschränkung. Als Gegenleistung haben wir uns bereit erklärt, nach der Machtübernahme alles daranzusetzen, die Barbarenbrut und ihre Heiligtümer zu vernichten – was ja ohnehin unser Ziel ist – und den Glauben an die Götter wieder zu stärken. Ich denke, er wird so seine Vorstellungen haben, wie das vonstattengehen soll, aber ich denke ebenfalls, auch einige neue Säulen zu Ehren der Götter werden's tun – ganz egal, wie seine Vorstellungen aussehen mögen.«

»Und was dürfen wir unter ›ohne Einschränkungen‹ verstehen?«, wollte Harubal wissen.

»Nun. Mord.«

Glücklicherweise setzte nach dieser Ankündigung Harubal mit aufgerissenen Augen seinen Becher so hart auf den Tisch auf, dass der leise Stoß von Réteps Kopf gegen den Truhendeckel übertönt wurde.

Hanu Standhaft fuhr fort: »Im Palast sind ja immer ein paar Ordensbrüder, die auf Staatskosten durchgefüttert werden. Cé-tan kann dafür sorgen, dass darunter auch ein, zwei Eiferer sind, die Jaun zu einem vorzeitigen Besuch bei seinen Ahnen verhelfen, vielleicht auch den Hochprinzen, die uns am gefährlichsten werden könnten.«

Der Narbengeneral ergänzte achselzuckend: »Es wäre ja nicht der erste Königsmord in unserer Geschichte. Und wie ist Bruder Cé-tan in der anderen Sache weitergekommen?«

»Welche andere Sache?«, fragte Harubal mit einem neugierigen Blick zu seinem Vater.

Der sah ihn ernst an, schien einige Sekunden zu überlegen und sagte schließlich: »Gut. Du bist alt genug, um es endlich zu erfahren. Von unserer Verschwörungsaktion – nein: von unserer Aktion zur Rettung des Elf-Stämme-Landes – wissen einige wenige Menschen, die auf unserer Seite stehen. Das ließ sich naturgemäß nicht vermeiden. Aber es gibt da noch etwas, das damit zusammenhängt. Bis vor zwei Monaten wussten nur Narbe und ich davon, dann sprach ich mit Cé-tan darüber, und nun wirst es auch du erfahren. Du bist somit der Vierte – was schon fast zu viel ist –, und sonst darf es niemand wissen, denn es ist ein Geheimnis, das, wenn es die Falschen erfahren, Tod und Verderben auch über uns und unser Land bringen kann.«

Genug! Genug! Rétep war in großer Versuchung, sich die Ohren zuzuhalten. Doch dann hätte er die Umklammerung seiner Knie lösen müssen, und die hätten wohl ein Stakkato gegen die Truhenwände getrommelt. Er hörte.

»Als wir damals das Heiligtum der Barbaren stürmten, waren wir, da sie uns zunächst für ihre eigenen Leute gehalten hatten, so schnell über ihnen, dass die Priester des Adlers keine Zeit mehr hatten, ihren Zauber zu wirken. Den Ahnen sei Dank! Denn sonst hätten wir es wohl nicht geschafft. Wenn du dich jemals gefragt hast, warum die Adler andere Völker so schnell überrollen und sogar ins Elf-Stämme-Land vordringen konnten: Auch das hängt mit ihren Priestern zusammen. Denn während bei uns die Magie seit den Tagen von Halla der Schrecklichen vor fast 1600 Jahren immer stärker im Niedergang begriffen war und schließlich fast ganz verboten wurde – lediglich bei den stümperhaften Halbmagiern drückte man ein Auge zu –, hatten die Zauberkundigen der Adler-Barbaren ihre Kräfte durchaus noch gepflegt. Bei ihnen ist die Magie – bei der es sich offenbar um eine sehr kriegerische Unterart handelt – allerdings auf die Kaste der Priester beschränkt. Wie es genau funktioniert, weiß ich bis heute nicht, aber jedenfalls schwächt die Magie der Barbaren deren Gegner und gibt den eigenen Leuten unbändigen Mut und Angriffswillen.«

»Aber seit du sie damals zurückgedrängt hast, war ihr Vorwärtsdrang nie wieder so groß wie vorher?«

»Sehr gut erkannt. Und das liegt nur teilweise an der Niederlage, die sie seinerzeit erlitten hatten. Vor allem liegt es daran, dass wir damals ihren Kriegstempel zerstörten – und etwas erbeuteten.«

»?«

»Es war ein... nun, Fetisch, Totem, Götze, nenn es, wie du willst. Jedenfalls beziehen die Barbaren-Priester aus diesen Dingern eine uns unbekannte Kraft. Und der mächtigste dieser Fetische wurde im Kriegstempel aufbewahrt – ein Tempel, der nicht etwa fest an einem Ort errichtet war, sondern der in sicherem Abstand – wie die Barbaren glaubten – hinter der Front herzog und von dem aus die Priester das Kriegsgeschehen beeinflussten. Doch sie haben ihn nicht mehr.«

»Du hast ihn.« Das war keine Frage Harubals, sondern eine Feststellung.

»Ja. Er ist nicht sehr groß und... sonderbar. Aber er trägt tödliche Macht in sich.«

Neugierig beugte sich Harubal vor: »Wie sieht er aus?«

»Oh nein, mein Sohn. Das wirst selbst du nicht erfahren. Versteh mich nicht falsch, aber wenn niemand weiß, wie er aussieht, kann auch niemand danach suchen. Und wenn du es nicht weißt, kannst du es nicht versehentlich – oder unter Zwang – verraten. Interessanterweise wissen es sogar nur die wenigsten Barbaren: Er wurde immer verdeckt aufbewahrt, und nur die Priester des Tempels und einige wenige Auserwählte kannten sein Aussehen – und viele der Priester haben wir bei unserem Angriff getötet. Seit damals haben wir auch immer Spione oder Krieger der Adler gefangen (und hingerichtet), die heimlich auf unser Territorium vorgedrungen waren und verzweifelt versuchten, den Aufenthaltsort des Totems ausfindig zu machen. Und vermutlich haben wir etliche von ihnen *nicht* gefangen, die aber unverrichteter Dinge wieder heimkehren mussten.«

Harubal war etwas blass geworden, fragte aber dennoch: »Und warum haben wir die Kraft dieses Fetischs nicht schon früher gegen die Barbaren oder für unseren Umsturz eingesetzt? Denn darum geht es ja wohl letztendlich, oder?«

»Ja, genau darum geht es. Allerdings, wie schon gesagt: In unserem Land ist nicht mehr viel starke Magie vorhanden. Doch so viel scheint klar: Wer dieses Ding zum Wirken bringen will – und zwar zum Wirken in seinem Sinn! – der muss selbst über magisches Wissen verfügen. Das war auch der Grund, warum ich letztlich – schweren Herzens – Bruder Cé-tan eingeweiht habe. Denn wo, wenn überhaupt, kann man heutzutage bei uns noch stärkere Magie finden?«

»In der Bruderschaft!«, rief Harubal.

»Ja«, der General nickte, »die Jungs waren gerissen genug, sich nicht unerhebliche Teile der Magie zu sichern. Der Trick war ganz einfach: Was sie betrieben, war ja keine Magie, sondern Religion und Dienst an den Göttern, gehörte also nicht in den Bereich dessen, was gebannt werden musste. Außerdem waren sie natürlich die Guten und fragten entrüstet, wer es wohl wagen wollte zu behaupten, dass die Bruderschaft ihr Wissen missbrauchen könnte? Aber auch sie waren, durch die frühen schwarzmagischen Probleme in unserer Geschichte, durchaus ebenfalls etwas skeptisch gegenüber den verborgenen Künsten. So lernte das Gros der Bruderschaft nur einen Hauch der alten Magie und konnte sich selbst mit den Halbzauberern kaum messen. Immerhin muss man sagen, dass sich dieser Teil der Magie in weiten Bereichen auf Heilen und Gedeihen bezog und dadurch – wenn auch nicht selten gegen Bezahlung – viel Gutes bewirkt wurde. Tieferes magisches Wisse allerdings ist nur einem sehr kleinen Teil der Bruderschaft vorbehalten.«

»Den ›Ces‹.«

»Ja«, fuhr nun der Kanzler fort, »den ›Ces‹, wie es Cé-tan einer ist. Und zwar, nach allem, was man hört, der Mächtigste. Zwar verabscheut er die Barbaren und deren Kultur aufs Tiefste, aber gerade dadurch, durch seinen brennenden Wunsch, die Adler vom Erdboden zu tilgen, heiligt für ihn der Zweck die Mittel: Er ist bereits dabei, in den Fetisch einzudringen. Und wenn er ihn nutzbar gemacht hat, dann wird er für uns eine mächtige Waffe sein, um die Barbaren mit ihren eigenen Mitteln so lange in Schach zu halten, dass wir, wenn es sein muss, mit einem Teil der Truppen gegen Dorianstadt ziehen können. Und dann soll uns der Fetisch helfen, die Barbaren mit ihrer eigenen Waffe zu vernichten. Was dann folgt... mal sehen.«

Rétep fühlte sich übel. Sehr übel sogar. Er sehnte sich inständig danach, die Truhe zu verlassen. Doch es dauerte noch zwei Stunden, in denen die drei Verschwörer Verschiedenes besprachen und der Kanzler Details vom Treffen mit der Waldstamm-Delegation berichtete.

Und als sie endlich aufgebrochen waren, war es für Rétep immer noch nicht vorüber. Denn kaum hatten die drei den Raum verlassen, trat Prinzessin Kalil –ziemlich übellaunig irgendetwas unverständlich vor sich hin murmelnd – wieder in das Zimmer. Wenigstens war Runja nicht mehr dabei, die ihr Handtuch-Problem – den Ahnen sei Dank – offenbar auf andere Weise in den Griff bekommen hatte.

Noch missmutiger starrte Kalil auf die leeren Bierkrüge und die Kanne, die die drei Besucher zurückgelassen hatten. Dann riss sie erst das zweiflügliche Fenster weit auf, um die Bierluft herauszulassen, danach tat sie gleiches mit der Zimmertüre, um Luft aus ihrer Lunge zu lassen: Lauthals rief sie nach einem Diener, der schnell angetrabt kam und das Geschirr entfernte. Als er ging, gab sie ihm noch einen Befehl, den er prompt ausführte, denn fünf Minuten später stand er erneut in der Türe, und Kalil nahm nun ihrerseits einen gut gefüllten Bierkrug entgegen. Der war nicht einer der kleinsten, dennoch schaffte es die Prinzessin, ihn in drei großen Zügen zu leeren

Prima!, dachte sich Rétep, dann würde sie sicher gut schlafen, und er konnte endlich, endlich verschwinden.

Tatsächlich kleidete sich die Prinzessin nun aus. Ein Anblick, dem der Schuhputzer-Prinz aus seinem Versteck heraus sonst sicher auch positive Aspekte abzugewinnen gewusst hätte. Doch was er vorher erfahren hatte, hielt seine Gedanken so gefangen, dass er gar nicht mehr darauf achtete, was die hübsche Mätresse des mächtigen – und verräterischen – Staatsmannes vor seinen Augen tat.

Immerhin schlief die Prinzessin wirklich schnell ein. Nachdem zartes Schnarchen eingesetzt hatte, öffnete Rétep die Truhe, die glücklicherweise nicht direkt neben dem Bett stand. Mit zusammengebissenen Zähnen reckte und streckte er zuerst leise seinen Oberkörper, dann zog er behutsam seine Stiefel aus und erhob sich so langsam wie ein Greis im Delirium. Er stieg aus der Truhe und trat dabei möglichst nahe an die Wand, dort knarzten Bodendielen für gewöhnlich etwas weniger. Nur ein leises Ziepen des Bodens war zu hören, dennoch grummelte Kalil etwas Unverständliches im Schlaf und bewegte sich ein wenig.

Rétep hielt die Luft an. Die Prinzessin seufzte und schnarchte wieder. Vorsichtig nahm er die oberste Wolldecke, auf der er die ganze Zeit gelegen hatte, aus der Truhe, deren Deckel er dann, noch vorsichtiger, schloss. Mit zwei diesmal geräuschlosen Schritten, die Stiefel in der Hand, die Decke unter den Arm geklemmt, stand Rétep am offenen

Fenster. Das lag zwar im zweiten Stock und somit gut fünf Meter über dem Erdboden, doch er glaubte nicht, dass er es durch das Zimmer und hinaus schaffen würde, ohne Kalil zu wecken. Es waren zwar nur sieben Meter durch den Raum, aber auf denen konnten knarrende Holzdielen, ein quietschender Türriegel oder knarzende Türangeln warten – und danach auf dem Gang vielleicht auch noch eine unliebsame Begegnung. Er spähte aus dem Fenster. Gut, dass die Prinzessin ihr Zimmer an der Rückseite des Palais hatte, denn die Vorderfront war durch kleine Feuer erleuchtet, die zu beiden Seiten des Tores in eisernen, auf niedrigen Steinsäulen stehenden Körben brannten. Hier hinten aber war es dunkel. Und Wachen, das hatte Rétep schon am ersten Tag seiner Einstellung ausgekundschaftet, standen lediglich am Haupttor und patrouillierten um die Umfriedungsmauer herum.

Schnell setzte sich der Prinz auf die steinerne, außen liegende Fensterbank, schlüpfte vorsichtig in seine Stiefel, zog dann sachte die beiden Fensterflügel hinter sich fast ganz zu, wobei er gleichzeitig einen ordentlichen Zipfel der Wolldecke zwischen die Flügel klemmte und vorsichtig daran zog – die Decke saß fest, solange er den Zug aufrechterhielt. Das würde zwar nicht lange halten, aber für den kurzen Abstieg sollte es ausreichen – wenn er sich an dem Stoff herunterrutschen ließ, dann würde er zum Schluss keine zwei Meter tief springen müssen. Er packte die Decke noch fester und ließ sich, Füße voran, über den Rand gleiten. Als Rétep schon fast am Ende der Decke baumelte, hörte er, wie schräg unter ihm eine Türe geöffnet wurde. ...

6. Ein Stück vom Kuchen
Oder: Wie alles begann, dritter Streich

Rétep hielt a) den Atem an, b) sich krampfhaft an der Decke fest und spähte die Mauer entlang nach unten. Da, links unter ihm, stand ein Mann, der – ausgerechnet während er sich aus Kalis Zimmer abseilen wollte – aus einer kleinen Hintertür herausgetreten war und sich ordentlich reckte – vielleicht ein Bediensteter, der noch spät zu tun gehabt hatte und nun etwas frische Luft schnappen wollte?

»Bei allen Ahnen, wenn der hochschaut bin ich verloren«, schoss es Rétep durch den Kopf; und hoffentlich konnte er sich so lange festhalten, bis dieser Kerl verschwunden... oh, oh! Gar nicht gut!

Zentimeter um Zentimeter begann die Decke durch die beiden Fensterflügel zu rutschen, zwischen denen sie eingeklemmt war. Rétep musste schon die Beine anziehen, damit der Mann da unten seine Füße nicht bemerkte. Und jede Sekunde konnte sich sein improvisiertes Seil endgültig lösen...

Da entfuhr dem Mann unter ihm ein lauter Wind, er krümmte sich etwas und Rétep hörte ihn leise fluchen: »Verdammte Bohnen«, während er sich eiligst umwandte und wieder im Haus verschwand. Die Tür war noch nicht ganz geschlossen, da purzelte hinter ihm ein Junge vom Himmel, was er aber schon nicht mehr sehen konnte, da er schnellen Schrittes zum Abort-Zimmer eilte – schließlich verfügte das Palais ja über eine Abwasser-Leitung.

Zitternd vor Anstrengung (und Angst) rappelte sich Rétep wieder auf, eilte davon, bog um die Ecke – und wäre fast mit General Narbengesicht zusammengestoßen, der gerade von der anderen Seite um die Ecke kam. Beide sprangen erschrocken einen Schritt zurück, nur dass die Hand des Generals gleichzeitig zu seinem Kurzschwert fuhr. Dann sah er sich sein Gegenüber genauer an, zog die Hand wieder vom Schwertknauf und zischte leise: »Junge, was schleichst du um diese Uhrzeit noch hier herum?«

Rétep deutete auf die Wolldecke, die über seinem linken Arm hing, und stammelte: »Im Küchentrakt ist's so stickig, da wollte ich sehen, ob ich nicht draußen einen Platz zum Schlafen finde.«

»Aha«, fast schien es Rétep, als würde sich das narbige Gesicht zu einem kleinen Lächeln verziehen, »noch jemand, der es nicht so gut hinter Mauern aushalten kann, wie? Vielleicht solltest du dir überlegen, ob du nicht zu den Soldaten gehen willst? Aber für heute solltest du besser wieder reingehen, es wäre doch schade, wenn dich jemand irrtümlich aufspießen würde, oder?«

»Äh, ja, General, durchaus, ich meine, ich werde dann wieder... reingehen? Danke, und gute Nacht.«

Während der letzten Worte war er zwei Schritte rückwärts gegangen, dann drehte er sich um und lief eilig zum Eingang des Küchentraktes, der nur zehn Meter entfernt einen Unterschlupf bot.

»Das ist wohl der Fluch meines hübschen Gesichts, dass ich immer von allen erkannt werde«, dachte der General, während er seine Runde fortsetzte, »schade nur, dass die meisten Kinder Angst bekommen, wenn sie mich sehen – und auch nicht wenige Erwachsene.«

*

In dieser Nacht tat Rétep kein Auge zu. Die Hauptstadt war fern, der König noch ferner – so fern sogar, dass er für die meisten Leute hier in der Provinz fast schon etwas Irreales oder eine Art Sagengestalt war. Und noch dazu hatte sich Rétep – schließlich hatte er trotz seiner jungen Jahre schon so manches erlebt – für viel zu abgebrüht gehalten, als dass ihm »Vaterland« oder »König« irgendetwas bedeuten könnten. Aber offenbar hatte er sich da ein bisschen geirrt. Warum musste es auch ausgerechnet der Held der Nation, warum musste es ausgerechnet *sein* Held sein, der Verrat plante...?

Auch wenn Rétep eher von einem vollen Magen träumte als, wie andere Jungs, davon, für das Elf-Stämme-Land in den Krieg zu ziehen und als glorreicher Held wiederzukommen, dieser Verrat hatte ihn geradezu umgehauen. Und im Moment war er der Einzige auf der ganzen Welt, der – natürlich abgesehen von den Verrätern selbst – von dieser Verschwörung wusste.

Was ihn noch mehr verwirrte: Unter »Verrätern« hatte er sich immer Leute vorgestellt, die... na ja, gewissermaßen ständig geduckt von Schatten zu Schatten huschen und sich der Bosheit ihrer Tat bewusst sind. Aber als er die drei belauscht hatte, da konnte er nicht das geringste Zeichen von Schuldbewusstsein in ihrem Verhalten erkennen. Ja, sie waren offenbar überzeugt davon, nicht nur sich selbst zu dienen, sondern auch das einzig Richtige für ihr Land, für die Elfen zu tun. Konnte es vielleicht sein... dass sie tatsächlich das Richtige taten? War das möglich? Dass der alte König abgelöst werden musste, um das Land vor dem Untergang zu retten?

Nein!

Und an diese Stelle kam der junge Schuhputzer-Prinz zu einer Einsicht, die zeigte, dass er durch seine Erfahrungen mehr gelernt hatte und seinen Verstand besser zu gebrauchen wusste als die meisten anderen Zwölfjährigen: Das, was der Kriegskanzler plante, konnte nicht richtig sein. Nicht, weil er den König stürzen wollte – dieser sonderbare alte Mann war Rétep so ziemlich egal. Auch nicht, weil er nach Macht strebte – dass Menschen versuchten, ein möglichst großes Stück vom Kuchen für sich selbst abzubekommen, konnte Rétep sogar sehr gut nachvollziehen. Was tat er denn anderes? Wenn auch mit viel bescheideneren Mitteln. Was aber die ganze Sache eindeutig falsch machte, war die Tatsache, dass der Kanzler und seine Leute bedenkenlos bereit waren, Unschuldige zu opfern, um an ihr Ziel zu kommen. Die Seeleute, die sterben würden, wenn die Verschwörer die Positionen ihrer Schiffe an die Piraten verrieten, die Waldstämmler, die bei den Angriffen der Piraten ihr Leben verloren, die einfachen Soldaten und Krieger, die sich gegenseitig erstechen, erschlagen und aufspießen würden, falls der Kanzler tatsächlich mit eigenen Truppen gegen die Hauptstadt ziehen würde. Das alles waren Menschen, denen sich der junge Prinz verbunden fühlte, einfache Menschen, die nichts weiter taten, als sich – der eine mehr, der andere weniger gut – durchs Leben zu schlagen. Und so gesehen war natürlich auch der geplante Mord am König falsch. Nicht etwa, weil es den Herrscher über das Reich treffen würde, sondern weil es einen Menschen treffen würde, denn letztlich war auch der König nichts anderes.

Er musste etwas gegen die Verschwörer unternehmen, dachte Rétep – immerhin, das muss zu seiner Ehre gesagt sein, fast eine Sekunde lang. Dann kam ein kurzes hysterisches Lachen über seine Lippen, sodass zwei von den fünf anderen Küchenjungen, die in der gleichen und tatsächlich sehr stickigen Kammer schliefen, kurz wach wurden, »Halt die Klappe!« grunzten und seine Ahnen verfluchten, bevor sie wieder in den Schlaf sanken.

Aber klar doch! Ja, ja, ja! Nichts leichter als das! Er, Prinz Rétep, immerhin fast dreizehn Jahre alt, elternloser Schuhputzer und Lederflicker (sowie gelegentlicher Taschendieb) aus dem Provinznest Rú-tan, dem schon in diesem Kaff etliche Leute wegen diverser Streiche, für die er bekannt war, misstrauten, er würde erzählen, dass Kriegskanzler Hanu Standhaft, die lebende Legende der Elfen, den König stürzen, gar ermorden wollte, dass der Kanzler dafür – trotz der Bedrohung des Landes durch die Barbaren – selbst einen Bürgerkrieg in Kauf nahm und sogar ein magisches, wenn nicht gar schwarzmagisches Artefakt der Barbaren einsetzen würde. Na klar, Mann, sie würden den Kanzler natürlich sofort gefangennehmen und einsperren, ha, ha! Nein, natürlich würde man ihm niemals glauben, da würde ihm auch seine Mondseele nicht helfen können. Wenn Rétep die Geschichte erzählte und Glück hätte, würde man sein Gerede für einen seiner dummen Streiche halten und ihm nur eine Maulschelle verpassen. Wenn er Pech hätte, würde man's brühwarm dem Kanzler erzählen und ihn schneller ausliefern, als er »Trillerlops-Kacke« sagen könnte – und dann hallo, ihr Ahnen!

Na klar, er könnte den Kanzler ja auch alleine bekämpfen. Den Kanzler, seine Leibgarde, seine Soldaten und Söldner – und all die Menschen, die ihn liebten und verehrten noch dazu. Vielleicht könnte er ja mit Kieselsteinen werfen? Plötzlich fiel ihm eine beliebte Sage ein: Nach jahrelanger Belagerung der Stadt Ajort ersann Suessido, der Feldherr der Angreifer, endlich eine List, mit der man in die Stadt gelangen könnte. In der Stadt aber gab es eine Seherin, Ardnassak, und, mein lieber Mann, sie kannte ihren Beruf aus dem Effeff: Da gab es kein branchenübliches Rumgeeiere oder Aussagen, die so neblig waren wie der Morgen nach einem Kri-Schnaps-Gelage. Nein, Ardnassak sah waldstämmlerscharfschützenaugenklar, was da auf ihre Stadt zugerollt kam, und sie warnte natürlich die Ajortaner. Allein: Die Alte hatte mal Zoff mit den Göttern gehabt, und die bestraften sie damit, dass sie zwar alles Unglück voraussehen konnte – ihr aber niemand glaubte.

Noch nie hatte Rétep es so genau wie in diesem Augenblick verstanden, wie sich Ardnassak gefühlt haben musste. Was, um aller Ahnen willen, sollte er bloß tun?

Als schließlich der Morgen dämmerte, war Rétep mit seinen Überlegungen immer noch keinen Deut weitergekommen. Mit den ersten Sonnenstrahlen machte er sich auf den Weg in die Stadt. Zuerst ging er, wie vereinbart, bei seinem »Cousin« vorbei, um ihm zu sagen, dass er nun von seiner Darmerkrankung zu genesen habe und wieder selbst in der Küche schuften könne. Der Küchenjunge, der sich gerade an seinen Urlaub gewöhnt hatte, beschwerte sich, noch gähnend, warum ihn Rétep denn sooo früh wecken musste. Doch noch bevor er ausgeredet hatte, war Rétep, tief in Gedanken versunken, schon einen halben Block weitergelaufen. Sein Geheimnis würde ihn noch zum Platzen bringen. Sicher: Am gesündesten für ihn wäre es, das Ganze einfach so schnell wie möglich zu vergessen und auf jeden Fall niemandem auch nur ein Sterbenswörtchen davon zu sagen. Aber da würde er sich wohl eher die Zunge abbeißen müssen.

Seinem Onkel und den Tanten konnte er zwar vertrauen, doch auch sie würden ihm diese Geschichte nicht abkaufen. Eigentlich gab es nur einen Menschen, dem er blind vertraute, und bei dem er auch die Chance sah, dass er ihm vielleicht glauben würde: sein Freund Tulpe. Seltsamerweise fiel ihm jetzt auch wieder dieser sonderbare Halbzauberer ein – Alexandrinus, nein, Xavox hieß er ja wohl, sagte er zumindest. Ob der wirklich ein echter Halbzauberer war? Obwohl er ihn nur kurz gesehen und gesprochen hatte, hatte er so eine Ahnung – oder war es vielleicht nur der Wunsch? –, dass er auch ihm vertrauen könnte. Andererseits... was wollte der? Gold in Whisky verwandeln? Nun ja, vielleicht war er ja ein klein wenig verrückt (was Rétep als freundliche Umschreibung für »vollkommen durchgeknallt« nahm). Und Tulpe war kaum etwas Besseres als ein Straßenjunge. Aber mit ihm verband ihn eine Freundschaft, die Rétep denken ließ, dass er uralt sei, denn diese Freundschaft schien schon ewig zu bestehen.

Doch jetzt brauchte er erstmal eine ordentliche Kappe Schlaf, bevor er sich weitere Gedanken machen wollte, deshalb steuerte er die Niederlassung seines Onkels an. Dort kam ihm aufgeregt Prinzessin Ky entgegengelaufen, in einer Hand einen Kohlestift und ein Stück Pergament haltend, und rief schon von weitem: »Da bist du ja endlich – hab dich vom Fenster aus kommen sehen.«

Diese Eile, bei der sie gar nicht ihre Erhabenheit demonstrieren konnte, war völlig untypisch für Ky. Und sie hatte ihn offenbar erwartet – fast hätte sein Herz einen kleinen Freudenhüpfer gemacht, wenn er sich nicht so sehr gewundert hätte. Seine Verwunderung wurde noch größer, als ihn seine Cousine am Arm packte und ohne Umschweif in den Stall zog, in dem gerade niemand arbeitete. Dann fragte sie atemlos: »Nun sag schon, wie sehen die Kleider aus?«

»*Kleider*? Was für... Ach ihr großen Ahnen!« Dann begann Rétep so heftig zu lachen, dass ihm Tränen aus den Augen rollten und er kaum noch Luft bekam. Er ließ sich mit dem Rücken an die Wand fallen, hielt sich den Bauch und presste schließlich zwischen leiser werdenden Lachern hervor: »Die Kleider! ...natürlich... Hatte ich vollkommen vergessen.«

»Rétep!«, entsetzt fuhr ihn Ky an, »spinnst du jetzt ganz? Und was heißt *vergessen*? Hast du etwa nicht...? Denk daran, dass ich schon die Hälfte bezahlt habe!«

Gleich prustete Rétep nochmals los: »Oh, wenn du meinst, ich hätte dich übers Ohr gehauen, dann kann ich dir den Kuss ja zurückgeben!«

Kys Gesicht war nun reinste Verwirrung, als Rétep sich schließlich doch fasste und sagte: »Keine Angst, meine hochgeschätzte Cousine. Ich habe es tatsächlich geschafft: Ich war im Stadtpalais und habe die Festkleidung von Prinzessin Kalil gesehen.«

Ky klatschte vor Begeisterung in die Hände.

»Allerdings«, fuhr Rétep fort, »habe ich noch etwas erfahren, das ein ganz kleines bisschen wichtiger ist.«

»Wie? Gibt es etwa einen neuen Modetanz in Dorianstadt? Oh Ahnen! Den lerne ich nie in zwei Tagen!«

»Nein, keine Angst, kein Tanz – obwohl es für König Jaun und vielleicht auch die Waldstämmler ein übles Tänzchen werden könnte. Nein, es ist nur so: Ich habe, als einziger Nichtbeteiligter im ganzen Reich, herausgefunden, dass der Kriegskanzler selbst König werden will und eine Verschwörung gegen Jaun plant, sein Sohn und General Narbengesicht helfen ihm dabei, und wohl noch andere Persönlichkeiten im Reich. Vielleicht wird Hanu den König sogar mit Hilfe einiger Eiferer aus der Bruderschaft ermorden lassen. Hab ich was vergessen? Ach ja: Hinter den stärker werdenden Korsarenangriffen auf die Waldstämmler steckt auch der Kanzler. Nun, was sagst du dazu?«

»Ich sage: Wie sieht Kalils Festgewand aus?«

»Ky, bitte, lass uns nur einen Augenblick so tun, als würden wir uns gut verstehen. Und jetzt, nur zum Spaß, mach einen Moment mal so, als hätte ich mit dieser Verschwörungsgeschichte nicht den größten Blödsinn aller Zeiten verzapft, sonder tu so, als wäre jedes Detail die unumstößliche Wahrheit. Was würdest du *dann* sagen?«

Ky legte den Zeigefinger an die Unterlippe und gab volle zwei Sekunden vor, sie würde ernsthaft nachdenken, dann antwortete sie: »Nun, ich würde sage: *Wie sieht Kalils Festgewand aus?*«

Rétep starrte sie mit großen Augen an, und sie fuhr fort: »Wenn es einen Umsturz in Dorianstadt geben würde, würde sich das bis hierher auswirken? Wohl kaum. Und bis ich in die Hauptstadt komme...« (sie ging wohl davon aus, dass sie dort als Erwachsene auf irgendeine Weise ganz groß rauskommen würde) »...dann heißt der König halt Hanu statt Jaun, und die ganze Sache ist längst vergessen. Und wenn der Waldstamm von Piraten angegriffen wird, fliegen mir dann Pfeile um die Ohren? Eher nicht, oder? Was ich allerdings mit Sicherheit weiß, ist, *dass in drei Tagen dieser verdammte Ball steigt* und ich meine Schneiderin ganz schön antreiben muss. Und darum: Wie sieht Kalils Festgewand aus?«

Erst wurde Rétep zornesrot und ballte die Fäuste, sodass seine Cousine erschrocken zwei Schritte zurückwich, dann wurde er kreideweiß. Schließlich durchströmte ihn eine ganz sonderbare Ruhe, und er sagte: »Ja, Ky, du hast recht: Wenn man schon nicht gewinnen kann, dann pfeif auf alle anderen, und versuch, so viel wie möglich für dich selbst herauszuschlagen.«

»Wie? Was meinst du jetzt damit?«

Aber Rétep erklärte es ihr nicht, sondern begann stattdessen, leise und exakt seine Abmachung erfüllend, ihr genau zu schildern, wie die Festbekleidung der Mätresse des Kanzlers ausgesehen hatte. Kys Augen leuchteten, während sie sich eifrig Notizen machte und ihre Frage an Rétep längst vergessen hatte. Und der beschloss, während er langsam die Hose der Kurtisane beschrieb, dass er sich auch sein Stück vom Kuchen nehmen würde. Ein großes Stück. Er, der Schuhputzer-Prinz aus Rú-tan, würde den Kriegskanzler des Reiches... erpressen.

*

Schließlich hatte er Ky eine genaue Beschreibung all dessen gegeben, was er gesehen hatte. Sie wollte gar nicht fassen, dass die Festkleidung aus der Reichshauptstadt tatsächlich so schlicht sein sollte, wie Rétep es beschrieben hatte, warf ihm zunächst vor, sie hereinlegen zu wollen, und wollte ihn dann mit tausend Fragen zu Details löchern, die es ihrer Meinung nach doch geben müsse. Doch Rétep winkte ab: »Ich habe dir alles gesagt, was ich weiß. Und glaub mir: Ich habe mehr dafür gezahlt, als du jemals ahnen wirst.« Damit wollte er sich abwenden, doch Ky berührte ihn sachte an der Schulter und sagte: »Na gut. Ich glaube dir. Und nun willst du den zweiten...äh, Teil der Bezahlung?«

Der Prinz wandte sich ihr noch einmal zu, beugte sich so nahe an ihr Gesicht, dass er in ihren Augen sein Spiegelbild erkennen konnte, blickte voll Verachtung in diese Augen und schnaubte: »Vergiss es!« Dann drehte er sich um und ging.

Er ließ eine vollkommen verwirrte Ky zurück, deren Verwirrung sogar noch stieg, als sie merkte, wie sie ihrem Cousin alle Knochen und die Knochen sämtlicher Ahnen verfluchte, weil sie doch tatsächlich beleidigt war, dass dieser ungehobelte Bursche sie einfach so stehen ließ. Und in all dem Durcheinander ihrer Gedanken begann sie tatsächlich, einen winzigen Augenblick über Rétep nachzudenken – wie hatte er es eigentlich geschafft, an diese Informationen zu kommen? Sie hatte ihn gar nicht gefragt! –, und, noch überraschender, sie dachte sogar kurz über sich selbst nach, und zwar nicht über ihr Aussehen in neuen Kleidern oder ihre sicher glänzende gesellschaftliche Laufbahn an der Seite von zwei oder drei berühmten Männern, sondern darüber, was für ein Mensch sie eigentlich war. Fast 30 Sekunden beschäftigte sie diese Frage, während sie still im Pferdestall stand. Doch schließlich zuckte sie mit den Schultern, und kaum noch unsicher murmelte sie zu sich selbst: »Da kann ich ja froh sein, dass dieser komische Kauz keinen zweiten Kuss wollte. Der erste hat ihn wohl schon überfordert.« Dann machte sie sich eilends auf den Weg zu ihrer Schneiderin, unterwegs darüber nachgrübelnd, wie sie – das wäre doch gelacht! – die Schlichtheit der feinen Hauptstadt-Mode doch etwas edler machen könnte.

*

In dem Zimmer, das ihm sein Onkel in seinem Anwesen nach wie vor zur Verfügung stellte, gönnte sich Rétep fünf Stunden Schlaf – er wollte keinen Fehler machen, nur weil er einen müden Kopf hatte. Dann begann er damit, seinen Plan in die Tat umzusetzen. Er schrieb, natürlich mit verstellter Schrift, einen Brief an Hanu Standhaft persönlich:

»Großer Kanzler. Großer Held. Großer Verräter.

Was hieltet Ihr davon, wenn folgender Schriftanschlag so lange in jeder Stadt und jedem Dorf des Reiches auftauchen würde, bis es sogar die Trillerlops auf den Weiden pfeifen:

Verrat!

Reich und Krone sind in Gefahr, die Verschwörer sind schon mitten unter uns. Reichskanzler Hanu Standhaft, der einst unsere Nation rettete und sich in vielen Schlachten Ruhm erwarb, hat durch all seine Erfolge seine Grenzen vergessen. Er möchte selbst König werden. Mit Unterstützung von General Narbengesicht plant er den Umsturz, möchte sogar mit Hilfe Cé-tans, sobald dieser zum Gleichsten der Bruderschaft ernannt wird, König Jaun ermorden lassen. Auch für die steigende Zahl von Piratenangriffen auf den Waldstamm ist er verantwortlich. Dadurch will er das Reich weiter in Aufruhr versetzen und den Waldstamm schwächen, um ihn im eigenen Land zu binden, damit er König Jaun nicht zur Hilfe kommen kann. Ja, es klingt unglaublich. Doch lasst euch von seinem Ruhm nicht blenden, sondern beobachtet, was er tut, und fragt euch, ob es manchmal nicht nur vordergründig dem *Elf-Stämme-Land dient, tatsächlich aber zur Schwächung des Landes beiträgt oder den König und seine Getreuen in Misskredit bringt. Der Kriegskanzler ist ein Verräter! DENKT NACH!*

Nun, wir schätzen, dass ihr miesen kleinen Verräter (Rétep konnte es sich einfach nicht verkneifen) *wenig Spaß an einem solchen, tausendfach verteilten Anschlag hättet, oder?* (Dass Rétep in Wirklichkeit sogar schon dieses eine Pergament von seinem Onkel schnorren musste, schrieb er natürlich nicht.) *Aber keine Angst. Ihr könnt die Verbreitung dieser Zeilen verhindern wie auch anderer Zeilen, die nötigenfalls noch deutlicher auf eure Schurkereien aufmerksam machen werden. Ihr könnt ungestört mit euren Plänen fortfahren. Natürlich nur, wenn Ihr zahlt – viel zahlt.«*

Nun überlegte Rétep lange, welche Summe er überhaupt fordern sollte. Wobei er – auch ein Zeichen für seine altersuntypische Intelligenz – keineswegs fürchtete, zu viel zu fordern, sondern eher Angst hatte, dass er zu wenig verlangen und dadurch unglaubwürdig werden könnte. Zu viel dürfte es aber, aus ganz praktischen Gründen, auch nicht sein: Gold war verdammt schwer. Ja, wenn er's sich genau überlegte – Rétep bekam große Augen – Gold war überhaupt zu schwer: Für zehntausend Goldmünzen würde er auch zehn Pferde brauchen. Und mit zehn Pferden im Schlepp zu fliehen, das war undenkbar. Juwelen? Abgesehen davon, dass er sich mit diesen Klunkern absolut nicht auskannte, würde es vermutlich ziemlich auffallen, wenn er versuchen sollte, Rubine oder Smaragde zu verkaufen. War das schon das Ende seines Planes? Vielleicht sollte er noch mal eine Runde drüber schlafen. Hmmm. Eine Runde... Rund...

Rétep schrieb weiter: *»Mein Schweigen kostet Euch 1100 Hockperlen. Verhandlungen wird es nicht geben. Akzeptiert diese Summe, oder lest meine Anschläge in jeder Stadt des Landes und tragt die Folgen. Wenn Ihr akzeptiert, dann zieht unserem Boten ein rotes Hemd an und lasst ihn drei Mal um die Stadt reiten, wir werden es sehen. Danach lassen wir Euch die Übergabe-Bedingungen zukommen.«*

Eine Hockperle wog nur den Bruchteil eines Goldstücks, war aber gut und gerne zehn Goldstücke wert. Das wusste Rétep, weil sein Onkel, ein reicher Mann, seinen beiden Frauen zum 22. Jahrestag ihrer Vermählung jeweils einen Ketten-Anhänger mit einer Perle geschenkt hatte – und Ky hatte natürlich gleich damit angegeben, wie teuer dies Geschenk sei, das ihre Mutter von ihrem Vater bekommen hatte.

Rétep hoffte, es auch in den anderen Punkten mit seinem Brief geschickt angefangen zu haben. Hanus Sohn und das geheimnisvolle Objekt der Barbaren hatte er absichtlich nicht erwähnt, weil Hanu sonst unweigerlich klar geworden wäre, welches seiner Gespräche belauscht worden war. So aber konnte er sich nicht sicher sein und musste auch mit einem Verräter in den eigenen Reihen rechnen, statt gezielt nach einem Lauscher zu suchen. Der Schuhputzer-Prinz hielt es für eine gute Taktik, denn schließlich musste ihm ja daran gelegen sein, dass der Kreis der Verdächtigen möglichst nicht zu klein ausfiel. Und für die Rolle des Boten hatte Rétep auch schon jemanden im Sinn: Das würde er selbst übernehmen. Dank seiner Mondseele würde er, als schüchterner Aushilfs-Küchenhelfer, nicht auffallen, konnte aber vielleicht aus erster Hand ein paar Reaktionen der Verräter aufschnappen – das könnte hilfreich sein. Außerdem bräuchte er so keinen Mitwisser und würde sich schon mal das Risiko sparen, beim Ausschauen nach dem vereinbarten Signal entdeckt zu werden. Komisch – diesmal war ihm gar nicht so bange bei dem Gedanken, dem Kanzler vielleicht in die Augen sehen zu müssen, wie an jenem Abend, als der im Hof des Stadtpalais an ihm vorbeigeschritten war. Nun ja, vielleicht war's doch gar nicht so merkwürdig, denn das war damals ja auch noch Hanu Standhaft, der Held gewesen, und nicht Hanu Standhaft, der Verräter.

Warum also zögern? Bevor er es sich nochmals anders überlegen konnte, faltete und versiegelte er das Pergament und machte sich vom Handelshaus seines Onkels aus wieder auf den Weg zum Stadtpalais. Die Wachen, die ihn ja in den vergangenen Tagen als Küchen-Aushilfe kennengelernt hatten, ließen ihn ohne Aufhebens eintreten.

Dann wurde seine Geduld auf eine harte Probe gestellt. Gut zwei Stunden dauerte es, bis er endlich General Narbengesicht mit drei Unter-Kriegsmeistern aus dem Gebäude kommen und Richtung Stall gehen sah. Mit einer tiefen Verbeugung trat er auf den General zu.

»Entschuldigt, dass ich es wage, Euch anzusprechen...«

Einer der Unter-Kriegsmeister, ein großer, hagerer Kerl, wollte Rétep schon beiseite scheuchen, doch der General sagte freundlich: »Na, wenn das nicht unser Sternenfreund aus der vergangenen Nacht ist! Was führt dich her, mein Junge?«

»Also, draußen am Marktplatz, äh, ein Mann... ich meine: Ein Mann hat mir (*Rétep ließ hier seine Stimme erfreut aufklingen*) fünf Kupfernick gegeben, damit ich dem Kriegskanzler oder Euch dieses Pergament übergebe – und, na ja, den Kriegskanzler anzusprechen, trau ich mich, ehrlich gesagt, nicht so recht, da dachte ich...«

»Hmm, nur keine Scheu, gib mir ruhig das Schreiben.«

Das hatte zwar recht locker geklungen, dennoch entging Rétep das leichte Stirnrunzeln des Generals nicht, der sich natürlich fragte, was diese ungewöhnliche Art, eine Botschaft zu übermitteln, wohl bedeuten mochte. Er brach das Siegel auf und las.

Fast hätte Rétep wieder eine Art von Bewunderung für den großen General empfunden, wie er sie gehabt hatte, bevor er erfahren musste, dass Narbengesicht zum Verräter geworden war. Kein Wunder, dass es Narbe beim Militär so weit gebracht hatte, seine Kaltblütigkeit war unglaublich: Er stürmte nicht etwa entsetzt ins Haus zurück, zum Kriegskanzler. Nur seine Kinnmuskeln verhärteten sich, als er die Zähne zusammenbiss, und seine Knöchel wurden weiß, als er das Pergament an den Seiten durchaus fester zusammendrückte, als es notwendig gewesen wäre. Dann wandte er sich an seine Begleiter und sagte, gelassen auf das Pergament deutend: »Ich fürchte, die Sache hier duldet keinen Aufschub. Reitet ohne mich zum Garnisons-Kommandanten. Ich werde den Besuch sicher ein anderes Mal nachholen. Und du, mein Junge,« wandte er sich dann an Rétep, »rührst dich nicht vom Fleck, wir brauchen dich noch.« Wie ernst es ihm damit war, zeigte sich, als er zwei Krieger, die gerade vorübergehen wollten, heranwinkte und ihnen bedeutete: »Leistet unserem jungen Freund hier etwas Gesellschaft, ich werde noch mit ihm sprechen müssen.«

Rétep tat, als würde er nicht merken, dass das so viel hieß wie: »Wenn nötig, haltet ihn mit Gewalt fest«, stattdessen strahlte der Prinz übers ganze Gesicht, wie eben ein zwölfjähriger Junge, dem plötzlich die Aufmerksamkeit eines gefeierten Generals und Kriegshelden zuteilwird. Einer der Soldaten war dagegen tatsächlich naiv genug, dem General zu entgegnen: »Oh! Aber wir wollten gerade...« Nur ein kurzer Blick des Generals ließ ihn den eben angefangenen Satz auf der Stelle vergessen und nur noch mit einem »Jawohl!« antworten, während der andere Soldat die Augen verdrehte. General Narbengesicht hatte sich aber schon umgewandt und ging eiligen Schrittes zurück ins Palais.

*

Hanu Standhaft war gerade in einer Unterredung mit dem Suchmeister, der das Aufstellen von Söldner-Heeren leitete, und dem Goldmeister, der die Kriegskasse verwaltete. Und, wie könnte es anders sein? Der Suchmeister war unzufrieden gewesen, weil er seiner Ansicht nach nicht genug Geld zum Anwerben fremder Krieger bekam, während der Goldmeister dem anderen, nur wenig verholen, vorgeworfen hatte, mit seinen Forderungen maßlos zu sein, man könne ja schließlich keine neuen Goldstücke in die Kriegskasse zaubern. Der Kriegskanzler hatte gerade ein Machtwort sprechen wollen, als sein Freund und oberster General hereinkam, der doch eigentlich schon längst zur Visite in die kleine Garnison aufgebrochen sein wollte. Und jetzt deutete er ihm auch gleich an, dass man unbedingt miteinander reden müsse.

»Gut«, sagte der Kriegskanzler zu den beiden Meistern, »die Mittel zur Söldnerwerbung werden um 20.000 Goldstücke erhöht *(Söldner ließen sich leichter gegen das Königshaus hetzen als Krieger der Elf Stämme)*; nein, spart euch die Proteste und lasst uns allein.«

Die beiden Meister waren nicht gerade erbaut und warfen dem General kaum verborgene böse Blicke zu, doch natürlich verließen sie gleich das Gemach des Kanzlers.

»Sind wir allein in deinen Räumen?«, wollte der General wissen. Auf das Nicken Hanus öffnete er noch mal die Türe, um sich zu vergewissern, dass niemand in der Nähe stand und zwei Krieger, die er unterwegs eingesammelt hatte, in gebührendem Abstand den Flur bewachten. Dann trat er auf den Kanzler zu, atmete tief durch und sagte ohne Umschweife: »Wir sind verraten worden!«

*

Prinz Rétep, gekleidet in ein schönes neues Hemd, war nun schon auf seiner zweiten Runde um die Stadt, eine stand noch aus. Er wusste, dass er von der Stadtmauer aus beobachtet wurde, oder besser gesagt: Es wurde beobachtet, ob ihn jemand beobachtete. Was natürlich erfolglos bleiben würde – garantiert. Denn schließlich war Rétep ja selbst der Erpresser.

Eine gute halbe Stunde hatte Rétep im Hof warten müssen, war dann zum General und zum Kanzler persönlich gerufen worden. Ob er vielleicht etwas falsch gemacht hätte?, bat er stammelnd und mit großen Augen zu wissen.

Nein, nein, hatte ihn der General beruhigt, während Hanu selbst nur beobachtete, aber der Kriegskanzler würde gerne wissen, von wem er die Botschaft erhalten habe.

Welche Botschaft? Die Botschaft, fragte Rétep nach und strahlte, für die man ihm fünf Kupfernick gegeben hatte?

Das leichte Augenrollen des Generals hatte vermutlich bedeutet »Welche denn sonst, du Depp?«, gesagt hatte er aber, »Ja, genau die, mein Junge!«

Ja, also, die habe ihm ein Mann gegeben, dem er die Schuhe am Marktplatz geputzt hatte, weil, er sei nämlich oft als Schuhputzer unterwegs, und der Marktplatz sei ein guter Standort, nur nicht bei Regen, weil, bei Regen kann man nämlich überhaupt keine Schuhe nicht putzen, oh nein, weil nämlich sonst, also, bei Regen, das Trillerlops-Fett auf dem feuchten Schuhleder...

»Die Botschaft!«

Oh, verzeiht, natürlich, ja, die habe er von einem Mann bekommen, dem er die Schuhe geputzt hatte, aber das sagte er ja schon, ja, und dieser Mann habe gesagt, er hätte gehört, dass er, also, er, der Schuhputzer, auch im Palast arbeite. Ja, schon, habe er geantwortet, aber nur als Aushilfe, aber das Geld, das man da verdient, komme ihm doch mehr als gelegen, weil... das Pergament? Tschuldigung. Ja, dann habe ihm der Mann fünf Kupfernick angeboten, und er, also Rétep, habe dem Mann gesagt gut, dann mach ich's.

Wie der Mann aussah? Nuuun... na ja, er sei wohl erkältet gewesen, was ja bei diesem guten Wetter eigentlich ein Wunder sei, oder? Aber Tante Olonikayanawanisa, die schwöre bei Erkältung auf ein altes Hausmittel: Also, zuerst macht man eine Suppe aus... der Mann? Welcher Mann?... Ach *der* Mann! Ja nun, der war wohl erkältet, weil, der hatte den Kragen seines Umhangs fast bis zur Nasenspitze hochgezogen. Und die Kapuze des Umhangs war fast bis zu den Augen heruntergezogen – wobei er, also Rétep, sich ja schon gewundert habe, was das gegen Erkältung helfen solle. Da sei doch die Suppe seiner Tante viel... pardon, natürlich, der Mann. Nein, groß war er nicht. Aber klein... eigentlich auch nicht. Ob der Umhang einer des Ordens gewesen sei? Nein, wohl eher ein Wanderumhang, wie man ihn häufig auf den Märkten sieht. Die Farbe? Braun. Oder vielleicht doch mehr dunkelgrün. Ja, dunkelgrün. Oder vielleicht doch braun? Also, er, der Schuhputzer, würde ja lieber einen grünen Umhang kaufen, wenn er müsste. Aber eigentlich bräuchte er ja gar keinen, weil, bei Regen Schuhe putzen? Nein, das ist gar nicht gut für die Schuhe... Wie? Ob der Mann besondere Kennzeichen hatte? Hmmm – fünf Sekunden angestrengtes Schweigen – ... Nein.

*

Falls so etwas überhaupt möglich war, dann wussten der Kriegskanzler und der General nach ihrer Befragung Réteps noch weniger als vorher. Hanu Standhaft war nicht einmal wütend auf diesen Sohn eines unterbelichteten Bergtrolls, weil dessen Verstandeskapazität offenbar derart zum Ahnenerbarmen war, dass sie nur erstauntes Entsetzen auslösen konnte.

Schließlich sagte der General mit einem resignierten Seufzen zu Hanu: »Man muss es unserem unbekannten Briefschreiber schon lassen: Mit diesem Jungen hier hat er, aus seiner Sicht, eine vorzügliche Wahl getroffen«, ein Satz, der Rétep natürlich ein zutiefst dankbar bis debiles Lächeln entlockte.

Jetzt hatte zum ersten Mal Hanu selbst den Jungen angesprochen: »Warte draußen auf dem Hof. Du wirst wohl für uns noch einen kleinen Ausritt um die Stadt machen müssen.«

Réteps Herz hatte bei diesem Satz einen Hüpfer gemacht: Immerhin würde der Kriegskanzler wenigstens schon mal vorgeben, dass er den Erpresser bezahlen wollte. Das war der erste Schritt Richtung Perlen!

Als er schon in der offenen Tür stand, hatte er sich nochmals schwungvoll umgedreht und den beiden Männern freudig erregt zugerufen: »*Doch!* Der Mann mit dem Brief, der hat *doch* ein besonderes Kennzeichen!«

Zwei Augenpaare blickten ihm erwartungsvoll entgegen.

»Er ist *erkältet!*«

Dann hatte Rétep für einen winzigen Moment das überaus seltene Privileg genossen, zu sehen, wie den beiden neben dem König mächtigsten Männern des Landes die Kinnladen herunterklappten, bevor er sich nun schnell entfernte, nur für den Fall, dass jetzt einer der beiden Mächtigen doch ans Vierteilen denken sollte.

Bevor er aber das Ende des Ganges erreicht hatte, war die Tür von Hanu Standhafts Gemächern nochmals aufgestoßen worden, und der Kanzler selbst hatte den Wache stehenden Kriegern zugerufen: »Schickt einen Boten ins Heerlager, Rolli Schwarzauge soll umgehend zu mir kommen. Und schickt mir noch mal den Goldmeister.«

*

Als Rétep nun gerade mit seiner dritten Runde um die Stadt begann, musste er wieder an jenen letzten Satz des Kanzlers denken und grinste zufrieden in sich hinein. Er hatte also bei seinem kleinen Besuch in der Höhle des Löwen tatsächlich noch etwas erfahren. Zum einen, dass

Hanu – wozu hätte er sonst nach dem Goldmeister schicken sollen? – tatsächlich 1100 Perlen bereithalten wollte, was – da gab sich Rétep keiner Illusion hin – natürlich nicht bedeuten musste, dass der Kanzler die Perlen auch ohne Tricks und doppelten Boden herausrücken würde. Zum anderen hatte Rétep beim Warten auf dem Hof den beiden Kriegern, die ihm Gesellschaft leisteten, einen weiteren hübschen Wurm aus der Nase ziehen können: »...ein lustiger Name, den ich da aufgeschnappt habe. Gibt es wirklich unter euch Kriegern, die ihr mit dem Kanzler nach Rú-tan gekommen seid, einen ›Rolli Schwarzauge‹?«

»Na, lass ihn das mal bloß nie hören, dass du seinen Namen ›lustig‹ findest. Rolli hat schon aus weitaus unbedeutenderen Gründen Leute zu den Ahnen befördert. Er ist nämlich nicht nur Soldat, er ist einer von den Lederkriegern – genauer gesagt: einer ihrer Anführer und mit Bärenkräften ausgestattet.«

Aha, ein Lederkrieger also. Die berüchtigte Truppe gehörte zu den Soldaten des Landes und irgendwie auch nicht. Der Ausdruck »Inländische Söldner« beschrieb sie vielleicht am besten. Nur Elf-Stämme-Kämpfer wurden bei ihnen aufgenommen, und sie kämpften auch nur für ihr Land, aber unabhängig vom Heer und bezahlt nicht mit regelmäßigem Sold, sondern je nach Einsatz und Verhandlungsgeschick. In Rú-tan hatte man kaum jemals einen von ihnen zu sehen bekommen, und wenn, dann allenfalls auf der Durchreise. Was sicher daran lag, dass man die Lederkrieger meist dort fand, wo es ordentlich krachte, und bis Rú-tan war seit der Einigung der Stämme nie wieder ein Krieg vorgedrungen. Die Lederkrieger galten jedenfalls als besonders kühn, kampferprobt und zielstrebig; Zurückschrecken vor einem Kampf war ihnen fremd, Angst zeigten sie niemals und genauso wenig moralische Bedenken. Mit anderen Worten: Sie waren exakt die Richtigen, wenn der Kriegskanzler ein paar Leute brauchte, um Drecksarbeit zu erledigen – entweder für das Reich oder für den Kanzler. Wahrscheinlich musste ihnen der Kriegskanzler nicht einmal etwas über den geplanten Verrat erzählen. Er würde sie einfach aus der Staatskasse bezahlen, und sie würden tun, was immer er verlangte. Fragen stellen? Wozu!

»Warum hat er denn diesen Beinamen Schwarzauge?«, fragte Rétep den Krieger.

»Er trägt eine schwarze Augenklappe, seit er im Zweikampf ein Auge verloren hat. Es heißt, er sei dennoch aus dem Kampf mit einem Auge mehr zurückgekehrt, als er hineingegangen war. – Sein Gegner allerdings...«

»Oh!«

Na, wenigstens wusste Rétep jetzt, wer gegebenenfalls zu seinen Widersachern zählen würde. Einen Verbündeten sollte er sich vielleicht auch zulegen. Er musste ihm ja nicht alles sagen, schon um dessen Sicherheit willen (und damit er ihm seinen Plan nicht auszureden versuchte). Doch vor seinem nächsten Besuch im Palais würde er Tulpe suchen und ihn vorsorglich um einen Gefallen bitten.

Eine gute halbe Stadtumrundung hatte er nun noch vor sich – Zeit, sich über die Übergabe der Perlen Gedanken zu machen. Und er wunderte sich, dass er sich so überaus gut gelaunt fühlte, obwohl er so wahnsinnig war, die mächtigsten Männer des Reiches herauszufordern.

Dass er sich statt um die Übergabe der Perlen lieber darum Gedanken machen sollte, ob er nicht vielleicht etwas übersehen hätte, dass seine Gedanken lieber zu Ky und dem Ball zu Ehren des Kanzlers eilen sollten, das sollte ihm erst viel später, um nicht zu sagen: zu spät auffallen.

*

Der Kriegskanzler hatte tatsächlich den Goldmeister angewiesen, 1100 Hockperlen nach Rú-tan bringen zu lassen. Selbstverständlich dachte Hanu nicht im Traum daran, die Erpresser auszuzahlen – nicht umsonst trug er den Beinahmen »der Standhafte« –, aber vorsichtshalber wollte er die runden Schätzchen lieber greifbar habe, und wenn auch nur, um die Erpresser in Sicherheit zu wiegen. Nein, die Perlen sollten sie nicht bekommen. Nur den Tod.

Die nächsten zwei Tage meldeten sich die Verbrecher nicht. Wollten sie ihn nervös machen? Oder wussten sie, dass sie Zeit hatten? Schließlich: Selbst er, der Kriegskanzler, konnte nicht über Nacht 1100 Hockperlen herbeizaubern. Das würde einen bis eher zwei Monate dauern, bis genug Perlen aus der Hauptstadt oder von Händlern herbeigeschafft werden konnten. Und so lange würden die Erpresser auch nichts unternehmen, denn ohne die Perlen in den Händen zu halten, würden sie sicher nichts verraten – das würde sie ja um ihr Geschäft bringen. Es war also noch Zeit, sie zu suchen. Dann zu foltern, bis sie auch den letzten Mitwisser verraten hatten, und dann alle zu vierteilen. Wobei der Kriegskanzler durchaus verblüfft über den Mut der Erpresser war, die es wagten, ihn herauszufordern. Müsste er einen Tipp abgeben, so hätte er vermutet, dass seine unbekannten Widersacher im Stamm der Attentäter zu finden waren.

Der beunruhigendste Punkt an der ganzen Geschichte war eigentlich nicht einmal, dass die Erpresser ihre Drohung wahr machen würden. Denn selbst wenn in jedem Haus des Reiches plötzlich ein anonymer Brief auftauchen sollte, in dem behauptet würde, dass er, Hanu Standhaft, den König verraten wolle – wer würde dem schon glauben? Unangenehm wäre es natürlich schon, weil er noch vorsichtiger, noch langsamer vorgehen müsste und sicher auch einige seiner Verbündeten nervös würden, auf die es dann zusätzlichen Druck auszuüben gälte. Doch das eigentliche Problem bestand darin: Wie bei aller Ahnen Namen hatten die Erpresser so detailliert von seinen Plänen erfahren können? Gab es wirklich eine undichte Stelle unter seinen wenigen Mitverschwörern, die Näheres über sein Vorhaben wussten? Wo er doch glaubte, nur Leute gewählt zu haben, deren er – sei es durch Verbundenheit, sei es durch Druck – sicher war? Trieb vielleicht Bruder Cé-tan ein doppeltes Spiel, um eigene Pläne voranzutreiben? Oder sollte einfach irgendwo jemand – vielleicht sogar er selbst – unvorsichtig gewesen und belauscht worden sein? Hmmm.

Bisher waren jedenfalls er und General Narbengesicht die Einzigen, die von der Erpressung – fast könnte man sagen: von der Verschwörung gegen die Verschwörer wussten. So würden die eigenen Leute nicht nervös werden und eine undichte Stelle könnte gegebenenfalls besser eingegrenzt werden. Nicht mal seinem Sohn hatte der Kriegskanzler von dem bedenklichen Zwischenfall erzählt. Um die Erpresser zu jagen würde er Schwarzauge und dessen Leute einsetzen. Schon öfter hatte sich sein kleines Abkommen mit dem einäugigen Krieger ausgezahlt: Schwarzauges Trupp war immer dort in der Nähe anzutreffen, wo auch der Tross des Kriegskanzlers unterwegs war. So hatte Hanu im Bedarfsfall schnell jemand Verlässlichen – und Skrupellosen – zur Hand, der gewisse Aufgaben erledigte, ohne Fragen zu stellen.

Etwa zwei Monate würde er also wohl Zeit haben, die Erpresser zu finden, bis diese die Übergabe der Perlen einfordern würden. Und sollte er sie innerhalb dieser Frist nicht aufspüren, dann konnte man ihnen bei der Übergabe eine Falle stellen. Oder etwas weiträumiger vorgehen. Sollten sie zum Beispiel die Übergabe in Rú-tan verlangen, dann würden sie auch – in der eigentlich berechtigten Hoffnung, in der Masse nicht aufzufallen – hier im Ort absteigen. Und Hanu Standhaft würde sicher einen guten Grund finden, die ganze Stadt einzukesseln und mit Mann und Maus von der Landkarte zu tilgen.

*

Dieser schreckliche Ball! Zwei Tage, nachdem er diesen erschütternden Brief erhalten hatte, war es soweit, und selbst der Kriegskanzler, der sogar die Barbarenhorden gestoppt hatte, war nicht in der Lage gewesen, dieses gesellschaftliche Ereignis aufzuhalten. Truchsessin Ainatomba – inzwischen hatte sich Hanu ihren Namen merken können – hatte sein »Liebe Prinzessin, das ist doch wirklich nicht nötig«, keineswegs als Befehl verstanden, ganz im Gegenteil. Sie hatte sich so richtig ins Zeug gelegt: 555 geladene Gäste waren gekommen, und der Saal des Stadtpalais´ platzte schier aus allen Nähten. Ainatomba hatte sogar eigens aus Kalavant, der Hauptstadt der Schildträger, eine Musikgruppe kommen lassen, die sich jetzt auf einer Bretterbühne in einer Ecke des Saales redlich abmühte. Immerhin: Die sechs Männer und Frauen waren mit ihren Tombas, Flöten, Zipuls und Quiquas keine Beleidigung für die Ohren, und sie konnten auch recht gut singen – die örtlichen Musiker aus Rú-tan waren natürlich beleidigt, aber es war wohl besser so.

Draußen, im Hof zwischen Palais und Außenmauer, türmten sich auf elf langen Tischen die Speisen, wurde an sechs Feuern Fleisch gebraten. Aber im Augenblick waren die meisten Gäste drinnen, im mit grünen Ästen und Blumen reich dekorierten Saal, um beim Tanzvergnügen mitzumachen oder ihm doch zuzusehen – und natürlich, weil der Kanzler gerade drinnen war. Wie er diesen Firlefanz hasste! Prinzessin Kyla von den Sängern war die einzige gewesen, mit der es Hanu Standhaft jemals wirklich Spaß gemacht hatte, zu tanzen. Und sie hatte lächelnd über seine tänzerische Unfähigkeit hinweggesehen – nicht etwa, weil er ein mächtiger Mann war, sondern weil sie ihn geliebt hatte! Doch Kyla war – ach, so lange schon – tot. Und für den Kriegskanzler waren solche gesellschaftlichen Verpflichtungen nichts weiter als lästig. Von seinem Freund, dem General Narbengesicht, wusste Hanu, dass er ganz ähnlich empfand. Sein Sohn Harubal war jung und eigentlich in dem Alter, in dem es ihm Spaß machen sollte, mit Freunden Wein oder einen anständiges Kelab zu trinken, über Mädchen zu reden und mit Mädchen zu tanzen. Doch diese Freude hatte ihm das Amt des Vaters genommen. Denn überall, wo sie hinkamen, war es – vielleicht mit Ausnahme einiger weniger Gelegenheiten in der Hauptstadt – das Gleiche: Ständig umlagerte eine Horde junger, wild gewordener – und zum Teil sicher auch williger – Landpomeranzen seinen Sohn, aus keinem anderen Grund als dem, dass er eben sein Sohn war. Und dass sich all diese Mädchen plötzlich nicht mehr für die jungen

Männer aus der Oberschicht des Ortes interessierten, das bescherte seinem Sohn genauso regelmäßig neidvolle bis hasserfüllte Blicke eben jener jungen Männer.

Kanzler und General standen gerade in einer Ecke, um sich von ihren gesellschaftlichen Verpflichtungen zu erholen, indem sie so taten, als müssten sie ein dringendes Vier-Augen-Gespräch führen, als Hanus Sohn so eilig auf sie zukam, dass es fast schon nicht mehr höflich den anderen Gästen gegenüber war. Immerhin: Harubal war tapfer und lächelte freundlich, sodass es alle Gäste sehen konnten. Gleichzeitig zischte er aber seinem Vater durch zusammengepresste Zähne entgegen: »Bitte, Pap, befiehl mir, allein und unbewaffnet den größten Kampfring der Barbaren anzugreifen, aber *rette mich* von hier!«

Mit einer Geste, die den Schwarm der Mädchen, die seinem Sohn anhimmelnderweise folgten, auf Abstand halten musste, bezog der Kriegskanzler Harubal in das »wichtige Gespräch« mit dem General ein und entgegnete ihm: »Mein Junge, irgendwann werde ich es wieder gutmachen, aber ich befürchte, du wirst noch mindestens zwei Stunden bleiben müssen, wenn du unsere Gastgeber nicht brüskieren willst. Danach können wir uns alle drei mit Hinweis auf die morgigen Verhandlungen verabschieden.«

Harubal seufzte. »Ich weiß ja. Aber diesmal ist es ganz besonders schlimm. Vorhin hat sogar ein Mädchen zwei anderen gegen das Schienbein getreten, nur um sich bis zu mir zu drängen. *Da*, da steht sie ja, in der ersten Reihe dieser Landplagen: *Die* dort, mit den riesig weit ausgestellten Hosenbeinen. – Vorsicht, nicht so auffällig hinsehen, sonst versteht sie das gerne als Aufforderung, zu uns zu kommen. Sie klebt an mir wie eine Klette und plappert mich ständig zu – meine Ahnen! –, die anderen sind ja wenigstens vierzehn, fünfzehn Jahre alt oder etwa in meinem Alter, aber das da ist ein *Kind* – was denkt die sich eigentlich?«

Der Kanzler sah jetzt aus den Augenwinkeln doch etwas genauer hin, stutzte, sah dann zur Tanzfläche hinüber, wo eben seine Gespielinnen Kalil und Runja ihre Nasen an denen zweier örtlicher Prinzen rieben, mit denen sie gerade den Konjoi tanzten, dann beobachtete er wieder das etwa zwölfjährige Mädchen, das seinem Sohn schmachtende Blicke zuwarf, und fand erstmals seit zwei Tagen einen Grund, ein herzhaftes Lachen zu unterdrücken: Die Kleine sah tatsächlich aus wie die Fleisch gewordene Karikatur der beiden Prinzessinnen aus der Hauptstadt (denen die beiden Prinzen jetzt zum Takt der Musik sanft an den linken Ohrläppchen knabberten). Auch das Mädchen trug einen weißen

Anzug mit dreiviertel langen Armen, aber Ärmel und Beine waren gut und gern doppelt so weit ausgestellt wie bei den Prinzessinnen. Und wo bei diesen das edle Weiß tonangebend war, die Nähte nur leicht durchwirkt, waren die Nähte bei den Kleidern des Mädchens über und über mit dicken goldnen und silbernen Troddeln behängt, wie man sie manchmal an den Bettvorhängen Neureicher fand. Irgendwie war die Hauptstadtmode wohl mehr als nur leicht übertrieben in der Provinz angelangt! Und so wie die Kleine guckte, war sie auch noch stolz darauf. Hm... seltsam nur, dass sie unter allen einheimischen Mädchen und Frauen die einzige war, die überhaupt diese Anlehnung an den neuen Modeschnickschnack aus Dorianstadt zur Schau trug.

Bei Weitem kein konkreter Verdacht, aber ein leises Flüstern einer inneren Stimme, der er zu vertrauen gelernt hatte, ließ den Kanzler zu seinem Sohn sagen: »Du musst jetzt tapfer sein, aber ich habe eine schwere Aufgabe für dich.«

»Oh! Gut! Solange ich nur hier herauskomme!«

»Nun, nicht direkt... ich möchte, dass du wieder zu diesem Mädchen gehst und dich mit ihr unterhältst.«

»*Waas?* Aber...«

»Psst! Tut mir leid, doch ich muss darauf bestehen. Später erkläre ich dir dann, warum. Und höre diesmal zu, was sie zu plappern hat, frag sie auch, ob hier in letzter Zeit Ungewöhnliches, vielleicht aus ihrer Sicht Abenteuerliches passiert ist... und woher sie die Hauptstadtmode kennt.«

»Mit ihr über *Mode* reden? Sie wird begeistert sein! Im Gegensatz zu mir. Pap, lass mich doch lieber Bergtrolle jagen! Ich habe noch immer getan, was du gesagt hast, aber diesmal...«

»Bitte, tu es einfach, ich habe da so eine Ahnung, dass das interessant werden könnte.«

Bis zu einem gewissen Grad hatte sich Harubal ja daran gewöhnt, der Sohn eines Helden zu sein. Und wenn sein Vater sagte, der Verrat gegen den König sei notwendig, um das Reich zu retten, dann war das so. Obendrein würde ihn sein Vater sogar, als zweiten in der neuen Dynastie, zum König des ganzen Reiches machen – aber in diesem Augenblick, als er, verbissen lächelnd, auf Prinzessin Ky zuschritt, fragte er sich, ob es das alles wert sei, und was, in drei Burischjas Namen, er hier eigentlich machte.

Dank vieler Stunden Ausbildung konnte Harubal fechten wie der Teufel und es ohne Probleme mit zwei erfahrenen Soldaten gleichzeitig aufnehmen. Aber was sollte er bloß mit so einem Mädchen reden, fragte er sich, während er auf sie zutrat. Doch das Reden übernahm sie gleich selbst, indem sie, aufgeregt von Thema zu Thema hüpfend, losschnatterte: »Euer Vater – der Kriegskanzler – *[Ach, er hatte noch gar nicht gewusst, dass sein Vater der Kriegskanzler ist]* bezieht Euch in seine Gespräche mit dem General ein? Wie aufregend! Nun ja, mein Vater ist der reichste Händler hier im Ort *[Aha, ein Pfeffersack]*, was eigentlich kein Wunder ist, da er die sehr stark ausgeprägte Mondseele eines Händlers hat – und natürlich bin ich auch eine Prinzessin *[Wen interessiert's?]*, und meine Mondseelen-Nacht war auch sehr tief, mir hat sich, nun, der Charme als besondere Mondfähigkeit gezeigt *[Ich glaub, mir wird schlecht – und diesen koketten Augenaufschlag musst du wirklich noch üben, Kindchen]*. Unser Familien-Stammbaum reicht bis auf Dorian selbst zurück. *[Ach, wusste gar nicht, dass es Prinzessinnen gibt, deren Stammbaum nicht auf Dorian zurückgeht]*. Doch leider ist es hier nicht immer so lustig wie heute. *[Lustig? Du meine Güte!]* Hier, in Rú-tan, ist halt meistens nicht so viel los. In Dorianstadt geht Ihr sicher jeden Tag auf so einen Ball? *[Das mögen die Ahnen verhüten!]* Also, jeden Tag rauschende Feste, Tanz, Musik und wichtige Leute treffen *[Wie schön, dass sie meine Antwort abgewartet hat]*, das stelle ich mir fantastisch vor! Ich würde euch zu gerne mal in Dorianstadt besuchen *[In deinen Augen lese ich jetzt: »Na, wo bleibt nun die Einladung?«, aber da kannst du warten, bis du verschrumpelst]*.«

Wenigstens gab ihm ihr Warten auf Antwort endlich die Gelegenheit, selbst ins Gespräch einzugreifen. Ihr Name, den sie ihm, so entsann er sich dunkel, schon kurz nach Eröffnung des Balls zuposaunt hatte, war ihm praktisch noch in der Sekunde wieder entfallen, in der sie ihn ausgesprochen hatte. Doch glücklicherweise hatten sich ein paar junge Frauen, die ihn umlagerten, aufgeregt den Namen des Mädchens zugeflüstert, als er auf sie zugesteuert war. Das hatte ihm die Gelegenheit gegeben, so zu tun, als würde er sich noch an ihn erinnern. Hmm, vielleicht betrachtete sein Vater das Ganze ja als eine Art Übung für die Politik?

Jedenfalls dachte Harubal jetzt an seinen Auftrag, den er schnell hinter sich bringen wollte, und sagte: »Nun, liebe Prinzessin Ky *[Oh Ahnen! Er hat »liebe« Prinzessin zu mir gesagt! Ich glaube, ich werde ohnmächtig! Und die anderen haben's gehört! Ich werde definitiv ohnmächtig!]*, Ihr wärt sicher ein wenig enttäuscht vom gesellschaftlichen Leben meiner Familie in der Hauptstadt. Es gibt so viel Arbeit, da bleibt nur selten Zeit fürs Feiern *[Wie jetzt? Keine Einladung?]*, und ich denke, liebe Prinzessin *[Oh! Schon wiiieder!!!]*, Ihr untertreibt ein wenig, was Eure hübsche Stadt betrifft. Gerade Ihr werdet hier wohl schon das ein oder andere Interessante oder Aufregende erleben – erzählt doch mal: Was war das letzte Ungewöhnliche, das sich hier ereignete? *[Er hat wirklich schöne Augen – aber so ernst. Nun, das könnte ich schon ändern – hoppla, hat er mich gerade etwas... was hat er mich gerade gefragt?]«*

Fieberhaft überlegte Ky, was sie dem Sohn des Kriegskanzlers Interessantes erzählen könnte. Schließlich wurde ihr die Gesprächspause zu unheimlich, und mit einem unsicheren Lachen sagte sie das Nächstbeste, was ihr in den Sinn kam: »Nein wirklich, hier sagen sich Fuchs und Trillerlops gute Nacht. Sicher, wir haben viele Prügeleien der Söldner und Krieger, die hier durchziehen, aber das zählt für Euch wohl kaum zu den interessanten Dingen *[Ach! Sie hatte doch tatsächlich mal an seinen Blickpunkt und dann auch noch richtig gedacht! Erstaunlich].* Und im Gegensatz zu anderen Städten haben wir hier zwar noch recht viele Wald-Elfen, doch die Spitzohren gehen meist ruhig ihren Geschäften nach und berichten kaum mal von der Küste und den Piratenüberfällen. Für die meiste Aufregung bei mir sorgt eigentlich – ich weiß jetzt gar nicht, warum ich das überhaupt erzähle – mein nichtsnutziger Cousin. Das ist mir jetzt wirklich peinlich, aber, obwohl der aus meiner Familie kommt, ist er Schuhputzer und Lederflicker! Das muss man sich mal vorstellen! *[Der hat's gut, der muss jetzt nicht hier sein]* Der heckt ständig was aus und bringt sich eigentlich andauernd in irgendwelche Schwierigkeiten. Und manchmal denkt er sich die haarsträubendsten Geschichten aus. Das werdet Ihr jetzt vielleicht lustig finden: Vor ein paar Tagen hat er mir den absoluten Unsinn erzählt. Er hat behauptet, dass er herausgefunden hätte, dass euer Vater und General Narbengesicht einen Umsturz und den Tod des Königs planen – das ist ja wohl das Verrückteste, was ich je gehört habe! *[Vielleicht könnte ich ja einfach mal zwei, drei Tage mein Leben mit so einem Schuhputzer-Jungen tauschen? Das müsste eine herrliche Erfahrung... Moment! WAS hat diese Dings, diese Ky gerade gesagt?]«*

Im ersten Augenblick wollte Harubal gleich zu seinem Vater hinüberrennen, der ihn, wie er merkte, interessiert aus der Distanz anstarrte. Harubal konnte sich gerade noch fangen und sagte zu dem Mädchen: »Ah, hm, so. Na, das ist ja ein, äh, ulkiger Kerl. Also, so Geschichtenerzähler gibt es bei uns in Dorianstadt kaum noch. Erzählt mir doch ein bisschen über ihn.«

Sollte sie Rétep so falsch eingeschätzt haben? Hatte er tatsächlich Qualitäten, die man in der Hauptstadt zu würdigen wüsste? Und warum wirkte der Sohn des Kriegskanzlers plötzlich so nervös? Oh! Natürlich! *Sie* machte ihn nervös! Er wurde in ihrer Gegenwart langsam unsicher, weil er sich fragte, wie er sie wohl am besten beeindrucken könnte! Das lief ja prächtig! »Na ja, von Dingen, die Prinz Rétep angestellt hat, könnte ich wirklich stundenlang berichten – obwohl er jetzt erst dreizehn wird. Aber er hat so überhaupt kein Gespür für gesellschaftliche Angelegenheiten. Nun, seine Eltern sind schon seit ein paar Jahren tot, er treibt sich oft tagelang alleine in der Stadt rum. Ist wohl auch mit vielen Leuten – die ich nicht unbedingt kennen möchte – befreundet. Wobei ich nicht weiß, ob darunter viele tiefe Freundschaften sind – kann ich mir bei ihm kaum vorstellen. Er legt auch schon mal mit Unschuldsmiene durchreisende Kaufleute herein – Bürger von Rú-tan mittlerweile weniger, denn viele kennen ihn inzwischen zu gut.«

»Und diese, äh, lustige Geschichte, von dem, ha, ha, Verrat meines Vaters? Wie ist er denn darauf gekommen?«

»Keine Ahnung. Nun ja, wir hatten uns gestritten (*dass sie ihn auf Mode-Spionage geschickt hatte, würde sie lieber nicht erzählen*), wahrscheinlich wollte er mich einfach mit irgendetwas Besonderem beeindrucken. Ich habe ihm natürlich auf den Kopf zugesagt, dass ich ihm nicht glaube, daraufhin hat er – was eigentlich recht ungewöhnlich für ihn ist – zugegeben, dass er Unsinn gesprochen hat.«

»Na, da werden die Rú-tani ja ordentlich was zu Lachen gehabt haben, wenn er diese Geschichte herumerzählt?«

»O nein! Außer mir hat er wohl niemandem diesen Unsinn erzählt. Hat sich wohl nicht getraut. Außerdem: Vor zwei, drei Jahren hat er tatsächlich die verrücktesten Geschichten in Umlauf gebracht, und noch merkwürdiger war, dass ihm eine ganze Menge Leute sogar geglaubt haben. Doch dann hatte er den Bogen überspannt, als er von einem Piraten-Heer berichtete, das sich durch die Wälder der Spitzohren auf Rú-tan zu bewege. Es wurden sogar Späher aus der Garnison losgeschickt – die natürlich nichts fanden. Einige Leute lachten sich über seinen Streich halb tot, die meisten fanden's aber gar nicht lustig. Jedenfalls glaubte man ihm von nun an seine Geschichten nicht mehr so ohne weiteres, und er hörte dann auch damit auf, solche Sachen zu verbreiten – was vielleicht daran lag, dass ihm zwei der Späher, die wegen nichts und wieder nichts drei Tage durch den Wald gekrochen waren, eine ordentliche Abreibung verpassten.«

Fürs erste hatte Harubal genug gehört – diese dumme Pute konnte man ja später noch weiter befragen, aber jetzt musste er einfach seinen Vater informieren. Dass der schon seit drei Tagen wusste, dass irgendjemand ihren Verschwörungsplan kannte, ahnte Harubal in diesem Moment noch nicht.

Zu dem Mädchen gewandt, sagte er: »Verzeiht mir, aber ich glaube, mein Vater hat mit grade ein Zeichen gegeben, ich muss zu ihm. Aber Ihr bleibt auf jeden Fall noch hier? Wir, ah, ich werde mich nachher noch weiter mit Euch unterhalten.«

»Aber selbstverständlich werde ich warten! Verlasst euch nur auf mich!«

Harubal ging mit eiligen Schritten auf seinen Vater und den General zu und flüsterte: »Wir müssen reden, aber nicht hier.« Der Kriegskanzler sah kurz zu seinem Diener Rin hinüber, der, unbeachtet, ein paar Meter entfernt an der Wand stand, und räusperte sich einmal mit an die Lippe geführter Faust – das vereinbarte Zeichen, falls es der Kriegskanzler bei Bällen gar nicht mehr aushielt. Rin vergewisserte sich, ob auch niemand zu ihm herüber schaute, zog dann ein zusammengefaltetes Pergament aus der Innentasche seines Wamses und ging mit eiligen Schritten auf seinen Herren zu, dem er mit knapper Verbeugung und großem Schwung das Pergament überreichte. Der Kanzler öffnete es, sah kurz darauf und erklärte der Truchsessin, die aufgeregt, mit dem Bürgermeister im Schlepptau, herbeigeeilt war: »Ich fürchte, wir werden uns ein paar Momente zurückziehen müssen«, dann eilte er, noch bevor die Truchsessin etwas erwidern konnte, mit dem General und seinem Sohn aus dem Saal, während Harubal beim Hinausgehen Prinzessin Ky noch bedeutete, dass sie warten solle, worauf dem Mädchen ein glückliches Lächeln ins Gesicht stieg – was schon irgendwie merkwürdig war, wenn man bedachte, dass sie große Gefahr lief, diese Nacht nicht zu überleben – aber das ahnte sie in diesem Moment natürlich nicht.

*

Die drei Verschwörer waren in die nahe gelegene Küche gegangen. Um sich ungestört zwischen Kupferkesseln, Eisenpfannen und Küchengerüchen beraten zu können, trieb der Kriegskanzler die verwundert dreinblickenden Köche und Hilfskräfte mit einer herrischen Bewegung aus dem Raum.

Harubal dachte, es würde seinem Vater sicher einen Mordsschrecken einjagen, als er erzählte, dass offenbar jemand von ihrem Plan zur Machtübernahme im Reich erfahren hatte. Doch dann war er selbst es, der einen Schock zu verarbeiten hatte, als ihm Hanu eröffnete, dass er das schon seit drei Tagen wusste, weil sie erpresst wurden. Dann schilderte er seinem Sohn kurz, was sich zugetragen hatte.

Ja, Harubal erschrak sehr über diese Erpressung und den Verrat an den Verrätern. Doch das war es nicht, was ihn am meisten schockierte. Was ihm einen mächtigen Stich versetzte, war die Tatsache, dass sein Vater ihn nicht gleich eingeweiht hatte. Harubal war loyal, aber nicht dumm. Das Zögern seines Vater konnte nur eines bedeuten: Er hatte es nicht mit absoluter Sicherheit ausgeschlossen, dass vielleicht sein eigener Sohn die undichte Stelle sein könnte...

Seine Verwirrung fürs Erste hinunterschluckend, schilderte Harubal nun, dass ihm jene Prinzessin Nervensäge erzählt hatte, jemand habe ihr gegenüber behauptet, von einer Verschwörung des Kanzlers und des Generals sowie von einem eventuell geplanten Mord am König erfahren zu haben.

Jetzt kam der Kriegskanzler zu der entscheidenden Frage: »Und wer hat ihr das erzählt?«

»Nun«, antwortete Harubal, »eigentlich kann ich kaum glauben, dass derjenige auch der Erpresser ist. Offenbar handelt es sich um einen Jungen in ihrem Alter, ein elternloser Prinz, der zwar abenteuerlustig und verwegener Ideen fähig ist und wohl auch schon ein paar kleinere krumme Dinger gedreht hat... aber ein *Kind*?«

Ein Junge? Ein seltsamer Verdacht wollte in den Kopf des Kanzlers einschleichen, – aber nein, das konnte nicht sein...

»Hat sie sonst noch etwas über ihn gesagt?«

»Nun, dass er – was die hochnäsige kleine Prinzessin als ziemlich peinlich empfand – ein Schuhputzer sei und Rétep heiße.«

»WAS!!?«

Der Kanzler und der General hatten es gleichzeitig gerufen und sich entgeistert angestarrt. Dann schlug sich der General mit der flachen Hand gegen die Stirn und fluchte lauthals: »Oh ihr Götter! Burischja soll mich holen! Ich habe ihn gesehen!« Und er erklärte zunächst Harubal: »Der Bote der angeblichen Erpresser, das war ein etwa zwölfjähriger Junge. Ein Schuhputzer-Junge. Der schien mit seinen geistigen Fähigkeiten zwar hart an der Grenze zur Blödheit zu leben, sodass wir ihn nicht einmal nach seinem Namen gefragt hatten, weil wir uns keine nützlichen Hinweise von ihm erwarteten – aber, wenn ich's mir im

Nachhinein überlege: Er war zwar einerseits absolut überzeugend, andererseits war es doch fast etwas dick aufgetragen. Und vor allem...«, damit wandte er sich nun auch an den Kriegskanzler, »...ich habe ihn in jener Nacht gesehen, als wir drei ausführlich über unsere Pläne gesprochen hatten – und ratet mal, wo? Kurz nach unserem Gespräch ist er fast in mich hineingelaufen, als er um die Ecke des Palais bog. Und zwar von jener Seite kommend, an der auch das Zimmer von Prinzessin Kalil liegt, in dem wir miteinander gesprochen hatten. Und wenn ich's mir recht überlege: Er hatte vorgegeben, er sei auf der Suche nach einem Schlafplatz im Freien, weil es im Raum der Küchenbediensteten zu stickig sei. Aber er war in Richtung dieses Raums unterwegs, von dem er doch zu kommen behauptete. Oh ihr Ahnen! Wir dürfen wohl davon ausgehen, dass er unser ganzes Gespräch belauscht hat!«

Es war sicher Jahre, wenn nicht Jahrzehnte her, dass man zum letzten Mal solche Verblüffung im Gesicht des Kanzlers gesehen hatte – jetzt war es wieder soweit: »Der Kerl muss mit uns im Zimmer gesteckt haben! Vielleicht im Schrank, oder in dieser großen Truhe, oder unterm Bett! Unglaublich!«

»Das hört sich ja fast bewundernd an?«, wollte sein Sohn wissen.

»Nun, einen gewissen Respekt nötigt es mir schon ab. Und natürlich würde es absolut unglaubwürdig klingen, falls er diese Geschichte herumerzählen sollte. Aber das ändert nichts. Selbstverständlich müssen wir ihn töten.«

»Natürlich.«

»Auf jeden Fall.«

»Und die Nervensägen-Prinzessin?«

»Sie muss uns erst erzählen, ob sie noch mit anderen darüber gesprochen hat, dann, denke ich, sollte sie sterben. Am besten schnell. Hol sie her, mein Junge.«

*

Rin hatte sich geirrt. Er war nicht unbeobachtet geblieben, als er sich vergewisserte, ob ihn jemand beachtete, während er das Notfall-Pergament aus der Tasche zog. Aber er hätte es auch kaum bemerken können, dass der Junge, der an einem Tisch ein paar Meter weiter stand und aus einem großen Krug Kelab in die Becher durstiger Gäste verteilte, ihn aus den Augenwinkeln beobachtet hatte.

Natürlich wäre niemand auch nur im Entferntesten auf die Idee gekommen, den Schuhputzer-Prinzen auf die Gästeliste für so einen Ball zu setzen. Und eigentlich hatte Rétep seinen Job in der Küche ja wieder an seinen ursprünglichen Besitzer zurückgegeben. Doch das wussten die Wachen am Tor nicht, für die er immer noch ein Küchenjunge war. Und Rétep hatte zudem ganz richtig mit seinem Gedanken gelegen, dass für so einen großen Ball zusätzlich zum nur wenige Köpfe zählenden Personal noch weitere Helfer angeheuert worden waren. Unter die konnte er sich problemlos mischen, lief dann, meist nur scheinbar geschäftig, im Saal umher, um die Verschwörer im Auge zu behalten. Von Ky war er noch gar nicht bemerkt worden, denn die hatte nur Augen für diesen *schönen* Harubal. Und überraschenderweise waren ganz andere Gefühle als Eifersucht in Rétep hochgestiegen.

Sonst schämte sich Ky immer für ihn, heute war es umgekehrt: In ihrer lächerlichen Kostümierung rannte sie dem Sohn des Kriegskanzlers hinterher, alle anderen aufdringlichen Mädchen und jungen Frauen an Aufdringlichkeit noch weit überbietend, dass es zum Erbarmen war. Merkte sie, die doch nicht dumm war, denn gar nicht, dass Harubal in ihr nur ein nervendes Kind sah, das er am liebsten so schnell wie möglich wieder loswerden würde? Rétep wusste nicht, wer von den beiden ihm mehr leid tun sollte. Schließlich flüchtete Harubal sogar zu seinem Vater, der mit General Narbengesicht in ein Gespräch vertieft war.

Doch dann – Überraschung! – hatte sich Harubal tatsächlich – und scheinbar freiwillig – wieder zurück zu Ky begeben und begann eine ausführliche Unterhaltung mit ihr. Rétep war verwirrt, während gleichzeitig ein Alarm-Gong ganz sachte und noch weit hinten in seinen Ohren zu vibrieren begann. Am Kelab-Tisch konnte jeder, wie meist üblich bei den Festen im Elf-Stämme-Land, selbst von dem vergorenen Weizen-Wasser schöpfen, doch da die Position dort gut war, um Ky und Harubal unauffällig im Auge zu behalten, stand plötzlich ein junger Bediensteter am Tisch und schenkte Kelab aus einem Krug aus.

Rétep versuchte angestrengt, auch etwas von dem Gespräch der beiden mitzubekommen, doch bei dem kaum zu durchdringenden Stimmengewirr und den lauten Musikern aus Kalavant war das schier unmöglich. Nur: Seltsamerweise scheint das Gehör eines Menschen auf den eigenen Namen geeicht zu sein. Ist das Stimmengewirr auch noch so dicht: Wenn sich die liebe Nachbarin über dich den Mund zerreißt und den Fehler begeht, deinen Namen zu nennen, wirst du es hören. Zwei, drei Mal glaubte Rétep, dass, ganz, ganz leise, sein Name von Ky zu ihm herüberwehte, beim letzten Mal war er sich sogar so sicher, dass aus dem leisen Vibrieren des Alarm-Gongs inzwischen ein deutliches Schlagen geworden war.

Als nun Harubal wieder zu den beiden anderen Verschwörern gegangen war und Rétep die Übergabe der falschen Nachricht beobachtete, die den dreien einen Vorwand zum Verlassen des Saales lieferte, zögerte der Schuhputzer-Prinz nicht lange.

Eilig ging er zu der verzückt Harubal hinterherstarrenden Prinzessin.

»*Was hast du ihm erzählt?*«

»Hm? Was?«

Noch immer blickte die junge Prinzessin gedankenverloren zu der Stelle, an der Harubal gerade den Saal verlassen hatte. Rétep packte sie an den Schultern, schüttelte sie heftig, sodass die Umstehenden erstaunt zu ihnen herüber blickten, und fauchte sie leise an: »Hast du ihm irgendetwas über mich erzählt?«

Notgedrungen starrte Ky ihn jetzt an, streifte dann seine Hände ab und entgegnete spitz: »Du? Hier? Wer hat dich denn hereingelassen? – Schrecklicher Fehler! Und ich wüsste nicht, dass es dich irgendetwas angeht, was ich und Harubal...« – sie betonte seinen Namen, als sei es ihr ganz besonderes Vorrecht, des Kanzlers Sohn beim Vornamen zu nennen – »...zu besprechen hätten?«

Im ersten Moment wollte Rétep ihr einfach in überschäumendem Zorn und Panik eine kräftige Ohrfeige verabreichen, dann griff er zu einem anderen Mittel: Er zog eine ältliche, wohlgenährte Prinzessin, die gerade mit einer schon fast abgenagten Trillerlops-Keule in der einen und einem kräftigen Holz-Humpen Kelab in der anderen Hand vorbeischlenderte, einfach am Ellenbogen heran und erklärte der verdutzt dreinblickenden und immer noch kauenden Frau freundlich und sehr laut, sodass es auch noch Umstehende hören konnten: »Sagt, liebe Prinzessin, kennt Ihr eigentlich schon die Geschichte, wie unsere liebliche Prinzessin Ky hier zu ihrem, äh, hübschen Festgewand gekommen ist?«

Jetzt war es an Ky zu fauchen: »Schon gut, lass das!«

Dann griff sie ihn am Ärmel und zog ihn in eine Ecke, während die dicke Prinzessin, die endlich den Bissen heruntergewürgt hatte, ihnen noch ein verstörtes »Hä?« hinterher murmelte, dann aber achselzuckend einen kräftigen Schluck aus dem Humpen nahm und weiterging.

In der Ecke angekommen, knurrte Ky Rétep leise an: »Untersteh dich und sag irgendetwas! Komm mir bloß nicht in die Quere! Und schenk dir deine Eifersucht. Weißt du, ich glaube nämlich, Harubal mag mich, und wir...«

Rüde, aber ebenfalls leise zischend, um nicht die Aufmerksamkeit anderer Gäste zu erregen, unterbrach sie Rétep: »*Eifersucht?* Du dumme Gans kannst mir gestohlen bleiben!«

Mit offenem Mund starrte Ky ihn an. So hatte er noch nie mit ihr gesprochen! Beinahe hatte sie den Eindruck, dass es um irgendetwas Ernstes ging. Und sie bekam noch mehr zu hören:

»Dem Kanzler-Söhnchen kannst du übrigens ebenfalls gestohlen bleiben. Er wollte dich nur aushorchen, aber das kapierst du arrogantes Miststück nicht, oder? Werde glücklich mit deiner hohen Nase, aber sag mir jetzt endlich, was du dem Kerl über mich erzählt hast, dass er gleich zu Papi gelaufen ist?«

»Das hatte doch nichts mit dir zu tun, er wollte nur...«

»*WAS – HAST – DU – IHM – VER-RA-TEN?*«

»Na ja«, jetzt errötete Ky doch leicht, »ich habe ihm von deiner verrückten Geschichte erzählt, dass sein Vater und General Narbengesicht den König stürzen wollten – aber du hast nicht gesagt, dass ich es nicht erzählen dürfte... Rétep?«

Der Schuhputzer-Prinz war mit einem Schlag kreidebleich geworden und schwankte leicht. Na denn. Adieu, ihr 1100 Perlen. Und vermutlich auch adieu Leben. Und er war so stolz darauf gewesen, seinen Plan völlig ohne Mitwisser durchzuziehen, dass er gar nicht gemerkt hatte, wie er ausgerechnet jene Person zur Mitwisserin gemacht hatte, die eine fast so schlechte Wahl war, als hätte er es den Verschwörern selbst erzählt. Jetzt hatte er den Kriegskanzler persönlich und dessen ganze Maschinerie am Hacken! Drei Sekunden überlegte Rétep ernsthaft, ob er sich nicht stellen und die ganze Sache hinter sich bringen sollte. Dann entschloss er sich zur Flucht. Sein Vorsprung würde sich allenfalls in Minuten bemessen – wenn er Glück hatte.

Er sah Ky noch einmal in die Augen, dann wandte er sich um und eilte zum Ausgang. Doch als er fast schon den Saal verlassen hatte, verlangsamte er seine Schritte. Er war nicht der einzige, dessen Leben bedroht war. Obwohl nun alles in ihm schrie, schleunigst das Weite zu suchen, drehte er sich abrupt um und rannte zu Ky zurück, die immer noch, ihn mit großen Augen anstarrend, in der Ecke stand.

»Ky, du musst mir jetzt, wenigstens einmal in deinem Leben, genau zuhören, und tun, was ich dir sage. Ich habe Mist gebaut. Schrecklichen Mist. Ich habe..., ja, genau, ich habe das Lieblingspferd des Kriegskanzlers gestohlen, und ich vermute, sein Sohn hat irgendetwas herausgefunden und wollte dich aushorchen...«

»Du hast *WAS*? Das... Das Pferd von *Hanu Standhaft*?«

»Ssss, schrei nicht so...«

»*Ich soll nicht schreien?* Wenn du nichtsnutziger Tagedieb mir alles kaputt machst? Ich werde – *Autsch!*«

Rétep hatte seiner Cousine kräftig gegen das Schienbein getreten, was nicht so unauffällig gelang, wie es sein sollte. Etliche Leute starrten inzwischen zu ihnen hinüber, und Rétep hoffte inständig, dass sie nur an streitende Kinder dachten und nicht eingriffen.

»So, liebe Cousine«, fuhr er ruhig fort, »jetzt hör mir zu, oder ich prügele dich vor allen Leuten hier windelweich – ich habe nichts mehr zu verlieren und nur noch Sekunden zu gewinnen. Falls es dich beruhigt: Ich denke, du wirst mich in deinem Leben niemals wiedersehen. Ich muss abhauen, und zwar endgültig. Sag deinen Eltern, dass es mir leid tut und dass ich sie liebe.« Dann lächelte er sie doch tatsächlich an und fuhr fort: »Und auch wenn du so tust, als könntest du dich nicht mehr daran erinnern: Als ganz kleine Kinder hatten wir doch, trotz der Differenzen unserer Eltern, zwei, drei Stunden, in denen wir zusammen spielten, die uns beiden Spaß gemacht hatten. Und irgendwann wirst du vielleicht erkennen, dass ich zwar ein Lumpenhund bin, aber dass ich dich wirklich gemocht habe. Und jetzt, bei allen Ahnen und bei der Freude, die du bei dem Gedanken empfinden solltest, mich nie wieder sehen zu müssen, tu, was ich dir sage! Du wirst gleich zum Kriegskanzler gerufen werden. Beantworte alle seine Fragen wahrheitsgemäß. Sag ihm auch, dass ich gestanden habe, dass ich es war, der sein Pferd gestohlen hat. Aber sag ihm vor allem auch jenen Satz, den ich dir jetzt sage. Du wirst diesen Satz nicht verstehen, aber er wird ihn verstehen, und dieser Satz wird dir helfen, dass du..., dass du nicht bei der Familie des Kanzlers in Ungnade fällst. Präg dir diesen Satz unbedingt ein, er ist ungeheuer wichtig!« Er ließ sie den Satz, den sie tatsächlich nicht verstand, sogar zwei Mal wiederholen, dann drückte er ihre Hand, sagte noch leise: »Ky, ich wünsche dir ein langes Leben, und dass du findest, was du suchst.« Dann rannte er davon.

*

Kaum hatte Rétep den Eingang zum Festsaal hinter sich gebracht, musste er sich auf dem Gang erst einmal durch all die Köche und Helfer drängen, die vor der Küche ungeduldig auf irgendetwas zu warten schienen. Und kaum war er schließlich doch um die Ecke zum Ausgang des Palais gebogen, öffnete sich die Küchentüre und Harubal eilte heraus, um Prinzessin Ky zu holen.

Auf dem Weg zur Küche dachte sie wie betäubt: »Das Pferd des Kriegskanzlers gestohlen! Mein Cousin! Welche Schmach.« Nachdem sie ihm berichtet hatte, dass sie Harubal seine verrückte Geschichte von Verrat und Mord erzählt hatte, und Rétep daraufhin fast zusammenzubrechen schien, da wollte sie beinahe für einen winzigen Moment glauben, dass an seiner Geschichte vielleicht ein klitzekleines Körnchen... aber Nein! So ein Unsinn! Er hatte das Pferd des Kanzlers gestohlen – da würde sie auch zusammenbrechen und das Fracksausen bekommen. Das Pferd von Hanu Standhaft! Ja, das erklärte manches.

Sie konnte ihr Schlottern nicht ganz verbergen, als sie schließlich in der Küche vor dem Kanzler persönlich stand, vor dem Kanzler und dessen Sohn, der, ach, so lässig mit verschränkten Armen an einer hölzernen Anrichte lehnte und sie traurig anzublicken schien. Da merkte sie vor lauter Aufregung gar nicht, dass General Narbengesicht, der dritte Mann im Raum, aus ihrem Blickfeld verschwunden war, dass er leise, leise hinter sie getreten war, nachdem er zuvor ein langes, beidseitig geschliffenes und im Falle eines kräftigen Stoßes von hinten ins Herz ohne Zweifel tödliches Bratenmesser aus einem Messerblock gezogen hatte.

Nun stand er hinter dem Mädchen, das von dem streng blickenden Kanzler befragt wurde, hatte das Messer in der rechten Faust, die Klinge nach oben, um auf ein Zeichen des Kanzlers dem Leben des Kindes ein rasches, möglichst schmerzloses Ende zu bereiten. Wenn er seine Faust nach oben riss, würde die Messerspitze in einem Sekundenbruchteil ihr schönes neues Hemd, ihre Haut und, zwischen den Rippen hindurch, ihr Fleisch durchstoßen und ihr Herz so schnell durchbohren, dass sie allenfalls noch Zeit für einen überraschten Augenaufschlag haben würde. Nein, es machte ihm keinen Spaß, zu töten. Schon gar nicht Kinder. Aber im Krieg hatte er schon unzählige Male getötet. Auch Kinder. Da brauchte er nur an jene legendären Angriffe gegen den Tross der Barbaren und gegen jene wandernde Zeltstadt der Barbarenpriester denken. In einem Krieg, so dachte der General, musste man eben tun, was notwendig war. Und das hier war für ihn Krieg. Also wartete er auf das Zeichen des Kanzlers.

Der kam, nachdem er sich Name und Herkunft des Mädchens hatte nennen lassen, rasch zur Sache: »Was weißt du darüber, was dein Cousin angestellt hat, dieser Prinz Rétep?«

»Oh, ich weiß *alles*«, schluchzte nun tatsächlich das Mädchen, »er hat mir alles gestanden!«

»Du weißt wirklich alles?«

Das Mädchen hielt die Augen gesenkt und merkte so nicht, dass der Kanzler dem General über ihren Rücken hinweg in die Augen blickte. Der nahm die Faust etwas zurück, um Schwung für den Stoß zu holen.

»Ja. Alles. Er hat mir gesagt, dass er Euer Lieblingspferd gestohlen hat – oh, es ist mir so unangenehm.«

»Mein...? Aha. Hm. Ja, natürlich, mein Pferd.«

Der General ließ überrascht die Faust wieder sinken.

»Und sonst?«

»Nun, vermutlich seid Ihr auch verärgert, weil er mir diese blödsinnige Geschichte erzählt hat, von der ich Eurem Sohn berichtet habe – aber sonst, ich meine, außer mir hat er sie niemandem erzählt!«

Wieder gab es einen Blickkontakt zwischen Kanzler und General, diesmal verbunden mit einem kaum merklichen Nicken Hanus, und wieder nahm der General die Faust zurück.

»... und ich soll Euch noch etwas von ihm ausrichten...«

Schnell winkte der Kanzler ab und fragte überrascht: »Mir? Etwas ausrichten? Von deinem Cousin?«

»Äh, ja. Oh wie dumm von mir, vielleicht hätte ich es gar nicht sagen sollen...« Eigentlich hatte sie es ja tatsächlich nicht sagen wollen, selbst wenn Rétep sie tausendmal darum gebeten hätte. So einen Unsinn dem Kanzler zu erzählen. Aber dann war die Stimmung in dieser Küche, trotz der heißen Öfen, so frostig gewesen, ja, fast hatte sie ein Empfinden, als sei es tödlich kalt, dass sie es einfach sagen *musste*. Hatte Rétep ihr nicht versprochen, dass sie dann vielleicht nicht gar so sehr in Ungnade fallen würde? Vielleicht hatte er ja diesmal nicht gelogen.

»Was hat er also gesagt?«, wollte ein langsam ungeduldiger Kriegskanzler wissen.

»Na ja, ich habe es nicht verstanden, aber er meinte, Ihr würdet es verstehen und... und vielleicht würde ich dann nicht...« leise, mit Blick zu Harubal, »bei Eurer Familie in Ungnade fallen...«

»Sprich endlich.«

»Oh, ich schäme mich. Es hört sich lächerlich an.«

Seufzend: »Sprich, mein Kind, wir wollen es hinter uns bringen.«

»Also gut: Rétep sagte, ich solle Euch genau diesen Satz überbringen: ›Bei meiner Ehre als Taugenichts: Die Pergamente bleiben während meiner Flucht eingepackt. Sollte jedoch einem dummen Kind, das wir beide kennen, etwas geschehen, werde ich den Rest meiner Tage damit verbringen, Pergamente an Bäume zu nageln.‹«

Fünf Sekunden lang starrte sie der Kanzler an, und fast hätte sie geglaubt, ein winziges Lächeln an seinen Mundwinkeln zu erkennen, als er schließlich sagte: »Alle Achtung. Auch wenn er ein Pferdedieb ist, er ist schlau, dein Cousin. Er hat in gewisser Weise recht. Geh jetzt, mein Kind, und über die ganze Sache hier, über wirklich alles, zu niemandem ein Wort. Nicht einmal zu deinen Eltern.«

Erleichtert wollte sie sich eilig davonmachen, als sie plötzlich ein leises Räuspern dicht hinter sich hörte und erschrocken herumfuhr. Da stand ja, die Hände hinter dem Rücken verschränkt, der General! An den hatte sie gar nicht mehr gedacht. Der Mann mit dem narbigen Gesicht wollte von ihr wissen: »Sag, Mädchen, wann hat dir dieser Rétep diesen Satz für den Kriegskanzler eigentlich verraten?«

»Na ja, gerade eben.«

»*Gerade eben!?!*«

»Ja, vor fünf Minuten. Er war ja die ganze Zeit im Festsaal und ist dann weggerannt.«

Damit war die Jagd eröffnet.

*

Als Rétep aus dem Haupteingang des Palais ins Freie trat, verlangsamte er seine Schritte wieder. Seit der Kriegskanzler die große Halle verlassen hatte, waren etliche der Gäste ins Freie geströmt, um die angenehmere Luft zu genießen und sich etwas von den reichlich beladenen Tischen zu nehmen, sich eine Scheibe Schweinebraten zwischen zwei Scheiben frisches Brot zu klemmen oder einen Becher Wein aus den Vorräten der Stadt zu kosten. Sicher hätte Rétep die 50 Meter bis zu dem kleinen Tor schnell zurücklegen und sich irgendwo verkriechen können. Doch was dann? In der Stadt verbergen? Der Kanzler würde jedes verdammte Haus auf den Kopf stellen lassen und natürlich zuerst bei Freunden und Verwandten des »Pferdediebs« suchen, die ihm Unterschlupf gewähren könnten.

Also besser gleich Rú-tan den Rücken kehren, und das am besten mit so viel Getöse, dass der Kriegskanzler auch wusste, dass er die Stadt verlassen hatte und seinen Onkel in Ruhe ließ. Doch er konnte jede Sekunde Verfolger auf den Fersen haben, und selbst bis zum Südtor, das dem Palais am nächsten lag, dauerte es zu Fuß ein paar Minuten. Das Hornsignal, alle Tore zu schließen, könnte die Torwächter viel schneller erreicht haben. Aber auch wenn er rechtzeitig durch das Tor gelangen sollte: Zu Fuß würde er in dem übersichtlichen Land berittenen

Verfolgern kaum lange entkommen können. Er brauchte also schleunigst einen reitbaren Untersatz.

»Hast du gesehen, wie seltsam dieser Junge gegrinst hat?«, sagte eine etwa 50-jährige Kauffrau versonnen zu ihrem Gemahl, während sie besagtem Jungen, der gerade eiligst Richtung Stallungen abgebogen war, hinterher deutete, »...hi, hi, in dem Alter hatte ich auch meine ersten Erfahrungen mit Kelab gesammelt.«

»Aber was«, antwortete ihr Mann schelmisch und gab seiner Gemahlin einen schmatzenden Kuss auf die Wange, »er ist doch zu den Stallungen abgebogen. In denen hatten ich und so manche Freunde auch unsere ersten Erfahrungen, die aber allenfalls zweitrangig mit Kelab, sondern eher mit den ersten Küssen zu tun hatten – was mich, an diesem angenehmen Abend, auf die Idee bringt, dass wir auch mal wieder dem Gott der Liebe huldigen könnten.«

»Oh! Meinen Herrn Gemahl löckt der Frühling«, entgegnete die Frau und zwickte ihm lachend in die Seite. Natürlich konnte das gut gelaunte Paar nicht wissen, dass Rétep weder das trübe Bier noch der Gott der Liebe zu Kopf gestiegen waren, sondern dass er sich gerade mit einem leichten Anflug hysterischer Panik entschlossen hatte, sein falsches Geständnis wahr werden zu lassen.

Jetzt zahlte es sich aus, dass er sich während seiner Zeit als »Küchenjunge« gründlich umgesehen hatte. Er wusste, dass Tefallo, das riesige Schlachtross des Kriegskanzlers, gleich rechts in der ersten Pferdebox hinter dem Eingang zu den Stallungen stand. Er stürzte durch die Tür in das nur spärlich durch eindringendes Mond- und Feuerlicht erhellte Gebäude – seltsam, irgendwie lag hier ein leichter Geruch nach Schnaps in der Luft –, wollte die Wand entlang zu den Pferdeboxen laufen... und lag fast augenblicklich der Länge nach auf der Nase, nachdem er über etwas Weiches gestolpert war. Fluchend und mit Sägespänen im Mund rappelte Rétep sich wieder hoch. Auch das Etwas fluchte kurz und meinte schließlich seufzend: »Junger Mann, sicher ist Ungestüm das Vorrecht der Jugend, deswegen müsst Ihr aber einem alten Gaukler, der ein kleines Nickerchen vor seinem Auftritt hält, doch nicht die Beine brechen!«

Zuerst war Rétep erschrocken, doch dann sah er genauer hin und erkannte, dass es sich bei dem Etwas, über das er gestolpert war, um ein verhutzeltes Männlein handelte. Der kleine Mann hatte, einen großen Rucksack auf der einen und eine tönerne Flasche auf der anderen Seite neben sich, mit dem Rücken an der Wand gelehnt und wohl etwas

Ruhe gesucht, jedoch undank des Schuhputzer-Prinzen nicht gefunden. Und Rétep erkannte das Männlein, das sich jetzt langsam aufrappelte:

»*Magier!* Was macht Ihr denn hier?«

»Halbmagier, bitte. Soviel Zeit muss sein. Du weißt sicher, dass Magier im Jahr 421 mit der Bulle von Went erstmals in der Ausübung ihres Berufs eingeschränkt wurden, was ein paar unbedeutende Jahrhunderte später zur Tilgung der Magier aus der Berufsliste führte. Und deshalb...«

»Ja, alles sehr interessant, aber ich muss mich beeilen, Ihr könnt mir das nächste Mal mehr davon... – Oh, oh!«

Erschrocken hielt Rétep inne, als er eilige Schritte auf den Stall zulaufen hörte. Gehetzt sah er sich um und versuchte dann, den Rücken an der Wand, zwischen zwei Fensteröffnungen mit der Dunkelheit zu verschmelzen. Da wurde auch schon die Stalltüre aufgestoßen und zwei Krieger hasteten herein.

»Ist hier ein etwa zwölfjähriger Junge hereingekommen?«, fragte einer den alten Mann, dann sah er, dass hinter diesem noch eine junge Gestalt an die Wand gedrückt stand. »He, Bürschchen, tritt näher, dass ich dich besser sehen kann«, dabei lockerte er sein Schwert in der Scheide.

»Aber nein, das ist nicht der, den Ihr sucht, das ist doch nur ein Stalljunge«, sagte der alte Mann gelassen, während er aber gleichzeitig seine Handflächen kräftig gegeneinander zu drücken schien. »Woher willst denn du das wissen?«, sagte der Soldat grimmig, doch dann schüttelte er sich kurz, seine Augen wurden einen Hauch glasig und seine Stimme leiser, während er murmelte: »Natürlich, ein Stalljunge...«

»Bist du sicher?«, fragte sein Kompagnon verdutzt. Doch da wurde er auch schon leicht von dem Stock des Alten angetippt, sodass er überrascht in dessen Augen sah – was ein Fehler war. »Nur der Stalljunge, mein Lieber«, sagte der gut gelaunte alte Mann, während er die Handflächen wieder zusammenpresste und den Blickkontakt nicht abreißen ließ. »Nur der Stalljunge«, wiederholte nun auch Soldat Nummer zwei kopfnickend, bevor er sich mit den Worten: »Komm, lass uns gehen« an den anderen Soldaten wandte.

»Ja«, sagte Xavox zu den Soldaten, »habt einen schönen Abend, ihr zwei, aber erklärt uns vorher noch das Hornsignal, um geschlossene Stadttore wieder öffnen zu lassen.«

Nur kurz schien der zweite Soldat zu zögern, dann schilderte er: »Einfach nur drei langgezogene Stöße ins Horn.«

»Danke. Gute Nacht.«

Mit offenem Mund hatte Rétep die Szene beobachtet, jetzt, da die beiden Krieger den Stall wieder verlassen hatten, rief er entgeistert: »Ihr seid *wirklich* echt!«

Xavox kniff sich prüfend ins rechte Handgelenk und entgegnete überrascht: »Junger Prinz! Du hast recht: Ich bin wirklich echt!«

»Wie? Was? Äh, nein, ich meine, Ihr seid ein echter Mag..., Halbmagier!«

»Ach das! Ja, das bin ich wohl auch«, entgegnete Xavox schmunzelnd, »und du bist offenbar in ziemlichen Schwierigkeiten, was?«

»Kann man sagen – danke für Eure Hilfe – eh, nicht, dass ich was dagegen hätte, aber warum habt Ihr mir überhaupt geholfen?«

»Nun, ich befürchte, meine Mondfähigkeit ist es, helfen zu können – und da muss ich es dann ja wohl auch tun, nicht wahr?«

»Ah. So.«

»Ja. So. Außerdem sagt mir mein halbmagischer Bauch, dass wir auf gewisse Weise Seelenverwandte sind, und dass du noch dringend gebraucht wirst – vielleicht irre ich mich aber, und ich spüre bloß die Bohnensuppe von heute Mittag. Wie auch immer, ich denke, du solltest jetzt wirklich los. Welches Pferd möchtest du denn stehlen?«

»Eeeeh... das des...Kriegskanzlers?«

»Hmm. Respekt. Vielleicht nicht die beste, aber allemal die beeindruckendste Wahl. Ich schätze, unser guter Held und Kanzler ist es auch, vor dem du auf der Flucht bist. Warum eigentlich?«

»Na ja, zufällig habe ich herausgefunden, dass er, sein Sohn und General Narbengesicht einen Umsturz planen, weil der Kanzler selbst König werden möchte, was er irgendwie zur Bezwingung der Barbaren für notwendig hält, weswegen er auch, vermutlich mit Hilfe des kommenden Gleichsten der Bruderschaft, König Jaun ermorden will. Ich wollte den Kanzler dann erpressen und um 1100 Hockperlen erleichtern, bin aber leider gerade aufgeflogen.«

»Ach so.«

»Äh, Ihr glaubt mir??«

»Ja. – Aber wird es nicht Zeit für dich?«

Dann eilte er, gefolgt von dem verwirrten Prinzen, zur Pferdebox, und sie sattelten hastig das große Tier, das alles stoisch mit sich geschehen ließ – was auch daran lag, so Réteps deutliches Gefühl, dass Xavox mit zusammengedrückten Händen das Pferd freundlich gebeten hatte: »Hilf ihm.«

Während der kurzen Arbeit riskierte es Rétep, den Magier um einen weiteren Gefallen zu bitten: »Kennt Ihr Tulpe?«

»Den freundlichen Streicher-Jungen, der Blumen liebt? Ja, zwei Tage vor dir war er es, den ich zum Lachen brachte und der für mich die Kupfernick der netten Zuschauer eingesammelt hat.«

»Ich möchte Euch nicht überstrapazieren und, äh, mir zu helfen könnte gefährlich werden...«

»Ach!«

»... aber bittet Tulpe, wenn Ihr sicher seid, dass er nicht beobachtet wird, dass er mich in der nächsten Vollmondnacht am Versteck unseres letzten Jagdausflugs trifft, ich brauche seine Hilfe – würdet Ihr das tun?«

»Mach ich. Dafür musst du mir aber unbedingt Bescheid sagen, wenn du irgendwo auf deiner Flucht erfährst, wie man Gold in Whisky verwandeln kann.«

»Äh, klar doch. Warum habt Ihr übrigens den Soldaten nach dem Hornsignal für das Öffnen der Tore gefragt?«

Wie zur Antwort erschallte nun von der Mauer des Palais zwei Mal ein anschwellender Horn-Ton, der sich schon kurz darauf durch die Stadt fortsetzte.

Rétep wurde blass und stammelte: »Die Tore! Sie werden geschlossen!«

Schon machte er einen Satz und zog sich auf das Schlachtross, während Xavox die Boxentür öffnete. Und Rétep ritt los.

Der alte Halbmagier murmelte ihm noch leise hinterher: »Ich denke, wir werden uns wiedersehen. Schließlich: Wir haben doch jetzt eine Welt zu retten, oder?«

Dann hielt er sich noch mit verkniffenem Blick kurz den Bauch und murmelte: »Ich hätte wirklich nicht so viele von diesen Bohnen essen sollen!«

7. Flucht
Oder: Wie alles begann, letzter Streich

Die beiden kräftigen Torwächter drückten, und langsam schloss sich das zweiflügelige Portal in der Hofmauer, die das Stadtpalais umgab. Im schnellen Trab ritt Rétep darauf zu und brüllte die beiden Krieger schon aus zwanzig Meter Entfernung an: »Ihr Idioten! Doch nicht *dieses* Tor! Nur die Stadttore! Oder was glaubt ihr, wie unsere ganzen Gäste wieder hinaus in die Stadt kommen sollen? Los! Weiter auf! Schließlich muss auch das Pferd des Kanzlers noch hinaus!«

Verwirrt sahen sich die beiden an, aber einer von ihnen drückte tatsächlich seinen Türflügel schon wieder in die andere Richtung, sodass der Platz eigentlich reichen sollte... In diesem Augenblick stieg auch der Hornist die schmale Steintreppe von der Mauer herab.

»Ah, mein Freund, genau die brauchen wir noch!« Damit beugte sich Rétep von seinem hohen Pferderücken herüber und nahm dem verdutzten Mann ohne Hast das Horn aus der Hand, dann drängte er sich durch das Tor hinaus in die Stadt. Der Hintern des Schlachtrosses war noch nicht ganz unter dem Torbogen hindurch, als Rétep aus dem Hof heraus eine Stimme brüllen hörte: »Ihr Deppen! Haltet ihn!« Rétep meinte, die Stimme des Generals zu erkennen, aber er hielt nicht, um sich zu vergewissern. Stattdessen rammte er dem Tier mit aller Kraft die Fersen in die breiten Flanken und preschte los.

Der kürzeste Weg in die Freiheit – oder doch zumindest aus der Stadt, hätte direkt nach rechts, an der Außenmauer des Stadtpalais entlang, zum Südtor von Neu-Rú-tan geführt. Aber eben das war der Haken, an der langen Mauer entlang zu müssen, die noch dazu wegen des Festes von Feuerbecken gut beleuchtet war. Rétep verspürte wenig Lust, vom Umlauf der Mauer aus einen Pfeil oder eine Lanze in den Rücken verpasst zu bekommen. Also ritt er – wozu er etwas von der geraden Linie abweichen musste – über den nicht sehr breiten freien Platz vor dem Palais auf die Einmündung der Nebelgasse zu. Wobei »freier Platz« durchaus relativ war: Wegen des großen Festes hielten sich hier, auch um kurz vor zehn Uhr am Abend, noch viele Schaulustige und Gäste auf. Die aber auch den ein oder anderen Bogenschützen zögern lassen würden. Also mitten durch die Menge, die vor Tefallos über die Steine donnernden Hufen geradezu auseinander zu spritzen schien. Denn jeder, der das riesige Pferd auf sich zurasen sah, machte den Satz seines Lebens, um sich in Sicherheit zu bringen. Fast jeder.

Der hünenhafte Lederkrieger, der sich die Straße herauf von unten dem Tor genähert hatte, riss augenblicklich sein Schwert heraus und rannte los, um Rétep den Weg abzuschneiden. Er trug eine schwarze Augenklappe.

Rétep hätte zu diesem Zeitpunkt gerne auf die Bekanntschaft mit Rolli Schwarzauge verzichtet, der ohne Zweifel das Pferd seines Auftraggebers erkannte, und dem klar sein musste, dass es, bei all dem Geschrei, das nun rundherum einsetzte, nicht mit rechten Dingen zugehen konnte. Rétep trieb Tefallo noch heftiger an, hatte dabei zu sehr auf den Lederkrieger geachtet und nicht bedacht, dass in der direkten Linie zur Nebelgasse ein Feuerbecken stand, ein aus verschlungenen Eisenbändern geschmiedetes, schüsselförmiges Gestell auf sechs Füßen, einen Meter hoch und einen Meter im Durchmesser, aus dem die Flammen eines Holzfeuers emporloderten. Rétep war kein schlechter Reiter, aber ein Springreiter...? Doch fast wie von selbst flog Tefallo, mit einer Leichtigkeit, die niemand diesem Riesen zugetraut hätte, über das glühende Hindernis und die lodernden Flammen, um nur wenige Augenblicke später, als die erstaunten Rufe der Umstehenden und der fluchende Schrei des zu spät kommenden Lederkriegers noch nicht verklungen waren, in die Nebelgasse hinabzugaloppieren.

Rétep, der sich während des Sprungs mehr schlecht als recht an der Mähne Tefallos festgeklammert hatte, fing sich schnell wieder, riss das Tier bei nächster Gelegenheit nach rechts und verschwand so, hinter einem Haus des gehobenen Bürgertums, endgültig aus dem Schussfeld der Mauer. Doch schon zwang ihn ein Anbau eines weiteren Hauses wieder nach links, in eine Parallelstraße der Nebelgasse einzubiegen. Auch musste er Tefallos Tempo nun etwas zügeln, denn diese schmale Straße war nur spärlich beleuchtet, und er wollte sich nicht das Genick brechen, weil sein Schlachtross – na ja, das des Kanzlers – in den Mittelgraben trat. Was ihn nun sehr beunruhigte: Er hörte jetzt, wie ihn zwar nicht die Verfolger selbst, aber ihr Rufen und Schreien überholte. Und er meinte Worte wie »des Kanzlers Pferd« und »gestohlen« zu vernehmen. Überall öffneten sich nun Fenster und Türen. Bürger traten auf die Straße, um zu sehen, was denn da los sei. Na denn.

Kurz bevor er das Ende der Straße erreichte, bogen dort fünf Reiter um die Ecke und verstellten ihm entschlossen den Weg. Wenigstens keine Soldaten, die Armen... Er gab Tefallo nochmals die Fersen zu spüren und hielt kerzengerade auf die lebende Barriere zu, sah die großen Augen der Reiter, dann krachte des Kanzlers Kriegsross auch schon mitten unter sie, war im Augenblick eines Wimpernschlags durchgebrochen. Zurückblickend glaubte Rétep noch zu erkennen, dass mindestens drei der anderen Pferde gestürzt waren und die Reiter teilweise unter sich begraben hatten, dann bog er auch schon um die nächste Ecke. Rechts ... links ... links ... rechts, wieder rechts, nun ein Stück geradeaus, dann bald nochmals links... er näherte sich nun schon dem südlichen der beiden Tore zur Mittelstadt, und noch immer hatte er nichts von berittenen Verfolgern... *klackediklack, klackedickalck, klackediklack* – oh Ahnen! Hätte er's doch nicht gedacht!

Ein Blick über die Schultern zeigte ihm, dass er mehrere Berittene im Nacken hatte, die auf ihren leichten Pferden aufholten – und diesmal waren es Soldaten. Er griff sich im Reiten das entwendete Horn und stieß drei Mal langgezogen hinein – ha! Als er das Tor erreichte, hatte es sich tatsächlich schon zur Hälfte wieder geöffnet. Aus der Ferne ertönte zwar das verzweifelte Signal, alle Tore wieder zu schließen, doch schon war er in Windeseile hindurch geprescht, während der alte Torwärter, verwirrt den Kopf schüttelnd, das Portal wieder schloss – und gleich darauf Réteps Verfolger wütend verlangten, dass er es wieder öffnen solle – doch Signal ist Signal und Befehl Befehl...

Rétep war jedoch klar, dass er sich besser noch nicht in Sicherheit wiegen sollte. Jetzt war er in der Mittelstadt, dem jüngsten Teil von Rú-tan, das zwischen den Hügeln der alten Kernstadt im Osten und der seit Jahrhunderten nicht mehr neuen Neustadt im Westen lag. Da die Mittelstadt erst entstanden war, als die Stammesfehden längst geendet hatten und das Elf-Stämme-Land geeint war, und da Rú-tan weit genug im Landesinneren zu liegen schien, hatte man hier lediglich zweieinhalb Meter hohe Stadtmauern errichtet. Da man dem Frieden aber irgendwie doch nicht so ganz traute, hatte man auf Tore – die immer ein Schwachpunkt bei der Verteidigung von Städten waren – in diesen neuen Mauern verzichtet. Von der Mittelstadt konnte man somit lediglich durch je zwei Tore in die Neu- und in die alte Kernstadt gelangen.

Also ging der rasende Ritt weiter, während die Stadt um ihn herum, aufgeschreckt durch den Tumult, längst zu nächtlichem Leben erwacht war. Rétep entschied sich für eine Strecke durch den südlichen Bereich des Stadtteils, mitten über den großen, langgezogenen Marktplatz, wo er schneller voranzukommen hoffte. Leider lagen am Rande des Marktplatzes auch ein paar Soldaten-Kneipen, und ein junger Unter-Kriegsmeister, der sowohl nüchtern als auch ehrgeizig genug war, etwas zu unternehmen, hatte inzwischen schon gut zwanzig Krieger um sich gesammelt und aufsitzen lassen, mit denen er eigentlich die Straßen durchkämmen wollte – denn er war sogar nüchtern genug gewesen, um in dem ganzen Tohuwabohu noch ein Hornsignal »Dieb entflohen« zu erkennen. Gerade wollte er seine improvisierte Truppe in kleinere Such-Kommandos unterteilen, als von Westen her ein Reiter auf einem riesigen Pferd auf den Marktplatz preschte, der sie zunächst offenbar im inzwischen vorherrschenden Fackellicht nicht gleich bemerkt hatte, dann aber, fast auf gleicher Höhe, einen erschrockenen Fluch ausstieß und sein Ross zur anderen Seite hin ausweichen ließ. Augenblicklich raste der ganze Tross dem Flüchtenden hinterher.

Verflucht seien ihre Ahnen! Diese Soldaten waren alles andere als Grünschnäbel! Ein rascher Blick zurück zeigte Rétep, dass sie hinter ihm ausgefächert und die schnellsten von ihnen zu beiden Seiten schon an ihm vorbeigezogen waren, und nun drängten sie ihn auf eine Reihe von Marktständen zu. Hätte er doch nur statt des Marktplatzes eine andere Gasse... Keine Zeit für Hätte! Schließlich kannte er sich in *seiner* Stadt aus wie in seiner Wams-Tasche. Die nachts leeren Marktbuden bestanden bis in die Höhe der Verkaufstheken aus Brettern, darüber waren sie offen und trugen dann, auf dünnen Stangen, Schilfrohr-Dächer. Mit einem Satz ließ er Tefallo mitten in die erste Bude hineinspringen, dass das zerbröselnde Schilf nach allen Seiten staubte. Mit dem nächsten Sprung stand er in der zweiten, dann in der dritten Bude.... Das Gros seiner Verfolger hatte verwirrt angehalten, ihm direkt in die Trümmer zu folgen, traute sich niemand.

Links neben den Buden ritten drei Reiter, rechts aber nur einer auf gleicher Höhe mit ihm. Mit dem nächsten Satz ließ Rétep Tefallo nach rechts vorne aus der Bude herausspringen und rammte dabei das einsame Pferd, das wie ein kleines Hündchen zur Seite geschleudert wurde, während sein Reiter schreiend durch die Luft wirbelte – oh Tefallo, man hätte dich wohl besser Ramme taufen sollen –, dann hielt er, diesmal zwischen den Buden reitend, auf die andere Seite des Marktplatzes zu. Doch wieder schien sich von allen Seiten Hufgetrappel zu nähern, und wieder tat sich ein Hindernis vor ihm auf, durch das er wohl wieder mitten hindurchschreiten... *aber das ging ja gar nicht!* Das kleine Pökelhaus war – schließlich durfte das Salz nicht nass werden – das einzige feste Steinhaus auf dem ganzen Marktplatz, da konnte er nicht so einfach... zu spät! Tefallo setzte zum Sprung auf das verglaste Fenster an, das vielleicht groß genug war, ein langgestrecktes Pferd hindurchzulassen, aber ein Reiter würde mit geknacktem Schädel an der Mauer über dem Fenster kleben bleiben. Rétep konnte gerade noch seine Füße nach hinten, auf die Kruppe des Pferdes hochziehen, und mit dem Schwung durch Tefallos Absprung stieß auch er sich ab und ließ sich auf das Dach des niedrigen Pökelhauses katapultieren, während unter ihm Tefallo durch die Scheibe brach und in der Stube landete.

Wäre es ein glattes Dach gewesen, Rétep hätte sich bei der Landung mindestens ein paar Knochen gebrochen. Doch es war ein, wenn auch recht flaches, Giebeldach. Rétep wurde knapp über den Scheitelpunkt des Daches getragen und landete, schlitternd wie ein Rennschlitten, auf der abwärts geneigten Fläche – natürlich abgesehen davon, dass Skispringer für gewöhnlich nicht auf dem Bauch aufkommen. Und dass sie auch nicht, ohne sich irgendwo festhalten zu können, mit hohem Tempo auf das Ende eines Daches zu rutschen, das zwar keine zweieinhalb Meter hoch ist, unter dem jedoch zwei Krieger zu Pferde mit gezogenen Schwertern warteten. Schwerter, die Rétep aufspießen würden, wenn er jetzt gleich vom Dach stürzte...

***

Nachdem sie erfahren mussten, dass sich dieser abenteuerliche Schuhputzer-Prinz gerade eben noch mit ihnen im Stadtpalais aufgehalten hatte, rief General Narbengesicht hastig seine Leute, gab ihnen eine schnelle Beschreibung des Gesuchten und schickte sie los, um diesen Jungen aufzuspüren, der das Pferd des Kriegskanzlers gestohlen hatte (so jedenfalls die offizielle Version). Den Namen des Gesuchten behielt er für sich. Falls auch einheimische Soldaten etwas von der Suche erfahren sollten, wollte er nicht, dass sie diesen Rétep zuerst fanden, vielleicht im Übereifer verhörten und seltsame Geschichten erfuhren. Nein, die ganze Suche sollte möglichst leise und still vonstattengehen.

Doch dann war er selbst einer der ersten, der – im Angesicht etlicher Gäste – laut geworden war: Vor seinen Augen war jener Junge, den er noch vor wenigen Tagen für zu dumm gehalten hatte, um ein Loch in den Schnee zu pinkeln, aus dem Tor des Stadtpalais galoppiert, und der General hatte es nicht verhindern können. Und geradezu eine Verhöhnung war es gewesen, dass der Kerl seine Lüge, die er ersonnen hatte, um diese dumme Trillerlops-Henne von einer Prinzessin zu retten, tatsächlich zur Wahrheit gemacht hatte: Mitten unter ihnen hatte dieser Schuhputzer das Pferd des Kriegskanzlers gestohlen! Der General war noch mit großen Sprüngen die steinernen Stufen zur Mauer hinaufgerannt und hatte oben einer verunsicherten Wache (»Aber General, das Pferd!« – »Scheiss auf das Pferd!«) die Armbrust aus der Hand gerissen, um dem Flüchtling einen Pfeil hinterherzuschicken. Doch bevor er überhaupt zielen konnte, hatte er ihn gerade noch in einer Gasse schräg gegenüber verschwinden sehen, während unten, auf dem Vorplatz, das Schreien und erstaunte Rufen nicht abreißen wollte. Soviel also dazu, die ganze Sache möglichst diskret zu erledigen. Er blieb noch zwei, drei Minuten auf der Mauer stehen, um über die Stadt zu blicken, die ganz langsam immer heller zu werden schien und ein nach und nach lauter werdendes Summen heraufschickte. Wahrscheinlich traten überall aufgeschreckte Bürger mit Laternen und Fackeln vor die Tür, um sich flüsternd bis rufend zu unterhalten und die neuesten Gerüchte zu verbreiten.

Schließlich stieg der General wieder herunter und begab sich zum Kanzler, um mit diesem und dessen Sohn der Dinge zu harren, die da kommen würden. Sie hatten sich in einen kleinen Audienzraum im ersten Stock, direkt über dem Haupteingang des Hauses, zurückgezogen, um auf Meldungen zu warten und Boten mit Befehlen loszuschicken. Die Fenster ließen sie geöffnet und hörten, dass das Summen aus der Stadt noch lauter statt leiser wurde.

Keine halbe Stunde später eilte ein Krieger herein, der an seiner Feder an seiner Schulter als Befehlshaber über eine Elferschaft zu erkennen war. Er meldete atemlos: »Aus der Mittelstadt sind Leute hochgekommen, die sagen, die Stadt würde von Piraten angegriffen!«

Der Kriegskanzler sah ihn einen Moment verdutzt an, dann entgegnete er: »Sind das Nachrichten von den Turmwachen?«

»Äh, nein, das waren ein paar Handwerker, die das aufgeschnappt haben.«

»Sind irgendwo Brandpfeile auf die Stadt niedergegangen oder Rammen gegen Tore gedonnert?«

»Äh, nein.«

»Wie weit sind wir hier vom Meer entfernt?«

»Äh.«

»Geht schnell, bevor ich Eure Feder verbrennen lasse.«

Kaum hatte der betreten dreinblickende Krieger den Raum verlassen, kam schon ein weiterer Federträger hereingeeilt.

»Kriegskanzler! Ihr seid wohlauf!?«

»Nun, danke, abgesehen von einem gewissen Unmut, ja.«

»Oh – was bin ich froh!«

»Über meinen Unmut?«

»Pardon. Aber es hieß, Ihr wäret bei einem Attentat ums Leben gekommen.«

Der Kanzler schloss einen Moment erschöpft die Augen und kniff sich mit Daumen und Zeigefinger in die Nasenwurzel, bevor er entgegnete: »Schön, aber du siehst ja, dass mir nichts geschehen ist. Du darfst dich verabschieden.«

Fünf Minuten später kam ein Bote eines Unter-Kriegsmeisters herein und teilte erschüttert mit, dass offenbar jemand das Pferd des Kriegskanzlers gestohlen hatte. Der Kanzler verdrehte die Augen, während der General den Boten unsanft zur Tür hinausschubste.

Doch schließlich kam strahlend ein kräftig hinkender Unter-Kriegsmeister mit etlichen Kratzern und Beulen im Gesicht herein geeilt und verkündete freudig erregt: »Gute Nachricht!«

»Na endlich!«, entfuhr es Harubal.

»Kriegskanzler! Wir haben Euer Pferd wieder! Es geht ihm gut!«

»Oh, schön, schön. Und der Dieb?«

»Der ist...«

»Ja?«

»… äh, noch nicht entdeckt worden, bisher jedenfalls.«

Wieder seufzte der Kriegskanzler. Dann nickte er dem Unter-Kriegsmeister zu und sagte: »So, aber dem Pferd geht es gut, na ganz toll.«

Der Krieger blickte nun etwas verlegen drein und murmelte: »Ja, schon, allerdings gibt es da noch ein Problem...«

Dann trat er näher zum Kanzler und flüsterte etwas, das General Narbengesicht, der drei Meter entfernt am Fenstersims lehnte, nicht verstehen konnte. Dafür sah er aber den Kanzler plötzlich mit dem Kopf zurückfahren und hörte ihn sagen: »*Bitte?* Mein Hengst steht im zweiten Stock eines Hauses in der Mittelstadt? Und Ihr wisst nicht, wie Ihr ihn wieder herunter bekommen sollt? Ich bin ganz sicher, dass ich mich da gerade verhört habe. Ganz bestimmt. Seid doch so gut und wiederholt, was Ihr da gerade sagtet.«

✳✳✳

Rétep stürzte vom Dach. Im gleichen Moment brach unter ihm Tefallo durchs Fenster, der seinen Galopp auch im Inneren des Pökelhauses nicht verlangsamt hatte und nun, eine Salzwolke hinter sich herziehend, mitten zwischen die beiden Pferde und Krieger sprang und sie wie Kegel beiseite schleuderte, während Rétep auf dem breiten Pferderücken landete. Seine Rippen pressten ihm dabei zwar ordentlich die Luft aus der Lunge, doch er konnte sich in der schwarzen Mähne festkrallen, und Ross und Reiter stürmten ohne Unterbrechung weiter. Dabei waren Rétep, nach einem kleinen Freudenschrei, weil er nicht aufgespießt worden war, zwei Dinge klar: Erstens: Er musste die

Soldaten abschütteln, von denen immer noch genug hinter ihm herjagten, und zweitens: Er würde es, Horn hin oder her, niemals durch die Tore nach Alt-Rú-tan hinein, durch den Stadtteil und durch eines der Außentore wieder hinaus schaffen. Es war höchste Zeit für Plan B. Schließlich kannte er sich aus.

Überall waren inzwischen Leute aus den Häusern getreten, standen in Grüppchen beisammen und verfolgten gebannt das Schauspiel. Und sie sollten etwas geboten bekommen – besonders jener spindeldürre Kaufmann, der alleine vor seinem Haus am Marktrand stand, und dessen Türe Rétep hoch genug für seine Zwecke schien. Auf seine Verfolger hinter sich deutend brüllte er nun aus Leibeskräften: *»Meuterei! Sie haben den Kanzler getötet!«*

Natürlich glaubten das nicht alle. Und diejenigen, die es im ersten Moment für bare Münze nahmen, hätten wohl nach ein paar Sekunden Denkarbeit auch den Kopf geschüttelt. Doch es waren genug Menschen auf der Straße, die sich nicht diese Zeit nahmen, und stattdessen den Reitern mit drohend erhobenen Fäusten entgegenliefen – wer lässt schon gerne den Helden seiner Nation meucheln?

So verschafften sie Rétep ein paar wertvolle Sekunden, denn schließlich wollten die Soldaten die braven Bürger ja nicht unbedingt über den Haufen reiten. Rétep hielt unterdessen ungebremst auf den Kaufmann zu, der sich entsetzt zur Seite fallen ließ, während sich der Schuhputzer-Prinz möglichst flach auf den Rücken Tefallos presste und in den Laden galoppierte.

Zwei Regale mit Stoffen polterten zur Seite – oha, ein Tuchhändler! Von einem dritten Regal, das stehen geblieben war, griff sich Rétep ein Paket Seide und ritt, jetzt deutlich langsamer und fast an der rechten Seite des Pferdes hängend, durch die Tür am Ende des Raumes. Die Wohnräume schienen oben zu liegen, hier befand sich jedenfalls ein kleines Lager – und eine Hintertür.

Die verschlossen war.

Rétep drehte Tefallo auf engstem Raum, flüsterte »Jetzt zeig, wie stark du bist« und ließ ihn mit den Hinterläufen ausschlagen. Die hölzerne Türe flog vier Meter auf die Straße hinaus. Rétep wendete erneut, drückte Ross und Reiter durch die Türöffnung und ließ Tefallo augenblicklich weiterrasen, an erstaunt blickenden Menschen vorbei, die gerade Richtung Marktplatz eilten. Von dort schallte noch immer tumultartiges Getöse herüber.

Im Reiten nahm Rétep nun das Horn ab, blies lauthals unsinnige Signale und brüllte der nächsten größeren Menschengruppe entgegen:

»Piraten! Rú-tan wird von Piraten angegriffen!« Und er preschte weiter durch die Gassen, auf die Südmauer der Mittelstadt zu, wahllos den Kanzler sterben und Piraten angreifen lassend, dazwischen Hornsignale ausstoßend. Wie ein Echo hörte er irgendwann auch andere rufen: »...den Standhaften umgebracht!«, und »Piraten! In Rú-tan!«

Dann erreichte er sein Ziel: einen der fünf Wohntürme an der Südmauer, verdienten Veteranen von der Stadt ohne Mietzins überlassen, die dafür aber einen Wachtdienst organisieren und die Wehranlage in Schuss halten mussten. Ein etwa fünfzigjähriger Mann stand mit zwei kleinen Kindern vor der Tür – und wie Rétep bedauernd feststellen musste, war es ein breitschultriger Mann, der sich ein Kettenhemd übergeworfen hatte, sein Schwert in der Hand hielt und wache Augen hatte. »Piraten greifen an!«, brüllte Rétep ihm zu, doch der Krieger entgegnete ruhig: »Junge, du redest irre. He, – kenne ich dich nicht? Du bist doch der Lügen-Schuhputzer? Ich will dir nicht wehtun, aber steig jetzt ab und verrate mir, wie du zu dem Pferd des Kanzlers gekommen bist.«

Oh Ahnen! Bisher war er wegen des schlechten Lichts und seiner Geschwindigkeit nicht erkannt worden. Doch diesen Mann hier hatte er, im breiten Lichtschein der offenen Tür, direkt angesprochen – und sein Ruf hatte ihn eingeholt.

Da ertönte von hinten ein Schrei: »Halte ihn auf!«

Der Unter-Kriegsmeister vom Marktplatz und noch zwei Verbliebene seiner Soldaten kamen herangeprescht. Der Kettenhemd-Träger griff beherzt nach Réteps Bein, während er sein Schwert leicht anhob. Rétep stülpte blitzschnell das Signalhorn mit der Öffnung voran über die Schwertklinge und trieb Tefallo an, der den Krieger beiseite stieß. Rétep spürte den Stoff seines Hosenbeins reißen und gleichzeitig krachte das Horn gegen seinen Rücken – das würde zwar mächtige blaue Flecken geben, war aber allemal besser als eine ungeschützte Schwertklinge abzubekommen. Jetzt war er im Turm, erkannte im Licht zweier Kerzen, die in Wandhaltern brannten, dass links eine hölzerne Treppe in den ersten Stock führte. Die war sicher nicht für das Gewicht eines Pferdes, und schon gar nicht für das Gewicht eines Rammbocks wie Tefallo gebaut, dennoch trieb der Junge das Tier, das mit seinen riesigen Hufen auf den Stufen kaum Halt fand, ohne zu zögern die Treppe hinauf. Das Holz knarzte und knirschte fürchterlich. Nur schnell, schnell, die einzelnen Stufen nicht zu sehr belasten. Da! Der rechte Hinterlauf war durchgebrochen, doch mit der Kraft des linken Beines wuchtete sich Tefallo wieder heraus, es knackt und knistert

– oh Treppe, halt bloß! – Endlich im ersten Stock, wütende Rufe von unten: Die Soldaten vom Markt trauen sich nicht mit den Pferden herauf, sind abgesprungen und eilen mit gezogenen Schwertern zu Fuß hinterher. Aber einer stolpert in dem Loch, das Tefallo getreten hat, stürzt den anderen in den Weg, während Ross und Reiter schon fast im zweiten Stock stehen, die Treppe scheint nachzugeben, irgendwo splittert Holz, ein beherzter Sprung und Tefallo hat mit Rétep den Steinboden erreicht, während die ganze Treppe zum zweiten Stock langsam, dann immer schneller zur Seite kippt und auf die untere Treppe und die Soldaten kracht und alle in einem Wirbel aus Holzsplittern, Staub und Schreien nach unten reißt.

Zitternd und völlig außer Puste ließ sich Rétep vom Rücken des großen Pferdes gleiten. Auch Tefallos Flanken bewegten sich heftig, und das Pferd schnaubte schwer. Dennoch fragte sich Rétep, als er dem Tier in die Augen blickte, ob Pferde vielleicht grinsen können. Seltsamerweise hatte er den Eindruck, Tefallo sei glücklich, weil er endlich mal angemessen gefordert wurde – aber das musste wohl Einbildung sein. Dann beugte sich Rétep vorsichtig über den Rand des Fußbodens und schaute nach unten, wo man inzwischen durch die Staubwolke hindurch sehen konnte. Der Unter-Kriegsmeister und ein Soldat wühlten sich fluchend und stöhnend aus den Trümmern, den zweiten Soldaten konnte er nicht sehen, hörte ihn aber durch zusammengebissene Zähne rufen, dass man ihn befreien solle und er sich ein Bein gebrochen habe.

In dem wenigen Licht, das von der Straße hereinfiel, sah Rétep den Kettenhemd-Krieger im Türrahmen stehen und nach oben blicken. Seine Augen konnte er auf diese Entfernung nicht erkennen, aber freundlich würden sie in diesem Moment sicher nicht blicken. Rétep rief herunter: »Veteran! Es tut mir leid, dass ich Euer Haus so verwüstet habe! Sollte ich jemals die Gelegenheit haben, werde ich den Schaden ersetzen – wobei sich der Kanzler eigentlich auch beteiligen könnte, er weiß warum.« – Tatsächlich war der Prinz natürlich überzeugt, dass er diesen Schaden niemals würde begleichen können. Vermutlich würde er nicht mal lange genug leben, um überhaupt noch irgendwelche längerfristigen Pläne umzusetzen. Jetzt ging es jedenfalls zuallererst um das unmittelbare Überleben, und seine Flucht war für heute noch nicht ganz zu Ende.

Der Veteran verließ eilig den Turm. Ob er nun eine Leiter besorgen, Soldaten auf die Mauer schicken oder sich einen Bogen holen wollte, für Rétep bedeutete es jedenfalls, dass er sich beeilen musste.

Vom ersten Stock des Wohnturmes gab es zwei Außentüren, die nach beiden Seiten über ansteigende Treppen zur Mauer hinauf führten. Der zweite Stock hatte kein Fenster an der stadtauswärts gelegenen Seite, um eventuellen Feinden keinen Einschlupf zu bieten. Der dritte Stock aber ragte ein gutes Stück über die Stadtmauer hinaus, von dort würden sich Angreifer, die schon an die Mauer herangekommen waren, gut unter Beschuss nehmen lassen. Und von dort hoffte ein Schuhputzer-Prinz, einen echt flotten Abgang hinlegen zu können. Einmal umarmte er noch heftig das große Pferd und flüsterte: »Mach's gut, Alter, ohne dich wäre ich niemals bis hierher gekommen.«

Dann eilte Rétep über den letzten und glücklicherweise unbeschädigten Treppenabschnitt in den dritten Stock, den Seidenballen noch immer unter den Arm geklemmt. Oben hastete er zu einem der schmalen Fenster...oh je! Verdammt hoch! Hoffentlich war die Stoffbahn lang genug. Jetzt bloß nicht zögern.

Mit einem kräftigen Tritt brach er das letzte Brett des Treppengeländers heraus und band hastig ein Ende der Seidenbahn daran, den Rest warf er zum Fenster heraus, das Brett war zu breit, um durchzurutschen und hielt wie ein Anker. Augenblicklich zwängte sich auch Rétep durch die Fensteröffnung, die eigentlich mehr eine Schießscharte war und als Durchschlupf für einen erwachsenen Krieger wohl zu eng gewesen wäre.

Der Stoff reichte knapp bis über den Boden, der mehr als zehn Meter unter ihm lag. Oh Mann! War die Seide glatt! *Sssst*, ging das flott abwärts! Als Rétep in einem guten Meter Entfernung an der Mauerkrone vorbeirutschte, glotzte ihm von dort eine Wache mit offenem Mund hinterher. Neben ihr standen noch drei weitere Männer, die aber dem Jungen den Rücken zugedreht hatten und in Richtung Stadt nach unten zu blicken schienen, von wo ihnen offenbar irgendjemand etwas zurief – danke, Veteran!

Ziemlich heftig kam Rétep auf dem Boden auf, eilte aber gleich in Richtung Nacht davon, beflügelt durch den Gedanken, es fast geschafft zu haben, und durch den Speer, der sich plötzlich, etwas seitlich vor ihm, in den Boden bohrte. Natürlich würde man ihm augenblicklich Reiter hinterherschicken. Der Prinz hatte für seine Flucht jedoch nicht ohne Grund den mittleren Turm der Mittelstadt-Südmauer gewählt. Nach gut fünf Minuten schnellen Laufens erreichte er den Gerberbach und sah im Mondlicht auch schon die vier großen Hauthütten. Auch der Geruch schlug ihm bereits entgegen. Dennoch eilte er so schnell er konnte zu den Hütten, an denen es zum Ahnenerbarmen stank. Aber dort, an einem Pfosten an einer Ecke der zweiten Hütte, war ein Pferd angebunden. Ein braunes, struppiges Ding, das wegen des abstoßenden Geruchs, der sich über das ganze Gelände ausgebreitet hatte, ängstlich und verstört schnaubte und das nie und nimmer mit Tefallo zu vergleichen war. Doch wo und wie auch immer Tulpe diesen Zossen aufgetrieben haben mochte, es war ein Pferd. Tulpe war, ohne viele Fragen, auf Réteps Bitte eingegangen: Er würde vielleicht irgendwann die kommenden Tage ganz schnell verschwinden müssen, hatte er ihm gesagt, wahrscheinlich ja nicht, wenn aber doch...

Tulpe hatte das Pferd tagsüber in einem bestimmten, für Rétep leicht zugänglichen Stall in der Stadt untergebracht. Nachts waren die Tore jedoch geschlossen, und man kam, zumal zu Pferde, nicht so leicht aus der Stadt heraus. Also brachte Tulpe, entsprechend der Absprache, das Pferd jeden Abend, wenn die Gerber längst gegangen waren, zu den Haut-Hütten. Die Gefahr, dass es hier entdeckt werden würde, war gering, denn niemand kam diesem Gestank freiwillig auch nur einen Meter näher als notwendig. Und früh morgens holte Tulpe dann das arme, halb bewusstlose Geschöpf wieder ab, um es in den Stall zu bringen, wo es sich erholen konnte. Nun, morgen natürlich nicht, da würde Tulpe den Pfosten leer finden und sich so seine Gedanken machen, was das mit dem Tumult in der Nacht zu tun haben mochte... Hoffentlich fand Xavox seinen Freund und überbrachte ihm die Nachricht.

Rétep löste die Leine vom Pfosten, saß auf und trabte mit dem Tier, das froh war, dem Gestank endlich zu entkommen, eilig davon.

***

Selten tat er es, doch diesmal hatte der Kriegskanzler tatsächlich einen Tobsuchtsanfall bekommen. Ein *zwölfjähriger Junge* war durch die halbe verdammte Stadt geflohen, auf *seinem* Pferd, und keiner hatte ihn aufgehalten! Und dann hatte er in diesem Wohnturm seine Soldaten endgültig lächerlich gemacht, hatte sich an einem Stück Stoff in die Tiefe gestürzt und war in der Nacht verschwunden.

Natürlich waren nur fünf Minuten später Reiter ausgeschwärmt, doch obwohl der Junge zu Fuß unterwegs war, hatte es keine Spur von ihm gegeben. Na ja, fast keine: Der Hundemeister hatte zwei von diesen hässlichen Tanaris an der Seidenbahn schnuppern lassen, und diese Viecher hatten auch tatsächlich Witterung aufgenommen – allerdings nur bis zu diesen verflixten Haut-Häusern. Der Gestank hatte ihre feinen Nasen offenbar so durcheinandergebracht, dass sie, obwohl der

Hundemeister eine große Runde mit ihnen um jenen Ort gedreht hatte, die Fährte nicht wieder gefunden hatten. Was ja vielleicht noch zu verstehen gewesen wäre, wenn dieser Bursche von dort zu Pferd weiter geflohen wäre... hm. Nein, unmöglich! Ein Zwölfjähriger, der seine Flucht so ausgeklügelt vorbereitet? Nein, wirklich nicht.

Am ehesten war er wohl eine Zeit lang durch das stinkende Wasser des Gerberbaches gelaufen. Aber die Hunde, die man beide Seiten des Baches abschnüffeln ließ, hatten die Spur auch hier nicht wieder aufgenommen. Alle möglichen Verstecke im Umfeld der Stadt hatte der Kriegskanzler durchsuchenn lassen, hatte Reiter in Richtung des großen Waldes geschickt, um den Jungen abzufangen, falls er sich dort verstecken wollte – doch er blieb wie vom Erdboden verschwunden. Und inzwischen war schon der Nachmittag des Tages nach Réteps nächtlicher Flucht angebrochen – genug Zeit, einen einigermaßen sicheren Unterschlupf zu finden.

Am Vormittag hatten elf Soldaten Tefallo mit starken Lederriemen, einer Seilwinde und einem improvisierten Holzgerüst abgeseilt, dann hatte ihn ein Mann zurück in den Stall des Stadtpalais gebracht. Hanu hatte sich das Tier angesehen. Wenigstens war der Gaul unverletzt geblieben, doch der Kriegskanzler war noch immer so in Rage gewesen, dass er das Gefühl gehabt hatte, Tefallo würde ihn auslachen – was natürlich Blödsinn war.

Soweit bisher bekannt, hatte gestern Nacht nur jener Veteran aus dem Turm diesen Rétep erkannt. Vorsorglich sollte auch noch kein Rútani erfahren, wer hinter dem »Pferdediebstahl« steckte. Der Veteran jedenfalls würde es niemandem verraten. Aber vor allem war es wichtig, diesen verflixten Jungen in die Finger zu bekommen! Noch am Morgen hatte der Kanzler persönlich eine Brieftaube an Bruder Cé-tan geschickt. Der würde ihm schnellstmöglich Spürhunde schicken, die besser waren als Tanaris. Und gefährlicher. Und magisch begabter. Ganz entschieden sogar. Was sie natürlich niemals zugeben würden.

***

»Preiset die Götter! Sie schützen uns und lassen das Land gedeihen!«
»Sei gepriesen, Gott der Reise, dass du unsre Schritte sicher und schnell nach Rú-tan gelenkt hast!«
Rolli Schwarzauge konnte die beiden Brüder von Anfang an nicht ausstehen. Und er traute ihnen nicht. In nur zwei Wochen wollten sie es von Dorianstadt bis Rú-tan geschafft haben? Einfach lächerlich! Er

bezweifelte auch, dass sie Erfolg haben würden. Und sie waren ihm unheimlich – nicht so sehr, dass er sich vor ihnen gefürchtet hätte, – genau genommen gab es ohnehin nichts, vor dem sich Rolli fürchtete – aber eben doch unheimlich. Und vielleicht das Schlimmste: Die beiden schienen es mit der Körperpflege nicht so genau zu nehmen. Jedenfalls verströmten sie einen ganz eigentümlichen, süßlichen Geruch. Widerlich! Aber der Kriegskanzler hatte ihm gesagt, dass er mit ihnen zusammenarbeiten solle, also tat er es.

Hanu Standhaft war inzwischen mit den Soldaten und Söldnern, fast wie geplant, weitergezogen und dürfte die Kriegsburg im Zentrum der Dauer-Front wohl schon erreicht haben. Die Truchsessin und der Bürgermeister waren überaus bestürzt gewesen über das Ungemach, das den Kanzler in Rú-tan ereilt hatte. Hanu hatte ihnen natürlich versichert, dass sie nichts dafür könnten – die beiden armen Tröpfe waren ihm ohnehin egal, und so konnte er sich ihrer Dankbarkeit gewiss sein. Wieder zwei zumindest in ihrer Provinz einflussreiche Leute, die einen Grund hatten, sich auf seine Seite zu schlagen, wenn er endlich gegen den König – oder dessen Nachfolger – ziehen würde.

Natürlich konnte sich der Hauptmann der Lederkrieger, der Hanu inzwischen lange genug kannte, denken, dass dem Kriegskanzler diese Politiker-Tröpfe egal waren. Aber dass der Kanzler nach der Krone strebte, hätte wohl selbst den hünenhaften Kämpfer zunächst einmal überrascht. Hanu war zwar sicher, dass Rolli auf seiner Seite stehen würde, aber zu den Eingeweihten gehörte er noch nicht – schließlich konnte ein Krieger, auch wenn er es nicht wollte, im Zuge eines anständigen Besäufnisses durchaus mal etwas ausplaudern.

Rolli, der mit ein paar Mann in Rú-tan, in einer Herberge im Blutviertel, zurückgeblieben war, wusste nur, dass er diesen Jungen unter allen Umständen töten musste. Warum, interessierte ihn nur beiläufig. Stärker erregte sein Interesse dagegen, dass er für den Tod des Knaben einhundertelf Goldstücke bekommen würde. Das war mehr, als es die verletzte Eitelkeit selbst eines Kriegskanzlers wegen eines kurzzeitig gestohlenen Pferdes wert war – doch wie gesagt: Der Grund war allein des Kanzlers Angelegenheit. Seine Anweisungen dagegen waren klar und eindeutig: In Rú-tan auf die beiden Brüder warten, die Verfolgung des Jungen aufnehmen, den Rolli Schwarzauge in jener Nacht kurz auf dem Rücken von Tefallo gesehen hatte, ihn finden und ohne Umschweife töten. Gefangen nehmen? Zum Kanzler bringen? Nein, kein Risiko, keine Fluchtmöglichkeit (keine Zeit, um über gewisse Dinge zu plaudern), nur gleich zu den Ahnen mit dem Kerl. Danach, aber erst danach, das war wichtig!, auch diese junge Prinzessin Ky beseitigen – die würde problemlos zu finden sein – und vorsorglich gleich noch ihre Familie kalt machen.

Und nun waren diese beiden leicht vor sich hin müffelnden Ordensleute angekommen, die sich, nach der Lobpreisung der Götter, als Bruder Spür und Bruder Spur, Finder der Bruderschaft, vorgestellt hatten – was immer das auch heißen mochte. Ihre echten Namen waren das jedenfalls nicht. Beide waren sie hagere, große Gestalten, beide trugen sie die braunen Kutten der Bruderschaft, hatten an Schultergurten jeweils einen abgetragenen, speckig glänzenden Ledersack auf dem Rücken hängen und liefen barfuß. Beide hatten im Schankraum der Herberge, in der sie sich mit Rolli trafen, die Kapuzen zurückgeschlagen und zeigten zwei kahl rasierte Schädel und dunklen Teint.

Bruder Spur, der, so schätzte Rolli, sein fünftes Jahrelft wohl schon erreicht hatte, trug einen nicht sehr langen braunen Kinnbart, hatte einen kleinen Mund, eine knotige Nase und stechende, schwarze Augen. Spür, vom Alter her irgendwo mitten in den Dreiunddreißigern, war nicht nur bartlos, er hatte sich sogar Augenbrauen und Wimpern abrasiert, was seinem Gesicht, in Verbindung mit den wässrigen blauen Augen, der flachen Nase, dem etwas zurückspringenden Kinn und den kleinen, etwas wulstigen Lippen einen leicht fischähnlichen Ausdruck verlieh – auch die ständig gerunzelte Stirn passte gut dazu.

Obwohl sie sich optisch doch recht stark voneinander unterschieden, klangen ihre Stimmen seltsamerweise fast identisch: glatt, sanft, nahezu schmeichelnd und dennoch bestimmt – und von Stimmbändern gesprochen, die kaum jemals durch Lachen belastet wurden.

»Mögest du den Ruhm der Götter mehren, Hauptmann der Lederkrieger«, hatte Spür ihn schließlich mit leichter Verbeugung und an die Brust gelegter rechter Hand persönlich begrüßt.

»Und mögen eure Taten dazu beitragen, den Ruhm unseres Kriegskanzlers zu mehren«, hatte Rolli geantwortet und mit einer gewissen Genugtuung ein zwar kaum zu erkennendes, aber doch vorhandenes missbilligendes Zucken im Mundwinkel seines Gegenübers bemerkt, »wollt ihr euch nach eurer langen Reise zunächst einmal stärken und ausruhen, bevor ihr euch auf die Suche begebt?«

»Nein, Krieger«, erwiderte Spür, »der Körper kann warten; wir wollen uns lieber sofort ans *Finden* begeben, das Suchen hattet ja schon Ihr und Eure Leute übernommen.«

Ein heißer und kaum zu übersehender Wutstrom schoss in Rollis Gesicht, und für einen winzigen Moment überlegte er, ob er die Köpfe dieser beiden gegeneinander schlagen sollte. Doch er hatte Order von Hanu Standhaft und 111 Goldstücke in Aussicht, also schluckte er seine Wut herunter und knurrte nur: »Was braucht Ihr?«

»Nur etwas, das der Junge berührt hat und einen Platz unter freiem Himmel, an dem wir nicht gestört werden.«

Rolli Schwarzauge, dem Hanu vor seiner Abreise entsprechende Instruktionen gegeben hatte, sagte zu einem der beiden Lederkrieger, die mit ihm im Schankraum gewartet hatten: »Hol es und bring es aufs Dach«, dann winkte er den Brüdern, ihm die Treppe hinauf zu folgen.

Vom zweiten Stock führte eine Leiter durch eine offene Luke auf das von einer niederen Mauer umrahmte Flachdach. Dort war ein junger Mann damit beschäftigt, Fladenbrote in einem kleinen Rundofen zu backen. Rolli brauchte gar nichts zu sagen, sondern ihm nur kurz in die Augen zu blicken, sofort riss er zwei halbfertige Brote aus dem Ofen und verschwand eiligst mit einem Korb, aus dem schon der Duft frisch gebackener Brote aufstieg, die Treppe hinunter. Kurz darauf brachte einer der Lederkrieger seinem Hauptmann ein Paket Seide. Der drückte es Spur in die Hand und erklärte: »Der Junge hatte die Seide einige Zeit mit sich getragen und ist dann, die Stoffbahn wie ein Seil benutzend gut zehn Meter an ihr aus einem Turm hinab gerutscht.«

»Was Ihr nicht sagt? So ein Racker. Nun, die Götter werden ihn strafen. An ihr entlang gerutscht? Gut. Sehr gut sogar. Das wird auf jeden Fall reichen – Preis dem Gott der Suchenden!«, das war wieder Spur gewesen, und seine Stimme war diesmal in einer Art Singsang über seine Lippen gekommen. Rolli merkte, wie er schläfrig wurde, schüttelte ruckartig den Kopf, um die Benommenheit los zu werden – verdammte Brüder! –, und knurrte: »Soll ich euch allein lassen?«

Aber sie antworteten nicht, sondern summten monoton vor sich hin, während sie, jetzt in der Mitte des Daches stehend, ihre Rucksäcke abnahmen und jeweils einen dünnen Ziegenlederschlauch herausholten, der offenbar mit einer Flüssigkeit gefüllt war.

Einerseits wäre Rolli gerne gegangen, andererseits war er aber doch neugierig, was die beiden nun machen würden, und ohnehin sollte er wohl besser ein Auge auf sie haben – und sei es nur, um ihnen gegebenenfalls Fehler nachweisen zu können.

Was zum Henker...? Die beiden zogen sich jetzt aus! Wobei das nicht viel Arbeit war: Unter ihren Kutten hatten sie nichts weiter als langärmlige, bis zu den Knien reichende, grobe Leinenhemd getragen.

Nun pressten sie aus den Lederschläuchen eine milchige, zähe Masse und begannen sich damit einzureiben, während ihr eintöniger Singsang noch monotoner, dafür ein wenig lauter wurde. Pfiii – das Zeug stank vielleicht! Jetzt wusste Schwarzauge auch, woher dieser süßliche Geruch kam, den die beiden verströmten. Aber frisch aufgetragen war der aasige Gestank diese Paste kaum zum aushalten. Rolli ging, etwas Abstand gewinnend und eine Hand vor die Nase haltend, auf die andere Seite der beiden, wo er nicht mehr in ihrem Wind stand.

Nachdem sie von der Glatze bis zu den Zehen von dieser übel riechenden, fettigen Paste bedeckt waren, griff Spur nach der Seidenbahn und riss sie ohne Mühe in der Mitte durch, gab eine Hälfte Spür, und beide wickelten sich nun in die Stoffbahn ein und kauerten sich auf den Boden. Der Singsang wurde noch etwas lauter, und sie begannen mit den Oberkörpern zu wippen, während die Köpfe langsam kreisten. Rolli konnte ihren nuschelnden Singsang nicht wirklich verstehen, meinte aber, immer wieder die Worte »Kraft«, »Erde«, Licht«, »Geschwindigkeit«, »Götter« und seltsamerweise auch »Viereck mit vier gleich langen Seiten« zu hören. Dicke Schweißperlen erschienen nun auf den kahlen Schädeln der beiden Finder. Die Augenlider, zu Schlitzen verengt, flatterten, und wenn sie sich dabei einmal weit genug öffneten, sodass man die Augäpfel sehen konnte, dann war darin nur Weiß zu erkennen.

Der Lederkrieger war zwar von Natur aus kein neugieriger Mensch, doch hier konnte er den Blick nicht abwenden. Die Gesichter von Spur und Spür waren inzwischen schweißüberströmt, jeder Muskel war angespannt, die Lippen aufgeworfen, die Zähne zusammengepresst. Der einst wertvolle Seidenstoff, in den sie gewickelt waren, hatte an den meisten Stellen eine dunkle, bräunliche Färbung angenommen – was wohl eine Mischung aus jener stinkenden Salbe und dem Schweiß der beiden Männer zu verdanken war. Der Singsang kam immer keuchender, mühevoller.

Rolli merkte, wie seine Augen zufallen wollten, und kämpfte dagegen an. Über den Männern der Bruderschaft meinte Rolli ein leichtes Flimmern in der Luft zu erkennen – komisch, denn so heiß war es doch eigentlich gar nicht? Doch da schien tatsächlich eine Art Flirren zu entstehen, sich zu verdichten... – aber das musste Einbildung sein und war wohl auf diese verdammte Schläfrigkeit zurückzuführen.

Das nicht vorhandene Flirren umwirbelte die beiden keuchenden Männer, schien plötzlich von ihnen weg in den Himmel zu streben; wie von einer Sehne geschnellt strafften sich die Oberkörper der Ordensbrüder mit einem Ruck, während sie mit einem heiseren Röcheln Luft einsogen, das Flirren sprang in den Himmel, schien nur noch durch ein winziges Fädchen mit den beiden verbunden, doch nur ein Sekundenbruchteil später krachte es wieder auf die zwei keuchenden Männer zurück, schien in ihre Körper einzuschlagen, während sie einen Schrei ausstießen und dann ermattet zur Seite sanken.

Die Schreie hatten auch Rolli Schwarzauge wieder aus seiner Halbtrance gerissen. Er schloss den Mund und war überzeugt, dass bei der Beschwörung etwas schiefgegangen war und die zwei Stinker umgehauen hatte. Doch als er, trotz des Gestanks, wieder näher trat und auf die kraftlos und keuchend am Boden liegenden Männer blickte, da konnte er sehen, dass sie lächelten.

Es dauerte gut zehn Minuten, bis sie wieder so weit bei Kräften waren, dass sie sich, fast gleichzeitig, zitternd in sitzende Position hoch quälen konnten. Dann sagten sie wie aus einem Mund: »Kuri-tan.«

Das, wusste Schwarzauge, war ein kleines Städtchen südlich von Rútan und noch immer im Stammesgebiet der Schildträger gelegen – mit guten Pferden keinen halben Tagesritt entfernt. Nun sagte Spur: »Er scheint sich in einer Scheune oder einem Stall einquartiert zu haben.«

»Ja«, ergänzte Spür matt und noch immer heiser, »in einer Straße, die direkt zum Waschhaus des Ortes führt.«

Spur verbeugte sich leicht gegen den anderen und meinte: »Sehr gut, Bruder, so genau hatte ich es nicht gesehen.«

»Oh, ich werde den Göttern danken, dass sie es mich erkennen ließen«, dann wandte sich Spür an Rolli: »Es gefällt dem weisen Ratschluss der mächtigen Götter – sie seien gepriesen! –, dass wir nun zu schwach sind, um unverzüglich aufzubrechen. Beschafft uns zwei frische Pferde, dann reitet nach Kuri-tan – Ihr habt gehört, wo Ihr den Jungen zu suchen habt – wir kommen so schnell wir können nach.«

»Ich wüsste nicht, dass ich von euch Befehle entgegennehme.«

»Nun, aber welchen *Eurer* Pläne wollt Ihr denn jetzt ausführen, um den Jungen zu fangen?«

Grummelnd ging der Lederkrieger davon und traf die notwendigen Vorbereitungen.

***

Zähneklappernd kroch Prinz Rétep durch den engen, nahezu stockdunklen Tunnel, bis zum Hals im schnell strömendem Wasser und den Kopf krampfhaft nach oben gereckt in den schmalen Zwischenraum zwischen der Wasseroberfläche und dem Halbrund der gemauerten Tunneldecke.

Verflixt! Wie, um aller Ahnen willen, hatten sie ihn hier finden können? Und was für ein Glück, dass er, nach seiner Unvorsichtigkeit gegenüber Ky, noch vorsichtiger geworden war. Schon als er sich im Speicher des Hufschmieds einquartiert hatte – eine billigere Bleibe gab es wohl im ganzen Ort nicht –, hatte er vorsorglich die Umgebung inspiziert und mögliche Fluchtwege ausgetüftelt. So entdeckte er auch den Brunnen im Hof des Schmiedes, dessen gusseiserne Gitterabdeckung er – man konnte nie wissen – schon mal lockerte, nachdem er von der besonderen Wasserversorgung des Ortes erfahren hatte. Und sein Glück auch, dass der Schmied schon bei Sonnenaufgang in seiner Werkstatt mit lautem Kling und Klang Werkzeug zusammengesucht hatte, um zu einem Auftrag im nächsten Weiler zu reiten. Denn sonst wäre Rétep nicht aufgewacht und hätte auch nicht zur Öffnung des Heulagers im Obergeschoss des Stalles herausgespäht. Und er hätte nicht Rolli Schwarzauge gesehen, der mit drei Lederkriegern im Gefolge das Tor der Scheune schon fast erreicht hatte.

Rétep sah keine Chance, noch an sein Pferd heranzukommen. Nun, immerhin: Dieser Hauptmann würde zwar sein Lager noch warm vorfinden, ihn aber nicht kaltmachen können. Augenblicklich schnappte sich der Schuhputzer-Prinz sein Bündel und seine Stiefel, hastete zur Rückseite des Heuschobers, warf seine Sachen durch die Ladeöffnung und ließ sich dort am Ladeseil in den Hof des Schmiedes gleiten – so langsam bekam er echt Übung im Abseilen aus allen Lebenslagen.

Als er den Boden erreichte, hörte er durch die Bretterwand, wie die Stalltüre auf der anderen Seite des kleinen Gebäudes aufgestoßen wurde und schwere Schritte in den Stall stürmten. Hastig sammelte er seine Sachen auf, war mit drei leisen Sprüngen beim Brunnen, hob das Gitter an, warf sein Gepäck hinunter, quetschte sich zwischen Steinumrandung und Gitter durch und rutschte – da! Schon wieder! – am Eimer-Seil hinab. Wäre es ein reiner Grundwasser-Brunnen gewesen, hätte Rétep in einer hübschen Sackgasse gesteckt. Doch der felsarme und sehr lehmhaltige Untergrund ihres kleinen Städtchens hatte es den Einwohnern Kuri-tans erlaubt, einen kräftigen Bach unter der Hauptstraße ihres Ortes entlang zu leiten und von dort aus auch einige Abzweigungen zu graben, sodass das Städtchen ungewöhnlich reich an Brunnen war. Bis zur Brust im Wasser stehend, hängte sich Rétep seine Stiefel um den Hals – die konnten so langsam *wirklich* mal eine gute Portion Trillerlops-Fett vertragen –, sein Bündel über den Rücken und kroch dann in diejenige der drei ein wenig höher gelegenen Abzweigungen, bei der er wenigstens das Gefühl hatte, einen Hauch von Licht im Inneren erahnen zu können. Tatsächlich kam er schon nach etwa 55 Metern in der einen minimalen Bogen beschreibenden Röhre in einen anderen Brunnenschacht, der war ihm aber ganz eindeutig noch zu nahe an der Schmiede. Nach weiteren 111 Metern erreichte er einen größeren Brunnenschacht, dort war jedoch das Seil schön säuberlich auf einer Rolle gut drei Meter über ihm aufgerollt. Also weiter.

»Argh!«

Niemand hörte hier unten das Platschen, Prusten und Husten, nachdem Rétep kopfüber ins Wasser geklatscht war. Der Prinz hatte, ohne es zu merken, wieder einen Brunnenschacht erreicht gehabt und war über die unter Wasser liegende Stufe zum tiefer reichenden Brunnen geraten.

Den Ahnen sei Dank, dass es wenigstens nicht tief genug zum Versinken war! Vielleicht hätte er ja doch mal die Kunst des Schwimmens erlernen sollen. Als er keuchend und spuckend wieder auftauchte, hatte er nicht nur vom Wasser die Nase voll. Wieso war dieser Brunnenschacht eigentlich so dunkel, dass er ihn nicht gesehen hatte? Lag da eine Platte drüber? Nein, beim nach oben Starren meinte er, doch etwas Helligkeit zu erkennen. Ein Brunnen, der *in* ein Haus führte? Sehr ungewöhnlich. Rétep stieß gegen etwas Hartes, Kaltes und fuhr erschrocken zurück, dann tastete er... – ein schmales Rohr, das nach oben führte? Das musste zu einer dieser Pumpen gehören, diese mechanischen Tricks, die sich eigentlich nur reiche Leute leisten konnten. Jedenfalls schien das Rohr stabil zu sein...

Der Junge überlegte nicht lange, kletterte, nachdem er seine Habseligkeiten wieder eingesammelt hatte, das Rohr hinauf und zog sich schließlich über einen dünnen, aus Granitsteinen gemauerten Brunnenrand. Erschöpft und eine größer werdende Pfütze unter sich ausbreitend sah er sich um. Er befand sich in einem großen Raum mit etwa 44 hölzernen Badebottichen der unterschiedlichsten Größen. Nein, der Besitzer gehörte wohl nicht zu den reichen Männern, aber er hatte sich die teure Pumpe geleistet, weil er ständig Wasser brauchte und es seinem Geschäft zugutekam: Rétep stand im Badehaus von Kuri-tan.

Er hätte es schlechter treffen können. Zunächst holte er sich von einem großen Stapel ein frisches Trockentuch und rubbelte sich ab. Aus einem anderen Stapel fischte er eine lange weiße Leinen-Hose mit Zug-Bund, sowie aus dem gleichen Material ein Sack-Hemd und Strümpfe – diese Kleidung legten eigentlich jene Badehaus-Besucher an, die sich, gegen Rückenschmerzen oder zur Entspannung, in einer der großen Holzkisten an einer Querseite des Raumes in heißen Sand eingraben ließen. Aber für Rétep erfüllten sie auch so ihren Zweck. Dann schlüpfte er noch in Holzpantinen und stopfte seine nassen Sachen in einen Wäschesack. Durch eine kleine Tür kam er in den zur Bäderanlage gehörenden Schankraum. Prima! In tönernen Kühl-Krügen fand er noch ein ordentliches Stück kalten Braten und Maiskekse vom Vortag sowie Butter und reichlich Marmelade.

Er schlang hungrig ein schnelles Frühstück herunter, während er den Raum weiter durchsuchte und schließlich in einer Schublade hinter der Theke einige Kupfernick und sogar zwei Elfernick an Wechsel-Münzen entdeckte – das konnte ihm auf seiner Flucht durchaus weiterhelfen! Das restliche Fleisch und die übrigen Maiskekse wickelte er in zwei saubere Handtücher und stopfte das kleine Paket ebenfalls in den Wäschesack. Er war gerade fertig damit, als er einen Schlüssel an der Eingangstüre klappern hörte.

*

Wie jeden Morgen war Bader Kalpert in aller Frühe – und verschlafen wie immer – auf seinem Maultier zum Badehaus geritten, um alles für die Morgenkunden vorzubereiten. Seine Helfer, Panjo und die Schwestern Tena und Telja, würden auch jeden Moment kommen, der Masseur etwas später. Frisches Wasser musste heraufgepumpt, Feuer für die Warm- und Heißwasser-Bäder angefacht werden. Die Schwestern würden frisches Brot vom Bäcker, Panjo einen Korb Trillerlops-Eier und Speck mitbringen, so konnte man den Gästen ein ordentliches Frühstück anbieten. Natürlich musste auch noch L'ak gebrüht werden, und für die Frauen und Männer mit dem Morgendurst standen schon ein paar Krüge Kelab bereit...

Das Maultier hatte er erst mal an der Koppel-Stange für die Gäste angebunden, würde es später in den Stall hinterm Haus bringen. Jetzt steckte Kalpert den klobigen Schlüssel ins Schloss, griff die Klinke... und bekam den Schreck seines Lebens, als ihm diese aus der Hand gezerrt wurde, weil jemand von innen die Tür aufriss. Ängstlich sprang der junge Bader zwei Schritte zurück... doch im Türrahmen stand nur ein Junge. Ein Junge im Sandanzug, mit prallem Wäschesack unterm Arm und mit noch nassen Haaren. Ein wütender Junge, der die Faust schüttelte und, zornbebend, Kalpert anbrüllte: »Der Burischja soll dich holen! Mann, das wurde ja wohl Zeit! Mich im Sand zu vergessen! Sterben – jawohl! – sterben hätte ich können, wenn es mir, nachdem ich mitten in der Nacht aufgewacht war, nicht nach *Stunden* gelungen wäre, mich zu befreien!! Mich hier *einzuschließen*! Man sollte dich in Trillerlops-Pastete ertränken! Mein lieber Mann, glaubt mir, das wird Folgen haben!«

Kalpert, entsetzt und verwirrt, raufte sich mit beiden Händen die Haare und stammelte: »Eingeschlossen? Aber wie sollte das möglich...? Panjo hätte doch noch mal eine Kontrolle...«

»Versucht Euch jetzt bloß nicht rauszureden!«, fuhr ihm der Junge dazwischen, »Mann, ich bin *völlig* geschafft. Habt *Ihr* schon mal sechs Stunden im Sand geschwitzt und euch dann selbst ausgegraben? Nein? Dacht ich mir. Ich bin *so* fertig...«

Dann trat der Junge zu Kalperts Maultier, band es los, saß auf, als wäre es seines, und knurrte den Bader an: »Meine Beine tragen mich kaum noch. Ich werde nach Hause reiten. Meine Eltern suchen mich sicher schon überall, und meine arme Mutter regt sich immer so leicht auf... Mein Vater wird euch das Tier zurückbringen, und dann, Bader, könnt Ihr Euch auf etwas gefasst machen.« Damit wendete der Junge das Maultier und trabte behände davon.

Als Rétep an der nächsten Querstraße vorbeiritt, bog von dort gerade ein junger Mann, sicher noch keine 22 Jahre alt, mit einem Korb Eier um die Ecke und ging in Richtung Badehaus. Nur wenige Augenblicke später hörte Rétep aus der Ferne die überschnappende Stimme des Baders brüllen: »Panjo! Du räudiger Sohn des Burischja! Was hast du angerichtet!?« – Schnell bog Rétep um die nächste Ecke und strebte durch das langsam erwachende Städtchen eiligst dem Tor in der Schutzmauer entgegen, während er, einen Maiskeks knabbernd, darüber nachdachte, wohin er nun fliehen solle. Ein Thema, über das er in den kommenden Tagen noch öfter nachdenken würde.

*

Endlich! Heute Nacht würde der Mond sein volles Rund erreichen. Heute Nacht würde er Tulpe wieder treffen – vorausgesetzt, dieser verrückte Xavox hatte ihm die Nachricht übermittelt.

Es gab da diese halb verfallene Hütte, nur ein paar Wegminuten im Großen Speerwald an einem Jägerpfad gelegen. Sie hatten den Unterschlupf durch Zufall bei einem Jagdabenteuer entdeckt, und er hatte ihnen schon damals gute Dienste geleistet. Rétep hoffte, dass es diesmal wieder so sein würde.

Ursprünglich, so sagte er sich, hatte er seinen Freund nur deshalb nochmals treffen wollen, um zu erfahren, wie es in Rú-tan stand. Mit hinein ziehen in seinen Ärger mit dem Kriegskanzler wollte er Tulpe ja eigentlich nicht. Doch jetzt würde er ihn, auch ohne Hoffnung auf Erfolg, um Hilfe bitten müssen. Rétep war verzweifelt: Noch zwei Mal hatte er in den vergangenen sieben Tagen Hals über Kopf vor seinen Häschern fliehen müssen. Die meisten seiner wenigen Kupferstücke waren draufgegangen, weil er Straßenjungen und einmal auch einen Landstreicher dafür bezahlt hatte, ihn augenblicklich zu warnen, falls ein hünenhafter Lederkrieger mit Augenklappe in den jeweiligen Ort seiner Flucht einreiten sollte. Ohne diese Maßnahme hätte er überhaupt keinen Schlaf mehr gefunden. Und bei seiner letzten Flucht waren sie ihm, erst heute Morgen, schon so nahe gekommen, dass er sogar sein Maultier – na ja, das des Baders – laufen lassen musste, um sie auf eine falsche Fährte zu lenken.

Auf der verzweifelten Suche nach einem neuen Reittier hatte er alles riskiert: In einer Raststation hatte er ein paar Krieger getroffen, die auf dem Weg nach Rú-tan waren. Er hatte ihren Anführer, einen jungen Soldaten, beschwatzt, ihm sein Pferd zu »leihen«. Rétep hatte all seine Verzweiflung in das Gespräch gelegt und dem jungen Mann, der eigentlich nicht so gewirkt hatte, als ließe er sich leicht erweichen, eine hanebüchene Geschichte erzählt, und tatsächlich hatte der ihm schließlich seinen Geschecktem überlassen.

Nun ritt er mit eben jenem Pferd an der einsamen Waldhütte vor. Deren Tür sprang auf, und Tulpe stürzte ihm entgegen. Rétep rutschte erschöpft vom Pferd und drückte seinen Freund an sich, der überrascht war, wie heftig und lange die Umarmung des Schuhputzer-Prinzen ausfiel. Schließlich nahmen sie, beide etwas verlegen, wieder Abstand voneinander, und Tulpe meinte leise: »Na, Alter, hast wohl ein paar harte Tage hinter dir?«

»Oh ja, das kann man wohl sagen! Stell dir vor, ich werde einfach nicht diese... – sag mal, riechst du nach Schnaps?«

»Wie? Oh, nein, nein, ich nicht, aber...«, und Tulpes Stimme wurde zum Flüstern, »aber *er*, ich habe dir noch gar nicht erzählt, dass ich nicht alleine...«

»Hallo und Hopsasa! So schnell sieht man sich wieder. Dachte, nachdem ich schon den Boten gespielt habe, könnte ich mich ruhig noch ein bisschen weiter einmischen – wer weiß, vielleicht gibt es ja ein Königreich zu retten?«

Im Türrahmen stand der alte Halbmagier Xavox, der einen ganz unpassend gut gelaunten Eindruck machte, mit einer kleinen Tonflasche in der rechten und einer stinkig glimmenden Pfeife in der linken Hand.

»Xavox!« Rétep fühlte sich überraschenderweise gleich etwas besser, während er auf den Mann zueilte, um ihm die Hand zu schütteln und mit frechem Grinsen zu sagen: »Ich kann's kaum glauben, aber ich bin tatsächlich überaus erfreut, Euch zu sehen, Magier.«

»Halbmagier!«

»Halbmagier. Ihr wollt mir wirklich helfen?«

»Nun, ich denke, ich habe nichts Besseres vor, die nächsten Jahre.«

»*Jahre!?*«

»Na, mal sehen. Aber einen Jungen und ein Land zu retten, dauert sicher seine Zeit«, dann lachte der Halbmagier fröhlich und ergänzte: »Doch woher will ich das eigentlich wissen? Ich hab's ja schließlich noch nie getan! Ach übrigens, hast du schon jemanden...«

»Nein«, unterbrach Rétep, »leider ist mir noch niemand über den Weg gelaufen, der Gold in Whiskey verwandeln kann.«

»Schade. Aber ich hatte dich unterbrochen.«

Der Halbmagier setzte sich auf eine in die Hütte führende Stufe, die beiden Freunde auf einen Baumstamm, den der ursprüngliche Erbauer der Hütte wohl auch als Sitzgelegenheit vorgesehen hatte. Dann erzählte Rétep zunächst das, was ihn am meisten beunruhigte: dass ihn nämlich im Auftrag des Kanzlers Lederkrieger verfolgten, die er einfach nicht abschütteln konnte. »Ich weiß schon gar nicht mehr, wie oft ich die Richtung gewechselt und welche Finten ich geschlagen habe, aber sie tauchen immer wieder auf. Sie haben keine Hunde dabei, aber – das hört sich jetzt vielleicht blöd an – ich muss fast glauben, dass es die Kerle selbst sind, die mich wittern.«

»Hmm. Ganz so dumm wie du meinst ist das gar nicht. Und – hossa – es hört sich verdammt gefährlich an. Du solltest bedenken, dass dem Kriegskanzler in seiner Machtfülle mehr Möglichkeiten zur Verfügung stehen als einem Schuhputzerjungen. Und was du nicht weißt: Etwa zwei Wochen, nachdem du verschwunden warst, spürte ich zwei andere Präsenzen in der Stadt, denen Magie nicht unbekannt ist. So hat sich der alte Gaukler etwas umgehört und erfahren, dass zwei eigentümliche, seltsam riechende Männer der Bruderschaft in Rú-tan aufgetaucht waren und mit einem einäugigen Lederkrieger gesprochen hatten.

Tjaja, die Bruderschaft. Allgemein geht man davon aus, dass innerhalb der Bruderschaft nennenswerte Reste der alten Magie nur noch in der Riege um den Gleichsten vorhanden sind – wobei man in der Nähe einflussreicher Brüder das Wort ›Magie‹ vermeiden sollte, da es sich dabei ja um etwas schrecklich Verwerfliches, Verdammens- und Ausrottungswürdiges handelt.« – Xavox hatte bei seinen letzten Worten ein breites Grinsen aufgesetzt, dann erklärte er: »Die Bruderschaft spricht, wenn sie Magie ausübt, nur von ›Künsten der Götter‹, für uns Halbmagier haben sie dagegen bloß Hohn und Verachtung übrig, gegebenenfalls wohl auch mal ein paar Münzen für Leute vom Stamm der Attentäter. Aber natürlich speisen sowohl die Bruderschaft als auch wir unsere Künste aus der gleichen Quelle – was auch jeder weiß, der sich dafür interessiert. – Jedoch: Wer möchte es sich schon mit den Brüdern verderben? Dafür werden sie einerseits noch immer zu sehr gefürchtet, andererseits aber auch nicht mehr ernst genug genommen.

Jedenfalls ist die allgemeine Ansicht nicht ganz richtig, dass es nur noch in der Riege, bei den Ces und beim Gleichsten selbst noch etwas stärkere Magie gibt. Zum einen haben es auch ein paar wenige einfache Brüder zu recht beachtlichen Heil-Fähigkeiten gebracht, was von ihren Gleichsten toleriert wird. Jedenfalls solange die Heiler keine Machtansprüche stellen und die Bruderschaft in einem guten Licht erscheinen lassen, ja ihr sogar, durch ihre praktizierte Wundertätigkeit, das ein oder andere Schäfchen zuführen. Und dann – es hat mich einige Jahre der Wanderung und viele Flaschen Schnaps gekostet, das herauszufinden – gibt es da noch ein paar Spezialisten: magische Fachidioten, die sich die Gleichsten halten. Seht ihr, mit der Magie, mit den armseligen Resten, die heute noch bekannt sind, ist das so eine Sache: Soweit man weiß, war es für die echten Magier, die ihre Kunst beherrschten, vergleichsweise einfach, ihre Zauber zu wirken, wenn es nicht gerade etwas ganz Außergewöhnliches war...«

»Wie etwa Gold in Whisky zu verwandeln?«, konnte sich Tulpe nicht verkneifen.

»Ja, genau. Solche Sachen. Aber das Meiste war für sie ein Klacks im Vergleich dazu, wie sich die heutigen Verwalter magischer Überbleibsel abrackern müssen. Um diese Reste am Laufen zu halten, bedarf es großer Anstrengungen und oft auch sehr strapaziöser Rituale. Und die Riege der Ces braucht ihre Kraft schon, um ihre magischen Fähigkeiten in der Breite vergleichsweise hochhalten zu können. Dann auch noch in bestimmten Bereichen hohe Spitzen – zumindest nach heutigem Maßstab hohe Spitzen – der Magie zu erreichen, dazu reicht die Kraft nicht mehr. Daher hat man besonders loyale Brüder ausgewählt, um sie jeweils auf bestimmte Bereiche – und nur auf diese Bereiche – der Magie anzusetzen.«

»Was auch den Vorteil hat, dass diese magischen Fachidioten mit ihrem Spezialwissen den Bossen mit dem umfassenden, aber flachen Wissen nicht gefährlich werden können?«

»Ganz recht, Rétep.«

»Und das hat mit mir zu tun...?«

»Nun«, fuhr der alte Halbmagier fort, der inzwischen seine Hände zusammengelegt hatte und beim Reden einen leicht abwesenden Eindruck machte, »ich kenne sicher nicht alle Sorten dieser Fachmagier, aber ich weiß zum Beispiel, dass es Pflanzenblüher gibt, Überzeuger und Goldfinder, Merker und Trankwirker – und Finder.«

»Finder?«

»Finder. Daher war dein Vergleich mit den Spürhunden gar nicht so schlecht. Wenn auch nicht die Lederkrieger selbst die Spürhunde sind... Wie Fährtenhunde, so brauchen auch die Finder etwas, das der Gesuchte – möglichst intensiv – berührt hat. Mit dessen Hilfe wirken sie eine Magie, die sie den Aufenthaltsort des Gesuchten erkennen lässt.«

»Aber... das kann nicht sein, ich habe immer nur Rolli Schwarzauge und seine Lederkrieger gesehen.«

»Nur weil die Finder wissen, wo du steckst, heißt das nicht, dass sie sich selbst die Hände schmutzig machen. Außerdem kann ich mir sehr gut vorstellen, dass diese heutigen Spitzen der Magie nur unter größter körperlicher Anstrengung zu erreichen sind. Vermutlich können die beiden die Lederkrieger gar nicht begleiten – und vermutlich bist du auch nur deswegen noch nicht entdeckt worden.«

»Oh Ahnen! Heißt das, sie wissen auch jetzt, in diesem Augenblick, wo ich mich, wo *wir* uns befinden?«

»Heute Morgen hattest du die letzte Begegnung mit den Lederkriegern, sagst du? Nun, vor morgen Früh wird es da wohl kein neues Spüren der Finder geben, zumal sie, wenn ich richtig rechne, in nicht einmal zehn Tagen drei Findungen gestartet haben – sie müssen inzwischen sehr erschöpft sein. Aber vorsorglich werde ich sie noch ein bisschen verwirren – nein, *sooo* erfreut braucht ihr euch nicht anzugucken, Jungs. Der Magie der Finder habe ich, zumindest auf ihrem Gebiet, dauerhaft nichts entgegenzusetzen. Aber da sie nicht wissen, dass sie mit einem Zauberer auf deiner Seite rechnen müssen...

»Einem Halbzauberer!«

»...wie wahr. Da sie also nicht mit halbmagischen Gegenkräften rechnen, kann ich vielleicht eine kleine Charade inszenieren, die sie wenigstens für ein paar Tage ablenkt. – Nicht erschrecken!«

Es raschelte seitlich im Gebüsch, und ein Reh, neugierig in Richtung Xavox starrend, trat auf die kleine Lichtung vor der Hütte.

Leise sprach Xavox zu dem Tier: »Einen kleinen Moment Geduld bitte«, dann zu Rétep, während er ein winziges Silbermesserchen aus seinem Ärmel zog: »Ich befürchte, du musst mir ein paar Tropfen von deinem Blut überlassen.«

Seufzend hielt Rétep seinen Unterarm hin und murmelte: »Wenn ich dafür wenigstens ein, zwei Nächte ruhig schlafen kann...«

Der Halbmagier tat einen kleinen Ritzer, der Rétep zusammenzucken ließ, und fuhr dann mit seiner Linken über das Blut, das aus der schmalen Wunde austrat. Dann ging er, leise murmelnd, auf das Reh zu, das regungslos stehen blieb. Immer weiter flüsternd blieb er fünf Minuten vor dem Tier stehen, dann verrieb er Réteps Blut in sanften, kreisenden Bewegungen auf der Stirn des Tieres. Schließlich ließ er die Hand sinken, schien einen winzigen Moment zu schwanken und erklärte dann seufzend: »Ich könnte jetzt einen guten Schluck gebrauchen.« Dann klatschte er in die Hände, und das Reh sprang erschrocken davon. Xavox erklärte Rétep: »Wenn sie das nächste Mal nach dir spähen, werden sie dich munter durch den Speerwald hüpfen sehen und vermutlich denken, dass du den Verstand verloren hast. Der Zauber dürfte vier, fünf Tage halten. Allerdings müssen wir noch den echten Rétep etwas übertünchen, damit unsere Herren Finder nicht doppelt sehen. Tulpe? Dürfte ich um etwas Blut von dir bitten?«

Tulpe wurde blass und stellte die Gegenfrage: »Äh, wäre Halbzauberer-Blut nicht besser geeignet?«

»Oh, nein, tut mir leid, aber mein Blut kann ich nicht verwenden.«

Seufzend hielt Tulpe seinen Arm hin, während er fragte: »Warum nicht? Gibt das irgendwelche magischen Komplikationen?«

Xavox tat den Schnitt und rieb sich Tulpes Blut auf die linke Handfläche, während er fröhlich erklärte: »Oh nein, keineswegs. Aber warum sollte ich mir selbst wehtun, wenn es eine Alternative gibt? Ich glaube, ich würde es ziemlich hassen, mir in den Arm schneiden zu müssen.«

»Na, das sehe ich natürlich ein«, murmelte Tulpe zwischen zusammengepressten Zähnen, während er den kleinen Schnitt an seinem linken Arm mit der rechten Hand zusammenpresste.

Xavox legte unterdessen seine Handflächen wieder zusammen, murmelte unverständliche Worte, wandte sich schließlich Rétep zu und verrieb das Blut mit den gleichen kreisenden Bewegungen wie beim Reh auf Réteps Stirn und der winzigen offenen Wunde an seinem Arm. Zum Schluss war der Atem des Halbmagiers heftig gegangen, und als er alles erledigt hatte, musste er sich auf die Stufe setzen und erst mal zehn Minuten verschnaufen – was besser zu funktionieren schien, nachdem ihm Tulpe sein kleines Steingut-Fläschchen in die Hände gedrückt hatte.

Langsam hielt die Nacht im Wald Einzug. Während sich Xavox ausruhte und Tulpe über einem winzigen Feuer ein Kaninchen briet, das ihm in die Schlinge gegangen war, berichtete der Prinz ausführlich, wie und was er von der Verschwörung des Kanzlers erfahren hatte sowie von seiner wilden Flucht aus Rú-tan und was er seither erlebt hatte. Der alte Halbzauberer hörte nicht minder gebannt zu als sein junger Freund, dem vor lauter Staunen fast das Kaninchen angebrannt wäre.

Während sie sich schließlich mit dem Kaninchen und Wasser aus einer winzigen Quelle stärkten, die wohl der Grund dafür gewesen war, die Jagdhütte an dieser Stelle zu errichten, wollte Rétep wissen: »Habt Ihr erfahren, wie es Tefallo geht?«

»Oh«, – Tulpe grinste von einem Ohr zum anderen – »nach deinem theaterreifen Abgang waren die Leute vor allem in der Mittelstadt zunächst mal ganz schön sauer auf diesen ›unbekannten jungen Mann‹ – hehe –, der in der Nacht für soviel Unruhe gesorgt hatte. Aber die Geschichte mit dem Kanzlerpferd im zweiten Stock, – Mann, damit hattest du – trotz aller Heldenverehrung gegenüber Hanu Standhaft – die Lacher echt auf deiner Seite! Eine Elferschaft war nötig, um Tefallo wieder abzuseilen. Keine Angst, du brauchst nicht so entsetzt zu gucken, Tefallo hat alles gut überstanden und ist, natürlich, inzwischen mit dem Kriegskanzler wieder abgereist. Was allerdings die Leute viel mehr beunruhigt hat: Von Tanjo und seinen beiden Kindern fehlt seit dem Tag nach deiner Flucht jede Spur, und die wildesten Gerüchte gehen in der Stadt um.«

»Tanjo...?«

»Der Veteran, der in dem Turm wohnte. Er war verwitwet und deshalb froh, dass man ihm dem Turm überlassen hatte – damit er nicht noch das Geld für den Mietzins heranschaffen musste und mehr Zeit hatte, sich um seine Kinder zu kümmern. Er war arm, hatte aber einen guten Namen, nachdem er sich in irgendeiner Schlacht gegen die Barbaren Ruhm erworben hatte. Und jetzt: weg! Auch seine Kinder.«

Rétep starrte seinen Freund entsetzt an: »Aber... was wurde aus ihnen?«

»Hab' nicht die geringste Ahnung. Doch nach dem, was du erzählt hast, hatte er dich erkannt; das passte möglicherweise nicht in die Taktik des Kanzlers. Wer weiß? Vielleicht hat er ihn wieder in die Armee gesteckt und sonst wohin geschickt, weit weg vom Schuss? Vielleicht ist er aber mit seinen Kindern schon bei *seinen* Vätern? Du sagst, dass der Kanzler Lederkrieger in seinen Diensten hat, und die sind ja nicht gerade bekannt dafür, dass sie halbe Sachen machen, oder?«

Rétep erschauerte. Nein, der Kanzler ließ wirklich nicht mit sich spaßen. Hätte er doch nur Ky gegenüber den Mund gehalten.

Ky...

Rétep schluckte und fragte: »Und meine... Cousine?«

Wieder antwortete Tulpe: »Ich habe ein paar Mal nach ihr gesehen, wie du es mir aufgetragen hattest...«

Xavox, eine kräftige Qualmwolke aus seiner inzwischen wieder entzündeten Pfeife ausstoßend, feixte: »Ach, du hast ihm aufgetragen, nach deiner Cousine zu sehen? Hattest du vorhin nicht irgendwas in der Richtung erwähnt, dass sie dir seit diese Mode-Sache gestohlen bleiben könne?«

Rétep bekam leicht rote Ohrspitzen, während Tulpe weitersprach: »Sie war – völlig ungewöhnlich – in den Tagen nach jenem denkwürdigen Ball sehr still, und man hat sie kaum zu Gesicht bekommen. Eigentlich hat sie sich erst wieder blicken lassen, nachdem der Tross des Kriegskanzlers – und seines Sohnes – die Stadt verlassen hatte. Aber inzwischen ist sie wieder wie eh und je: Kommandiert ihre Freundinnen herum, gibt wie ein Trillerlops-Hahn auf der Balz mit ihrer ›neuen Hauptstadt-Mode‹ an und hat für mich bestenfalls ein spitzes Schnaufen durch die hoch erhobene Nase übrig, wenn sie mich sieht. Wer aber auch sehr nachdenklich geworden ist, das sind dein Onkel und seine Frauen. Sicher, du hast dich schon öfter mal ein paar Wochen nicht bei ihnen blicken lassen, doch dass du genau seit jener Nacht verschwunden bist... ich denke, sie können elf und elf zusammenzählen, sagen aber wohlweislich nichts, um die Familie und das Geschäft nicht in Schwierigkeiten zu bringen.«

»Aber genau da stecken sie schon drin«, sagte Xavox sanft zu Rétep, »und mein Junge, du weißt, dass du dir dafür die Verantwortung aufgebürdet hast. Offenbar hat Ky am Abend des Balls tatsächlich Hanu Standhaft deine Nachricht übermittelt – › *Bei meiner Ehre als Taugenichts: Die Pergamente bleiben während meiner Flucht eingepackt. Sollte jedoch einem dummen Kind, das wir beide kennen, etwas geschehen, werde ich den Rest meiner Tage damit verbringen, Pergamente an Bäume zu nageln‹*, ganz schön gewitzt –, und offensichtlich ist der Kriegskanzler auch auf den Handel mit dir eingegangen. Sonst würde Ky nicht mehr leben. Aber, Rétep, genauso klar ist es auch, dass Ky ihren letzten Atemzug getan hat, sobald sie dich erwischen. Und wohl nicht nur sie: Ihre – und damit deine – Familie wird entweder genauso sang- und klanglos verschwinden wie Tanjo, oder es wird ein tragisches Unglück oder ein nie geklärtes Verbrechen geben...«

»*Nein!*«, Rétep war aufgesprungen und lief nun erregt vor dem Feuer auf und ab. »Aber warum? *Ich* war es doch, der die Verschwörer belauscht hat. *Ich* war es, der Hanu Standhaft erpressen wollte. Ky, Onkel N'Ky, Olonikayanawanisa, Ri, Großonkel Allna... Die haben doch niemandem etwas getan!«

»Nein?«, trotz der unzähligen Lachfältchen wirkten Xavox` Augen müde, »da irrst du dich, mein Junge. Ihre schrecklich dumme Tat besteht darin, dass sie möglicherweise – nur möglicherweise –, ein ganz, ganz winziges kleines bisschen einem großen Plan eines großen Mannes im Weg stehen. Eines Mannes, der so groß geworden ist, dass er die Erde nicht mehr sieht und auch nicht all uns kleine Menschen, die wir darauf leben. Eines Mannes, der so groß ist, dass allein seine Gedanken, sein Wünschen und sein Wollen eine solche Schwere haben, dass sie viel mehr wiegen als so ein paar kleine Leben.«

Rétep schrie es fast: »Aber das kann er doch nicht machen!«

»Das ist ja das Problem: Er kann es. Und weil er es kann, und weil ihn keiner aufhält, und weil er zu groß geworden ist, um Recht von Unrecht unterscheiden zu können, wird er es auch tun. Und glaub mir: Selbst wenn er ganz Rú-tan auslöschen müsste, würde er nicht zögern.«

»Aber dann...«

»Ja, nur noch dein kleines Leben steht zwischen dem Kriegskanzler und dem Tod deiner Familie.«

Zitternd ließ sich Rétep wieder auf den Baumstamm plumpsen und schlug die Hände vors Gesicht. Der alte Halbmagier klopfte ihm auf die Schulter und meinte: »Kopf hoch, mein Junge. Jetzt hast du doch einen wunderbaren Ansporn, am Leben zu bleiben – mal ganz abgesehen von dem Ansporn, am Leben zu bleiben. Mein kleiner Trick dürfte uns gut drei, vier Tage Zeit verschafft haben, in denen wir uns genau überlegen sollten, wie wir das anstellen, mit dem am Leben bleiben. Obwohl – hossa! – ich muss zugeben, mit diesen schnüffelnden Brüdern auf den Fersen dürfte das ziemlich schwer werden. Sehr schwer. Ans Unmögliche grenzend. Vielleicht sogar...«

»Danke, danke, danke! Ich bin sicher, er hat's verstanden«, sagte Tulpe zornig und deutete auf seinen Freund. Durch Réteps Finger hervor starrten zwei aus ihren Höhlen quellende Augen den Zauberer an.

»Er hat verstanden? Nun, hoffentlich. Das sollte er auch. Wobei es ihm vielleicht ein Trost ist, dass sein möglicher, oder wahrscheinlicher...«

»*Schon guuut!*«

»...Tod und der Tod seiner Familie im Ganzen gesehen gar nicht mal das Schlimmste an der ganzen Sache ist.«

Nach einem entsetzten Lufteinziehen saß Rétep kerzengerade auf dem Baumstamm und stammelte: »*Bitte?* Gestatten, dass ich da etwas anderer Ansicht bin?«

»Oh, das glaub ich dir aufs Wort, mein Junge. Aber die 40 Millionen anderen Elfen würden wohl eher mir zustimmen, jedenfalls wenn sie die leiseste Ahnung hätten, was unserem Land droht.«

»Und was droht ihm?«, wollte Tulpe wissen.

»Ooooch, halt der Untergang und so. Wie viele große Männer sieht Hanu Standhaft leider nicht die Grenzen seiner Größe und unterschätzt seine Untertanen, oder besser gesagt: die des Königs sträflich. Wenn er seinen Plan offenbart, werden keinesfalls alle Menschen des Elf-Stämme-Landes mit wehenden Fahnen zu ihm überlaufen. Viele, und nicht nur unsere spitzohrigen Freunde vom Waldstamm, werden auf der Seite des Königshauses stehen. Es wird zum Bürgerkrieg kommen. Wer weiß? Vielleicht würde Jaun, um diesen Krieg zu verhindern, sogar abdanken, um sich nur noch seinen Marmeladen zu widmen? – Was, wenn ich's mir recht überlege, ein echter kulinarischer Gewinn wäre. – Aber wenn Hanu den König tatsächlich töten lässt, werden dessen Thronfolger nicht so weise sein. Und auch wenn das Attentat – hoffentlich – misslingt: So einfach ist das gar nicht mit dem Abdanken. Andere Interessengruppen würden ohne Jaun ihre Felle davonschwimmen sehen und ihn zum Bleiben nötigen. Oder seine Thronfolger würden sich geprellt sehen und dennoch nach der Krone streben. Oder Jaun würde doch im Amt bleiben wollen, weil er das, was Hanu seiner Ansicht nach als König tun würde, für noch gefährlicher als einen Bürgerkrieg hielte. Ihr seht: Der Bürgerkrieg droht uns so oder so.

Aus diesem Krieg dürfte zwar – leider gibt es da kaum Zweifel – Hanu als Sieger hervorgehen, doch die lachenden Dritten wären die Barbaren. Auch ohne ihr geheimnisvolles Totem, von dem du, Rétep, uns erfreulicherweise berichten konntest, werden sie stark genug sein, Tod und Zerstörung über unser Land zu bringen. Ich denke, nach diesem leckeren Hasen – hast du toll hingekriegt, Tulpe, – können wir jetzt schön mit vollem Bauch schlafen. Uaaah! Was bin ich müde. Gute Nacht, bis morgen.«

»Wie? Was? *He!* Moment mal!«, riefen die beiden Freunde dem Halbmagier hinterher, der sich erhoben hatte und auf die Hütte zuging.

Der so Angerufene drehte sich nochmals um und fragte: »Hm? Ist noch was?«

Die beiden Jungen sahen sich kurz an, dann meinte Rétep: »Na ja, wie ist das nun, mit dem Pläneschmieden für meine Flucht und, äh, die Rettung des Elf-Stämme-Landes, und so...?«

»Och Kinder, guckt mal auf die Sterne, wie spät es ist! – Hoppla, is' ja bewölkt – na, egal, auf jeden Fall muss die Rettung der Welt etwas warten, bis wir ausgeschlafen haben. Tirillihi!« Damit verschwand er endgültig in der Hütte. Dann hörten Rétep und Tulpe noch, wie drinnen ein Korken aus einem Gefäß gezogen wurde, hörten ein leichtes Gluckern, ein kurzes Summen, ein wohliges »Aaaah« und keine drei Minuten später ein leises, leises Schnarchen. Rétep und Tulpe sahen sich nochmals an, zuckten mit den Schultern und gingen schließlich, nachdem das Feuer gelöscht war, auch in die Hütte, um sich ein Eckchen für die Nacht zu suchen.

*

Rétep und Tulpe hatten nicht sonderlich gut geschlafen und wurden früh wach. Sie trauten sich aber nicht, den alten Mann aufzuwecken, der unbeeindruckt auf einer der fünf harten Holzpritschen weiterschlief, die sie in der kleinen Ein-Raum-Hütte vorgefunden hatten. So sahen die beiden nach den Schlingen-Fallen, die Tulpe am Vortag ausgelegt hatte, machten dann Feuer für das Frühstück und brachten in einem kleinen Topf des Zauberers Wasser zum kochen, um darin etwas L'ak aufzubrühen. Endlich, es war schon fast neun Uhr, kam der Halbzauberer, sich reckend und streckend, aus der Hütte. »Na, was gibt's zum Frühstück? Oh, frischen L'ak und gebratenes Eichhörnchen! Hmm, riecht lecker. So kann ein Tag anfangen. Lasst mir was übrig, bin gleich wieder da.«

Damit schöpfte er sich aus der Quelle Wasser in den Mund und verschwand, sich die Zähne durchspülend und gurgelnd, hinter der Hütte. Dort gesellte sich dann zu dem Gurgeln noch ein weiteres Plätschern. Schließlich kam er zurück, wusch sich Hände und Gesicht, schnappte sich ein Eichhörnchen am Spieß, setzte sich wieder auf die Stufe und sagte zwischen zwei Bissen: »Die... mh ..., die Sagenwelt.« Dann aß er weiter.

Rétep wartete ein paar Sekunden, doch als der Zauberer nur versonnen am Eichhörnchen kaute, bohrte er nach: »Die Sagenwelt? *Und...?*«

»Nichts und. Du hattest doch gefragt, wie das ist, mit dem Fluchtplan-Schmieden. Nun, der einzig sichere Ort für dich ist die Sagenwelt.«

»Aha. Die Sagenwelt.«

»Ja. Mmh. Isst das Eichhörnchen da noch jemand? Nein? Danke.«

»Hat die Sagenwelt nicht den Nachteil, dass sie, nun ja, nur in Sagen existiert? Und ich kann ja wohl schlecht in eine Schriftrolle kriechen?«

»Wie kommst du darauf?«

»Nun, eine Schriftrolle ist doch viel zu klein...«

»Blödsinn. Dass sie nur in Sagen existiert?«

»Weil die Sagenwelt... Sagenwelt heißt?«

»Heee! Guter Versuch! ...aber falsch. Nein, Jungs, die Sagenwelt gibt es wirklich.«

»Woher willst du das so genau wissen?«, warf Tulpe ein.

»Oh, ich bin mal dort gewesen.«

Tulpe klappte die Kinnlade herunter, während sich Rétep hustend an einem Schluck heißem L'ak verschluckte, dann aufsprang und aufgeregt rief: »Xavox, was erzählst du da? Das kann ja wohl nicht möglich sein? Die alten Geschichten, die mir meine Eltern früher immer erzählt haben, in denen war diese Welt ein gefährlicher, unheimlicher Ort, voller Verrückter... gibt es da wirklich schmale, lange Tiere ohne Arme und Beine, die nur kriechen können und giftige Zähne haben? Und werden dort tatsächlich Menschen verbrannt, weil sie sich um die Götter streiten? Und gibt es wirklich dieses ›römische Heer‹, das die ganze Sagenwelt erobert hat? Und...«

»Halt ein, halt ein«, lachte Xavox lauthals, »ich werde euch ja erzählen, was ich weiß, aber ihr müsst es mich auch *tun* lassen.«

Jetzt starrten sich die beiden Jungs erwartungsvoll an. Die Spannung in ihren Gesichtern wich jedoch schnell Enttäuschung.

»Nun, es ist lange her«, begann Xavox, »und, ehrlich gesagt, ich kann mich – und das ist ein echtes Problem – eigentlich an so gut wie gar nichts mehr erinnern.«

»Aber um Himmels Willen!«, das war Rétep, »ein solches Erlebnis, und Ihr erinnert Euch an nichts mehr?«

»Na ja, das hängt damit zusammen, dass es damals, äh...«, zum ersten Mal sahen die beiden Freunde den Halbmagier verlegen, »...nun ja, gewisse Komplikationen gegeben hatte – aber die ganze Geschichte erzähle ich euch lieber ein andermal, die passt gar nicht hierher...«

»*Wie?*«, entgegnete Rétep aufbrausend, »wenn ich Euch richtig verstehe, dann wollt Ihr mir vorschlagen, in die Sagenwelt zu fliehen, eine gefährliche Welt mit seltsamen Wesen und Maschinen – wenn man den Geschichten glauben darf –, und Ihr selbst habt bei eurem eigenen Aufenthalt derart Mist gebaut, dass offenbar Euer Gedächtnis Schaden genommen hat? Na danke! Die Sagenwelt ist, wenn es sie überhaupt gibt, wohl so ziemlich der letzte Ort, an den ich reisen werde.«

»Ach? Und wenn die Alternative die finale Reise zu den Ahnen wäre?«

»Mir wird schon etwas anderes einfallen.«

»Da bin ich mal gespannt. Und während du dir etwas anderes einfallen lässt, werde ich euch ein paar Dinge von der Sagenwelt erzählen. Von meinem eigenen Aufenthalt weiß ich zwar so gut wie nichts mehr – was übrigens, und das im wahren Wortsinn, nur zum Teil daran liegt, dass ich Mist gebaut hatte. Die ganze Wahrheit ist verdammt viel komplizierter. Aber jedenfalls weiß ich auch ohne diese Erinnerung durchaus das ein oder andere von jener Welt, die ihr Sagenwelt nennt, deren Bewohner aber wohl ziemlich sauer wären, wenn man sie als Sagengestalten abtun würde.«

»So? Und woher wisst Ihr, was Ihr wisst, wenn Ihr Euch nicht mehr erinnern könnt?«, wollte Tulpe wissen.

»Gute Frage, junger Freund. Also gut, fangen wir damit an.«

Xavox nahm sich noch einen Becher L'ak, in den er diesmal auch einen ordentlichen Schluck aus seiner kleiner Flasche kippte – wo er die nur so schnell hergezaubert hatte? –, dann begann er zu erzählen: »Meinesgleichen – die wenigen, die es noch gibt, denn auch von uns Halbmagiern laufen nicht mehr sehr viele durchs Elf-Stämme-Land – wissen selbstverständlich deshalb mehr über die Sagenwelt, weil sie sich dafür *interessieren*. Was, mit Verlaub, den anderen Elfen auch nicht geschadet hätte..., na ja, jedenfalls waren es meine Vorfahren im Geiste, die echten Magier gewesen, die bei magischen Experimenten den Übergang in die Sagenwelt entdeckt hatten. Die mündliche Überlieferung spricht davon – hi, hi, natürlich spricht sie davon, was sonst? –, dass es ein Magier vom Stamm der Katzenkrieger war, der sich nach einem vergeigten Experiment...«

»Scheint bei euch öfter vorzukommen, was?«

»Ha, ha, wirklich, guter Witz, Tulpe, wo war ich? Ah, ja: Also, es soll ein Katzenkrieger-Zauberer gewesen sein, dem bei *einem* Experiment erstmals der Übergang in die Sagenwelt gelang. Das dürfte stimmen, denn immer waren es die Magier der Katzenkrieger gewesen, die in Sachen Sagenwelt einen Wissensvorsprung vor den anderen Stammesmagiern hatten. Damals, lange vor der Einigung der Stämme, hüteten die Magier-Clans eifersüchtig ihre Geheimnisse, denn schließlich wurde Magie auch in den Stammeskriegen eingesetzt.«

Rétep unterbrach: »Die Katzenkrieger? Das ist doch...«

»Ja, der verschollene Stamm.«

»Wie praktisch.«

»Nun, leider ganz und gar nicht. Denn mit ihnen verschwand auch ein bedeutender Teil des Wissens über den Wechsel. Die frühen Magier jedenfalls hatten, je nach Stamm mit unterschiedlichem Erfolg, die Kunst des Übergangs in die Gegenwelt immer mehr verfeinert. Den Katzenkrieger-Magiern soll es auf dem Höhepunkt ihrer Fähigkeiten sogar gelungen sein, nicht nur Menschen, sondern sogar Gegenstände in größeren Mengen wechseln zu lassen – das war selbst für die großen Magier immer ein Problem gewesen.«

»Ein Problem?«

»Nun, es heißt, die ersten Wechsler kamen immer nackt in der Gegenwelt an.«

»Es war ein Problem.«

»Ja. Jedenfalls wurden im Laufe der Zeit mehrere Möglichkeiten des Übergangs entwickelt, die von sehr unterschiedlicher Qualität waren. Aber von welcher Qualität auch immer: Heute ist nicht mehr viel übrig geblieben. Nachdem Halla, die schwarzmagische Königin, tot war, saßen die Vorurteile in den Stämmen gegenüber allem Magischen sehr tief, was schleichend, aber stetig dazu führte, dass es irgendwann überhaupt keine Magier mehr gab. Mit jedem Magier, der verschwand, mit jedem, der starb, ohne einen Schüler gefunden zu haben, ging auch sein Wissen verloren. Die meisten Aufzeichnungen modern entweder bis heute in geheimen Verstecken oder wurden vernichtet.

Dabei achteten die ›Normalen‹ natürlich darauf, ganz besonders all das zu tilgen und dem Vergessen anheimzugeben, was ihnen am unheimlichsten war – wie eben die Kunst des Übergangs. Und es stimmt ja: Klar hatte es etwas Unheimliches, in jene fremde, merkwürdige Welt vorzudringen. Eine Welt, die, jetzt haltet euch fest, fast gar keine Magie besitzt! Und die dennoch in der Lage war, eine unglaubliche Dynamik zu entwickeln... Vielleicht war gerade das das Unheimlichste: Wie es hieß, sollen die Menschen der Sagenwelt in der Zeit der ersten Übergänge unglaublich primitiv gewesen sein. Eigentlich ohne praktischen Nutzen für uns, sondern allenfalls ein interessantes Studienobjekt. Doch in nicht einmal fünf Jahrelfhunderten entwickelten sie sich rasend schnell fort und überflügelten uns besonders mit technischen Dingen bei weitem. Nun, sicher, bei uns gab es auch immer wieder neue Moden in Literatur und Künsten, die Bautechnik hat sich ohne Zweifel verbessert, ebenso Mathematik und Medizin, und seit der Einigung der Stämme ist auch das Rechtssystem einfacher und sicherer geworden – ja vor etwa fünf Jahrelften erfand man sogar diese fantastische hydraulische Pumpe... aber im Großen und Ganzen lebt jeder einzelne von uns nicht sehr viel anders, als er vor 5555 Jahren gelebt hätte. Eigentlich gab es nur zwei, na ja, drei wirklich einschneidende Änderungen: Die schrumpfende Zahl der Stämme, die Einigung der elf übrig gebliebenen Stämme und das Verschwinden der Magier.«

»Aber..., ist es denn schlecht, dass wir ein Volk sind, das sich kaum wandelt?«

»Hossa. Sehr gute Frage, Tulpe. Kann es schlecht sein, wenn zig Elfhundertelftausende mehr oder minder zufrieden leben? Oder muss es nicht schlecht sei, wenn es kaum Streben nach Erkenntnis, kaum Verbesserungen gibt, wo sie notwendig wären? Oder ist es nicht gerade ein Zeichen dafür, dass das dauerhafte System gut ist, wenn eine Gesellschaft so viele Jahrelfhunderte existieren kann (abzüglich einiger Stämme, natürlich)? Oder ist es nicht ein schlechtes Zeichen, dass diese Gesellschaft jetzt durch einen einzigen fehlgeleiteten Helden zerstört werden könnte?«

Rétep und Tulpe sahen sich verwirrt an.

»Ja, es ist ja auch verwirrend«, fuhr Xavox fort, »wahrscheinlich gehört Tulpes Frage zu der Art von Fragen, die entweder jeder für sich beantworten muss oder niemand allgemeingültig beantworten kann.«

»Aber die Sagenweltler haben sie beantwortet?«

»Nun, Rétep, für sich, jedenfalls. Viele von ihnen haben das dynamische System gewählt. Wer weiß? Vielleicht werden eines Tages, in sehr ferner Zukunft, wir und sie uns doch austauschen können. Dann können wir ja vergleichen, wer – bis dahin – besser abgeschnitten hat.«

»Aber vielleicht könnt Ihr mir ja eine andere Frage beantworten, ohne dass ich Kopfschmerzen davon bekomme«, warf Tulpe ein, »wieso haben sich die Magier, mit ihren Mitteln, nicht zur Wehr gesetzt, als sie immer stärker verdrängt wurden?«

Xavox seufzte, nahm einen tiefen Schluck und erklärte: »Das Dilemma war, dass – ganz im Gegensatz zu Halla, die ihnen ihren Untergang eingebrockt hatte – die mit Abstand meisten Magier eben *keine* schwarzmagischen Kräfte nutzten. Wobei schwarze Magie, entgegen der landläufigen Meinung, gar nicht so sehr damit zu tun hat, wie die

Magie zustande kommt, sondern viel mehr damit, wie sie eingesetzt wird. Oder, um es etwas komplizierter auszudrücken: Die Grenze zwischen Magie und Schwarzer Magie findet man nicht in den Mitteln, sondern in der Moral. So gab es einen uralten Kodex, an den sich die meisten Magier uneingeschränkt hielten. Die Superior-Gesetze, die ersten 13 Gesetze dieses Codex lauten:

1. Gesetz: Magie tötet nicht.

2. Gesetz: Magie tötet nicht.

3. Gesetz: Magie tötet nicht.

4. Gesetz: Magie tötet nicht.

5. Gesetz: Magie tötet nicht.

6. Gesetz: Magie tötet nicht.

7. Gesetz: Magie tötet nicht.

8. Gesetz: Magie tötet nicht.

9. Gesetz: Magie tötet nicht.

10. Gesetz: Magie tötet nicht.

11. Gesetz: Magie tötet nicht.

12. Gesetz: Magie wird niemals, unter gar keinen Umständen, gegen Menschen eingesetzt. Zwei Ausnahmen sind zulässig: die Verteidigung von Leben und die Verteidigung des Stammes. Auch die Ausnahmefälle erlauben nicht das Brechen der Gesetze 1 bis 11.

13. Gesetz: Die Gesetze des Stammes sind zu achten.

Dieses 13. selbst auferlegte Gesetz war es wohl, das den Zauberern das Genick gebrochen hat: Die Gesetze der Stämme schränkten ihre Möglichkeiten immer mehr ein und tilgten sie schließlich. Das war's dann. Oh, natürlich verzichteten die Herrscher nicht gerne auf die Fähigkeiten der Magier, zumal diese, in den Kriegen, trotz ihres Codex', Beachtliches geleistet hatten. Aber auch die Magier der gegnerischen Stämme leisteten Beachtliches, das machte es dann schon wieder einfacher, die Magie in unserer Welt zu unterdrücken. Außerdem spürten die ›Normalen‹ das Schwinden der Magie nicht auf einen Schlag, sondern über Generationen verteilt. So fiel es kaum auf, was man da eigentlich freiwillig verlor. Und je weniger Magier es gab, umso unheimlicher wirkte ihr Können. So genau wusste wohl niemand, warum, aber die meisten waren froh, diese seltsamen Käuze loszuwerden und mit ihnen ihre diffuse Angst vor der Magie, vor dem Fremden. Leider gibt es das Prinzip dahinter auch heute noch. Bestenfalls heißt es: Wenn ich etwas nicht verstehe, dann braucht man es auch nicht. Schlimmstenfalls heißt es: Wenn ich etwas nicht verstehe, dann sollen es andere auch nicht haben.«

»Und so ist die Magie verschwunden?«

»Na ja, ganz verschwinden wird sie wohl nie, denn sie steckt tief und fest in unserer Welt und lässt sich nicht daraus verbannen. Ein bisschen Magie steckt übrigens in fast jedem Elfstämmler, das ist nur kaum jemandem bewusst. Oder was glaubt ihr, worauf die Mondseele eines jeden beruht? Auch wenn sich heute schon viel zu viele Leute kaum noch um ihre Mondfähigkeit bemühen und sie verkümmern lassen, was man von dir, Rétep, nach allem, was ich so gehört habe, ja nicht unbedingt behaupten kann, oder?«

Rétep bekam rote Backen, warf dem unschuldig dreinblickenden Tulpe einen bösen Blick zu und lenkte ab: »Tulpe beherrscht seine jedenfalls auch: Er ist ein echtes Improvisationstalent. Obwohl man auch meinen könnte, das Gärtnern wäre seiner Mondseele geschuldet. Im Umgang mit Pflanzen ist er nämlich einsame Klasse – mein Onkel lässt gerne ab und an ein paar Kupfer-Nick für ihn springen, wenn er im Garten hilft oder auf den Feldern Tipps gibt.«

»Ah, daher der Spitzname!«

Jetzt war es an Tulpe, rot zu werden, und Rétep erklärte kichernd: »Das denkt jeder. Aber es ist kein Spitzname.«

»Wie? Kein...?«, der alte Halbmagier kringelte sich fast vor Lachen und bekam kein Wort mehr heraus.

Rétep und schließlich auch Tulpe fielen in das Lachen ein. Endlich wischte sich Xavox die Tränen aus den Augenwinkeln und meinte zu Tulpe: »Deine Mutter hat wohl irgendetwas geahnt, bevor du auf die Welt gekommen bist, was?«

Schlagartig wurde Tulpe ernst, und Rétep sah verlegen zu Boden, als sein Freund antwortete: »Nein, mein Vater hat sturzbetrunken bei einem Zechgelage eine bescheuerte Wette verloren, und seine Saufkumpanen durften den Namen aussuchen. Da sie ihn damit aufzogen, dass er es niemals schaffen würde, einen ›echten Kerl‹ zu zeugen, und ihn immer daran erinnern wollten, kamen sie auf Tulpe. Nun, mein Vater und ich hatten nie viel Freude aneinander. Ich habe Tulpen auf sein Grab gepflanzt, jetzt kann er sich die Tulpenzwiebeln von unten angucken.«

»Tut mir leid, Junge. Warum hast du dir keinen anderen Namen genommen?«

»Na ja«, erst schien ein Anflug von Trotz über sein Gesicht zu huschen, doch dann grinste Tulpe schon wieder, »passt doch irgendwie gut zu meinen Fähigkeiten, oder? Aber Ihr wart gerade dabei zu erzählen, was es noch an Magie in unserer Welt gibt?«

»Ja, da hätten wir dann den ein oder anderen Halbmagier – es sind nicht mehr viele und manche von ihnen vermutlich allenfalls noch Viertelmagier. Und dann gibt es natürlich auch noch die Bruderschaft mit ihrer rudimentären Art von Magie, pardon: Kunst der Götter. Außerdem wird, wie eh und je, das eine oder andere magische Element im Verborgenen wirken. Und natürlich verfügt nicht nur das Elf-Stämme-Reich über Magie, wenn sie auch in anderen Ländern meines Wissens nie zu so hoher Blüte gelangt war wie bei uns. Aber denkt an die Adler-Barbaren, wie die mit Hilfe ihres magischen Fetischs andere Länder überrollt und auch uns fast platt gemacht hätten. Ironie der Geschichte: Gäbe es bei uns noch echte Magier, sie hätten der Fetisch-Magie der Barbaren einiges entgegenzusetzen gehabt.«

»Dann hätte Hanu Standhaft nicht zum Helden werden müssen, wäre kein Kriegskanzler geworden, hätte sein Komplott nicht geschmiedet, ich hätte nicht die Kurve kratzen müssen, und wir würden heute nicht hier sitzen«, seufzte Rétep.

»Da magst du recht haben mein Junge, was aber auch irgendwie schade wäre, wenn ich an das leckere Eichhörnchen von heute Morgen denke. Es hat halt doch alles irgendwie auch sein Gutes.«

»Ihr habt echt Nerven.«

»Natürlich habe ich die. Und hört doch endlich auf, mich zu Ihrtzen, sagt ›du‹, sonst komme ich mir so alt vor.«

»Äh...«

»Ach so, ich bin alt..., macht nix, sagt trotzdem du.«

»Nun, gerne,« sagte Rétep, »aber weder Ihr noch du habt mir bisher erklärt, wieso ich in die Sagenwelt flüchten sollte und wie das überhaupt funktionieren würde – wenn es funktionieren würde?«

»Oh, das waren ja jetzt gleich zwei bis drei große Fragen. Mal schauen. Also: So unsicher die Sagenwelt auch sein mag – unsicher und unbekannt in ihrer heutigen Form, denn abgesehen von meinem sonderbaren Auftritt dürfte die letzte Expedition dorthin gut 333 Jahre zurückliegen –, so ist es doch für dich das sicherste Land, wenn du deine Verfolger loswerden willst. Denk daran, dass sie die Finder haben. Die werden die Häscher des Kriegskanzlers immer auf deine Spur bringen, es sei denn, du bist von dieser Welt verschwunden.«

»Und wenn ich einfach das Elf-Stämme-Land *in* unserer Welt verlasse statt gleich die ganze Welt?«

»Nun, ich kann es nur vermuten, dass die Reichweite der Finder tatsächlich nicht unbegrenzt ist, aber wenn Hanu sie und weitere ihrer Kollegen in Kreisen ausschwärmen lässt, dann wird früher oder später einer von ihnen wieder in deinen Ausstrahlungs-Radius kommen. Zumal sie die grobe Richtung deiner Flucht bestimmen können, indem sie sich an den Etappen orientieren, die du noch innerhalb ihres Finde-Radius zurücklegst. Und selbst wenn du zunächst einmal tatsächlich aus ihrem Spür-Sinn und aus dem Reich herauskommen solltest, so sind die Möglichkeiten, die sich dir bieten, nicht gerade berauschend – apropos...« Xavox trank einen tüchtigen Schluck, bevor er fortfuhr: »Im Norden, bei unserem größten nicht-barbarischen Nachbarn Kaluktan unterschlüpfen? Die Beziehungen zwischen unseren Ländern sind recht gut, die Weißen Frauen der Kaluktanis sind nicht dumm und daher heilfroh, dass wir noch zwischen ihrem Land und den Adler-Barbaren liegen; sie stellen uns sogar ein paar Kontingente ihrer Krieger zur Verfügung. Und Kaluktan weiß, was es Hanu Standhaft zu verdanken hat – oder glaubt es jedenfalls zu wissen. In Kaluktan wirst du jedenfalls genauso schnell aufgespürt wie bei uns. Hinter Kaluktan wird's dann ziemlich schnell recht garstig – ich glaube kaum, dass du es lange in der Eiswüste bei den YukYuk aushalten würdest.

Ostnortien-West und Ostnortien-Ost? Dort liebt man es noch immer, Blutgraupensuppe in Elfstämmler-Schädeln zu servieren. Die Steppenvölker im Osten? Kannst du gleich vergessen. Falls du es tatsächlich schaffen solltest, unser ganzes Reich der Länge nach zu durchqueren, ohne von Leuten des Kanzlers oder der Bruderschaft gefasst zu werden, dann würdest du dich dort schnell auf einem Sklavenmarkt wiederfinden – und ich meine keineswegs als Zuschauer. Du könntest natürlich auch durch den Speerwald nach Westen vorstoßen, bis du zur Küste kommst, und auf einem Schiff anheuern. Nur leider wurden die ohnehin seltenen Fern-Expeditionen seit dem Ärger mit den Piraten ganz eingestellt. Vielleicht kämst du durch die mit Piraten verseuchten Gewässer bis zu den Chrominseln; an den Kanzler ausliefern würden die dich nicht – verkaufen allerdings schon.

Im Ostsüden das Hohe Gebirge? Dahinter wärst du vermutlich auf Jahre hinaus, vielleicht sogar dein Leben lang, in Sicherheit. Du wärst aber auch der Erste, der das Hohe Gebirge überquert, aus dessen Tälern – das sei beiläufig erwähnt – immer wieder Böses in unser Reich eingesickert ist. Und was hinter dem Gebirge liegt? Keine Ahnung. Dann bleibt natürlich noch der Süden. Auch dort wärst du vor Häschern ziemlich sicher. Die würden wohl nur ungern ins Adler-Territorium vordringen. Wie du allerdings durch die Front kommen, dich bei den Adlern einschleichen und unter ihnen leben willst..., nun, das dürfte sehr interessant werden.«

Prinz Rétep grübelte eine Weile still vor sich hin und dachte einen kurzen Augenblick tatsächlich daran, den Vorschlag des alten Halbmagiers ernst zu nehmen. Jedenfalls fragte er schließlich: »Und dieser Übergang, wie soll der denn funktionieren, mit den Resten der Magie, die es heute noch gibt?«

»Schön, schön, das ist offenbar der Tag der guten Fragen. Nun, mein damaliges Wissen über das Tor zur Sagenwelt hatte glücklicherweise mein alter Lehrmeister, der Große Furunkel, für mich gerettet...«

»Das ist jetzt nicht wahr, oder?«

»Warum soll es nicht wahr sein, dass er das Wissen für mich gerettet hat?«

»Hm? Nein... der Name..., der ist doch nicht echt?«

»Doch, er hieß wirklich Furunkel..., nein, Quatsch, natürlich nicht, wie kannst du nur einen Moment glauben, dass jemand einen solch bescheuerten Namen hat, Tulpe? ›Der große Furunkel‹ war gewissermaßen sein Künstlername. Er ist viele Jahrelfte mit Schaustellern durchs Land gezogen. Und ihr beide habt ja selbst erlebt, dass eine heitere Kundschaft tiefer in den Beutel greift. Das wusste er auch. Also suchte er einen Namen, der die Leute erheitern würde, und Furunkel war gewissermaßen sein unverwechselbares Markenzeichen, denn er hatte ein riesengroßes Furunkel...«

»...auf seiner Nase«, unterbrachen Rétep und Tulpe unisono.

»Ach? Ihr habt ihn gekannt?«

»Wo sollte es sonst sitzen, außer auf seinem Riechkolben?«, erwiderte Rétep seufzend, »auf seinem Hintern vielleicht? Da wäre es wohl kaum ein Markenzeichen geworden – oder?«

»Hossa! Was ein Glück, dass ich alter Halbmagier so helle Köpfe an meiner Seite habe, wenn es darum geht, unsere Welt zu retten! Hätte mich aber auch gewundert, wenn ihr den guten Furunkel gekannt hättet, schließlich ist er schon 24 Jahre tot... – hmmm, obwohl er ja immer für eine Überraschung gut war.«

»Nun, bevor es ans Retten der Welt geht, könnten wir vielleicht noch ein paar Sekunden bei meiner Rettung verweilen? Wie ist das also mit dem Übergang?«

»Ah, ja, der Übergang, mein ungeduldiger junger Freund. Wie ich, glaube ich, erwähnte, verlief mein Übergang nicht ganz so glatt – und wenn ich jetzt eine Bemerkung von euch höre, werde ich euch für drei Tage das Gefühl anhexen, dass euch zwanzig Ameisen von Ohr zu Ohr spazieren – und zwar *durch* eure Köpfe.«

»Du hattest es also damals verbockt«, grinste Tulpe frech, »und denk bitte an das zwölfte Gesetzt des Codex` der Magier.«

»Gut. Denk, denk, denk. Nun, jetzt habe ich daran gedacht, an den Codex der *Magier*, der – hatte ich's erwähnt? – nicht der Codex der *Halb*magier ist. Naaaa, kribbelt es schon?«

Tulpe wurde starr und griff sich ans rechte Ohr.

Jetzt war es an Xavox, zu grinsen, und er zog es zwei, drei Sekunden hinaus, bevor er Tulpe beruhigte: »War nur ein Scherz. Das mit den Ameisen, meine ich. Kann doch nicht verantworten, dass die armen Tiere, selbst wenn es nur Schemen sind, in der großen Leere zwischen euren Ohren verloren gehen... Also, der Übergang: Mein Experiment vor 43 Jahren war zwar schiefgegangen, aber ich *war* rübergekommen. Und auf dieser Grundlage habe ich weiter geforscht. Und ich glaube, inzwischen weiß ich, wie es funktioniert.«

»Ihr *glaubt* es?«, fragte Rétep, während ihn ein fasziniertes Schaudern durchrieselte, dass er unwillkürlich wieder ins Ihrtzen verfallen war, »nun, wenn Ihr *glaubt*, dass es funktioniert, warum in drei Burischjas Namen, habt Ihr es dann, der Ihr euch doch so für diese Sagenwelt interessiert, nicht selbst noch mal probiert?«

Zum ersten Mal, seit sie sich kannten, zeigte der alte Halbmagier Unsicherheit, waren die Lachfältchen aus seinen Mundwinkeln verschwunden, ja, Rétep und Tulpe hatten fast den Eindruck, dass sein Gesicht blasser und älter geworden war, als er antwortete: »Glaub mir, mein Junge, ich täte nichts lieber als das. Und wenn ich sage ›nichts‹, dann meine ich: nichts. Aber ich kann nicht.« Jetzt sanken seine Schultern tatsächlich nach vorne, sein Blick ging nach unten, und er murmelte leise, leise: »Ich kann es nicht. Ich kann es nicht.«

Betreten schwiegen die beiden Jungen.

Es dauerte ein paar Sekunden, bis sich Xavox wieder gefasst hatte und Rétep ernst ansah: »Ich gebe offen zu, dass ich, neben deinem Schutz, auch persönliche Gründe habe, die mich wünschen lassen, dass du auf meinen Vorschlag eingehst und in die Sagenwelt reist, dass du vielleicht eines Tages wiederkehrst und mir Fragen beantworten kannst, auf die ich mir sehnlichst Antworten wünsche. Und wer weiß? Vielleicht ist meine Idee, dich durch den Übergang in die Sagenwelt zu retten, tatsächlich eine Schnapsidee, die, ohne dass ich es will, mehr von meinen persönlichen, egoistischen Wünschen gesteuert ist als von dem Wunsch, dich zu retten? Wer kann schon sagen, welche verrückten Auswirkungen das eigene Begehren auf die vermeintlich objektiven Schritte des Lebensweges hat?«

Es trat ein kurzes Schweigen ein. Dann, nach kurzem Zögern, stand Rétep auf, ging zu dem alten Mann hinüber, legte ihm eine Hand auf die Schulter und sagte: »Wir kennen uns noch nicht sehr lange, aber, Xavox Halbmagier, Schüler des Großen Furunkel und sein Gedächtnis zurücklassender Reisender in die Sagenwelt, eines kann ich über Euch sagen: Ihr habt mir schon, ohne selbstsüchtige Gedanken, bei meiner Flucht aus dem Stadtpalais von Rú-tan geholfen, und ich weiß, dass zumindest einem sehr, sehr großer Teil von dir – dem größeren Teil von dir – wirklich daran gelegen ist, mir aus der Patsche zu helfen.«

»Das ist schön, dass du das sagst.«

»Dennoch denke ich, dass ich nicht in die Sagenwelt gehen werde, weil mich dieser Versuch wohl ebenso sicher zu den Ahnen befördern würde, wie es die Lederkrieger des Kriegskanzlers gerne tun würden.«

»Das ist schade, dass du das sagst«, entgegnete der alte Mann mit einem Lächeln, »aber ich vermutete fast, dass deine Antwort – fürs Erste – so ausfallen würde.«

»Tut mir leid.«

»Tut es nicht. Aber überleg es dir noch mal. Es wäre doch so einfach. Du müsstest bloß deinen Sagenwelt-Läufer beschwören, während du zwei Liter vom Sud des Fließens zu dir nimmst, der die Temperatur eines bebrüteten Nachtigall-Eis hat, um dann durch die steinerne Nadel zu schreiten, an einer unbekannten Stelle der Sagenwelt – vorübergehend deines Fleisches beraubt – wieder hervorzutreten, einen unbekannten Sagenwelt-Menschen zu treffen und ihn in unsere Welt zu drängen, um selbst in der Sagenwelt bleiben zu können. Und das möchtest du wirklich nicht ausprobieren?«

»Äh. Nein.«

»Selbst wenn du es verstanden hättest?«

»Nein.«

»Hast du es verstanden?«

»Kein bisschen.«

»Dann lasst uns ein Mittagsschläfchen halten, etwas kaltes Eichhörnchen knabbern und über einen alternativen Plan nachdenken. Ach ja: Und einen Treffpunkt sollten wir ausmachen für den Fall, dass es mit der Alternative nicht so recht hinhaut – und du, Rétep, bis dahin überlebst.«

Hörte sich irgendwie nicht beruhigend an, dachte Tulpe, der alte Zausel glaubt nicht, dass irgendeine Alternative zu seinem besch... eidenen Plan funktionieren kann, noch bevor wir überhaupt darüber nachgedacht haben. Gar nicht gut.

*

Tulpes Ahnung sollte sich bewahrheiten. Sie hatten über einen alternativen Plan nachgedacht. Rétep hatte versucht, ihn in die Tat umzusetzen. Und der Plan war so absolut in die Hosen gegangen, wie ein Plan eben in die Hose gehen kann. Na ja, etwas schlimmer hätte es doch kommen können. Denn immerhin lebte Rétep noch. Hatte inzwischen sogar seinen dreizehnten Geburtstag erreicht – was ihm allerdings erst drei Tage später beiläufig aufgefallen war, da er anderes im Kopf hatte, etwa das grundsätzliche Ziel, noch möglichst viele weitere Geburtstage zu erleben. Aber dass seine Stunden auf dieser Welt auf die ein oder andere Weise gezählt waren, daran hatte der Schuhputzer-Prinz inzwischen kaum noch Zweifel. Fünf Stunden saß er nun schon einsam auf seinem Versteck-Baum im Randbereich des Großen Speerwaldes. Die Kerbe, die der Armbrustpfeil durch die Spitze seines rechten Ohres gefräst hatte, blutete zwar nicht mehr und begann zu verschorfen, doch der Schmerz war eine sehr deutliche Erinnerung daran, dass er seine Verfolger einfach nicht abschütteln konnte.

Ihr Plan hatte darauf aufgebaut, eine Schwachstelle von Réteps Verfolgern zu nutzen: Die Finder der Bruderschaft mussten, wie alle magischen Fachidioten der gleichsten Brüder, sehr viel persönliche Kraft in ihren Akt der Magie – die sie natürlich »Kunst der Götter« nannten – hineinstecken, um ein brauchbares Ergebnis zu erlangen. Und jedes neue Suchen bedeutete für die Finder auch einen erneuten körperlichen Zusammenbruch, von dem sie sich vor ihrem nächsten Einsatz erst erholen mussten. Und diese Erholungsphasen würden nach jedem Entkommen Réteps und mit jedem erneuten Suchen länger werden.

Hinzu kam, dass die beiden Finder durch ihre körperliche Schwäche nicht mit Rolli Schwarzauge und seinen Männern Schritt halten konnten. Wenn Rétep also den Lederkriegern durch die Lappen gegangen war, mussten diese erst einmal wieder mit Spur und Spür in Kontakt treten, um sich ein neues Ziel nennen zu lassen. Rétep sollte also immer in Bewegung bleiben, in keinem Ort länger als eine Nacht verweilen, in der Hoffnung, dass er den Ort jedes Mal schon verlassen hätte, wenn seine Verfolger auftauchten. Sein Ziel, besser gesagt: sein Etappenziel war das kleine Königreich Pirol im Südwesten; eingeklemmt zwischen dem Barbaren-Reich, dem Hohen Gebirge und dem Elf-Stämme-Land führten die Pirole seit Jahrzehnten einen verzweifelten und mit viel Verschlagenheit geführten Überlebenskampf.

Sowohl die Barbaren als auch die Elfen hätten Pirol schon vor Jahren überrennen können. Beide Seiten hätten dadurch einen taktisch interessanten Vorposten gewonnen. Viel mehr aber auch nicht. Denn das Land war klein und verfügte allenfalls über sehr bescheidene Reichtümer. Allerdings hätte man durch die Eroberung Pirols etwas Wichtiges verloren: den einzigen Umschlagplatz für Nachrichten aus dem jeweils gegnerischen Lager. Die Piroler Königsfamilie hatte es fertiggebracht, praktisch ihr ganzes Land zu einer Art Doppelspion zu machen, den beide Kriegsparteien tolerierten, weil er beide Seiten mit Informationen belieferte. Durch Pirol flossen auch Gelder, um Verräter im jeweils feindlichen Lager zu rekrutieren. Wie viele Goldmünzen dabei in dem kleinen Land in den Ausläufern des Hohen Gebirges hängen blieben, wusste wohl niemand so genau.

Durch Pirol reisten auch Spione in beide Richtungen, von denen viele ihre Heimat nie wieder sahen – wie viele dieser Unglücklichen von den Männern des königlich-pirolischen Landesschutzkreises verraten worden waren, konnte man allenfalls schätzen. Pirol übernahm aber auch die Vermittlerrolle, wenn Kriegsgefangene ausgetauscht wurden und so der eine oder andere auf Kampfplätzen Verschollene doch wieder von seiner Familie, sei es einer elfischen oder einer barbarischen, in die Arme geschlossen werden konnte.

Réteps Hoffnung war es gewesen, nach Pirol zu gelangen und dort seine Informationen über Kriegskanzler Hanu Standhaft gegen freies Geleit durch das Land und Hilfe bei der heimlichen Einreise ins Barbarenreich einzutauschen. Dort wollte er in Nachtritten das Hohe Gebirge umgehen und dahinter in den unbekannten Südwesten oder Westen vordringen, nicht wissend, was ihn erwarten würde und den Gedanken an eine Heimkehr – und an Prinzessin Ky – aus dem Kopf verbannend.

Rétep wusste, dass er kaum Chancen hatte, eine solche Flucht durch das Barbarenland lebend zu überstehen. Dass er schon zuvor kaum Chancen hatte, nicht von den Pirolen verraten zu werden. Und dass er bereits davor kaum Chancen hatte, dass der königlich-pirolische Landesschutzkreis Réteps Wissen über die Pläne des Kriegskanzlers für bare Münze nahm. Aber all die Gefahren, die in dieser dreifachen Chancenlosigkeit lagen, ließen ihm immer noch mehr Hoffnung als die Aussicht, sein Heil in der Sagenwelt suchen zu müssen.

Wie sich jedoch herausstellen sollte, hätte sich Rétep wirklich keine Gedanken über die Gefahren in Pirol und im Barbarenland machen müssen. Er kam nämlich nicht einmal auch nur in die Nähe des kleinen Landes.

*

Spur und Spür sahen ausgemergelter denn je aus. Die beiden Finder der Bruderschaft waren am Ende ihrer Kräfte. Schon drei Mal konnten sie den Lederkriegern den Aufenthalt des Jungen nennen, und drei Mal hatten es diese angeblich so kampferprobten Kerle nicht geschafft, den Knaben zu erwischen. Beim ersten Mal hatten sie sogar sein Lager in der Scheune eines Schmiedes noch warm vorgefunden, doch er musste ihnen praktisch vor der Nase entwischt sein. Die Finder waren inzwischen dazu übergegangen, sich in Sänften hinter Schwarzauges Trupp hertragen zu lassen, um ihm möglichst schnell neue Hinweise geben zu können, doch außer einer zusätzlichen Belastung ihrer ohnehin geschwächten Körper war nichts dabei herausgekommen. Das Klima zwischen den beiden Findern und dem ob der Misserfolge immer wütenderen Hauptmann der Lederkrieger war inzwischen von frostig zu kaum verhohlener Feindseligkeit gewechselt.

Spur war schon mit Spür übereingekommen, falls Rolli auch beim vierten Mal erfolglos bleiben würde, einen Boten zu Hanu zu schicken, ihn über die Unfähigkeit seiner Leute zu unterrichten und andere Männer zu verlangen, die nicht länger den Willen der Götter behindern würden. Doch zu ihrer großen Verblüffung mussten sie feststellen, dass diesmal sie es waren, denen der Erfolg versagt blieb: Sie hatten sich fast bis zur Ohnmacht angestrengt, doch das Bild des Jungen war merkwürdig diffus geblieben, und der lokalisierte Ort war eigentlich nicht wirklich ein Ort, sondern ein unruhiges Wechseln in einem Waldgebiet. Sie kamen überein, das unklare Bild auf ihre Erschöpfung zurückzuführen, machten aber den Fehler, Rolli und seine Leute nicht einfach in das Gebiet zu schicken, sondern dem bulligen Lederkrieger das Problem zu schildern, da sie ihn für ihre Erschöpfung verantwortlich machen wollten. Statt aus der Haut zu fahren überlegte Schwarzauge diesmal einen Augenblick und wollte dann wissen: »Bei Euren, hm, Suchaktionen seht ihr doch jedes Mal beide den Aufenthaltsort des Jungen, richtig? Warum müsst ihr euch eigentlich immer gleichzeitig mit dieser die Nase beleidigenden Paste einreiben, um eure Geister auf die Reise zu schicken? Warum wechselt ihr euch nicht ab, sodass immer einer von euch ein bis zwei Erholungstage hat, und wir statt doppelter identischer Informationen lieber einzelne, dafür häufigere Informationen bekommen?«

Spür und Spur sahen sich überrascht an.

Schwarzauge polterte augenblicklich los: »*Waaas?* Das darf ja wohl nicht wahr sein! Ihr *hättet* das die ganze Zeit schon tun können? Wir hätten praktisch zwei Mal so häufig seinen Standort erfahren können? Und ihr habt bloß nicht daran *gedacht?* Oh ihr Brüder! Statt ewig eure Götter im Mund zu führen, solltet ihr etwas stärker im Hier und Jetzt verhaftet sein. Von jetzt an werden wir das Ganze etwas professioneller aufziehen. Wie viele von euch ›Findern‹« – es klang ziemlich abfällig – »gibt es eigentlich?«

»Äh, nun, sechs, insgesamt«, antwortete Spur.

»Sind die anderen vier in der Bruderburg in Dorianstadt?«

»Hab und Halt sind mit einem Auftrag irgendwo im Westen unterwegs. Fang und Fest müssten da sein, wieso...?«

»Schickt eine Brieftaube. Sie sollen sich sofort auf den Weg nach Lanzenfurt machen. Die Stadt liegt südwestlich von uns, in etwa auf der Linie zwischen Rú-tan und Dorianstadt, das sollte von der Richtung stimmen, wenn man die bisherigen Aufenthaltsorte dieses Jungen bedenkt, außerdem besteht zwischen Lanzenfurt und Rú-tan eine Brieftauben-Verbindung. Dann schickt ihr einen Eilboten mit der einen Hälfte dieser stinkenden Stoffbahn nach Lanzenfurt und gebt ihm auch folgende Botschaft mit...«

Vier Tage später, nachdem sie sich bewusst ausgeruht und neue Kräfte gesammelt hatten, konnte Spür den Jungen wieder klar orten, einen Tag später war Spur an der Reihe, drei Tage darauf wieder Spür. Dieser Feind der Götter (sie als Männer der Bruderschaft jagten ihn, also musste es ein Feind der Götter sein) bewegte sich ziemlich rasch in Richtung Westsüden. Und genau aus der Richtung kamen nun bald auch Brieftauben, mit weiteren Positionsangaben. Mit einer Retour-Taube gingen Schwarzauges Anweisungen heraus, Söldner anzuheuern und in den Orten an der möglichen Fluchtroute des Jungen zu stationieren. Und tatsächlich schlug der Flüchtende plötzlich einen Haken. Er schien wieder in Richtung des Ausgangsortes seiner Flucht zurückgetrieben zu werden.

Doch obwohl sich die Finder nun zu viert abwechselten, stieg durch ihren ständigen Einsatz ihre Erschöpfung wieder. Aber auch der Junge musste, in Folge seiner permanenten Ortswechsel, bald am Ende seiner Kräfte sein. Es war schon zu verschiedenen Sichtungen gekommen, doch immer konnte er entwischen.

Rolli Schwarzauge kampierte mit dreien seiner Männer nicht weit von Rú-tan, wo Spür und Spur inzwischen von Pflegekräften betreut werden und ihr Lager hüten mussten. Ein reitender Bote mit einer

Nachricht von Spür, der in aller Frühe mit dem Suchen an der Reihe gewesen war, kam herangeprescht und übergab dem Hauptmann, der gerade ein schnelles Frühstück einnehmen wollte, ein Pergament. Der überflog es nur kurz und rief seinen Leuten zu: »In den Sattel! Der Junge muss wirklich verzweifelt sein: Er hat heute Nacht in einem der Hauthäuser geschlafen. Die sind nicht weit von hier. Wenn er nach wie vor einen Gürtel aus Verfolgern hinter sich wähnt, bleibt ihm eigentlich nur die Fluch in Richtung Speerwald. Vorwärts! Versuchen wir, ihn zu erwischen, bevor er dort ist, das erspart uns eine Treibjagd im Wald.«

Keine Stunde später sollte Prinz Réteps Ohr Bekanntschaft mit einem Armbrust-Bolzen machen, Nochmals sechs Stunden danach würde er sich, allein in einem Baum sitzend, dazu entscheiden, Xavox` Weg zu beschreiten, den Weg in die Sagenwelt. Ein allerletztes Mittel hatte er dabei, um noch ein letztes Mal die Verfolger maximal vier Tage ablenken zu können. Dann musste er den Übergang geschafft haben. Maximal vier. Also besser drei. Drei Tage. Vielleicht die letzten drei seines Lebens.

Na denn.

*

Nachdem er von dem Baum heruntergeklettert war, griff Rétep in das Innere seines Wamses – glücklicherweise hatten Xavox und Tulpe neue Kleider und noch ein paar Kleinigkeiten für ihn dabei gehabt – und zog ein kleines, leichtes Holzkästchen hervor. Die drei Feldmäuse darin waren zwar bei seiner Flucht vor Schwarzauge ordentlich durchgeschüttelt worden, aber inzwischen hatten sie sich wieder beruhigt. Zumal sie sich in den vergangenen Tagen an Rétep gewöhnt hatten, der sie regelmäßig mit Körnern fütterte. »Zeit, Abschied zu nehmen, meine kleinen Verbündeten«, murmelte Rétep, während er das Kästchen abstellte und aus einer anderen Tasche einen kleinen Tiegel hervor zog, dessen Deckel mit rotem Wachs versiegelt war.

Xavox hatte ihm genau eingebläut, was er tun musste: Der Schuhputzer-Prinz entfernte das Wachs und hob den Deckel ab. Obwohl die braune Paste nach all den Tagen eigentlich nicht mehr heiß sein konnte, schien sich doch ein blasser Dampf aus der Schale zu erheben, der – brrr – irgendwie nach altem Schweiß und dezent nach Urin roch – gut, dass *diese* Paste nicht für ihn bestimmt war. Unter der Schale hing, ebenfalls mit Wachs befestigt, eine silberne, sich am Ende zu einem kleinen Spatel verbreiternde Nadel. Rétep löste sie, stach sich in den rechten Zeigefinger und drückte elf Tropfen Blut in die Paste, die er mit der Rückseite der Nadel gründlich untermischte, um anschließend die Nadel sorgfältig mit Blättern und Erde zu reinigen. Dann holte er ein zweites, mit grünem Wachs versiegeltes Töpfchen, das er ebenfalls öffnete – diesmal entfaltete sich ein angenehm erdiger Geruch mit einem Hauch von Pilz-Aroma. Dann griff er sich vorsichtig eine der Mäuse, und – »'tschuldigung, Kumpel« – stach das ängstlich piepsende Tier in den Po und mischte dann fünfeinhalb Blutstropfen unter die Paste, danach ließ er das Tier – »das hast du dir verdient« – frei.

Schließlich holte er noch ein kleines Pergament hervor, stellte die Tiegel auf seine linke Hand, sah sie an und las gleichzeitig – froh darüber, dass niemand zuhörte – drei Mal hintereinander von dem Pergament ab: »Licht des Lichts, gib die Energie, damit für die magisch Suchenden die Masse des einen zur Masse des andren wird.« Nun rieb er sich selbst Arme und Gesicht mit der nach Waldpilzen duftenden Paste ein – die seltsamerweise tatsächlich noch warm schien –, während er die beiden verbliebenen Mäuse ganz sachte mit dem übel riechenden Gemisch bestrich (»besser ihr als ich«) und sie dann vorsichtig absetzte, um ihnen hinterherzublicken, als sie schnell davonhuschten. Dann machte er sich eilig auf zum Not-Treffpunkt mit Xavox und Tulpe.

Rolli Schwarzauge hatte zwar richtig vermutet, dass Rétep dem Wald zugestrebt war, aber glücklicherweise hatte er den falschen Grund angenommen. Nachdem man ihm im Südwesten den Fluchtweg nach Pirol abgeschnitten hatte, wollte der Schuhputzer-Prinz einfach wieder zurück zu seinen Freunden. Er würde, im Schutz der Bäume, den Waldrand entlang wandern. Wenn er kräftig ausschritt, dann sollte er die Hütte ihres ersten Treffens in sechs bis acht Stunden erreicht haben. Dort würde Tulpe mit Pferden warten, und ein nächtlicher Ritt plus der eines halben Tages sollte sie dann, weit im Norden, zu einem Platz bringen, den Xavox die »Steinerne Nadel« genannt hatte, und wo er einige Vorbereitungen treffen und auf sie warten wollte.

*　*　*

»Tja«, sagte Xavox zu Peter, »und dort, an jener seltsamen, einsamen Felsformation hatte ich Rétep wieder getroffen. Heute wissen nur noch wenige, dass die Steinerne Nadel ein Ort ist, an dem sich unsere beiden Welten nahe kommen. Die großen Magier der vergangenen Tage kannten Mittel und Wege, auch ohne solche Doppel-Orte zu wechseln. Ein vergleichsweise unbedeutender Halbmagier dagegen muss zu solchen Hilfsmitteln greifen, um überhaupt eine Chance zu haben, einen Weltenwechsel herbeizuführen. Nachdem der Prinz instruiert war, musste er dann zwei Tage bis zum Wechsel warten, während Tulpe und ich – nachdem ich Rétep noch um einen Gefallen gebeten hatte, den er für mich in der Sagenwelt erledigen könnte – uns zurück auf den Weg nach Rú-tan machten. Weißt du, wir hätten dich ja gerne direkt bei deiner Ankunft abgeholt. Der Haken an der Sache war nur, dass die Magie nicht unbedingt geradlinig ist und auch der Eingang zur Sagenwelt keineswegs der Ausgang der Rückreise ist. Und da es ja nicht mehr viele Aufzeichnungen gibt, konnte ich nirgends feststellen, wo genau der Ausgang auf *unserer* Seite lag. Bekannt war bloß, dass Expeditionen, die durch die Steinnadel gingen, bei ihrer Rückkunft gerne in Rú-tan einkehrten – was darauf schließen ließ, dass sie auch irgendwo in der Nähe der Stadt angekommen waren.

Das war ein Grund, warum Rétep noch zwei Tage warten musste: damit wir zurück nach Rú-tan kehren konnten, um dich hier zu erwarten. Der andere Grund war das dumme Gänschen Ky, dem die Lederkrieger nicht das hübsche Hälschen umdrehen sollten: Wäre Rétep einfach verschwunden, hätten die Finder, in deren Reichweite er ja noch sein musste, mit gutem Grund annehmen können, dass sie ihn nicht mehr spürten, weil er bei irgendeiner Gelegenheit das Zeitliche gesegnet hatte. Und dann wäre es früher oder später auch Ky und Réteps Familie an den Kragen gegangen. Nun mussten die Finder aber erstaunt und verwirrt feststellen, dass sich gleich zwei sonderbar verschwommene Réteps in der Waldgegend tummelten, in der ihn die Lederkrieger zuletzt gesehen hatten. Doch nicht genug damit: Plötzlich taucht er wieder klar und deutlich mehr als eine Tagesreise entfernt auf – nachdem nämlich die Wirkung der Wechselpasten verflogen war.

Eilends schickt Schwarzauge also eine Brieftaube nach Kilnor, das keine Reiterstunde von der Stein-Nadel entfernt liegt, um im Namen des Kanzlers Krieger zur Ergreifung des ›Pferdediebs‹ loszuschicken. Doch die Häscher finden nur ein leeres Lager und, wenn Rétep es richtig angestellt hat, Spuren, die zum Stein, aber nicht von ihm fort führen. Selbst Spur und Spür dürften merken, dass an der ganzen Geschichte irgendetwas faul ist. Und wenn nicht, so werden sie doch in jedem Fall ihrem Herrn und Meister Cé-tan Bericht erstatten, dass ihr vermeintliches Opfer sich ganz plötzlich und in unfasslicher Weise verdoppelt hat, dann einen Tagesritt weiter wieder auftauchte, und dort, an seltsamen Felsen, einfach verschwunden ist. Tja, und Cé-tan weiß allemal genug, um erstaunt zu erkennen, dass jemand einen Weg gefunden hat, die Finder abzuschütteln: durch einen kleinen Hüpfer in die Sagenwelt. Und er sowie der Kriegskanzler werden erschrecken, weil das schon seit Generationen niemand mehr getan hat.«

»Aber, äh, Réteps Körper ist doch noch hier, also können sie ihn, beziehungsweise mich, wieder aufspüren, oder?«

»Keine Angst, bei der Magie kommt es weniger auf die Hülle, sondern mehr auf den Inhalt an. Sie jagen gewissermaßen den Geist des Prinzen, und den werden sie in *diesem* Körper nicht finden.«

»Also habe ich jetzt wenigstens nicht diese Finder am Hals? Wenigstens das.«

Xavox meinte schmunzelnd: »Siehst du, da hast du gewissermaßen schon deine erste Heldentat im Elf-Stämme-Land vollbracht und diese Brüder abgeschüttelt, dank deines Geistes.«

»Geist ist geil.«

»Bitte?«

»Ach, nichts. Und wie geht's jetzt weiter?«

✳✳✳✳✳

Natürlich konnten Xavox und Tulpe nicht alles an Peter weitergeben, denn sie selbst wussten ja nicht alles – etwa nicht, was zwischen den Lederkriegern und den Findern vorgefallen war, oder wie Rolli Schwarzauge die Treibjagd auf Rétep mit Hilfe von Brieftauben organisiert hatte. Peter irrte allerdings auch, wenn er vermutete, dass Xavox und Tulpe ihm an jenem Tag im »Falschen Fisch« alles erzählt hatten, was sie wussten. Ein paar Dinge behielten sie lieber für sich.

8. Drei Diebe und ein Mörder

»Nun, wie es weitergeht, will er wissen«, sagte Xavox sinnend. »So oder so: Aus Rú-tan müssen wir uns ziemlich schnell verziehen. Rolli Schwarzauge wird, falls er das Scharmützel im Blutviertel überlebt hat – und es steht zu befürchten, dass er das hat – hier jeden Stein umdrehen, um dich…«

»Um Rétep?«

»Na ja, *seinen* Körper mit *deinem* Geist drin zu suchen. Und spätestens wenn Cé-tan von der Sache hier erfährt, wissen Spur und Spür eine Brieftaube später, dass bei Réteps Verschwinden Magie im Spiel war.«

Peter warf ein: »He! Aber nach seinem Verschwinden wurde er, also ich… äh, er…«

»Schon gut, wir wissen, was du meinst«, half Xavox, »Rolli hat dich gesehen und muss davon ausgehen, dass Rétep wieder aufgetaucht ist. Hossa! Das wird deinen Jägern zu knabbern geben! Und da die Brüder dich nicht spüren können, vermuten sie wohl, dass Rétep schon wieder in die Sagenwelt gewechselt ist. He, he, was muss der für einen mächtigen Magier als Helfer gefunden haben, der ihn fast beliebig zwischen den Welten wechseln lassen kann! Wobei, so schmeichelhaft das auch für mich ist, hier ein kleiner persönlicher Haken hängt: Natürlich werden sich unsere Freunde denken, dass Rétep nicht aus eigener Kraft in die Sagenwelt wechseln konnte und dass er magische Unterstützung gehabt haben muss. Schätze, bald wird Cé-tan, der Magiehasser, selbst hier auftauchen. Seine Leute werden Erkundigungen einziehen und schnell feststellen, dass hier im Ort ein Halbmagier die Leute mit Gaukeleien erfreut hat. Und er wird auch erfahren, wer dem Halbmagier assistiert hat. Spätestens dann werden auch Tulpe und meine bescheidene Wenigkeit auf der Liste des Kriegskanzlers stehen.«

»Wow!«, entfuhr es Peter, »und obwohl Ihr euch das vorher schon ausrechnen konntet, habt Ihr dennoch Rétep geholfen?«

Lächelnd antwortete Xavox: »Erstens kannst auch du du zu mir sagen, und zweitens musste ich es tun, weil kein anderer da war, der es tun konnte. Und, mit etwas Glück für uns alle, wirst du das eines Tages auch verstehen.«

Tulpe, der *nicht* vorher daran gedacht hatte, und dem heiß und kalt wurde, wenn er sich vorstellte, dass er bald ebenfalls auf der Abschussliste des mächtigsten Mannes im Reich stehen würde, wollte wissen:

»Also, dann packe ich jetzt mal wohl besser unsere sieben Sachen, ja?«

»Ja, mach das.«

»Damit wir noch heute verschwinden können?«

»Na ja, ein paar wenige Tage müssen wir noch hier bleiben. Aber wir werden umziehen.«

»Wohin?«, fragten wie aus einen Mund Tulpe und Peter, die plötzlich ein mulmiges Gefühl hatten.

»Nun, meine jungen Freunde, dorthin natürlich, wo Schwarzauge uns niemals vermuten würde: ins Stadtpalais.«

»Oh je oh je«, entfuhr es Tulpe, »das ist doch heller Wahnsinn!«

»Na, wenn du das schon für Wahnsinn hältst«, Xavox nahm einen kräftigen Schluck aus seiner Flasche, »dann warte erst einmal ab, bis du erfahren hast, was wir dort tun werden.«

»Oh. Ich werde nicht fragen.«

»Ich sage es dir trotzdem: So ziemlich meine letzten Münzen sind für unsere jüngsten Reisen und für Réteps bisherige Flucht draufgegangen. Und da wir noch einiges vorhaben – unter anderem unser Land retten –, braucht unsere große Armee…«

»Ha, ha!«

»…unbedingt eine anständige Kriegskasse.«

»Und was hat das mit dem Palais zu tun?«

»Liegt das nicht auf der Hand? Wie wir von Rétep wissen, hat sich der Kanzler 1100 Hockperlen dorthin bestellt. Dann ist er abgereist, bevor die Perlen aus der Hauptstadt eingetroffen sein konnten. Und außer den Bewachern dieses kleinen Schatzes wird wohl niemand wissen, dass diese kleinen, runden, schimmernden und sch… wertvollen Kügelchen überhaupt da sind. So dürfte auch die Zahl der Eingeweihten und damit die der Wächter gering sein.«

Peter wurde blass. »Heißt das, du willst die Perlen stehlen?«

»Nein.«

»Nein?«

»Nein, nicht ich werde sie stehlen, *wir* werden sie stehlen.«

»Sonst noch was?«, rief Tulpe entgeistert.

»Nun, wo du danach fragst: Bevor wir uns verkrümeln, müssen wir natürlich noch, zu ihrem eigenen Schutz, Prinzessin Ky entführen.«

»Ojeojeojeoje!!!«

»Aber hossa! Das ist doch ein Klacks!«

»Ein Klacks?«

»Im Vergleich dazu, dass wir dann, mit Beute und Gefangener, zu den Waldstämmlern reisen müssen, um sie, mittels Peter als lebendem Orakel, von den schlimmen Absichten des Kanzlers zu überzeugen, und um gemeinsam mit ihnen die Piraten zu besiegen, – als Auftakt, um die Pläne von Hanu Standhaft zu durchkreuzen.«

»Ohjeohjeohjeohjeohjeohje!!!!!!«

*

Ailis war eine Seltenheit. Die Kriegerin des Waldstammes hatte sich nach drei Jahren Frontdienst dazu breitschlagen lassen, in die Leibgarde des Kriegskanzlers einzutreten – und damit war sie der einzige Waldstämmler in dieser 5555 Mann starken Truppe, in der sie mit ihren Ohren und dem zwar praktisch kurz geschorenen, aber dennoch weizenblonden Haaren gleich auffiel wie ein Trillerlops beim Hochzeitstanz.

Normalerweise blieben die »Spitzohren« lieber unter sich, selbst wenn sie zur Ausübung des Kriegshandwerks ihr Stammesland verließen. Aber sie hatte sich blenden lassen von den alten Geschichten über die heldenhaften Schlachten von Hanu Standhaft, hatte in jugendlicher Verzückung selbst auf Ruhm und Ehre gehofft und vielleicht sogar darauf, eines Tages mit einem goldenen Kronok-Kranz geschmückt in die Heimat zurückzukehren. Freunde hatten sie gewarnt, doch sie wollte nicht hören und glaubte, die Gunst der Stunde nutzen zu müssen, als sie mit fünf Barbaren-Ohren aus einem Scharmützel zurückgekommen war und Bolan, der Herr der Frontburg, sie wohlwollend in seinem Monatsbericht an Hanu erwähnt hatte, der ihr daraufhin einen freien Platz in seiner Truppe andienen ließ. Ihre – natürlich stets gut verborgene – Aufregung, als sie mit 22 Jahren in die Leibgarde einrückte, war allerdings sehr schnell Ernüchterung gewichen: Ganz offensichtlich hatte der Kriegskanzler heutzutage anderes zu tun, als sich selbst auch nur in die Nähe irgendeines Kampfgeschehens zu begeben. – Wer weiß, vielleicht war das, was er tat, ja wirklich wichtiger für das Land, als eigenhändig an der Front einzugreifen. Aber das war wohl Politik, und davon verstand sie nichts. Und wie wichtig es auch für das Land sein mochte: Für die für eine Waldstämmlerin ungewöhnlich kleine, aber sehr breitschultrige Kriegerin war es das Reich Burischjas.

Zugegeben, der Sold war gut, und bei den Übungen hatte sie ihre Fähigkeiten durchaus noch verbessern können. Doch es waren nichts als endlose Übungen, die sich mit endlosem Wache stehen und endlosem

Nichtstun abwechselten – was sich alles zu endloser, endloser, endloser Langeweile summierte.

Hinzu kam, dass sie mit ihren Kameradinnen und Kameraden einfach nicht zurechtkam. Anfangs hatten die sogar Witze über die »Spitzohr-Kriegerin« gemacht, bis drei von ihnen ein paar Zähne eingebüßt hatten, während sie selbst mit einem blauen Auge und einer Ermahnung des Befehlshabers der Leibgarde – der sich dabei aber ein wohlwollendes Lächeln nicht verkneifen konnte – davongekommen war. Und vielleicht, so gestand sie sich insgeheim ein, war sie ja auch aus Sicht der anderen etwas schwierig.

Doch wie sollte man bloß die Menschen aus jenen anderen zehn Stämmen verstehen? Ailis' Clanältester Trolog hatte die jungen Leute, als sie zum Kriegsdienst zogen und dabei zum allerersten Mal ihren Stamm verlassen hatten, ja gewarnt: »Die Stämme außerhalb des einzig wahren Landes – unseres Landes! – haben sich von den Traditionen abgewandt. Die Ahnen blicken nicht mehr wohlwollend auf sie. Haltet euch von ihnen und ihren Unsitten fern. Treue ist ihnen nur wichtig, solange sie ohne Gefahr einzulösen ist. Viele ziehen ein gutes Leben dem *guten* Leben vor.« Na ja, diesen letzten Satz Trologs hatte sie nicht so ganz verstanden. Und ihr war zudem nicht so ganz klar, wie Trolog die anderen Stämme beurteilen konnte, nachdem er sich seit über vierzig Jahren standhaft und mit Stolz weigerte, sein Stammesland auch nur mit einer Zehe zu verlassen. Aber irgendwie anders waren sie schon, die Zehn-Stämme-Leute, selbst wenn Ailis in der Zeit ihres Kriegsdienstes durchaus gesehen hatte, wie Soldaten verschiedener Stämme unter Gefahr für Leib und Leben verletzten Kriegern beigesprungen waren – also offenbar doch ein gewisses Mindestmaß an Treue zu kennen schienen. Aber was sollten solche Überlegungen? Wollte sie etwa einen Stammesältesten kritisieren? Das stand ihr nicht zu – auch das war Tradition.

Den Belustigungen der anderen Leibgardisten – Wirtshausbesuche und Spiele – konnte sie nichts abgewinnen, zumal sie, wie alle Waldelfen, alkoholische Getränke verachtete. Der Realität immer ungetrübt ins Auge blicken und sich nicht wie eine Memme den Blick vernebeln lassen, das war schon seit den Zeiten der Vorväter eine Maxime des Stammes gewesen. Unter ihren Leuten durften nur die Heiler, und das nur in Ausnahmefällen, bestimmte Rauschmittel einsetzen. Wobei es vielleicht durchaus ein paar Alte gab, die ungewöhnlich oft einen Heiler konsultierten... Wie auch immer, selbst in Dorianstadt hatten ihr lediglich die seltenen Besuche in der Bibliothek und im Geschichtshaus etwas Abwechslung verschafft. Dann hatte es noch zwei, drei halbherzige Liebschaften gegeben, die allerdings nicht gerade sehr erfüllend und wohl eher Akte der Verzweiflung gewesen waren – an die Namen jener Krieger versuchte sie sich erst gar nicht zu erinnern. Jedenfalls hatte sie, statt in ihrer Heimat gegen die jüngst immer dreister werdenden Piraten kämpfen zu können, die ödesten zwei Jahre ihres Lebens hinter sich – genau genommen waren es noch nicht ganz zwei Jahre, aber es kam ihr vor wie zweiundzwanzig Jahre – und noch gut zwei weitere sollten, entsprechend des Kontraktes, auf den sie ihren Bluttropfen gesetzt hatte, folgen.

Sie meldete sich immer sofort freiwillig, wenn der Kriegskanzler auf eine seiner vielen Reisen ging, um so wenigstens etwas vom Elf-Stämme-Reich kennen zu lernen. Doch außer der ein oder anderen zugegebenermaßen interessanten Landschaft sah sie vor allem kleine Militärlager und Kasernen, musste ewig in der Nähe des Kanzlers rumstehen – aber natürlich immer außerhalb der Räume, in denen die wichtigen Begegnungen stattfanden – und hatte schier endlose Wachdienste zu versehen. So wie auch jetzt wieder. Sie hatten gelost, und unter den beiden Elferschaften, die es erwischt hatte, war auch ihre gewesen. Während die anderen mit dem Kriegskanzler weiter zur Frontburg gezogen waren – bei Burischja! Seit zwei Jahren hätte sie das erste Mal wieder die Chance gehabt, wenigstens in die *Nähe* der Front zu kommen! –, musste sie in Rú-tan zurückbleiben, um etwas zu bewachen, das augenscheinlich eh keinen Trillerlops interessierte, und von dem, mit Ausnahme ihres Anführers, auch die Bewacher nicht einmal wussten, was es überhaupt war – nun ja, sie *sollten es* zumindest nicht wissen. Aber der Soldmeister hatte noch bis zur Ankunft jener geheimnisvollen Lieferung gewartet, und an dem Tag, als er dem Kriegskanzler nachgereist war, etwas in der Art gestöhnt, dass man *damit* Besseres anfangen könnte, als es in einem Verlies vergammeln zu lassen.

Und da der Soldmeister dafür zuständig gewesen war, vermutete Ailis, dass es sich wohl um etwas Wertvolles, vermutlich einen gehörigen Batzen Goldmünzen handelte. Nun, es stand ihr natürlich nicht zu, darüber nachzudenken... aber irgendwie kam es ihr doch sonderbar vor, dass der Kanzler hier Gold einlagern ließ. Zumal es in Zusammenhang mit jenem seltsamen Ereignis zu stehen schien, das diese Stadt in der Nacht des Balles so in Aufregung versetzt hatte.

Ein Junge, hieß es, hatte das Pferd des Kanzlers gestohlen und war, etliche Krieger zum Narren haltend, mit dem wertvollen Tier in halsbrecherischer Jagd durch die halbe Stadt geprescht und hatte zu guter

Letzt sogar das Kunststück fertiggebracht, über die Stadtmauer zu entkommen, während das Pferd im *zweiten Stock* eines Turmes zurückgeblieben war. Sich das vorzustellen entlockte ihr tatsächlich ein leichtes Schmunzeln. – Bei Burischja! Sollte sie mal einen Sohn haben und der würde auch so werden, wie würde sie dem die Trillerlops-Beine lang ziehen! – Und wie unendlich stolz wäre sie auf ihn!

Aber, he, was waren das für unbedachte Gedanken? Ebenso wie die Überlegung, was Hanu Standhaft wohl mit den Werten anfangen wollte, die sie hier bewachten. Sicher nicht jenen Jungen belohnen... Jedenfalls stand sie nun wegen dieser mysteriösen Lieferung hier unten, in dem von Öllampen erleuchteten Gang vor jenem Verlies, statt wenigstens oben in der Spätfrühlingssonne sitzen zu können. Und da Zwei-Feder-Krieger Olaf sie nicht leiden konnte – genau genommen konnte er kaum jemanden leiden –, steckte er sie bei den immer von zwei Kriegern versehenen Wachdiensten für gewöhnlich mit diesem schrecklichen Haans zusammen. Haans – »man spricht die beiden A getrennt aus« – vom Stamm der Kohle-Schürfer. Was konnte man von so einem Erdmännchen auch erwarten? – Zugegeben: ein fast zwei Meter großes, muskelbepacktes Erdmännchen. Der schwarzhaarige Krieger mit dem kantigen Gesicht hatte dunkle, aber eigentlich recht freundliche Augen – wenn er nicht gerade Ailis ansah.

Ihre Unterhaltung während der Wachdienste beschränkte sich auf eisiges Schweigen. Was eventuell, möglicherweise, vielleicht, auch ein ganz klein wenig damit zu tun hatte, dass Haans einer der Krieger war, denen sie ein paar Zähne ausgeschlagen hatte. Sie meinte sich dunkel zu erinnern, in dem Tumult einen Weinkrug gepackt und dessen massiven Fuß in sein Gesicht gestoßen zu haben, was ihn zwei untere Schneidezähne gekostet hatte – sah ziemlich scheußlich aus, wenn er lächelte. Nun ja, immerhin war er es auch gewesen, der ihr im Anschluss das blaue Auge verpasst hatte – mein lieber Mann, das war ein Rums gewesen! Und hätten nicht unmittelbar danach sieben andere Krieger die Streithähne getrennt, wer weiß, vielleicht wäre sie doch bald gegen die Übermacht zu Boden gegangen.

Jedenfalls sehnte sie das Ende ihres Wachdienstes herbei, gleichzeitig innerlich darüber fluchend, dass sie wohl noch etliche weiterer solcher Dienste vor sich haben würde und nicht einmal wusste, wann der Kriegskanzler sie wieder abziehen oder ob er sie einfach hier vergessen würde.

Dass tatsächlich die Möglichkeit bestand, ihren Wachdienst schneller loszuwerden als ihr lieb wäre, und dass sie dann erst Recht Grund zum

Fluchen haben könnte, darauf kam sie in diesem Augenblick nicht. Im Gegenteil: Jetzt wanderten ihre Gedanken einem kleinen Lichtblick in diesem trostlosen Einerlei entgegen. Gestern war ein Schriftgelehrter aus der Hauptstadt mit seinen beiden Lehrjungen eingetroffen. Der hatte sich mit einem Schreiben von Arnulf, dem Leiter des Geschichtshauses in Dorianstadt, ausgewiesen.

Der alte Schriftgelehrte hatte, wie noch etliche andere Gelehrte auch, die das Reich in andere Richtungen bereisten, den Auftrag, für ein umfassendes Geschichtswerk die Schriften-Lager einiger Städte im Osten des Reiches zu durchforsten. Sie würde diesen Tacituús aufsuchen. Er musste ein weiser Mann sein, wenn er für das Geschichtshaus arbeitete. Es wäre wohl nicht das Gleiche wie im Geschichtshaus selbst, aber vielleicht könnte sie ja, während er im Palais weilte, das ein oder andere lehrreiche Gespräch mit ihm führen, und vielleicht würde er ihr sogar gestatten, auch mal mit ihm ins Archiv zu gehen und alte Schriften zu studieren.

*

Zwei Tage zuvor:

»Dorianstadt im Jahre 2005, im 8. Jahr der Regentschaft des ruhmreichen Königs Jaun XII.

Wir, Arnulf der Schriftenmeister, die Ehre habend, Leiter des Geschichtshauses in Dorianstadt, Hauptstadt des glorreichen Elf-Stämme-Reichs in der Zeit des gelobten Königs Jaun des XII. zu sein, ersuchen hiermit ausdrücklich und das Wohlwollen unseres großen Königs habend, darum, unserem treuen und rechtgesonnenen Diener und Freund Tacituús, Schriftgelehrter im Solde des Reichs, alle notwendige Unterstützung angedeihen zu lassen bei der Erfüllung der ihm von uns gestellten und dem König wohlgefälligen Aufgabe, Worte, Sätze und Taten für ein neues, gutes Geschichtswerk zu sammeln und ihm auch Einblick in die Schriften und Pergamente der Städte zu gewähren, auf dass er auch die wichtige Rolle bedeutender Städte würdevoll verewigen kann. Gezeichnet...«, Tulpe hielt mit dem Lesen inne, sah Xavox mit großen Augen an, meinte dann: »Wow! *Das* ist vielleicht ein Satz! Und so schön geschrieben. Auch das Siegel ist beachtlich geworden, wenn man bedenkt, dass du den Stempel aus einer Vierhübe geschnitzt hast!«

»Ja, nicht wahr?«, freute sich der alte Halbmagier über das Lob, »meine Schreibkünste, wenn ich das in aller Bescheidenheit sagen kann, sind schon beachtlich, und das ganz ohne Halbmagie.«

»Und wenn du hier schreibst: ›,…ihnen alle notwendige Unterstützung angedeihen zu lassen…‹, beinhaltet das auch, dass sie uns helfen sollen, 1100 Hockperlen zu stehlen?«

»Nun, in gewisser Weise schon. Sie wissen es bloß noch nicht.«

Peter, ein Handtuch eng um seinen Schädel gewunden, warf düster ein: »Und wenn nun einer von der Bürgermeisterei oder dem Palais schon mal in diesem Geschichtshaus war und den echten Tacituús kennengelernt hat?«

»Oh, keine Sorge, selbst wenn einer unserer Freunde – was ich kaum glaube – so kulturbeflissen war, im fernen Dorianstadt das Geschichtshaus zu besuchen, so wird er sich kaum an den guten Tacituús erinnern können, der uns sowohl freundlicher- als auch unwissenderweise seinen Namen borgt. Der Gute ist schon fast vier Jahre in Kaluktan-Stadt. Wisst ihr, es gab da so ein Abkommen mit unserem nördlichen Verbündeten, das die gegenseitige Wertschätzung demonstrieren sollte: Jeder hat einen Schriftgelehrten zum jeweiligen Nachbarn entsandt, der dort erbauliche Schriften, Gedichte, Theaterstücke und Musik kopieren und übersetzen soll, um so die eigene Kultur zu bereichern. Eigentlich ein schöner Gedanke... aber natürlich eine Lebensaufgabe für nur *einen* Schriftgelehrten. Nun ja, habe gehört, der Taci hat da drüben inzwischen eine wohlhabende Witwe geheiratet... ansonsten ist er aber bei uns so ziemlich in Vergessenheit geraten, und ich befürchte, erst eure Enkelkinder werden von der kaluktischen Kultur beglückt werden... Deine Haare dürften jetzt eigentlich fertig sein, Peter.«

Peter stellte sich vor den Spiegel und nahm zögernd das Handtuch vom Kopf. Aus dem Spiegel starrte ihm ein Junge entgegen, an den er sich ohnehin noch längst nicht gewöhnt hatte, der aber schon wieder anders aussah: Wo vorher braunes, mittellanges Haar gewesen war, gab es nun kurzes – da vor einer Stunde von Tulpe abgeschnittenes – und kohlrabenschwarzes Haar zu sehen.

»Was für ein Mittelchen hattest du mir da in die Haare geschmiert?«, wollte Peter wissen.

»Oh«, antwortete Xavox, »vor allem Asche, vermengt mit etwas Fett einer Trillerlops-Leber und einem winzigen Hauch Halbmagie. Hier, stopf dir die mal in die Backen und das da vorne unters Wams«, damit reichte der Halbmagier Peter zwei Kastanien und ein kleines Kissen.

Seufzend und die Augen verdrehend tat Peter wie geheißen und sah nochmals in den Spiegel. Überrascht stellte er fest, dass ihn – beziehungsweise Rétep – nun höchstens noch jemand erkennen würde, der ihn sehr gut kannte. Die dicken Backen und das kleine Bäuchlein veränderten ihn, zusammen mit den schwarzen Haaren, kolossal. Allerdings störten die Kastanien ziemlich...

»Tja, da wirst du wohl durchmüssen, solange wir uns nicht in den eigenen vier Wänden befinden«, erwiderte Xavox auf Peters zwangsläufig genuschelte Beschwerde, »andererseits, du kannst es natürlich auch riskieren, im Palais von dem Koch erkannt zu werden, für den Rétep gearbeitet hat, oder auf der Straße, falls wir ihm über den Weg laufen sollten, von Rolli Schwarzauge oder einem seiner Leute. Oder vielleicht auch von diesem jungen Soldaten und seiner Truppe, dessen Pferd Rétep, äh, geliehen hatte.«

»S'on gut, s'on gut!«, murmelte der blass gewordene Peter.

»Na dann übe schon mal fleißig, ein paar Begrüßungs-Artigkeiten zu murmeln, ohne dass dir eine Kastanie aus dem Mund fällt. Das wäre doch irgendwie peinlich, wenn wir morgen dem Bürgermeister, frisch mit der Kutsche aus Dorianstadt angekommen, einen Antrittsbesuch abstatten, nicht?«

Tulpe grinste Peter boshaft an und meinte: »Also, eigentlich, dacht' ich, nur Pferde und Esel fressen ganze Kastanien – he, pass auf, da tropft etwas Sabber aus deinem Mundwinkel – *soo* kannst du sicher keinen Eindruck beim Bürgermeister machen.«

»Ach ja, ›Eindruck machen‹, gut, dass du mich daran erinnerst, Tulpe. Für dich habe ich auch eine Aufgabe. In unseren abgewetzten Sachen gehen wir ja wohl kaum als Schriftgelehrte durch. Daher solltest du so langsam mal losziehen und uns ein paar würdige Sachen zum Anziehen stehlen. Und natürlich zwei Rucksäcke und einen Koffer – schließlich reisen Gelehrte mit großem Gepäck. Ach ja, wenn wir schon dabei sind: Etwas Pergament, ein paar neue Federkiele und Tinten-Pulver könnten auch nichts schaden...«

Jetzt war Tulpe blass geworden: »Äh, wie wär's mit kaufen?«

»Tja«, lächelte Xavox, »ich habe tatsächlich keinen Nick mehr. Ich fürchte, unseren reizenden Wirt hier werden wir morgen ziemlich eilig verlassen müssen, ohne uns zu verabschieden.« Dann griff er zu einem kleinen Zerstäuber, den er kurz zuvor mit einem selbstgebrauten Sud gefüllt hatte, und begann, einen feinen, eigenartig trocken riechenden Nebel auf die beiden Jungs, sich selbst und im Zimmer zu versprühen. Auf den fragenden Blick des angewidert die Nase rümpfenden und mit einer Hand vor seinem Gesicht rumwedelnden Tulpe antwortete er: »Oh, nur ein kleiner Geruchs-Verzerrer. Es soll uns doch nicht so gehen wie Rétep, oder? Wenn die beiden Finder, sobald man sie erst mal auf uns angesetzt hat, nun an irgendetwas von uns schnuppern, dann wird sie das . . ., tja, keine Ahnung, wohin, aber jedenfalls nicht zu uns führen. Schade für Rétep, dass man den Schnüffel-Sud anwenden muss, *bevor* sich ein Finder auf deine Spur setzt.«

Wieder seufzte Peter. Zu was für einer Karriere hatte er es in nur wenigen Tagen in diesem sonderbaren Land gebracht: Gesucht als Pferdedieb und möglicher Verräter von Verrätern, musste er eine wüste Maskerade betreiben und schickte sich obendrein an, die Staatskasse um 1100 wertvolle Perlen zu erleichtern.

»Was für eine Karriere.«

»Hast du was gesagt, Peter?«

»Ach, nichts.«

*

Der Bürgermeister zeigte sich überaus geschmeichelt, dass auch seine Stadt ausführlich in einem neuen, Maßstäbe setzenden, wie der Gelehrte Tacituús betonte, Werk aufgenommen werden sollte. Leider war der gute Ortschronist kürzlich verstorben, der sehr wertvolle Tipps hätte geben können. In ein Gasthaus? Aber nein, selbstverständlich würde der weise Tacituús Gast der Stadt sein, zumal das ja für die Arbeit des Gelehrten und seiner beiden Gehilfen sehr von Vorteil und zeitsparend wäre, da sich das Schriftenlager der Stadt im Keller des Palais befinde. Der Bürgermeister schickte sogar seinen Verwalter mit den Reisenden zum Palais, damit er der kleinen Stamm-Besatzung des Hauses – ein Majordomus, ein Koch, ein Stallknecht und vier dienstbare Geister – die Gäste vorstellen und den Auftrag geben sollte, den gelehrten Besuchern schöne Zimmer und eine Schreibstube zuzuweisen und ihnen den Pergament-Keller zu zeigen.

Dass derzeit auch noch zwei Elferschaften der Leibgarde des Kriegskanzlers im Palais untergebracht waren, hatte der Bürgermeister inzwischen völlig vergessen, zumal er nie erfahren hatte, dass diese Truppe dort etwas Wertvolles bewachen sollte. Und die Krieger des Kanzlers sahen keinen Grund, einen alten Mann und zwei Knaben zu verdächtigen, genau das stehlen zu wollen, was sie bewachten.

*

Nun, ein wenig sonderbar kam er ihr schon vor. Aber waren die Menschen der zehn anderen Stämme nicht alle ein wenig sonderbar? Und zum Burischja, was soll's, der Alte war ihr von Anfang an sympathisch gewesen, was glücklicherweise auf Gegenseitigkeit zu beruhen schien. Und so hatte Ailis tatsächlich schon zwei Abende mit dem gelehrten Tacituús verbracht. Sie waren im kleinen Kräutergarten des Palais auf einer Bank gesessen und hatten sich angeregt unterhalten.

Am ersten Abend hatte sie zwar missbilligend feststellen müssen, dass der Alte ab und an zu einem kleinen Tonfläschchen griff, um einen herzhaften Schluck daraus zu nehmen, und danach roch es immer nach diesem widerlichen Alkohol, doch auf ihr Stirnrunzeln hatte er mit einem entwaffnenden Lächeln erklärt: »Medizin!« Ja, ja, alte Männer und ihre Medizin. Und er hatte lange nicht so unangenehm gerochen, wie gestern jene beiden Kerle aus der Bruderschaft, die, im Namen des Kriegskanzlers, wie sie wichtigtuerisch mit einem Dokument belegten, das Entsenden einer Brieftaube zu ihrem Haupttempel in Dorianstadt verlangten – im Dach des Palais waren die Nachrichtentauben der Stadt untergebracht. Eine Antwort solle man ihnen sofort in ihre Gaststätte bringen – über einen eigenen Tempel, der manchmal noch in größeren Städten reisende Brüder aufnahm, verfügte Rú-tan nicht.

Was der alte Schriftgelehrte da auch immer trank und wie alt sein Körper sein mochte, sein Verstand, stellte die Kriegerin erfreut fest, war jedenfalls messerscharf. So wie sie sich für seine Arbeit interessierte, hatte er sich angelegentlich nach ihrem Dienst für den großen Kriegskanzler erkundigt, was der denn privat für ein Mensch sei und welche Aufgabe sie die Ehre hatte, für Reich und Kanzler erfüllen zu dürfen. Man sei bloß hierher abgeordnet worden, um auf weitere Befehle zu warten, hatte sie ausweichend geantwortet.

»Ja, ja«, hatte er lachend erwidert und ihr schelmisch mit dem Finger gedroht, »zwei Elferschaften Leibgardisten werden nicht in der Kaserne oder einem Gasthaus einquartiert, sondern dürfen, wie noble Gäste der Stadt, im Palais wohnen... oh, werdet nicht böse. Natürlich habt Ihr, ehrenvolle Waldstamm-Kriegerin, mir die Wahrheit gesagt, als ihr behauptet, hier auf weitere Befehle zu warten. Die Wahrheit schon, jedoch nicht alles. Zum Beispiel nicht, dass ihr die Aufgabe habt, etwas unten in den Verliesen zu bewachen.«

Erschrocken fuhr die Kriegerin hoch.

»Ah, keine Angst, ich werde sicher nichts ausplaudern. Ich habe eh meine Arbeit hier und kein Interesse, durch die Wirtshäuser Rú-tans zu ziehen, Aber Ihr müsst zugeben, dass es schon offensichtlich ist: Ständig patrouillieren innerhalb der Grundstücksmauern zwei eurer Leute um das Palais, und immer wieder verschwinden zwei Krieger für mehrere Stunden in den Kellern, aber kurz nachdem sie die Treppe heruntergegangen sind, tauchen zwei andere wieder auf – Wachablösung!«

»Wie konntet Ihr das so genau beobachten?«, fragte Ailis mit einem Anflug von Skepsis.

»Oh, Ihr vergesst, dass in den Kellern, gleich wenn man runterkommt, auch der Schriftenraum ist, in dem ich die beiden vergangenen Tage nahezu komplett verbracht habe. Und da es recht muffig da unten ist, habe ich immer die Türe aufstehen lassen – *meine* Arbeit ist ja nicht mit Geheimniskrämereien verbunden – und habe so die regelmäßigen Wachablösungen mitbekommen.«

Prüfend sah Ailis ihr Gegenüber an. Doch der Alte entgegnete entspannt: »Jetzt überlegt Ihr, ob Ihr das eurem Vorgesetzten melden müsst? Nun, wirklich, ich habe ja kein Staatsgeheimnis an die Barbaren ausgeplaudert, sondern nur Offensichtliches gesehen – außerdem weiß ich ja auch gar nicht, was ihr bewacht. Also lasst mich nur ruhig mit Eurem Boss reden, das wird sicher auch ein netter Plausch.«

»Ein *netter* Plausch? Mit *Olaf*? Na, ehrenwerter Schriftgelehrter, wenn Ihr den so gut kennen würdet wie ich, dann wüsstet Ihr, dass sich die Begriffe ›nett‹ und ›Olaf‹ absolut ausschließen.«

Jetzt lachte Tacituús ausgiebig über ihre Rede und meint dann: »Gutes Kind, ihr übertreibt, so schlimm wird er schon nicht sein.«

»Oh, Ihr kennt ihn wirklich nicht. Der bringt es fertig, eure Arbeit zu behindern oder euch vielleicht sogar von den Schriftrollen und Pergamenten fernzuhalten, nur weil Ihr ihm den Ungemach bereitet habt, über etwas nachdenken zu müssen.«

Jetzt blickte der Alte doch etwas besorgt drein, und so beruhigte ihn Ailis: »Aber keine Angst, ich denke, es ist wirklich nicht notwendig, dass ich irgendetwas melde. He! Aber dafür müsst Ihr mich mal mit in die Schrift-Kammer nehmen und mir ein paar interessante Sachen zeigen, die Ihr schon ausgegraben habt!«

»Oh! Ihr interessiert Euch ja wirklich für meine Arbeit?«, entgegnete der alte Mann hocherfreut, »aber sicher! Nur zu gerne werde ich Euch das ein oder andere zeigen.«

Dann kamen sie darauf zu sprechen, wie wichtig es doch sei, sich immer weiterzubilden. Und irgendwann ließ sich Ailis sogar dazu hinreißen, Tacituús einzugestehen, dass sie wohl mit ihrem Eintritt in die Leibgarde des Kanzlers nicht die richtige Entscheidung getroffen hatte.

»Grämt euch nicht«, sprach der Alte freundlich, der so gar nichts von der Strenge ihrer Stammesältesten hatte, »seht es einfach auch untere dem Aspekt des Lernens. Denn sicher ist, dass wir auch durch schlechte Erfahrungen reifen und uns weiterentwickeln. Seht Ihr, Ihr wart so offen zu mir, dass ich auch etwas bekennen will: Meine ›Medizin‹..., nun, Ihr seid natürlich nicht dumm und habt erkannt, dass es keine wirkliche Medizin ist. Und, ja, ich gebe zu: Es ist ein Laster, von dem ich einfach nicht mehr loskomme. Beim Alkohol habe ich die Grenze des Experimentierens eindeutig überschritten – mein Fehler. Jedenfalls: Grundsätzlich hat euer Stamm Recht, dass er den Alkohol mit beneidenswerter Konsequenz ächtet. Andererseits: Wenn Ihr euer Leben lang nie einen Rausch hattet, dann werdet Ihr diesen Feind auch nicht verstehen durchschauen – selbst aus so einer üblen Sache kann man also lernen. Nachdenken, seinen Verstand benutzen und den Dingen auf den Grund zu gehen, das kann schließlich nie verkehrt sein.«

Sehr nachdenklich war Ailis nach diesem Gespräch zu Bett gegangen und hatte gegrübelt, ob vielleicht nicht nur die anderen zehn Stämme zu freizügig geworden waren, sondern auch der Waldstamm zu engstirnig geblieben war.

***

»Aaaalso«, sagte Xavox, als sie am Abend auf ihren Zimmern waren »bisher war es einfach...«

»*Mmbl!*«

»...hier kannst du die Kastanien ruhig aus den Backen nehmen, Peter. Nun, jetzt wird es spannend: Wir müssen a) in das Verlies gelangen und die Perlen einsacken, b) auch wieder hinauskommen, c) dafür sorgen, dass die Perlen und wir aus der Stadt sind, bevor alles Zeter und Mordio schreit und d) unterwegs auch noch Prinzessin Ky mitnehmen. Jemand eine Idee? Nein?« Xavox lachte aus vollem Hals. »Wie gut, dass ihr mich dabei habt. Nun: Zunächst einmal brauchen wir ein Brecheisen...«

»Ist das nicht ein bisschen laut?«, warf Peter ein, »und, äh, etwas unelegant für einen Zauberer?«

»Halbzauberer! Aber was hast du denn erwartet? Dass ich irgendeinen Spruch murmele, und das Schloss öffnet sich?«

»Na ja, doch, eigentlich schon; irgend so was wie ›alohomora‹, oder so...«

»Aalohowas? Sag bloß, du kennst so einen Zauberspruch?«

»Äh, nein, vergiss es, das war eine andere Geschichte...«

»Du sagst manchmal lustige Sachen.«

»...aber wie ist das, mit dem Reinkommen? Glaubst du, wir können wirklich mit einem Brecheisen das Schloss aufhebeln?«

»Oh sicher nicht. Als ich Ailis von ihrem Wachdienst abholte, habe ich mir die Tür natürlich genau angesehen: Das Schloss ist so ein richtig großes, stabiles Teil, da können wir mit Muskelkraft nichts anfangen.«

»Jetzt verstehe ich nur noch Bahnhof«

»Nur noch *was?*«, wollten Xavox und Tulpe gleichzeitig wissen.

»Ein Bahnhof, das ist..., ach vergesst es, nix verstehe ich. Wie bekommen wir dann das Schloss auf? Und wozu das Brecheisen?«

»Nun, das Schloss ist zwar fett, aber die Mechanik dieser Dinger lässt zu wünschen übrig, und einer von diesen hier wird wohl passen. – Habe ich gestern bei einem Schmied machen lassen...«

Damit zog Xavox eine Handvoll in verschiedenen Größen gekrümmter und platt gehämmerter Eisenstäbe hervor.

»Oh! Mit einem Dietrich also?«

»Wer ist Dietrich?«

»Nachschlüssel..., die heißen bei uns Dietrich.«

»Schlüssel mit Namen? Wirklich, eine interessante Welt, diese Sagenwelt...«

»Und das Brecheisen?«

»Tja, außer dem Schloss gibt es an der Kerkertüre noch einen schweren hölzernen Riegel, und den werden wir wohl aufbrechen müssen. Denn irgendjemand ist auf die Idee gekommen, diesen Riegel mit einer neumodische Erfindung zu sichern, wie mir Ailis erklärt hat.«

»Was für eine ›neumodische Erfindung‹?«, wollte Tulpe neugierig wissen.

»Soll für stabilere Verbindungen als Nägel sorgen, ›Schrauben‹ nennen sich diese Dinger, die irgendwie durch das Holz gedreht werden.«

»*Moderne Erfindung!?* Vielleicht brauchen wir ja doch kein lautes Brecheisen... darf ich mir mal das Stück Pergament auf deinem Tisch und die Feder nehmen?«

»Bitte, bin gespannt...«

Peter öffnete das Tintenfass, tauchte den Federkiel ein und fertigte eine kleine Zeichnung an.

Xavox blickte stirnrunzelnd darauf und meinte: »Du willst also *doch* zaubern?«

»Bitte?«

»Na, das soll doch ein Zauberstab sein?«

»Nein, ein Schraubenzieher. Gib die Zeichnung deinem Schmied, der soll uns zwei, drei zurechthämmern.«

»Schraubenzieher! Verblüffend! Da hat es sich doch schon als nützlich erwiesen, dass du uns hilfst!«

»Und so freiwillig.«

»Wie auch immer.«

Tulpe warf ein: »Will euch ja nicht stören, aber glaubt ihr, die Wachen werden zusehen, während wir mit den Nachschlüsseln und diesem Dings-Zieher herumhantieren? Und selbst wenn wir tatsächlich reinkommen, wie kommen wir wieder raus? Und das möglichst an einem Stück?«

»Oh, die Wachen und der ganze Rest? Das, meine Kinder, werde ich euch jetzt erklären...«

9. Der Tote in der Kugel

»*Götter, Götter, Götter, Götter, Götter, Götter, Götter...*«, seit beinahe 111 Minuten hallte monoton und gleichförmig, dieses eine Wort aus knapp 30.000 Kehlen. Jeder einzelne sprach das Wort nur leise, doch in ihrer Gesamtheit wurden die Worte fast über ein Elftel der Stadt hinweg geweht. Von überall her waren die Brüder gekommen, um den Gleichsten auf seinem Weg zum langen Drehen zu begleiten.

Fast 30.000 Männer standen, alle in schlichte, braune Kutten gehüllt, auf dem Platz vor dem großen Tempel in Dorianstadt. Unter ihnen verteilt waren 2222 Fackelträger, eigens für die feierliche Zeremonie engagiert – natürlich nur Männer –, die für das Licht sorgten, denn die Zeremonie hatte um drei Uhr morgens begonnen, damit man den alten Gleichsten in den Sonnenaufgang hinein rollen konnte. Fast 30.000 Brüder waren gekommen... einfach lächerlich! Vor 1100 Jahren wären es mindestens 333.000 gewesen, dachte Cé-tan, nach außen gelassen, aber innerlich vor Zorn bebend. 333.000 Brüder, die sich in die Stadt gedrängt hätten, wenn einer ihrer Gleichsten beigedreht worden wäre.

Und die paar Tausend Schaulustigen, die heute am Rande des Platzes standen, statt, wie die weitaus meisten Bürger der Stadt, noch in den Betten zu liegen? Wie viele Gläubige mochten unter ihnen sein? Und wie viele waren nur zum Gaffen gekommen? Ja, vor 1100 Jahre, da hätten sich sogar viele Ungläubige nicht getraut, der Zeremonie fernzubleiben.

Aber die alten Zeiten, als die Götter noch etwas galten, sie sollten wiederkommen! Und er, Cé-tan, würde dafür sorgen, dass sie wieder kamen! Das wusste er mit jeder Faser seines gläubig brennenden Herzens: Er war von den Göttern bestimmt, nein, auserwählt, ihnen ihren rechtmäßigen Platz wieder zu geben.

Die Menschen auf dem Platz hatten ihre Köpfe ausnahmslos dem erhöhten Eingang des Tempels zugewandt, alle, bis auf einen, der ihnen allen entgegenblickte, er, der allein unter den Brüdern nicht in braune, sondern in eine strahlend weiße Kutte gehüllt war, er, Cé-tan, der Gleichste von allen! Das heißt, noch einen gab es, direkt neben ihm, der vermutlich nicht in seine Richtung sah, aber so genau konnte man das nicht wissen... Nachdem die Götter Cé-ton, dem alten Gleichsten, endlich die Ehre erwiesen hatten, seiner irdischen Hülle das Feuer des Lebens zu nehmen, war sein toter Körper, wie es einem Gleichsten gebührte, zusammengekrümmt in eine hohle Halbkugel aus dem Holz des Hartbaumes gelegt worden. Dann war die Halbkugel mit ihrem exakten Ebenbild von einem Meister der Küferkunst zu einer vollkommenen, absolut gleichförmigen Kugel vereint worden, und Cé-tan persönlich hatte, wie es das Ritual vorschrieb, seinen Vorgänger zur Zeremonie vor den Tempel gerollt. In welche Richtung der tote Cé-ton darin gerade blickte, konnte man also beim besten Willen nicht sagen.

Links und rechts des alten und des neuen Gleichsten verbreiteten zwei hoch lodernde Feuerbecken züngelndes Licht. Fast 111 Minuten hatten die Brüder nun zu Ehren des Verstorbenen ihr »Götter« erklingen lassen. Fast 111 Minuten – das war genug, entschied Cé-tan, dem auch langsam die Füße vom langen Stillstehen schmerzten.

Er trat einen Schritt vor und schlug seine Kapuze zurück. Augenblicklich verstummten die fast 30.000 Kehlen. Und die Brüder, die ganz vorne standen, konnten nicht sagen, was mehr loderte: Die Flammen der Feuerbecken oder die weißblauen Augen, die nun aus einem gut sechzigjährigen, hageren und von einem dünnen grauen Bart umrahmten Gesicht auf die Menge hinabblickten.

Cé-tan hob die Arme, und die Menge atmete wie ein Mann ein, wurde noch stiller. Dann rief der neue Gleichste, dessen laute, leicht kratzige Stimme dank der geschickt ersonnenen Akustik des Platzes bis in den letzten Winkel trug: »*Wir sind alle gleich!*«

Und fast 30.000 Kehlen antworteten verzückt schreiend: »*Wir sind alle gleich!*«, sodass das Licht auf dem Platz für einen Moment unruhig umherhuschte, weil die Fackelträger erschrocken zusammengezuckt waren.

»Cé-ton war ein guter Gleichster«, sprach Cé-tan zur Menge, während er gleichzeitig dachte: gut, aber schwach, nicht hart genug, um sich von den Göttern zu deren Triumph führen zu lassen, »ja, er war gut, von den Brüdern geliebt und verehrt, und selbst von jenen geachtet, die erst wieder auf den wahren Weg der Götter geführt werden müssen«, das sorgte für Gänsehaut bei nicht wenigen der Schaulustigen am Rande des Platzes, aber auch für kurzes Murmeln und vereinzelte Pfiffe von dort – unerhörtes Pack, doch die Götter würden sie dereinst strafen.

Cé-tan würdigte das Leben des Verstorbenen, sagte schließlich: »Zuletzt hatte sich das Alter bei ihm gezeigt, und oft war ihm schwindelig geworden, doch nun kann er sich immerdar drehen, bis sein Körper verschwunden und er zu den Göttern heimgekehrt ist«, dann gab er das Zeichen zum Aufbruch zur Woge der Götter.

Manche seiner Brüder hatten vermutlich eine sehr viel ausführlichere Ansprache erwartet. Doch Cé-tan wollte nicht länger warten. Denn hatte er nicht schon weitaus genug Zeit ausgeharrt, bis er endlich in der immer schwächer werdenden – aber noch lange nicht ganz daniederliegenden! – Bruderschaft das Ruder übernehmen konnte?

Zehn Brüder, die von dem alten Gleichsten noch zu Lebzeiten dazu bestimmt worden waren, diese ehrenvolle Aufgabe zu übernehmen, wechselten sich nun darin ab, die Kugel auf der Hauptstraße zur Stadt hinauszurollen. Wie es die Tradition verlangte, gab es dabei noch einen kurzen Zwischenstopp vor dem Palast der königlichen Familie. Cé-tan hatte lange mit sich gekämpft, ob er mit dieser Tradition nicht einfach brechen sollte. Doch es wäre wohl unklug, gerade jetzt das Königshaus zu brüskieren und, so schwach es auch sein mochte, dessen Aufmerksamkeit auf die Bruderschaft zu lenken. So entschloss er sich, den Schmerz zu ertragen, dass ein König, der längst jede innere Beziehung zu den Göttern verloren hatte, nur wegen der Etikette und nicht aus innerem Glaubensfeuer heraus die Bedeutung des alten Gleichsten würdigte. Allerdings bereute er seinen Entschluss, als er den Worten des Königs zuhörte.

Inmitten einiger Mitglieder seiner Familie und hoher Hofbeamter hatte der Monarch auf der Terrasse über dem Palast-Eingang die Ankunft des Trauerzugs erwartet, der – gutes Timing, dachte der König – genau mit der aufgehenden Sonne angekommen war. Jaun der XII. war so alt wie Cé-tan. Das war aber auch alles, was die beiden Männer an Ähnlichkeiten aufzuweisen hatten. Der König war nach vorne an die Brüstung getreten, doch sein Hofmarschall hatte ihn von hinten an die Schulter getippt und ihm etwas zugeflüstert, und schnell war Jaun wieder zurückgetreten, hatte sich kurz suchend umgeblickt und dann seinem jüngsten Sohn mit mildem Lächeln den schlichten goldenen Herrscher-Reif, mit dem der Junge gerade spielte, aus den Händen genommen, um ihn sich rasch auf den Kopf zu setzen und wieder an die Brüstung zu treten. Sein langes Grauhaar, das in seltsamen Widerspruch zu dem noch immer makellos glatten, fast zarten Gesichtszügen stand, hatte der König zu einem Pferdeschwanz gebunden. Seine rehbraunen Augen ließen ihn beinahe verletzlich wirken, wenn auch seine Bewegungen kräftig, seine gut 180 Zentimeter hohe Statur, sein schlanker Körper gerade und aristokratisch waren.

Der König trug mit einem Rosenstempel gepunzte, braune Stulpenstiefel, eine dunkelgrüne Samthose, ein weißes, geschnürtes Seidenhemd und ein nachtblaues Samt-Cape, das an silbernen Tressen von seiner rechten Schulter nach hinten geschlagen war. Vor seiner Brust hing an einer dünnen stählernen Kette der alte Reichsstern mit seinen elf Zacken. Und der König lächelte.

Wie konnte dieser Mann selbst jetzt lächeln, zuckte es Cé-tan durch den Kopf, statt ernst zu blicken, wo doch der Gleichste aller Brüder gerade die Hülle eines verstorbenen Gleichsten vor ihn hingerollt hatte?

Nun gab der König ein kleines Zeichen mit dem Zeigefinger der rechten Hand, der Hofmarschall stieß daraufhin zwei Mal mit dem schweren Marschallstab auf den Boden – was den König leicht zusammenfahren ließ.

Dann begann der Herrscher des Elf-Stämme-Reichs zu sprechen: »Unseren Respekt dem Toten. Wenn Cé-ton uns im Palast besuchte, dann schlug er ein gutes Marmeladen-Brötchen nie aus.« Cé-tan musste sich heftigst auf die Zunge beißen, während Jaun XII. fortfuhr: »Was uns zeigte, dass er trotz seines schweren Amtes etwas nie vergessen hatte: Mensch zu bleiben. Wir hatten so manches gute Streitgespräch mit unserem Untertan – oh ja, erbitterte Streitgespräche, aber gute. Und obwohl wir in verschiedenen Dingen verschiedene Ansichten hatten, hat er mir nie den Respekt versagt. Deshalb respektierte auch ich ihn. Deshalb, und weil er gut streiten konnte. Und, ja, auch weil er seine Ansichten geradlinig und von ganzem Herzen vertrat und zu ihnen stand, und weil er während seines langen Wirkens, das er selbst als Heiler begonnen hatte, die Heiler-Brüder innerhalb der Bruderschaft stärkte. Und weil er etliche interessante Bücher entdeckt und freigegeben hatte, die vergessen in den Kellern der Bruderschaft geschlummert hatten. Und weil er den Frieden liebte. Und Marmeladenbrötchen. Das Ende des Krieges konnte er in seiner langen Amtszeit leider nicht erleben – dafür immerhin viele Marmeladen kosten. Und wäre er nicht Gleichster gewesen, und wäre ich nicht König, wir hätten Freunde sein können. So blieb uns Achtung und Respekt. Respekt, den ich dir, Cé-tan, neuer Gleichster der Bruderschaft, Bürger und Untertan des Reichs, gerne auch anbiete. Der alte Cé-ton möge einen guten Heimgang haben. Wir werden jetzt frühstücken gehen.«

Marmeladenbrötchen! *Untertan!* Im Hals sollen dir deine Marmeladenbrötchen stecken bleiben! Oh ihr Götter! War dieser König die Strafe an das Volk für seine Ungläubigkeit? Gut, dass das Protokoll keine Gegenrede von ihm verlangte, er hätte wohl nicht an sich halten können und den König anschreien müssen. So verbeugte sich Cé-tan kurz, wandte sich abrupt zu Seite, dachte gerade noch rechtzeitig daran, seinen Vorgänger wieder zurück zu dessen wartender Ehrengarde zu rollen, und setzte an der Spitze des Zuges den Weg fort, durch die Königsallee an nun tausenden schaulustigen Bürgern vorbei, die inzwischen aus den Betten gekrochen waren, bis zum Südtor. Dann waren es noch immer gut 111 Minuten Fußmarsch zum Hain der Bruderschaft, wo die Männer – »endlich!«, seufzte Cé-tan innerlich – wieder unter sich waren, da nur die Brüder Zutritt hatten.

Dort, zwischen zwei großen, sanften, grasbewachsenen Hügeln, floss der Ares hindurch, und dort wartete die Woge der Götter auf den alten Cé-ton. Wobei der Begriff »Woge« wohl nur gewählt worden war, weil er würdevoller klang, denn genau genommen handelte es sich lediglich um etliche starke, durch Felsnasen unter der Oberfläche hervorgerufene Wirbel im Wasser.

In 66 Metern Abstand überspannten zwei steinerne Bogenbrücken den gut 22 Meter breiten Fluss, den etwa die Hälfte der Brüder überquerte. An den Ufern zwischen den Brücken standen sich in regelmäßigen Abständen jeweils 33 drei Meter große, identische steinerne Statuen gegenüber: Jeder dieser überlebensgroßen, granitgrauen Steinmänner stellte einen Bruder in Kutte und mit inzwischen verwittertem Gesicht dar. 33 eiserne, gut eingefettete großgliedrige Ketten spannten sich, von den Granit-Händen der Statuen gehalten, über den Fluss. Von den Ketten wiederum hingen über den Flusswirbeln etwas kleinere Ketten herab, an denen kupferne, aber zum Schutz gegen Rost mit Silber überzogene Käfige baumelten.

Die Käfige reichten so weit hinunter, dass deren Böden gerade etwa 33 Zentimeter vom wirbelnden Wasser des Flusses bedeckt waren. In den meisten dieser Käfige hüpften und drehten sich Kugeln aus Hartbaum-Holz – ein Holz das, ähnlich wie Eiche, durch ständige Feuchtigkeit nicht etwa verwitterte, sondern härter wurde. Und in diesen Kugeln drehte sich mit ihnen das, was von Cé-tans und Cé-tons Vorgängern noch übrig war. Denn schließlich waren die Götter zwar, einzeln betrachtet, in ihrer Omnipotenz auch omnipermanent, aber – was Laien oft nur schwer zu vermitteln war – durch ihre Vielzahl gleichzeitig auch durch die jeweils anderen Götter örtlich begrenzt. Somit verbot es sich, dass die Hülle eines Gleichsten Bruders nach seinem Ableben in die Erde gebettet wurde. Denn das hätte ja bedeutet, dass er sich, in einer Position verharrend, nur einem Gott zugewandt hätte – ein unverzeihlicher Affront gegenüber den anderen Göttern, wenn sich ihre Vertreter auf Erden permanent von ihnen abwenden würden! Also mussten die verstorbenen Gleichsten in ständiger Bewegung gehalten werden.

In grauer Vorzeit, hieß es, seien die Gleichsten der einzelnen Stämme angeblich noch an Fische verfüttert worden, um sie in Bewegung zu halten. Aber als die Kultur etwas geschliffener wurde, schien diese Methode doch irgendwie nicht mehr so ganz mit der Würde des Amtes zu konvenieren, bot zudem keine absolute Erfolgs-Garantie – schließlich bestand ja die Möglichkeit, dass in den Ausscheidungen eines Fisches noch genug eines Gleichsten übrig war, um auf den Boden des Meeres zu sinken und dort bewegungslos liegen zu bleiben.

Nein, da war die Woge der Götter doch die elegantere und beeindruckendere Lösung. Die Wächter des Hains hatten die Aufgabe, von einem Arbeitsfloß aus die Ketten immer ausreichend einzufetten und immer mal wieder an den hüpfenden Holzkugeln zu horchen. Irgendwann war darin ein Klappern zu hören – wenn nur noch Knochen übrig waren und sich voneinander gelöst hatten. Und irgendwann, viele, viele Jahre später, hörte auch das Klappern auf. Dann wartete man vorsorglich noch zwei Generationen, damit ja nichts mehr vom Gleichsten in der alten Kugel übrig war, um sie schließlich mit dem Strom des Flusses auf die allerletzte Reise zu schicken. Eine letzte Reise, so dachte Cé-tan, die *er* nie würde antreten müssen. Seine Kugel, das war sein – oh so verborgener – Traum, seine Kugel würde ewig auf einem Brunnen in Dorianstadt rotieren, denn er würde als Allergleichster unter den Gleichsten in Erinnerung bleiben, er, der die Götter wieder einsetzte.

Und während er von einer kleinen Ausbuchtung im Zentrum der vorderen Brücke aus zusah, wie Cé-ton unter vieltausendstimmigen »Götter«-Rufen mit einem geschmückten Floß zu seinem Käfig gefahren wurde, dachte er daran, dass die Zeit näher rückte. Denn nun bot sich ihm die Möglichkeit, dem Kriegskanzler, der vielleicht noch mächtiger als der König selbst war, einen Gefallen zu erweisen, der ihn ihm verpflichten würde. Sicher, Cé-ton war klar, dass Hanu Standhaft ihn genau genommen nur benutzen wollte. Aber schnell konnte es geschehen, dass der Benutzer plötzlich selbst der Benutzte war.

Die Gelegenheit war jedenfalls so günstig, dass Cé-tan einfach nicht mehr warten konnte, bis Cé-ton auf natürlichem Weg den Platz frei machte. Schließlich war der ja auch schon 25 Jahre im Amt gewesen – lange genug. Und erst kürzlich war er, was man dem kränklichen Mann nie zugetraut hätte, 93 Jahre alt geworden – alt genug. Genau genommen war das Pülverchen in Cé-tons Abendwein nur eine Erlösung für den alten Mann gewesen, und natürlich auch keine Sünde, weil es ja im Namen der Götter geschehen war.

Dass er gerade rechtzeitig gehandelt hatte, zeigten Cé-tan die Ereignisse, zeigte ihm die Nachricht, die er gestern per Brieftauben von seinen Findern bekommen hatte: Ganz unglaublich, dass diesem Jungen, den der Kriegskanzler so unbedingt loswerden wollte – und der wohl wirklich besser verschwinden sollte, damit es keine unnötigen Komplikationen bei der Entmachtung Jauns gab –, tatsächlich in die Sagenwelt geflohen sein sollte. Natürlich mit Hilfe schändlicher Magie. In diesem Rú-tan versuchte man derzeit, die Spur eines Halbmagiers zu finden, der gemeinsam mit jenem Jungen gesehen worden war.

Dieser Halbmagier musste selbstverständlich auch vor dem Angesicht der Götter entfernt werden. Wie konnte der Kerl noch so viel Wissen und Künste haben, um den Übergang für den Jungen zu bewerkstelligen? Hielt er sich etwa nicht an die alten Regeln, die, den Göttern sei Dank, die Magie begrenzt und schließlich fast ganz unterbunden hatten? Regeln, die natürlich nicht für die Führung der Bruderschaft galten, da diese ja nicht auf die hässliche Magie, sondern auf die Kraft der Götter zurückgriff.

Fast reizte den neuen Gleichsten diese Herausforderung durch jenen noch unbekannten Halbmagier. Denn das gab ihm die Möglichkeit, selbst etwas zu versuchen.... Jedenfalls sollte sich sein Widersacher irren, wenn er dachte, dass sich dieser Prinz Rétep im Sagenland in Sicherheit wiegen könnte und dass nicht auch der Auserwählte der Götter über Mittel und Wege verfügen würde, einen Übergang für einen Reisenden zu schaffen. Schon gestern hatte Cé-tan eine Brieftaube mit exakten Anweisungen seinen Findern in Rú-tan geschickt. Und bereits heute Abend hatte er eine Verabredung mit Raumir, der ihm noch einen Gefallen – einen großen Gefallen – schuldig war. Ratsherr Raumir vom Clan der Attentäter aus dem Stamm der Attentäter, der seinen in gewissen Kreisen berühmten Sohn mitbringen würde...

10. Paulas Zweifel

Seit langem, ach was, noch *nie* seit ihren Kindertagen war Paulas Gelassenheit so erschüttert worden wie durch diese Amnesie ihres Bruders. Ihre Eltern waren gerade wieder mit Peter beim Hirn-Klempner. Sie lag, allein zu Hause, auf der Wohnzimmer-Couch, das Taschenbuch, in dem sie, ohne sich wirklich darauf konzentrieren zu können, geschmökert hatte, war schon längst neben das Sofa gesunken. Und sie grübelte – mal wieder. Oh, natürlich, selbstverständlich waren auch ihre Eltern erschüttert – doch bei ihnen war es irgendwie anders... Es hatte einige Tage gedauert, bis sich Paula im Klaren darüber war, worin genau der Unterschied bestand. Inzwischen wusste sie es: Bei ihren Eltern war die Erschütterung ganz einfach durch die Sorge um den Sohn ausgelöst worden. Bei ihr dagegen... es war ihr schwer gefallen, sich das einzugestehen, doch bei ihr war es weniger die Sorge als vielmehr der *Unglaube* an das, was da passiert sein sollte.

Doch wie hatte sich ihr Bruder, den sie so lieb hatte, auch verändert: Aus dem stillen, freundlichen, hilfsbereiten Jungen war ein fordernder, lauter, egoistischer Teenager geworden. Eigentlich sollte sie sich wegen solcher Gedanken schämen, wo er doch zusammengeschlagen worden war und sein Gedächtnis verloren hatte. Eigentlich sollte sie doch gerade jetzt zu ihm halten. Doch sie konnte nichts daran ändern: Sie hatte das untrügliche Gefühl, dass sie diesen Jungen nicht mehr mochte. Ja, eigenartigerweise, und das war wohl der Gipfel ihrer Ungerechtigkeit, betrachtete sie ihn nur noch mit dem Verstand, aber nicht mehr mit dem Herzen als ihren Bruder. Er war ihr so verteufelt fremd geworden. Und die komischen Dinge, die er manchmal sagte...

Dann auch noch diese ungewöhnliche Ausprägung seiner Amnesie: Noch nie zuvor, so hatten die Ärzte gesagt, sei ihnen ein Fall bekannt geworden, bei dem ein Patient auch Dinge nicht mehr wusste, die ihm eigentlich durch seine Sozialisation in Fleisch und Blut übergegangen waren. Ungewöhnlich sei auch, dass sich die grundlegenden Wesenszüge seines Charakters geändert hatten, ja sogar seine Ängste ganz neu strukturiert zu sein schienen. Aber wenn solche Folgen einer Amnesie eigentlich auszuschließen waren, musste das dann nicht bedeuten, dass Peter gar keine einmalige Ausnahme war, sondern dass dieser Junge eben nicht Peter...

Nein, nein, nein! Was für ein Unsinn. Was für ein ausgemachter Blödsinn. Sie musste sich zusammenreißen und versuchen, ihren Bruder wieder gerne zu haben, ihren Bruder, der doch gerade jetzt Hilfe brauchte, zu unterstützen, wo es nur ging. Ja, genau das würde sie machen.

Aber irgendwie seltsam war es schon. Und wie er sie manchmal ansah...

11. Eine Taube, zwei Stinker und Ärger für Olaf

Drei Tage nachdem Cé-ton zum großen Drehen gebracht worden war, hatte auch Ailis in Rú-tan eine Begegnung mit der Bruderschaft. Eine Begegnung, die ihr nicht passte. Was kein Wunder war. Bei ihrem Waldstamm hatte es selbst in den längst vergangenen Tagen, als die Bruderschaft noch mächtig gewesen war, die meisten »Ketzer« gegeben – so sagte man wohl damals und so nannte es die Bruderschaft auch heute noch. Und inzwischen gab es auf Waldstamm-Gebiet keinen einzigen Tempel der Götter mehr.

Im Dienste des Kriegskanzlers war sie dann verschiedentlich Brüdern über den Weg gelaufen, und das hatte sie diese Männer nicht gerade ins Herz schließen lassen. Zunächst war sie der Ansicht gewesen, die Brüder seien ganz allgemein hochnäsig. Es hatte ziemlich lange gedauert, bis sie merkte, dass das nicht stimmte. Die Brüder verteilten ihre Hochnäsigkeit keineswegs gerecht, sondern blickten vor allem von oben herab auf die Frauen. Ailis konnte sich beim besten Willen nicht vorstellen, woran das lag, erfuhr aber, dass darin – zumindest teilweise – auch der Niedergang der Bruderschaft begründet war: Die Frauen und nicht zuletzt die Kriegerinnen hatten einfach keine Lust mehr gehabt, sich herumschubsen zu lassen. Und so hatte die Bruderschaft nach und nach – insbesondere dann, wenn Herrscherinnen in den verschiedenen Stämmen an der Macht gewesen waren – ihre Sonderrechte verloren, ebenso ihren Status und den Rückhalt in der Breite der Bevölkerung. Heute hatte die Bruderschaft zwar noch immer einige Anhänger, war aber aus Ailis' Sicht doch eher ein verschrobener Herrenclub – während dessen Mitglieder sich selbst vermutlich als Elite des Landes betrachteten. Nur noch selten suchten Elf-Stämme-Bürger bei den Brüdern Rat in Fragen der Götter. Das einzige, das den Brüdern noch einen gewissen Rückhalt verschaffte, war eher praktischer Natur: Sie hatten, das musste man ihnen lassen, die besten Heiler im Land und waren zudem schlau genug, den weniger Begüterten ihre Heilkünste kostengünstig zukommen zu lassen.

Dass sich derzeit zwei Brüder in Rú-tan aufhielten, hatte sie schon gehört. »Die Stinker« wurden sie von den Leuten grinsend genannt, weil sie sich, aus unerfindlichen Gründen, ständig mit einer übel riechenden Salbe einschmierten, deren Gestank inzwischen wohl kaum noch aus ihren Poren zu bekommen war. Das heißt: Ganz so unerfindlich waren die Gründe vielleicht doch nicht. Immer, wenn die beiden besonders erbärmlich stanken, waren sie so schwach, dass sie zur Fortbewegen auf die Hilfe von Dienern zurückgreifen mussten – die wohl auch die Quelle der Gerüchte waren, die durch die Stadt geisterten. Und Ailis wusste mittlerweile, dass es noch weitaus gefährlichere Dinge gab als vergorenen Traubensaft oder jene gebrannten Körner, mit denen manche Menschen tatsächlich eine Traumwelt der Realität vorzogen. So vermutete sie, dass sich die beiden Männer irgendeinem ungewöhnlichen Rauschmittel hingaben, über das die Kriegerin noch nicht einmal nachdenken wollte. Einer der beiden sei inzwischen so geschwächt und heruntergekommen, hieß es, dass er auch dann, wenn er nicht ganz so fürchterlich vor sich hin stank, wirres Zeug redete.

Jedenfalls wusste Ailis gleich, wen sie vor sich hatte, als sie auf dem Weg zum Wachdienst vor dem Verlies war und ihr beim Durchqueren der Eingangshalle zwei Männer in Kutten begegneten, die offenbar gerade die Treppen aus den oberen Etagen heruntergekommen waren, der jüngere mit einem Fischgesicht und ohne ein Härchen auf dem Kopf und im Gesicht, der Ältere nur mit einem Ziegenbart – und beide eine recht unangenehme Ausdünstung verbreitend. – Offenbar war es der jüngere mit den glasigen Augen, der durch den vielen Gebrauch von Was-Auch-Immer schon einen an der Klatsche hatte: Der Kerl hielt doch tatsächlich mit beiden Händen eine Brieftaube so heftig an sich gepresst, dass das arme Tier wohl bald nicht mehr als Pergamentbote, sondern allenfalls am Bratspieß Dienst tun konnte. Aber es war Ziegenbart, der Ailis ansprach: »Frau, unsere Begleiter sind verschwunden, bring du uns unsere Pferde aus dem Stall, wir haben es eilig.«

Mit gerunzelter Stirn und einem Seitenblick auf die kläglich zappelnde Taube knurrte die junge Kriegerin zurück: »Ist euren Dienern nicht zu verdenken, bei den Wohlgerüchen, die ihr absondert. Aber wie auch immer: Ich bin jedenfalls nicht euer Dienstbote, und ihr könnt euch gefälligst selbst zu euren Pferden bemühen.«

Erst jetzt sah Ziegenbart die junge Frau, mit einer gewissen Verblüffung, genauer an, besann sich dann und versuchte es, etwas gequält, noch einmal: »Wohlgerüche? Weiß nicht, was Ihr damit meint... Aber hört zu, äh, Kriegerin, ich wollte Euch nicht zu nahe treten, jedoch wir haben erschöpfende Tage hinter uns und sind wirklich in Eile, deshalb habe ich wohl nicht die gebotene Höflichkeit...«

Doch da wurde er plötzlich heftig von Fischgesicht unterbrochen, der erst jetzt zu registrieren schien, was um ihn herum vorging und der, die fiepende Taube nur noch mit der Linken umkrallend und mit der Rechten auf Ailis deutend, aufgebracht rief: »*Verräterin! Verräterin!*

Noch so eine Ungläubige! Doch auch du wirst die Macht der Brüder kennenlernen, und es wird dir nichts nützen, in die Sagenwelt zu fliehen! Auch dort wird dich unser langer Arm erreichen!«

Der andere war zunächst mit offenem Mund in eine Art Starre gefallen, packte dann Fischgesicht mit dem Schrei: »Spür! Um der Götter willen, komm zu dir!«, und schüttelte ihn so heftig an den Schultern, dass er die Taube fallen ließ, die sich erschöpft davonschleppte.

Ailis wäre dem kahlgesichtigen Stinker sicher an die Gurgel gegangen, wenn sie ihn denn für zurechnungsfähig gehalten hätte. So verfolgte sie verblüfft das ungewöhnliche Schauspiel und beobachtete, wie dieser Spür plötzlich mit den Augendeckeln klimperte und um sich sah, als wäre er gerade erst aufgewacht – aber an einem anderen Ort als an jenem, an dem er eingeschlafen war.

Schließlich meinte sie missbilligend zu dem anderen Bruder: »Euer Freund, scheint mir, ist nicht bei klarem Verstand? Bringt ihn zur Vernunft und am besten schnell fort von hier, denn solche Anschuldigungen können einem Mann das Leben kosten. Und was immer es auch ist, was ihr da zu euch nehmt und das für diesen widerlichen Gestank sorgt: Ihr solltet es besser sein lassen.«

In Ziegenbarts Gesicht arbeitete es nun fieberhaft, schließlich sagte er: »Ihr versteht nicht... Aber, nun, ja, Ihr habt schon Recht, mein Freund ist erkrankt und redet manchmal wirr... wie jetzt, natürlich. Wir haben Schweres im Auftrag der Bruderschaft und somit natürlich im Auftrag der Götter...«

»Na klar.«

»... zu erledigen, und die Erschöpfung hat ihn übermannt. Aber er wird schon wieder. Doch nun muss ich ihn wohl in unsere Herberge schaffen. Auf Wiedersehen.«

»Muss nicht wirklich sein.«

Aber das hörte Bruder Spur schon nicht mehr, während er den ihn fragend anstarrenden Spür zur Tür und dann nach draußen drängte.

Ailis schüttelte den Kopf und wollte ihren Weg fortsetzen – sie wollte doch vor Antritt des Wachdienstes noch kurz in der Papyrus-Kammer bei Tacituús vorbeischauen, mit dem sie sich jetzt täglich – und sehr gerne – traf. Doch da hörte sie ein leises Gurren und blickte sich suchend um. Zwei weiße Kleckse auf dem Boden lenkten ihren Blick in Richtung der roten Wandbehänge, die zu beiden Seiten der Eingangstüre herabhingen. Der rechte dieser Vorhänge bewegte sich ein klein wenig. Ailis trat hinzu, schob den Stoff beiseite und sah in die Augen der ängstlich zu ihr aufblickenden weißen Taube.

»Keine Angst, kleiner Freund, die beiden Deppen sind weg, und ich tu' dir nichts«, flüsterte die Kriegerin, während sie sich vorsichtig bückte und das Tier sachte aufnahm.

Ja, es war wirklich eine Brieftaube: Ein Balsaholz-Röhrchen war an ihr rechtes Bein gebunden. Es war geöffnet, aber es steckte tatsächlich noch eine zarte Pergamentrolle darin. Hmm..., was gab es wohl so Wichtiges, mit dem sich diese seltsamen Brüder beschäftigten? Ailis zog das eng gerollte Pergament behutsam heraus. Da war ja sogar ein winziges Siegel angebracht! Doch das war schon aufgebrochen. Also hatten die beiden Männer der Bruderschaft das Pergament bereits gelesen und dann wieder zurück in das Röhrchen gestopft. Es war ja auch – bei den Preisen für Feinpergament – nicht unüblich, Antworten auf Luftpost auf die Rückseite des erhaltenen Pergaments zu schreiben.

Gespannt schüttelte Ailis das Röllchen auf und... wurde enttäuscht: Das war ja ein völlig wirres Gekritzel! Eine Abfolge von Zeichen, die sie beim besten Willen nicht entziffern konnte. Da wurde die Taube in ihrer rechten Hand unruhig, und mit einem Achselzucken steckte die junge Frau das kleine Pergament in ihre linke Wams-Tasche, während sie zur Tür trat, sie öffnete und die Taube mit einem »Mach's gut!« in die Luft warf. Die breitete gleich die Flügel aus und drehte eilig in Richtung des Taubenschlags auf dem Dach ab. Ailis sah noch einen Augenblick hinterher, dann setzte sie endlich ihren Weg fort, in ihren Gedanken noch den erwärmenden Anblick der in den sonnigen Himmel steigenden Taube vor Augen. Ein frohes, friedliches Bild. Von dem sie lange würde zehren müssen.

*

Im Papyrus-Raum erlebte Ailis die zweite Überraschung des Tages. Der nette Tacituús hatte wirklich ein gutes Herz. Ein zu gutes Herz, in diesem Fall: Als Ailis eintrat, war schon jemand hier, den sie keineswegs auch nur in der Nähe von Pergamentrollen erwartet hätte – die ja doch irgendwie etwas mit Bildung zu tun hatten: Haans saß dort, mit weit geöffnetem Mund, auf einem Stuhl. Der kleine Gelehrte stand vornüber gebeugt vor ihm und starrte in die geöffnete Futterluke, und zwar auf etwas, das es gar nicht gab... besser gesagt: nicht *mehr* gab: auf die beiden nicht mehr vorhandenen Schneidezähne, die sie, Ailis, diesem Kerl – natürlich vollkommen zu Recht – ausgeschlagen hatte. Sie hörte noch, wie Tacituús zu Haans sagte: »...nun, nachwachsen lassen kann ich Eure zwei fehlenden Schneidezähne natürlich nicht –

dazu müsste ich ja ein Magier sein, ha,ha –, aber ich werde euch eine genaue Anleitung aufschreiben für die richtige Silber-Gold-Eisen-Legierung und der richtigen Art der Herstellung und Befestigung, die könnt ihr einem Geschmeideschmied geben, der euch dann zwei Kunst-Zähne anfertigen kann. Ihr habt ansonsten ein kräftiges, gesundes Gebiss, junger Freund, da dürfte es kein Problem sein, die künstlichen Zähne mit der beschriebenen Klammer an den echten zu befestigen. Mit etwas Gewöhnung und wenn sich das Zahnfleisch darunter genügend verfestigt hat, werdet Ihr sogar damit abbeißen können.«

»Danke,« – hatte sich Haans tatsächlich gerade bedankt?, fragte sich Ailis verwundert – »freundlicher Gelehrter, ich nehme euer Angebot gerne an. Ich muss zugeben, diese Lücken stören schon ziemlich, die mir diese Hexe – was für ein Schlag! – da verpasst hat. Na ja, werde wohl noch einigen Sold ansparen müssen, bis ich mir den Gang zum Geschmeideschmied leisten kann, aber das ist es wert...«

Dann bemerkte Haans, dass der Gelehrte über seine Schulter in Richtung der Türe sah. Er blickte sich um und augenblicklich verfinsterte sich sein Gesicht: »Ah! Wenn man von Burischja spricht...«

»Red' nur weiter, und du kannst gleich für ein paar Kunstzähne mehr sparen«, entgegnete Ailis, ebenso finster blickend.

Haans sprang von seinem Stuhl auf, doch der kleine Gelehrte trat, die Handflächen gegeneinander gelegt, zwischen die Streithähne und sagte mit fröhlicher Bestimmtheit: »Kinder. Ich weiß ja, dass ihr gewisse Probleme miteinander habt, aber tut einem alten Mann den Gefallen, und lasst angesichts dieser würdevollen Pergamente in diesem Raum das Streiten. Ich verlange ja nicht, dass ihr euch versöhnt...«

»Würde auch kaum möglich sein«, knurrte Ailis, während Haans nur verächtlich durch die Nase schnaubte.

»...aber nennen wir's einfach eine Gelegenheit, um zu lernen, auch mal andere Standpunkte wenigstens von außen zu betrachten. Dazu sollte der Geist natürlich frei sein – was, man bemerke das Bonmot, natürlich besser mit etwas Feingeistigem gelingt...«, und wie von Zauberhand hielt der alte Gelehrte plötzlich eine Flasche in der Hand, aus der es nach Alkohol, aber, das musste sich Ailis eingestehen, nicht unangenehm roch.

»Oha. Also, guter Gelehrter, ich nehme ja gerne einen Schluck oder zwei, bevor ich zum langen – und mit *der da* noch längeren – Wachtdienst vor diese vermaledeiten Kerkertüre muss, aber unsere Spitz... unsere Waldstamm-Kriegerin ist ja so edel, dass ihr kein Tropfen...«

Schwupps hatte Ailis, dem muskulösen Krieger einen grantigen Blick zuwerfend, die Flasche dem Halbzauberer geradezu entrissen, und rief:»Darauf, dass uns – oder doch zumindest den Gebildeten in diesem Raum – die neuen Erfahrungen nie ausgehen!«, dann nahm sie einen kräftigen Schluck – hmmm, ob alle Alkoholika so schmeckten? Jenes Getränk hier war jedenfalls ein Genuss – wobei man natürlich den Genuss an sich nicht überbewerten sollte, wie die Alten im Waldstammland lehrten – die allerdings manchen Genüssen ohnehin wegen des Alters entsagen mussten und daher gut reden hatten. Aber dieser Tropfen schmeckte gleichzeitig fruchtig und seltsam herb, hinterließ sogar ein kleines, aber keineswegs unangenehmes Brennen auf seinem Weg zum Magen, in dem er eine bemerkenswerte Hitze entfaltete. »Sagt, was ist das, Tacituús?«

»Gebrannt und destilliert aus sonnengereiften Aprikosen und – Vorsicht, Kriegerin – trotz des milden Aromas durchaus von Wirkung.«

»Na dann: Auf die Aprikosen ... und die Aprikosenbauern ... und die...«

»*He!* Bevor du dich bis zu den Zwetschgenbauern durchgetrunken hast, lass mal rüberwachsen!«

Zu beschäftigt damit, sich auf den ungewohnten Geschmack in ihrem Mund zu konzentrieren, gab die junge Kriegerin die Flasche tatsächlich ohne eine spitze Bemerkung an Haans weiter, der nun ebenfalls ausgiebig von dem Aprikosenschnaps kostete.

Als Haans gerade die Flasche abgesetzt hatte, rief eine Männerstimme von der Türe her:»He, Haans! Waldkriegerin! Was is' nu'? Krucht und ich haben uns lange genug die Beine vor dieser vermaledeiten Kerkertüre in den Bauch gestanden, – ihr seid jetzt dran!«

»Ja, ja, verschwindet schon nach oben, wir kommen gleich«, rief Haans unwirsch dem Soldaten zu, der ungeduldig im Türrahmen stand.

»Aber Olaf hat gesagt, der Kerker darf nicht unbewacht bleiben!«

»So, so, Bengt, hat er das? Und wenn wir jetzt nicht gleich aufspringen, um dem sinnlosen Befehl des sinnlosen Olaf nachzukommen, dann wirst du wohl gleich hoch rennen und es ihm brühwarm erzählen, oder?«, – dabei hatte Haans seine Finger ineinander verschränkt und ließ mit einem bedrohlichen Blick zu Bengt seine Knochen knacken. Der zögerte einen Augenblick, ob er sich mit seinem einen Kopf größeren Kameraden auf einen Streit einlassen sollte, dann zuckte er mit den Schultern und murmelte:»Nun, is' eure Sache...«, und während er hinausging, hörte man ihn noch rufen: »Komm, Krucht, genug rumgestanden, wir machen 'nen Abgang.«

»Was für eine überaus weise Entscheidung«, sagte der alte Schriftgelehrte, während er die Schnapsflasche erneut rundgehen ließ und sich ein hochzufriedenens Lächeln in sein Gesicht stahl.

***

Aaaaargh! Was für gigantische Kopfschmerzen! Verschwommen fand Haans wieder in die Welt zurück. Er wollte sich aufrichten, doch irgendetwas behinderte seine Hände hinter seinem Rücken. *Heh!* ... War er etwa gefesselt? Aber wieso...?

»*Urgpfht!*«, Haans keuchte, prustete und fluchte, was wohl daran lag, dass gerade ein Eimer Wasser über seinem Kopf ausgeleert worden war. Als ihn schließlich auch noch jemand an den Haaren packte und seinen Kopf nach oben zerrte, da wurde sein Blick endlich wieder etwas klarer und konnte sein Gegenüber fixieren – was allerdings keine besondere Freude war: Haans blickte in ein rotes, wutschnaubendes Gesicht, und das gehörte zu Olaf, dem Anführer ihrer Doppel-Elferschaft. Von den Lippen, die zu diesem Gesicht gehörten, lösten sich Speicheltröpfchen, flogen Haans ins Gesicht, als Olaf ihn aus 22 Zentimeter Entfernung anbrüllte: »*Ihr Idioten!* Ihr Hornochsen mit dem Hirn eines gesottenen Trillerlops! Was werde ich wegen euch für Ärger bekommen! Verflucht sollt ihr sein, verflucht eure Ahnen und die Ahnen eurer Ahnen, Verflucht der Samen, der euch gezeugt hat! Oh ihr Bastarde! Lasst euch von einem alten Mann und zwei Kindern übertölpeln!«

Auch mit seinem Dröhn-Schädel hatte Haans begriffen, dass hier etwas ganz und gar nicht stimmte, was ihn schlagartig wieder ein gutes Stück nüchterner werden ließ. Ein kurzer Blick durch den Raum – er befand sich noch immer im Archiv – trug auch nicht gerade zu seiner Beruhigung bei: Hinter Olaf standen, mit blank gezogenen Schwertern, fünf seiner Kameraden – oder waren es jetzt ehemalige Kameraden? – und starrten, je nach Charakter, mitleidig oder hämisch auf ihn herab. In der Ecke schräg gegenüber saß Ailis, ebenfalls an Händen und Füßen gefesselt, flankiert von zwei Kriegern und tropfend wie ein begossener Trillerlops, in einer Wasserpfütze auf dem Boden und blickte unter sich. Olaf setzte unterdessen seine Brüll-Tirade ohne Unterbrechung fort: »Ihr Nachgeburten einer räudigen Hündin, wisst ihr eigentlich, was ihr da bewacht habt? Oder besser gesagt: bewachen *solltet*? 1100 Hockperlen!«

1100 Hockperlen? Der Wert, den eine solche Menge an Perlen ver-
körperte, war für Haans im ersten Moment unvorstellbar, weil er weit,
weit jenseits seiner Vorstellungswelt lag. Schon für einen Bruchteil
dieser Perlen hätte man problemlos lebenslang seinen Sold sowie den
seiner Nachfahren bis in die zehnte Generation zahlen können. Wobei
er wohl kaum noch dazu kommen würde, Nachfahren zu zeugen, wie
er dem weiteren Brüllen Olafs entnehmen konnte: »Aber dafür werdet
ihr Nichtsnutze bezahlen! Erst werdet ihr mir genau erzählen, wie euch
dieser angebliche Gelehrte übertölpelt hat, und morgen werdet ihr an
ein Pferd gebunden, auf den Marktplatz geschleift, öffentlich ausge-
peitscht und dann werdet ihr aufgeknüpft! Und wenigstens die Kosten
für den Henker werde ich der Staatskasse sparen, weil ich das Aufknüpfen höchstpersönlich erledigen werde! Und jetzt…« damit wandte
er sich an die anderen Krieger, »schafft mir diese nichtsnutzigen Rat-
ten aus den Augen, werft sie in den Kerker, den sie bewachen sollten,
das ist der richtige Ort für die letzte Nacht ihres verfluchten Lebens!«

Je zwei Soldaten packten Haans und Ailis und zerrten sie hoch. Dabei konnte Haans erstmals auch wieder das Gesicht der Kriegerin sehen: Offenbar hatte sie sich gewehrt, bevor sie gefesselt wurde, denn
sie hatte ein herrlich blaues Auge und eine lange Schramme auf der
rechten Wange. Mit zusammengebissenen Zähnen blickte sie starr geradeaus, während sie, genau wie Haans, von den Kriegern unter den
Achseln gepackt und aus dem Archiv geschleift wurde. Der Weg war
nicht weit: Sie wurden in den nahen Kerker gezerrt, dort unsanft zu
Boden geworfen, dann knallte die Tür mit einem Rums zu, und sie hörten, wie sich der Schlüssel im Schloss umdrehte. Beide wälzten sich
auf dem schmutzigen Steinboden zur Seite und starrten sich an.

Dann stöhnte Ailis, den Kopf ermattet auf den nackten Boden sinken
lassend: »Oh ich blöde Nuss!«

»Da will ich dir ja nicht widersprechen«, knurrte Haans bissig und
keuchend, weil vergeblich an seinen Fesseln zerrend, »aber kannst du
mir vielleicht erklären, was das alles soll? Ich denke, ich habe von uns
allen wohl am tiefsten in die Flasche geguckt, und mein Kopf dröhnt
noch immer wie…«

»Hast du's noch immer nicht kapiert?«, giftete Ailis ihn an, »der Alte
hat uns – und vor allem mich – verarscht, wie's heftiger kaum geht.
Hat mir was vorgegaukelt, mein Vertrauen gewonnen… Ha! *Neuen Erfahrungen nicht aus dem Weg gehen*, hat er gesagt! Ruhig auch mal
einen trinken…! Und als wir uns dann um den Verstand gesoffen hatten – wobei ich mich frage, ob in diesem Schnaps nicht noch irgendein

Mittelchen drin war –, ist er mit seinen beiden jungen Helfern seelenruhig zum Verlies spaziert, hat irgendwie das Schloss geknackt, die Hockperlen eingesackt – möchte nur wissen, woher er von denen gewusst hat? – und ist dann gemütlich aus dem Palais herausmarschiert. Wenn wir erst bei der Wachablösung entdeckt worden sind, dann haben diese räudigen Verbrecher – ha! Gelehrter! – schon längst die Stadt verlassen.«

Haans sah die Kriegerin mit großen Augen an, dann sagte er wütend: »Und mich hast du gleich mit in diese dampfende Trillerlopskacke geritten!« Dann zerrte er wie wild an den Fesseln und brüllte sie an: »Oh hätte ich nur die Hände frei, um dir deine hübsche Gurgel umzudrehen!«

»Hättest ja nicht mitsaufen müssen, du Hornochse!«, brüllte Ailis zurück und versuchte vergeblich, ihrem Gegenüber einen Kopfstoß gegen das Kinn zu verpassen.

»Ooh! Was haben wir da drin doch für Turteltäubchen!«, tönte es, gefolgt von Gelächter, durch die geschlossene Tür. Das mussten die Wachen sein. Und denen wollte Ailis kein würdeloses Schauspiel bieten. Also nahm sie sich zusammen, rollte sich auf den Rücken und starrte, das von Haans gemurmelte »Blöde Ziege« ignorierend, an die Decke. Doch keine zehn Sekunden später wanden sich beide, wie auf ein geheimes Kommando, wieder einander zu und sahen sich mit großen Augen an.

»Meinst du, Olaf hat das ernst gemeint...?«, fragte Ailis schließlich zögernd und leise, damit es die Wachen draußen nicht hören konnten.

»Worauf du einen lassen kannst. Morgen könnte ein wenig lustiger Tag für uns werden.«

Jetzt begann Ailis an ihren Fesseln zu zerren und zischte: »Oh dieser alte Mistkerl! Beim Wachdienst versagt wegen eines Verbrechers! Welche Schande. Er hat mich entehrt!«

»Na, deine Sorgen möcht' ich haben.«

»Könnte ich ihn nur in meine Finger bekommen! Für jede einzelne geklaute Perle würde ich's ihm heimzahlen! Könnt' ich ihm doch bloß diese verdammten Perlen wieder abjagen und meine Ehre wieder herstellen!«

»Hey, also, ehrlich gesagt, ich mach' mir derzeit weniger wegen meiner Ehre, sondern mehr wegen morgen Kopfzerbrechen...«

»Du hast Recht!«

»Hab' ich?«, kam es erstaunt zurück.

»Ja. Eine Waldstamm-Kriegerin, selbst eine, die ihre Ehre verloren hat, lässt sich nicht öffentlich auspeitschen. Niemals! Lieber sterbe ich im Kampf!«

»Na, das wird aber ein kurzer Kampf, mit gefesselten Händen... willst du ihnen ins Gesicht spucken, wenn sie uns morgen hier rausschleifen... he, sag mal, was rutschst du eigentlich die ganze Zeit mit deinem Hintern auf dem Boden hin und her?«

»Hm? Weiß nicht... irgendetwas kneift mich in der Hose... *Autsch!* Das ist spitz...« Plötzlich wurden Ailis' Augen groß, und sie flüsterte: »Das fühlt sich an wie... das könnte fast...«

»Wie wär's«, schlug Haans vor, »wir können uns ja den Rücken zudrehen, und dann fühle ich mal...«

»Denk nicht im Traum daran, wenn dir deine Rest-Zähne lieb sind! Da komme ich schon alleine dran.«

»Wollte doch nur behilflich sein...«

Dann beobachtete Haans interessiert, wie sich Ailis so zur Seite rollte, dass sie ihm den Rücken zukehrte, und ihre gefesselten Hände hinter den Hosenbund schieben wollte. Doch dann stutzte sie, blickte über die Schulter zurück in Haans grinsendes Gesicht und drehte sich unter Schnauben und Stöhnen anders herum.

»Starr mich nicht so an!«, zischte sie Haans wütend zu, während sie ein paar seltsame Verrenkungen vollzog, doch dann murmelte sie verblüfft: »Tatsächlich! Und ich bin sicher, von mir ist das nicht...«

Sie wälzte sich wieder herum, so dass Haans sehen konnte, was sie jetzt in den Händen hielt: ein winziges, scharfes Messerchen.

Ohne ein weiteres Wort zu verlieren rollte sich nun auch der große Krieger so herum, dass beide Rücken an Rücken zu liegen kamen, und keine elf Sekunden später hatte die mit ihren Fingern überaus geschickte Kriegerin die Fesseln an Haans Gelenken durchtrennt, nach weiteren elf Sekunden lagen sämtliche Stricke zerschnitten am Boden, während sich die beiden Hand- und Fußgelenke rieben und Haans flüsterte: »Und es war wirklich nicht von dir, das Messer?«

»Nein. Das muss mir ein wohlmeinender Kamerad zugesteckt haben.«

Haans begutachtete nun das Messerchen, während er sagte: »Mit Verlaub, aber du hast in unserer Gruppe keinen wohlmeinenden Kamerad... he! Da steht ein Wort auf dem Griff! ›Tür‹ steht da, mit einem Ausrufezeichen dahinter.« Automatisch gingen beider Blicke zu der schweren Holztür.

Die Wände des Verlieses waren mit einigen eingekratzten und wenig ansprechenden Kritzeleien verziert. Auch auf der Tür stand etwas, aber mit Kreide geschrieben, und es schien noch frisch zu sein: »Denk daran: Geh den Sachen auf den Grund. Im Zentrum wäre ein guter Anfang!«

»Jetzt weiß ich, wer mir das Messer zugesteckt hat!«, sagte Ailis verblüfft, »es war der Alte selbst!«

»Dieser angebliche Tacituús? Du spinnst. Warum sollte er uns erst in den Trillerlops-Mist reiten, dir dann aber ein Messer zustecken?«

»Keine Ahnung, aber das ist noch nicht alles...«, damit ging Ailis in die Mitte des Raumes und betrachtete sich dort die Steinplatten. Haans folgte ihr und ihrem Blick. Sie sahen es beide und mussten es sich nicht erst erklären: An drei der Platten war der Dreck in den umlaufenden Fugen aufgekratzt. Augenblicklich setzte Ailis das Messerchen an einer Platte an und hebelte sie mit etwas Mühe ein kleines Stückchen hoch, so dass Haans zugreifen und sie herausheben konnte, schnell folgten auch die beiden anderen losen Platten. Und was sie darunter im Schmutz fanden, verschlug ihnen vor Staunen den Atem.

Da lagen zunächst einmal, ganz unverkennbar, ihre beiden Kurzschwerter und ihre Dolche, zudem ihre Ledergürtel mit den Scheiden. Dazu gab es auch noch ein Brecheisen sowie einen dünnen Metallstab mit gekrümmter, flach gehämmerter Spitze sowie zwei kleine Lederbeutelchen. »Da brat' mit doch einer 'nen Trillerlops!«, entfuhr es Haans leise.

»Was ist das?«, fragte die Kriegerin, auf das Metallstück deutend.

»Ein Schloss-Haken – nun, Einbrecherwerkzeug, zum Türen öffnen.«

Während der kurzen, geflüsterten Unterhaltung hatten beide schon eilig ihre Waffengurte angelegt. Dann schnappte sich jeder einen der Beutel und blickte hinein. Und wieder standen zwei Kinnladen sperrangelweit offen. In beiden Beuteln befanden sich jeweils elf Hockperlen.

Auch ein kleines Pergament lag dabei, Ailis entfaltete es, und beide steckten die Köpfe zusammen, um gleichzeitig die sanft geschwungene Schrift zu lesen:

»Meine liebe Ailis, sicher hast du mir schon meine alten Knochen verflucht – und dass mein Name nicht Tacituús ist, dürfte dir inzwischen auch klar sein. Aber glaube mir: Ich bedauere sehr, was ich dir, und auch dir, Haans, angetan habe. Doch wir brauchen die 1100 Hockperlen...« – Tatsächlich 1100? Haans und die Kriegerin sahen sich

mit großen Augen an und stießen, jeder für sich, einen ganz leisen Pfiff durch die Zähne aus – »...*nicht etwa des schnöden Mammons wegen, sondern als leider unerlässliches Hilfsmittel. Wir haben eine Welt zu retten – vielleicht sogar zwei. Jedenfalls bitte ich euch, uns nicht zu verfolgen, falls euch die Flucht gelingt. Falls nicht... na ja, sorry. Sollten wir mit unserem kleinen Krieg erfolgreich sein, dann werdet ihr, so ihr noch lebt, davon erfahren. Und wenn nicht – was wahrscheinlicher ist –, nun, dann genießt die euch verbleibenden Jahre oder Monate, denn dann wird der Tod das Elf-Stämme-Land ereilen. Wobei du, Ailis, natürlich noch ausgiebig Gelegenheit haben wirst, deine Ehre wieder herzustellen. So, es wird Zeit, das Weite zu suchen.*

Macht's gut.

P.S.: Seid doch so nett und versucht, auf eurer Flucht möglichst wenig Leute abzumurksen – die Krieger, die euch bewachen, sind auch nur Ahnungslose und können nichts für die ganze Sache.

P.P.S. Nur falls ihr während eurer Flucht zufällig erfahren solltet, wie man Gold in Whisky verwandelt, dann sucht mich bitte doch und sagt mir, wie es funktioniert.

P.P.P.S. Ihr seid ja immer noch hier! Nun aber los!!!«

»Ich weiß zwar nicht, was ich von der ganzen Sache halten soll«, flüsterte Haans, während noch immer die lauten Stimmen der beiden ahnungslosen Wachen durch die Tür drangen, »aber hier hat der alte Sack jedenfalls einen guten Rat gesprochen. Lass uns verschwinden.«

»Ausnahmsweise muss ich dir Recht geben.«

Haans überlegte: »Und wie machen wir's? Du könntest wieder wutentbrannt losbrüllen...«

»Ich? Brülle nie.«

»...während ich leise zur Tür gehe und...«

»Jedenfalls habe ich noch immer einen mords Brummschädel.«

»Jetzt hör mir doch zu, wir...«

»Und ich bin wütend.«

»Jetzt aber...«

»Sehr wütend!«

»Jetzt langt's aber! Wir...«

»Wir machen es *so*.«

Damit zog Ailis ihr Schwert und schnappte sich mit der Linken das Schlüsseleisen aus Haans' Hand, ging, dessen gezischtes »He! Halt!« ignorierend, auf die Türe zu und rief nach draußen: »Heda! Wir kommen jetzt raus. Macht keinen Unsinn und ergebt euch.«

Von draußen ertönte schallendes Gelächter, während Ailis das Schlüsseleisen ins Schloss stieß, es herumschnappen ließ und die Tür, am Nachschlüssel ziehend, nach innen riss.

Die Münder der beiden Wachen waren noch immer vom Lachen aufgerissen, aber kein Ton kam mehr heraus, während sie beide, in dem etwa zwei Meter breiten Kellergang stehend, mit hervorquellenden Augen in Richtung der Kriegerin blickten. Endlich kam Bewegung in sie, und sie wollten ihre Schwerter ziehen, doch da war die Waldstamm-Kriegerin schon heran, und ihre Faust mit dem Schwertgriff darin krachte dem ersten Wächter gegen das Kinn. Der zweite Wächter hatte inzwischen sein Schwert zwar heraus, doch da kam, einen Schwall Flüche auf die Kriegerin ausstoßend, Haans an Ailis vorbeigeschossen; er rammte den Wächter ungebremst gegen die Steinwand, dass diesem sämtliche Luft aus den Lungen entwich, sein Schwert klappernd zu Boden fiel und sein Helm nach vorne übers Gesicht rutschte. Noch bevor sein ehemaliger Kamerad an irgendeine Art von Gegenwehr auch nur denken konnte, hatte Haans schon dessen Kopf mit seinen beiden Pranken ergriffen und ihn mit einer kurzen Muskelexplosion gegen die Wand geknallt. Besinnungslos rutschte der Krieger zu Boden, wo bereits mit verdrehten Augen der Wächter lag, den Ailis niedergestreckt hatte.

Haans fluchte noch immer und zischte zwischendrin zu Ailis: »Mach' so was nicht noch mal!«

Die zuckte nur mit den Schultern und meinte beiläufig: »Habe ich vielleicht verlangt, dass du mir helfen sollst?«

Unterdessen hatte sie auch schon einen der ohnmächtigen Krieger unter den Achseln ergriffen und zerrte ihn in den Kerker.

Haans machte Anstalten, ihr auf den Kopf zu schlagen, ließ seine Faust aber dann doch wieder sinken und schleifte den anderen Krieger in die Zelle, dabei beweisend, dass sein Vorrat an Flüchen und Verwünschungen schier unerschöpflich war.

*

Olaf ging in seinem Zimmer im Palais auf und ab. Am Tisch saß ein entnervter Schreiber mit einem eng beschriebenen Pergament vor sich, auf dem die meisten Sätze allerdings wieder durchgestrichen waren. Es war inzwischen später Nachmittag. Olaf fand einfach nicht die richtigen Worte, um dem Kriegskanzler die ganze Angelegenheit so zu schildern, dass möglichst nichts an ihm hängen blieb.

Es klopfte.

»Herein!«, rief Olaf unwirsch.

Es klopfte erneut.

»Verdammt noch mal! *Herein!*«

Es klopfte wieder.

Olaf stürmte auf die Tür zu und brüllte: »Ihr hirnlosen Trillerlops, könnt ihr nicht mal... *urgh!*«

Das »Urgh« war eigentlich nicht als Bestandteil seiner kleinen Rede eingeplant gewesen, dass es ihm dennoch über die Lippen gekommen war, beruhte wohl darauf, dass er gerade die Tür aufgerissen hatte und keine elftel Sekunde später die Spitze von Ailis' Schwert etwa zwei Millimeter tief in die Haut über seinem Kehlkopf eindringen spürte, während Haans ins Zimmer marschierte. Der Schreiber wollte erschrocken aufspringen, doch mit einem wortlosen Fingerzeig bedeutete ihm der große Krieger, besser ruhig sitzen zu bleiben. Der Schreiber war so klug zu gehorchen.

»*Wie* hattest du mich vorhin genannt? Und *wie* war das, mit dem Schleifen, Auspeitschen und Aufknüpfen?«

Olaf, trotz seiner Unbeherrschtheit als guter Schwertkämpfer bekannt und trotz seiner Menschenfeindlichkeit nicht dumm und durchaus mutig – sonst wäre er auch kaum zum Feder-Träger ernannt und hier als Anführer der Doppel-Elferschaft zurückgelassen worden – trat nun zwar der Schweiß unter seinen kurz geschorenen braunen Haaren hervor, dennoch tastete er mit der Rechten nach dem Griff seines Kurzschwertes.

»Lass das!«, herrschte ihn Ailis an, während sie mit der linken Hand blitzschnell ihren Dolch aus der Scheide riss, ihn von oben hinter Olafs Gürtel und Hosenbund schob und dann einen kräftigen Schnitt machte. Scheppernd fiel der Waffengürtel des Hauptmanns zu Boden, und auch seine Hose drohte zu rutschen, sodass sich Olaf eiligst von beiden Seiten den Hosenbund griff.

Mit knallrotem Kopf und vor Wut geschwollenen Adern presste er hervor: »Ich weiß zwar nicht, wie ihr aus dem Kerker entkommen konntet, aber ihr werdet niemals lebend aus dem Palais und schon gar nicht aus der Stadt rauskommen. Ich habe 21 Mann und die Garnison hat 333.«

»Sieht ziemlich lächerlich aus, wie du da stehst und das sagst«, meinte Haans im Plauderton, »und was deine 21 Mann betrifft: Zwei davon waren Ailis und ich, zwei liegen gefesselt und geknebelt im

Kerker, und die anderen 17 könnten wir zwar nacheinander zum Frühstück verspeisen, aber das wird wohl kaum nötig sein, weil um diese Zeit etliche von ihnen in irgendeiner Spelunke in der Stadt rumhängen, und die paar, die Dienst haben, verteilen sich übers ganze Areal. Und die Garnisonskrieger... Wieso sollten die uns aufhalten? Wenn du der Garnison den Vorfall schon gemeldet hast, dann suchen die Soldaten jetzt einen alten Mann und zwei Jungen, aber sicher nicht zwei Leibgardisten des Kriegskanzlers, von deren Flucht aus dem Kerker sie nichts wissen und deren Aussehen sie nicht kennen. Also mach dir mal keine Sorgen um uns, Olaf, wir werden ganz gemütlich aus der Stadt raus reiten, ohne dass, sobald wir den Hof des Palais verlassen haben, auch nur ein einziges Schwert aus der Scheide gezogen wird. Und keine Angst: Solange du hier anständig mitspielst, werden wir dir dein erbärmliches Leben lassen – obwohl uns die meisten Kameraden nur zu gerne ein Kelab spendieren würden, wenn wir's nicht täten. Nein, wir wollen hier lediglich einen kleinen Abschieds-Plausch mit dir halten.«

»Ja«, fuhr Ailis unwirsch dazwischen, »ich kann es nämlich auf den Tod nicht ausstehen, wenn ich verarscht werde. Deswegen, Rotkopf-Olaf, wirst du jetzt augenblicklich erzählen, ob du und deine Leute...« – beiläufig, aber nicht unangenehm berührt registrierte die Kriegerin, wie leicht es ihr jetzt bereits fiel, die Truppe schon nicht mehr als *ihre* eigenen Leute zu betrachten – »...ob du und deine Leute schon irgendetwas über diesen scheinheiligen Schriftgelehrten herausgefunden habt, während das Riesenbaby da...« Haans, zu dem sie hinübergenickt hatte, grunzte irgendwas, das wie »Ziege« klang, »...und ich noch durch diesen üblen Aprikosenschnaps außer Gefecht gesetzt waren.«

Viel war es zwar nicht, was Ailis und Haans erfuhren, aber immerhin: Man war sich fast sicher, dass der Alte in Wirklichkeit ein Gaukler war, der erst kürzlich die Leute auf den Plätzen der Stadt mit kleinen Kunststücken unterhalten und seltsamerweise auch immer gefragt hatte, ob denn nicht vielleicht irgendjemand wisse, wie man Gold in Whisky verwandele. (»Er war's wirklich!«, hatten Haans und Ailis an dieser Stelle kurz unterbrochen.) Und zudem vermutete man, dass der Alte auch in Kontakt zu jenem ominösen Jungen stand, der kürzlich die Dreistigkeit besessen hatte, das Pferd des Kriegskanzlers zu stehlen und damit in wilder Flucht der halben Garnison durch die Stadt entkommen war. Auf die Zusammenhänge konnte man sich allerdings keinen Reim machen, jedoch schien der Alte durchaus kein unbeschriebenes Blatt zu sein: Erst vor zwei Stunden war nochmals einer dieser beiden Stinke-Brüder – recht aufgeregt – bei Olaf erschienen und hatte ihn gebeten, nach einer Brieftaube suchen zu lassen, in deren Transportröhre noch immer ein wichtiges Dokument steckte, das er am Vormittag zwar gelesen, wegen irgendeines kleinen Vorfalls jedoch vergessen hatte. Und dieses Dokument dürfe »nicht in falsche Hände fallen«, hatte der Stinker noch gesagt.

Dabei erwähnte er auch, dass Nachforschungen von ihm und ein paar bezahlten Leuten ergeben hätten, dass ein Gaukler, der kürzlich an verschiedenen Orten in Rú-tan aufgetreten war, möglicherweise in Wahrheit ein »schändlicher« Halbmagier sei – Haans stieß einen leisen Pfiff durch die Zähne aus –, und dass dieser Halbmagier eventuell mit jenem jungen Pferdedieb und einem Freund unter einer Decke steckte. Erst einige Zeit, nachdem der Stinker wieder weg war, hatte es Olaf gedämmert, dass die etwas schwammige Beschreibung dieses angeblichen Halbmagiers mit etwas Phantasie durchaus auch auf jenen Schriftgelehrten zutreffen konnte, der, als Gast der Stadt, ebenfalls im Palais wohnte und dem er zwei, drei Mal über den Weg gelaufen war. Schließlich hatte er sich mit dreien seiner Leute auf die Suche nach jenem Tacituús gemacht und war ins Archiv hinuntergestiegen. Wo er jedoch weder den Gelehrten noch dessen Gehilfen, dafür die sturzbetrunkenen Wächter fand – ein böser Blick Olafs traf Haans und Ailis –, und etwas weiter hatte man dann natürlich den Kerker geplündert gefunden. Immerhin war so der Diebstahl etwas früher und nicht erst bei der Wachablösung entdeckt worden.

Nachdem Olaf und der Schreiber, verschnürt wie ein Trillerlops-Rollbraten und natürlich geknebelt, in Olafs Kleiderschrank einquartiert worden waren, machten sich Ailis und Haans auf den Weg.

12. Zweikampf mit Leiter

Irgendwie war sie ja eine... Wie war doch gleich der Ausdruck, den er in diesem Dings... in diesem Fernsehen gehört hatte? Ach ja: eine »echt heiße Braut«. Allerdings war sich Rétep nicht ganz sicher, ob das wirklich die richtige Bezeichnung war oder ob diese Worte nicht doch als respektlos aufgefasst werden könnten. Jedenfalls schien sie ihm fast geeignet, dass er Ky vergessen könnte. Aber zwei Sachen störten doch etwas: Zunächst – wenn auch nur geringfügig –, dass sie fünf Jahre älter war als er. Zum zweiten, und das war entscheidend, würde es wohl auf seine neue Verwandtschaft etwas merkwürdig wirken, falls er versuchen sollte, seine »Schwester« Avancen zu machen.

Es kam hinzu, dass Rétep nicht so ganz schlau aus dieser »Sissi« wurde, die eigentlich gar nicht Sissi hieß, und die glücklicherweise nicht wusste, dass er nicht Peter hieß. Natürlich hatte Rétep seine neuen Freunde ausführlich über »seine« Familie befragt, was Ali und Kante auch nur zu gut verstanden, denn schließlich hatte Peter, der arme Junge, ja diese tragische Amnesie, die ihm sogar seine eigene Familie aus dem Kopf gepustet hatte. Und da war es wohl nur zu verständlich, dass er möglichst viel über seine Familie erfahren wollte, oder? Und über Paula, da waren die beiden Jungs regelrecht ins Schwärmen geraten. Was sicher auch mit den Hormonen der beiden und dem überaus gefälligen Äußeren seiner neuen Schwester zusammenhing.

Aber das war bei weitem nicht der einzige Grund. »Cool«, sei sie, seine Schwester (es hatte lange gedauert, bis Rétep, nach etlichen weiteren Erwähnungen dieses seltsamen Wortes, wenigstens annähernd erfasst hatte, was damit gemeint war). Und klug sei sie. Und sportlich. Und schlagfertig. Und auf ihren Bruder, da könne er sicher sein, habe sie nie etwas kommen lassen.

Klar hätte sie ihn auch manchmal geärgert und aufgezogen, doch würde sie – da hatten Ali und Kante nicht den allergeringsten Zweifel – für ihren kleinen Bruder durchs Feuer gehen. Die beiden hatten es so nicht gesagt, aber für Rétep war aus ihren Worten klar geworden: Paula liebte ihren Bruder so sehr, wie es eben eine Schwester im besten Sinne tun konnte. Und so wahrhaftig wie es Ali und Kante berichtet hatten, hatte Rétep auch keinen Zweifel, dass es stimmte... oder jedenfalls gestimmt hatte. Doch jetzt...? Ja, Paula war lieb und nett zu ihm, nahm sich geduldig alle Zeit der Welt, um ihm viel zu erklären und zu zeigen. Aber irgendwie hatte Rétep den Eindruck, dass dieses »lieb und nett« nicht immer echt war. Er hatte sie sogar schon dabei ertappt, wie sie ihm, als sie sich unbeobachtet wähnte, solche kurzen, scharfen Blicke unter gerunzelten Augenbrauen zugeworfen hatte, die fast wie kleine Blitze in Fragezeichen-Form zu ihm herübergezuckt waren.

Heute war jedoch wieder so ein Tag, an dem Paula mit Peter – fast hatte sich Rétep schon an diesen komischen Namen gewöhnt – unterwegs war, um…, ja, um was eigentlich? Genau genommen, um nichts weniger zu tun als ihm die Welt zu erklären. Und dass er besser von den Erfahrungen der Sagenweltler profitieren sollte, war Rétep, einige Tage nachdem er das Krankenhaus verlassen hatte, sehr eindrücklich vor Augen geführt worden. Leider war es eine sehr schmerzhafte Erfahrung gewesen: Ali und Kante hatten sich angeboten gehabt, mit ihm durch die Innenstadt zu ziehen, um sie ihm wieder vertraut zu machen (»wieder«? Ha!). Am Ende der Tour hatten sie ihn in eine Art Schänke geführt, in der es aber – ganz unglaublich – keine gegorenen oder gebrannten Getränke gab, dafür jedoch runde, meist farbige Bällchen, die die in Bechern serviert wurden. Manchmal befanden sich auch noch Obststücke neben den Bällchen, oder sie hatten eine Haube aus geschlagenem Rahm, andere wiederum waren mit verschiedenfarbigen Flüssigkeiten übergossen und kleinen Bröseln bestückt.

Seltsamerweise steckten oben in manchen dieser doch ganz offenbar zum Verzehr gedachten Kreationen kleine, bunte und doch wohl völlig sinnlose Papierschirmchen, was Réteps schon früher gewonnenen Eindruck bestätigte, dass diese Sagenweltler mitunter ganz schön plemplem sein konnten. Verrückt schien ihm allerdings auch der Name dieses sonderbaren Ortes: »Eisdiele« nannte sich der Laden. Rétep hatte ihn ganz vorsichtig betreten, weil er nicht ausrutschen wollte. Hatte dann aber, fast enttäuscht, feststellen müssen, dass die Dielen überhaupt nicht aus Eis, sondern ganz normal aus Holz waren.

Inzwischen hatten sie Platz genommen, nur Ali war noch schnell zur Theke gegangen, um für jeden einen Becher voll mit diesen Kugeln zu bestellen. Nun, wie hätten die Dielen auch aus Eis sei können? Da hatte er wohl doch zu viel Seltsames von dieser Welt erwartet, dachte er, während die Schank-Helferin drei Becher vor ihnen auf den Tisch stellte, denn schließlich war ja Sommer, und da konnte es wohl kein Eis… Erschrocken zuckte er zurück. Genau in diesem Moment hatte er zum ersten Mal mit seinem Löffel ein Stückchen von einer ulkig-rosa Kugel abgestochen und an seine Lippen geführt. Das war ja *eis*kalt! Er kostete vorsichtig. Eiskalt, ja,… aber lecker. *Sehr* lecker. Und eigentlich sahen die Schirmchen *so* blöd nun auch wieder nicht aus.

Jedenfalls hatte sich Rétep mit wachsender Begeisterung durch das komplette Sortiment dieser Eiskugeln gefuttert, und weil ihm diese Schokoladen-Variante (»Schokolade«!, das musste er sich unbedingt merken!) am besten geschmeckt hatte, gönnte er sich zum Abschluss noch fünf Bällchen davon.

Ali und Kante hatten ihn mit immer größer werdenden Augen angestarrt, ebenso wie die Kellnerin und der Besitzer dieser unglaublichen Wirtschaft, die im Sommer festen Schnee mit Geschmack servieren konnte. Rétep war sogar fast versucht zu fragen, ob man bei solchen ungewöhnlichen Fähigkeiten vielleicht auch wüsste, wie man wohl Gold in Whisky umwandeln könne, ließ es dann aber doch bleiben. Irgendwann während seiner Eis-Orgie hatten seine Freunde damit begonnen, ihn zu warnen, dass er sich ganz gehörig den Magen verrenken würde. Doch er hatte sie einfach ignoriert – etwas so Leckeres mochte vielleicht den Weicheiern der Sagenwelt schaden, aber niemals dem Magen eines Elf-Stämme-Prinzen! Ja, er hatte sie ignoriert – und es bitter bereut. Keine Stunde später hatte er im Haus von Peters Eltern vor der Toilette – auch eine ganz beachtliche Erfindung übrigens, diese Wasserspülung – gekniet, sich in Krämpfen gewunden und gekotzt wie ein Trillerlops im Kreiselflatzbogen. All das schöne Eis hatte seinen Magen wieder verlassen, und auch den ganzen nächsten Tag war ihm noch übel gewesen.

Mit Schaudern dachte Rétep daran zurück, doch nun war er mit Paula unterwegs, die ihm heute den Reitstall zeigen wollte. Das hatte ihn erfreut aufhorchen lassen – es gab hier also offenbar doch Pferde! Wie Paula ihm erklärte, befand sich dieser Reiterhof etwas außerhalb der Ortschaft. Dort hatte sie als Kind einige Reitstunden genommen, und noch immer kam sie ab und an hierher, um, meist mit Freundinnen, einen Ausritt zu machen. Und Peter hatte sich dort wohl ab und an ein paar Euro verdient – inzwischen wusste Rétep, dass dies das Geld der Sagenweltler war –, indem er beim Ausmisten des Stalls half oder sich sonst wie nützlich machte.

Nach gut zwanzig Minuten Fußmarsch erreichten sie den Hof. Es war früher Samstagnachmittag, so herrschte kaum Betrieb, denn wer heute zum Reiten gekommen war, der war jetzt noch im Wald oder auf einem der Feldwege in der näheren Umgebung unterwegs.

Schon aus einiger Entfernung war Rétep der Pferdegeruch entgegengeweht. Es tat gut, wieder etwas Bekanntes zu riechen. Sie waren am Wohn- und Bürohaus vorbei und hinter die Stallungen spaziert, dorthin, wo die große Koppel begann. An deren Rand hatten sie sich auf den Zaun gesetzt und vier Pferden zugesehen, die heute noch keine Reiter gefunden hatten, während Paula von ihren »gemeinsamen« Erlebnissen und den Menschen hier auf dem Hof erzählte. Doch schon bald hatte Rétep Mühe, den Worten der jungen Frau zu folgen. Der Pferdegeruch schien immer intensiver zu werden. Fast sehnsüchtig starrte er zu den Tieren. Paula unterbrach schließlich ihre Schilderung, wie sie mal Agathe, der Reitstallbesitzerin, einen Streich gespielt hatten, und fragte: »Sie gefallen dir, was?«

»Oh ja. Besonders der Schwarze da hinten.«

»Guter Geschmack. Das ist Charly. Ist noch ein bisschen schwierig zu reiten, hat aber echt Feuer.«

»Charly! Hey! Komm doch mal her!«, rief Rétep und merkte gar nicht, wie Paula ihm einen verwunderten Seitenblick zuwarf, dem ein zweiter folgte, als der junge Hengst tatsächlich mit gespitzten Ohren zu ihnen herübersah und dann auch gleich flott angetrabt kam.

Ja, war zwar ein bescheuerter Name, aber ein schönes Tier. Natürlich nicht zu vergleichen mit Tefallo – Rétep seufzte –, aber selbstbewusst und sicher schnell. Inzwischen war Charly heran, Paula streckte die Hand aus, doch der Rappe ignorierte sie und blieb direkt vor Rétep stehen, der lächelte und ihn versonnen hinter den Nüstern streichelte. Durchaus, diese Autos hier waren bestimmt eine tolle Sache…, aber mal wieder auf einem Pferderücken sitzen… auch ohne Sattel. Rétep schnalzte einmal kurz, und Charly kehrte ihm die Flanke zu. In einer gleitenden Bewegung schwang er sich vom Zaun aus auf den Pferderücken, hielt sich locker an der Mähne fest und ließ Charly aus dem Stand heraus losschnellen, ritt im Galopp einmal quer über die Koppel, dann drehte er in fast waghalsigem Tempo zwei Runden an der Innenseite des Zauns entlang. Erst jetzt merkte er, dass Paula irgendetwas rief und gestikulierte, also preschte er wieder quer über den Platz zurück und blieb kurz vor der jungen Frau stehen, die nun stocksteif auf dem Zaun saß und irgendwie… um Fassung zu ringen schien? Was hatte sie denn bloß?

Dann schluckte sie, deutete auf seinen Kopf und sagte gepresst: »Ohne Helm! Wenn das jemand vom Stall sieht, dann gibt's Ärger!«

Helm??? Fürs *Reiten*????? Was für ein Quatsch. Aber Rétep dachte an das Eis und dass man die Gepflogenheiten hier, auch wenn sie fremd waren, beachten sollte, wenn man Problemen aus dem Weg gehen wollte. Also glitt er, bedauernd seufzend, wieder vom Pferderücken auf den Zaun herunter, von dem Paula nun herabsprang und ihm eigentümlich tonlos zumurmelte: »Komm, ich wollte dir noch den Stall zeigen.« – Stall? Na toll. Aber er verabschiedete sich von Charly und trottete hinterher.

Der »Stall« stellte sich als große ehemalige Scheune mit vielen innen liegenden Pferdeboxen zu beiden Seiten und an der Rückseite heraus. Etliche Gerätschaften standen herum oder hingen an den sechs mächtigen hölzernen Pfosten, die den Heuboden im hinteren Bereich des Stalles trugen. Nicht ganz in der Mitte lehnte auch ein breiter Rechen neben der Türe einer Pferdebox. Den griff sich Paula beiläufig und meinte – fast hörte es sich anerkennend an: »Ich muss schon sagen... so ganz ohne Sattel zu reiten. Das hast du noch nie gemacht.«

Oh, oh.

»Nun, es gibt immer ein erstes Mal.«

»Ja, schon, aber...«

»Aber...?«

»Du bist nicht nur das erste Mal ohne Sattel geritten...«, blitzschnell hakte sie den Rechenkopfes hinter Réteps Füße und riss kräftig am Stil. Augenblicklich wurde der Elfenprinz umgerissen und landete unsanft auf dem Rücken. Noch bevor er Luft schnappen, geschweige denn sich aufrappeln konnte, hatte Paula den Rechen herumgewirbelt und knallte ihm den Stil seitlich gegen den Kopf, sodass er benommen liegen blieb. Dann stürzte sie sich auf den Jungen, drückte ihm mit beiden Händen den Rechenstil kräftig gegen den Hals.

Mit einer Mischung aus Entsetzen sowohl über das, was ihr gerade klar geworden war als auch darüber, was sie in diesem Moment tat, und mit unbändiger, ihr völlig fremder Wut in den Augen brachte sie ihr Gesicht ganz nahe an das des Jungen und keuchte: »*Wer* bist du? *Was* hast du mit Peter gemacht?«

Noch immer benommen und kaum Luft bekommend flüsterte Rétep heiser zurück: »Was...soll...der...Unsinn...Paula! Ich... bin... Peter!«

Komisch. Fast hätte sie ihm geglaubt. Ja beinahe schien es ihr, als hätte sie das *Bedürfnis*, ihm zu glauben. Doch dann verlagerte sie noch mehr Gewicht auf den Holzstiel und zischte: »Peter konnte nicht reiten. Er hat es niemals gelernt, hat nie auch nur auf einem Pferderücken gesessen. Allein der Gedanke auf dem ungesattelten Charly im Galopp über die Koppel reiten zu müssen, hätte ihm Albträume beschert. Es ist schon kaum zu fassen, dass du durch deine angebliche Amnesie grundlegende Dinge verlernt hast, aber dass du plötzlich Dinge *kannst*, die dir vorher absolut fremd waren, das *kann nicht sein*. Zum letzten Mal, *wer bist du*?«

»Aber ich bin doch – *urghchch!* – Ha-*cch*-lt!«

Paula lockerte ein klein wenig den Druck.

Rétep keuchte: »Ich bin…, ich bin…, ich darf es dir nicht sagen, das würde auch Peter in Gefahr bringen.«

Himmel!

Damit war es heraus. Damit hatte dieser Junge zugegeben, dass er *nicht* Peter war. Paula hatte es zwar schon *gewusst*, aber noch immer nicht *geglaubt*. Vor lauter Schreck über dieses Geständnis wich sie ein klein wenig von dem Jungen zurück, ließ mit ihrem Druck auf den Rechenstil und seinen Hals noch etwas nach… Rétep hatte nun genug Luft und Platz und stieß, blindlings, seine zur Klaue gekrümmte rechte Hand in das Gesicht der jungen Frau, sein Mittelfinger traf schmerzhaft ihr linkes Auge, sodass Paula zur Seite zuckte und er ihr die flache Hand unters Kinn rammen konnte. Mit einem Schmerzenslaut rutschte sie fast ganz von ihm herunter, Rétep konnte sich freistrampeln und torkelte von Peters nun selbst benommenen Schwester weg, auf die erstbeste Fluchtmöglichkeit zu, die ihm vor die Augen kam: die Leiter, die zum Heuboden hoch hochführte. Er war schon fast zwei Meter in die Höhe geklettert, als plötzlich etwas mit Macht an seinem Fuß zerrte. Während er sich verzweifelt an einer Sprosse festklammerte, hängte sich Paula mit ihrem ganzen Gewicht an sein Bein und rief keuchend: »*Wo… ist… mein… Bruder?*«

Rétep zappelte. Paula zerrte. Die Leiter… – kippte.

Beide rumpelten zu Boden. Rétep, aus größerer Höhe abgestürzt, prellte sich dabei zwar die Schulter, kam aber neben der schweren, vier Meter langen Holzleiter zu liegen, während Paula das Pech hatte, dass die Leiter nun der Länge nach über ihr lag. Rétep erkannte die Chance, wälzte sich herum und wuchtete sich mit seinem ganzen Gewicht noch auf die Leiter obendrauf. Außer Atem verfluchte Paula den Jungen und versuchte, ihm zwischen zwei Leitersprossen hindurch das Gesicht zu zerkratzen, war aber derart eingeklemmt, dass Rétep sein Gesicht außer Reichweite halten konnte. Der keuchte nun, zunächst seinerseits wütend: »Ich bin doch nicht einer Horde Mördern entkommen, um hier von einem Mädchen… Aber fast wünschte ich, wir wären auf dich statt auf deinen Bruder gestoßen. Du hättest mehr Chancen, drüben zu überleben…«, mit einem Schlag blieb Paula starr vor Schreck liegen, flüsterte: »Ihr… ihr habt ihn in ein *Raumschiff* entführt?«

»Ein was? Keine Ahnung, was du meinst. Nein, nicht in ein Raum-Dings, sondern bloß in die richtige Welt, fort von eurer blöden Sagenwelt.« Und düster fügte er noch hinzu: »Und glaub’ mir, es wäre mir lieber, das alles wäre nicht passiert, und ich hätte nicht wegen meiner bescheuerten Cousine nach den bescheuerten Kleidern der bescheuerten Mätressen des besch…, nein, des verräterischen Kriegskanzlers gesucht. Dann hättest du deinen Bruder noch, und ich würde nicht in dieser schrecklichen Welt mit stinkenden Motoren festsitzen.«

»Aber… was redest du da?«

»Wenn du es unbedingt wissen willst: Ich bin Rétep. Prinz Rétep, Schuhputzer aus Rú-tan, einer Provinzstadt des Stammes der Schildträger im Elf-Stämme-Reich. Und dort habe ich blöderweise eine Verschwörung des Kriegskanzlers gegen den König entdeckt – was, ganz nebenbei gesagt, auch die Barbarenhorden bei ihren Anstrengungen begünstigen könnte, unser Land aus der Geschichte zu tilgen. Nur dummerweise weiß der Kriegskanzler, dass ich weiß, was er vorhat. Was leider zur Folge hat, dass mich der mächtigste Mann des Reiches mit Soldaten und Mördern durchs ganze Land jagt, und das auch noch mit Hilfe der Bruderschaft, deren Finder nie eine Spur verlieren. Als letzte Fluchtmöglichkeit blieb eure Sagenwelt, die allerdings schon seit Jahrhunderten keine offizielle Expedition mehr besucht hat. Der Halbzauberer Xavox hat trotzdem versucht, mich rüberzuschicken. Damit der Zauber funktioniert, muss jedoch im Gegenzug jemand aus eurer Sagenwelt in die wahre Welt wechseln – dein Bruder, eben.

Dummerweise ist aber etwas schief gegangen: Unsere Körper haben den Wechsel zwischen den Welten nicht vollzogen, nur unser Verstand. Und falls du's noch immer nicht kapiert hast: Ich sitze im Körper deines Bruders fest – du hast also gewissermaßen gerade deinem geliebten Bruder den Rechenstil um die Ohren gehauen –, und er hat die Ehre, in meinem Körper festzustecken und darf dabei auch noch versuchen, sowohl am Leben zu bleiben als auch die Verschwörung zu verhindern – das wird er sicher an einem Nachmittag erledigt haben…

Und sollte der Schwachkopf an meinem Körper irgendetwas zu Schaden kommen lassen, dann werde ich ihm persönlich den A… nein, wart mal, dann würde ich mir ja selbst… ach, hau' 'n Trillerlops drauf.

Und eines noch: Erzähl die Geschichte ruhig deinen Eltern, die werden dir garantiert glauben… ha, ha, war 'n Scherz. Nein: Sie werden denken, dass sie nun nicht nur einen Sohn mit Matschbirne am Hals haben, sondern dass jetzt auch noch ihr Töchterlein, die das Leid ihres Bruders nicht erträgt, langsam den Verstand verliert. Man sieht sich!«

Damit sprang Rétep auf und lief zum Tor hinaus, während sich Paula wie in Trance unter der Leiter herausarbeitete und ihr Verstand tatsächlich kurz davor war, den Dienst einzustellen.

13. Eine sonderbare Entführung

»Pssst!«

Ky drehte sich zur Seite und zügelte augenblicklich überrascht ihr Pferd. Jetzt hatte der Junge die Kapuze der Bruderschafts-Kutte schon wieder über den Kopf und tief in sein Gesicht gezogen, doch gerade eben, als sie zu ihm hinüber geblickt hatte, da hatte er ihr ganz kurz sein Gesicht gezeigt. Und sie hatte ihm tatsächlich geglaubt gehabt! Hatte geglaubt, Rétep hätte es ernst gemeint, sich nie wieder blicken zu lassen!

Aber was tat er so geheimnisvoll? Er hatte ihr nur kurz zugewunken und war dann in einer Nebenstraße verschwunden. Ky war gerade auf dem Heimweg vom Tuchhändler – natürlich dem teuersten der Stadt. Der hatte ein paar neue Stoffe in sein Lager bekommen, und Ky hatte keine Mühe gehabt, ihren Vater zu überzeugen, ein paar Silberhand springen zu lassen. Ihre Mutter Olonikayanawanisa war da, völlig unverständlicherweise, nicht immer so leicht zu überzeugen. Der Tuchhändler würde die Ware noch am Abend liefern lassen. Doch obwohl sie darauf brannte, mit ihrer Dienerin ein paar mögliche Schnitte für das Tuch durchzusprechen – solche Gespräche konnten sich ganz locker zwei, drei Stunden hinziehen, nur um dann die Entscheidung eine Stunde später wieder zu verwerfen –, war sie nun neugierig genug, um ihr Pferd ebenfalls in die Seitenstraße zu lenken. Sie war nur ein wenig verwirrt, dass sie, statt Unbehagen zu empfinden, fast erleichtert, ja beinahe eine winzige Spur erfreut war, ihren Cousin wiederzusehen. Da ihr aber Unbehagen ganz und gar nicht lag – Unbehagen war immer so, nun, *unbehaglich* –, verdrängte sie diese Gedanken schnell wieder.

Wenn sie es sich recht überlegte, war es natürlich gar nicht so verwunderlich, dass Rétep von niemandem erkannt werden wollte, nach dem, was sich ihr sauberer Herr Cousin mit dem Pferd des Kriegskanzlers geleistet hatte. Aber wo war er denn nun, ihr Cousin…? Unter den Fußgängern vor ihr in der Gasse jedenfalls nicht… aber da! Da vorne! Gerade bog dort ein seltsamerweise mit zwei Reitern besetztes Pferd um die Ecke, und der hintere Reiter, ein Junge unter einem Kapuzen-Umhang, hatte sich noch schnell zur Seite gewandt und ihr nochmals zugewunken, bevor das ulkige Gespann in einer Seitenstraße verschwunden war. Eilig trabte sie hinterher. Warum ritt Rétep bloß nicht selbst, wo er doch – wenigstens das musste sie ihm lassen – ein ganz ausgezeichneter Reiter war. Auch wenn er sich natürlich kein eigenes Pferd leisten konnte.

An der Ecke angekommen, sah sie das Pferd mit den beiden Reitern erneut. Auch der vordere, der etwa Réteps Größe hatte, trug einen Kapuzenumhang. Wieder warteten die beiden an einer Straßenecke auf sie, nur um gleich darauf ein weiteres Mal, diesmal in Richtung Hauptstraße, abzubiegen. Verdammt, warum konnten die eigentlich nicht stehen bleiben?

So ging das Spielchen noch einige Zeit weiter, bis… ja bis die beiden vor ihr zum Stadttor hinausritten….

Ky zögerte. Ihr Vater, ansonsten mit Verboten wohltuend zurückhaltend, hatte es ihr ganz eindeutig untersagt, die Stadt zu verlassen, ohne sich vorher mit ihm abgesprochen zu haben… aber was Rétep nur von ihr wollte…? Sie gab ihrem Apfelschimmel die Sporen und ritt den beiden hinterher.

*

Peter – dem Xavox inzwischen wieder die schwarze Färbung aus den Haaren gewaschhalbzaubert hatte – blickte kurz zurück. Das Mädchen, das er heute zum ersten Mal in seinem Leben gesehen hatte, das aber, laut Tulpe, die Cousine seines Körpers war, folgte ihnen nach. Tulpe hatte sie also richtig eingeschätzt: Die Neugier würde sie ihnen schon hinterhertreiben. Das war wohl die einfachste Entführung aller Zeiten gewesen. Allerdings wusste diese Ky ja noch gar nicht, dass sie entführt worden war. Und das sollte, mit Hilfe ihre Eitelkeit, die ihre Neugierde sogar übertraf, noch einige Zeit so bleiben.

»Du kannst etwas langsamer reiten«, sagte Peter zu Tulpe, »sie kann uns jetzt ruhig einholen.«

*

»Kannst du mir mal verraten, was das Ganze soll?«, giftete Ky Peter/Rétep an, ohne eine Sekunde an eine Begrüßung zu verschwenden.

»Danke, ich freu’ mich auch, dich zu sehen«, entgegnete Peter, der von Tulpe einiges über dieses Mädchen erfahren und einen Crash-Kurs in Rétep-Benehmen absolviert hatte, »aber jedenfalls wirst du mir, dieses eine Mal wenigstens, dankbar sein.«

»Ha! Da bin ich aber mal gespannt!«

»Nun ja, meine Flucht war… wie soll ich sagen? … nicht in vollem Umfang erfolgreich. Zuletzt hatten mich Männer des Kanzlers in die Enge getrieben.«

»Oh! Wie bist du entkommen?«

Peter glaubte, unter der blasierten Stimme von Ky doch einen Hauch Bestürzung zu erkennen. Vielleicht war ihr das Schicksal ihres Cousins ja doch nicht ganz gleichgültig? Jedenfalls war er Peter und nicht Rétep. Daher fiel es ihm auch nicht leicht, Ky zu belügen. Aber er tat es trotzdem: »Genau genommen bin ich gar nicht entkommen. Aber ich hatte das Glück, dass es gerade die Truppe des Kanzlers war, die von seinem Sohn angeführt wurde.«

»*Harubal?!*«

»Wüsste nicht, dass Kanzler Hanu noch einen weiteren Sohn hätte…«

»Du hast Harubal *wirklich* getroffen?«, rief eine plötzlich ganz aufgeregte Ky, »aber… aber wieso sollte er dich wieder laufen lassen?«

»Ja, das ist seltsam, was? Ich dachte auch schon, meine letzten elf Minuten hätten geschlagen.«

»Jetzt sag schon!«

»Danke, dass du so an meinem Wohlergehen interessiert bist.… Harubal würde mich laufen lassen, versprach er, wenn ich ihm einen Gefallen täte.«

»*Du???* Und welchen?«

»Da bin ich ja gerade dabei. Er wollte, dass ich dich zu ihm bringe.«

»Wie? Was?«, jetzt war Ky ganz aus dem Häuschen, »er will *mich* sehen? Aber… aber warum schickt er dann ausgerechnet dich und kommt nicht einfach selbst?«

»He! Er will wohl nicht um deine Hand anhalten, oder? Es geht hier um ein geheimes Treffen, abseits der Öffentlichkeit.«

»Ein *geheimes* Treffen? Oh wie romantisch!«

»Ach du herrje!«

»Aber was will er denn von mir? Und warum schickt er gerade dich?«

»Vielleicht dachte er, dass du einem fremden inoffiziellen Boten nicht glauben und nicht folgen würdest? Und was er von dir will…? Das wirst du ihn schon selbst fragen müssen, mir hat er's jedenfalls nicht gesagt. Und deswegen: Komm einfach mit und halt die Klappe.«

»He! Du bist jedenfalls immer noch so unausstehlich wie sonst.«

Aber Ky folgte ihm. Während des Ritts erklärte ihr Peter noch, dass er sich bei seiner Flucht und Festnahme den linken Arm verstaucht habe, was so unangenehm geworden sei, dass er in Rú-tan seinen Freund Tulpe (»Ach ja? Hallo, Tulpe.«) bitten musste, das Reiten zu übernehmen. Und dass Harubal ihn wohl nicht ganz unbeobachtet lassen wollte, weshalb er ihm einen alten Gelehrten als Begleiter gegeben habe, der nahe der Stadt auf sie warte. Aber das schien Ky alles nicht mehr sonderlich zu interessieren. Ein versonnenes Lächeln hatte sich in ihrem Gesicht ausgebreitet, und ihre beiden Begleiter schien sie jetzt schlichtweg zu ignorieren. Wahrscheinlich, so vermutete Peter, malte sie sich gerade in den prächtigsten Farben aus, wie ihr der Sohn des Kanzlers sein Herz zu Füßen legen würde, oder sonst so einen romantischen Kitsch... Sie würde eine herbe Enttäuschung erleben. Wobei Harubal sein Herz ja ohnehin eher in einer Schlacht an einen Barbaren-Krieger verlieren würde als an Ky.

14. Der Attentäter

Schwarze Klinge griff sich mit beiden Händen an den Kopf. Der schien noch immer fest auf seinem Hals zu sitzen, was Schwarze Klinge ziemlich wunderte, wo er doch gleichzeitig das Gefühl hatte, dass sein Denkapparat in elfhundert Stücke zermalmt sei. Oh wie er in diesem Moment seinen Vater verfluchte und alle, mit denen sich der große Ratsherr eingelassen hatte – andererseits… er, Schwarze Klinge, hatte den Auftrag ja auch selbst gewollt, oder?

Natürlich hieß Schwarze Klinge nicht wirklich so. Das war nur sein Kampfname. Wieso man denn einen Kampfnamen bekommen musste, wenn man in die Kaste der Attentäter aufgenommen wurde, das hatte er vor langer Zeit seinen Vater gefragt, da ihm das Ganze schon damals, mit elf Jahren, einigermaßen kindisch vorgekommen war. Er wusste es bis heute nicht, denn die Antwort des Vaters war eine schallende Ohrfeige gewesen. Er hatte das Thema nicht mehr angesprochen.

Und dann hatte jener alte Esel, der während der Zeremonie am Tisch des hohen Rates neben seinem Vater gesessen hatte, ihm auch noch so einen bescheuerten Namen verpassen müssen. *Schwarze Klinge!* Was für ein dramatischer Trillerlops-Mist. Einfach lachhaft. Zumal er zwar etliche Klingen, allerdings keine einzige schwarze besaß.

Der alte Esel im Clan-Rat, das war sein Onkel Tè Bomir Bomirson gewesen. Er hatte diese sonderbare Eingebung gehabt: Schwarze Klinge sei der passende Kampfname, weil er mit den Klingen seiner Wurfmesser immer ins Schwarze traf. Immerhin: Letzteres stimmte. Auch bewegliche Ziele entkamen ihm nicht, was er seit seinem 16. Lebensjahr immer wieder bewiesen hatte. Damals, vor fast acht Jahren, hatte er erstmals einen Auftrag für den Clan erledigt. Weitere folgten. An jedem hatte der Clan gut verdient. Seine Talente erkennend, hatte der Rat – ansonsten eher auf der Geldtruhe sitzend – in seine Ausbildung investiert. Inzwischen war er trotz seiner jungen Jahre ein solcher Meister seines Fachs, dass man ihn gerne für die schwierigsten – und lukrativsten – Aufgaben weiterempfahl. Sein Fach, das war das Töten. Meist lautlos, oft nicht von einem Unfall oder dem natürlichen Gang der Dinge zu unterscheiden, und nur dann mit Getöse, wenn die Auftraggeber eine Warnung für andere wünschten. Ja, töten… Dies hier war das 23. Mal, dass er unterwegs war, um den Kreis der Ahnen zu vergrößern. Und es war gewiss der absonderlichste Auftrag, der denkbar war: ein Auftrag, der in der Sagenwelt erledigt werden musste.

Zuerst hatte er gelacht, als sein Vater und dieser seltsame Kuttenmann ihm alles erklärt hatten. Doch das Lachen war ihm vergangen, nachdem er rasch gemerkt hatte, dass es sich keineswegs um einen abartigen Scherz handelte. Die ungeheure Summe von 44 Hockperlen hatte der Kuttenmann geboten. Das hatte seinen Vater recht schnell überzeugt, dass man das Risiko ruhig eingehen könne. Es war ja auch nicht das Risiko seines Vaters. Für den war es ein großer Tag gewesen, hatte er den Kuttenmann sogar noch auf schier unglaubliche 55 Perlen hinaufhandeln können. Geld, das war alles, was Ratsherren Raumir Bomirson, seinen Vater, interessierte. Geld, um seinen aufwändigen Lebensstil zu finanzieren. Zu finanzieren und zu zeigen. Kandierte Schmetterlingsflügel *im Winter* – konnte man schlimmer protzen? Doch Schwarze Klinge war es egal. Denn was *ihn* interessierte, war... nichts. Vielleicht war er deswegen so gut in seinem Fach: weil ihn nichts interessierte, nichts wirklich berühren konnte. So kannte er diese eine Sache nicht, die für andere Attentäter die größte Gefahr des Scheiterns war: Angst. Seine Aufgaben für seinen Clan zu erfüllen, das war eine Pflicht, der er uneingeschränkt nachkommen würde. Aber begeistern konnte ihn das nicht. Eine gewisse Aufregung, die ihm noch bei seinen allerersten Aufträgen befallen hatte, war längst verflogen. Fast wünschte er sich, er wäre nur ein Mal, ein einziges Mal auf Schwierigkeiten gestoßen, ja vielleicht gar auf einen Gegner, der in der Lage gewesen wäre, ihm mit Kraft und Entschlossenheit entgegenzutreten. Aber die meisten hatten es nicht einmal gemerkt, als er über sie gekommen war. Und diejenigen, die es bemerkt hatten? Ein sinnloser Fluchtversuch hier, erbärmliches Winseln da und eingenässte Beinkleider. Irgendwie war sein Talent auch sein Fluch: Er war unschlagbar.

So gesehen war er diesmal – zum allerersten Mal überhaupt – fast dankbar für den Auftrag, den er bekommen hatte. Denn der würde wohl sogar für ihn eine Herausforderung werden. Die Sagenwelt... Erzählungen aus seinen Kindertagen waren ihm wieder eingefallen, die er aber für nichts weiter als... nun ja, Sagen, eben, gehalten hatte. Und nun stand er selbst hier, mit eigenen Füßen, in der Sagenwelt...

Und mit einem Kopf, der zu explodieren schien. Schnell schlürfte er das Schmerzmittel, das ihm der Kuttenmann mitgegeben hatte.

Wenigstens hatte der nicht gelogen, mit seiner Warnung: Die Methode, die in der Bruderschaft noch bekannt gewesen war, um in die Sagenwelt zu wechseln, war sehr qualvoll. Die Vollmagier in den alten Tagen hatten wohl eine elegantere Art gekannt (»aber eine verfluchte«, hatte der Kuttenmann sich beeilt nachzuschieben), um einen Wechsel zu vollziehen. Die Methode der Bruderschaft hatte dagegen mit brutaler Gewalt einen Riss zwischen der echten und der Sagenwelt geöffnet. Und es musste für beide Welten ein schmerzhafter Riss gewesen sein, denn dieser Schmerz spiegelte sich auch in seinem Übergang, während dem er geglaubt hatte, in Flammen zu stehen. Und diese Qual würde sich auch in seinem Aufenthalt widerspiegeln: Ständige Kopfschmerzen würden sein treuer Begleiter in der Sagenwelt sein, nur etwas zu lindern mit dem Heilsaft.

Ein »Fingerzeig der wahren Götter« werde ihn hinüber bringen, hatte der Kuttenträger gesagt. Tatsächlich waren es verschiedene – und nicht wirklich göttlich schmeckende – Tränke gewesen, dazu eine widerliche Salbe, Beschwörungsformeln und wohl auch ein Blutopfer, auf das der Kuttenträger aber nicht näher eingegangen war, was ihn durch den Riss zwischen den Welten geprügelt hatte. Und noch etwas war wichtig gewesen, das der Bruder nicht verheimlichen konnte, obwohl es ihm sehr peinlich zu sein schien: Offenbar war seine gewaltsame Methode des Übergangs eine schwächere Methode als die des Gejagten, denn sie funktionierte nur an Orten, an denen zuvor schon eine – sanfter herbeigeführte – Verbindung bestanden hatte. Schwarze Klinge hatte so eine Ahnung. Vielleicht war die Methode der Bruderschaft in längst vergangenen Tagen ja genau dafür entwickelt worden: die alten Magier zu verfolgen und aufzuspüren. Auch heute war überraschenderweise in der Führungsspitze der Bruderschaft noch ein Großteil der Orte bekannt, die einst Übergangspunkte gewesen waren. Und jene seltsamen Finder, von denen der Kuttenmann – ohne Zweifel selbst ein hohes Tier der Bruderschaft – erzählt hatte, waren einer frühen Spur des Gesuchten schließlich bis zu einem alten Menhir gefolgt, der einige elf Kilometer hinter Rú-tan stand. Und dort konnte auch Schwarze Klinge hinüberwechseln, was gut war, denn so wusste er, dass er am selben Ort wie »sein Auftrag« ankommen würde. Er würde dessen Spur finden. Würde ihn finden. Und würde ihn töten.

Sehnsüchtig warf er noch einen Blick auf das Schmerzmittel, bevor er es wieder wegpackte. Aber er musste damit haushalten und es hinnehmen, dass er die Explosionen in seinem Kopf lediglich zu einem zerrenden Dröhnen lindern konnte. Er schulterte seinen Rucksack und folgte dem Waldpfad in die Richtung, aus der seiner geschulten Nase ganz sanft seltsame Gerüche entgegenwehten. Die waren ihm zwar fremd, schienen ihm aber auf menschliche Besiedlung hinzudeuten. Dort konnte er fragen.

15. Das Orakel von Nekis

Peter wusste nicht, was schlimmer war: seine dilettantischen, sich nur äußerst langsam verbessernden Reitbemühungen, die ihm ständige Schmerzen im verlängerten Rückgrat und einen Komplett-Muskelkater bescherten, oder die Witze der anderen über seine »doch eher ungewöhnlich anmutenden Reitkünste«; vielleicht war aber auch das unaufhörliche Gezeter dieser Elf-Stämme-Göre noch schlimmer, seit ihr der alte Halbmagier reinen Wein eingeschenkt hatte.

Bei ihrer ersten Rast war Ky noch guter Dinge gewesen, bald den Sohn des Kriegskanzlers zu treffen. Doch da sich das ändern würde, hatte Xavox ihr in weiser Voraussicht ein Schlafmittel in den Wasserbecher getan, den er ihr gereicht hatte. Ziemlich undamenhaft hatte sie die nächsten drei Stunden, Kopf und Oberkörper nach links, Beine nach rechts, vom Rücken eines Pferdes herabgebaumelt. Als der kleine Trupp schließlich weit genug von Rú-tan weg war, dass sich Ky mit Sicherheit nicht mehr auskannte (was allerdings auch für die beiden Jungs galt), hatte Xavox sie am Rande des Großen Speerwaldes, dem sie Richtung Norden gefolgt waren, wieder geweckt. Um sie zu retten, habe man sie entführt, und sie müsse nun leider vorübergehend bei ihnen bleiben, während sie versuchten, den Kriegskanzler zu bekämpfen, das Land vor dem Untergang zu bewahren und dabei möglichst selbst am Leben zu bleiben – und, ach ja, Rétep hier sei gar nicht Rétep, sondern Peter aus der Sagenwelt, der mal eben mit Rétep den Körper getauscht hatte, und der, hi, hi, nicht ganz so sattelfest sei wie Rétep.

Wie nicht anders zu erwarten, war Ky nicht wirklich begeistert gewesen: Zeter und Mordio hatte sie geschrien, kein Wort geglaubt, getobt, geweint, geflucht, gedroht und getreten. Geschlagen hatte sie wohl nur deswegen nicht, weil ihre Hände gefesselt waren.

Einen Tag später, als Ky vom vielen Schimpfen und Drohen verausgabt schien, hatte ihr Xavox die Fesseln abgenommen. Allerdings erst, nachdem sie den Hinweis bekommen hatte, dass sie alleine kaum heil zurückfinden würde, und versprach, nicht zu fliehen. Keine fünf Minuten später hatte sie ihr Versprechen gebrochen, ihr Pferd mit einem wilden Schrei herumgerissen und war davongeprescht. Xavox meinte achselzuckend: »Nun ja, wusste schon, warum ich sie aufs langsamste Pferd gesetzt habe – Tulpe?«

Der arme Tulpe war zu Kys Wächter erkoren worden – Xavox war zu alt und Peters Reitkünste indiskutabel. Tulpe war Ky auf dem schnellsten Pferd hinterhergallopiert. Ein paar Minuten später war er, lauthals auf das Mädchen fluchend, mit der halb erwürgten Ky vor sich über dem Sattel zurückgekehrt, ihr Pferd hinter sich herziehend und um drei Kratzer im Gesicht, einen blauen Fleck am Kinn sowie eine heftig blutende Bisswunde am rechten Unterarm reicher.

Ky hatte der Fluchtversuch einen weiteren Tag in Fesseln eingebracht. Am Abend war sie, nachdem man die Fesseln zum Essen gelöst hatte, augenblicklich in den nahen Wald gestürmt, Tulpe war hinterher gesprungen, und nach etlichem Geschrei irgendwo in den Büschen hatte er sie wieder herbeigezerrt, beide bluteten aus der Nase, Tulpe hatte dazu ein blaues Auge und warf Ky nun wirklich hasserfüllte Blicke zu. Jetzt sollte sie mit gefesselten Händen essen, doch sie weigerte sich, überhaupt etwas anzunehmen. Aber Hunger hatte sie nie gekannt, und am nächsten Morgen knurrte ihr Magen so laut, dass sich Tulpe ein böses Grinsen nicht verkneifen konnte. Ky gab ihren Hungerstreik auf, kaum dass er begonnen hatte. Und dann schien sie tatsächlich einzusehen, dass eine Brachial-Flucht nicht erfolgreich sein würde. Sie durfte sich tagsüber frei bewegen. Diesmal lief sie nicht weg – aber natürlich war allen klar, dass sie nur auf ihre Chance wartete.

*

Der vierte Tag seit ihrer Flucht aus Rú-tan war angebrochen, »Das sind schon mal vier Siege!«, hatte Xavox fröhlich beim reichhaltigen Frühstück erklärt. Sie hatten sich ordentlich mit Lebensmitteln eingedeckt, leisten konnten sie es sich jetzt ja. Auf die fragenden Blicke seiner jungen Begleiter, was er mit den vier Siegen gemeint habe, hatte er geantwortet: »Wir haben, seit wir das Stadtpalais, äh, ein bisschen schwerer verlassen haben, jeden Tag überlebt. Das ist doch schon mal nicht schlecht, oder? Und in Schwierigkeiten sind wir bisher auch nicht geraten – natürlich mal abgesehen von unserer liebreizenden Schwierigkeit in Permanenz hier.« Ky fauchte böse, Peter ignorierte sie und fragte: »Offenbar durften wir es also nicht so ohne weiteres erwarten, lebend und recht problemlos bis hierher zu kommen? Wo dieses ›hier‹ auch immer sein mag.«

»Oh nein, natürlich nicht. Sicher sind immer noch Leute des Kriegskanzlers und der Bruderschaft auf der Suche nach Rétep, und jetzt dürften auch noch Olafs Männer hinter uns her sein, und – wer weiß? – vielleicht sogar Ailis und Haans. Ihr seht: viel Ehre für einen alten Mann und drei junge Helden.«

Ky schnaubte verächtlich durch die Nase, doch der Halbzauberer sprach weiter: »Hinzu kommt, dass unsere Route nicht ganz ungefährlich ist, denn im Wald, da sind die Räuber…«

»Die *Räuber*?«, fragte Peter mit unsicherem Blick in Richtung der scheinbar endlos grünen Mauer, die gut 111 Meter weiter westlich ihres Lagerplatzes verlief.

»Ja«, erklärte nun Tulpe, »der Große Speerwald gilt – zumindest auf unserer Seite des Waldes – eigentlich nur im unmittelbaren Einflussbereich von Rú-tan als nicht gar so gefährlich. Ansonsten ist er ein Rückzugsgebiet für allerlei Gesindel. Man weiß nicht genau, wie viele, aber mindestens drei, vier Räuberbanden dürften hier ihre Heimat haben und ab und an einen, hm, geschäftlichen Abstecher zu verschiedenen Handelsstraßen machen. Die paar Menschen, die im Wald leben, sind arm und nicht besonders attraktiv für die Halsabschneider – und man munkelt wohl nicht ganz zu Unrecht, dass etliche von ihnen ohnehin, gewissermaßen im Nebenberuf, selbst zu den Räubern gehören. Wobei sich die Vogelfreien eher in der Randzone des Waldes aufhalten. Und zwar im Randgebiet auf *unserer* Seite, da sie sich lieber nicht mit den Waldstämmlern auf der anderen Seite des Waldes anlegen.«

»Ja,« fuhr nun Xavox fort, und sogar Ky hörte gebannt zu, »der Waldstamm betrachtet nämlich den ganzen Wald – obwohl er nur etwa die Hälfte von seiner Seite aus gesehen nutzt – als ureigenstes Territorium, und er ist nicht sonderlich gut auf das ›Waldgesindel‹ zu sprechen. So startet der Stamm immer wieder Expeditionen, von denen die Krieger jedes Mal ein paar Räuberköpfe als Andenken mitbringen. Aber auch hier wirkt sich der verflixte Krieg aus: Durch den Ärger mit den starken Piraten-Verbänden brauchen unsere spitzohrigen Freunde ihre Kämpfer an der Küste und säubern kaum noch den Wald. Die Zahl der Räuber dürfte also zugenommen haben. Ebenso wie die Zahl der Waldwölfe übrigens. Neulich soll sogar, zum ersten Mal seit Jahrelften, wieder ein Rudel bis in die Nähe von Rú-tan gekommen sein.«

»*Wölfe!?*«, der Aufschrei war von Ky gekommen, die nun einen panischen Blick in Richtung Wald warf.

»Keine Angst, holder Ärger auf zwei Beinen, die greifen nur selten Menschen an, und wenn, dann nachts.«

»A-aber, aber… wir haben zwei Mal am Waldrand übernachtet?!!«

»Oh. Hm. Ja, da hat sie recht, nicht?«, sagte Xavox, der alles sehr lustig zu finden schien, »und wenn man bedenkt, dass sie noch vorgestern in den Wald fliehen wollte, so scheint unsere liebliche Nervigkeit inzwischen eine echte Ergänzung meiner Krieger-Truppe zu sein.«

Seine zweiköpfige »Krieger-Truppe« rang sich ein eher gequältes Lächeln ab und warf nun selbst verstohlene Blicke zum Wald, wobei Peter Xavox fragte: »Verfolger, Räuber, Wölfe…, das ist dann aber alles, ja?«

»Ja. Ah. Nein. Aber fast. Die Grenzen sind zwar inzwischen recht dicht, doch der Speerwald zieht sich – als ›Kleiner Speerwald‹ – vom Waldstamm noch durch das Gebiet des Regenstammes hindurch und dann mit seinen südlichen Ausläufern bis in das Reich der Barbaren hinein. Wenn also doch mal Späher von ihnen durchkommen, dann, so heißt es, würden sie den Wald benutzen, um bis in unser Hinterland vorzudringen. Angeblich sollen sie sogar Räuber in ihrem Sold haben – den Vogelfreien, sagt man, sei es egal, woher sie Gold bekommen.«

»Jetzt langt's aber, alter Mann«, Ky war zornig aufgesprungen und stampfte mit dem Fuß auf, »wenn der Wald so gefährlich ist, warum in drei Burischjas Namen, ziehen wir dann die ganze Zeit an seiner Grenze entlang? Und warum habt Ihr uns nicht schon früher gewarnt?«

»Liegt beides nicht auf der Hand, eure Zickigkeit? Hätte ich es früher gesagt, dann hätten wir uns von Euch, meine liebliche Spitzzüngigkeit, noch mehr Jammer-Tiraden anhören müssen. Vermutlich wäre inzwischen Eure Zunge verknotet. Und dass wir diese Route gewählt haben, liegt natürlich an unseren Verfolgern. Wenn sie überhaupt aus irgendeinem Grund vermuten, dass wir in Richtung Norden ziehen, dann dürften sie wohl eher davon ausgehen, dass wir mit schnellen Pferden geschwind die etwas weiter östlich verlaufende Handelsstraße benutzen und nicht den mühsameren und daher langsameren Weg übers freie Feld entlang des gefährlichen Waldes nehmen.

Die Handelsstraße wurde übrigens absichtlich mit gebührendem Abstand zum Wald errichtet, was zeigt, dass er nicht gerade als ungefährlich gilt. Sollten sich uns aber doch Verfolger nähern, so haben wir immer noch die Chance, uns im Wald zu verkrümeln, – was mir allerdings nicht sehr gut gefallen würde.«

»Aha«, Ky, der es bisher gar nicht aufgefallen war, dass sie vor ihren »Entführern« eigentlich nicht wirklich Angst verspürt hatte, blitzte Xavox verärgert an, »und warum, Eure Tattrigkeit, haben wir jetzt die Ehre, von den Gefahren des Waldes zu erfahren?«

»Natürlich weil es keine große Rolle mehr spielt. Am frühen Nachmittag werden wir Nekis erreichen, und das ist sogar für Räuber tabu.«

»*Nekis?* Wir sind wirklich unterwegs nach Nekis?«

Verwundert registrierte Peter, dass in Kys Stimme ein Hauch Begeisterung lag. »Was ist denn dieses Nekis?«, fragte er in die Runde.

»Wie? Das kennst du nicht? ...nein, natürlich nicht«, entgegnete Tulpe, »der Ort Nekis selbst ist eher unbedeutend, aber nicht das Orakel von Nekis. Es ist das letzte große Orakel im Elf-Stämme-Reich.«

»Bitte? Ein *Orakel*? Mit Weissagungen und Blicken in die Zukunft und all so 'nem Zeug?«

»Oh! Unser Peter ist ein Skeptiker!«, sagte Xavox schmunzelnd, »aber ja, im Prinzip ist es genau das.«

Peter fand das nicht komisch und entgegnete: »Wir werden also den Kriegskanzler bekämpfen, das Reich retten und am Rande noch mein kleines Problem lösen, indem wir uns beim Orakel Tipps holen von der Sorte: ›Sie werden eine lange Reise machen‹? Vielleicht sollten wir auch gleich noch den Astro-Kanal im Fernsehen anrufen?«

»Den Was im Wo was damit tun? Egal. Nein, das Orakel ist natürlich ziemlicher Blödsinn...«

»*Wie kannst du nur so etwas...*«, »He! *Doch nicht das Orakel von...*«, wollten ihn Ky und Tulpe entsetzt unterbrechen, doch Xavox fuhr unbeirrt fort: »Wichtig ist nur, dass noch immer viele an das Orakel *glauben*, und zu denen gehören nicht zuletzt die sehr den Traditionen verhafteten Waldstämmler. Nein, Kinder, wir werden uns keine Prophezeiung holen, ganz im Gegenteil, wir werden eine machen.«

Tulpe und Ky starrten ihn entgeistert an während Peter kopfschüttelnd sagte: »Jetzt verstehe ich gar nichts mehr.«

»Nun, lasst uns erst mal aufbrechen. Unsere nächste Rast halten wir dann kurz vor Nekis auf sicherem Boden, dort erkläre ich euch alles.«

Sie wollten noch weiter in ihn dringen, doch mit dem Hinweis »Ihr wollt doch nicht länger als nötig am Waldrand bleiben, oder?«, brachte er sie schnell dazu, aufzusatteln und davonzureiten, Xavox an der Spitze, gefolgt von Peter, Ky und Tulpe, der sich immer wieder nach hinten spähte, um nach etwaigen Verfolgern Ausschau zu halten.

Etwa eine Stunde waren sie geritten, und Ky hatte die ganze Zeit kein Wort gesagt – was wohl, mal vom Schlafen abgesehen, die längste Zeit während ihrer »Gefangenschaft« war, in der sie den Mund gehalten hatte. Nun schloss sie zu Peter auf und ritt schließlich neben ihm. »Hör mal...«, begann sie. Peter, der sich aufs Reiten konzentrierte, war wenig begeistert von dem Gedanken an eine Unterhaltung mit Ky, selbst wenn sie gerade ungewöhnlich zaghaft geklungen hatte. So knurrte er nur ein unfreundliches »Hm?«.

Ky schien kurz zu zögern, doch dann fuhr sie fort: »Du bist... du bist wirklich nicht Rétep? Oder? Aber dass du aus der Sagenwelt kommst, kann ich nicht glauben.«

»Dann lass es halt.«

»Zunächst hab' ich natürlich gedacht, er hat sich wieder einen seiner üblen Scherze erlaubt. Aber warum solltest du dieses Theater so lange durchhalten? Allein schon mit dem Reiten... 'tschuldigung, aber Rétep könnte es wohl nicht einmal *spielen*, so zu reiten wie du.«

»Na danke!«

»Außerdem kann ich erkennen, wenn sich Rétep etwas zurechtfantasiert. Aber... dieses Lügen spüre ich bei dir nicht. Und du siehst mich auch ganz anders an als er.«

»So? Wie sieht er dich denn an?«

Ky wurde rot und entgegnete lahm: »Nun ja, anders, eben.«

»Und? Wie sehe ich dich an?«

»Du? Du... kannst mich nicht leiden.«

»Das ist milde ausgedrückt. Du bist 'ne echte Pest.«

Ky bekam große Augen und wurde blass, sodass Peter seine Worte fast schon bedauerte, dann stammelte sie: »A-aber was erwartest du? Ihr habt mich schließlich entführt!«

»*Du* bist entführt? Verdammt: *Ich* bin entführt. Dich versucht Xavox so nebenbei zu retten, ich bin aus meinem Leben in eine völlig unbekannte Welt gerissen worden, um unlösbare Aufgaben zu lösen. Ich hab' keine Ahnung, wie es meiner Familie geht, hab' sie seit Wochen nicht gesehen und werde sie wohl auch nie wiedersehen, und das nur, weil dieser Rétep idiotischerweise wegen *dir* die neue Hauptstadt-Mode ausspionieren sollte. Und du sagst, du wurdest entführt...«

Kys Unterlippe zitterte kaum merklich, doch Peter entging es nicht. So rang er sich seufzend den Satz ab: »Na ja, gut, zugegeben: Irgendwie bist du schon entführt worden, oder? Und du vermisst deine Familie auch. Hängst auf jeden Fall mit drin und bist wohl nicht sehr glücklich darüber.«

»Nein. Nein, das bin ich wirklich nicht.« Dann sagte sie noch: »Du reitest wirklich beschissen... aber du scheinst zu lernen – es ist schon viel besser als vor drei Tagen.«

Peter blickte überrascht auf, doch in dem Moment ließ sich Ky zurückfallen und ordnete sich wieder in die Reihe ein.

*

»Um Himmels Willen! Das ist ja noch viel schlimmer, als ich gedacht hatte!« Peter las erneut, was auf dem Schild unter dem Wegweiser nach Nekis stand:

»Gibt es schwer wiegende Fragen,
die dir liegen sehr im Magen,
suchst du Rat in Liebesdingen
oder willst 'nen Sieg erringen,
willst wissen, ob für Geschäft Zeit günstig
und ob Nebenbuhler brünstig,
hast Frage, ob Erbonkel reich,
oder wann wirst selbst 'ne Leich',
und wie man sich verhalten soll,
um nicht zu wecken Götter Groll.
Auf alle diese wicht'gen Fragen
können wir dir Antwort sagen,
denn das Orakel von Nekis ist weise,
hilft auf deiner Lebensreise,
schenkt Wissen dir ganz ohne Qualen,
musst nur ein bisschen was bezahlen,
doch ist es wirklich nicht so teuer,
zumal du's abzieh'n kannst von Steuer.«

Xavox seufzte und meinte: »Tatsächlich: Sie haben, seit ich vor drei Jahren hier war, noch mehr kommen lassen. Was recht interessant ist, denn eigentlich hätte ich nicht gedacht, dass das möglich wäre.«

Während der letzten halben Stunde ihres Ritts hatten Tulpe und Ky, erstaunlicherweise gemeinsam, das Orakel, von dem doch so viele überragende Weissagungen bekannt waren, gegen die abfälligen Bemerkungen Xavox' verteidigt. Doch angesichts dieses Werbeanschlags schienen selbst sie etwas pikiert.

»Na ja, das wird sicher keine Orakel-Nymphe selbst gewesen sein«, meinte Tulpe etwas lahm.

Vor etwa zehn Minuten waren sie von ihrer Querfeldein-Tour auf einen festen Weg gewechselt und dann auf diese Kreuzung mit einer kleinen Quelle am Rand und dem Wegweiser gestoßen, an dem auch jene seltsame Lobpreisung des Orakels befestigt war.

Peter wollte jetzt wissen: »Was hat es denn nun mit diesem Orakel auf sich? Und wenn es so berühmt ist, warum ist dann hier auf der Straße so wenig los?«

»Na ja«, antwortete Xavox, während sie ihre Pferde zu der Quelle führten, »eigentlich ist der Mai der Orakelmonat, dann herrscht hier Hochbetrieb – immer noch, aber nicht mehr so viel wie einst. Früher war das Orakel auch während der anderen Monate sehr gut besucht, doch die Zahl derer, die die Weissagungen wirklich ernst nehmen, hat abgenommen. Für viele sind es eigentlich nur noch die alten Geschichten, die die Kinder entzücken.« – Ky und Tulpe schauten wieder etwas schmollend drein.

»In alten Zeiten aber verließ man sich nicht selten auf den – allerdings meist vieldeutigen – Rat der Orakel und insbesondere auf den Rat des Orakels von Nekis. Es ist zum Beispiel verbürgt, dass Dorian selbst hier war, um zu fragen, ob die Zeiten günstig für seine zehn Hochzeiten seien. Das Orakel sagte ausnahmsweise recht eindeutig »Ja« und behielt recht – nun, Glück gehabt.«

»Und wie funktioniert das Orakel?«, wollte Peter wissen.

»Im Brunnentempel der Tempelanlage von Nekis befindet sich die lebende Quelle.«

»*Lebende* Quelle?«

»So nennen sie jedenfalls die Nekisianer. Es ist eine natürliche warme Quelle in einem großen Steinbecken – mit vielen hübschen Blubberbläschen, die so nett kitzeln, und etwas Dampf, der auch ein wenig die Sinne vernebelt. Dann gibt es die Nekis-Priester, die das Organisatorische erledigen und unter den Bewerberinnen die ›Nymphen von Nekis‹ erwählen, denn nur die Priester – das sagen jedenfalls sie selbst – können erkennen, welches Mädchen das dritte Gesicht besitzt.«

»Du meinst das zweite Gesicht?«

»Nein, das dritte, das zweite hat ja schon die Quelle.«

»Aha.«

»Die Mädchen jedenfalls müssen ›unberührt und rein‹ sein – wobei zumindest das ›rein‹ nicht näher definiert ist. Komisch auch, dass es bisher noch niemandem aufgefallen zu sein scheint, dass immer die hübschesten Mädchen unter den Bewerberinnen das dritte Gesicht haben. Aber das hat sicher nichts damit zu tun, dass durch diese doch nur äußeren Wohlgefälligkeiten Kunden angelockt werden sollen. Werden die Nymphen älter, gehen die meisten anderen Aufgaben nach oder man findet Gründe, sie zu entlassen… nun, die meisten, nicht alle…

Wie auch immer: Die Ratsuchenden tragen ihre Fragen den Priestern vor, die überbringen sie einer Nymphe, die dann in die Quelle selbst oder eines der zahlreichen Nebenbecken in benachbarten Räumen und Tempeln steigt – je näher das Becken der Ursprungsquelle liegt, umso genauer – und teurer – ist die Weissagung. Im Wasser planscht sie ein wenig, hält Zwiesprache mit der Quelle und teilt dem Kunden, äh, dem nach Weisheit Strebenden dann den Ratschluss des Wassers mit.«

»Kann es sein, dass ihr Elfen kollektiv einen an der Klatsche habt?«

»Wie meinen?«

»Ach, nichts. Und wir? Was machen wir im Orakel?«

»Der Mai war nicht immer der Orakelmonat. Vor etwa zwei, drei Generationen gingen die Orakel auf Konfrontationskurs zur Bruderschaft – was die meisten nicht überstanden. Zwar war der Stern der Bruderschaft immer weiter im Sinken begriffen, doch ihr war noch genug Macht geblieben, um die meisten Orakel zu zerschlagen. Jedenfalls beging die Bruderschaft ihr hohes Fest auch im September, und da sich die Orakelpriester davon abgrenzen wollten – und wegen des besseren Wetters – wählte man den Mai.«

»Und früher war es der September…? Wir haben September.«

»Was du nicht sagst. Und in drei Tagen ist der 15. September. Wie du weißt, ist der Waldstamm nur sehr schwer von alten Traditionen abzubringen. Und wie jedes Jahr seit Anno Trillerlops wird auch in diesem Jahr zum September-Vollmond, was am 15. der Fall sein wird, wieder eine Delegation der Clan-Ältesten das Orakel um Rat bitten. Und diesmal wird man besonders gebannt das Ergebnis erwarten, denn der Stamm hat ernste Probleme.«

»Die Piraten?«

»Die Piraten! Bisher hat es das Orakel mit dem Waldstamm eigentlich recht einfach gehabt: Die wichtigste Empfehlung war immer, zum Entzücken der Ältesten, die Traditionen zu bewahren. Das werden sie zwar auch wieder hören. Aber ich befürchte, in diesem Jahr kommt noch einiges dazu, und sie werden erstmal heftig schlucken, wenn das Orakel zu ihnen gesprochen hat.«

»Aha. Du weißt also, was das Orakel sagen wird?«

»Klar. Das, was ich ihm sage.«

Peter dachte an die Hockperlen und fragte: »Bestechung?«

»Auch. Aber vor allem Erpressung. Ich kenne da jemanden, der kann mein Angebot nicht ablehnen…«

»*Erpressung?* Das ist aber… nicht nett?«, das war, zur Überraschung der Anderen, Ky gewesen.

»Oh, keine Angst, eure liebreizende Plappermauligkeit, warte, bis du sie kennen lernst, dann machst du dir keine Sorgen mehr um sie.«

» ›Sie‹? – eine Nymphe?«

»So ähnlich. Aber lasst uns jetzt weiter reiten. Ich brauche sicher etwas Zeit, um sie zu überzeugen.«

»Moment noch«, warf Peter ein, »was ist es denn nun, was das Orakel den Waldstämmlern mitteilen wird?«

»Liegt doch wohl auf der Hand, oder?«

Peter dämmerte es: »Das Orakel wird ihnen wohl verkünden, dass sie künftig ganz besonders treu zum Königshaus stehen müssen… dem ein mächtiger Feind erwachsen ist von einer Seite, von der man es gar nicht erwartet… der Kriegskanzler wird sich gegen Jaun wenden, aber der Waldstamm muss treu bleiben. Überraschung am Rande: Der Feind weiß natürlich auch um die Treue des Waldstammes, weshalb er ihn schwächen will und mit den Piraten unter einer Decke steckt?«

»Bravo! Natürlich werden wir das Ganze nicht so profan erzählen, sondern orakeltechnisch ein wenig aufpeppen. Außerdem hast du etwas Wichtiges vergessen: Schließlich wollen wir dem Waldstamm ja auch gegen die Piraten beistehen, oder?«

»Da bin ich mal gespannt, wie das funktionieren soll.«

»Nun, der Waldstamm hat exzellente Krieger – zu Lande. Doch gegen die Piraten sind ihre klassischen Strategien zu unflexibel. Und von denen weichen sie nicht ab. Dazu bräuchten sie einen Führer von außerhalb. Doch da beißt sich der Trillerlops in die Schwanzfedern, denn die Krieger des Waldstammes werden auf ihrem eigenen Gebiet keinen Anführer dulden, der keiner der ihren ist. Es sei denn…«

»Es sei denn??«

»Es sei denn vielleicht, das Orakel macht sie auf eine ganz außergewöhnliche Person mit einem fast wundersamen Hintergrund aufmerksam – die Waldstämmler stehen auf solche Geschichten.«

»Aha. Die außergewöhnliche Person ist sicher ein Halbmagier?«

»Hi, hi, lustige Vorstellung. Nein, mich alten Zausel würden die nie akzeptieren, und einen Halbmagier schon gar nicht. Nein, es muss jemand mit dem Zeug zum jugendlichen Helden sein, zur Errettung aus einem fernen, ja mystischem Land gekommen. Also kein Halbzauberer, sondern jemand aus…«

»*Sag's nicht!*«, rief Peter und wurde blass.

»… jemand aus der Sagenwelt.«

»Heilige Scheiße!«

»Na, das sagt man aber nicht.«

»Das ist doch absurd!«, stieß Peter hervor, »du willst dem Waldstamm allen Ernstes prophezeien lassen, dass *ich* ihnen helfen werde, die Piraten zu besiegen?«

»Nun, ja. Genau so«, erwiderte Xavox als ob es die normalste Sache der Welt sei, dass ein noch nicht ganz Vierzehnjähriger, der noch dazu nicht die geringste militärische Erfahrung hatte und obendrein hilflos in einer ihm völlig fremden Welt herumtappte, mal eben antrat, um ein riesiges Piraten-Heer zu besiegen.

Peter entgegnete fassungslos: »Ist das nicht eine, eh, einigermaßen gewagte Prognose?«

»Schon – aber was soll's? Wenn die Waldstämmler von den Piraten in die Knie gezwungen werden und der König somit seinen einzigen künftigen sicheren Verbündeten verlieren würde – nun, dann ist ohnehin *alles* verloren. Also können wir ruhig munter drauflos prophezeien, nicht? Denn wenn wir daneben liegen, ist es eh egal.«

»Das geht nie gut!«

»Na ja, wenn alles nach Plan läuft, wirst du dir nicht allein das Hirn verrenken müssen, um einen Plan gegen die Piraten zu ersinnen: Der Waldstamm wird dir vertrauen, und du…«

»Und ich?«

»Du hast mich als Berater!«

»Na wie beruhigend!«

»Danke für dein Vertrauen. Aber lass uns jetzt endlich zum Tempel«, dann murmelte Xavox noch: »Bin schon sehr gespannt, was meine alte Freundin sagen wird, wenn wir uns wiedersehen. Sie wird wohl etwas überrascht sein.«

*

»*Waaas?!?!* Du stinkender alter Ziegenbock wagst es, dich noch mal hier blicken zu lassen…?« – Gut 130 Kilo Lebendgewicht setzten sich in Bewegung und walzten auf den kleinen Halbmagier zu: »Na warte! Ich prügele dir dein beschissenes Gehirn raus, und dann werde ich dich in Trillerlops-Pisse ersäufen! Ich werde … Oh! Was ist das? Das ist doch nicht…? Eine *Hockperle*!«

Die mindestens 1,90 Meter große Frau hatte die Perle, die ihr Xavox mit dem Daumennagel entgegengeschnippt hatte, mit einer blitzartigen Bewegung aus der Luft gefischt, die man ihrer speckigen Hand gar nicht zugetraut hätte. Nun hielt sie die Perle zwischen Daumen und einem wurstigen Zeigefinger geklemmt und betrachtete sie eingehend.

Unterdessen wandte sich der Halbmagier an seine drei jungen Begleiter: »Darf ich vorstellen? Das ist die liebreizende Brumberta, Orakel-Nymphe von Nekis und eine alte – eh – Freundin von mir.«

Xavox' Begleiter starrten die Frau mit offenen Mündern an. Peter merkte es gar nicht, dass er seinen Gedanken laut aussprach: »*Das* ist eine Orakel-Nymphe? Die hatte ich irgendwie anders vorgestellt.«

»Tja«, erklärte Xavox lächelnd, »die gute Brumberta ist nicht nur in dieser Hinsicht eine Ausnahme, um nicht zu sagen einmalig. Jedenfalls ist sie die mit Abstand dienstälteste Nymphe. Offiziell heißt es, weil sie besonders gut mit der lebenden Quelle kommunizieren kann. Und es hat auch sicher gar nichts damit zu tun, dass sie vor etlichen Jahren zwei Priester und drei Adepten, die sie rauswerfen wollten, grün und blau geschlagen hat. Inzwischen hat sie zudem ein paar einflussreiche Fürsprecher unter den Priestern – die dieser feinfühligen Jungfer sicher aus reiner Freundschaft und Bewunderung ihres zarten Wesens zugetan sind, und nicht etwa, weil sie ein paar schmutzige kleine und Priester-Karrieren abträgliche Details aus dem Leben jener Männer in Erfahrung gebracht hat. Tjaja, was tut man nicht alles, um das bequeme Leben einer Orakel-Nymphe nicht missen zu müssen. Bequem vor allem dann, wenn man nur noch eine Hand voll Alibi-Einsätze pro Jahr hat und etliche Extra-Annehmlichkeiten in Anspruch nehmen kann.«

Brumberta schien Xavox überhaupt nicht zu hören sondern hielt die Perle nun gegen die Flamme einer kleinen Duftöllampe, die auf dem Tisch in ihrem Empfangsraum brannte. Es sah aus, als wolle sie das runde Kleinod mit den Blicken aus ihren Schweinsäuglein durchdringen.

»Pow! Das ist mal eine Masse Frau!«, hauchte Tulpe Peter und Ky zu. Ihr Körper war rundum auf natürliche Weise überaus gut gepolstert. Fasziniert und abgestoßen zugleich flüsterte Ky gar nicht vornehm zurück; »Bei der Oberweite würde ich nach vorne kippen.« Peter ergänzte: »Und was für ein Kinn!«

»Welches von beiden meinst du?«, fragte Tulpe.

Der ungewöhnliche Eindruck war allerdings auch auf Brumbertas Kleidung zurückzuführen, die wohl so etwas wie die Dienstkleidung der Nekis-Nymphen war und aus nichts weiter als einem kurzen, zarten, luftigen Kleidchen aus blassrosa Tüll bestand – wobei das »chen« hier nur die Machart beschreib99en soll, da man für Brumbertas Gewand durchaus die Stoffmenge für ein kleines Zirkuszelt gebraucht hatte. Gnädigerweise hatte sie ihren Leib unter dem Tüllgespinst noch mit einer Art leinem Wickelkleid umhüllt, das etwas kürzer als das Obergewand war.

Unter dem wogenden rosa Saum ragten zwei Beine hervor, für deren Umfang sich eine junge Eiche nicht hätte schämen müssen, und die nackten fleischigen Füße hätten jeden Winzer zum Jubilieren gebracht, der in einer Stunde eine Tonne Trauben zerquetscht haben wollte. Allerdings gab es in Nekis keine Winzer.

Das eigentliche Nekis, ein kleines Städtchen am Fluss Nek, lag eine stramme Dreiviertelstunde Fußmarsch von den Quellen-Tempeln entfernt, wobei die Anlage im Laufe der Jahrhunderte fast selbst zu einer kleinen Stadt herangewachsen war. Das Ungewöhnliche an ihr: Während es im ganzen Elf-Stämme-Land keine einzige Stadt gab, die komplett geometrisch angelegt worden war, so war die Tempelstadt, auf die Planung des Tiefen Nekis-Priesters Langbarto von Quellträne vor gut 777 Jahren zurückgehend, eine wahre Meisterleistung der Geometrie. Langbarto hatte einen verheerenden Brand, der die alte Anlage dem Erdboden gleich gemacht hatte (die Lebende Quelle hatte vermutlich einfach vergessen, ihre Priester davor zu warnen), dazu genutzt, seine Vision in die Tat umzusetzen.

Um genau zu sein: In die Tat umgesetzt hatte es sein Halbbruder, der Baumeister Martel Petohmi. Die Lebende Quelle war der Mittelpunkt und auch der höchste Punkt der sanft zum Zentrum hin ansteigenden konzentrischen Tempelanlage. Die Quelle sprudelte aus einem gut fünf Meter hohen Felsen, den hatte Petohmi behauen und mit dem Brunnentempel umbauen lassen. Wobei das elf Meter hohe, fast komplett aus Marmor gefertigte Gebäude zwar Tempel hieß, aber mit seiner Weitläufigkeit und der Vielzahl von Räumen eher ein Palast war.

Das erste Becken war, wie ein kreisrundes O, rund um den Felsen errichtet. Von dort wurde das Wasser mittels elf Rohren unter etlichen Räumen im großen Tempel hindurchgeleitet und speiste die Becken im Ring der wässrigen Weisheit: kleine runde, bauchige und nach oben spitz zulaufende Tempelhäuser aus Granit, die, mit großzügigem Abstand zwischen den einzelnen Gebäuden, einen Kreis um den Tempel bildeten. Jeder dieser Tropfentempel war dreigeteilt, mit einem Weisheits-Wasserbecken in der Mitte sowie links einem kleinen Warteraum für die Besucher und rechts dessen Gegenstück als Rückzugsraum für Priester und Nymphen. Nach diesem Tempel-Kreis folgte ein dreifacher Kreis aus roten, quadratischen, an kleine Burgen erinnernden Ziegelhäusern. In diesen dreigeschossigen Häusern wohnten die Priester, Nymphen und Adepten – die jüngsten in kleinen Gemeinschaften mit Priestern und älteren Nymphen als Aufsehern. Lediglich der Tiefe Priester selbst lebte mit seiner Familie im Zentral-Tempel.

In den Ziegelhäusern gab es auch Schulungsräume für Nymphen-Nachwuchs, und eines der Häuser war Heilerinnen vorbehalten, die sich um erkrankte Priester, Nymphen und Pilger kümmerten (bei letzteren gegen Bezahlung). In zwei Häusern gab es Mechanik-Werkstätten, bei denen sich einige Pilger, hätten sie von ihrer Existenz gewusst, womöglich gefragt hätten, wozu sie wohl gut sein mochten.

Es folgte wieder ein Ring von Tropfentempeln, die waren allerdings kleiner. Hier bekam man die Weissagungen etwas preiswerter – was nur gerecht war, denn schließlich war das Wasser bis hierher schon über etliche Nymphen-Füße gelaufen. Danach kam eine sechsfache Reihe aus zweistöckigen Fachwerkhäusern, hier wohnten die Bediensteten und hier gab es Gaststätten zur Bewirtung der Pilger, zudem Handwerker, kleine Badehäuser (mit ganz normalem Wasser und meist ohne Nymphen) und Geschäfte aller Art, darunter jede Menge Souvenirläden. Zudem gab es in regelmäßigen Abständen 22 Ziehbrunnen.

All diese Kreise um den Haupttempel waren durch großzügig bemessene Straßen-Kreise getrennt, während jedoch die Straßen, die in Richtung Haupttempel verliefen, in den Wohnvierteln eher enge Gassen waren. Eine Ausnahme bildeten allerdings die vier Prachtalleen, die zu beiden Seiten in regelmäßigen Abständen mit großen Walnussbäumen und steinernen Statuen geschmückt waren. Sie führten von den vier Stadttoren zum Haupttempel, und von ihnen wurde die runde Tempelstadt geviertelt.

Im Raum zwischen den Fachwerkhäusern und der niedrigen Außenmauer gab es kleine Parks, die Ställe, Lager und zwei Sänften-Verleihe, zudem direkt zu beiden Seiten der Prachtstraßen acht große Herbergen mit Schlafsälen für die ärmeren Pilger. Was es dagegen in der Tempelstadt nicht gab, das waren – wenn sie nicht gerade als Pilger kamen – Soldaten, denn zum einen waren Waffen in der Tempelanlage verboten, zum anderen war Nekis, soweit man zurückdenken konnte, für kriegerische Auseinandersetzungen tabu gewesen. Lediglich vor den Toren gab es Wachhäuser mit ein paar Wächtern und etwas (preiswertem) Ordnungspersonal, das sich gegebenenfalls um im Angesicht großartiger Prophezeiungen hysterisch gewordene Pilger zu kümmern hatte. In Sichtweite der Tempelstadt gab es dann noch, an der Straße nach Süden an einer Frischwasserquelle entstanden, das Dorf Nekis, das überwiegend aus kleinen Gasthäusern und ein paar einfachen Handwerksbetrieben und Läden bestand und wo die Menschen unterkamen, die sich auch die Massenquartiere in der Tempelstadt nicht leisten konnten, denen aber die Stadt Nekis zu weit weg war.

Als sie in die Tempelanlage eingeritten waren, hatte sich Peter über den geringen Betrieb gewundert. »Im Winter ist sogar noch weniger los«, hatte Xavox geantwortet, »es ist jetzt eben nicht die Zeit, um Orakel zu befragen. Viele Häuser stehen derzeit sogar leer, weil etliche Priester und Nymphen lieber in ihren Privathäusern in Nekis-Stadt leben oder schon – über Winter – zu ihren Familien gereist sind. Auch Gastwirte gehen um diese Jahreszeit oft anderen Beschäftigungen nach, um auch außerhalb der Orakel-Saison etwas Geld zu verdienen.«

»Aber du bist sicher, dass – eh – deine Nymphe noch hier ist?«

»*Meine* Nymphe? Klar. Die Ältesten des Waldstammes kommen schließlich für ihr Volk und lassen es sich jedes Jahr ein nettes Sümmchen kosten, dass sie ihre Weissagung im Zentraltempel bekommen, und das nur von ihr. Ist Tradition…«

Als sie dann tatsächlich ein paar Nekis-Nymphen sahen, konnten es Peter und Tulpe nicht vermeiden, ihnen vom Pferd aus hinterherzustarren: Sechs etwa sechzehnjährige junge Frauen in leichten Gewändern und von geradezu atemberaubender Schönheit waren, begleitet von einer älteren Matrone und ohne sie auch nur eines Blickes zu würdigen, an ihnen vorbei in Richtung Tempeltor geschritten. Erst Kys gezischtes: »Ihr solltet eure Augen wieder in den Kopf schrauben – ist ja peinlich, wie ihr diese Orakel-Schlampen anstarrt«, brachte die Jungs wieder zur Besinnung, und sie grinsten sich etwas dümmlich an, was Ky ein leicht giftiges Schmollen ins Gesicht trieb.

Schließlich waren sie zu einem der Ziegelbauten gelangt, der direkt an einer Hauptstraße zum Tempel lag, hatten ihre Pferde angebunden und waren von einem Diener in den Kontaktraum geführt worden. Normalerweise wurden den Pilgern ihre Nymphen zwar von einem Priester zugewiesen, doch Xavox hatte dem Diener erklärt, dass es sich lediglich um einen privaten Besuch handele, und eine Silberschleuder – inzwischen hatten sie ein paar Perlen zu Geld gemacht – hatte dafür gesorgt, dass der Diener diese Erklärung – nun ja – für bare Münze nahm.

Nachdem sie fast eine halbe Stunde gewartet hatten, war es zu jener denkwürdigen Begegnung mit Brumberta gekommen. Peter und Tulpe hatten mit nicht zu verhehlender Spannung auf das Erscheinen der Nymphe gewartet, und tatsächlich waren ihnen erneut die Augen aus dem Kopf getreten – wenn auch diesmal nicht wegen der Schönheit der Nymphe. Kys Schmollen dagegen hatte sich in ein kleines hämisches Grinsen verwandelt.

Offenbar von der Echtheit der Hockperle überzeugt, wandte sich Brumberta abrupt wieder ihren Besuchern zu: »Hör zu Alter«, raunzte die etwa 50-jährige Frau mit rauer Stimme Xavox entgegen, »wenn du glaubst, dass mich das zugegebenermaßen nette – da wertvolle – Geschenk unsere letzte Begegnung vergessen lässt, dann kannst du das gleich wieder vergessen. Die Perle behalte ich natürlich, aber dich werde ich dennoch zerquetschen und die Brut, die du da mitgebracht hast, mit einem Tritt nach draußen befördern.«

»Nein.«

»Nein?«, ein röhrendes Walrosslachen folgte, »und wie willst du das verhindern?«

»Nun, abgesehen davon, dass es unhöflich und – pardon – ziemlich dumm ist, nicht erst einmal zu fragen was wir überhaupt wollen, solltest doch zumindest du wissen, dass ich ein echter Halbmagier bin.«

»Du bist verrückter, als ich dachte. Glaubst du wirklich, du könntest mich mit deinen Taschenspielertricks aufhalten? Lass mich ruhig denken, dass tausend Wanzen über mich krabbeln, das stört mich überhaupt nicht. Ich komme trotzdem zu dir. Und wenn ich dir dann das Hirn rausgeklopft habe, verschwinden auch die Wanzen wieder.«

»Ich weiß, ich weiß«, winkte Xavox ab, »du bist stark und kannst vielleicht wirklich eine Zeit lang gegen meine Suggestionszauber bestehen. Aber ich bezweifele, dass du das auch schaffst, wenn ich das eine oder andere Hilfsmittel einsetze, wie… sagen wir mal, die Difundado-Sugestivi-Veitstanz-Salbe.«

Wieder wieherte Brumberta, dass ihr sogar zwei Lachtränen die feisten Wangen herunterkullerten, und prustete:»Jetzt willst du mich also zuerst noch einsalben? Klar, du Depp, ich werde natürlich stillhalten.«

»Nein, nein, salben ist gar nicht nötig. Ein paar Sekunden Hautkontakt an irgendeiner kleinen Stelle, das genügt schon vollkommen.«

»Sooo? Aber die Sekunden bekommst du nicht.«

Jetzt lächelte Xavox so nett, dass Brumberta ihn nun alarmiert anstarrte, und er säuselte:»Aber ich hatte meine Sekunden doch schon längst.«

»Wie…?«

»Die Perle.«

Entsetzt starrte Brumberta die Hockperle an, die sie noch immer zwischen ihren Fingen hielt, wollte sie fallen lassen… doch sie konnte die Finger nicht öffnen. Wie eine Wahnsinnige begann sie ihre Hand zu schütteln, aber die Perle blieb wie festgeschweisst zwischen Daumen und Zeigefinger kleben. Nun wollte sie die Perle mit dem Zeigefinger der linken Hand herausreißen… aber auch dieser Finger schien plötzlich mit der Perle verwachsen zu sein, und sie konnte ihre Hände nicht mehr voneinander lösen. Wutschnaubend senkte sie den Kopf und wollte auf Xavox losstürmen, der hob rasch mit gespreizten Fingern die rechte Hand und murmelte »Tanze, mein Engel – Lambados!«

Aus ihrem Angriff heraus hopste Brumberta plötzlich nach links, dann nach rechts, begann mit den überdimensionalen Hüften zu wackeln, drehte sich mehrmals laut fluchend auf den Zehenspitzen und fing schließlich an, wie ein tollwütiger Gummiball im Zimmer hin und her zu hüpfen, die zusammengeklebten Hände in alle Richtungen zuckend. Wenn auch nicht ihr Körper, so schien ihr doch die Zunge noch zu gehorchen: Sie verfluchte und beschimpfte Xavox ohne Unterlass, während sie weiter ihren grotesken Tanz aufführte und Xavox leise murmelnd dafür sorgte, dass sie auf Abstand blieb.

Schnell begann Brumberta, der nun der Schweiß in Strömen vom Gesicht floss, zwischen ihren Flüchen heftig zu keuchen. Doch Xavox ließ sie weiter tanzen, während sich seine jungen Begleiter, halb belustigt, halb entsetzt, in einer Ecke zusammengedrängt hatten. Wie zur Entschuldigung erklärte Xavox ihnen: »Wisst ihr, sie muss sich ordentlich verausgaben, sonst kann sie einfach nicht zuhören. Wenn sie nicht mehr in der Lage ist, auf uns einzudreschen, dann können wir zum Geschäftlichen kommen.«

Peter hätte nicht gedacht, dass Brumberta, allein schon wegen ihrer Leibesfülle, so lange durchhalten würde. Doch erst nach zehn Minuten ebbten die Flüche ab, nach weiteren fünf Minuten war nur noch ihr abgehacktes Keuchen zu hören, während sie immer weiter mit verklebten Händen und unter den seltsamsten Verrenkungen durch den Raum wirbelte. Schließlich begann sie die Augen zu verdrehen und schien jeden Moment zusammenzubrechen. Mit einer flüchtigen Bewegung seines Zeigefingers beendete Xavox den Spuk.

Brumberta schaffte es nicht einmal mehr, sich in ihren Empfangssessel zu setzen, neben dem sie gerade noch vorbeigetanzt war, sondern ließ sich, in Schweiß gebadet, augenblicklich zu Boden sinken und lehnte jetzt mit dem Rücken an dem Sessel, die Hände immer noch an die Perle geklebt.

»Nun, meine Liebe«, fragte Xavox, »hörst du jetzt endgültig mit deinen Angriffen auf und hörst uns zu?«

Keuchend und zischend wie ein kaputter Blasebalg erwiderte sie: »Du kannst dir meinetwegen einen gegrillten Trillerlops in den...«

»Oh«, unterbrach Xavox und legte demonstrativ die Handflächen aneinander, »ich glaube, da wirst du noch ein wenig tanzen müssen...«

»*Nein, nein, nein!*«, keuchte Brumberta entsetzt, »ich höre zu!«

»Und du wirst uns in Frieden lassen?«

»Ja, ja, meinetwegen.«

»Du versprichst es? Beides?«

»Ja, du hast mein Wort – für beides.«

»Na, dann ist ja gut.«

Mit einem leisen »Klick« fiel die Perle aus ihren Händen und kullerte über den Steinboden.

»Und das ist alles?«, wandte Ky erstaunt ein, »ich meine, du glaubst ihr? Einfach so?«

»Aber natürlich glaube ich ihr. Keine Bange, Prinzessin Naseweis, nicht jeder bricht so schnell sein Wort wie eine eventuell hier anwesende Person...«, Ky wurde rot, »...Brumberta ist vielleicht der ungehobeltste Klotz im ganzen Elf-Stämme-Reich, aber sie steht zu ihrem Wort.« »Zudem«, flüsterte er Peter, der direkt neben ihm stand, mit einem Augenzwinkern zu, »lässt auch die Wirkung meiner Halbmagie irgendwann mal nach. Die Perle habe jedenfalls nicht ich gelöst.«

Dann gab er Brumberta aus einem auf ihrem Repräsentationstisch stehenden Krug zu trinken – sie schlabberte gierig wie ein ausgetrocknetes Walross – und erklärte ihr, was sie tun sollte.

»Niemals!«, war ihre vehemente Antwort, »abgesehen davon sind die Waldstamm-Ältesten auch nicht blöd und werden so einen Unsinn nicht glauben.«

»Nun, sollten sie besser... aber ich gebe zu, dass hier ein gewisses Risiko liegt. Dennoch wirst du es tun.«

»Ha! Warum sollte ich?«

»Erstens weil ich dich besteche und dir fünf Hockperlen gebe, wenn du mitmachst.«

»Das ist zwar ein kleines Vermögen, aber bei diesem Spiel könnten sie mich schließlich doch noch rauswerfen, und ich lebe hier sehr angenehm...«

»Und zweitens, weil ich dafür sorgen werde, dass sie dich rauswerfen, wenn du nicht mitmachst.«

»Ha!«

»Das sagtest du schon.«

»Wie willst du denn die Priester dazu bringen, mir 'n Tritt zu geben?«

»Ich weiß, das sind Hasenfüße, aber wenn du grundlegende Gebote von Nekis verletzt, dann müssen sie dich rauswerfen.«

»Werde ich aber nicht.«

»Hast du aber schon. Denk daran, dass die Nekis-Nymphen ›unberührt‹ sein müssen. Und nach unserer Begegnung vor drei Jahren kann ich den Priestern mitteilen...«

Brumberta wurde blass und keuchte: »Das wagst du nicht!«

»Tut mir leid – wirklich –, aber es hängt zu viel davon ab. Ja, ich wage es, ganz bestimmt sogar.«

Peter, die Augen vor Verblüffung weit aufgerissen, ließ seine Blicke zwischen dem winzigen alten Halbmagier und der gigantischen Frau hin und her wandern, dann fragte er, jede Zurückhaltung vergessend: »Ihr *hattet* was miteinander?«

»Nun ja, ich bin vielleicht alt, aber nicht tot. Und ich sagte doch, dass die Lebende Quelle so angenehme Blubberbläschen macht...«

»Halt bloß die Klappe!«, fauchte Brumberta, grummelte etwas Unverständliches und meinte dann: »Die Ältesten-Delegation ist gestern schon angekommen. In drei Tagen treffen wir uns im Tempel. Wenn wir das hinter uns haben, will ich *nie wieder* etwas von dir sehen. Wie machen wir's?«

*

Drei Tage später schritten, nicht lange nach Sonnenaufgang, elf Älteste der Waldstamm-Clans in würdevoller Prozession zum großen Tempel hinauf. Keiner war jünger als 70 Jahre, der Älteste, Bela Prinz Starkehand, hatte schon 85 Sommer ins Land ziehen sehen. Alle trugen weiße, fast bis zum Boden reichende Leinengewänder mit langen, weit ausgeschnittenen Ärmeln und ebenfalls weiße, bis über den Rücken reichende Umhänge. Ihr einziger, aber auffälliger Schmuck: Fast so, als sei es ein Harnisch, trug jeder eine 33 Zentimeter durchmessende, blank polierte und mit Runen verzierte Stahl-Plakette vor der Brust. Dazu hatten alle einen gut zweieinhalb Meter langen Buchenstab mit einem breiten Holzoval an der Spitze dabei – der Stab war die praktische Insignie der Ältesten. Praktisch deshalb, weil er gleichzeitig als Stütze und Stock beim Gehen dienen konnte, ohne dass die Ältesten zugeben mussten, auf eine solche Stütze angewiesen zu sein.

Um möglichst wenig Zeit außerhalb des eigenen Territoriums verbringen zu müssen, hatte die Delegation die Nacht kurz vor der Stammesgrenze in einem Zeltlager im Wald verbracht, die Lichtung dazu war schon vor Generationen geschlagen worden. Die 111 bewaffneten Krieger, die die Alten auf ihrer Orakel-Mission begleiteten, waren, wie jedes Jahr, vor dem Westtor der Tempelanlage zurückgeblieben, um dort mit den Pferden zu warten.

Als Abgeordnete eines ganzen Stammes – noch dazu eines gut zahlenden Stammes – war die Delegation vom Tiefen Priester Schalm von Quellträne, der mit zehn hochrangigen Priestern, 22 der hübschesten Nymphen und 33 Adepten zum Tor gekommen war, persönlich und mit salbungsvollen Worten empfangen worden. Drei Zimbel-Spieler bildeten die Spitze der kleinen Prozession, gefolgt von einem großen Paukenschläger, der das helle Scheppern der Zimbeln dann und wann mit einem satten Dröhnen durchbrach. Hinter ihm schritten elf Nymphen, die aus kleinen Kupfergefäßen mit Hilfe von elf zusammengebundenen Blättern immer wieder ein paar Wassertropfen auf die Menschen am Straßenrand spritzten. Danach kamen, immer paarweise, die Ältesten und die Priester, schließlich nochmals elf Nymphen und drei Zimbel-Spieler, dann die Adepten, die mit bunten Segens-Wimpeln besetzte Stangen vor sich hielten, und schließlich noch etliche Priester und Nymphen, die sich nach und nach dem Zug hinzu gesellten.

Obwohl um diese Jahreszeit keine Hochsaison für Weissagungen war, waren nun doch zahlreiche Schaulustige am Straßenrand versammelt, sowohl Einheimische als auch andere Ratsuchende aus fernen Gegenden.

»Irgendwie ist mir n' bisschen mulmig«, flüsterte einer der jungen Adepten in der Prozession seinem Nachbarn zu.

»Mir auch«, flüsterte Tulpe zurück, »zu blöd, dass dauernd irgendwelche Priester im Quelltempel rumlümmelten und wir keine Gelegenheit hatten, uns zu verstecken.«

»Hätte auch nicht gedacht, dass die zur Vorbereitung des Staatsbesuchs so ein Brimborium machen«, flüsterte ein dritter Adept, wie alle anderen in eine grüne Kutte gekleidet, die Kapuze allerdings ganz besonders tief ins Gesicht gezogen und zwischen den beiden anderen gehend, denn schließlich sollte niemand merken, dass dieser Adept zwar klein, aber keineswegs ein junger Priester-Anwärter war. Auch der vierte Adept in der Reihe passte eigentlich nicht so recht – er war nämlich eine Sie. Schon vor ihrer Ankunft in der Tempelstadt hatte Xavox der jungen Prinzessin geschildert, dass Leute, die man in Nekis des Tempelfrevels verdächtigte, für gewöhnlich vor den Toren der Stadt im Fluss Nek ersäuft wurden. Und wenn Ky während ihres – hm – leichten Verbiegens des Orakels auf irgendwelche Ideen kommen sollte... nun, natürlich würde man Bein und Stein schwören, dass auch sie zu den Frevlern gehöre – und dann sag Hallo zu den Fischen. Zudem würde Tulpe ständig in ihrer Nähe bleiben. Ky hatte schließlich widerwillig versprochen, bei dem wahnwitzigen Plan mitzumachen. Doch als Tulpe vorgeschlagen hatte, sie könne bei der Prozession ja auch als Nekis-Nymphe gehen, wäre es fast zu einer Prügelei gekommen. Schließlich hatte sie ihre Haare zum Pferdeschwanz zusammengebunden und unter der Kapuze verborgen.

Dass Xavox, Rétep, Tulpe und Ky überhaupt zu der Gruppe der Adepten gehörten, war den Verdauungsproblemen von vier jungen Leute zu verdanken: Vier der Jugendlichen, die man für das Ehrenamt

ausersehen hatte, waren kurz vor dem Start der Prozession von hefti-
gen Krämpfen geschüttelt worden, und sie mussten zur Latrine rennen,
als wäre Burischja persönlich in ihre Gedärme gefahren. Was wohl
daran lag, dass Tulpe ein paar Tropfen einer hellgrünen Flüssigkeit, die
er von Xavox bekommen hatte, in einem unbeobachteten Moment in
die L'ak-Becher geträufelt hatte, die den jungen Leuten wie üblich vor
Beginn der Prozession gereicht worden waren. Die geplagten Adepten
hatten ihre Wimpel-Stangen achtlos vor den Latrinen (von denen sie
erst in gut zwei Stunden und sehr erschöpft zurückkehren würden) zu
Boden geworfen. Peter, Tulpe und Ky, die den Adepten eilig gefolgt
waren, brauchten die Stangen nur aufzulesen und zum wartenden Xavox zurückzukehren. Das Quartett trug bereits die grünen Kutten, die
Brumberta schon zwei Tage zuvor besorgt hatte. Im Trubel der starten-
den Prozession sah sich niemand die vier Wimpel-Träger näher an, die
sich ganz am Ende in die Gruppe der Adepten einreihten.

All die Menschen vor ihnen in der Prozession blickten sich nicht um
und beachteten die vier am Ende des offiziellen Zuges nicht. Die in ei-
nigem Abstand folgenden Priester und Nymphen, die sich dem Zug angeschlossen hatten, sahen sie ohnehin nur von hinten. Allerdings betrachtete das Publikum am Straßenrand durchaus die Vorbeiziehenden.
Was auch – neben vielen anderen – einer der Gründe war, warum sich
Peter nicht sonderlich wohl in seiner Haut fühlte. Mit besorgtem Blick
zu den Seiten flüsterte er: »Wenn uns bloß niemand erkennt!«

»Ach mach dir da mal keine Sorgen«, antwortete Xavox leise, aber
munter, »wer soll uns hier schon erkennen?« – Etwa zu diesem Augenblick stutzte ein großer, stoppelbärtiger Mann, der aus der Menge heraus den Umzug beobachtete, entfaltete dann hastig ein Pergament, betrachtete darauf eine Zeichnung und starrte dann erneut eine bestimmte
Person in der Prozession an. Schließlich schubste er seinen Nachbarn,
einen kleinen, narbengesichtigen Kerl, und machte ihn auf den Jungen
aufmerksam: »Du, Hurtz, könnte das nicht der Kerl sein?«

»Bei Burischja!«, zischte der Angesprochene, »du kannst Recht haben, Lamm! Der hat Nerven, hier unterzutauchen! Die anderen sind
dann sicher auch nicht weit. Versuch, ihn im Auge zu behalten. Ich
hole Bram und unsere Leute. Na, das gibt ein hübsches Sümmchen…«
Damit machte er sich eilig zum Südtor davon.

Zeitgleich und nur ein paar Meter weiter die Prachtallee hinauf,
klappte einem großer Krieger die Kinnlade auf, der gerade vom
Fenster eines Herbergszimmers im ersten Stock die Prozession beobachtet. »Da brat mir einer 'n Trillerlops!«, flüsterte er zu sich selbst,

bevor er schnell vom Fenster zurückwich, um nicht gesehen zu werden, und dann ins Zimmer hineinrief: »Du glaubst nicht, wer gerade an unserer Herberge vorbeizieht!«

Als der Prozessionszug schließlich die Höhe der Tropfentempel erreicht hatte, fiel der Blick einer gut 30-jährigen, kräftigen Frau, die schon seit dem Morgen umhergewandert war und eingehend die Zaungäste der Umzugs betrachtet hatte, auf die jungen Adepten in der Prozession. Sie stutzte, griff sich ans Herz und stammelte zu einer zweiten Frau in ihrer Begleitung: »Aber…, aber… sieh nur! Das ist sie doch! Aber wieso…?« Dann wollte sie mitten in den Prozessionszug stürzen, doch die andere Frau hielt sie gerade noch zurück und flüsterte aufgeregt: »Nein, warte! Da geht irgendetwas Sonderbares vor. Wenn wir einfach vorpreschen, könnte das für sie und uns gefährlich werden. Wir müssen das ganz vorsichtig angehen…«

Vom Portal des Quell-Tempels führte ein breiter, hoher Gang direkt zum großen Saal. Die Gewölbebögen der Tonnen-Decke des Ganges wurden durch Pilaster an den Wänden gestützt. Zwischen den einzelnen Halbpfeilern hingen wertvolle Teppiche an den Wänden. Nur die offizielle Delegation durfte den Tempel betreten, und so schloss sich hinter den Adepten das große Tor. Der Gang war dunkel, während im großen Saal zu beiden Seiten des Eingangs dicke Holzscheite in zwei Feuerbecken loderten. Zwar wurde der Saal auch durch hochliegende Fenster erhellt, doch die Priester wussten um den Effekt, wenn die Ratsuchenden, die sich den Haupttempel leisten konnten, durch den kaum beleuchteten Gang auf das flackernde Licht, auf die Erleuchtung der Quelle zuschritten.

Die Lichtverhältnisse und die nach vorne gerichteten Blicke erleichterten es den vier letzten Gestalten in der Prozession, sich etwas zurückfallen zu lassen. An der von Brumberta beschriebenen Stelle, vor dem dritten Pilaster rechts, schlüpften sie hinter einen Wandteppich und durch eine dahinter verborgene unscheinbare Tür. Sie eilten eine kleinen Steintreppe hinauf, die parallel zum Hauptgang verlief und die, wie Brumberta geschildert hatte, zum Hinterausgang eines Raumes führte, der direkt an den großen Saal grenzte und über dessen Eingang lag. Der verborgene Raum befand sich, vom Tempelsaal aus betrachtet, in Höhe eines breiten, silbern und schwarz gestalteten Ornamentes, das den runden Saal in etwa fünf Meter Höhe komplett umlief. Ein Ornament, das verschiedene, von unten unsichtbare Öffnungen hatte, durch die aber das Geschehen im Saal gut zu beobachten war.

Noch während sie die Treppe hinaufgeeilt waren, hatten Xavox, Tulpe und Peter je ein kleines Rohr aus dem linken Ärmel ihrer Kutte gezogen. Oben angekommen, vergewisserte sich Xavox mit einem schnellen Blick, dass die anderen hinter ihm waren, dann öffnete er ohne zu zögern eine zweite Holztür und trat schnellen Schrittes ein, sich weit genug in den Raum und nach rechts bewegend, dass die anderen nachfolgen konnten. Von der Decke des ansonsten fast leeren Raumes baumelten ein paar Seile mit Griffen daran. An der Wand gegenüber, in etwa fünf Meter Entfernung, drehten sich, aufgeschreckt durch die Geräusche der Eindringlinge, drei Priester um. Gerade noch hatten sie aus kleinen Fensterchen in den großen Saal geblickt, nun starrten sie überrascht die ungebetenen Gäste an.

»Was…«, konnte einer gerade noch sagen, als ihn auch schon ein winziger Pfeil aus Xavox` Blasrohr am Hals traf, während seinem Nachbarn plötzlich ein ähnlicher Pfeil, von Tulpe abgefeuert, in der Stirn steckte. Die Getroffenen griffen sich an Hals und Kopf, warfen sich erstaunte Blicke zu, doch noch im gleichen Moment machte sich auch schon ein seliges Lächeln in ihren Gesichertern breit, und sie sanken mit einem glücklichen Seufzer zu Boden. Nicht jedoch der dritte Priester, der eigentlich Peters Ziel gewesen war. Peter hatte zwar das Blasrohr an seinen Mund gehoben und die Lungen voll Luft gepumpt, doch nun stand er wie erstarrt, die Augen weit aufgerissen, und brachte es nicht fertig, das Geschoss auf jenen jungen Mann abzufeuern, der ihn aus großen, ängstlichen Augen anstarrte. Doch nur für den Bruchteil einer Sekunde, dann hatte der Mann, aus den Augenwinkeln seine Kameraden zu Boden sinken sehend, die Situation erfasst, warf sich zur Seite und rannte auf eine Tür an der linken Seite des Raumes zu.

Seinetwegen würde ihr ganzer Plan auffliegen, noch bevor sie richtig angefangen hatten, schoss es Peter durch den Kopf, den Blick starr auf den fliehenden Priester fixiert. Da spürte er, wie ihm jemand das kleine Blasrohr aus der Hand riss und sah, wie der Priester, der die Tür schon halb aufgezerrt hatte, zusammenzuckte, sich mit der rechten Hand an die rechte Pobacke griff, nach vorne gegen die sich nun wieder schließende Tür sank und schlaff an ihr herunterrutschte.

Erleichtert dachte Peter, dass es Xavox oder Tulpe geschafft haben mussten, noch einen zweiten Schuss…, doch als er zur Seite blickte, sah er zu seinem Erstaunen, dass Ky neben ihm stand, das Blasrohr, mit der rechten Faust umklammert, noch immer an die Lippen gepresst.

Die junge Prinzessin machte allerdings einen nicht minder überraschten Eindruck. Kreideweiß im Gesicht starrte sie auf den am Boden liegenden Priester, dann wandte sie sich mit leicht zittriger Stimme an Xavox: »Es ist doch wirklich nur ein Schlafmittel, oder?«

Xavox verbeugte sich dezent und erwiderte: »Mein Wort drauf. Und: Das hast du wirklich gut gemacht, Prinzessin.«

Die wandte sich nun, verwirrt den Kopf schüttelnd, an Peter: »Wenn ich bisher noch nicht ganz sicher war, jetzt weiß ich es mit Gewissheit: *Du* bist nie und nimmer Rétep. Der hätte garantiert nicht gezögert. Dann…, dann ist der ganze Rest also auch wahr? Der Kanzler, die Verschwörung…?«

»Aber natürlich, mein Kind«, sagte Xavox leichthin, »so, nun müssen wir aber mal sehen, was unten im Saal los ist, wir wollen ja nichts verpassen, nein? Peter, hältst du durch?«

Wie aus einer Trance erwachte Peter zu neuem Leben, wurde nachträglich rot, weil er die anderen durch sein Zögern in Gefahr gebracht hatte, und versicherte eilig: »Ja. Ich hab' ja jetzt nur noch an Hebeln zu ziehen. Das klappt schon.« Dann zerrten sie die schlummernden Priester in eine Ecke, und schließlich trat jeder vor eine jener kleinen Öffnungen in der Wand. Sie blickten hinunter, während Tulpe, immer wieder einen Blick aus seinem Fenster werfend, seine Kutte auszog und einen dünnen, langen Leinensack von seinen Schultern nahm, den er wie einen Rucksack unter der Kutte getragen hatte. Dem Sack entnahm er acht etwa 40 Zentimeter lange Rohre und setzte sie zu zwei 1,60 Meter langen Blasrohren zusammen.

Die Überrumplung der drei Orakelpriester war so rasch vonstatten gegangen, dass Peter und die anderen kaum etwas von den Geschehnissen im großen Saal verpasst hatten.

In der Mitte des Saales ragte der Nekis-Felsen auf, über den das Wasser der Lebenden Quelle herunter in das kreisrunde Becken rieselte, das den Felsen umgab. Dem Felsen zugewandt, den Kopf zurückgeworfen, die Arme und die geöffneten Handflächen nach oben gereckt, stand Brumberta bereits mit den Füßen im Wasser, aber noch auf der obersten der Stufen, die an dieser Stelle tiefer in das Becken führten. Sie sagte kein Wort, während die elf Waldstamm-Ältesten vor dem Becken Aufstellung bezogen.

Unterdessen zogen, mit Ausnahme des Tiefen Priesters, alle anderen unter Zimbel-Schnattern und Pauken-Wummern weiter, um in einer langen Reihe auf der andern Seite den Saal wieder zu verlassen. Denn schließlich hatten die Waldstamm-Ältesten ein Recht darauf, alleine der lebenden Quelle gegenüberzutreten, die ja durchaus etwas verkünden konnte, was nicht für jedermanns Ohren bestimmt war. Die Nekis-Nymphe war leider unerlässlich als Medium, der Priester gegebenenfalls als Deuter. Dass es von verborgenen Plätzen aus noch weitere Beobachter gab, wussten die Ratsuchenden nicht (ebenso wenig, dass die Führung der Nekisianer ab und an ein paar extra Goldstücke verdiente, indem sie mit Informationen handelte).

Schließlich waren nur noch die Nymphe, Schalm von Quellträne sowie Prinz Bela Starkehand und die zehn anderen Ältesten im Saal. Die Ältesten hatten, etwa vier Meter entfernt, in einer Reihe dem Becken gegenüber Aufstellung bezogen, Schalm stand am Beckenrand. Es war jetzt so still, dass die vier in dem geheimen Raum deutlich das Sprudeln der Quelle, ja sogar das Knistern der Feuer in den beiden Feuerbecken hörten – was dafür sprach, dass der Saal eine ausgeklügelte Akustik hatte, die es hier oben verborgenen Priestern erlaubte, die unten gesprochenen Worte zu verstehen.

Langsam drehte sich Brumbeta nun um, ließ die Hände huldvoll herabsinken, verbeugte sich leicht und empfing die Ankömmlinge mit dunkler, ruhiger Stimme: »Gegrüßt seid ihr, edle Weise des Waldstammes, von der unbedeutenden Nekis-Nymphe, die die Ehre hat, das Sprachrohr der Lebenden Quelle sein zu dürfen.« Dann lief ein kurzes Zittern durch ihren Körper, und in ihren Augen sah man einen Moment nur das Weiße, bevor sie, plötzlich mit heller, sanfter Stimme, ergänzte: »Nehmt auch die Grüße der Lebenden Quelle, ihr Sucher nach Erkenntnis und Weisheit.«

»He! Wie macht sie das?«, flüsterte Ky verblüfft.

»Langes Training und heute Morgen noch schnell mit ein wenig aufgelöster Chalk-Kreide gegurgelt, würd' ich sagen«, antwortete der Halbzauberer ebenso leise, »jetzt müsste gleich der Tiefe Priester seinen Auftritt haben.«

»Du meinst, der Hohe Priester?«, wollte Peter wissen.

»Nein. Weil die Lebende Quelle aus der Tiefe aufsteigt, ist bei den Nekisianern der Tiefste der Höchste, ist doch klar, oder?«

Peter ersparte sich eine Antwort, zumal unten nun Schalm zu den Ältesten sprach: »Liebe Strebende, die Quelle ist nun bereit für eure Fragen, wenn ihr noch die letzte kleine Formalität erledigen wolltet...«

Bela Prinz Starkehand gab einem etwa Siebzigjährigen, noch sehr rüstig wirkenden Ältesten ein Zeichen, der zog aus seiner Kutte zwei gut faustgroße, prall gefüllte Ledersäckchen hervor und übergab sie an Schalm, der nun pathetisch rief: »Es möge beginnen!«

Diesmal tat Peter, was getan werden musste: Aus einer Rohr-Öffnung kamen, kurz unter der Decke, zwei dünne, aber starke Lederseile aus der rechten Wand, die in der Mitte des Raumes über an der Decke montierten Umlenkrollen nach unten baumelten. Peter packte die Triangelgriffe an den Seilenden, zog den linken nach unten, was den rechten nach oben brachte, dann zog er am rechten, und der linke ging hinauf. So bewegte er die Seile im langsamen Rhythmus auf und ab. Fast augenblicklich begann es hinter Brumberta im Becken zu sprudeln und zu blubbern. Xavox trat zu einem weiteren Seil mit einem hölzernen Griff, in den ein »A« eingebrannt war. Er zog kräftig daran, und wenig später blubberte das Wasser nicht nur, sondern es stieg aus den Blasen auch ein zarter, hellblauer Rauch auf, der den Saal mit einem salzigen Geruch erfüllte.

Tulpe seufzte: »Auch wenn Brumberta und Xavox vorgestern die ganzen Geräte hier beschrieben haben: Irgendwie bin ich jetzt doch noch mal enttäuscht, dass an dem Orakel so gar nichts dran ist.«

»Oh, irgendetwas ist schon dran«, erklärte Xavox, »ihr wisst ja, dass ich selbst Gelegenheit hatte, in der Quelle, äh, zu baden. Das löst wirklich seltsame Gefühle aus. Die Gedanken beginnen zu trillern, weniger erfahrene Nymphen verlieren schon mal die Kontrolle – dann müssen die Priester ihr Gestammel ›deuten‹. Und diese seltsamen Träume, die man in den folgenden Nächten hat… Nur hat das Ganze, soweit ich es sehe, nicht das Geringste mit echten Prophezeiungen zu tun.«

»Was hatte dich eigentlich vor drei Jahren hierher geführt?«, wollte Peter nun, immer weiter pumpend, von Xavox wissen, »du hattest sicher nicht vor, dir eine Prophezeiung zu holen, oder?«

»Nein, sicher nicht. Im Laufe meiner langen Nachforschungen hatte ich herausgefunden, dass hier irgendwo, bevor das Orakel entstand, ein Übergangspunkt zum Wechseln in die Sagenwelt gewesen sein muss. Ich vermutete, dass es ein sehr starker Punkt gewesen war, dessen Nachwirkungen womöglich die Wahrsagerei der Nymphen beflügelte. Doch obwohl ich mir sogar eine Nacht, äh, in der Quelle verschafft hatte, konnte ich nichts herausfinden, was mich einem sicheren Übergang irgendwie näher gebracht hätte.« Plötzlich stutzte Xavox und sah vom Fenster weg zu Peter hinüber, auch der sah Xavox mit großen Augen an, sagte aber nichts. Die beiden anderen hatten es nicht bemerkt, doch Xavox war klar, dass es Peter aufgefallen war: Xavox hatte nicht weniger getan als zu erklären, dass er schon seit einigen Jahren intensiv nach einer gefahrlosen Art suchte, in die Sagenwelt zu wechseln, und nicht erst seit es um Réteps Flucht gegangen war.

Gut, dass sie jetzt ihre Aufmerksamkeit dem Geschehen im Quellen-Saal zuwenden mussten. Bela Prinz Starkehand hatte die Fragen seines Stammes vorgetragen: Welchen Weg sie in der Zukunft einschlagen sollten, um der ständigen und wachsenden Bedrohung durch die Piraten Herr zu werden. Brumberta verbeugte sich und stieg dann tiefer in das Becken hinein. Schließlich tauchte sie und blieb fast fünf Minuten unter Wasser. Ky war schon nach einer Minute unruhig geworden: »Die ertrinkt!«

»I-wo«, beruhigte Xavox, »der Quellfelsen ragt, etwas unter der Wasseroberfläche, überall gut 60 Zentimeter über den eigentlichen inneren Beckenrand hinaus, und von unten sind mehrere Hohlräume in den Felsen geschlagen, mit kleinen, nur von unten zu sehenden Luftlöchern nach oben. Von den Luftkammern wiederum ragen beschwerte Lederschläuche mit Mundstücken ins Wasser. Daneben ist ein Haltegriff, an dem sich Brumberta auf dem Beckenboden halten kann, während sie durch den Schlauch atmet. Alles eine Sache der Übung – aber es beeindruckt die Ratsuchenden jedes Mal ungeheuer, wenn die Nymphen nach so langer Zeit wieder auftauchen und noch nicht mal außer Puste sind. Das zeigt doch sicher, wie sehr die Nymphen von der Lebenden Quelle geliebt werden, oder? – Tulpe, die Blasrohre! Brumberta taucht auf. Jetzt beginnt ihre Show.«

Die gewichtige Nekis-Nymphe kam, etliches Wasser verdrängend, aus dem Becken gestampft, dann sagte sie, den Ältesten der Ältesten mit festem Blick ansehend, mit Grabesstimme: »Die lebende Quelle hat gesprochen. Und sie hat mich erschüttert. Ich habe ernste, sehr ernste Nachrichten.«

Jetzt konnte sie sich der absolut ungeteilten Aufmerksamkeit der Ältesten gewiss sein. Und nicht nur deren Aufmerksamkeit. Schalm von Quellträne starrte seine dienstälteste Nymphe verblüfft an. Wieso blieb sie denn nicht, wie jedes Jahr, einfach dabei, diesen Halbsenilen zu erklären, dass Alles ganz großartig war beim großartigen Waldstamm und weiterhin ganz großartig laufen würde, wenn man nur weiterhin fleißig der Ahnen gedenke…?

»Es wurde ein Komplott von so ungeheuren Ausmaßen gegen den Waldstamm geschmiedet, dass ich diese Ungeheuerlichkeit nicht glauben würde, hätte nicht die Quelle selbst diese unumstößliche Wahrheit in mein Herz gepflanzt.«

Was redete die alte Schlampe denn da?

»*Halt, halt!*«, rief Schalm jetzt, »äh, ich meine: Diese Worte können nur bedeuten, dass hier ein Rätsel vorliegt, das ein Priester interpretieren muss, denn…«

»Oh nein, Tiefer Priester,« unterbrach Brumberta, diesmal mit der säuselnden Stimme der Quelle sprechend, »was ich heute verkünden muss ist sogar so einmalig, dass es nur meine Nymphe hören darf, doch nicht einmal du.«

»*Wie!?* Ich soll *gehen?* Das ist ja in der ganzen Geschichte des Orakels noch nicht…«

»Nein, mein geliebter Sohn, du sollst nicht gehen. Du sollst schlafen.«

Damit hob Brumberta die Hand, legte die Spitze des Zeigefingers an den Daumen und schnippte einen Tropfen Quellwasser auf Schalm. Der zuckte zusammen, riss Augen und Mund auf, brachte aber keinen Ton hervor, sondern drehte sich, die Arme ausbreitend, einmal um die eigene Achse. Dabei stolperte er noch in der Drehung Richtung Becken, fiel und klatschte der Länge nach wie ein nasser Sack ins Wasser. Brumberta stieg nochmals in das Becken, hob den gar nicht kleinen Mann mühelos aus dem Wasser und bettete ihn sanft an den Beckenrand. Während sagte im Raum über dem Eingang Tulpe zu Ky: »Scheint, wir haben beide getroffen.«

Xavox hatte Ky, nach der Demonstration ihrer Schießkünste, kurzentschlossen das zweite lange Blasrohr anvertraut, statt selbst zu schießen.

»Ja«, meinte Ky, »bei zwei Pfeilen wird er wohl ein langes Schläfchen machen, nicht?«

Peter schnaufte an den Seilen: »Tulpe, übernimm du mal! Ich glaube, mir fallen gleich die Arme ab!«

Unten wurde es unterdessen für die Waldstamm-Ältesten, die alles mit wachsendem Staunen betrachtet hatten, dramatisch, als Brumberta mit ausgebreiteten Armen auf sie zu trat und verkündete: »Ehrenwerte Älteste des treuen Waldstamms. Mein Herz wird schwer, die Gedanken der Quelle in Worte zu fassen. Doch ich kann es nicht beschönigen. Darum seid tapfer, und höret die harten Worte: Der Waldstamm, jeder einzelne von euch, ist in tödlicher Gefahr.«

Elfmal wurde hörbar der Atem eingesogen, und Bela rief aus: »Die Piraten!«

»Ja, die Piraten sind gefährlich. – Doch sie sind nicht die wirkliche Gefahr. Von der ahnt euer Stamm, ahnt das ganze Volk der elf Stämme nicht einmal etwas. Ihr seid die ersten, die es erfahren. Denn euer

Stamm ist der treueste, dessen Loyalität zum Hause Dorians niemals wanken wird.«

»Aber was hat der König damit zu tun?«, wollte Bela überrascht wissen.

»So hört von dem ungeheuren Verrat an Reich und Krone: Es gibt einen sehr mächtigen Mann im Reich, nach außen den Dorianern nahe stehend und von jedem geehrt. Doch sein Herz, einst aufrecht und stark, wurde von bösen Gedanken vergiftet. Er will selbst die Krone ergreifen.«

Unter den sonst so beherrschten Ältesten setzte ein ungläubiges, entsetztes Raunen ein, und man hörte Worte wie »...die Krone???... noch nie, gab es... oh Ahnen! Was für finstere Zeiten!«

Bela gebot den anderen schließlich Schweigen, und Brumberta fuhr fort: »Auch er, der mächtige Verräter, weiß um eure Treue zum Königshaus. Darum will er euren Stamm schwächen, bevor er offen die Krone begehrt. So hat er geheime Abkommen mit den Piraten getroffen und sie auf euch gehetzt.«

»Aber wer, außer dem König selbst, könnte so mächtig sein?«, wollte Bela Starkehand fassungslos wissen.

»Denk nach!«, sagte Brumberta nur, der Xavox eingeschärft hatte, dass es wichtig sei, die Ältesten selbst darauf kommen und den Namen nennen zu lassen. Denn scheinbar eigene Ideen sind immer glaubwürdiger als die Ideen anderer.

Bela nannte nun nacheinander Namen von hohen Beamten, Beratern des Königs, Stammesfürsten und Grafen, doch Brumberta schüttelte jedes Mal traurig den Kopf und bedeutete mit einer Aufwärtsbewegung der Handfläche, dass man noch höher in der Hierarchie suchen müsse.

Plötzlich schienen dem Alten die Augen fast aus dem Kopf zu quellen, und er rief: »Nein! Nicht *er*? Er, der das Reich rettete und es seither unermüdlich verteidigt!?!«

Brumberta senkte betrübt die Augen.

»Der *Kanzler?*«, rief ein jüngerer Ältester von hinten, »dann sind wir verloren!«

»Nein!«, sagte Bela mit überraschend fester Stimme, »selbst wenn es tatsächlich stimmen sollte«, dabei warf er der Nymphe von Nekis einen abschätzenden Blick zu, »dann werden sich die Waldkrieger doch niemals verloren geben, solange auch nur einer von uns übrig ist, ein Schwert zu halten.«

»Weise gesprochen!«, entgegnete das Orakel, »denn ihr steht zwar dicht vor dem Abgrund, und die Gefahr ist so groß wie noch nie zuvor in eurer Geschichte. Doch in ihrer tiefsten Tiefe zeigte mir die Quelle eine kleine, eine winzige Chance, dass es nicht das Ende sein muss.«

Elf begierige Augenpaare klebten nun an den Lippen Brumbertas.

»Er ist fast noch ein Kind.«

Schweigen, schließlich: »Von wem sprichst du?«

»Von dem, der euch retten kann – wenn ihr es zulasst.«

»Ein *Kind?* Wir sollen den Ratschlag eines...«

Brumbertas gebieterisch emporgerissene Hand ließ Bela verstummen, dann sagte sie: »Auf den ersten Blick ist er tatsächlich nur allzu unscheinbar.«

»Dankeschön!«, murmelte Peter oben in dem versteckten Raum, wo er neben Tulpe am Fenster stand, den Ky inzwischen abgelöst hatte.

»Doch dieser Junge ist etwas Besonderes: Er hat eine ungeheure Reise hinter sich, sodass es scheint, als sei er eigens vom Schicksal zur Rettung hergeführt worden.«

»Dann ist er nicht nur kein Waldelf, sondern nicht einmal ein Angehöriger der elf Stämme?«

»Oh nein, allerdings nicht. Obwohl er doch im Elf-Stämme-Reich das Licht *unserer* Welt erblickte. Er kommt aus der...«

Brumberta machte eine fast unerträglich lange Kunstpause, in der man nicht einmal das Atmen der Elf hören konnte, weil sie es ganz einfach eingestellt hatten. Dann flüsterte sie: »*Sa-gen-welt!*«

Jetzt brach ein Tumult los, in dem immer wieder das Wort »Unmöglich!« zu hören war, erst nach fünf Minuten hatten sich die Ältesten wieder einigermaßen beruhigt, und Bela rief Brumberta entgegen: »Das kann doch nicht sein! Schon seit ungezählten Generationen wechselte niemand mehr in die Sagenwelt, und es ist auch nicht bekannt, dass jemals irgendetwas aus der Sagenwelt bei uns angekommen wäre.«

»Nun, dann ist es *jetzt* eben wieder soweit. Und die Lebende Quelle muss wirklich einen Narren an euch gefressen haben, dass sie auf diese kleine Chance hingewiesen hat. Denn gerade seine Herkunft ist die Chance: Letztlich wird er nicht durch das Schwert, sondern durch etwas, das er aus der Sagenwelt in sich trägt, helfen können, dass ihr doch noch die Piraten besiegen könnt, um so diesen Teil des perfiden Planes zu vereiteln.«

»Aber was genau...?«

»*So* tief kann nicht einmal die Lebendige Quelle blicken, dass sie in das Innerste der Sagenwelt sehen könnte. Aber es scheint, als würde auch der Junge selbst die Frage derzeit nicht beantworten können. Es ist etwas, das er in sich trägt, und das im entscheidenden Moment aus ihm herauskommen muss.«

»Prima! Das lässt uns Spielraum«, freute sich Xavox im geheimen Raum.

»Aber wie finden wir denn diesen Jungen?«, wollte Bela wissen.

»Wenigstens dieser Teil dürfte für euch nicht schwierig sein. Die Bilder, die mir die Quelle gezeigt hat, waren ganz unzweifelhaft klar: Der Junge ist schon hier, in der Tempelanlage von Nekis.«

Wieder hob ein Raunen unter den Ältesten an, bis Bela verkündete: »Das Ganze ist so ungeheuerlich... wir müssen uns beraten. Kannst du den Jungen finden? Ohne ihn zu sehen, können wir nicht festlegen, was wir glauben und tun sollen.«

»Ich werde ihn finden«, entgegnete Brumberta mit leichter Verbeugung.

»Dann wollen wir uns heute Abend wieder hier treffen, aber diesmal ohne Brimborium. Sorgt dafür, dass keine Priester im Tempel auftauchen.«

Mit einer erneuten Verbeugung deutete Brumberta an, dass sie den Wünschen nachkommen werde, dann verließen die Ältesten auf dem gleichen Weg, den sie gekommen waren, den Tempel, um sich zu ihren Männern zurückzuziehen und sich zu besprechen.

*

»Na, mehr konnten wir wohl nicht erwarten, oder?«, rief Brumberta zu den Wandornamenten hinauf.

»Hast du toll hinbekommen!«, antwortete eine Stimme, die von eben dort herabhallte.

Brumberta ging durch den angrenzenden Bankettsaal und etliche weitere Räume des weitläufigen Tempels zu den überaus großzügig angelegten Privat-Gemächern, die dem Tiefen Priester vorbehalten waren. Dort überbrachte sie »Schalms Botschaft« an die Diener: Sie sollten im Speisezimmer einen ordentlichen Imbiss für elf, nein, besser für fünfzehn Personen herrichten, dazu Kelab und Wein, da ihr Herr in Folge der Prophezeiung die Waldstamm-Delegation am Abend nochmals erwarte. Wenn aufgetischt sei, wäre ihre Arbeit erledigt, und sie bräuchten erst am nächsten Morgen wieder zu kommen. Bevor sie gingen, sollten sie sich jedoch vergewissern, dass auch sämtliche Arbeits- und Tempelräume von allen Priestern geräumt seien – der große Saal und die angrenzenden Räume seien jedoch für sie tabu. Zudem sollten vor jedem der vier Tore des Quelltempels zwei der Ordner Wache stehen und niemanden außer den Waldstamm-Ältesten einlassen.

Die Diener wunderten sich zwar durchaus, doch da Schalm von Quellträne bei deren Auswahl darauf geachtet hatte, nicht unbedingt die intelligentesten Kräfte einzusetzen – schließlich sollten die Diener nicht auf das ein oder andere Geheimnis des Zentraltempels stoßen –, taten sie wie geheißen, ohne die Anordnungen noch weiter zu hinterfragen.

Nachdem der Tempel geräumt war, übernahm es Brumberta unter Murren und Knurren, die drei Priester aus dem geheimen Raum und den Tiefen Priester nach und nach die ganze Strecke bis in Schalms Gemächer zu tragen, was sie, die Schlafenden wie Säcke schulternd, nicht gerade sanft tat. Schalm wurde auf seine Schlafstätte, die Priester auf das Lager des Gespielinnenzimmers gebettet. Die Familie des Tiefen Priesters war, wie meist, in Nekis-Stadt, wo Schalm einen ansehnlichen Palast unterhielt. Nachdem Xavox den Schlaf der Priester noch etwas »vertieft« hatte – sie würden irgendwann am Mittag des nächsten Tages mit einem kleinen Kater aufwachen –, verschwand Brumberta kurz, um ihre Nymphen-Bekleidung endlich loszuwerden. Als sie, gekleidet in Hose, Wams und Halbstiefel aus Wildleder, die Haare in einem Pferdeschwanz gebändigt, wieder auftauchte, war auch der lächerliche Eindruck verschwunden, den sie im Nymphen-Hemdchen gemacht hatte.

Mit einem Blick auf die große Frau flüsterte Peter zu Xavox: »Bei uns sagt man: Kleider machen Leute.«

»…und machen Leute Kleider, dann nennt man sie meist Schneider«, gab Xavox fröhlich zurück, »aber lasst uns endlich was futtern. Nach diesem Abenteuer könnt ich glatt elf Trillerlops auf einmal verdrücken.«

Und das schien nicht gelogen. Sie setzten sich alle zusammen an den großen Eichentisch im Speiseraum und stärkten sich ordentlich an den ausgezeichneten Vorräten des Tempel-Palastes, wobei sich Peter fragte, was erstaunlicher sei: die Unmengen, die Brumberta verschlingen konnte, oder dass der kleine Xavox ihr kaum nachstand. Der bemerkte Peters Blick und antwortete, zwischen zwei Bissen von einem dick gebutterten und kräftig belegtem Schinkenbrot: »Hab… hmm … hab in den Jahren der Wanderschaft magere Tage gehabt und mir angewöhnt – hmm, toller Schinken! Solltest du probieren! – auf Vorrat zu essen.«

»Ja«, Brumberta, die nun auch einen entspannten Eindruck machte, deutete mit einem fast abgenagten Knochen auf Xavox und schilderte, während ihr kalter Bratensaft über die Kinne lief: »Er war ein richtiger Hungerhaken, als er hier vor drei Jahren ankam. Ich musste ihn erst mal hochpäppeln, bevor... ahm, damit er wieder zu Kräften kam.«

»Aber ihr scheint euch doch mal gut verstanden zu haben. Wieso dann diese, äh, überschwängliche Begrüßung, als du Xavox wiedergesehen hast?«, wollte Ky wissen.

»Neugieriges Stück! Was mich aber daran erinnert« – dabei warf sie Xavox einen finsteren Blick zu –, »denk bloß nicht, dass wir zwei durch sind, alter Mann. Es ist schon schlimm genug, sitzen gelassen zu werden. Aber von einem alten, mickrigen, abgehalfterten Halbzauberer sitzen gelassen zu werden, *das* ist wirklich die Hölle der Eitelkeiten.«

Der Halbmagier hob verschämt die Schultern und murmelte: »Tut mir leid, aber eine Zukunft hatten wir ohnehin nicht, und bleiben konnte ich auch nicht, ich habe noch zu tun...«

»Aber du hättest wenigstens was sagen können, statt dich klammheimlich aus dem Staub zu machen.«

»Na ja, ehrlich, da hatte ich doch zuviel Angst um meine Knochen.«

Ky warf empört ein: »Aber anständig war das wirklich nicht.«

Tulpe stupste Peter an und flüsterte: »Was so ein bisschen Abenteuer bewirken kann... würde ich es nicht sehen, ich würd's nicht glauben, dass das Ky ist.«

»Wie meinst du das?«

»Oh, ich vergesse immer, dass du sie ja noch nicht so gut kennst. Na, sie hat doch gerade Interesse an einem anderen Menschen gezeigt und scheint wirklich Mitgefühl für Brumi zu haben. Das ist ganz und gar nicht die Ky, die ich kenne. Und während des Essens hat sie sogar ein paar Mal gelächelt.«

Peter warf einen schnellen scharfen Blick zu Ky hinüber und bestätigte: »Hm. Ja, sie hat schon länger nicht mehr genörgelt und scheint ganz zufrieden zu sein. War aber auch eine tolle Sache von ihr, mit dem Blasrohr«, dann ergänzte er verlegen: »Von mir aber wohl nicht so, was?«

»Ah, mach dir nichts draus. Deine Sagenwelt scheint ja wirklich sehr friedlich zu sein, wenn du dem Priester nicht mal einen kleinen Pfeil in den A..., aber du wirst dich schon noch an unsere Welt gewöhnen.«

»Weiß nicht, ob ich das gut finden soll...«

Nachdem alle so satt waren, dass kein hauchdünnes Pfefferminzblättchen mehr reinpasste, ruhten sie sich die nächsten Stunden aus – Xavox war sogar schnell in einem Sessel eingeschlafen –, erkundeten anschließend den großen Tempel, gingen nochmals die nächsten

Schritte ihres Plans durch und nahmen schließlich noch einen kleinen Imbiss, bevor sie sich wieder auf den Weg zum Quellensaal machten, um erneut die Delegation des Waldstammes zu erwarten.

Peter ging erst schweigend neben Xavox, dann wollte er unvermittelt wissen: »Eines verstehe ich die ganze Zeit nicht.«

»Und warum fragst du dann nicht endlich, mein Junge?«

»Warum muss ich eigentlich *echt* sein?«

»Warum sollte ich diese Frage verstehen?«

»Ich meine: Warum muss ich *wirklich* aus der Sagenwelt kommen? Du erweckst die ganze Zeit den Eindruck, als würde dieser Plan nur mit mir – und wirklich *nur* mit mir – funktionieren. Aber wenn die Alten...«

»Die Ältesten!«

»...aber wenn die Ältesten diese verrückte Geschichte wirklich schlucken, dann hättest du doch auch irgendeinen x-beliebigen Jungen, oder besser noch: einen Krieger mit Abenteuer-Erfahrung nehmen können, und ihr hättet einfach *behauptet*, dass der aus der Sagenwelt kommt. Was hätte das für einen Unterschied gemacht?«

»Ganz abgesehen davon, dass ich wohl kaum einen Krieger gefunden hätte, der verrückt genug wäre, so ein Abenteuer zu wagen...«

»Na danke!«

»...gibt es einen ebenso entscheidenden wie banalen Unterschied: Du bist eben *tatsächlich* echt.«

»Mal abgesehen von meinem Körper natürlich.«

»Kleinigkeit. Jedenfalls würden die Ältesten, selbst wenn sich der falsche Sagenweltler nicht verplappern sollte, den Unterschied bemerken.«

»Und wie?«

»Na, das wiederum wirst *du* gleich bemerken«, und er erklärte ihm und Brumberta noch eine Kleinigkeit.

Die Worte des Halbzauberers hatten nicht gerade zu Peters Beruhigung beigetragen. Immerhin: Dieses mulmige Gefühl, dass ihn nun erneut beschlich, war für ihn in dieser Welt schon so etwas wie ein vertrauter Begleiter geworden.

16. Die Schlacht im Tempel

Als Peter und die anderen die Quellenhalle erreicht hatten, schöpfte Brumberta mit ihren Händen von dem Wasser, hob sie an, drehte sich zu Peter, ließ das Wasser etwa zehn Zentimeter vor ihrem Gesicht heruntertröpfeln und sagte: »Du kannst dem Waldstamm helfen. Und nur wenn der Waldstamm und das Elf-Stämme-Land überleben, wirst du die Chance haben, wieder in deine eigene Heimat zurückzukehren.«

*

Als Prinz Bela mit den anderen Ältesten der Waldstamm-Clans die Quellhalle wieder betrat, wurden sie schon erwartet. Nach einem knappen Begrüßungsnicken verlor Brumberta keine Zeit: »Der kleine Mann hier ist Xavox, ein reisender Gelehrter, das Mädchen ist Prinzessin Ky aus Rú-tan, und dieser Junge ist unter dem Namen Tulpe bekannt. Sie sind Begleiter auf dem Weg des Einen, der euch helfen kann.« Dann schob sie Peter an den Schultern in Richtung des Ältesten und erklärte: »Und das ist er, der Junge, den ihr sucht: Peter Sagenwelt.«

Überrascht wandte Peter den Kopf zurück und flüsterte: »Peter *wie*?«

»Klappe, Kleiner«, zischte Brumberta zurück.

»Na, wenigstens habe ich auf wundersame Weise meinen richtigen Vornamen wieder zurück«, murmelte Peter und riss sich zusammen.

Die Ältesten musterten ihn still – vermutlich nur einige Sekunden, doch Peter kam es vor wie eine Ewigkeit. Dann ging Bela die letzten Schritte auf ihn zu und packte plötzlich mit beiden Händen seine rechte Hand. Peter wollte überrascht zurückzucken, doch der Griff des Greises war keineswegs der eines 85-Jährigen. Drei andere Älteste traten nun hinter Peter, und er spürte, wie ihm Hände auf Kopf und Schultern gelegt wurden, während zwei weitere Älteste ihrem Anführer von beiden Seiten je eine Hand auf die Schulter legten. Dann fragte Bela, während sich seine Blicke in Peters Augen bohrten: »Du kommst wirklich aus der Sagenwelt?«

Peters Herz schlug bis zum Hals, doch immerhin, er musste nicht lügen: »Ja. Allerdings nennen wir sie natürlich nicht so.«

»Nicht? Oh, natürlich – wenn es stimmt, was du sagst, dann ist deine Welt für dich wohl nicht nur eine Sage, sondern überaus real?«

»Überaus!«, nickte Peter.

»Und du bist aus deiner Welt gekommen, nur um uns beizustehen?«

»Äh, nicht direkt... nein, ehrlich gesagt, das bin ich nicht.«

»*Nicht?*« Elf irritierte Blicke trafen Brumberta, die gelassen erklärte: »Erinnert euch. Die Lebende Quelle hatte nicht verkündet, dass er wegen euch gekommen ist, sondern nur, dass er *euch helfen kann*. Aber sollte es wirklich nur zufällig geschehen sein, dass seine und eure Schritte gleichzeitig nach Nekis führten? Auch ich weiß nicht alles, doch seid sicher: Zufall war es nicht.«

Dabei sprach Brumberta natürlich die Wahrheit, denn schließlich war ja alles wirklich kein Zufall, sondern sehr kalkuliert eingefädelt gewesen. »Auch er sucht nach Antworten auf Fragen.« (Wieder keine Lüge). »Dass Ihr, Bela, ihn sucht, hat er ebenfalls erst heute erfahren.« Stimmt, dachte Peter, schließlich kannte ich Bela gestern ja noch gar nicht. Dann ergriff er das Wort: »Wenn ich euch helfe – falls ich es kann und falls ihr es zulasst –, dann geht es dabei nicht nur um euch, sondern auch um mich. Denn wie es scheint, finde ich nur zurück in meine Heimat, wenn das Elf-Stämme-Reich und damit auch der Waldstamm überlebt.«

»Hat dir dies das Orakel verkündet?«

»Eine Nekis-Nymphe hat es mir durch das Wasser der Quelle gesagt.«

»Aber warum hast du deine Heimat überhaupt verlassen?«

»Ich wollte es nicht. Durch einen Zufall belauschte ein Junge vom Stamm der Schildträger in Rú-tan den Kanzler, seinen Sohn und General Narbengesicht, wie sie über ihre Verschwörung sprachen. Doch sie fanden heraus dass sie belauscht worden waren und auch wer es getan hatte. Sie ließen den Jungen erbarmungslos jagen. In seiner Not flüchtete er mit letzten Resten magischen Wissens, die ein Halbmagier noch kannte, in die Sagenwelt. Doch der Zauber hatte eine Nebenwirkung: Jemand musste im Austausch für den Jungen hierher wechseln. Das war ich. Ihr seht: Auch die Verschwörung des Kanzlers knüpft Bande zwischen unseren Schicksalen.«

»Eine Verschwörung, von der du aber nur indirekt erfahren hast?«

»Nun, genau genommen ja.«

Genau so abrupt, wie er sie ergriffen hatte, ließ Bela Peters Hand wieder los, und die Ältesten zogen sich in eine Ecke zurück, wo sie sich flüsternd berieten.

»Was sollte das jetzt mit dem Händchen halten?«, wollte Ky von Xavox wissen.

»Wie ich Peter vorhin schon erklärt habe: Die Ältesten werden von den Waldstamm-Clans nicht nur nach ihrem Alter ausgesucht, sondern auch nach ihren Fähigkeiten, Clans und Stamm zu beschützen. Und ein wichtiger Schutz ist es immer gewesen, Wahrheit von Lüge unterscheiden zu können. Ohnehin ist das Thema Wahrheit für den Waldstamm ein bedeutsamer philosophischer Aspekt, und so wurden immer wieder Männer und Frauen zu Ältesten bestimmt, deren Mondlichtgabe es ist, ein Gespür für Wahrheit und Lüge zu haben. Kommen mehrere dieser Ältesten zusammen und berühren auch noch den Befragten, so können sie, na ja, nicht mit absolut letzter Gewissheit, aber mit recht hoher Sicherheit sagen, ob sie die Wahrheit gehört haben oder nicht.«

Peter mischte sich ein: »Aber was hat es denn nun mit dieser seltsamen Mondlicht-Fähigkeit auf sich, die hier jeder außer mir auf irgendeine Weise zu haben scheint?«

Doch sie wurden von Prinz Bela unterbrochen, der sich aus der Gruppe der Ältesten gelöst hatte und wieder auf sie zugekommen war:

»Wir glauben dem Jungen.«

»Gut!«, sagte Xavox.

»Allerdings nur, dass er *glaubt*, die Wahrheit zu sagen.«

»Schlecht.«

»Der Vorwurf gegen Hanu Standhaft ist – obwohl der Kriegskanzler nicht zu den Wald-Kriegern zählt – so ungeheuerlich, dass er einfach nicht stimmen kann. Auch wenn es das Orakel ebenfalls zu verkünden scheint. Es *muss* einfach eine Fehldeutung des Orakels vorliegen. Außerdem … *RAAAH!!!*« Bela war, seine Arme hoch reißend, mit einem Satz auf Peter zugesprungen und hatte ihn aus Leibeskräften angebrüllt. Der machte einen Riesensprung zurück und starrte den alten Waldstamm-Prinzen aus großen Augen und mit pochendem Herzen erschrocken an. Bela fuhr fort: »Außerdem seht nur, wie schreckhaft er ist. Wohl alles andere als ein Krieger. Wie sollte *der* uns im Kampf gegen die Piraten beistehen können?«

Es hatte fast verächtlich geklungen, und Peter, der sich noch vor ein paar Sekunden gewünscht hatte, möglichst weit weg von diesem Ort zu sein, überkam plötzlich ein Gefühl von Scham. Und, zu seiner eigenen Überraschung, der Wunsch, diesem alten… Alten zu zeigen, dass er *doch* etwas tun konnte.

»Ähm!«, räusperte sich Xavox nun vernehmlich.

»Alter Mann, ich weiß zwar nicht, was du für ein Interesse verfolgst«, sagte der noch ältere Bela, »aber du wirst uns nicht umstimmen können!«

»Pardon, ehrenwerter Bela, aber im Augenblick haben wir andere Probleme, die etwas dringlicher sind.«

»*Bitte?* Was könnte wichtiger sein als...?«

»Wir sind nicht mehr allein.«

Xavox` Blick ging zum Eingang des großen Saales, durch den vorhin noch die Ältesten gekommen waren. Auch die anderen blickten nun in diese Richtung, und in dem überraschten Schweigen, das nun eingetreten war, hörten es alle: Aus dem Gang kam ein schleichendes Schlurfen vieler Füße, die es nicht schafften, ganz geräuschlos zu bleiben. Und dann der Schrei:

»*Jetzt!*«

Die Hölle brach los.

Augenblicklich flutete eine immer größer werdende Horde von wüst aussehenden Männern und einigen Frauen den Saal bewaffnet mit Äxten, Kurzschwertern und ein paar Armbrüsten. Vorneweg war ein etwa fünfzigjähriger Mann gestürmt, der gute Chancen auf den ersten Platz eines Hässlichkeits-Wettbewerbs gehabt hätte: Spindeldürr, jedoch über zwei Meter groß, das zerknautschte Gesicht mit der großen, in der Vergangenheit wohl mehrfach gebrochenen Hakennase von einer wüsten Mähne grauer Haare eingerahmt, aus der zu beiden Seiten im nahezu rechten Winkel gigantische Ohren herausragten. Das linke Ohrläppchen fehlte, im rechten blitzte ein großer Silberring. Aber so hässlich er auch war, er hatte eine rasche Auffassungsgabe und seine Männer offenbar gut im Griff: Noch während er hereingestürmt war, hatte er sich mit seinen klaren blauen Augen blitzschnell umgesehen und in verschiedenen Tonlagen eine Reihe schneller Pfiffe durch die Schneidezähne ausgestoßen.

Augenblicklich waren seine Leute nach einem bestimmten Schema ausgeschwärmt: 33 rannten mit ihrem Anführer auf die kleine Gruppe vor dem Becken zu und bezogen halbkreisförmig vor ihnen Aufstellung, je elf umrundeten zu beiden Seiten das Becken bis zur Hälfte und bildeten dort eine lockere Reihe – falls doch jemand seitlich entkommen sollte oder durchs Becken zu fliehen versuchte, würde derjenige nicht weit kommen. Eine letzte Gruppe von 22 der Eindringlinge war hinter dem Eingang nach rechts abgebogen und hatte mit gezogenen Waffen Aufstellung vor den zehn Ältesten bezogen, die mit dem Rücken zur Wand standen.

Der Angriff war so blitzartig erfolgt, dass alle im großen Saal völlig überrumpelt wurden. Fast alle. Die Eindringlinge hatten noch nicht ihre Aufstellung erreicht, da hatte Brumberta blitzschnell zwei 30 Zentimeter lange Messer aus ihren Ärmeln gezogen. Das Messer in ihrer Rechten schleuderte sie noch aus der gleichen Bewegung heraus, und ein Armbrustschütze, der direkt neben dem Anführer stand, sank mit einem Stöhnen zu Boden, entsetzt auf das Messer starrend, das aus seiner Brust ragte. Dann wollte sich Brumberta mit dem wütenden Schrei »Das ist *mein* Tempel!«, ohne zu zögern mit ihrem Messer auf die Übermacht stürzen. Doch das Klacken und Zischen einer abgefeuerten Armbrust ertönte, die große Nekis-Nymphe wurde herumgerissen und stürzte ins Becken der Lebenden Quelle, wo sie, immer tiefer sinkend, langsam zum inneren Rand des Beckens davontrieb, während sie eine rote, sich im Wasser wie Nebel verteilende Wolke hinter sich herzog.

Erst jetzt schrie Peter entsetzt auf, sah zu Xavox hinüber und flehte leise: »Tu was!« Dann bemerkte er, dass der Halbmagier, dem Schweißperlen auf der Stirn standen, schon die Handflächen zusammengepresst hatte. Einige der Angreifer schüttelten benommen die Köpfe und sahen verwirrt zu Boden. Doch dann murmelte Xavox zwischen zusammengebissenen Zähnen: »Sind zu viele! Oh, Brumberta!«

Schließlich sprach der Anführer der Eindringlinge, der nun auf sie herablächelte, mit einer kräftigen, wohlklingenden und so gar nicht zu seinem Äußeren passenden Stimme. »Guten Abend. Lasst mich…«

»Hey! Sollten wir nicht gleich alle umbringen?«, rief eifrig ein großer, stoppelbärtiger Mann dazwischen, der neben dem Anführer stand. Der runzelte kurz die Stirn, murmelte »Schnauze, Lam« und schlug dem anderen, nur aus den Augenwinkeln hinsehend, wie beiläufig die linke Rückhand ins Gesicht. Das genügte, dass der Getroffene nach hinten flog, auf dem Rücken landete und sich benommen die eine Hand vor die aufgeplatzte Lippe und die blutende Nase hielt.

»Das mit dem Umbringen kommt schon noch. Wo war ich? Ach ja! Vorstellen wollt' ich mich: Man nennt mich Bram. Bram Silberohr. Ich gebiete über gut 300 Halunken im Speerwald. Und ich kenne keine Gnade. Nun, wer von euch beiden Jungs ist jetzt der, dessen Kopf uns 110 Goldochsen einbringt?«

Peter und Tulpe sahen sich entsetzt an, sagten aber kein Wort.

Nach zwei Sekunden zuckte Bram mit den Schultern und meinte: »Was soll's, nehmen wir eben beide Köpfe mit.« Tulpes Augen schienen nun aus dem Kopf zu treten, aber er presste die Lippen zusammen. Doch Peter stammelte: »Ich…, ich vermute mal, dass ich gemeint bin«, was ihm einen überraschten Blick seiner Begleiter einbrachte.

»Ah, danke, nett von dir, dich zu melden. Ein Kopf stinkt weniger als zwei, wenn die Fäulnis einsetzt. Aber sterben muss dein Freund natürlich auch.«

Xavox atmete tief durch und sagte: »110 Goldochsen? Das scheint ja ein stattliches Sümmchen für so einen nutzlosen Knaben. Doch wenn du wüsstest, um was es hier geht, dann wüsstest du auch, dass dir noch viel zu wenig Geld geboten wurde. Jedoch: Ich kann dir mehr bieten, wenn du uns gehen lässt.«

»Du?«, ein abschätziger Blick traf Xavox.

»Nun, du hattest sicher einige Mühen und Auslagen... was hieltest du von 1100 Goldochsen? Die kann ich recht schnell besorgen.«

Nur kurz schien Bram zu zögern, dann schüttelte er lachend den Kopf und sagte: »Netter Versuch, Alter. Aber weißt du, wann 110 Goldochsen besser sind als 1100? Dann, wenn man die 1100 nicht mehr ausgeben kann.« Sein neugieriger Blick wanderte kurz zu Peter, als er fortfuhr: »Ich möchte wissen…, nein, ich möchte lieber *nicht* wissen, was der Kerl ausgefressen hat – allein diese Sache mit dem Pferd des Kanzlers kann es wohl nicht gewesen sein. Vor drei Tagen sind zwei meiner Leute wieder aufgetaucht, die einige Tage zuvor geschnappt worden waren. Sie erzählten, dass ein paar Lederkrieger im Kerker von Rú-tan erschienen sind und alle gefangenen Räuber nachts, und ohne dass es die Bevölkerung mitbekommen hätte, freigelassen haben. Jeder hat eine Tasche mit Holzschnitten auf Pergament mitbekommen. Und jeder einzelne dieser Holzschnitte zeigt das Bild eines Jungen. Und drunter steht: ›110 Goldochsen Belohnung – tot, nicht lebendig. Eine weitere Goldhand für jeden toten Begleiter des Jungen.‹ Es scheint, der ganze Wald wurde informiert, falls der Knabe hier durchkommen sollte. Wir hatten Glück. Aber wenn man den Aufwand bedenkt… und dass Rolli Schwarzauge unter den Lederkriegern gewesen sein soll, über dessen *Verbindungen* so einiges gemurmelt wird. Und wenn man vor allem bedenkt, dass den Freigelassenen wohl recht nachdrücklich erklärt wurde, dass jeder, der den Jungen sieht und ihn nicht tötet, erbarmungslos gejagt und dann an seiner Zunge an einen Baum genagelt würde… Nein, meine Jungs und ich wollen das Geld ausgeben, aber nicht, dass der Wald über unseren Köpfen brennt.«

»Aber du als berühmter Räuberhauptmann«, versuchte es Xavox, »wirst dich doch nicht einschüchtern lassen?«

»Du bist ja richtig hartnäckig, alter Mann! Aber weißt du, gut zu sein, bedeutet auch, seine Grenzen zu kennen, das richtige Maß zu finden…, und so ganz werden wir uns ja nicht an den Steckbrief halten. Mal sehen…«, dann zeigte er der Reihe nach auf seine Gefangenen und erklärte dazu: »Also, dich, Alter, werden wir töten, die Jungs… na, ich denke, vorsorglich nehmen wir doch beide Köpfe mit.

Das Mädchen ist hübsch, die können wir gut als Sklavin an die Barbaren verkaufen…«, Ky wurde noch blasser, »…um eure kräftige Begleiterin brauchen wir uns schon nicht mehr zu kümmern, und was die Waldstamm-Ältesten betrifft, nun, die sind ihren Spitzohren viel wert. Ich denke, wir werden ihnen die Zungen herausschneiden und dann gegen ein ordentliches Lösegeld wieder freilassen – he, Hurtz, bring diesen Oberzausel hier zu den anderen hinüber.« Dann sah er, während Hurtz Bela Prinz Starkehand anstieß und zu den anderen Ältesten führte, zu dem immer noch benommen auf dem Boden sitzenden Lam und knurrte: »So, und *jetzt*, wenn *ich* es sage, beginnt das Umbringen.«

Er zog sein Schwert.

Peter versuchte verzweifelt, sich etwas einfallen zu lassen, um Zeit zu gewinnen, doch jemand kam ihm zuvor:

»Aber…, aber ich dachte, für Räuber… für Angriffe seien die Nekis-Tempel tabu?«, stammelte Ky, um jede Sekunde ringend, während sie sich unbewusst näher an Peter heran schob.

»He! Die kann ja reden! Nun, die Zeiten ändern sich. 110 Goldochsen sind ein gutes Argument, um ein Tabu zu brechen, nicht?« Das brachte Bram das Gelächter seiner Leute ein. »Außerdem«, fuhr er fort, »erleichterte das die Sache: Wir sind in kleinen Gruppen völlig unbehelligt in die Tempelstadt gekommen, die praktisch keine Verteidigung kennt, und haben uns am Haupttempel getroffen. Die erbärmlichen Wachen waren auch kein Problem. Jeder der vier Eingänge wird jetzt von vier meiner Leute bewacht.« Dann sagte er: »So, jetzt ist aber genug geplaudert«, hob sein Kurzschwert an und ging auf Peter zu.

Der hörte hinter sich plötzlich ein gewaltiges Platschen im Becken, und eine Stimme brüllte »*RENNT!*« Fast gleichzeitig starrten die Räuber verdutzt auf eine ganze Batterie bläulich schimmernder Glaskugeln, die durch die Luft segelten, splitternd auf dem Boden zerplatzten und dicken, blauen Rauch freisetzten, der einen schon nach einer Sekunde kaum noch die Hand vor Augen erkennen ließ.

Peter wusste zwar nicht, wieso Brumberta noch lebte und wie sie das geschafft hatte, aber das war jetzt gerade wohl auch nicht der richtige Zeitpunkt, um diese Frage zu klären. Während rund um ihn herum ein Tohuwabohu von Husten, Fluchen, Rufen und Platschen losbrach, duckte sich Peter nach links weg, als rechts vor ihm auch schon etwas durch die Luft zischte – Bram Silberohr schien sich von seiner Überraschung erholt zu haben. Peter verspürte einen leichten Ratzer am rechten Oberarm, während er gleichzeitig links mit jemandem zusammenstieß. Das musste Ky sein, die neben ihm gestanden hatte.

Automatisch tastete er nach ihrem Arm und wollte sie zur Flucht nach vorne reißen – doch sofort prallte er schon wieder heftig mit jemandem zusammen. Er stieß reflexartig seine Faust vor, traf etwas Weiches, das schmerzerfüllt grunzte, während er neben sich Ky undamenhaft fluchen und dann einen Mann laut schreien hörte. Doch da traf ihn ein wohl blindlings geführter aber dennoch gewaltiger Schlag an der rechten Schulter. – Ky mit sich reißend stürzte er rücklings in das Becken der Lebenden Quelle.

Augenblicklich spürte er ein seltsames Kribbeln auf der ganzen Haut, während er prustend wieder auftauchte, instinktiv noch immer Kys Hand umklammernd. Dann hörte er, wie Brams Stimme das Rufen der anderen Bandenmitglieder übertönte: »Tastet euch zu den Ausgängen der Halle! Niemand von denen darf lebend raus!«

Es war höchste Zeit hier weg zukommen, und Peter hoffte inständig, dass die anderen mehr Erfolg mit dem Verschwinden gehabt hatten. Irgendwie wurde ihm sonderbar duselig im Kopf. Zu allem Überfluss verlor nun auch der blaue Rauch so langsam an Intensität. Und sie standen noch immer hier im Becken (nanu, hatte da Ky neben ihm gerade *gekichert*?), in dem sie sich noch nicht einmal verstecken konnten. Hmm... aber warum eigentlich nicht? Dieses sonderbare Summen in seinem Kopf schien ihm seltsamerweise auch etwas von seiner Angst zu nehmen. Er packte Ky fester und zischte: »Mir nach!« Tastend spürte er mit den Füßen, wo das Becken tiefer wurde und hatte schnell den Quellfelsen im Mittelpunkt des Beckens erreicht. »He! Wollen wir nicht hier raus?«, flüsterte eigentümlich gelassen Ky, die auch gemerkt hatte, wo sie angekommen waren.

»Nein, wir wollen *hoch*, schnell, wir klettern zur Quellenöffnung.«

Schon hatte er sich aus dem Wasser gestemmt, hörte an dem leisen Plätschern neben sich, dass Ky ihn verstanden hatte, und dann kletterten sie so schnell wie möglich den glücklicherweise nicht sehr steilen Felsen hoch. Nach etwa drei Höhenmetern war der Qualm deutlich dünner geworden, über den sie nun, wie über ein in dichtem blauen Nebel liegendes Tal hinweg schauen konnten. Es war ein Nebel, der an einigen Stellen umhergewirbelt wurde, in dem irgendwelche Gestalten herumirrten – und der sich schon gefährlich zu lichten begann.

Schnell legten sie die letzten zwei Meter zurück, und Peter stellte erleichtert fest, dass er sich richtig erinnert hatte: Während sie heute von dem geheimen Zimmer aus Brumbertas »Weissagung« beobachtet hatten, war die Höhe ihrer Beobachtungsfenster ein ganz klein wenig über der des Quellfelsens gelegen, sodass Peter sogar den hinteren Bereich der Quellöffnung einsehen konnte. Dabei hatte er bemerkt, dass das Wasser aus einer etwa 111 Zentimeter durchmessenden, kreisrunden Öffnung hervorquoll, allerdings nicht gleichmäßig: Der Quellenmund war wie ein eigenes kleines Becken, in dem umlaufend elf 33 Zentimeter lange Schlitze eingekerbt waren, durch die das Wasser herausströmte, um über den Felsen nach unten zu laufen. Dadurch blieben vom Rand der Einfassung bis zur Wasseroberfläche noch etwa zwanzig Zentimeter Platz.

Am Rand der Quellöffnung zögerten Peter und Ky keinen Moment und ließen sich sofort ins Wasser gleiten. Bis zum Kinn eingetaucht, würde sie vom Boden des Saales aus niemand sehen können, auch wenn sich der blaue Nebel verzogen hatte.

*

Ein Nebel, mit dem Tulpe schon zu Beginn der Flucht eine ganz besonders enge Bekanntschaft gemacht hatte. Enger, als ihm in jenem Augenblick lieb gewesen war: Eine der Glaskugeln hatte ihn mitten auf den Kopf getroffen und war exakt auf dem höchsten Punkt seines Schädels zerplatzt. Glücklicherweise war das Glas sehr dünn gewesen, und der Schmerz hielt sich in Grenzen. Aber eine pappige, extrem süßlich riechende Flüssigkeit schleimte von seinem Kopf über seine Schultern herunter. Er konnte sie gerade noch mit dem Ärmel aus der Stirn wischen, bevor sie in seine Augen tropfte. Selbst innerhalb des Qualms hatte er den Eindruck, dass von ihm eine noch viel dichtere blaue Wolke aufstieg.

Jedenfalls hatte sich Tulpe unverzüglich nach vorne auf alle Viere fallen lassen und bewegte sich nun so schnell er konnte in einer Mischung aus Krabbeln und Robben in Richtung des Ganges, durch den er am Morgen gemeinsam mit der Prozession den Tempel betreten hatte. Das heißt, er hoffte zumindest, dass er die richtige Richtung eingeschlagen hatte. Was aber gar nicht so einfach war: Jedes Mal, wenn er eine Bewegung vor sich zu verspüren meinte oder auch mal einen vorbeihuschenden Schatten leicht berührte, rollte er sich augenblicklich zur jeweils anderen Seite. Dennoch konnte er es nicht verhindern, dass zwei Mal irgendjemand über ihn stolperte und fluchend der Länge nach auf den Boden klatschte (er hoffte, es war keiner seiner Freunde).

Dass seine Augen wie verrückt tränten und er Mühe hatte, den ständigen Hustenreiz zu unterdrücken, machte die Sache nicht wirklich einfacher. Im Stillen flehte Tulpe inständig alle Ahnen an, dass er den

Gang finden möge, bevor sich der Qualm verzogen hatte. Er wusste ja, dass auch an diesem Ausgang vier von Brams Leuten Wache halten würden, doch er hoffte, dass er durch den verborgenen Durchgang verschwinden konnte, den sie heute Morgen schon einmal benutzt hatten. Vielleicht könnte er sich dann in dem geheimen Raum verbergen, bis der ganze Spuk – *RUMMS!* Äußerst schmerzhaft war er mit dem Kopf gegen ein metallenes Hindernis gestoßen, augenblicklich spürte er eine Beule aufsprießen, und Tränen schossen ihm in die Augen. Trotzdem hätte man ihn nun – ohne den Nebel – erfreut lächeln sehen können: Das musste einer der eisernen Feuerkörbe sein, die den Ausgang begrenzten. Das Feuer war zwar längst gelöscht, aber so diente ihm der Korb dennoch zur Orientierung, und nur wenige Sekunden später tastete er sich in den großen Gang hinein, wo er sich endlich wieder aufrichtete und zügig an der Wand entlangglitt.

Doch schnell musste er feststellen, dass sein Plan nicht funktionieren würde. Was immer das dampfende Zeug aus Brumbertas Glaskugeln auch sein mochte: Hier im Gang wurde der blaue Nebel schnell dünner. Ob die Kraft des Gemischs nicht bis hierher reichte oder ob es an der von außen nach innen strömenden Zugluft lag, war für das Resultat egal. Und das Resultat war schlecht: Lange bevor er den Wandbehang erreicht hatte, hinter dem sich der Durchgang verbarg, konnte er schon die vier Gestalten sehen, die zwischen den geöffneten Torflügeln bereits ein, zwei Meter im Inneren des Tempels standen, in den Gang starrten und ihn ohne Zweifel auch erblickt hatten. Warum rannten die nicht schon längst mit gezogenen Waffen auf ihn zu? Na ja, sicher waren die auch verwirrt. Sie wussten halt nicht, was das Schreien und Rufen aus dem Tempel und die blauen Nebelschwaden zu bedeuten hatten. Und dann dachte Tulpe daran, dass er selbst – durch Brumbertas Volltreffer – vermutlich dampfte wie ein Vulkan. Rétep wäre sicher etwas eingefallen, um das irgendwie zu seinen Gunsten zu verwenden....

*

Auch Xavox wollte sich augenblicklich aus dem Staub machen, als das Tohuwabohu losgebrochen war, er wurde aber auf eine Art und Weise daran gehindert, von der er nicht wusste, ob er sie nun gut oder schlecht finden sollte: Noch während die Glaskugeln durch die Luft geflogen waren, befand sich Brumberta auch schon hinter dem am Beckenrand stehenden Halbmagier, fischte den alten Mann, während die Kugeln zerplatzten, mit dem rechten Arm regelrecht vom Beckenrand und warf ihn sich wie einen Sack über die Schulter. Im schlagartig einsetzenden blauen Nebel hatte sie mit ihrer Last das Becken schon fast durchquert, um schließlich an der anderen Seite in totaler blauer Finsternis wieder herauszusteigen. »Brumberta, warum..., wie...?«, hustete Xavox, ungemütlich mit dem Kopf nach unten baumelnd.

»Halt *einmal* die Klappe, alter Mann – du weißt, dass wir noch eine Rechnung offen haben, da kann ich es irgend so einem dahergelaufenen Strauchdieb nicht gestatten, dass er dich abmurkst. Das ›wie‹ erklär' ich später. Jetzt muss ich uns hier rausschaffen.«

Brumberta kannte sich im Tempel zwar aus wie in ihrer Westentasche, doch praktisch blind und umgeben von einer hustenden und rufenden Mörderbande hatte sie ihn allerdings auch noch nie durchquert. Sie wollte den Ausgang zum Bankettsaal finden, da sie in diesem hinteren Bereich der Tempelhalle die wenigsten Gegner vermutete. Wenn sie erst einmal aus dem Tempelsaal war, würde sie weitersehen.

Zwei Rempler und zwei mit der freien Hand zur Seite geschlagene Räuber später hatte sie tatsächlich den angrenzenden Bankettsaal erreicht, in dem nur ein leichter blauer Nebel waberte. Zusammen mit ihrer lebenden Last durchquerte sie den Saal unbehelligt.

»Und – uff, und – uff, und – uff – jetzt raus?«, fragte Xavox, der bei jedem Laufschritt Brumbertas mit dem Kopf gegen ihren Rücken stieß.

»Nur, wenn ich dich als Rammbock gegen die vier bewaffneten Wächter benutzen darf«, knurrte sie zurück, bog dann drei Mal in kurzer Folge in Nebengänge ab, um schließlich durch eine hölzerne Tür zu verschwinden, hinter der eine lange Steintreppe nach unten führte.

»Wo – uff, sind – uff, wir hier?«

»Gleich im Weinkeller des Tempels. Dort verstecken wir uns, bis die Bande wieder abgezogen ist – die können ja nicht ewig bleiben.«

In dem Moment betrat sie auch schon einen riesigen Gewölbekeller mit Ziegel-Wänden und einer Vierfach-Reihe von Pfeilern aus Ziegelsteinen. An den Wänden stand auf Gestellen eine Vielzahl von Fässern in allen Größen, in der Mitte der Rückwand sogar ein gut drei Meter hohes Riesen-Fass, und in den Gängen waren, ab und an einen Durchgang lassend, lange Holzregale zwischen den Pfeilern angebracht, in denen unzählige Ton-Amphoren und einige Glasflaschen lagerten. Das trübe Licht kam durch vergitterte Fensterchen unterhalb der Decke in der rechten und der hinteren Mauer. Und von einer Öllampen, die, mit auf kleiner Flamme flackerndem Docht, neben dem Eingang hing.

Als sie im Keller standen, atmete Brumberta einmal tief durch, dann griff sie sich mit ihrer freien Hand die nächstbeste kleinere Amphore, zog mit den Zähnen den Korken heraus und nahm einen langen, kräftigen Schluck. – »Ah! Das musste sein!«, schmatzte Brumberta schließlich, »hm, auch wenn das hier sicher keines der Tröpfchen des Tiefen Priesters war. Aber wir können uns ja ein bisschen durchprobieren...«

»Äh, Brumberta...«

»Was?«

»Hast du nicht etwas vergessen?«

»Willst du dich etwa beschweren?«

»Oh, sicher nicht. Aber du könntest mich jetzt ruhig wieder runterlassen.«

»Ach das.«

Unsanft stellte sie ihre Last auf den Boden. Xavox, dem inzwischen das Blut in den Kopf gesackt war, schüttelte sich benommen. Erst dann bemerkte er, dass Brumbertas rechter Ärmel bis hinab zum Saum von einem großen dunkelbraunen Fleck durchtränkt war.

»Du blutest ja!«

»Ja, der Armbrust-Arsch hat mich tatsächlich angekratzt. Aber ich muss ihm vermutlich dankbar sei. Durch das im Wasser aufsteigende Blut dachte Brams Bande wohl, ich sei erledigt. Ich hab' mir derweil einen der Luftschläuche unter dem Überhang geschnappt, dann hat es leider ein klein wenig gedauert, bis ich die Kartusche mit den Blaudampf-Phiolen aus ihrer Halterung lösen konnte, die die eingeweihten Priester für ihren Hokuspokus brauchen. Normalerweise wird immer nur eine unter Wasser freigesetzt. Interessant zu sehen, was passiert, wenn man eine ganze Ladung auf einmal an Land explodieren lässt... den Rest kennst du. – Und mach dir keine Sorgen, die Verletzung ist nicht schlimm.«

»Oh doch, das ist sie.«

»Nein«, entgegnete Brumberta genervt, »wenn ich es dir doch sage. Ich spüre es kaum...«

»Das meine ich nicht«, dann zeigte Xavox auf eine Reihe kleiner Flecken neben Brumberta auf dem Boden.

»Heilige Schweinekacke!«, sie bekam wollte Xavox schon schnappen, um die Treppe wieder hinaufzueilen. Doch da hörten sie bereits, wie die Tür oben aufflog, donnernd gegen die Wand krachte und schließlich viele Füße unter Trampeln und Waffenscheppern die Treppe herunterrannten. »Na ja«, meinte Xavox, »schätze, die haben die Blutspur auch entdeckt, nicht?«

Dann nahmen beide die Beine in die Hand und rannten, zunächst um eine Regalreihe verschwindend, in den hinteren Bereich des Kellers.

Peter hatte alle Mühe, das brennende Bedürfnis zu unterdrücken, augenblicklich lauthals loszukichern.

Dummerweise hatten sie in der gemächlich nach oben sprudelnden Quelle keinen Boden unter den Füßen und mussten sich vorsichtig mit den Fingerspitzen festhalten, Ky am breiten Beckenrand im hinteren Bereich, Peter vorne an einem der schmalen Einschnitte, aus denen das Wasser abfloss. Vor allem aber strömte und perlte das Quellwasser, mit einer Unzahl winzigster Luftbläschen durchsetzt, nicht nur um ihn herum, sondern auch in seine Hosenbeine hinein und an Ärmeln und Hemdkragen wieder heraus – und das kitzelte zum Verrückt werden. Seltsamerweise hatte Peter dabei auch das absonderliche Gefühl, die Quelle würde mitten durch ihn hindurch strömen, denn das Kribbeln und Kitzeln, das er auch unten im Becken schon bemerkt hatte, schien ganz eindeutig nicht nur auf seiner Haut zu sein, sondern füllte ihn komplett aus. Und es wurde immer stärker.

Ein Blick zu Ky zeigte ihm, dass das Mädchen offenbar ganz andere Probleme hatte: Sie starrte trübsinnig auf das Wasser, in das unaufhörlich dicke Tränen plumpsten, die in einem kontinuierlichen Strom aus ihren Augen und über ihre Wangen rollten.

Peter, dem gerade erstaunt klar wurde, dass er selbst in diesem Augenblick nicht die geringste Angst verspürte, wollte das Mädchen trösten. *Das* war allerdings ein wenig Angst einflößend, weil er sich dabei unbeholfen fühlte und keinen blassen Schimmer hatte, ob er die richtigen Worte finden würde. Schließlich flüsterte er: »Ky, bitte, du musst keine Angst haben. Wir werden dich schon wieder heil nach Hause bringen und…«

»*Angst?* Ich habe keine Angst«, flüsterte Ky überrascht zurück, während sie ihn nun aus großen Augen anstarrte, aus denen immer noch die Tränen kullerten – was Peter ziemlich irritierend fand.

»Aber… warum weinst du dann?«

Jetzt begann Kys Unterlippe zu zittern, sie schluchzte, drückte ihr Gesicht gegen die eigene Schulter, und Peter hörte, wie sie zwischen weiteren herzerweichenden Schluchzern hervorpresste: »Nie-niemand ha-hat mich *liiihiieb*!«

»Ach du je! Um Himmels willen! Das ist jetzt aber wirklich nicht die richtige Zeit um…«

»*Sie-hiiest du? Du-hu auch nicht.*«

»Pssst! Leiser! Leiser!! Nein, Ky, wirklich, das stimmt nicht.« Eigentlich, das sagte ihm sein Verstand, sollte er jetzt lügen, um das Mädchen möglichst schnell zu beruhigen, ihr irgendetwas Nettes sagen. Er öffnete schon den Mund, um ihr zu versichern, dass alle sie mochten... Doch dieses seltsame Kribbeln. Das lenkte ihn irgendwie ab. Hatte ihn nicht nur von seiner Angst befreit, sondern ließ auch keine Lüge über seine Lippen kommen. »Also, Ky, nein, es ist nicht so, dass wir dich nicht *mögen*, du bist nur manchmal etwas *schwierig.* «

»Du hast zu mir gesagt, ich sei eine echte Pest! Und Xavox nennt mich immer Prinzessin Hochnäsig und so n' Zeug! Und in Rú-tan, meine Freundinnen... Ich glaube, wenn mein Vater kein reicher Kaufmann wäre...«, ihre restlichen Worte gingen im Schluchzen unter.

Peter überlegte krampfhaft, was er sagen konnte, aber plötzlich sah Ky wieder auf, der Tränenstrom war versiegt, und sie flüsterte erschöpft: »Und weißt du, was das Schlimmste ist? Dass du Recht hast. Ich *bin* die Pest. Alle anderen sind mir so egal wie ein Furunkel an einem Trillerlops-Arsch! Immer geht alles nur um mich, mich, mich! Und ständig hab' ich auf Rétep herumgetrampelt, wo er doch nur nett zu mir sein wollte... obwohl ich so ein Scheusal bin. Vielleicht war er der Einzige, der es ehrlich mit mir gemeint hat? Und was müssen mein armer Vater, meine armen Mütter von mir denken? Sie erfüllen mir jeden Wunsch, und nie habe ich es ihnen auch nur mit einem Wort gedankt. Immer will ich nur mehr, mehr, mehr. Wahrscheinlich sind sie ganz froh, dass sie mich jetzt los sind...«

Wieder begann Ky zu schluchzen.

Den lauten Stimmen nach zu urteilen, die Peter von unten hörte, waren die Räuber glücklicherweise immer noch mit sich selbst beschäftigt. Bram versuchte offenbar, während sich der Nebel immer weiter lichtete, seinen Haufen wieder zu ordnen. Er schickte Suchtrupps los, gab den Befehl, die Feuerbecken wieder zu entzünden, und beriet sich mit anderen. Ein kurzer Blick durch die Spalte zeigte Peter, dass die Ältesten des Waldstammes die Chance durch den Nebel nicht genutzt hatten: Sie standen nach wie vor mit dem Rücken zur Wand, bewacht von einem Teil der Räuberbande – die armen Alten hatten wohl Angst gehabt, sich vom Platz zu rühren! Eigentlich, dachte Peter, sollte er zuhören, was unten gesprochen wurde, und Ky möglichst rasch ruhigstellen. Doch dieses Kribbeln... er konzentrierte sich nur auf das Mädchen, wusste plötzlich, was er sagen musste, und flüsterte: »Ky, glaub mir, deine Eltern – he, wieso eigentlich Müttt*er*? – egal, jedenfalls: Deine Eltern lieben dich, das ist ganz klar.«

»Woher willst *du* das denn wissen? Du kennst sie ja nicht einmal!«

»Vergiss nicht, ich bin der Wunderjunge aus der Sagenwelt, der den Waldstamm vor den Piraten und euer ganzes Volk vor was weiß ich nicht allem retten wird! Da könntest du mir ruhig etwas vertrauen!«

Tatsächlich blitzte ein kurzes Lächeln in Kys Gesicht auf, und Peter fuhr fort: »Vor allem aber, und das ist mein absoluter Ernst: Du hast nicht die Augen eines Kindes, das von seinen Eltern nicht geliebt wird. Und ich habe ein ganz mieses Gewissen, weil sie sich sicher schreckliche Sorgen machen, was mit dir los ist.«

»Du... du meinst das wirklich ernst?«

»Sicher.«

»Aber was ist mit euch?«

»Na ja, als wir heute im Speisezimmer von diesem Tempel-Obermufti – oder Unter-Mufti, wie auch immer – zusammengesessen hatten, da hat Tulpe mich auf etwas aufmerksam gemacht: Dass du Interesse an Brumi gezeigt hast, nicht gleichgültig warst und sogar – was dir übrigens gut steht – ein paarmal gelächelt und viel weniger genörgelt hast. Und ich denke, er fand das gut. Und dass du nun über dich selbst nachdenkst, ich meine, nicht über Ky und Mode, sondern über Ky und Fehler, das finde *ich* gut.«

Ky sah ihn überrascht an, und jedes Schluchzen war verschwunden, als sie ernst fragte: »Gut genug, dass wir... Freunde sein können?«

»Freunde? Ich denke...«, nun war es an Peter, verwundert zu sein; darüber nämlich, dass er den Gedanken keineswegs unangenehm fand, »...ja, ich glaube, das wäre gut. Lass uns Freunde sein – aber du darfst dich nie wieder über mich lustig machen, wenn ich auf dem Pferd sitze!«

»*Freunde.* Das klingt wirklich gut. Ich werde mich bessern. Das verspreche ich«, sagte Ky leise. Dann überkam sie plötzlich, trotz aller Gefahr und obwohl sie wassertretend in einer absonderlichen Orakel-Quelle festsaß, ein solches Glücksgefühl, dass sie Peter einfach umarmen *musste*. Oder sie wollte es zumindest ...

Peter war es gar nicht weiter aufgefallen, dass sich Ky nur mit einer Hand am Beckenrand festgehalten hatte. Nun stellte er erstaunt fest, dass sie ihre Finger vom Stein löste – und augenblicklich unterging. Rasch packte Peter zu, erwischte sie am Kragen und zog sie wieder über Wasser. Entgeistert fragte er das leise prustende Mädchen: »Was sollte denn das jetzt? Was hältst du da überhaupt unter Wasser in deiner linken Hand?«

»Huh? Weiß nicht... doch! Sieh mal!«

Mit diesen Worten hob sie eine Streitaxt mit einem etwa 80 Zentimeter langen Eichenstiel und einem breiten eisernen Kopf mit Doppelklinge über die Wasseroberfläche.

Verblüfft nahm ihr Peter die schwere Waffe aus der Hand und fragte: »Wo hast du *das* denn her?«

»Bevor wir in dem ganzen Nebel rücklings ins Wasser gestürzt sind, wolltest du mich erst nach vorne zerren – da stand aber einer von diesen Kerlen im Weg. Der wollte mich packen, da habe ich zugebissen, und das nicht zu knapp. Hab' wohl den Arm erwischt...«

»Jetzt weiß ich auch, was das für ein Schrei war, den ich neben mir gehört habe!«

»Jedenfalls hatte ich plötzlich dieses Teil hier in der Hand und hab' es nicht mehr losgelassen.«

»Wow! Wir sind bewaffnet! Hast du gut gemacht.«

»Obwohl ich, ehrlich gesagt, nicht wirklich glaube, dass wir damit 44 Räuber umhauen können – oder auch nur einen.«

»Nun ja, besser wäre es allerdings, nicht entdeckt zu werden.«

»*HEEE!*«, brüllte eine Stimme von unten, »wer immer auch da oben in der Quelle steckt, sollte besser freiwillig runterkommen, bevor wir ihn holen müssen!«

*

Jammernd stürzte Tulpe auf die vier Wachen zu und schrie: »Die Lebende Quelle bestraft den Frevel! Oh Götter! Die blaue Seuche der Lebenden Quelle! Tödlich! Und ansteckend!« Mit entsetzten Gesichtern waren die Wächter zur Seite gespritzt und drückten sich ängstlich mit den Rücken an die Wände des Ganges, um diesen verfluchten Jungen vorbeizulassen. Ein Junge, dessen Haare und Schultern blau zu brodeln schienen und der eine fette Rauchwolke hinter sich herzog wie ein Trillerlops, der eine Stunde zu lang am Bratspieß gesteckt hatte. Tulpe raste ins Freie, wollte aufatmen – und hörte gleichzeitig von weiter hinten im Gang ein Brüllen – es konnte die Stimme von Hurtz sein: »*Niemanden* durchlassen! Der scheiß Qualm ist bloß ein Trick!«

Tulpe beschleunigte – doch wohin? Die Abenddämmerung näherte sich bereits der Nacht, die Nymphen und Priester mussten ihre Arbeit für diesen Tag vor über einer Stunde beendet haben, hatten sich in ihre Häuser hier oder in Nekis-Stadt zurückgezogen. Die meisten Pilger würden jetzt in den Gasthäusern ein gutes Stück weiter ortsauswärts sein. Nur vereinzelt konnte er hier, nahe dem Haupttempel, noch abendliche Spaziergänger sehen, die natürlich unbewaffnet waren und dem rauchenden und rennenden Jungen verwirrt nachstarrten.

Bei einem schnellen Blick über die Schulter bemerkte der Junge, dass ihm zwei der Wachen tatsächlich hinterhergestürzt kamen und aufzuholen begannen. Tulpe verdoppelte seine Anstrengungen – rennen konnte er. Verstecken konnte er sich, in Sichtweite der Verfolger, ohnehin nicht. Er wollte also immer weiter die Prachtallee hinunter rasen, bis er in die belebteren Ringe der Tempelanlage kam. Und falls ihm seine Verfolger bis dahin nicht noch dichter auf die Pelle gerückt waren, würde er – da er nicht sicher sein konnte, ob ihm Einheimische oder Pilger wirklich helfen würden – noch weiter rennen: aus dem Tor hinaus und in das Lager der Waldstamm-Krieger, die ihre Ältesten bis vor die Tore des Tempels begleitet hatten. *Die* würden sicher unverzüglich reagieren, wenn er berichtete, dass ihre Stammesältesten in Gefahr waren.

Ein weiterer rascher Blick nach hinten zeigte ihm, dass er den Abstand etwas vergrößert hatte – der erneute Blick nach vorne zeigte ihm… einen Mann, der hinter der Granitstatue eines Tiefen Priesters längst vergangener Tage hervorgesprungen war! Tulpe wollte links an ihm vorbeirennen, dachte, er würde es schaffen… als der Kerl ihm ein Bein stellte.

Tulpe, inzwischen kaum noch dampfend, überschlug sich mit einem Aufschrei, schrammte sich das linke Knie und die Stirn auf. Bevor er sich benommen wieder aufrappeln konnte, bekam er einen gemeinen Tritt in die Seite, der ihn auf den Rücken schleuderte. Da waren seine Verfolger auch schon heran und stürzten sich auf ihn. Verzweifelt rief er dem so plötzlich aufgetauchten Mann noch zu: »Hilf mir! Das sind Räuber!«

»Räuber? Natürlich sind sie das«, lächelte der Mann, »und sie sind Männer von Bram Silberohr, der schlau genug ist, einen Beobachter zurückzulassen, der es ihm rechtzeitig meldet, falls sich die Spitzohr-Krieger aus irgendeinem Grund doch dazu entscheiden sollten, zum Tempel hoch zu marschieren.«

Entsetzt sah Tulpe den Mann an, der plötzlich ein langes Messer in der Hand hielt. Der Junge wollte sich wehren, hatte jedoch keine Chance gegen die zwei starken Kerle, die ihn inzwischen hochgerissen hatten und mit eisernen Griffen zwischen sich fest hielten. Der Mann mit dem Messer sah einen der beiden anderen fragend an, der zischte: »Ich denk', wir brauchen ihn nicht mehr. Mach ihn still.«

Der Mann holte aus.

*

Der Weinkeller schien plötzlich ein gutes Stück kleiner zu sein: 13 Kerle hatten sich, mit gezogenen Schwertern und erhobenen Streitkolben, durch die Tür gedrängt und starrten nun in das Zwielicht des unübersichtlichen Gewölbes, das durch die zwei Fackeln, die sie mitgebracht hatten, auch nicht viel mehr preisgab als vorher. Ein großer, stoppelbärtiger Mann mit Blutkruste unter der Nase ergriff das Wort: »Pinko, Brecher, Prinz Lasse: Ihr bleibt an der Tür, und lasst mir nur kein Vögelchen entwischen. Wir anderen werden den Keller durchsuchen.« Schließlich rief er in den Raum hinein: »Krötengift und saurer Wein, alles muss verstecket sein – hinter mir, vor mir, neben mir gilt es nicht! Ich komme!« Dann schritt Lamm, nach allen Seiten spähend und gefolgt von neun seiner Leute, langsam den Mittelgang entlang.

»*Jiiiih!!!*«, schrie plötzlich der letzte in der Reihe seiner Spießgesellen auf, »alles voll Beulenspinnen! *Riesige* Beulenspinnen!«

Alle drehten sich nach ihm um und sahen die hagere, glatzköpfige Gestalt herumhüpfen. Es hatte den Anschein, als versuche er, irgendetwas vor ihm auf dem Boden zu zertrampeln – doch da war nichts.

Unwirsch rief Lam: »Du Depp! Da ist nix!« Dann drehte er sich wieder um. Und starrte einer riesigen, fetten Frau ins Gesicht, die »*Gefunden!*« flüsterte. Dann krachte ihm etwas auf den Kopf, und er sah nichts mehr.

Xavox Ablenkung war gerade rechtzeitig gekommen, sodass Brumberta, in jeder Hand eine Flasche fest am Hals gepackt, hinter einem Pfeiler hervortreten und den Anführer der kleinen Gruppe ausschalten konnte. Die zweite Flasche schleuderte sie mit aller Macht auf den ersten Mann hinter Lam. Der hatte sich, wie die anderen auch, als er das Zerbersten der ersten Flasche hörte, wieder nach vorne gewandt, konnte es aber nicht verhindern, dass die Flasche eine Punktlandung auf seiner Stirn machte und ihn ebenfalls unsanft ins Reich der Träume schickte. Die anderen wollten sich auf Brumberta stürzen, aber die riss an einem Amphoren-Regal, das polternd über den Nachfolgenden zusammenbrach, dann verschwand sie hinter den nächsten Regalen. Doch sie hatte auch einen der verbleibenden Räuber auf eine Idee gebracht: »Jetzt reicht's!«, kreischte der kleine, bullige Mann, während sich drei seiner Kameraden stöhnend und fluchend unter den Regal-Trümmern herausarbeiteten, »werft alle Regale um und entzündet beim Vorrücken die Fackeln an den Pfeilern! Dann werden wir schon sehen, wer sich hier verbirgt.«

Schnell war der Boden von einem Wein-See überdeckt, und das Krachen und Scheppern näherte sich bedenklich rasch Xavox und Brumberta, die sich in den hinteren Bereich des Kellers geschlichen hatten. »Tja. Kann nicht wirklich sagen, dass es schön mit dir gewesen war,« flüsterte Brumberta, »aber ich werde so viele wie möglich von denen mitnehmen.« Dann trat sie, Xavox am Ärmel hinter sich herziehend, wieder in den inzwischen recht hellen Mittelgang und rief: »Lasst doch den schönen Wein! Hier sind wir.«

»Jetzt haben wir sie!«, schrie der neue Wortführer und stürmte mit erhobenem Streitkolben auf Brumberta zu. Aber er war eben nur ein Räuber, kein Krieger und schon gar kein Taktiker. So machte er den Fehler, nicht abzuwarten, bis seine Gruppe zu ihm aufschloss. Brumberta hatte keine Mühe, seinen Hieb abzufangen. Dann packte sie den Mann kurzerhand an Arm und Hosenbund und schleuderte ihn mit einem wütenden Schrei gegen die Front des Riesenfasses. Noch in der gleichen Bewegung tauchte sie, Xavox mit sich reißend, nach rechts davon, während sich seitlich über ihr auch schon eine Wein-Sturzflut auf die nachfolgenden Räuber ergoss. Die ersten wurden umgerissen, stürzten gegen die Nachfolgenden, und das schreiende Räuber-Knäuel war komplett. Der bullige Räuber, den die Nekis-Nymphe als Wurfgeschoss benutzt hatte, hing bewusstlos und mit dem Kopf nach unten aus einer weit über einen Meter großen, gezackten Öffnung in der Front des Fasses. Brumberta schnappte sich den verblüfften Xavox, flüsterte: »Bleib da drin und zieh den Kopf ein«, dann hatte sie ihn auch schon unsanft durch die Öffnung geworfen.

Das Platschen seiner Landung hörte sie bereits nicht mehr, denn mit dem Streitkolben des ersten Räubers hatte sie sich augenblicklich wie eine Furie auf die noch am Boden liegenden Männer gestürzt. Sie war flink genug, dass zwei von ihnen auch nicht mehr aufstehen würden. Doch dann war es den anderen endlich gelungen, gemeinsam Front gegen die große Frau zu machen. Fünf waren noch übrig plus die drei an der Tür. Die fünf bildeten nun einen Halbkreis um Brumberta, die mit dem Rücken zum Fass stand, und kamen wutschnaubend auf sie zu – das sah nicht gut aus.

»Da kommt jemand!« Einer der Räuber, die an der Tür gestanden hatten, kam keuchend angerannt. Von weiter hinten ertönte auch schon der energische Ruf einer Frauenstimme: »Was ist hier los?«

Die anderen wollten nicht noch mal den Fehler machen und Brumberta den Rücken zukehren. Die Waffen immer noch auf sie gerichtet, wandten sie sich halb dem Mittelgang zur Tür zu. Von dort kamen nun auch die anderen Türwächter. Die gingen allerdings, unsicher über die Regal-Trümmer steigend, rückwärts. Ihre Waffen zeigten dabei auf zwei eindrucksvolle Gestalten, die ihnen mit blanken Schwertern folgten: ein Muskelpaket von einem Mann und eine durchtrainierte junge Frau. Beide trugen kurze Kettenhemden und hatten Arm- und Beinschienen angelegt. Runde Helme, die seitlich bis über die Wangen reichten, vorne die Form der Augenbrauen nachzeichneten und die Nase durch eine eiserne Lasche schützten, ließen die Gesichter mehr erahnen als erkennen.

Einer von Brams Männern rief ihnen entgegen: »Wenn euch euer Leben lieb ist, verzieht ihr euch und lasst uns unseren Geschäften nachgehen.«

»Ach was? Also, wenn ihr *unsere* Geschäfte nicht stört, dann können wir ja vielleicht… He! Hast du die alle alleine erledigt?«, die letzte Frage des großen Mannes galt Brumberta, die noch immer in der Mitte des Räuber-Halbkreises stand und, die Männer fest im Blick behaltend, den Streitkolben drohend vor sich hin und her bewegte.

»Wohl wahr, die gehen auf mein Konto. Ich wäre aber nicht zu stolz, falls ihr mir ein, zwei abnehmen wolltet.«

»Ihr scheint hier im Tempel ja keine Langeweile zu haben«, sagte nun die Kriegerin, »wir verfolgen hier allerdings eigene Interessen. Heute Morgen ist mit der Prozession ein Mann hier reingegangen und seither nicht mehr rausgekommen. Als dann eure Bande den Laden stürmte, schien es uns an der Zeit, mal nachzusehen. Denn wir müssen den Kerl unbedingt noch was fragen, bevor ihm jemand die Kehle aufschlitzt. Also haben wir eure Wachen am Südeingang des Tempels schlafen gelegt und den Tempel durchkämmt. Zuerst sind wir nur auf ein paar schnarchende Priester gestoßen, die sich partout nicht wecken lassen wollten. Bei unserem weiteren Weg hat uns der Lärm dann hier runter gelockt. Und jetzt will ich wissen, ob mir jemand sagen kann, wo dieser alte…«

»Hallooooo, hicks, Ailis, meine tapfere, hihihi, hps, kleine Kriegerin! Geht's gut?«

Alle starrten nach oben zu dem Loch im Fass. Dort stand, triefend vom Wein, leicht schwankend und sich mit der Linken am oberen Rand des Loches festhaltend, der alte Halbmagier und winkte mit der Rechten fröhlich Ailis zu. Dann reckte er unbeholfen sein Kinn nach vorne, streckte die Zunge weit heraus und versuchte, mit ihr den Wein aufzufangen, der in einem stetigen Tropfenstrom aus seinen Haaren und über die Nase perlte.

Als sie sich gefangen hatte, brüllte Ailis: »Tacituús! Hätte ich mir ja denken können, dass du da steckst, wo der Ärger am größten ist!«

»Wer ist Tacituús?«, mischte sich Brumberta ein, »der hier jedenfalls nicht. Das ist Xavox.«

»Xavox?«

»Jup!«, kam es von oben, während der Alte kurz den Kopf schüttelte, um das Schielen wieder loszuwerden, mit dem er auf einen Tropfen auf seiner Nasenspitze gestarrt hatte. Dann machte er eine großspurige Verbeugung, bei der er fast aus dem Fass gestürzt wäre, und verkündete: »Gestatten, Xavox, Halbzauberer. Die gute Brumi hier hat, *hupps!*, recht. Tut mir leid, Ailis und Haans, dass ich euch täuschen musste, aber ich – hey! Lalalalllalllaaaaa! Ist das nicht ein fabal... fabulhiftes, fabil... ganz tolles Echo hier im Fass? *Hpss!*«

»Aha. Willkommen im Club«, meinte Brumberta zu den beiden Kriegern, »wie hat er euch denn reingelegt?«

»Nix weiter«, knurrte Haans, »bloß die Freundschaft erschlichen, um uns übertölpeln zu können und einen Diebstahl zu begehen, sodass *wir* eingekerkert wurden und hingerichtet werden sollten.«

»Oh! Da werde ich mich wohl hinten anstellen müssen. Euch hat er ja noch mehr verarscht als mich!«

»Du hast auch noch einen Trillerlops mit ihm zu rupfen?«

»Eine ganze Herde.«

»Wenn dem so ist... wieso *verteidigst* du ihn dann eigentlich hier?«

»Äh!?...«, verdutzt ließ Brumberta den Streitkolben sinken, »jetzt, wo du's sagst...«

»Alte Freundschaft!«, grölte Xavox von oben, »wisssst ihr, wir haha-hatten mal was ssuusammen!«, dann bückte er sich, um mit der hohlen Hand Wein zu schöpfen und ihn gurgelnd zu schlürfen.

»Hältst du die Klappe!«, brüllte Brumberta mit hochrotem Kopf nach oben.

»Hallo!«, mischte sich nun ein schwarzhaariger Räuber mit gespaltener Nase und einem dunkelbraunen Schneidezahn ein, »entschuldigt mal, aber wir sind auch noch da! Könntet ihr eure Erinnerungen vielleicht später austauschen? Der Kerl soll euch sagen, was ihr wissen wollt, dann verzieht euch, und wir können die beiden endlich kaltmachen!«

»Wie, *hick,* Ailis, Haans, wollt ihr etwa nicht für mich kämpfen?«

»Das, Ihr Erzgauner, muss ich mir noch gut überlegen«, grollte Ailis.

»*Ouuuh!* Ihr mööögt mich nicht mehr!« Eine Träne kullerte aus Xavox` Augenwinkel und vermischte sich mit dem Wein. »Und Brumi hat mich in ein Fass geworfen! *Mich!* Den Halbzauberer! Du hätte wenigstens ein anderes Fass aussuchen können, der Wein hier drin ist nämlich erbärmlicher Fusel. Und wer war es, der euch zur Flucht verholfen hat? Hä? Ach erzählt mal, konntet ihr eigentlich entkommen?«

»Ja, wir… Du Depp! Stünden wir vielleicht hier, wenn wir nicht geflohen wären?«

Xavox steckte sich den Zeigefinger in den Mundwinkel und starrte angestrengt nach oben. Mit einem Ruck fixierte er wieder Ailis: »Tasssächlich! He! Ich weiß aber auch was! Mir ist nämlich gerade eine tiefschlürfende Erkenntnis – hab ich gerade ›tiefschlürfend‹ gesagt? Hihi! Ist das komisch! Hps! – also, ich weiß, wie ihr uns auf jeden Fall helfen werdet!«

»Da bin ich aber mal gespannt!«

Xavox versuchte sich gerade aufzurichten, räusperte sich theatralisch und sprach: »Ihr lieben Räuber! Wisst ihr eigentlich, was es war, das ich geklaut habe?«

»Halt die Klappe!«, schrieen jetzt Ailis und Haans entsetzt, doch es war zu spät.

»1100 Hockperlen. Jawoll! Und die wollen meine beiden Freunde wiederhaben, um sich zu rehibalitieren, oder so. Und sie werden den Burischja tun, euch die Perlen zu überlassen. Ihr werdet schon gegen sie kämpfen müssen.«

Schlagartig wandten sich die acht Bandenmitglieder nun Haans und Ailis zu.

»1100?«

»Stimmt das?«

»Hockperlen?«

Die Krieger hoben ihre Schwerter und gingen in Kampfstellung.

»Es stimmt also«, murmelte ein Räuber, während die Gier seine Augen zu Schlitzen zusammendrückte.

*

»Himmel!«, flüsterte Peter panisch, »woher wissen die, dass wir hier oben sind? Dann gab er selbst die Antwort: »Ich Idiot! Der geheime Raum! Von dort kann man gerade so über den Rand des Beckens sehen – hab' ich ja auch gemacht. Beim Durchstöbern der Anlage muss einer dieser Kerle da oben reingeraten sein und hat seinem Boss Bericht erstattet!«

Von unten tönte es böse: »Na gut, dann kommen wir eben hoch!«

Ky überlegte hastig: »Aber es ist so eng hier, dass du die ganze Zeit an der dem Beobachtungsfenster zugewandten Seite des Quellenschachts geklebt hast. Vielleicht hat er dich gar nicht gesehen, und die wissen überhaupt nicht, dass hier zwei sind?«

»Was?! Ihr traut euch nicht durch das Becken der Lebenden Quelle?«, brüllte plötzlich Bram seine Leute an. Ky und Peter wollten schon Hoffnung schöpfen, doch da schallte die Stimme des Räuberhauptmanns nochmals durch den Tempel: »Einen Goldochsen extra für den, der zuerst oben ist!«

Augenblicklich waren fünf heftige Platscher zu hören, als fünf schwere Körper ins Becken sprangen.

Peter und Ky sahen sich entsetzt an. Dann atmete Ky tief durch, lächelte traurig und sagte: »*Du* hast noch eine Welt zu retten. Und... und mich wollen die ja auch gar nicht umbringen.«

»Was... was soll das heißen?«, fragte Peter, obwohl er die Antwort schon kannte.

»Hab' doch gesagt, dass ich mich bessern will«, antwortete Ky mit zitternder Stimme, »ich fange jetzt damit an. Bleib versteckt, damit das hier nicht umsonst ist.« Und mit einem Ruck zog sie sich am Beckenrand hoch, stemmte ihren Oberkörper in die Höhe, schwang die Beine über den Rand und rief nach unten: »Habt euch doch nicht so! Ich komme ja schon, – obwohl ich nicht weiß, ob ihr euch das wirklich wünschen solltet.«

Zuerst starrten die Räuber verblüfft nach oben, dann brachen sie in schallendes Gelächter aus. Der erste der fünf Kerle, die am Quellfelsen emporkletterten, ein fast zwei Meter großes Muskelpaket, war schon bis auf einen Meter herangekommen und umfasste gerade mit einer Hand einen kleinen Vorsprung. Auch er lachte. Ky sprang vom Beckenrand aus auf seine Finger. Er lachte nicht mehr. Mit einem Schrei polterte er rückwärts wieder hinunter und riss zwei seiner Spießgesellen mit hinab. Dann machte Ky einen Satz über die beiden verbliebenen Kletterer hinweg und sprang aus vier Metern Höhe in das Becken. Die Knie mit den Armen umfasst, schlug sie wie eine Bombe zwischen den im Wasser treibenden Räubern ein. Unsanft kam sie auf dem Beckenboden auf, doch hatte das Wasser sie immerhin weit genug abgebremst, dass sie sich nicht ernsthaft verletzte. Sie wollte versuchen, dicht über dem Grund um den Felsen herum zu tauchen. Vielleicht hatte sie ja Glück und konnte auf der Rückseite... hart wurde sie von kräftigen Fingern am rechten Knöchel gepackt und zurückgezerrt.

Der erste Mann, den sie vom Felsen gestürzt hatte – und der nicht gerade gut auf sie zu sprechen war, was an der heftig blutenden Stirnwunde liegen mochte –, zog sie am Fuß hinter sich her bis zur Treppe, sodass sie fast keine Luft mehr bekam, dann wuchtete er sie mit einer Hand aus dem Wasser. Hustend und schnaubend baumelte sie mit dem Kopf nach unten. Durch das Wasser, das ihr in die Augen floss, konnte sie kaum etwas sehen, doch Ky versuchte dennoch zu zielen... und traf mit dem freien Fuß an einer recht empfindlichen Stelle.

Durch den Schmerz öffnete der aufjaulende Mann augenblicklich die Hand. Ky plumpste zu Boden, sprang gleich wieder auf und wollte dem nächstbesten Räuber den Kopf in den Bauch rammen, doch nun hatte sie ihr Glück überstrapaziert.

Von zwei Seiten wurde sie mit eisernen Griffen festgehalten, und alles Aufbäumen half nichts, als sie zum Anführer der Räuber gezerrt wurde. Aber immerhin, so dachte sie erschöpft, war es ihr sicher gelungen, die Aufmerksamkeit der Bande von der Quellmündung abzulenken. Hoffentlich entkamen die Anderen. Und vielleicht, vielleicht, vielleicht würden sie versuchen, sie zu befreien. Dann hielt nur noch ein Räuber ihre Hände hinter ihrem Rücken zusammen, und sie stand vor Bram Silberohr. Blickte in seine Augen. Ihre Beine drohten nachzugeben. Sie wusste in diesem Augen-Blick, dass Bram den anderen nicht genug Zeit geben würde, sie zu retten.

Bram starrte sie eine Sekunde aus eisigen Augen an. Dann schnellte seine Rechte vor, und er schlug ihr mit der flachen Hand ungebremst ins Gesicht. Der Schock war so groß, dass sie es kaum spürte, als ihre Lippen aufplatzten und augenblicklich ein dunkelroter Blutstrom aus Mund und Nasenlöchern quoll. Ky schoss der Gedanke durch den Kopf, was für ein Glück es doch war, dass sie ihre neue Hauptstadtmode nicht trug – die schöne Kleidung wäre ja total versaut worden. Aus einer anderen Ecke ihres Hirns flüsterte sie sich selbst zu, dass das jetzt ja wohl recht nebensächlich sei und sie ziemlichen Schwachsinn dachte; kurz lachte sie auf, sodass Bram drei kleine Bluttröpfchen ins Gesicht flogen. Der verstand das Lachen allerdings falsch, wich tatsächlich, ungläubig den Kopf schüttelnd, einen halben Schritt zurück, bevor sein Kopf vor Wut rot zu dampfen schien.

Viele von Brams Männern glotzten nun erstaunt auf das Mädchen, das alleine eine Räuberbande angegriffen und nun, besiegt, geschlagen und blutend, ihrem Anführer ins Gesicht gelacht hatte.

Bram hob die Faust.

Ky hoffte, es würde schnell gehen.

Da rief einer von Brams Leuten: »*Nein!* Hör zu, du führst uns und bestimmst, wo's lang geht. Aber das hier ist ein *Kind*. Und Burischja soll mich holen, wenn das nicht das mutigste Mädchen ist, das ich jemals gesehen habe.«

Entgeistert starrte Bram den kleinen, narbengesichtigen Mann an, dann kreischte er: »Hurtz! Wer hat dich nach deiner beschissenen Meinung gefragt?«

Die Stimme von Hurtz zitterte, doch er sagte: »Du bist mein Anführer. Und ich bin nichts weiter als ein Lumpenhund. Aber ich bin ein freier Mann und lasse mir nicht den Mund verbieten. Und ich sage: Lass die Kleine in Ruhe!« Gemurmel erhob sich unter den Räubern. Gemurmel, das Hurtz nicht durchwegs zu verdammen schien.

Erneut keimte Hoffnung in Ky auf.

Kurz schweifte Brams Blick zu einem breitschultrigen Räuber schräg hinter Hurtz. Dessen mit einem Schlagring versehene Faust krachte seitlich an Hurtz' Schläfe, der augenblicklich zu Boden stürzte.

Dann zischte Bram Ky so durchdringend an, dass alle anderen Räuber still wurden: »Eine fette Priesterin, die eigentlich tot im Wasser liegen sollte und uns stattdessen mit Taschenspielertricks übertölpelt. Ein paar Kinder und ein alter Mickerling, die 77 meiner Männer direkt unter der Nase weg entwischen. Ein kleines *Mädchen*, das es *wagt* – wo wir doch eigentlich schon längst wieder verschwunden sein sollten –, *allein* meine ganze Bande anzugreifen! Das *meine* Männer gegen *mich* aufwiegelt!«

Dann packte seine Linke blitzschnell Kys Hals, sodass sein Daumen auf ihrem Kehlkopf zu liegen kam und ihr Blut auf seinen Ärmel tropfte. Er drückte zu, während er das Mädchen anbrüllte: »*Wenn ich irgendetwas noch mehr hasse als alle verdammten hassenswerten Dinge auf dieser hassenswerten Welt: ICH HASSE ES, VERARSCHT ZU WERDEN!!!*« Dann hob er das Mädchen mit einer Hand hoch und drückte immer fester zu. Ky quollen die Augen aus den Höhlen, ihre Lunge brannte, sie zappelte, wollte nach Bram treten, doch ihre Kräfte reichten nicht mehr, und aus dem Zappeln wurde langsam ein Zucken.

»*Genug jetzt!*«, brüllte eine junge Stimme von der Spitze des Quellfelsens herab, »wer ein Arschgesicht hat, wird eben verarscht. Aber keine Angst, ich werde dich nicht verarschen. Ich komme jetzt runter, um dir deinen verdammten Schädel zu spalten.«

Im ersten Moment, als Peter nicht mehr mitansehen konnte, was dort unten geschah, hatte er einfach brüllen wollen, dass Bram seine Finger von Ky lassen solle. Im letzten Augenblick war ihm durch den Kopf gezuckt, ihren Namen nicht zu erwähnen, sie nebensächlich erscheinen zu lassen... Tatsächlich richteten sich Brams zu Schlitzen verengte Augen auf ihn, dann flüsterte er: »Sieh an, sieh an. Unser Hauptgewinn!« Er schleuderte Ky wie eine Puppe von sich. Sie schlug hart auf den Rücken auf und blieb keuchend liegen, während Bram zu Peter hinauf rief: »Tja, tut mir leid, dass ich dir nicht persönlich den Hals breche, aber so langsam habe ich es etwas eilig – und außerdem hab' ich die Schnauze voll!« Dann gab er den beiden verbliebenen Armbrustschützen ein Zeichen.

*

»Hm-hm!«, räusperte sich eine Frauenstimme laut und vernehmlich von der Seite. Der Mann, der Tulpe gerade ohne Skrupel abstechen wollte, fuhr erschrocken herum. Aus dem Schatten eines Alleebaumes waren zwei in dunkle Kutten gehüllte, in der hereinbrechenden Nacht kaum zu erkennende Gestalten hervorgetreten. Von einer dieser Gestalten flirrte etwas auf den Mann zu. Der zuckte. Das Messer entglitt ihm, fiel klappernd zu Boden. Er fuhr sich gurgelnd an die Kehle, in der plötzlich irgendetwas stecken musste. Noch ehe er auf die Knie gesunken und zusammengebrochen war, zuckte der Arm einer der vermummten Gestalten erneut nach vorne, und der ihr zugewandte Mann, der Tulpe gerade noch festgehalten hatte, brach röchelnd zusammen. Der andere ließ den Jungen entsetzt los und rannte um sein Leben die Straße wieder hinauf. Doch er kam nicht weit. Blitzschnell schleuderte die Gestalt ein drittes Wurfmesser. Der Flüchtende fiel vornüber, versuchte noch, mit fahrigen Bewegungen nach etwas zu tasten, das aus seinem Rücken ragte, dann lag er still.

Die vermummte Gestalt, die die Messer geschleudert hatte, starrte wie in Trance auf die Toten, zitterte leicht. Die andere trat auf Tulpe zu, der erschrocken einen Schritt zurückwich. Da schlug die Frau die Kapuze zurück, damit er sie erkennen konnte, und sie sagte fast flehentlich: »Keine Angst, Tulpe. Bitte sag mir, wo meine Tochter ist. Sag mir, dass ihr nichts geschehen ist? Sag mir, dass sie *lebt!*«

*

»*Wir* wollen die Perlen! Wir sind acht, ihr seid nur zwei!«
»Acht *was*?«, schnaubte Haans verächtlich, »*wir* sind Krieger.«

»Außerdem ist die Rechnung falsch,« *KRACH.* »Ihr seid *sieben*, wir sind *drei*«, knurrte Brumberta, die gerade einen der Räuber von hinten niedergeschlagen hatte. Mit einem Wutschrei griff sie der ihr am nächsten stehende Mann mit einem Schwerthieb an, den sie im letzten Moment noch mit dem Streitkolben beiseite schlagen konnte. Dann belauerten sich die beiden, während die anderen, sich durch Schreie Mut machend, Haans und Ailis angriffen.

Die erwarteten ruhig die Heranstürmenden.

Genau genommen hatte der Krieg um das Elf-Stämme-Reich schon an jenem Tag begonnen, als ein Schuhputzer-Prinz die Absichten des Kriegskanzlers durchschaut hatte. Doch wenigstens war den Verrätern des Königs bisher das Blutvergießen von eigener Hand erspart geblieben. Das würde sich an diesem Tag ändern.

Schnell mischte sich Blut mit dem Weinsee, der einen großen Teil des Kellerbodens bedeckte. Der ganze Kampf war eine Angelegenheit von wenigen Sekunden: Den von oben geführten Schwerthieb des ersten Angreifers lenkte Haans mit dem Armschutz zur Seite, während er den Mann gleichzeitig mit seiner Schulter zurückrammte, sodass dieser gegen seinen Nebenmann stieß und auch diesen stolpern ließ; fast gleichzeitig machte Haans einen Ausfallschritt rechts an den beiden vorbei und bohrte sein Schwert einem dritten Mann ins Herz. Beim Herausreißen verkantete er seine Waffe absichtlich, um den Sterbenden mit dem Ruck zwischen sich und einen Stich des ersten Angreifers zu zerren. Tief bohrte sich dessen Breitschwert in den Leib seines eigenen Kameraden, den schleuderte Haans mit einer Drehung beiseite, wodurch das Schwert dem Angreifer aus der Hand gerissen wurde. Der Entwaffnete sprang entsetzt zurück, und Haans stand nur noch einem Räuber gegenüber. Zwei Hiebe konnte der mit seiner Axt abwehren, der dritte schlitzte ihm den Arm auf. Noch bevor er den Schock überwunden hatte, tötete ihn ein tiefer Stich unter den linken Arm.

Ailis hatte unterdessen ihre Schnelligkeit und haushohe technische Überlegenheit genutzt: Um ihre Achse wirbelnd hatte sie in ungeheurer Geschwindigkeit mit Armschiene und Schwert Hiebe abgewehrt, schnell eine Lücke in der Deckung ihrer Gegner ausgemacht und ihrem einem der Räuber einen tödlichen Stich in den Hals versetzt. Dann machte sie einen hohen Satz zurück, landete in der Hocke mit den Fersen auf dem Brett eines Weinregals, schnellte sich nach vorne, flog mit einer Luftrolle über die verbleibenden Räuber hinweg und stieß, noch in der Luft, ihr Schwert nach hinten, durch die Wirbelsäule eines Angreifers. Der dritte Mann hatte genug gesehen und rannte entsetzt in Richtung Ausgang, doch er schaffte nicht einmal die Hälfte der Strecke: Ailis' geschleudertes Schwert traf seinen Hals.

Der Räuber, den Haans entwaffnet hatte, lag inzwischen auf Knien vor dem großen Krieger und wimmerte um Gnade. Haans riss Stoffstreifen aus dem Hemd eines Toten und fesselte dem Überlebenden die Hände auf den Rücken, während Ailis eines der inzwischen zahlreich umherliegenden Schwerter aufklaubte, um Brumberta zu helfen.

Vor dem Fass bot sich ihr indes ein recht erstaunliches Bild. Brumberta und ihr Angreifer hatten sich nur zwei Mal umkreist gehabt, als von oben auch schon der klatschnasse Mantel des Halbzauberers über Kopf und Schultern des Räubers fiel. Der kleine Halbzauberer selbst war gleich hinterher gehopst, klammerte sich nun mit Beinen und linkem Arm an dem Mann fest, während er immer wieder mit der rechten Faust auf dessen Kopf schlug, sich von den Verrenkungen des Mannes nicht abschütteln ließ und ohne Unterlass schrie: »Lass Brumi in Ruh! Lass Brumi in Ruh!« Ein seltsames Gefühl der Rührung beschlich Brumberta. Schnell pflückte sie den kleinen Mann von dem Räuber herunter, den sie dann mit Hilfe Ailis' schnell gefesselt hatte. Das gleiche Schicksal ereilte auch diejenigen aus der Bande, die das Glück gehabt hatten, von Brumberta nur niedergeschlagen worden zu sein.

Dann führte die Nekis-Nymphe Ailis und Haans etwas beiseite, damit die gefesselten Räuber nicht zuhören konnten, und sie schilderten sich gegenseitig in der Schnellversion, was bisher geschehen war. Ailis und Haans mochten zwar bis auf Weiteres nicht glauben, dass der Kriegskanzler in dunkle Machenschaften verstrickt sein sollte, doch durch die eigenen Erlebnisse beschlich sie das ungute Gefühl, dass irgendetwas an der Geschichte dran sein könnte. Jetzt brannte Ailis aber vor allem darauf, den Waldstamm-Ältesten zu helfen, die offenbar immer noch von einem Teil der Räuberbande bedroht wurden. Sie zog ihr eigenes Schwert wieder aus dem Hals des Räubers, während sich Brumberta aus den Waffen der Bandenmitgieder bediente und auch die beiden Krieger sich noch mit zusätzlichen Schwertern ausrüsteten. Auf Brumbertas Bitte hin erklärten sich die beiden zudem bereit, den drei jungen Leuten zu helfen, die vermutlich ebenfalls noch irgendwo im Tempel steckten – falls sich die Gelegenheit dazu ergeben sollte. Jetzt wollten sie schnell aufbrechen, doch…

»He! Wo steckt eigentlich der alte Tunichtgut?«, rief Haans.

Sie sahen sich suchend um, aber von Xavox war kein Zipfel zu sehen.

»Psst! Ruhe mal!«, sagte Ailis unvermittelt. Da hörten es auch die anderen: Aus dem halb zerschlagenen Fass drang, gedämpft, aber deutlich, kräftiges Schnarchen. Haans trat an das Loch, griff hinein und zog Xavox am Kragen heraus, der allerdings nicht wach wurde, sondern nur unverständliche Laute murmelte. Seufzend warf sich Haans den weintriefenden Halbzauberer wie einen nassen Sack – dem er in diesem Moment auch sehr ähnelte – über die linke Schulter, dann machten sie sich auf den Weg.

*

Es war nicht etwa ein Kunstgriff oder besondere Geschicklichkeit von Peter. Als er, oben auf dem Quellfelsen stehend, sah, dass zwei Armbrüste auf ihn gerichtet wurden, hatte er einfach erschrocken mit gestreckten Armen die Breitseite der Streitaxt vor sich gehalten. Der erste Pfeil prallte mit einem satten »Pling« von der Klinge ab, der zweite durchschlug den Griff etwa elf Zentimeter unterhalb des Axtkopfes, blieb jedoch stecken, sodass die Spitze zwölf Zentimeter herausragte und auf sein Herz zeigte. Ein fast schon ehrfürchtiges Raunen ging durch die Menge.

Selbst wohl am meisten überrascht, noch am Leben zu sein, und dem kribbelnden Quellwasser leise dankend, das ihm Kraft zu geben schien, rief Peter: »So. Der große Räuberhauptmann ist nicht Manns genug, es mit einem 13-jährigen Jungen aufzunehmen? Ihr Räuber! Wenn ihr den Befehlen dieses Feiglings weiter folgt, wenn ihr uns wirklich tötet, wird das für das ganze Elf-Stämme-Reich verheerende Folgen haben, und das solltet ihr wörtlich nehmen. Nur wenige können sich dieser Gefahr entgegenstellen. Und diese Wenigen sind hier.«

»Was redest du da für einen Unsinn?«, brüllte Bram Silberohr, »Armbrustschützen! Worauf wartet ihr? Ladet nach.«

»Ah, ah«, rief Peter herunter, »wenn Ihr es jetzt nicht selbst erledigt, wird Euch vor Euren Leuten immer ein Makel anhaften!«

»Oh verdammt! Na gut, wenn du so beschissenen Wert darauf legst, dass ich dein Gedärme hier verteile, dann komm endlich, ich will es hinter mich bringen!«

Peter rutschte und schlitterte den Felsen hinunter. Jetzt wäre es so ganz allmählich an der Zeit, dass Xavox mit irgendeinem Ass im Ärmel wieder auftauchen würde oder Tulpe mit der Kavallerie hereingeprescht käme. Ihm war jedenfalls klar, dass er bei einem echten Zweikampf nicht den Hauch einer Chance gegen Bram hätte. Und die Alten standen noch immer mit dem Rücken zur Wand und betrachteten das Geschehen.

Peter durchwatete, die Axt geschultert, das Becken, stieg die Treppe herauf und näherte sich, verständlicherweise nicht allzu schnell, dem Räuberhauptmann. Ein schneller Seitenblick zeigte ihm, dass Ky inzwischen nicht mehr ganz so verzweifelt nach Luft japste, sich seitlich auf einen Ellbogen gestützt hatte und sein Tun verfolgte. Vielleicht könnte er Bram ja wenigstens von ihr weglocken...

Doch der schien wirklich keine Geduld mehr zu haben. Er riss sein Schwert heraus, kam fast im Laufschritt heran und stieß zu. Peter ließ die Streitaxt mehr in die Bahn des Schwertes fallen, als dass er sie gezielt führte – doch der Stich war abgewehrt. Bram führte einen Hieb von oben, aber Peter konnte ihn zur Seite schlagen. Doch nun grinste Bram, machte eine Rückhandfinte, die Peters Aufmerksamkeit problemlos auf die falsche Seite lenkte, dann wirbelte der Räuber einmal um die eigene Achse und schlug mit Macht zu. Er traf den Hals und trennte den Kopf ab.

Den Kopf der Streitaxt.

Peter hielt plötzlich nur noch den Stiel alleine in der Hand, aus dessen Ende immer noch der Armbrustpfeil ragte.

Bram sah den Jungen hämisch an und erklärte böse: »So, Kleiner, und jetzt ist Zeit, dass wir hier Schluss machen.«

»Da sind wir ganz deiner Meinung. Lass den Jungen in Ruhe. Nach allem was ich gesehen habe, brauchen wir ihn wohl doch noch.«

»Was denn nun schon wieder?«, Bram drehte sich genervt um.

Bela Prinz Starkehand, der bei den anderen Ältesten an der Wand stand, hatte gesprochen.

»Ach was! Euch gibt's auch noch? Mach dich nicht lächerlich, Alter.«

»Wir mögen alt sein, aber wir sind Männer des Waldstammes. Und Männer des Waldstammes sind Krieger. Immer.«

»Ach, *Krieger*, wollt ihr uns vielleicht mit euren Mützen bewerfen?«

»Nicht ganz. – Phalanx!«

Augenblicklich war von der Passivität der Alten, die sie zur Schau getragen hatten, nichts mehr zu spüren. Alle handelten gleichzeitig, schnell, in gleitenden Bewegungen, die einer eingespielten Choreographie zu folgen schienen: Ihre linken Arme glitten hinter die seltsamen, großen Stahlplaketten, die sie vor der Brust trugen – und die nichts anderes als kleine Schilde waren, die nur eine halbe Sekunde später jeder der Ältesten am Unterarm trug, während acht von ihnen mit der Rechten ihre langen Wanderstäbe in ein Rückenfutteral schoben und in der gleichen Bewegung Kurzschwerter aus unter den Umhängen verborgenen Scheiden hervorzogen. Die vier anderen nahmen die breiten Verzierungen von den Spitzen ihren langen Wanderstäben ab – und hielten nun Lanzen in den Händen. Gleichzeitig hatten sich die Schwertträger, mit Bela an der Spitze, zu einem exakten Dreieckswinkel formiert, die Lanzenträger standen im Inneren des Dreiecks, ihre Waffen zeigten zwischen den Schwertträgern nach vorne.

Das Ganze hatte gerade mal eine Sekunde gedauert, denn die Alten hatten auch vorher nicht nur alles hinnehmend an der Wand gestanden, sondern sich, mit kleinen, unauffälligen Bewegungen, nach und nach in günstige Ausgangspositionen gebracht, um mit einem einzigen Schritt die Phalanx bilden zu können. Dazu hatte es nicht einmal einer Anweisung von Bela bedurft, denn sie alle waren Älteste und somit erfahrene Anführer ihrer Clans, die wussten, mit welcher Schlachtordnung sie den größten Erfolg haben würden.

78 Räuber waren es ursprünglich gewesen, die in den Tempel eingedrungen waren. 33 davon durchkämmten noch den Haupttempel, um die Geflüchteten zu suchen. Der Armbrustschütze, den Brumberta mit ihrem Wurfmesser erwischt hatte, lag tot, Hurtz bewusstlos am Boden. Blieben 43 übrig. Damit war die Bande den Ältesten zahlenmäßig noch immer fast vier zu eins überlegen, doch daran schienen diese keinen Gedanken zu verschwenden.

»*Ha!*«, stieß Bela einen Schrei aus – die Schilde gingen hoch, die Schwerter wurden erhoben.

»*Ha!*«

Im Schnellschritt marschierte die Phalanx nach vorne und schlug und stach eine Schneise durch die völlig überrumpelten Räuber.

Bram reagierte zuerst und wollte Peter schnell den Garaus machen, bevor die alten Krieger heran waren. Weit ausholend wandte er sich wieder dem Jungen zu – und sah überrascht, dass Peter inzwischen auch ausgeholt hatte... Zwar fehlte der Streitaxt der Kopf, doch die Pfeilspitze, die den Schaft durchschlagen hatte, ragte immer noch daraus hervor. Mit einem Wutschrei schlug Peter zu, und die Spitze bohrte sich bis zum Anschlag in die Innenseite von Brams Oberarm.

Mit einem Schmerzensschrei sprang dieser zurück, während sein Schwert zu Boden klapperte. Er konnte sich gerade noch in Sicherheit bringen, bevor die Phalanx heran war und gemeinsam mit Peter, der in einem Reflex den Axt-Kopf vom Boden auflas, in Richtung Hinterausgang stürmte.

Doch der Überraschungsmoment währte nicht ewig. Die Räuber formierten sich nun auch, bremsten den Angriff. Bis sich die alten Krieger zum Bankettsaal durchgeschlagen hatten, lagen 15 Räuber erschlagen am Boden, aber auch drei der Ältesten. Von den acht Überlebenden bluteten fast alle aus kleineren oder größeren Wunden. Aber der Durchgang war erreicht, und augenblicklich zeigte eine Barriere aus sieben Speeren auf die nachdrängenden Räuber, während Peter und einer der Ältesten den nächsten der großen Tische im Bankettsaal umstürzten und so vor den Durchgang schoben, dass nur noch ein schmaler Einlass blieb. Durch den zogen sich drei der Ältesten zurück, um dann hinter der Tischplatte hervor mit ihren Speeren den Rückzug der anderen zu decken. Die Räuber blieben drohend, aber unschlüssig stehen, während sich auch der kleine Durchgang schloss. Keiner wollte zuerst in den Speerwald laufen.

»So«, keuchte Prinz Bela, während Blut von seinem linken Arm tropfte, »Barn Stolzkopf und Rima Auge, ihr errichtet zusammen mit Peter Sagenwelt am Ausgang auf der anderen Seite eine Sperre, hinter die wir uns zurückziehen können. Wir anderen halten so lange die Stellung, dann arbeiten wir uns weiter vor – *oh Trillerlops-Mist!*«

Sechs aus Brams Bande kamen in diesem Moment durch den hinteren Eingang in den Saal gestürmt und rannten wie der Teufel in Richtung Tempelhalle.

»Na ja«, sagte Prinz Bela gelassen zu Peter, »fast hätten wir es geschafft – und fast hätte ich dir geglaubt. Aber nach zwei Seiten werden wir uns, angeschlagen wie wir sind, nicht lange halten können. War schön, dich kennengelernt zu haben«, dann hob er sein Schwert, um den Heranstürmenden entgegenzutreten. – Doch von denen stürzte plötzlich einer mit einem Aufschrei nach vorne und blieb liegen. Ein Schwert ragte aus seinem Rücken. Die anderen fünf wandten sich entsetzt um. Ihr Rennen war kein Angriff, es war Flucht gewesen: Hinter ihnen stürmten drei weitere Gestalten in den Saal, zwei davon Krieger, dazu eine gewaltige Frau mit einem Schwert und einem Streitkolben in den Händen. Als die Verfolger die Ältesten erblickten, blieben sie kurz stehen; der größere Krieger warf eine Last, die er über der Schulter hängen gehabt hatte, unsanft auf den nächsten Tisch, der kleinere Krieger hob grüßend sein Schwert, und Bela hörte die Stimme einer jungen Frau mit wilder Freude herüberrufen: »*Waaaaldsatmmmm!*«

Dann zogen beide Krieger jeweils ein zweites Schwert. Elf Sekunden später hatten sie die Ältesten erreicht. Von den Räubern, die im Weg gestanden hatten, lebte keiner mehr.

Die Kriegerin nahm den Helm ab, verbeugte sich tief und stellte sich vor: »Ailis vom Clan der Ähren. Verfügt über mich, ehrenwerter Ältester.«

Auch der Älteste verbeugte sich und erwiderte: »Bela Prinz Starkehand, Ältester des Lanzen-Clans und Goldvorsitzender des Ältestenrates. Meine Tochter, euch schicken die Ahnen. Wer sind die…?«

»Zwar nicht vom Waldstamm, aber mit starken Armen und Herzen.«

»Verflucht! Sei nicht immer so verdammt überheblich!«, knurrte es unter dem Helm des zweiten Kriegers hervor.

Wie hatten Ailis und Haans sie nur gefunden?, fragte sich Peter – aber er war ausgesprochen froh, sie zu sehen.

Doch es war noch nicht vorbei. Ein Schrei war aus dem Saal der Quelle zu hören. Es war der Schrei eines Mädchens.

»Ky!« Mit einem Satz stand Peter an dem umgestürzten Tisch.

Die 28 Räuber, die noch übrig waren, hatten sich in einigen Metern Entfernung im Halbkreis formiert. Bram stand in der Mitte, vor ihm kniete Ky auf dem Boden, das geschwollene, blutverschmierte Gesicht Peter zugewandt, die Augen halb geschlossen. Bram hatte mit der Linken ihre Haare gepackt und drückte mit der Rechten ein Schwert mit der Spitze an ihren Hals. Dann schrie er: »*Ich will diesen Jungen! JETZT!*«

Bela sagte bedauernd zu Ailis: »Das Mädchen ist absolut unglaublich, aber der Junge ist wichtiger für uns, ich fürchte… *he!* Komm zurück!«

Peter war über den Tisch geflankt, ging ein paar Schritte auf Bram zu, dann blieb er stehen und fragte ihn: »Hast du schon mal Frisbee gespielt?«

»Fris… was?«

»Nein? Das spielt man bei uns zu Hause. Ich war letzten Sommer am Strand ganz gut darin. Pass mal auf.«

Peter zog den Axtkopf aus seinem Gürtel, hatte ihn zwischen den beiden Klingen gepackt und schleuderte ihn, waagerecht zum Boden, auf Bram. Der riss im letzten Moment entsetzt seine Waffe nach oben.

Der wirbelnde Axtkopf prallte seitlich gegen das Schwert, wurde aber nicht abgelenkt, sondern blieb zunächst an einer Klingen-Ecke hängen, drehte sich dadurch um das Schwert herum, und die Ecke einer Axt-Schneide grub sich von der Seite her tief in Brams Stirn. Der sah verwundert zu Peter, wollte mit schnappendem Mund noch etwas sagen… und brach lautlos zusammen.

Fünf Sekunden sagte niemand ein Wort. Die Räuber starrten regungslos auf ihren toten Anführer und Peter, mindestens ebenso entsetzt, genauso. Dann schrie der große Kerl, der zuvor Hurtz niedergeschlagen hatte: »*BRINGT SIE ALLE UUUUUUUM!*«

In diesem Moment hallte vom Eingang her ein gewaltiges Hornsignal durch den Raum und 99 Waldstamm-Krieger marschierten ein. Es war eine Angelegenheit von wenigen Sekunden. Nur eine Handvoll Räuber war so wagemutig oder dumm und versuchte zu kämpfen – und konnte schon bald die Ahnen grüßen. Die anderen wurden entwaffnet, gefesselt und an einer Stelle zusammengetrieben.

Noch bevor der letzte Räuber aufgegeben hatte, waren Tulpe und die beiden Frauen in Kutten, die den Kriegern gefolgt waren, zu Peter und Ky gerannt. Der Junge kniete bereits neben dem Mädchen, das, mehr ohnmächtig als bei Bewusstsein, auf dem Boden lag. Die Frauen ließen sich augenblicklich auf die Knie fallen, und eine rief, entsetzt das blutverschmierte Gesicht musternd: »Ky! Um der Ahnen willen! Ist sie…?«, während die andere mit zitternder Stimme zu Peter sagte: »Rétep, Burischja soll dich holen! Was hast du ihr angetan?«

Doch als die Stimmen der Frauen in ihr Bewusstsein gedrungen waren, öffnete das Mädchen flatternd die Augen und flüsterte überrascht: »Mama! Mama! Wie…?« Dann brachen sich Tränen der Erleichterung Bahn, während sie von den Frauen zärtlich liebkost und vorsichtig gedrückt wurde.

Tulpe erklärte unterdessen Peter im Schnellverfahren: »Das sind Olonikayanawanisa und Ri, Kys Mütter, die Frauen von Réteps Onkel N'Ky. Ri stammt auch aus einer Kaufmannsfamilie, Olonikayanawanisa hat N'Ky auf einer Handelsreise kennengelernt. Sie war damals professionelle Karawanen-Beschützerin – und zu meinem Glück kann sie auch heute noch prima Messer werfen, aber das erzähl' ich dir später. Außerdem habe ich nicht die blasseste Ahnung, wie es ihnen gelungen ist, Kys Spur aufzunehmen. Wir haben bisher kaum miteinander gesprochen. Nachdem sie mich von meinen Verfolgern befreit hatten, habe ich ihnen nur gesagt, dass wir sofort die Waldstamm-Krieger holen müssten, weil der Tempel von Räubern gestürmt wurde. Als die Spitzohren-Kämpfer hörten, dass ihre Ältesten in Gefahr sind, haben sie glücklicherweise augenblicklich reagiert. Nichtmal die Pferde haben sie gesattelt, bevor sie zum Tempel geprescht sind – und wir auf Pferden der Ältesten mit ihnen. Haben… haben von uns alle …?«

»Scheint, wir haben sogar Zuwachs bekommen: Ailis und Haans sind wieder da!«

»*Was?* Wie…?«

»Keinen Schimmer. Aber Xavox scheint verletzt zu sein, Haans hat ihn herausgetragen und im Bankettsaal auf einen Tisch gelegt. Und die Ältesten…«, Peters Stimme wurde noch leiser, »von denen haben es nicht alle geschafft.«

Die Ältesten waren noch dabei, sich mit drei Hauptleuten ihrer Krieger zu besprechen, die schwereren Verletzungen versorgen zu lassen und die drei Gefallenen würdevoll zu betten. Tulpe meinte zögernd zu Peter: »Weiß nicht, ob es gut ist, wenn Bela Prinz Starkehand alles über Rétep erfährt.«

Ri unterbrach: »Tulpe, kannst du mir erklären, warum du mit Rétep so sprichst, als wäre er gar nicht Rétep?«

»Na ja, genau das ist ja das Problem: Das hier ist nicht Rétep.«

»Wir haben zu viel durchgemacht, um uns von dir foppen zu lassen«, knurrte Olonikayanawanisa. Doch Ky drückte die Hand ihrer Mutter und erklärte mit krächzender Stimme und schmerzverzerrtem Gesicht durch die geschwollenen Lippen: »Ich weiß, es hört sich verrückt an. Aber er hat Recht. Das hier ist Peter. Peter Sagenwelt. Und er hat mir heute mindestens zwei Mal das Leben gerettet.«

»Ihr Leben«, fiel Peter leise ins Wort, »das sie für mich in Gefahr gebracht hat. Frau Ki, Frau Olinika…äh…, ihre Tochter ist das mutigste und selbstloseste Mädchen im ganzen Elf-Stämme-Reich«, dann blickte er Ky in die Augen und ergänzte: »Und ich bin ungeheuer stolz, dass sie mich zu ihren Freunden zählt.«

In den Gesichtern der beiden Frauen hatte sich immer mehr Verwirrung breitgemacht, und als Peter Ky »selbstlos« nannte, war sogar kurz die Frage in den Augen der Frauen aufgeflackert, ob nicht vielleicht das Mädchen eine andere als ihre Tochter sei.

Aus den Augenwinkeln sah Peter, dass Bela Prinz Starkehand nun auf ihn zukam. Er gab Tulpe mit den Augen ein Signal. Der verstand und sagte zu den Frauen: »Kommt mit, ich zeige euch Räume der Priester, in denen es frisches Wasser und Betten gibt, und wo ihr euch besser um Ky kümmern könnt. Brumi nehmen wir mit, die kennt sich hier aus. Wir reden später weiter.«

Olonikayanawanisa nickte, hob Ky vorsichtig vom Boden und folgte mit Ri dem Jungen. Als sie an Bela vorbeikamen, legte der für einen kurzen Moment die Fingerspitzen der rechten Hand auf die Stirn des Mädchens und sagte: »Ich wünschte, du wärst eine vom Waldstamm.«

Ky hustete und flüsterte: »Eine Bitte…«

»Gerne.«

»Der Räuber namens Hurtz…«

Bela nickte verstehend: »Wir werden ihn verschonen.«

Kys Mütter sahen sich im Weitergehen verdutzt an, während Tulpe grinste und sagte: »Er wünscht', dass sie vom Waldstamm wäre! Na, das war wohl das größte Kompliment, das ein Nicht-Waldstämmler von einem Wald-Elf-Ältesten erhalten kann – zumindest aus deren Sicht. Bin wirklich gespannt zu erfahren, was sich hier abgespielt hat.«

Obwohl er es ganz und gar nicht wollte, war Peter inzwischen zu dem toten Räuberhauptmann getreten und konnte seine Augen nicht abwenden. Die drei gefallenen Ältesten waren nebeneinander gebettet worden, die Arme verschränkt, das Schwert in der Hand, die Augen geschlossen, warteten sie auf ihre letzte Reise. Bram Silberohr hatte man einfach an der Stelle liegen gelassen, an der er gefallen war, der Axtkopf ragte noch immer aus seinem Schädel. Seine Augen schienen Peter klagend anzustarren. Der Kampf war vorbei, Peters Adrenalinspiegel sank wieder. Er hatte überlebt. Aber um welchen Preis? Erst jetzt sickerte langsam in sein Bewusstsein, was er getan hatte: Er hatte getötet. Noch vor wenigen Minuten war dieser Mann ein lebendiger Mensch gewesen. Jetzt war er ein Stück totes Fleisch.

Diese Augen… Peter konnte den Blick nicht abwenden. Schließlich begannen seine Schultern unkontrolliert zu zittern, sein Atem kam stoßweise. Eine kräftige Hand legte sich auf seine Schulter, drehte ihn herum, sodass er Bram Silberohr nicht mehr ansehen musste. »Du hast zum ersten Mal getötet«, sagte Prinz Starkehand sanft. Es war keine Frage, sondern eine Feststellung. »Denk daran: Er wollte *dich* töten, aber du hast ihn, den Räuberhauptmann und Mörder, besiegt, und du hast das Mädchen gerettet, das es verdiente, gerettet zu werden.«

»Ich weiß ja, aber…«

»Aber im Moment ist das kein Trost für dich. Hm. Ich will dir etwas verraten – doch wenn du es weitersagst, dann wirst du dir wünschen, an Brams Stelle zu liegen. Ich bin alt und habe schon oft in Schlachten getötet. Ein Waldstamm-Krieger muss töten können – ohne Frage. Und selbstverständlich habe ich es nie gezeigt…«

»Was nicht gezeigt?«

»Ich *hasse* es. Das Töten. Wenn das Blut nach der Schlacht zur Ruhe kommt, dann kommt der Ekel vor mir selbst. Und auch nach Tagen kann ich das vergossene Blut der Getöteten noch riechen. Ja, du hast getötet. Aber sei froh, dass es deine Seele berührt. Denn würde es das nicht tun, dann wärst du, auch wenn du atmest, noch toter als dieser erbärmliche Räuberhauptmann hier.«

Peter seufzte: »Es wird wohl seine Zeit brauchen.«

»Ja. So etwa ein Leben lang – oder mehr. Aber du wirst das schaffen. Du bist stärker, als ich gedacht hatte. Und wenn ich schon beim Thema Irrtum bin... hmm, also... Mein Junge, wir sind nicht dafür bekannt, einmal gefasste Beschlüsse wieder aufzugeben.«

Peter lächelte schwach, »*das* habe selbst ich mittlerweile herausgefunden.«

»Aber manchmal tun wir es doch. Und manchmal – ähm...hm...«, Bela rang nach Worten, weil ihm unangenehm war, was gesagt werden musste. Peter half ihm: »Und manchmal, natürlich nur ganz, ganz selten, ist es selbst für einen Waldstamm-Ältesten etwas vorschnell, einen Menschen nur nach dem ersten Eindruck zu beurteilen?«

Bela seufzte, nickte und fuhr fort: »Der eigentlich undenkbare Angriff auf den Nekis-Tempel, die ungeheure Summe, die auf deinen Kopf ausgesetzt wurde, der Lederkrieger, der den Auftrag dazu gab... Es sind sonderbare Zeiten, und es geschehen merkwürdige Dinge im Reich. Und es steht zu befürchten, dass das Orakel doch Recht hatte. Ein Junge, der uns gegen die Piraten führen soll...? Unfassbar. Aber so, wie du dich Bram und seinen Leuten gestellt hast... vielleicht doch? Und wer sind wir schon, uns dem Orakel zu widersetzen? Peter Sagenwelt, ich frage dich: Wirst du mit uns kommen? Und wirst du dich auch den Piraten entgegenstellen?«

Peter dachte an sein Zuhause und daran, dass er dort jetzt vielleicht gemeinsam mit seinen Eltern vor dem Fernseher sitzen oder vielleicht Karten spielen würde. Und für einen kurzen Moment ließ er sich auf dem Traum dahingleiten, jetzt einfach wieder zu Hause, auf dem gemütlichen Sofa im Haus seiner Eltern im so wunderbar langweiligen Kleinnordfurth zu sitzen. Dann sagte er: »Ich komme mit, und ich werde mein Bestes geben.« Bela lächelte jetzt tatsächlich und sagte: »Komisch, irgendwie wusste ich, dass du das sagen würdest.«

»Aber ich habe noch eine Bitte.« Bela machte eine Geste, die soviel sagen sollte wie: Alles, was ich erfüllen kann.

Peter fuhr fort: »Xavox, der kleine Mann in meiner Begleitung... nun, auch in ihm kann man sich leicht täuschen. Ohne seine Hilfe hätte ich es jedenfalls niemals bis hierher geschafft. Seine Ratschläge mögen manchmal sonderbar erscheinen, aber sie sind gut. Er wird darum bitten, mitkommen zu dürfen. Und Tulpe, der eure Krieger hierher geführt hat, ist in Rú-tan in Gefahr...« Bela unterbrach ihn: »Jeder aus deiner Begleitung, der sich uns anschließen möchte, wird willkommen sein. Und sollten wir die Piraten bezwingen, werden wir, so steht zu vermuten, die Ehre haben, uns in noch weit größeren Schlachten zu messen – da ist ein Kopf oder eine Klinge mehr sicher von Vorteil. ... Was allerdings den Alten betrifft, so weiß ich nicht, ob er noch lange genug lebt, um mit uns zu kommen.«

»Oh Himmel! Ist er so schwer verletzt?«

»Nun – noch nicht...«, dabei deutete Bela über Peters Schulter, der sich schnell umdrehte.

Ailis war gerade durch die Tür des Bankettsaals gekommen. Die Zähne wütend zusammengebissen, den laut schnarchenden Xavox über der Schulter, marschierte sie schnurstracks auf das Quell-Becken zu, packte den Alten an den Knöcheln und versenkte seinen Kopf bis zu den Schultern im Wasser. Das Schnarchen wurde durch ein heftiges Gurgeln und Blubbern abgelöst. Ailis zog ihn wieder ein Stück in die Höhe und fuhr den nach unten baumelnden und hustenden Xavox an: »Nachdem wir nun deinen runzligen Hintern vor Brams Bande gerettet haben, nenn mir einen Grund, warum *ich* dir nicht den Garaus machen soll – und es sollte ein wirklich *guter* Grund sein!«

Unter Prusten und Hicksen versuchte Xavox, einen Satz zu formulieren: »Pffffft... aber Ailis, ...pft..., es musste sein, weil...« Platsch!

»*Kein* guter Grund!«

Bela war zu Ailis, die Xavox wieder tief unter Wasser hielt, herangetreten, tippte ihr auf die Schulter und meinte: »Ich weiß zwar noch nicht so genau, worum es bei eurem kleinen Streit geht, tapfere Kriegerin, aber ich muss dich bitten, jenen Herrn wieder hochzuziehen. Peter Sagenwelt braucht ihn wohl noch.«

»*Peter Sagenwelt?* Wer soll das sein?«

»Der Junge hier. Schätze, er wird uns gegen die Piraten in den Krieg führen.«

Vor Überraschung hätte Ailis Xavox fast fallen gelassen. »*Der?* Aber das ist doch ein Helfer von diesem alten Räuber hier?«

»Offenbar sind manche Dinge nicht so, wie sie auf den ersten Blick scheinen. Es sind verwirrende Zeiten. Wenn ich jetzt bitten dürfte?«

»Was? Oh! Ehrlich gesagt, wollte ich ihm vor allem seinen Rausch austreiben.«

Endlich zog Ailis Xavox wieder aus dem Wasser und legte ihn unsanft auf den Boden. Der alte Halbmagier war schon blau angelaufen, aber noch bei Besinnung. Seitlich liegend hustete er etwa einen halben Liter Wasser auf den Boden, dann setzte er sich auf, sah strahlend in die Runde und meinte: »Hab' ich was verpasst? Scheint, wir haben gewonnen!«

17. Neue Verbündete, getrennte Wege

Der Trupp näherte sich am Ende des vierten Tages nach der Tempel-Schlacht Stolzei, der Hauptstadt des Waldstammes. Peter vermisste Tulpe. Komisch, eigentlich kannte er den Jungen ja noch gar nicht so lange. Aber immer, wenn er in den vergangenen Tagen an ihn gedacht hatte, überkam ihn die Angst, ob die anderen ihre schwere und gefährliche Aufgabe auch bewältigen könnten. Immerhin: Tulpe war mit dieser Kriegerin – was hatte die gekämpft! – und mit dem Krieger Haans zusammen. Das war beruhigend. Ky dagegen war bei seiner Gruppe geblieben. Das war schön. – Dabei hätte er *die* vor ein paar Tagen am liebsten nur so schnell wie möglich loswerden wollen. Und jetzt tat es ihm jedes Mal selbst fast weh, wenn er ihr noch immer ganz ordentlich mit Blutergüssen übersätes Gesicht und die geschwollenen Lippen sah.

Aber als sie heute zwei, drei Mal aus ihrem Heilschlaf erwacht war, zu dem ihr Brumberta mit Hilfe einer Medizin aus dem Tempel verholfen hatte, da konnte sie schon wieder lachen – auch wenn sie noch Alpträume hatte und traurig wurde, wenn sie daran dachte, dass sie sich – unter Tränen – von ihren Müttern hatte verabschieden müssen und ihren Vater wohl so schnell nicht sehen würde.

Peter kannte ihren Vater nicht – aber wie hatten eigentlich alle Beteiligten Kys Familie nicht ins Kalkül ziehen können? Selbstverständlich wurde Ky von ihrem Vater und von ihren Müttern geliebt – Peter wusste noch immer nicht, welche von beiden Kys leibliche Mutter war. Und selbstverständlich hatten sie nach ihrer Tochter gesucht. Offenbar musste man im Elf-Stämme-Land gerissen und in der Lage sein, einen kühlen Kopf zu bewahren, wenn man ein guter Kaufmann sein wollte. Jedenfalls hatten Kys Eltern, auch wenn sie die Hintergründe nicht kannten, durchaus vermutet, dass die ungewöhnlichen Ereignisse in Rú-tan in irgendeinem Zusammenhang miteinander standen.

Kys Vater N'Ky hatte die Augen offen gehalten, behutsam Informationen gesammelt und Gerüchte von hohen Kopfgeldern gehört. Auch konnte er sich des Eindrucks nicht erwehren, dass seine Familie beobachtet wurde – und dass ihrer aller Leben, ja vielleicht sogar sein Handelshaus (man musste als Kaufmann halt Prioritäten setzen), ganz schnell von mächtigen Feinden zermalmt werden könnte. Äußerste Vorsicht war geboten. Die Familie war übereingekommen, so zu tun, als mache man sich wegen Kys Verschwinden – die durchaus als schwierig bekannt war – nur mäßige Sorgen. Zumal N'Ky mitten in den Vorbereitungen für eine Handelkarawane steckte. Unterdessen hatte jedoch Olonikayanawanisa eine Verbindung aus ihrer Zeit im Sicherheits-Gewerbe aktiviert und auf Umwegen dafür gesorgt, dass Fährtensucher, getarnt als Jäger, Rú-tans Umland mit Bluthunden absuchten – bis die Hunde tatsächlich Kys Fährte aufgenommen hatten.

Die Handelskarawane schlug dann natürlich eine Route ein, die an Nekis vorbei führte. Da es Verdacht erregt hätte, wenn ein Karawanenherr seine Truppe über mehrere Tage verließ, war N'Ky schweren Herzens mit der Karawane weitergezogen, während sich Olonikayanawanisa und Ri nach Nekis begeben hatten. Offiziell, um das Orakel nach dem Erfolg der Karawane zu befragen, in Wirklichkeit natürlich, um ihre Tochter zu finden. Was ihnen schließlich – unter den bekannten dramatischen Umständen – auch gelungen war. Doch nachdem ihre Mütter davon überzeugt worden waren, dass sich Ky in Rú-tan in Reichweite des Kriegskanzlers und somit noch immer in großer Gefahr befände, hatten sie schließlich schweren Herzens zugestimmt, sie mit zum Waldstamm reisen zu lassen, wo sie – Piraten hin oder her – immer noch sicherer als in ihrer Heimat wäre.

Dann schilderte Xavox den beiden Frauen, wo auf dem Weg der größte Teil der gestohlenen – Quatsch: der *erbeuteten* Perlen vergraben lag. Niemand von den Wenigen, die überhaupt von deren Existenz wussten, würde annehmen, dass die Perlen wieder nach Rú-tan gefunden hatten. N-Ky sollte versuchen, mit den Perlen als Grundlage eine noch größere Kriegskasse aufzubauen. Zudem würde er abklopfen, welche Kaufleute im Ernstfall unerschütterlich auf Seiten des Königs stehen würden. Unter der Kaufmannschaft Verbündete zu gewinnen, war wichtig, denn die Kaufleute waren das Geld, sie hatten Verbindungen durch das ganze Reich und sie kontrollierten die Basare in Dorianstadt. Vielleicht ließ sich ja, in der Nähe des Königs, ganz, ganz sachte eine Art vorbeugende Widerstandszelle gegen den Kriegskanzler organisieren? So hätte der Kanzler plötzlich ein neues Problem – von dem er glücklicherweise noch nichts wusste.

Nekis hatten sie noch in der Nacht der Tempelschlacht verlassen. Der Kampf war natürlich nicht unbemerkt geblieben. Zwei Priester waren nach Nekis-Stadt geritten, hatten dort von dem Frevel berichtet, dass im Tempel gekämpft würde, und waren mit einem größeren Kontingent regulärer Truppen sowie einer Schar bewaffneter Bürger eilends zur Tempelstadt zurückgekehrt.

Doch Späher der Waldstamm-Krieger hatten ihre Leute rechtzeitig informiert. So waren, während die Truppe aus Nekis-Stadt von Norden in die Tempelanlage einritt, die *Verräter des Königs* und Belas Leute mit den Gefangenen aus dem Südtor abgerückt. Prinz Bela hatte kein gesteigertes Interesse an langen Erklärungen gehabt. Zumal dann nicht, wenn er mit seinen Leuten in der Minderzahl sein würde. So hatte er lediglich dem ranghöchsten Priester, der aufzutreiben war, mitgeteilt, dass seine Männer einen Angriff von Brams Räuberbande abwehren konnten. Silberohr sei es darum gegangen, den schlecht geschützten Tempel zu plündern und Lösegeld für die Waldstamm-Ältesten zu erpressen. Wenn diese Geschichte die Ohren des Kriegskanzlers und seiner Leute erreichen würde, dann würden bei denen vermutlich ein paar Alarmglocken schrillen. Doch konkrete Beweise für eine Verbindung zu Peter beziehungsweise Rétep gab es nicht.

Bela hatte auf die Schnelle einem Holzhändler zwei große, hochwandige Transportkarren abkaufen lassen – zum Transport der gefallenen Ältesten, wie er erklärt hatte. Doch die Toten mussten mit nur einem Wagen vorlieb nehmen, im zweiten lagen, unter einer Decke verborgen, drei junge Leute – so bekam niemand mit, dass sie überhaupt im Tempel gewesen waren. Und noch jemand hatte sich der Truppe angeschlossen: Xavox hatte Brumberta wie vereinbart ausgezahlt, doch beim schnellen Aufbruch kam sie plötzlich, auf einem kräftigen Kaltblüter sitzend und mit einem hoch bepackten Maultier im Schlepp, an seine Seite geritten. Xavox sah sie fragend an.

»Diese Träne von Quellträne wird nicht ewig schnarchen«, erklärte sie, »und auch wenn er die Hosen voll hat: Nach meinen Eskapaden bei der letzten Weissagung wird er mich zum Burischja jagen lassen.«

»Aber warum willst du ausgerechnet mit *uns* kommen??«

»Mal abgesehen davon, dass wir beide noch immer eine Rechnung offen haben und ich auch gar nicht wüsste, wo ich sonst hin soll: Irgendjemand muss sich auf der Reise ja um das verletzte Mädchen kümmern, oder? Ha! Meine Nymphen-Zeiten sind jedenfalls vorbei!«

»Ich bin überrasch, dass dich das glücklich zu machen scheint. Und, nun, das mit dem Mädchen ehrt dich. Aber die offene Rechnung und dein, äh, mitunter doch sehr rigoroses Handeln... Ich denke nicht, dass wir dich überhaupt dabei haben wollen.«

»Oh! Gut, wenn ich es mir recht überlege, kann ich natürlich auch nach Rú-tan oder direkt nach Dorianstadt reiten und dem Kriegskanzler ein paar interessante Informationen zukommen lassen – nachdem ich Bela erzählt habe, wie die Prophezeiung zustande gekommen ist.«

»Oh! Gut, wenn ich es mir recht überlege: Willkommen in unserem kleinen Verräter-Club.«

Auf Waldstamm-Gebiet hatten sie schon bald – wieder auf der Lichtung – ihr erstes Nachtlager aufgeschlagen. Die Gefangenen, die, mit gefesselten Händen auf aneinander gebundenen Pferden und flankiert von Waldstamm-Kriegern, mit geritten waren, wurden in kleinen Gruppen versorgt, dann durften sie sich, gut bewacht, zum Schlafen niederlegen. Die Räuber wunderten und fürchteten sich, weil sie bisher vergleichsweise milde behandelt worden waren. Sie wussten nicht, dass sie ihr Leben Peter verdankten. Bela Starkehand hatte zunächst angeordnet gehabt, allen bis auf Hurtz die Kehlen durchzuschneiden. Denn ganz abgesehen davon, dass sie im Verständnis der Waldstamm-Krieger nach dem Überfall ihr Leben ohnehin verwirkt hatten, durfte niemand zurückbleiben, der den Leuten des Kanzlers Näheres über das Geschehen im Tempel berichten konnte. Peter war entsetzt dazwischengegangen und hatte, ohne lange nachzudenken, verkündet: »Wenn ich euch helfen soll und ihr mir vertrauen wollt, dann ist das Erste, was ich euch sage: Diese Männer bleiben am Leben.«

»Aber warum, nach allem, was sie getan haben?«, hatte einer der Ältesten, die bei der kurzen Beratung zugegen waren, verwundert gefragt.

»Mir würden einige gute Gründe einfallen«, war Peters Antwort gewesen, »aber letztlich läuft es auf nur eines hinaus: Wir sind in diesem Krieg *nicht* die Bösen. Sonst bräuchten wir ihn nicht zu führen.«

Die Verwunderung im Gesicht des Ältesten hatte sich keineswegs gelöst, während seine Blicke Hilfe suchend zu Bela gewandert waren. Der hatte kurz gezögert, schließlich seufzend mit den Schultern gezuckt und verkündet: »Also gut. Wir nehmen sie mit. Wer weiß, wozu es gut ist? Wir können sie ja beim Bau von Verteidigungsanlagen einsetzen oder beim Wiederaufbau von Häusern, die von den Piraten zerstört wurden. Es sind seltsame Zeiten. Aber ich glaube, da wiederhole ich mich.« Das würde er in den kommenden Monaten noch öfter tun.

Brumi hatte Ky nach ihrer Ankunft auf der Lager-Lichtung ein starkes Schlafmittel gegeben, damit sie trotz der Schmerzen schlafen konnte, und war, ihr Versprechen wahr machend, bei ihr geblieben – abgesehen von ein paar Minuten, und das auch nur, weil das Mädchen ihr kurz vor dem Einschlafen flüsternd noch ein Versprechen abgerungen hatte. So war Brumberta zu den Gefangenen gegangen und hatte gerufen: »Wer von euch ist Hurtz?«

Ein abweisendes Brummen wies ihr den Weg zu dem Mann, der, an Händen und Füßen gefesselt, auf dem Boden hockte und ihr, mit leicht glasigem Blick, skeptisch entgegenstarrte. Mit einem feuchten Tuch entfernte Brumberta nicht allzu sanft die Blutkrusten von seiner Schläfe und seiner Wange, trug dann Heilsalbe auf dem Riss über seinem Ohr auf und legte ihm einen sauberen Stirnverband an. Schließlich gab sie ihm sogar aus einem Becher einen ordentlichen Schluck Schnaps zu trinken. Die Skepsis in Hurtz' Blick war inzwischen Verwunderung gewichen, aber er sagte kein Wort, sodass ihn die große Frau, als sie fertig war, anfuhr: »Bedank dich bloß nicht so überschwänglich! Aber was red' ich? Von mir aus hättest du genau wie eure ganze Brut zur Hölle fahren können. Du müsstest dich eh' bei dem Mädchen bedanken.« Jetzt verstand der Räuber, und er murmelte schließlich doch vier Worte: »Wie geht's der Kleinen?«

Brumi knurrte: »Sie wird's überstehen« und ging wieder zu ihrer Patientin.

Prinz Bela, Ailis, Haans, Xavox, die beiden Jungs und Oro Prinz Grünhand, der Befehlshaber von Belas kleiner Schutztruppe, hatten sich – so müde, verschmutzt und zerschlagen sie auch alle waren – gleich zur Beratung an ein kleines, etwas abseits gelegenes Lagerfeuer zurückgezogen. Bela hatte die Geschehnisse im Tempel knapp für Prinz Grünhand zusammengefasst. Der große, drahtige Krieger, der sein fast weißblondes Haar zu einem Pferdeschwanz zusammengefasst trug – wodurch auch das Fehlen der linken Ohrspitze auffiel – hatte dabei ein ums andere Mal ungläubig den Kopf geschüttelt.

Inzwischen war es fast Mitternacht, und sie hatten gerade darüber gesprochen, wie wohl die Fähigkeiten jener seltsamen Finder zu bewerten seien, die im Dienste der Bruderschaft und des Kanzlers standen. Da war Ailis ihre letzte Begegnung mit dem hochmütigen Bruder und seinem kurz vor dem Wahnsinn stehenden Gefährten im Palais eingefallen – und plötzlich stutzte sie und rief:

»He! Die wissen Bescheid! – Ich meine, diese verrückte Geschichte, dass dieser Prinz Rétep in die Sagenwelt geflohen ist...« Sie berichtete von ihrer Begegnung mit Spur und Spür und erklärte schließlich: »Dann sagte der eine – fast wie in geistiger Umnachtung, weshalb ich es nicht für bare Münze genommen hatte: Auch ich sei eine Verräterin und würde die Macht der Brüder kennenlernen. Und – jetzt kommt's – es würde mir auch nichts nützen, in die Sagenwelt zu fliehen.«

»Hossa!«, antwortete Xavox, »wir hatten ja unsere Spuren extra so ausgelegt, dass Cé-tan und Hanu vermuten sollten, Rétep sei in die Sagenwelt gewechselt. Aber sie sind wirklich schnell drauf gekommen, das muss man ihnen lassen. Jedoch, was soll's? Es schadet nichts.«

»Na ja, wenn Ihr auf den Jungen und sein Leben verzichten könnt.«

»Bitte?!« – das war Tulpe gewesen.

Ailis fuhr fort: »Der verrückte Priester sagte auch noch, dass der lange Arm der Bruderschaft bis in die Sagenwelt reichen würde.«

»*Unmöglich!*«, rief Xavox, allerdings leicht verunsichert.

Tulpe sah ihn grimmig an und fragte: »Bist du *sicher*, dass es unmöglich ist? Es geht um meinen Freund. Und komm mir nicht damit, dass der Krieg gegen den Kanzler eh wichtiger sei als Réteps Leben, – zumal du soviel getan hast, um ihn zu retten.«

Xavox wandte sich an Ailis: »Habt Ihr noch jenes bekritzelte Pergament, das die Brieftaube bei sich hatte?«

Die Kriegerin stocherte kurz in ihren Taschen herum und förderte dann tatsächlich das papierene Röllchen zutage.

Xavox rollte es auseinander und starrte, vor sich hin murmelnd, minutenlang darauf, während die anderen gebannt schwiegen, um seine Konzentration nicht zu stören. Schließlich sagte Xavox: »Aha! In alten Tagen wäre die Bruderschaft nicht so nachlässig gewesen.«

Aufgeregt wollte Peter wissen: »Ist es eine Geheimschrift? Hast du sie entziffert?«

»Nein. Zu beiden Fragen.«

Dann legte er das Pergament auseinandergerollt auf den Boden, zog seinen Mantel-Ärmel als Schutz über die rechte Hand, griff sich so einen flachen Stein von der Umrandung der Feuerstelle und ließ ihn – »Autsch! Heiß!« – auf das Pergament plumpsen. Schließlich erklärte er, nicht ohne eine gewisse Eitelkeit wegen der schnellen Lösung des Rätsels: »Das Gekrakel ist keine Geheimschrift. Wäre es das, dann müsste zumindest irgendeine Art von Regelmäßigkeit zu erkennen sein – ist es aber nicht. Hätte der Schreiber aufgepasst, dann hätte er ein beliebiges Muster eingebaut, und ich würde vermutlich noch in elf Tagen über der Bedeutung brüten. Aber so… Das Gekrakel ist nur eine Ablenkung, die eigentliche Nachricht steht in Geheimtinte entweder zwischen den Zeilen oder auf der Rückseite. Und da unser Geheimniskrämer nicht sehr einfallsreich ist, tippe ich auf eine recht einfache Geheimtinte, die durch Wärme einige Zeit sichtbar wird: Urea.«

»Urea? Was ist das?«

»Pisse. Der Hauptbestandteil zumindest. Willst du lesen?«

»Oh. Danke. Mach nur.«

Xavox zog das Pergament unter dem Stein hervor. Auf dessen Rückseite war nun eine braune Schrift zu sehen, die der Halbmagier eingehend studierte. Dann seufzte er und erklärte: »Ist ja nicht schlecht, wenn man manchmal seine Grenzen gezeigt bekommt. Das hätte ich nicht gedacht… Hier befindet sich der Teil einer – mir völlig unbekannten – Instruktion, wie diese beiden Brüder einen Mann – auf vermutlich schmerzhaftere Weise, als wir es mit Prinz Rétep getan haben – in die Sagenwelt schicken sollen. Den zweiten Teil der Instruktionen hat man offenbar dem Weltenreisenden selbst zukommen lassen. Und bei dem handelt es sich – oh, oh!«

»Wer ist es?«

»Schwarze Klinge.«

»*Schwarze Klinge?!*«

Ein Raunen ging ums Lagerfeuer, das Peter gar nicht gefiel. Er blickte fragend in die Runde und Prinz Grünhand erklärte: »Schwarze Klinge ist eigentlich selbst fast so etwas wie eine Sagengestalt – aber eine, mit der Mütter ihren kleinen Kindern drohen, wenn sie ihren Brei nicht essen wollen. Es gibt nicht viel, was wirklich über den Mann hinter diesem Namen bekannt ist. Eigentlich nur, dass er zum Clan der Attentäter im Stamm der Attentäter gehört – und dass er als der beste Mörder im ganzen Reich gilt. Niemand weiß, wie er aussieht und wie viele Menschen er schon zu den Ahnen geschickt hat. Aber es waren viele. Er hat noch nie versagt, und das gelingt nur, wenn man weder Furcht noch Mitleid kennt.«

Tulpe und Peter sahen sich entsetzt an, der eine aus Angst um seinen Freund, der andere aus Angst um seine Familie, bei der sich jener sonderbare Schuhputzer-Prinz möglicherweise gerade aufhielt.

»Und wir können ihn nicht warnen!«, entfuhr es Tulpe.

»Hmmmmmmm«, machte Xavox.

Tulpe, dem ganz heiß im Gesicht geworden war, fuhr Xavox an: »Was? *Hmmmmmmm?* Was heißt das?«

»Vielleicht… doch.«

»Wie? Doch?«

»Nun, es gibt da ein magisches Artefakt, das es angeblich den alten Magiern vom Stamm der Katzenkrieger ermöglicht hat, mit ihren Expeditionen in der Sagenwelt Verbindung aufzunehmen.«

»Was ist es?«, sprach Tulpe die Frage aus, die allen ins Gesicht geschrieben stand.

»Der Stein des Greisen.«

Peter hakte irritiert nach: »Der Stein des Weisen?«

»Des Weisen? Lustig. Was soll das denn sein? Nein, wie ich schon sagte: der Stein des Greisen. Prinz Halef Krallenspitze, ein Großmagus der Katzenkrieger, soll ihn im zarten Alter von 82 Jahren entwickelt haben, allerdings unbeabsichtigt: Halefs Vater, der Altgroßmagus, war ein Jahr zuvor taub geworden, und Halef wollte ein Mittel finden, um trotzdem mit seinem Vater reden zu können.«

»Er muss ihn wohl sehr geehrt und geliebt haben«, warf Bela ein.

»Wie man's nimmt. Manche meinen, der Altgroßmagus habe das Familienzauberbuch des Uraltgroßmagus seiner Stieftochter statt seinem Sohn übereignet, weshalb dieser ihn unbedingt noch beschimpfen wollte, bevor er zu den Ahnen reiste... wie auch immer: Die Ahnen-Reise kam dann recht schnell, denn als Prinz Halef den Resonanzstein, den er gezüchtet hatte, erstmals ausprobieren wollte, ihn seinem Vater an den Kopf hielt und hinein brüllte, explodierten die Ohren des Altgroßmagus. Eine Wirkung, die Halef Krallenspitze faszinierte, weshalb er den Stein zu erforschen begann. Es kostete vielen Kaninchen die Ohren, bevor Halef erkannte, dass die Reichweite des Steins eine ganz andere als die erwartete war: Er konnte damit Expeditions-Elfen in der Sagenwelt erreichen. Aber weder ihm noch einem anderen Magier ist es je gelungen, einen zweiten Stein dieser Art zu züchten.«

»Und wo ist der Haken? Wenn man diesen Stein des Greisen so ohne Weiteres benutzen könnte, dann hättest du es doch sicher schon getan?«

»Ah! Schlauer Bursche, dieser Peter!«

»Ist er verschollen?«, fragte Tulpe dazwischen.

»Verschollen? Nein, nein, ich weiß sehr genau, wo er sich befindet. Aber genau das ist ja das Problem: Er ist in Dorianstadt...«

»In der Hauptstadt? Wo soll da das Problem sein?«

»...in Dorianstadt in der Burg der Bruderschaft. Im verbotenen Turm der verbotenen Artefakte verbotener Magie – und der Turm ist verboten gut bewacht!«

»Das *ist* ein Problem.«

Peter und Tulpe sahen sich ratlos an. Schließlich seufzte Xavox und meinte: »Immerhin: Ich glaube nicht, dass die Brüder wissen, was sie da haben – wie sie den größten Teil der Dinge im Turm nicht mehr nutzen können, die sie nur deshalb nicht zerstören, weil man ja nie wissen kann, ob sie nicht doch noch der eigenen Macht dienlich sind. Nun ja. Ich habe es die ganze Zeit von mir weggeschoben, weil es irgendwie ein bisschen viel auf einmal ist. Aber nun, da unsere Truppe so angewachsen ist, wird es ohnehin Zeit auch daran zu denken, dass der König über kurz oder lang einem Attentat zum Opfer fallen soll.

Es hilft nichts: Ein paar von uns werden nicht gegen die Piraten kämpfen dürfen. Sie müssen nach Dorianstadt reisen und dort zwei

Aufgaben erledigen: in die Nähe des Königs gelangen, um ihn zu beschützen, und in die Burg der Bruderschaft einbrechen, um den Stein des Greisen zu finden und Rétep zu warnen, dass er auch in der Sagenwelt nicht sicher ist.«

Schließlich war man übereingekommen, dass Ailis mit elf Waldstamm-Kriegern schnellstmöglich nach Dorianstadt reisen sollte. Haans, der bisher wenig gesagt hatte, meldete sich zu Wort: »Nichts für ungut, Waldstamm-Krieger. Ihr habt bewundernswert gekämpft, und es wäre sicher spaßig, an eurer Seite Piraten zu verdreschen. Aber ich glaube inzwischen auch, dass es eine große Intrige gegen das Königshaus gibt, und es ist mir wichtiger, den König als die Spitz… den Waldstamm zu schützen. Außerdem: irgendjemand muss ja darauf achten, dass unsere hitzköpfige Amazone hier in ihrem Eifer sich zu bewähren nicht den ganzen Palast abfackelt. Ich werde mitkommen.«

»Ich auch.«

Überrascht sah Peter Tulpe an, der ein wenig verlegen in seine Augen blickte und dann erklärte: »Es muss auch jemand dabei sein, der den zweiten Teil der Aufgabe im Blick behält. Von den anderen kennt niemand Rétep, und ich möchte nicht, dass sie vor lauter Marmeladen-König-Retten meinen Freund vergessen. Ich weiß zwar noch nicht wie, aber wenn es sein muss, finde ich diesen blöden Stein auch allein.«

Tulpe wollte weggehen? Im ersten Moment stieg eine ziemliche Wut auf diesen Rotschopf in Peter hoch, dann merkte er verstört, dass er eifersüchtig auf Rétep war. Doch schließlich: Was hatte er erwartet? Dass Tulpe wegen des Sagenweltlers, auch wenn er in Réteps Körper steckte, seinem Freund nicht beistehen würde? Peter seufzte und nickte Tulpe zu. Er würde ihn vermissen…

*

Im Morgengrauen nach einer kurzen Nacht brachen Ailis, Haans, Tulpe und elf Krieger Richtung Dorianstadt auf. Die acht Männer und drei Frauen in Ailis' Truppe hatten alle schon ihren Kriegsdienst für das Reich versehen und waren somit ein wenig mit den Gepflogenheiten der zehn anderen Stämme vertraut. Es würde ein langer Ritt werden. Die Ältesten hatten sie mit einigen Goldochsen ausgestattet. Zudem würden sie von Stolzei aus Brieftauben und verschiedene Ausrüstungsgegenstände nach Dorianstadt nachschicken – getarnt in einer Ladung Kapiri-Pelze, die an Barnabas den Dicken geliefert werden sollten – ein Basaristi, der in der Hauptstadt mit Waldstamm-Ware handelte.

Bela Prinz Starkehand, den linken Arm in einer Schlinge, verabschiedete die kleine Truppe und wandte sich zuletzt an Ailis: »Meine Tochter, eure Klinge wird uns sicher fehlen. Doch wenn unserem König wirklich Gefahr droht, müsst Ihr für ihn da sein. Der Waldstamm hält sich an die alten Pakte. Es wird alles andere als eine leichte Aufgabe für Euch, zumal wir noch nicht einmal wissen, wie die Gefahr für den König genau aussieht. Aber ich weiß, Ihr werdet Euer Bestes geben. Hätte mir vor zwei Tagen jemand gesagt, dass ich eine so junge Kriegerin mit einer so schweren Aufgabe betrauen würde, ich gestehe freimütig: Ich hätte ihn ausgelacht. Aber fast habe ich mich schon daran gewöhnt, mich an Neues zu gewöhnen – sehr merkwürdig. Nun, Ihr habt Euch überaus findig gezeigt, die Spur des Jungen bis Nekis zu verfolgen, und Euch im Tempel als hervorragende Kriegerin bewiesen. Ihr könnt es schaffen. Und wenn Ihr untergeht, dann werdet Ihr glorreich untergehen. Seid auf der Hut, wem Ihr vertraut, denn Dorianstadt ist voll List und Tücke. Nun geht, und die Ahnen mögen Euch eine glückliche Straße geben.«

Die Worte des Ältesten gaben Ailis' Blut die Leichtigkeit des Stolzes und ihren Knochen die Schwere der Verantwortung. Mit einer Verbeugung bedankte sie sich und zog mit ihrer kleinen Truppe davon. »Nun«, meinte Haans, der neben Ailis ritt, mit einem Seufzer, »dann lass uns mal den König retten.«

»Ja, das wäre wünschenswert. Denn das Leben ist schön.«

Haans sah sie fragend an.

»Hast du nicht zugehört? Du und der Junge, euch steht natürlich frei, zu tun, was ihr wollt. Doch wenn der König fällt, dann werden weder meine Krieger noch ich lebend zurückkehren.«

Erschrocken fuhr Haans hoch und meinte: »So habe ich das aber nicht verstanden!«

Zum ersten Mal lächelte Ailis ihn an und meinte sanft: »Kein Wunder, du hast ja auch keine spitzen Ohren.« Und ebenso sanft wuchs in Haans der dringende Wunsch, dieser Kriegerin, die ihn zwei Zähne gekostet hatte, unbedingt die Flanke für ihre schwere Aufgabe freizuhalten, damit sie wieder zurückkehren konnte.

Ailis wunderte sich, dass Xavox nicht zur Verabschiedung erschienen war, aber vielleicht hatte er ja seinen Rausch noch nicht ganz ausgeschlafen…

Doch als sie auf dem Waldweg um die nächste Biegung ritten, die sie außer Sichtweite der Lager-Lichtung brachte, stand dort der kleine Halbzauberer allein am Wegesrand. Die Reiter zügelten ihre Pferde, und der alte Mann sagte zunächst zu Tulpe: »Die Ahnen sollen dich auf deinem Weg schützen. Ich wünsche dir von Herzen Glück. Wenn du Kontakt mit Rétep aufnimmst, dann sag ihm, was wir besprochen haben, und bring ihm meine besten Wünsche.«

Seine Stimme an einem Kloß vorbei quetschend erwiderte Tulpe: »Klar, mit Rétep sprechen... wird ein Kinderspiel. Und du, Halbzauberer, achte darauf, dass dir die Piraten nicht auf den Kopf hauen, du bist auch so schon klein genug. Sieh zu, dass Ky nicht noch mehr blaue Flecken bekommt. Und pass ein bisschen auf Peter auf, du weißt ja, der kennt sich hier noch nicht so aus. Ach, und was wir damals im Falschen Fisch besprochen hatten, als Peter schlief..., den Teil, dass er sein Leben lassen könnte... also, wenn das doch anders ausgehen würde, ich hätte nichts dagegen.«

»Ich auch nicht. Ich wünschte, die Zeiten wären etwas weniger gefährlich.« Dann fuhr er, mit einem Blick zu der Kriegerin, fast schüchtern fort: »Dürfte ich noch ein paar Worte mit Ailis und Haans alleine wechseln?«

Nach einem Blick auf ihre junge Anführerin und einem kurzen Nicken von ihr ritten die elf Krieger und Tulpe voraus.

Ailis musterte den alten Mann vom Pferd herab leicht spöttisch und meinte: »Na, doch schon wieder nüchtern?«

»Nüchtern? Oh, natürlich – jedenfalls für meine Verhältnisse. Aber was ich euch eigentlich sagen wollte... ich bin froh, dass ihr euch nicht an meinen Ratschlag gehalten habt und uns gefolgt seid. Wie seid ihr eigentlich auf Nekis gekommen?«

»Es war eine falsche Überlegung, aber mit einem richtigen Ergebnis«, antwortete Haans. »Zunächst einmal vermuteten wir euch vor uns – wir hatten ja keine Ahnung, dass ihr noch in Rú-tan bleiben würdet, um Ky zu entführen, und die ganze Zeit hinter uns wart. Und wir wussten natürlich nicht, dass ihr das Orakel aufsuchen wolltet. Aber wir überlegten, was wir tun würden, wenn wir 1100 Hockperlen aus dem Reichsschatz gestohlen hätten. Wir hätten uns zunächst mal möglichst schnell aus den direkten Zugriffsmöglichkeiten des Reichs entfernt. Und der nächste Nachbar von Rú-tan aus gesehen ist das Land der Weisen Frauen von Kaluktan. Der schnellste Weg zur Grenze führt mehr oder minder an Nekis vorbei. Und in der Tempelstadt von Nekis sind ständig mehr Fremde als Einheimische, ein idealer Ort also, um ein paar Tage unterzutauchen, ein Päuschen zu machen und die Lage zu sondieren.«

»Was bin ich froh, dass ihr nicht auf der Seite von Rolli und der Bruderschaft steht! Wenn die auf dieselbe Idee gekommen wären... na ja, sind wohl zu sehr mit Räuber einspannen und Stink-Salbe verschmieren und solchen Holzhammermethoden beschäftigt.«

Ailis mischte sich wieder ein: »Du hast uns noch nicht gesagt, *Tacituús*, warum du froh bist, dass wir euch gefolgt sind. Weil wir euch gerettet haben?«

»Das natürlich auch. Aber vor allem, weil es mir die Gelegenheit gibt, euch um Verzeihung zu bitten. Es tut mir leid, dass ich euch – die Jungs können nichts dafür – so an der Nase herumgeführt habe. Zumal mir unsere Gespräche in Rú-tan tatsächlich sehr wichtig waren, und ich euch... gerne habe, stolze Kriegerin. Der Zweck heiligt keineswegs immer die Mittel. Könnt ihr mir vergeben?«

»Na so was! Ihr habt unsere Freundschaft erschlichen, uns betrunken gemacht und uns wie die Trottel dastehen lassen; Euretwegen wurden wir in den Kerker geworfen, sollten auf unschöne Weise unsere Ahnen kennenlernen und sind jetzt gesuchte Verbrecher. Und Ihr wollt allen Ernstes, dass wir Euch vergeben?«

»Äh. Ja.«

»Gut. Haans?«

»Von mir aus.«

Damit gaben sie ihren Pferden die Sporen und ritten den anderen hinterher.

Verblüfft rief ihnen Xavox nach: »*Gut?* – Das ist alles?«

Haans wandte sich im Weiterreiten kurz um: »Natürlich. Was habt Ihr denn erwartet? Dass wir an Ort und Stelle ein großes Gelage zu Euren Ehren ausrichten?«

Xavox lachte, drehte sich einmal um die eigene Achse und warf seinen Hut in die Luft. Als Haans und Ailis um die nächste Biegung geritten waren, hörte er die Kriegerin noch rufen: »Ich hab' dich übrigens auch gern, Alter.« Und dann, als die Hufschläge kaum noch zu hören waren: »Und trink nicht so viel!«

Ende ... des 1. Teils

Anhang 1: Die 23 Stämme des Elf-Stämme-Reichs

Bevor sich die verbliebenen Stämme durch die zehn Hochzeiten des Prinz Dorian zu einem Reich vereint hatten, hatte es, soweit bekannt, 23 Stämme gegeben. Verbunden waren die Stämme durch eine gemeinsame Sprache, dem Aran, weshalb die Mitglieder aller Stämme von Bürgern fremder Nationen meist Araner genannt wurden.

Die elf überlebenden Stämme, heutzutage auch Herzogtümer genannt, sind (von Westen nach Osten):

• **Waldstamm**
Hauptstadt: Stolzei
Wahlspruch: Ehre den Ahnen
Der Stamm liegt an der Westküste. Nur im Waldstamm ist die Tradition der spitzen Ohren noch lebendig.

• **Regen-Stamm**
Hauptstadt: Fish
Wahlspruch: Leben spendende Schönheit, Tod bringender Schrecken (Anm.: Gemeint ist der Ozean, wenn auch eine sehr geringe Minderheit der Historiker den Spruch auf Chlodwiga Spuntbrt bezieht, zweite Gemahlin von Fürst Edelbreth II., die ihren Gatten im frühen 5. Jahrhundert mittels Gift mit seinen Ahnen vereint haben soll.)
Liegt an der Westküste, verfügt über große Seehäfen.

• **Stamm der Schildträger**
Hauptstadt: Kalavant
Wahlspruch: Und immer auf die Deckung achten.
Stamm in der Westhälfte des Reiches.

• **Sturmsee-Stamm**
Hauptstadt: Wingeduckt
Wahlspruch: Sieg oder bestmögliche Alternative
Stamm in der Westhälfte des Reiches.

• **Stamm der Kohleschürfer**
Hauptstadt: Deimant
Wahlspruch: Kommt ihr uns dumm, hau'n wir euch krumm.
Stamm im westlichen und mittleren Bereich des Reiches.

- **Mondstamm**

Hauptstadt: Aufdemmond

Wahlspruch: Die Zukunft kommt.

Kleinster Stamm, in der Westhälfte des Reichs innerhalb des Kohle-schürfer-Gebietes gelegen. Auf dem Mondstamm-Gebiet liegen die Mondhöhlen. (Die Historiker vermuten, dass der kleine Stamm ursprünglich gar nicht eigenständig war, aber da in alten Tagen der Mondlichtseele große Bedeutung beigemessen wurde, hatten die Hüter des Mondes eines Tages die Unabhängigkeit erreicht.)

- **Stamm des Wizenwassers**

Hauptstadt: Garstbra

Wahlspruch: Wenn ihr es ehrt, das Land euch nährt.

Im Mittelteil des Reiches gelegen. Zusammenschluss des Wizen- und des Wasser-Stammes durch die Heirat von Freiwinde der Prächtigen mit Eromund dem Müden.

- **Stamm der Eisenmarschen**

Hauptstadt und gleichzeitig Reichshauptstadt: Dorianstadt

Wahlspruch ab etwa 1540: Hart und gerecht (vorher: Hart und gerecht und fruchtbar)

Im Mittelteil des Reiches gelegen. Stamm des Reichsgründers Dorian des Libidinösen.

- **Stamm der Attentäter**

Hauptstadt: Beta

Wahlspruch: Warum einen Krieg führen, wenn es auch ein Attentat tut. – Geheimer Wahlspruch: Geld stinkt nicht.

Im östlichen Teil des Reiches gelegen.

Der Stammesrat steht, wie wie bei allen Stämmen üblich, unter dem Vorsitz des Fürsten, der Rat wird aber ausschließlich aus dem Clan der Attentäter besetzt, nicht wie in anderen Stämmen aus verschiedener Clans und Gilden.

- **Rigberts Stamm** (vormals Harthand-Stamm)

Hauptstadt: Harthand (vormals Harthand-Stadt)

Wahlspruch seit 420: Sei hart zum Feind, doch erkenne den Freund (vorher: Sei hart zum Feind).

Im Osten des Reichs an der Süßmeer-Küste gelegen.

- **Namlostamm** (vormals Nebelstamm)

Hauptstadt: Stedig

Kein Wahlspruch

Im Osten des Reichs gelegen, im Süden vom Hohen Gebirge begrenzt.

Die verlorenen Stämme:
Da sich von den 23 ursprünglich bekannten Stämmen der Stamm des Wizens und der Stamm des Wassers schon vor der Reichsgründung durch eine Heirat zum Stamm des Wizenwassers zusammengeschlossen hatten, bleiben elf untergegangene, ausgestorbene oder verschollene Stämme:

• Der kleine Gebirgsstamm der Yetirti, dessen Name selbst unter Historikern kaum noch bekannt und zudem umstritten ist, hatte schon Anfang des 3. Jahrhunderts vier aufeinander folgende harte Winter nicht überstanden.
• Der Stamm der Fischesser und der Stamm der Kampfsänger wurden 418 von Halla der Schrecklichen, Herrscherin des Nebelstammes, vernichtet.
• In weitere Kriegen, teils verbunden mit Seuchen und Hungersnöten, verschwanden im Laufe der Jahrhunderte der Felsenstamm, der Sumpfstamm, der Stamm des Windes und der Ewige Stamm.
• Im Jahr 1093 (das dritte Jahr der großen Hungersnot) verschwand der Stamm der Katzenkrieger spurlos, die Ursache ist bis heute unbekannt.
• Der Stamm des Wundertätigen Kelches wurde von der Pest ausgelöscht.
• Der Stamm der Meeresspringer wurde in alle Winde zerstreut.
• Der Silberstamm wurde von Fürst Ludgar dem Glücklosen bei einem Würfelspiel an zwei benachbarte Fürstenhäuser verloren.

Anhang 2: Die Währung des Elf-Stämme-Reichs

1 Goldochse = 2 Goldhand
1 Goldhand derzeit in der Grafschaft der Schildträger = 8 und 2/11 Silberhand
1 Silberhand = 23 Silberschleudern
1 Silberschleuder = 6 Elfernick oder 66 Kupfernick
1 Elfernick = 11 Kupfernick

Anhang 3: **Zeittafel**
zur Geschichte des Elf-Stämme-Reichs

♦ Jahr 12: Beginn der offiziellen Zeitrechnung mit der Eroberung der Schrift. Den damals mindestens noch 23 Stämmen fällt auf, dass sie eine gemeinsame Sprache haben, das Aran. »Araner« war der Name, den Menschen aus fremden Ländern in den Zeiten vor der Reichsgründung allen Mitgliedern Aranisch sprechender Stämme gaben.

♦ 328: Rigbert der Krieger eint neun Stämme gewaltsam (»Kleines Reich«)

♦ 362-378: Unter Rigbert dem Merkwürdigen, einem Enkel Rigberts des Kriegers, zerfällt das Kleine Reich in blutigen Aufständen.

♦ 382: Geburt des späteren Nebelstamm-Hofschreibers und Chronisten Hanno Pelavis.

♦ 416: Kleinere Eroberungen des Nebelstammes unter Halla der Schrecklichen bei Nachbarn im Westen.

♦ 418: Halla die Schreckliche fällt bei ihren südlichen Nachbarn ein und löscht innerhalb von sieben Wochen den Stamm der Fischesser und den Stamm der Kampfsänger aus.

♦ 3. Dezember 418 oder 419*: Halla, der schwarzen Magie überführt, wird von ihren eigenen Leuten in ein Fass mit Nägeln und Glasscherben gesteckt und einen Berg hinunter gerollt.

(* Quelle für die Daten der ersten Hälfte des 5. Jahrhunderts sind die umfangreichen Aufzeichnung des Nebelstamm-Hofschreibers Hanno Pellavis, von denen jedoch nur zwei Abschriften des Originals erhalten geblieben sind, die – wohl wegen eines Kopisten-Fehlers – unterschiedliche Todesdaten für Halla nennen.)

♦ 13. Februar 421: Die Bulle von Went unterwirft die Zauberer des Nebelstammes einer Meldepflicht und schränkt erstmals die Ausübung der Zauberei in verschiedenen Bereichen ein. In den folgenden Jahrzehnten und Jahrhunderten treffen die anderen Stämme ähnliche Regelungen, die nach und nach immer weiter verschärft werden (bis 1499 die Vollmagie im ganzen Reich verboten ist).

♦ 673: Die große Pest.

♦ 932: Der Wizenstamm und der Wasserstamm schließen sich durch die Heirat von Freiwinde der Prächtigen mit Eromund dem Müden zum Stamm des Wizenwassers zusammen.

♦ 1090: Erstes Jahr der vier Jahre währenden großen Hungersnot.

♦ 1093 Stamm der Katzenkrieger im dritten Jahr der großer Hungersnot verschwunden. (Im Juli findet eine Händler-Karawane vom Stamm der Kohleschürfer aus Psat das Katzenkrieger-Land leer vor. Schon zwei Monate später haben die Nachbarn das Land unter sich aufgeteilt.)

♦ 1130: Fürst Ludgar der Glücklose verliert den Silberstamm beim Glücksspiel an zwei benachbarte Fürstenhäuser.

♦ 1200: Etwa die Hälfte der Meeresspringer-Flotte macht sich mit einer großen Zahl Siedler auf den Weg, ein angeblich neu entdecktes Land auf einer fernen Insel in Besitz zu nehmen.

♦ 1202: Ein gigantischer Sturm sucht die Stille Küste heim und vernichtet fast alle Schiffe des Stammes der Meeresspringer. Der klägliche Rest macht sich auf die Suche nach den ausgewanderten Meeresspringern und kehrt nicht mehr zurück. Die wenigen zurückgebliebenen Stammesmitglieder gehen in den Folgejahren im Waldstamm auf.

♦ 1268: Geburt von Prinz Dorian, Anwärter auf den Thron des Stamms der Eisenmarschen.

♦ 1293-96: Prinz Dorian der Libidinöse vom Stamm der Eisenmarschen vereint die verbliebenen elf Stämme/Fürstentümern durch seine Heirat mit zehn Prinzessinnen. Mit der letzten Hochzeit erhält die so geschaffene Nation den Namen »Reich der elf Stämme« oder »Elf-Stämme-Reich«.

♦ 1367: Tod König Dorians des Libidinösen (Letzte Worte: »Ach, was bist du doch für ein entzückendes Geschöpf!«), die Reichshauptstadt wird in Dorianstadt umbenannt.

♦ 1499 und davor: In den friedlichen Zeiten nach der Einigung des Reiches (1293-96) sank auch die Gefahr, von außen angegriffen zu werden. Die letzten Voll-Magier hielt man somit für noch entbehrlicher. In der Südhälfte des Reiches gab es zu dieser Zeit ohnehin fast keine Vollmagier mehr, deren Berufsstand schon seit Jahrhunderten aus der Berufsliste gestrichen war, so dass jeder Magier – zumindest pro forma – einen anderen Hauptberuf ausüben musste. 1499 wird schließlich, nicht zuletzt auf Betreiben der damals noch mächtigen Bruderschaft, die Vollmagie ganz verboten, den Magiern wird fünf Jahre Zeit gegeben, ihrer Zunft abzuschwören, Zauberei wird unter Strafe gestellt. Nur wenige Magier schwören ab. Etliche Zauberer verlassen das Land und verschwinden in der Geschichte.

♦ 1502: Ein noch junger Geheimbund von Magiern und ihrer Familien, überwiegend vom Mondstamm und vom Stamm der Kohleschürfer, aber auch mit Vertretern anderer Stämme, will die Kunst der Magie im Verborgenen bewahren. Die Mitglieder der Gruppe verlassen das Land und lassen sich – getarnt – im damaligen südlichen Nachbarland Stoi nieder, wo sie jedoch 1623 in Folge eines Verrats den Untergang finden.

♦ 1902: Prinz Aram Harup, wegen schwarzmagischer Umtriebe zu lebenslangem Kerker verurteilt, zieht den Galgen vor.

♦ 1935: Erste Raubzüge der Adler-Barbaren aus dem Süden in Stoi (bis dahin südlicher Nachbar des Elf-Stämme-Reiches).

♦ 1942: Stoi wird von den Barbaren nach nur zweijährigem Krieg komplett erobert.

♦ 1985, Juni: Nachdem die Adler ihre Herrschaft im ehemaligen Stoi konsolidiert hatten und es lediglich kleinere Kämpfe und Raubzüge in der Grenzregion gegeben hatte, startet nun ein groß angelegter, massiver Angriff auf das Elf-Stämme-Reich.

♦ 1985, August: Hanu Standhaft, zu jener Zeit jüngster General in der Geschichte der Stämme, gelingt es in einem waghalsigen Manöver, den Ansturm der Adler-Barbaren zu stoppen und sie zurückzuwerfen.

♦ 1996: Prinzessin Kyla von den Sängern, die Frau von Kanzler Hanu Standhaft, stirbt.

♦ 1997: Krönung von König Jaun XII.

♦ 2001: Réteps Eltern, einfache Soldaten, kehren von einem Scharmützel gegen die Adler-Barbaren nicht mehr zurück.

♦ 2001: Die Piratenüberfälle auf die 1800 Kilometer lange Waldstamm-Küste nehmen zu, die Piraten kommen jetzt auch in größeren Verbänden.

♦ 2005, 15. September: Orakel-Schlacht in Nekis.

Wie es weiter geht …

Des Königs Verräter – Meerfeuer
Teil II der Reihe

»Iiiiiiiii« – schon seltsam, was einem an Details auffällt, während man gerade stirbt.
Ohne Gnade von sechs starken Händen unter Wasser gedrückt, hörte Peter von seinem eigenen verzweifelten Hilfeschrei nur diesen schrillen Vokal, immer leiser werdend, mit den Luftblasen nach oben steigen. Er warf sich hin und her, versuchte verzweifelt, sich diesen riesigen Pranken zu entwinden, die ihn an Armen und Kopf gepackt hatten und nach unten drückten. Doch obwohl seine Muskeln in den vergangenen Wochen ganz ordentlich zugelegt hatte, hatte er den Angreifern nichts entgegenzusetzen. …

Während Peter dem Waldstamm mit einem verwegenen Plan gegen die Piraten beistehen will, ist ein erbarmungsloser Mörder vom Clan der Attentäter Prinz Rétep in unsere Welt gefolgt und bringt hier auch Peters Schwester in Gefahr.

Prinzessin Ky lernt ihr wahres Ich kennen, und Tulpe muss unter Lebensgefahr den *Stein des Greisen* finden, um mit seinem Freund in der Sagenwelt Kontakt aufzunehmen.

Ailis und Haans (»Man spricht die beiden A getrennt«) erreichen Dorianstadt. Um den König vor dem geplanten Attentat schützen zu können, schleicht sich die Waldstammkriegerin unter falschem Namen in den Palast ein, während sich Haans auf der Suche nach Informationen durch sämtliche Spelunken von Dorianstadt säuft. Doch ihre Bemühungen, einen Anschlag gegen König Jaun zu verhindern, droht selbst in einer Katastrophe zu enden.

Unterdessen ist Peter dank unerwarteter Hilfe auch dem Geheimnis auf der Spur, wie die Welt des Elf-Stämme-Reiches und die Sagenwelt – unsere Welt – nebeneinander existieren können. – Alles ist relativ ...

♦ »Meerfeuer«, der zweite Teil aus der Reihe »Des Königs Verräter«, erscheint im Februar 2017 im Armbrustverlag.

Der Autor

Marco R.J.L. Reuther wurde 1963 in Saarbrücken geboren und hat dort auch diverse Schulen getestet. In Trier studierte er Politik, Kunstgeschichte, Ethnologie und die eine oder andere Kneipe. Heute ist er Lokalredakteur der Saarbrücker Zeitung. Mit Frau und Tochter sowie den Katern Lupin und Winston lebt er in einer saarländischen Kleinstadt.

Im Internet:
www.marco-reuther.de
www.der-lemmes.de

Weitere Romane von Marco Reuther:

♦ »**Halana und der Turm des Schwarzen Herzogs**« /
»**Halana und der Bruder des Schlafenden Gottes**«, ein Fantasy-Zweiteiler mit ungewöhnlichen Helden, überraschenden Wendungen, dunklen Geheimnissen und natürlich mit einem großen Abenteuer.

Wie fängt man einen Zauberer? Ein nicht ganz alltägliches Problem, das die junge Kriegerin Halana lösen muss – wenn auch keineswegs freiwillig. Doch das Geheimnis ihrer Herkunft fordert seinen Tribut.

Halanas Feinde sind der mächtige Herzog Cosa, die blutrünstige Bruderschaft der elf Gebote – und Verrat. Ihre Verbündeten sind ein schüchterner Zauberer auf der Suche nach dem Bruder des Schlafenden Gottes, ein einbeiniger Koch, eine Hebamme, ein paar Gaukler und ein falscher Hofnarr. Eine ideale Truppe also, um zwei Nationen und ein Kind zu retten – und um dorthin zu gelangen, wo niemand sein will: in den Turm des Schwarzen Herzogs.

♦ Für Leser von 9 bis 99:
»Klara Plotzky und der Elfenvampir« (Armbrustverlag)

Verwegen und furchtlos geht die zwölfjährige Klara dem gefährlichen Rätsel von Schloss Tunkelhagen auf den Grund und legt sich sogar mit Vampirelfen an! Und wenn es sein muss, erträgt sie sogar Elfenvampire.

Dass Klara in ihrem Kampf auch ein paar sehr seltsame magische Fähigkeiten verpasst bekommt, die mitunter nach hinten losgehen, macht es ihr und ihren Freunden nicht eben leichter, sich mit merkwürdigen Wesen aus einer fremden Welt herumzuschlagen und ein Elfenreich zu retten.

Und das alles nur wegen einer Strafarbeit …

»Der Lemmes – Das Saarland hat ein Geheimnis« (Ulrich Burger Verlag, UBV): Der erste Saarland-Fantasyroman der Welt löst – auch mit Hilfe Johann Wolfgang von Goethes – ein gefährliches Rätsel, dessen lose Enden tief in die Vergangenheit der Saar-Region führen.

Impressum

Des Königs Verräter – Die Entführung
 (auch als E-Book erhältlich)
Alle Rechte vorbehalten
© 2017 Armbrustverlag, Püttlingen
Zweite, überarbeitete Auflage (die 1. Auflage
war Mitte 2016 im Gollenstein Verlag erschienen)
www.armbrustbverlag.de
Herstellung: BoD – Books on Demand, Norderstedt
Covergestaltung: Armbrustverlag
Fotos:
- Alte Uhr: mitifoto (Fotolia)
- Silhouette Krieger: Kristaps Eberlins (Fotoagentur 123RF)
- Silhouette fallender Junge: hibrida (Fotoagentur 123RF)
- Original-Illustration Armbrust (im Logo):
  Mikhail Avdeev (Bildagentur 123RF)
Satz: Armbrustverlag
Schrift: Times New Roman

Bibliografische Informationen der Deutschen Nationalbibliothek:
Die Deutsche Nationalbibliothek verzeichnet diese Publikation in der
Deutschen Nationalbibliografie, detaillierte bibliografische Daten sind
im Internet über http//:dnb.dnb.de abrufbar.

ISBN: 978-3-946966-06-7

9 783946 966067